Wie Sterne am Nachthimmel

Nora Roberts
Hinter dunklen Spiegeln

Seite 5

Nora Roberts
Heißer Atem

Seite 217

MIRA® TASCHENBUCH

1. Auflage: Oktober 2020
Neuausgabe im MIRA Taschenbuch
Copyright © 2020 für die deutsche Ausgabe by MIRA Taschenbuch
in der HarperCollins Germany GmbH, Hamburg

Titel der amerikanischen Originalausgaben:

Copyright © 1988 by Nora Roberts
Originaltitel: »Skin Deep«
erschienen bei: Silhouette Books, Toronto

Copyright © 1982 by Nora Roberts
Originaltitel: »The Heart's Victory«
erschienen bei: Silhouette Books, Toronto

Published by arrangement with
HARLEQUIN ENTERPRISES II B.V./SARL

Umschlaggestaltung: Zero Werbeagentur, München (Ute Mildt)
Umschlagabbildung: StasTolstnev, David Byron Keener/Shutterstock
Satz: GGP Media GmbH, Pößneck
Printed in Germany
Dieses Buch wurde auf FSC®-zertifiziertem Papier gedruckt.
ISBN 978-3-7457-0108-1

www.mira-taschenbuch.de

Werden Sie Fan von MIRA Taschenbuch auf Facebook!

Nora Roberts

Hinter dunklen Spiegeln

Roman

Aus dem amerikanischen Englisch von
Anne Pohlmann

PROLOG

»Ich weiß nicht, was wir mit dem Mädchen machen sollen.«
Frank O'Hara fuhr sich noch einmal mit der Puderquaste
übers Kinn, damit es gleich auf der Bühne nicht glänzte. »Ach
Molly, du machst dir zu viele Sorgen.«

»Sorgen?« Molly mühte sich mit dem Reißverschluss ihres
Kleides ab, blieb aber in der Garderobentür stehen, um den
Gang im Auge behalten zu können. »Frank, wir haben vier
Kinder, und ich liebe sie alle. Doch Carrie bringt nichts als
Ärger.«

»Du bist dem Mädchen gegenüber zu hart.«

»Weil du nicht hart genug bist.«

Auflachend drehte sich Frank um und nahm seine Frau in
die Arme. Gut zwanzig Jahre Ehe hatten seine Gefühle für
Molly um nichts schwächen können – auch wenn sie die Mutter seines zwanzigjährigen Sohnes und seiner drei Teenie-
Töchter war. »Molly, mein Schatz, Carrie ist ein wunderschö-
nes, junges Mädchen.«

»Und sie weiß es.« Unruhig behielt Molly über Franks
Schultern die Tür am Ende des Korridors im Auge. Wo blieb
das Mädchen? In fünfzehn Minuten mussten sie auf die Bühne.

Bei der Geburt ihrer drei Töchter, die nur um Minuten aus-
einanderlagen, hatte sie nicht im Traum daran gedacht, dass
die älteste ihr mehr Sorgen als die beiden anderen zusammen
bereiten würde.

»Gerade wegen ihres Aussehens kommen die Schwierigkeiten«, fuhr Molly halblaut fort. »Wenn ein Mädchen wie

Carrie aussieht, müssen ihr die Jungen einfach in Scharen nachlaufen.«

»Sie weiß mit den Jungen umzugehen.«

»Das bereitet mir zusätzliche Sorge. Sie weiß zu gut mit ihnen umzugehen. Sie ist erst sechzehn, Frank.«

»Und wie alt warst du, als du und ich …«

»Das war etwas anderes«, unterbrach Molly ihn, musste aber sofort über das eindeutige Grinsen ihres Mannes lachen. Sie wischte etwas Puder von seinen Rockaufschlägen. »Sie könnte nicht das Glück haben, einen Mann wie dich kennenzulernen.«

»Und was ist das für eine Art von Mann?«

Sie ließ die Hände auf seinen Schultern liegen und sah ihn an. Sein Gesicht war schmal und mittlerweile von Fältchen gezeichnet, doch die Augen waren immer noch die des wortgewandten jungen Mannes, der ihr den Kopf verdreht hatte. Auch wenn er ihr nie den Mond auf einem silbernen Tablett gebracht hatte, wie einmal von ihm versprochen, waren sie doch Lebenspartner im wahrsten Sinne des Wortes geworden – in Freud und Leid, durch dick und dünn. Und es hatte viel Dünnes gegeben. Mehr als die Hälfte ihres Lebens hatte sie mit diesem Mann verbracht, und doch gelang es ihm immer noch, sie zu bezaubern.

»Ein lieber Mann.« Sie küsste ihn auf den Mund. Doch beim Geräusch der ins Schloss fallenden Tür entzog sich Molly ihrem Mann.

»Nun fall nicht gleich über sie her, Molly.« Frank hielt seine Frau am Arm fest. »Dann verschließt sie sich doch nur. Außerdem ist sie jetzt ja da.«

Verdrießlich sah Molly ihrer Tochter Carrie entgegen, die einen leuchtend roten Pullover und eine eng anliegende schwarze Hose trug, die die Linien ihres jugendlich aufblühenden Körpers betonten. Die frische Luft hatte Farbe auf ihre Wangen gebracht, wodurch die schon jetzt fast elegante

Linie ihrer Wangenknochen noch unterstrichen wurde. Ihre Augen waren von einem sehr, sehr tiefen Blau und blickten kess und selbstbewusst.

»Carrie.«

Mit dem ihr eigenen Gespür für ein wirkungsvolles Sich-in-Szene-Setzen drehte sich Carrie vor der Garderobe, die sie mit ihren Schwestern teilte, um. »Mom.« Ein kleines Lächeln lag um ihre Mundwinkel, das sich vertiefte, als ihr Vater ihr über die Schulter ihrer Mutter zuzwinkerte. Sie wusste, auf Dad konnte sie immer zählen. »Ich weiß, ich bin etwas spät, aber ich schaffe es ja noch. Michael hat mich seinen Wagen fahren lassen«, fügte sie begeistert hinzu.

»Den tollen kleinen roten Flitzer?«, begann Frank und hüstelte dann, als er Mollys missbilligenden Blick bemerkte.

»Carrie, du hast deinen Führerschein erst seit ein paar Wochen.« Wie hasste Molly solch tadelnde Zurechtweisungen. Sie wusste, wie es war, wenn man sechzehn war. Und weil sie es wusste, musste sie auf der Hut sein. »Dein Vater und ich halten dich noch nicht für erfahren genug, um einen Wagen zu fahren, wenn nicht einer von uns dabei ist. Und außerdem«, fuhr sie fort, bevor Carrie Widerspruch anmelden konnte, »ist es dumm, sich ans Steuer eines fremden Wagens zu setzen.«

»Wir waren auf den Landstraßen.« Carrie trat auf sie zu und küsste ihre Mutter auf beide Wangen. »Mach dir nicht so viele Sorgen. Ich brauche etwas Spaß, sonst gehe ich ein wie eine Primel.«

Da Molly ihre Tochter zu gut kannte, ließ sie sich nicht erweichen. »Carrie, du bist noch zu jung, um mit irgendeinem Jungen auszufahren.«

»Michael ist kein Junge. Er ist einundzwanzig.«

»Was meine Meinung nur noch bestärkt.«

»Er ist ein Anmacher«, bemerkte Terence ruhig, der sich ihnen näherte. Er zog nur eine Braue hoch, als Carrie sich mit funkelnden Augen zu ihm umdrehte. »Und wenn ich herausbekomme, dass er dich anfasst, dann wird er sein blaues Wunder erleben.«

»Das geht dich nichts an.« Es war eine Sache, von ihrer Mutter zurechtgewiesen zu werden, doch etwas ganz anderes, wenn sie es sich von ihrem Bruder anhören musste. »Ich bin sechzehn, nicht sechs, und ich habe es satt, bevormundet zu werden.«

Beim Anblick der beiden spürte Frank Stolz in sich aufsteigen. Die beiden waren die Hitzköpfe der Familie, und er liebte sie von ganzem Herzen. »In Ordnung, in Ordnung.« Beschwichtigend stellte er sich zwischen die beiden. »Das hat alles Zeit bis später. Jetzt muss Carrie sich umziehen. Zehn Minuten, Prinzesschen«, sagte er halblaut zu ihr. »Und nicht trödeln. Komm, Molly, wir wollen die Leute draußen in Stimmung bringen.«

Molly warf Carrie einen Blick zu, der ihr zu verstehen gab, dass die Angelegenheit noch nicht erledigt war. »Du verstehst hoffentlich, dass wir ein Recht haben, uns Sorgen um dich zu machen.«

»Vielleicht.« Carries Kinn war noch entschlossen vorgestreckt. »Aber du brauchst es nicht. Ich kann schon seit einer Weile auf mich selbst aufpassen.«

Mit einem kleinen Seufzer folgte Molly ihrem Mann zu der kleinen Bühne, wo sie sich den Lebensunterhalt für den Rest der Woche verdienen würden.

Alles andere als besänftigt, musterte Carrie ihren Bruder erneut. »Ich entscheide, wer mich anfasst, Terence. Vergiss das nicht.«

»Pass lieber auf, dass dein Freund mit dem tollen Wagen sich anständig benimmt. Es sei denn, es gefällt dir, wenn er beide Arme in Gips hat.«

»Ach, geh zum Teufel.«

»Möglich«, entgegnete er leichthin und zog sie dann leicht am Haar. »Ich werde dir dann den Weg zeigen, mein liebes Schwesterchen.«

Weil sie am liebsten gelacht hätte, riss Carrie die Tür auf und warf sie ihrem Bruder vor der Nase zu.

Maddy, die Alana beim Zuknöpfen ihres Kostüms half, blickte auf. »Hast du dich doch noch entschlossen zu kommen?«

»Fang du jetzt bitte nicht auch noch davon an.« Carrie nahm ihr Kostüm, das gleiche wie das ihrer Schwestern, von der Garderobenstange.

»Fällt mir nicht im Traum ein – obwohl es sich eben vom Flur her ganz interessant angehört hat.«

»Wenn sie sich wegen mir doch endlich nicht mehr so anstellen würden.« Carrie zog ihren Pullover über den Kopf.

»Sieh es doch einmal so herum«, entgegnete Maddy. »Sie sind so damit beschäftigt, sich wegen dir anzustellen, dass sie sich kaum einmal Alana und mich vornehmen können.«

»Ihr steht also in meiner Schuld.«

»Mom hat sich wirklich Sorgen gemacht«, warf Alana ein.

Carrie spürte jetzt doch ein kleines Schuldgefühl. »Das braucht sie nicht. Mit mir ist alles in Ordnung, und ich habe meinen Spaß gehabt.«

»Hat er dich wirklich seinen Wagen fahren lassen?«, fragte Maddy interessiert und nahm die Bürste, um Carrie beim Frisieren zu helfen.

»Ja. Ich habe mich gefühlt wie … Ich weiß auch nicht. Irgendwie wichtig.« Sie sah sich in dem kleinen, fensterlosen Raum mit seinem Betonboden und schäbigen Wänden um. »Wisst ihr, ich will einfach nicht immer in einem Loch wie diesem stecken.«

»Jetzt klingst du ganz wie Dad.« Lächelnd rückte Alana ihr die Schminkdöschen zurecht.

»Nein.« Aus jahrelanger Erfahrung heraus trug sich Carrie schnell ihr Make-up auf. »Eines Tages werde ich eine Garderobe haben, die dreimal so groß ist. Ganz in Weiß, mit einem Teppich, der so dick ist, dass man bis zu den Knöcheln einsinkt.«

»Ich hätte es lieber farbig«, entgegnete Maddy und ließ sich einen Moment lang von der Träumerei anstecken. »Farben über Farben.«

»Weiß«, betonte Carrie. Sie erhob sich rasch vom Schminktisch, um sich ihr Kostüm anzuziehen. »Und an der Tür ist ein Stern. Ich werde in einer Limousine fahren und habe einen Sportwagen, neben dem der von Michael wie ein Spielzeug aussieht.« Ihre Augen waren ganz dunkel geworden, während sie das Kostüm überzog, das schon unzählige Male geflickt worden war. »Und ein Haus mit einem Riesengarten, und einen gekachelten Pool.«

Weil der Hang zum Träumen ihnen vererbt worden war, spann Alana das Bild weiter aus, während sie Carries Kostüm hinten zuknöpfte. »Wenn du ins Restaurant gehst, erkennt der Besitzer dich sofort und gibt dir den besten Tisch und eine Flasche Champagner auf Kosten des Hauses.«

»Du bist den Fotografen gegenüber immer freundlich.« Maddy gab Carrie ihre Ohrringe. »Und verweigerst nie ein Autogramm.«

»Natürlich.« Carrie befestigte die Glasklips an ihren Ohren und träumte von Diamanten. »Es gibt im Haus zwei riesige Prunkzimmer für meine beiden Schwestern. Abends sitzen wir zusammen und essen Kaviar.«

»Lieber Pizza«, verbesserte Maddy sie.

»Pizza und Kaviar«, warf Alana ein.

Lachend legte Carrie die Arme um die Taillen ihrer Schwestern. »Wir werden es weit bringen. Wir werden uns einen Namen machen.«

»Das haben wir doch schon«, entgegnete Alana. »»Die O'Hara-Drillinge‹.«

Carrie betrachtete ihr Spiegelbild. »Und den wird niemand jemals vergessen«, sagte sie leise.

1. KAPITEL

Das Haus war riesig und weiß. Durch die Terrassentür, die Carrie unverschlossen gelassen hatte, kamen ein Luftzug und der Duft des Gartens herein. Hinten auf dem Rasen war ein kunstvoller Marmorspringbrunnen, den Caroline – kurz Carrie genannt – aber kaum einmal anstellte, wenn sie allein war. In seiner Nähe erstreckte sich der Pool, achteckig, an den sich der überdachte Innenhof und daneben ein kleineres, ebenfalls weißes Gebäude anschlossen. Hinter einer Baumgruppe war ein Tennisplatz angelegt, doch es war schon Wochen her, dass Carrie Zeit oder Lust für ein Spiel gehabt hatte.

Das ganze Anwesen war von einer Mauer in doppelter Mannshöhe umgeben, die Carrie abwechselnd das Gefühl von Sicherheit oder von Eingesperrtsein vermittelte. Doch im Innern des Hauses, mit seinen hohen Räumen und kühlen weißen Wänden, vergaß sie häufig die Mauer und die Alarmanlage und das elektronisch überwachte Eingangstor. Das war der Preis, den sie für den Ruhm zahlte, nach dem sie immer gestrebt hatte.

Die Personalwohnungen lagen im Westflügel, dort rührte sich jetzt noch niemand. Die Morgendämmerung war kaum angebrochen, und Carrie war allein. Manchmal war ihr der Sinn danach.

Als sie das Haar unter einen Hut steckte, überprüfte sie das Ergebnis nicht im Spiegel. Das weite Hemd und die flachen Schuhe waren nach den Gesichtspunkten von Bequemlichkeit und nicht Eleganz ausgewählt worden. Das Gesicht, das schon die Herzen vieler Männer gebrochen und den Neid vieler Frauen erregt hatte, blieb ungeschminkt. Carrie verbarg es unter der breiten Hutkrempe und einer riesigen Sonnenbrille. Als sie nach ihrer Tasche griff, die, wie sie hoffte, alles enthielt, was sie während des Tages brauchen würde, summte die Wechselsprechanlage neben der Tür.

Sie warf einen Blick auf ihre Uhr. Viertel vor sechs. Dann drückte sie den Knopf. »Auf die Minute pünktlich.«

»Guten Morgen, Miss O'Hara.«

»Guten Morgen, Robert. Ich bin sofort unten.« Nachdem sie den Schalter gedrückt hatte, der das Eingangstor entsicherte, ging Carrie die Treppe mit Mahagonigeländer hinunter, über der ein Kronleuchter hing, dessen Kristallschliff in der Dämmrigkeit nichts von dem funkelnden Lichtspiel zeigte. Das Haus war der Rahmen für den Star, der zu werden sie keine Mühe gescheut hatte. Und doch erschien ihr manchmal alles noch wie ein Traum, den sie nur mit Anstrengung und Geschicklichkeit aufrechterhalten konnte. Andererseits hatte sie im Leben immer gearbeitet und fühlte sich auch berechtigt, die Früchte ihrer Arbeit zu genießen.

Als sie auf die Eingangstür zuging, läutete das Telefon. Carrie eilte zurück ins Arbeitszimmer und nahm den Hörer ab. »Hallo.« Automatisch nahm sie einen Stift, um sich, wenn nötig, eine Notiz machen zu können.

»Ich würde dich jetzt gern sehen.« Der ihr bekannte heisere Flüsterton ließ ihre Handflächen feucht werden. Der Stift fiel ihr aus der Hand. »Warum hast du deine Nummer ändern lassen? Du hast doch keine Angst vor mir? Du brauchst keine Angst zu haben, Carrie. Ich will dir nichts tun. Ich will dich nur berühren. Nur berühren. Ziehst du dich gerade an? Bist du …«

Mit einem verzweifelten Aufschrei warf Carrie den Hörer auf die Gabel. Ihre Atemzüge schienen in dem großen, leeren Haus widerzuhallen. Es begann also wieder …

Minuten später bemerkte ihr Fahrer nur, dass sie ihn nicht mit dem sonst üblichen koketten Lächeln begrüßte, bevor sie hinten in die Limousine stieg. Mit geschlossenen Augen legte Carrie den Kopf zurück und zwang sich zur Ruhe. In wenigen Stunden würde sie vor der Kamera stehen und alles geben müssen. Das war ihr Beruf. Das war ihr Leben. Sie durfte nicht zulassen, dass das durch irgendetwas störend beeinflusst wurde … selbst wenn es die Angst vor einem heiseren Flüstern am Telefon oder anonymen Briefen war.

Als die Limousine auf das Studiogelände fuhr, hatte sich Carrie wieder unter Kontrolle. Hier sollte sie sich doch sicher fühlen können. Hier konnte sie sich ganz in die Arbeit stürzen, die immer noch große Faszination auf sie ausübte. Im Innern der vielen großen Gebäude wurde Zauber gestaltet, und sie war ein Teil davon. Selbst das Hässliche war hier nur Schein. Mord, Körperverletzung und Leidenschaft, alles konnte vorgetäuscht werden. Fantasieland, so nannte ihre Schwester Maddy es, und das war nur zu wahr. Aber, dachte Carrie lächelnd, man muss schon wie ein Ochse ackern, um die Fantasie Wirklichkeit werden zu lassen.

Um halb sieben saß Carrie in der Maske, und um sieben wurde ihr Haar zurechtgemacht. Sie waren erst seit einer Woche in den Dreharbeiten, und alles war noch frisch und neu. Während die Friseuse aus ihrem Haar die Mähne machte, die die Rolle heute erforderte, überlas Carrie noch einmal ihren Text.

»Eine unglaubliche Fülle«, meinte die Friseuse halblaut, während sie Carries Haar fönte. »Und diese Farbe.« Sie beugte sich vor, um im Spiegel das Ergebnis ihrer Arbeit zu prüfen. »Selbst ich konnte lange nicht glauben, dass sie echt sind.«

»Das kommt von meiner Großmutter väterlicherseits.« Carrie drehte den Kopf, um ihr linkes Profil zu überprüfen. »In dieser Szene bin ich zwanzig, Margo. Ob man mir das abnimmt?«

Lachend trat die resolute Rothaarige zurück. »Das sollte die geringste Sorge sein. Es ist nur zu schade, dass sie Regen über unser Kunstwerk gießen.« Sie drückte noch ein letztes Mal die Frisur zurecht.

»Sie sagen es.« Carrie erhob sich. »Danke, Margo.« Sie hatte kaum zwei Schritte gemacht, als ihr Assistent auftauchte. Carrie hatte ihn eingestellt, weil er jung und eifrig war und keinen Ehrgeiz hatte, Schauspieler zu werden. »Wollen Sie mich antreiben, Larry?«

Larry Washington errötete und geriet ins Stammeln, wie immer während der ersten fünf Minuten in Carries Gegenwart. Er war obenrum ziemlich gut gebaut, frisch aus dem College und hatte ein Gedächtnis, dem keine Kleinigkeit verloren ging. Im Augenblick war sein größter Wunsch, einen Mercedes zu besitzen. »Oh, Sie wissen doch, dass ich das nie tun würde, Miss O'Hara.«

Carrie tätschelte ihm die Schulter, was seinen Blutdruck ansteigen ließ. »Jemand muss das tun, Larry. Würden Sie bitte dem Regieassistenten Bescheid sagen, dass ich in meiner Garderobe bin, bis alles zur Probe bereit ist?«

Gemeinsam verließen sie den Raum. Carrie nickte den Männern zu, die letzte Hand an die Kulisse für die erste Szene legten, einen Bahnhof, komplett mit Gleisen, Waggons und einem Eisenbahndepot. Dort würde sie sich verzweifelt von ihrem Liebhaber verabschieden.

»Ich wollte Sie noch an Ihr Interview erinnern. Der Reporter vom ›Star Gaze‹ kommt Punkt halb eins. Dean von der Öffentlichkeitsarbeit lässt fragen, ob er dabei sein soll.«

»Nein, das geht schon in Ordnung. Ich kann mit Reportern

umgehen. Würden Sie mir bitte Obst, Sandwiches und Kaffee besorgen? Nein, besser Eistee. Das Interview werde ich in meiner Garderobe geben.«

»In Ordnung, Miss O'Hara.« Gewissenhaft notierte Larry alles in seinem Notizbuch. »Noch etwas?«

An der Tür ihrer Garderobe blieb sie stehen. »Wie lange arbeiten Sie jetzt schon für mich, Larry?«

»Etwas über drei Monate, Miss O'Hara.«

»Ich denke, Sie sollten mich allmählich Carrie nennen.« Sie lächelte über seine erstaunte Freudensmiene und betrat ihre Garderobe.

Zielstrebig durchquerte sie den Raum und ging in das kleinere Ankleidezimmer, das sich an ihn anschloss. Ihre Zeit war begrenzt, und sie wollte sie nicht vertrödeln. Sie wechselte ihre eigenen Sachen gegen die Jeans und den Pullover aus, die sie in der ersten Szene tragen würde.

Sie stellte eine kämpferische zwanzigjährige Kunststudentin dar, am Ende ihrer ersten Liebe. Carrie nahm sich wieder das Textbuch vor. Es war gut und solide. Die Rolle gab ihr die Möglichkeit, eine Bandbreite vieler Gefühle auszudrücken, die ihr ganzes Talent in Anspruch nehmen würde. Es war eine Herausforderung, und sie würde sie annehmen.

Als sie »Strangers« gelesen hatte, hatte sie sich sofort in die Rolle der Hailey hineinversetzen können, der jungen Künstlerin, die von dem einen Mann betrogen und von dem anderen gequält wurde – der jungen Frau, die am Ende Erfolg hatte, doch in der Liebe verlor. Carrie verstand Hailey. Sie kannte Betrogenwerden. Und, dachte sie, als sie sich in dem eleganten kleinen Ankleideraum umsah, ich kenne Erfolg und den Preis, der dafür gezahlt werden muss.

Obwohl sie ihren Text kannte, nahm sie das Textbuch mit, als sie in den Empfangsraum zurückging. Mit Glück hatte sie noch Zeit für eine schnelle Tasse Kaffee, bevor sie mit der ersten Szene beginnen würden. Während der Dreharbeiten für einen Film konnte Carrie problemlos von Kaffee, einem kleinen Imbiss und wieder Kaffee leben. Die Arbeit an ihrer Rolle sättigte sie. Auch fürs Einkaufen, einen Sprung in den Pool oder eine Massage war kaum Zeit, bis ein Film abgedreht war. Das waren die Belohnungen nach erfolgreicher Arbeit.

Als Carrie sich setzen wollte, fiel ihr Blick auf eine Vase mit leuchtend roten Rosen. Wahrscheinlich von einem vom Produktionsteam, dachte sie, während sie hinüberging, um die beiliegende Karte zu lesen. Kaum hatte sie sie aus dem Umschlag genommen, fiel sie ihr auch schon aus der Hand und auf den Boden.

Ich beobachte Dich immer. Immer.

Es klopfte an der Tür, und sie zuckte zusammen. Süß und schwer lag der Duft der Rosen im Raum. Carrie starrte die Tür an und spürte zum ersten Mal wirkliche Angst.

»Miss O'Hara … Carrie, ich bin's, Larry. Ich bringe Ihren Kaffee.«

Sie rannte zur Tür und riss sie auf. »Larry …«

»Er ist schwarz, wie Sie … Was ist los?«

»Ich …« Sie brach ab. Beherrschung, ermahnte sie sich verzweifelt. Sie könnte alles verlieren, wenn sie ihre Selbstbeherrschung verlor. »Larry, wissen Sie etwas über diese Blumen?« Sie zeigte nach hinten, aber sah sich nicht um.

»Die Rosen? Eine der Lieferantinnen hat sie gefunden, als sie das Frühstück gebracht hat. Da Ihr Name dranstand, habe ich sie hereingebracht. Ich weiß doch, wie sehr Sie Rosen mögen.«

»Schaffen Sie sie weg.«

»Aber …«

»Bitte.« Sie verließ ihre Garderobe. Menschen. Sie brauchte viele Menschen um sich. »Schaffen Sie sie weg, Larry.«

»Natürlich.« Er starrte ihr nach. »Sofort.«

Es war Zeit zum Arbeiten, und nichts durfte sich dem störend entgegenstellen – auch nicht einige Angst einjagende Worte auf einer Karte. Für ihr Image von Glanz und Eleganz hatte Carrie hart gearbeitet. Ebenso hart hatte sie dafür gearbeitet, nicht den Ruf einer launischen Diva zu bekommen. Sie war immer pünktlich und kannte ihren Text. Und wenn eine Szene zehnmal gedreht werden musste, dann musste sie eben zehnmal gedreht werden. Daran erinnerte sie sich, als sie sich ihrem Filmpartner Sean Carter und der Regisseurin näherte.

»Wie schaffst du es nur, immer auszusehen, als wärst du gerade einem Modejournal entschlüpft?« Sean selbst hatte gerade seinen schweren Kopf von der letzten Nacht mit vier Aspirin und drei Tassen Kaffee behandelt und die Schatten unter den Augen mit Schminke verdeckt. Trotz allem schaffte er es, jugendlich, gesund und gut auszusehen – der Traum eines jeden romantischen Mädchens.

Carrie strich ihm über die Wange. »Darling, weil es so ist.«

»Was für eine Frau.« Da das Aspirin ihm seine Lebensgeister zurückgegeben hatte, ergriff Sean Carrie und beugte sie mit einer dramatischen Geste zurück. »Eine Frage, Rothschild«, fragte er die Regisseurin, während sich seine Lippen Millimeter über Carries befanden. »Wie kann ein Mann mit klarem Verstand eine Frau wie diese verlassen?«

»Du, beziehungsweise Brad«, verbesserte Mary Rothschild im Hinblick auf Seans Rolle im Film, »bist auch nicht gerade ein Mann mit klarem Verstand.«

»Du bist ein richtig mieser Kerl«, erinnerte Carrie Sean.

Sean löste sich von Carrie. »So etwas konnte ich seit fünf Jahren nicht mehr spielen. Ich glaube, ich habe dem Autor noch gar nicht richtig dafür gedankt.«

»Das kannst du auch später noch«, wehrte die Regisseurin ab. »Er ist dort drüben.«

Carrie warf einen Blick zu dem großen, nervösen Mann hinüber, der kettenrauchend am Rande der Kulisse stand. Sie war ihm bisher erst einige Male begegnet, wobei er sich nie zu etwas anderem geäußert hatte, was nicht direkt mit seinem Drehbuch und dessen Figuren zu tun hatte. Sie lächelte unverbindlich, aber freundlich zu ihm hinüber, bevor sie sich wieder der Regisseurin zuwandte.

Während Rothschild die Szene umriss, verbannte Carrie alle anderen Gedanken. Jetzt zählten nur noch der Liebeskummer und die Hoffnung, die ihre Rolle von ihr verlangte, als ihr Freund wegfuhr.

»Ich finde, ich sollte dein Gesicht berühren.« Carrie legte eine Hand an Seans Wange und sah ihm während dieser Geste innig in die Augen.

»Und dann umfasse ich dein Handgelenk.« Sean führte es aus und hob dann ihre Hand an seine Lippen.

»Ich werde auf dich warten und so weiter und so weiter.« Carrie deutete ihren Text an, während einer der Techniker mit lautem Geklapper ein Tor aufstellte. Sie seufzte gepresst und schmiegte ihre Wange an Seans. »Und dann umarme ich dich.«

»Lass es uns so versuchen.« Sean umfasste mit liebevoller Geste ihre Schulter und sah ihr einen Augenblick lang tief in die Augen, bis er ihre Mundwinkel zärtlich kitzelnd küsste.

»Oh Brad, bitte nicht. Sonst küsse ich dich, bis dir die Luft ausbleibt.«

Sean grinste lausbübisch. »Nur zu.«

»Also, fangen wir an.« Rothschild hob die Hand. Weibliche Regisseure waren immer noch eher die Ausnahme als die Regel, weshalb sie sich und ihrem Team Hundertfünfzigprozentiges abverlangen mussten. »Ich will, dass es richtig brodelt, wenn ihr zu dem Kuss kommt«, wies sie ihre zwei Hauptdarsteller an. »Dir müssen die Tränen kommen, Carrie. Vergiss nicht, tief in deinem Herzen weißt du, dass er nicht zurückkehrt.«

»Ich bin eben ein mieser Kerl«, bemerkte Sean honigsüß.

»Plätze einnehmen.«

Statisten nahmen ihre Positionen ein. Ein paar Männer vom Kamerateam unterhielten sich weiter über ein Pokerspiel.

»Ruhe.« Rothschild selbst suchte sich ihren Platz, der ihr den besten Blickwinkel für Carries Auftritt bot. »Los geht's, Herrschaften, wir haben keine Zeit zu verlieren.«

Carrie eilte auf den Bahnsteig und sah sich erregt um, während Gruppen von Menschen um sie herumgingen. Ihre Miene spiegelte alles wider, ihre Verzweiflung, das letzte Aufflackern von Hoffnung, den Traum vom Glück, den sie noch nicht aufgeben wollte. Ein Unwetter – dank der Spezialeffekte – zog auf. Zuckende Blitze und rollender Donner. Und dann sah sie Brad. Sie rief seinen Namen und bahnte sich ihren Weg durch die Menge zu ihm.

Die Szene wurde dreimal wiederholt, bis Rothschild nichts mehr anzumerken hatte und die Szene aufgenommen werden konnte. Carries Make-up und Frisur wurden erneuert. Als die Klappe ging, war sie bereit.

Während des Vormittags wurde Bild für Bild die erste Szene vervollkommnet, Carries Suche, ihre Unruhe, das Vorbeieilen der Menschen, ihre Begegnung mit Brad. Immer wieder wurden dieselben Bewegungen, dieselben Worte wiederholt, die Kamera manchmal nicht mehr als dreißig Zentimeter von ihr entfernt.

Schließlich gab Rothschild das Zeichen für den Regen. Die Sprinkleranlage ließ einen Sprühregen über Carrie niedergehen, während sie Brad anblickte. Ihre Augen füllten sich mit Tränen, und mit bebender Stimme bat sie ihn, sie nicht zu verlassen. Nass und fröstelnd wiederholten sie bis zur Mittagspause das Bild, das später auf dem Bildschirm nur wenige Minuten zu sehen sein würde.

In ihrer Garderobe zog Carrie die Kleider der Hailey aus und übergab sie der Assistentin der Kostümbildnerin zum Trocknen. Die Rosen waren weg, doch Carrie glaubte, sie noch riechen zu können. Als Larry kam, um ihr die Ankunft des Reporters mitzuteilen, bat sie ihn um fünf Minuten Aufschub und schickte ihn hinaus.

Ich habe es zu lange hinausgezögert, redete sie sich zu, als sie den Telefonhörer abnahm. Es würde nicht aufhören, und sie war an einem Punkt angelangt, wo sie einfach nicht mehr konnte.

»Burns-Agentur.«

»Ich möchte Matt sprechen.«

»Entschuldigung, Mr. Burns ist in einer Besprechung. Ich …«

»Hier spricht Caroline O'Hara. Ich muss Matt sofort sprechen.«

»Aber natürlich, Miss O'Hara.«

Ein kleines Lächeln konnte Carrie nicht unterdrücken, als die Telefonistin so schnell ihren Tonfall änderte. Während sie wartete, suchte sie in der Schublade nach der Packung Zigaretten, die sie dort immer für Ausnahmesituationen aufbewahrte.

»Carrie, was ist los?«

»Ich muss dich sehen. Heute Abend.«

»Schätzchen, ich habe bis über die Ohren zu tun. Verschieben wir es doch auf morgen.«

»Heute Abend.« Ein Anklang ihrer Panik brach durch. Carrie zündete sich eine Zigarette an und inhalierte tief. »Es ist wichtig. Ich brauche Hilfe.« Langsam blies sie den Rauch aus. »Ich brauche wirklich deine Hilfe, Matt.«

23

Er hatte noch nie Angst aus ihrer Stimme herausgehört, und so zweifelte er nicht an der Bedeutsamkeit ihres Anliegens. »Dann komme ich um – sagen wir, acht Uhr? Aber worum dreht es sich denn überhaupt?«

»Acht ist gut. Ich kann dir am Telefon nichts Näheres sagen.« Sie fand ein wenig zu ihrer inneren Ruhe zurück, jetzt, wo sie den ersten Schritt machte und endlich etwas unternahm. Und so fiel es ihr kurz darauf auch nicht schwer, den Reporter mit einem reizenden Lächeln hereinzubitten.

»Zum Teufel! Warum hast du mir vorher nichts davon erzählt?« Matt Burns schritt in Carries weiträumigem Wohnzimmer mit einem für ihn ungewöhnlichen Gefühl von Hilflosigkeit auf und ab. In zwölf Jahren hatte er sich vom Boten zum Assistenten und zum bedeutenden Filmagenten hochgearbeitet, wohin er nicht gelangt wäre, wenn er sich nicht in jeder beliebigen Situation richtig zu verhalten gewusst hätte. Doch jetzt hatte er das Gefühl, ein Hornissennest in der Hand zu halten und nicht zu wissen, wohin er es werfen sollte. »Verdammt, Carrie, wie lange geht das schon so?«

»Der erste Anruf kam vor ungefähr sechs Wochen.« Carrie saß auf ihrem niedrigen graphitfarbenen Sofa und trank ein Glas Mineralwasser. Ebenso wie Matt verabscheute auch sie das Gefühl von Hilflosigkeit. Noch mehr missfiel ihr, einen anderen Menschen um Rat wegen eines persönlichen Problems zu bitten.

»Matt, die ersten Briefe, die ersten Anrufe schienen harmlos zu sein.« Die Eiswürfel klickten gegen das Glas, als sie es abstellte und gleich wieder hob. »In allen Magazinen, auf jedem Bildschirm ist mein Gesicht zu sehen, da errege ich natürlich Aufmerksamkeit – und nicht immer angenehme. Ich habe gedacht, wenn ich kein Aufhebens um die Geschichte mache, würde sie aufhören.«

»Aber sie hat nicht aufgehört.«

»Nein.« Sie sah auf ihr Glas hinunter und erinnerte sich an die Worte auf der Karte. *Ich beobachte Dich immer. Immer.* »Nein, sie ist schlimmer geworden.« Sie zuckte die Schultern im Versuch, ihm – und sich – vorzumachen, dass alles halb so schlimm sei. »Ich habe meine Telefonnummer ändern lassen. Und eine Zeit lang hatte ich Ruhe.«

»Du hättest es mir sagen müssen.«

»Du bist mein Agent, nicht meine Mutter.«

»Ich bin dein Freund«, erinnerte er sie.

»Ich weiß.« Sie nahm seine Hand. Echte Freundschaft gab es selten in der Welt, die sie für sich gewählt hatte. »Darum habe ich dich auch angerufen, bevor ich unüberlegte Schritte mache. Ich bin eigentlich keine hysterische Frau.«

Er musste lachen, löste dann seine Hand aus ihrer, um sich noch einen Drink einzugießen. »Alles andere als das, wenn ich darüber nachdenke.«

»Diese Rosen … Mir war klar, dass ich etwas unternehmen musste, ich wusste nur nicht, was.«

»Das Was ist, die Polizei zu verständigen.«

»Auf keinen Fall.« Sie hob einen Finger, als er Einwände erheben wollte. »Matt, du weißt ebenso gut wie ich, was dann passiert. Wir verständigen die Polizei, und sofort bekommt die Presse Wind davon. Schlagzeile: ›Caroline O'Hara – von geheimnisvollem Bewunderer verfolgt. Flüstern durchs Telefon. Verzweifelte Liebesbriefe.‹« Sie fuhr sich durchs Haar. »Wir könnten das vielleicht durch Humor entkräften, wir könnten es sogar als Publicity nutzen. Aber es würde nicht lang dauern, bis andere Überdrehte ebenfalls auf den Gedanken kommen, mir Fanpost zu schicken. Vielleicht sogar vor dem Eingangstor kampieren. Ich bezweifle, dass ich mehr als einen von ihnen zur gleichen Zeit verkraften kann.«

»Und wenn er gewalttätig wird?«

»Meinst du, daran hätte ich nicht selbst gedacht?« Sie bediente sich mit einer von seinen französischen Zigaretten und wartete, bis er ihr Feuer gab.

»Du brauchst Schutz.«

»Vielleicht.« Hastig inhalierte sie. »Vielleicht muss ich mich wirklich dazu durchringen. Aber ich bin mitten in einem Film. Es würde bemerkt und natürlich geredet werden.« Ihr gelang ein kleines Lächeln. »Meine Affären und mein erotisches Image sind eine Sache. Aber mein Leben – wie es wirklich ist – eine andere. Also keine Polizei, Matt, wenigstens nicht jetzt. Es muss eine andere Möglichkeit geben.«

Er nahm einen Zug von seiner Zigarette und blies nachdenklich den Rauch aus. Er hatte Carries Karriere von Anfang an begleitet, von den Shampoo-Werbespots bis zu den Spielfilmen, und es war selten, sehr selten gewesen, dass sie ihn einmal wegen einer persönlichen Sache um Rat gefragt hatte. In all den Jahren hatte selbst er selten hinter ihr Image blicken können, das sie beide geschaffen hatten.

»Ich denke, ich kenne eine. Vertraust du mir?«

»Habe ich das nicht immer?«

»Warte einen Moment. Ich muss telefonieren.«

Carrie lehnte sich zurück und schloss die Augen. Vielleicht maß sie dem Ganzen zu viel Bedeutung bei. Vielleicht verhielt sie sich lächerlich überdreht wegen eines Fans, der in seiner Bewunderung einige Schritte zu weit gegangen war.

Ich beobachte Dich … beobachte Dich …

Nein. Carrie sprang auf und schritt im Zimmer auf und ab. Ihr gefiel es, beobachtet zu werden – auf dem Bildschirm. Sie nahm es hin, fotografiert zu werden, wenn sie sich in einem Club, bei einer Party oder Premiere sehen ließ. Aber das hier war … beängstigend, gestand sie sich schließlich ein. Als würde sie gerade jetzt jemand durchs Fenster beobachten. Der Gedanke ließ sie sich nervös umdrehen. Natürlich war niemand da. Sie hatte das elektronisch überwachte Tor, die Mauern, die Sicherheitsanlage. Aber sie konnte sich nicht vierundzwanzig Stunden täglich in ihrem Haus verschließen.

Vor dem antiken Spiegel über dem weißen Marmorkamin blieb sie stehen. Dort war ihr Gesicht, ein Gesicht, das als einzigartig schön, sogar herzlos schön bezeichnet wurde. Sie selbst nahm es als glücklichen Zufall, diese Kombination eines perlmuttfarbenen Teints mit den tiefblauen Augen und den hohen Wangenknochen. Der klassisch ovale Schnitt, die vollen sinnlichen Lippen und das üppige silberblonde Haar ... Ihr Gesicht war nicht ihr Verdienst. Sie war damit geboren worden. Aber für den Rest hatte sie arbeiten müssen. Hart arbeiten.

Seit sie laufen konnte, war sie aufgetreten, war mit ihrer Familie durchs Land gezogen, von einem Club und Provinztheater zum nächsten. Sie hatte ihren Beitrag geleistet, schon lange bevor sie mit neunzehn nach Hollywood gekommen war – entschlossen, nicht mit einem sternenverhangenen Blick. Sie hatte kleine Rollen bekommen und verloren, sie hatte für Shampoos und Parfums in eindeutig sexistischen, oft dummen Werbespots geworben. Als sie ihre erste Chance bekam, war sie ohne Wenn und Aber bereit gewesen, den Männer mordenden Vamp zu spielen.

»Er kommt sofort.«

»Wie bitte?« Carrie schreckte aus ihrer Gedankenversunkenheit vor ihrem Spiegelbild auf, als Matt wieder den Raum betrat.

»Ich sagte, er kommt sofort. Und jetzt werde ich dir einen richtigen Drink mixen.«

»Nein, ich brauche für die Dreharbeiten morgen früh einen klaren Kopf. Wer kommt?«

»Kirk Doran.«

Carrie vergrub die Hände in den Taschen ihres weißen seidenen Hausanzugs. »Wer ist Kirk Doran?«

»Er ist eine Art von Privatdetektiv und hat eine Agentur für Sicherheits- und Überwachungsaufträge. Ich glaube, er war auch schon in ganz geheimer Mission für unsere Regierung tätig.«

»Klingt aufregend, aber ich glaube, ich brauche keinen Schnüffler, Matt. Ein dreihundert Pfund schwerer Ringer wäre mir lieber.«

»Und unübersehbarer. Du kannst natürlich einige Schläger als Leibwächter einstellen, Schätzchen, aber du willst doch Köpfchen und Diskretion. Und das ist Kirk. Er ist nicht gerade pflegeleicht, nicht besonders geschliffen, aber ich vertraue ihm völlig.«

Carrie verzog das Gesicht. »Ich weiß nicht. Aus irgendeinem Grunde mag ich ihn jetzt schon nicht.«

»Du bist einfach nervös.« Matt tätschelte ihr Knie. »Aber das ist nur zu verständlich.«

»Nein.« Sie lächelte, entschlossen, ihre düstere Stimmung aufzuhellen. »Nerven passen nicht zu meinem Image … Übrigens ein Image, das ich mit deiner Hilfe aufgebaut habe.«

Er betrachtete die fließende weiße Seide, die so gut zu ihr passte. »Meine Hilfe hast du dabei gar nicht gebraucht. Das Talent ist dir in die Wiege gelegt worden. Ich habe dir nur dabei geholfen, es zu entfalten.« Es klingelte. »Ich gehe schon.«

Carrie hob ihr Glas mit dem nun lauwarmen Mineralwasser und schwenkte es nachdenklich. Wenn Matt diesen Kirk Doran als geeignet zur Lösung ihres Problems einstufte, dann sollte sie ihm vertrauen. Aber es wurmte sie, es wurmte sie entsetzlich, ihre persönlichen Probleme einem Fremden anzuvertrauen.

Dann trat der Fremde ein.

Wenn Carrie die Rolle eines Spions oder eines Privatdetektivs oder eines Straßenkämpfers hätte besetzen müssen, wäre ihre Wahl wahrscheinlich auf Kirk Doran gefallen. Er füllte die Türöffnung zu ihrem Wohnzimmer aus, um einiges größer und die Schultern breiter als Matt. Dabei war er durchtrainiert und schlank, sodass er sich, wie sie annahm, schnell und gut zu bewegen wusste. Carrie spürte eine ganz natürliche weibliche Anerkennung … was sie aber dann korrigierte, als sie sein Gesicht betrachtete.

Es war nicht filmstarmäßig gut aussehend, sondern strahlte ein raues Selbstbewusstsein aus, das das Herz jeder Frau höherschlagen lassen konnte. Dunkles, dicht gelocktes Haar fiel ihm hinten bis über den Kragen seines Freizeithemdes. Er hatte einen gebräunten Teint, und seine hellgrünen Augen blickten fast erschreckend kühl. Seine Wimpern waren für einen Mann zu lang und zu dicht, doch alles andere als feminin. Überhaupt gab es nichts an ihm, was nicht total männlich war. Seine Bewegungen hatten etwas Kraftvolles, Zielstrebiges.

Als er sich ihr näherte, verzogen sich seine Mundwinkel leicht, doch Carrie konnte weder Humor noch bewundernde Anerkennung in seinem Blick erkennen. Sie hatte eher die klare Ahnung, sich gegen höhnischen Spott zur Wehr setzen zu müssen.

»Das ist also der Eispalast«, sagte er mit einer überraschend schönen Stimme. »Und dessen Königin.«

2. KAPITEL

Kirk Doran hatte Caroline O'Hara schon vorher gesehen, natürlich. Auf der Leinwand wirkte sie größer, unbezwingbarer, unberührbarer. Ein Gesicht von fast unwirklicher Vollkommenheit, das die Träume eines Mannes beherrschen konnte. Eine Fassade. Kirk fragte sich, als er sie mit einem flüchtigen Blick glasklar einschätzte, wie viel nach Abzug ihres seidenglänzenden Äußeren von ihr noch übrig bleiben mochte.

Matt kannte Kirk schon zu lange, um sich von dessen eigentümlicher Kavaliershaltung aus der Fassung bringen zu lassen. »Carrie, Kirk Doran.«

Seide glitt über Seide, als sie die Beine übereinanderschlug. Mit einer lässigen Bereitwilligkeit reichte sie ihm die Hand. »Angenehm.«

Er schüttelte die Hand nicht, er hielt sie einfach nur in seiner, während seine hellgrünen Augen sie musterten. Carrie hatte schon einige Fehden mit Männern austragen müssen, und erst ein Mal war sie unterlegen. Ihr war klar, dass jetzt erneut der Handschuh hingeworfen worden war, und sie nahm die Herausforderung an.

»Immer noch Wodka mit Eis?«, fragte Matt Kirk und ging zur Bar.

»Ja.« Eine leichte Kopfbewegung signalisierte, dass für Kirk die erste Runde begann. »Matt hat mir gesagt, Sie hätten ein Problem.«

»Ganz offensichtlich.« Carrie nahm sich eine Zigarette aus

dem Porzellanständer auf dem Tisch und wartete mit hochgezogener Augenbraue, bis Kirk sein Feuerzeug aus der Tasche geholt und ihr Feuer gegeben hatte. »Ich fürchte, ich weiß nicht, ob Sie der geeignete Mann sind ...« Sie hob den Blick und musterte ihn offen, bevor sie sich wieder zurücklehnte. »... Mr. Doran.«

»Ich muss Ihnen zustimmen ... Miss O'Hara.« Erneut trafen sich ihre Blicke, mit einer nicht unbedingt freundlichen Wirkung. »Aber da ich schon einmal hier bin, warum erzählen Sie nicht einfach?« Mit einem Kopfnicken nahm er von Matt das Glas entgegen.

»Ich bekomme anonyme Anrufe.« Sie sagte es fast beiläufig, doch ihre innere Spannung verriet sich kurz in der Art, wie sie nervös die Finger verschränkte.

Kirk war es gewohnt, solche kaum wahrnehmbaren Zeichen zu registrieren. Es waren sehr schmale schlanke Hände mit langen Fingern, abgerundeten Nägeln und transparentem Nagellack.

»Anrufe?«

»Und Briefe.« Eine nur leichte Schulterbewegung ließ die Seide ihres Hausanzuges rascheln. »Es hat vor ungefähr sechs Wochen begonnen.«

»Obszöne Anrufe?«

Carrie hob das Kinn. »Das ist vermutlich eine Ermessensfrage. Ihre Vorstellung von obszön könnte sich grundsätzlich von meiner unterscheiden.«

Humor blitzte in seinen Augen auf und machte ihn merkwürdig anziehend. »Bestimmt.«

»Zuerst erschien mir alles harmlos – wenn es auch lästig war. Dann ...« Sie fuhr sich mit der Zunge über die Lippen und hob dann ihre Zigarette. »Dann wurde der Ton zudringlicher, deutlicher.«

»Sie könnten Ihre Nummer ändern lassen.«

»Das habe ich schon getan. Ungefähr eine Woche hörten die Anrufe auf. Heute fing es wieder an.«

»Würden Sie die Stimme wiedererkennen?«

»Nein, er flüstert.«

»Sie könnten Ihre Nummer wieder ändern lassen.«

»Ich habe es satt, laufend meine Nummer ändern zu lassen.« Mit plötzlicher Ungeduld drückte sie ihre Zigarette aus. »Und ich will auch nicht die Polizei einschalten. Ich ziehe es vor, die Angelegenheit diskret zu behandeln. Matt hält Sie für geeignet für so etwas.«

Kirk nahm noch einen Schluck. In ihren Filmen hatte Caroline O'Hara immer die Rolle einer Frau, die bewusst mit den Bedürfnissen, den Schwächen, den geheimsten Träumen eines Mannes spielte. Und für eine Frau, deren Image eindeutig darauf abzielte, Männer zu erregen, und die sich dann über ein paar harmlose Telefonanrufe aufregte, konnte er beim besten Willen wenig Sympathie aufbringen.

»Miss O'Hara, Sie wissen wahrscheinlich, dass Männer, die eine solche Art von Telefongesprächen führen, nichts anderes wollen als reden. Ich schlage vor, Sie ändern Ihre Nummer wieder und lassen zunächst einmal einen Ihrer Angestellten ans Telefon gehen, bis der Anrufer die Lust verliert.«

»Kirk.« Matt schwenkte seinen Drink im Glas. Immer, wenn er unter Anspannung stand, hatte er die Angewohnheit, entweder seine Hände oder Füße in Bewegung zu halten. »Das ist keine große Hilfe.«

»Miss O'Hara kann einen Leibwächter anheuern, wenn sie sich dadurch besser fühlt. Und das Sicherheitssystem hier könnte bestimmt noch verbessert werden.«

»Vielleicht brauche ich ein paar Meter Stacheldraht und dazu scharf abgerichtete Wachhunde«, fiel Carrie gereizt ein, und sie erhob sich.

»Das ist der Preis, den Sie für das zahlen, was Sie sind«, entgegnete Kirk kühl.

»Was bin ich?« Ihre Augen hatten von Natur ein tiefes durchdringendes Blau, doch jetzt verdunkelte sich das Blau, bis es an einen mondbeschienenen Nachthimmel erinnerte. »Oh, ich verstehe. Ich stelle mich auf der Leinwand zur Schau, ich laufe nicht in Sack und Asche herum, und ich trage keinen Schleier vor dem Gesicht. Darum habe ich herausgefordert, was ich bekomme. Und habe es nicht anders verdient.«

Ihre unnahbare Schönheit war unwiderstehlich, auch wenn ihr Gefühlsausbruch wie Feuer im Eis wirkte. Kirk zuckte nur die Schultern. »Das kommt der Wahrheit ziemlich nahe.«

»Danke, dass Sie mir Ihre Zeit geopfert haben.« Carrie wandte sich ab. Doch bevor sie sich beherrschen konnte, wirbelte sie wieder herum. »Warum sehen Sie sich zur Abwechslung nicht einmal im zwanzigsten Jahrhundert um? Nur weil eine Frau attraktiv ist und das auch nicht verbirgt, bedeutet das noch lange nicht, dass sie es verdient, gequält zu werden – sei es nun auf der sprachlichen, der körperlichen oder der gefühlsmäßigen Ebene.«

»Ich kann mich nicht daran erinnern, gesagt zu haben, eine attraktive – oder irgendeine Frau – verdiene es, gequält zu werden.«

Sein lässiger Tonfall fachte nur ihren Zorn weiter an. »Nur weil ich Schauspielerin bin und Erotik nun einmal zur Darstellung meiner Rollen gehört, bedeutet das nicht, dass ich zum Freiwild für jeden Mann werde. Wenn ich die Rolle einer Mörderin spiele, muss ich mich danach auch nicht vor Gericht verantworten.«

»Sie reizen die primitivsten Fantasien der Männer, zudem noch in Farbe. Es ist klar, dass es da eine gewisse Rückströmung gibt.«

»Welche bittere Pille ich eben zu schlucken habe«, kommentierte Carrie frustriert. »Sie sind ein Schwachkopf. Genau die Art von Mann, dessen Gehirn unterhalb der Gürtellinie liegt. Die Art, die glaubt, wenn eine Frau eine Einladung zu einem Essen annimmt, müsse sie dafür auch mit einer Nummer auf dem Bett bezahlen. Aber ich kann für mein Essen selbst zahlen, Mr. Doran, und ich kann meine Probleme selbst bewältigen. Ich bin sicher, Sie finden die Tür allein!«

Als Matt sich beschwichtigend einschalten wollte, brachte sie ihn mit dem Blick einer fauchenden Katze zum Schweigen.

»Miss O'Hara.«

»Was?« Erregt drehte sich Carrie zu ihrem schon betagten Butler um, zwang sich aber dann zu einem Lächeln. »Ja, Marsh, was gibt es?«

Es war der Ton, der Kirk aufhorchen ließ. Er verwies auf ein warmes, vertrautes Verhältnis von Mensch zu Mensch, ohne den Zug von Herablassung einem Untergebenen gegenüber.

»Die sind gerade für Sie abgegeben worden.«

»Danke.« Carrie trat auf ihn zu und nahm den Strauß Lilien entgegen. »Ich brauche Sie heute Abend nicht mehr, Marsh.«

»Sehr wohl, Miss.«

»Warum begleitest du deinen Freund nicht hinaus, Matt? Ich glaube nicht …« Sie hatte die Karte in der Hand und starrte sie an. Ihre Hand zitterte einen Augenblick, bevor sie sie zerknüllte.

Kirk war sofort bei ihr und nahm ihr die zerknüllte Karte ab. Was er las, verursachte ihm einen Druck im Magen – dieses Mal aus Abscheu.

»Nur, was ich verdiene?« Carries Stimme war kalt, dabei fast unbeteiligt. Doch als Kirk ihre Augen sah, bemerkte er Entsetzen. Er steckte die Karte in die Tasche und nahm Carries Arm.

»Warum setzen Sie sich nicht?«

»Schon wieder?« Matt wollte zu ihnen eilen, doch Kirk machte eine Kopfbewegung zur Bar.

»Mach ihr einen Brandy.«

»Ich will keinen Drink. Und ich will mich auch nicht hinsetzen. Ich will, dass Sie gehen.« Sie wollte ihm ihren Arm entziehen, doch Kirk verstärkte seinen Griff und führte sie zum Sofa.

»Wie oft bekommen Sie das?«

»Fast jeden Tag.« Sie nahm sich eine Zigarette, legte sie dann aber wieder zurück.

»Und alle so ... direkt?«

»Nein.« Sie nahm den Brandy, nippte an ihm und hasste es zugleich, sich eingestehen zu müssen, dass sie ihn brauchte. »Das begann erst vor Kurzem.«

»Was haben Sie mit den Briefen gemacht?«

»Die ersten habe ich weggeworfen.« Der Brandy erwärmte sie, konnte sie aber nicht beruhigen. »Die anderen habe ich aufgehoben. Ich weiß auch nicht, warum.«

»Rufen Sie Ihren Butler wieder zurück. Ich möchte ihm einige Fragen stellen. Und holen Sie die anderen Briefe.«

Sein Befehlston schaffte, was dem Brandy nicht gelungen war. Sie fand zu ihrer inneren Stärke zurück. »Das ist nicht Ihre Angelegenheit, Mr. Doran. Darüber waren wir uns wohl einig.«

»Dies hat die Situation verändert.«

»Ich will Ihre Hilfe nicht.«

»Ich habe noch nicht zugesagt, sie Ihnen zu geben.« Sie starrten sich beide einen Augenblick lang an. »Die Briefe.«

Plötzlich verabscheute sie ihn. Sie hätte es verbergen können. Dafür besaß sie genügend Talent. Doch es war ihr gleichgültig. Bevor sie etwas sagen konnte, legte Matt ihr eine Hand auf die Schulter.

»Bitte, Carrie, denke erst nach, bevor du etwas sagst.«

Sie hielt den Blick auf Kirk gerichtet. »Ich sage lieber nicht, was ich denke. Oder vielleicht doch?«, fügte sie hinzu, als sich Kirks Mundwinkel hochzogen.

»Carrie.« Matt drückte ihre Schulter. »Ich stelle nicht gern ein Ultimatum. Aber wenn wir uns mit Kirk nicht einigen, dann verständige ich die Polizei. Ja«, betonte er, als sie sich abrupt zu ihm umdrehte, »ich meine es ernst.«

Sie hasste es, in die Ecke gedrängt zu werden. Kirk konnte es deutlich sehen. Sie war eine Frau, die die Entscheidung und Kontrolle immer in der eigenen Hand behalten wollte. Das hätte er anerkennen, sogar bewundern können. Vielleicht – aber nur vielleicht – steckte ja doch mehr in Caroline O'Hara, als nach dem ersten Augenschein zu vermuten war.

»Also gut, machen wir es auf deine Art – zunächst einmal.« Sie erhob sich, wieder ganz gefasst und unnahbar. Kühl sah sie Kirk an. »Setzen Sie Marsh nicht zu sehr zu. Er ist alt, und ich will nicht, dass er sich aufregt.«

»Auch wenn es nicht so wirkt, aber ich misshandle nicht einmal Hunde.«

»Nur Kinder und Kätzchen«, entgegnete sie halblaut und verließ hoch aufgerichtet den Raum.

»Was für eine Frau!«

»Da hast du recht«, stimmte Matt zu. »Im Augenblick steckt sie zwar voller Angst, was bei ihr aber nicht üblich ist.«

»Darauf möchte ich wetten.« Nachlässig nahm sich Kirk eine Zigarette und klopfte mit ihrem Ende auf die Packung. Er musste sich eingestehen, dass er gedacht hatte, Carrie dramatisiere einfach nur. Doch die wenigen Sätze auf der Karte hatten ihn seine Meinung ändern lassen.

Er warf einen Blick zu Matt, der schon wieder im Raum auf und ab ging. »Wie nahe steht ihr beide euch eigentlich?«

»Wir haben eine solide Beziehung, die beiden von Vorteil ist.« Er warf ihm ein nachsichtiges Lächeln zu. »Und sie schläft nicht mit mir.«

»Du machst Spaß.«

»Sie weiß, was sie will und was nicht. Und in meinem Falle wollte sie einen Agenten. Aber ich mache mir Sorgen um sie. Meinst du, du könntest ihr helfen?«

Langsam zündete sich Kirk die Zigarette an. »Ich weiß nicht.«

»Entschuldigen Sie.« Marsh stand in der Tür, immer noch makellos mit schwarzem Anzug und gestärktem Kragen bekleidet. »Miss O'Hara sagte, Sie wollten mich sprechen.«

»Können Sie mir etwas über die Person erzählen, die die Blumen abgeliefert hat?«

»Sie wurden von einem jungen Mann von achtzehn, vielleicht zwanzig Jahren geliefert. Er hat am Eingangstor geläutet und gesagt, er habe eine Blumenlieferung für Miss O'Hara.«

»Hat er eine Uniform getragen?«

Konzentriert runzelte Marsh die Stirn. »Ich glaube nicht. Genau kann ich es nicht sagen.«

»Haben Sie seinen Wagen gesehen?«

»Nein, Sir. Ich habe die Blumen am hinteren Eingang in Empfang genommen.«

»Würden Sie den Mann wiedererkennen?«

»Vielleicht. Ich denke doch.«

»Vielen Dank, Marsh.«

Marsh zögerte und verbeugte sich dann steif. Kirk hörte, wie Carrie ihn draußen zu einem kurzen, halblauten Gespräch anhielt. Ihre Stimme wirkte besänftigend, aufmunternd. Ihre Stimme konnte auch von einem rauchigen Timbre sein, das die Nerven eines Mannes offenlegen konnte und ihn begehren ließ. Dann betrat sie wieder den Raum und brachte einen kleinen Stapel Briefe mit.

»Ich bin sicher, Sie werden sie faszinierend finden.« Sie warf Kirk die Briefe zu. »Ich vermute, sie kommen Ihrer Art, Frauen zu umwerben, nahe.«

Sie scheint zu ihrer Energie zurückgefunden zu haben, dachte Kirk, als er, ohne eine weitere Erwiderung, die Briefe betrachtete. Sie waren in kleinen Druckbuchstaben auf einem Papier von minderer Qualität geschrieben, wie man es überall kaufen konnte.

Die ersten Briefe waren von einem einschmeichelnden, bewundernden Ton und nur unterschwellig zweideutig. Und gut geschrieben, stellte Kirk fest. Offensichtlich das fragwürdige Werk eines gebildeten Menschen. Der Stil blieb auch bei den weiteren gut, dafür verschlimmerte sich der Inhalt. Der Schreiber ging ausführlich und unbarmherzig in die Einzelheiten, legte seine Fantasien, Bedürfnisse und Absichten offen. Die letzten Briefe brachten versteckte Hinweise darauf, dass der Schreiber nah am Ziel war – beobachtend und abwartend.

Die Briefe erregten selbst den Abscheu eines hartgesottenen Menschen, wie Kirk es war. »Und Sie sind sicher, dass Sie keine Polizei wollen?«

Carrie hatte ihm gegenüber Platz genommen. Jetzt faltete sie die Hände in ihrem Schoß. Ich mag ihn nicht, sagte sie sich. Sie mochte nicht die Art, wie er sie ansah, die Art, wie er sich bewegte. Sie mochte es nicht, dass seine Stimme – so ganz im Gegensatz zu seinem vom Leben geprägten Gesicht – fast wie die eines Poeten klang. Und doch glaubte sie, seine Hilfe zu wollen, zu brauchen. Sie hielt den Blick fest auf ihn gerichtet. Manchmal musste man sogar mit dem Teufel ein Abkommen treffen.

»Nein. Ich will keine Polizei, ich will keine Öffentlichkeit. Ich will, dass dieser Mann gefunden und ihm das Handwerk gelegt wird.«

Kirk erhob sich und goss sich noch einen Drink ein. Die Gläser und der Eisbehälter waren Rosenthal. Kirk schätzte elegante Dinge, doch ebenso die einfachen Dinge des Lebens. Er schätzte Schönheit, doch er ließ sich davon nichts vormachen. Das war zunächst nichts weiter als eine äußere Schale, die nichts bedeutete.

Caroline O'Hara besaß Schönheit und Eleganz. Falls er den Auftrag annahm, würde er herausfinden müssen, wie viel Schale und wie viel wirkliche Substanz war. Und darum hatte er gezögert. Denn zu viel Wissen über einen anderen Menschen konnte Verstrickungen mit sich bringen – und damit gefährlich werden.

Er konnte sich ihrer Attraktivität gegenüber verschließen, so lange er wollte. Doch was das anging, so konnte seine Stimmung sich von Tag zu Tag ändern. Und noch nie hatte er seine Neugier kontrollieren können, herausfinden zu müssen, was sich hinter Fassaden verbarg.

Er nahm einen Schluck Wodka und betrachtete Carrie. So, wie sie in ihrem Sessel saß, hätte man sie für entspannt, fast abwesend halten können. Nur die Finger ihrer linken Hand bewegten sich ein wenig, zogen sich zusammen und streckten sich wieder. Er zuckte die Schultern und schob seine Zweifel beiseite.

»Fünfhundert am Tag, plus Spesen.«

Carrie zog eine Augenbraue hoch. Mit dieser einen Bewegung offenbarte sie die unterschiedlichsten Gefühle – Amüsiertheit, Abwägen und Widerwillen. Was sie nicht zeigte, war die Erleichterung, die sie spürte.

»Eine stattliche Summe, Mr. Doran.«

»Meine Arbeit wird Ihr Geld wert sein.«

»Worauf ich bestehen werde.« Sie lehnte sich zurück und legte die Finger unter ihr Kinn. Sie hatte schmale Handgelenke. An ihrer rechten Hand blitzte ein Diamant, sonst waren ihre Hände ebenso hell und kühl wie der Rest von ihr. »Und was kann ich für fünfhundert am Tag plus Spesen erwarten?«

Seine Mundwinkel zogen sich leicht hoch. »Sie bekommen mich, Miss O'Hara.«

Sie lächelte leicht. So ein Schlagabtausch half. Sie hatte sich wieder unter Kontrolle, und die Angst nahm ab. »Interessant.« Sie warf ihm einen Blick zu, der einen Mann festnageln und um Gnade flehen lassen konnte. Kirk spürte den Schlag und dessen Kraft. »Und was habe ich davon?«

»Sie bekommen die Gegenleistung.«

»Und was bekomme ich als Gegenleistung, Mr. Doran?«

Sie sah wie ein Gemälde aus, eins, das er vor einer Ewigkeit im Louvre gesehen hatte. »Fünfhundert am Tag – und Ihr Vertrauen. Das ist mein Preis. Dafür bekommen Sie vierundzwanzigstündigen Schutz, beginnend mit einem meiner Männer, der Ihr Eingangstor bewacht.«

»Wenn ich schon das Eingangstor habe, warum brauche ich dann noch einen Wachposten?«

»Ist Ihnen schon einmal der Gedanke gekommen, dass ein Eingangstor für Sie keinen Pfifferling mehr wert ist, wenn Sie es jemandem öffnen?«

»Mir ist nur der Gedanke noch nicht gekommen, dass ich mich einschließen muss.«

»Gewöhnen Sie sich daran, denn derjenige, der Ihnen Blumen schickt, ist im Kopf nicht der Gesündeste.«

Panik tauchte in ihrem Blick auf und verschwand wieder. Anerkennend stellte er fest, wie schnell sie sich im Griff hatte. »Das ist mir bewusst.«

»Ich brauche Ihren Tagesplan. Von morgen an wird einer meiner Leute Sie immer begleiten.«

»Nein.« Der Eigensinn der O'Haras kam bei ihr durch. Sie erhob sich und trat entschlossen auf ihn zu. »Für fünfhundert am Tag will ich Sie, Doran. Ihnen vertraut Matt, und Sie bezahle ich.«

Sie standen sich nah, sehr nah. Er konnte ihren Duft einatmen. Die makellose Schönheit ihres Gesichts konnte einem Mann den Atem nehmen. Es wurde von ihrem glänzenden Haar umrahmt wie das eines Engels. Wenn man es berührte, erlebte man dann eine Ahnung des Himmels oder eher einen Sturz von den Wolken? Kirk machte sich keine Gedanken mehr über die Konsequenzen.

»Sie könnten es bedauern«, entgegnete er gedehnt.

Möglich. Aber ihr Stolz verbot Carrie, einen Rückzieher zu machen. »Ich bezahle Sie mit meinem Geld, Mr. Doran. Das ist die Abmachung.«

»Sie sind der Chef, das ist klar.« Er hob ihr sein Glas entgegen. »Morgen früh kommen zwei meiner Leute, um Ihr Telefon ...«

»Ich will nicht ...«

»Ich nehme den Auftrag nur an, wenn mir nicht die Hände gebunden werden. Wir hören die Telefongespräche ab, vielleicht sagt er etwas, das ihn verrät. Sehen Sie in uns einfach so etwas wie einen Arzt.« Er lächelte. »Wenn Sie einem Ihrer Freunde etwas Intimes sagen wollen, seien Sie unbesorgt. Wir haben schon ganz andere Dinge gehört.«

Gereiztheit war schon immer eine der Gefühlsregungen gewesen, die Carrie am schwersten unter Kontrolle halten konnte. Sie sprach erst, als sie das aufwallende Gefühl zurückgekämpft hatte. »Das glaube ich gern. Was noch?«

»Ich nehme die Briefe mit. Es ist zwar unwahrscheinlich, aber vielleicht können wir die Spur des Papiers zurückverfolgen. Gibt es jemanden unter Ihren Bekannten, dem Sie diese Geschichte zutrauen könnten?«

»Nein.« Die Antwort kam ohne jedes Zögern und voller Überzeugung.

Er beschloss, ihre ganze Umgebung unter die Lupe zu nehmen. »Haben Sie in der letzten Zeit Verehrer abblitzen lassen?«

»Tausende.«

»Reizend.« Er zog ein Notizbuch und einen Stift aus der Tasche. »Ich brauche die Namen von allen Männern, mit denen Sie geschlafen haben. Sagen wir, im Zeitraum der letzten drei Monate.«

»Scheren Sie sich zum Teufel«, entgegnete sie honigsüß.

Er umfasste eines ihrer Handgelenke. »Ich bin nicht persönlich an Ihren Bettgeschichten interessiert. Es geht um diesen Fall.«

»Eben.« Sie warf den Kopf zurück und sagte mit Nachdruck: »Um meinen Fall.«

»Einer von ihnen könnte den Kopf verloren haben. Vielleicht haben Sie ein paarmal mit ihm geschlafen, und er hat sich deswegen etwas vorgemacht. Denken Sie nach. Das alles hier hat vor sechs Wochen begonnen. Also, mit wem waren Sie vorher zusammen?«

»Mit niemandem.«

Ärger zeigte sich auf seiner Miene. »Ich glaube Ihnen nicht. Ich wiederhole deshalb meine Frage noch einmal: Mit wem waren Sie vorher zusammen?«

»Ich sagte, mit niemandem.« Sie entriss ihm ihren Arm. Einen Moment lang wünschte sie, sie könnte ein Dutzend Namen herunterrattern, nur um ihn ins Schwitzen zu bringen. »Glauben Sie, was Sie wollen.«

»Ich sage Ihnen, was ich glaube: Sie verbringen Ihre Abende nicht allein und stopfen Strümpfe.«

»Ich steige nicht mit jedem Mann, der in eineinhalb Metern Entfernung meinen Weg kreuzt, ins Bett.« Betont auffällig maß sie die Entfernung zwischen sich und Kirk.

»Ich schätze es auf ungefähr drei Meter«, meinte er halblaut.

»Es tut mir leid, wenn Sie enttäuscht sind. Außerdem muss ich zuerst interessiert sein, was nicht der Fall ist. Nebenbei bemerkt, meine Arbeit nimmt mich zeitlich sehr in Anspruch. Zufrieden?«

Matt trat auf Carrie zu und legte einen Arm um ihre Schulter. »Lass gut sein, Kirk. Sie hat genug durchgemacht.«

»Es ist nicht meine Aufgabe, mit ihr Höflichkeiten auszutauschen.« Kirk nahm den Stapel Briefe an sich. »Bis morgen also. Wann stehen Sie auf?«

»Um halb sechs.« Sie konnte ein spöttisches Lächeln nicht unterdrücken. »Um Viertel vor sechs fahre ich ins Studio. Morgens, wohlgemerkt, Mr. Doran. Schaffen Sie das?«

»Keine Sorge. Schreiben Sie nur den Scheck. Tausendfünfhundert im Voraus. Übrigens, in Ihrem Interesse, nehmen Sie heute Nacht kein Telefongespräch mehr entgegen.« Er nickte und verließ das Zimmer.

Carrie wartete, bis draußen die Tür ins Schloss fiel. Dann ging sie zum Tisch hinüber und nahm sich noch eine Zigarette.

»Dein Freund ist ein Bastard, Matt.«

»So war er immer«, stimmte der zu. »Aber er ist der beste unter den Investigatoren.«

3. KAPITEL

Obwohl Carrie fest geglaubt hatte, nicht schlafen zu können, schlief sie sechs Stunden tief durch und wurde am nächsten Morgen durch Musik geweckt.

Das Bett war der erste Luxus gewesen, den sie sich gegönnt hatte, eigentlich sogar bevor sie ihn sich hatte leisten können. Es war riesig und alt, mit einem geschnitzten Kopfteil aus Kirschholz. Sie fühlte sich darin immer wie eine Prinzessin, die aus ihrem hundertjährigen Schlaf erwachte. Früher, als Kind und Heranwachsende, hatte Carrie in unzähligen Hotelbetten schlafen und sie oft genug mit ihren Schwestern teilen müssen.

Sie wünschte, ihre beiden Schwestern könnten jetzt bei ihr sein. Dann würde sie sich sicherer fühlen.

Beinahe hätte sie Maddy von den Briefen und Anrufen erzählt, als sie sie vor einigen Wochen in New York besucht hatte. Doch Maddy war so mit sich selbst beschäftigt gewesen. Mit Recht, erinnerte sich Carrie, als sie sich aufrichtete und streckte. Das Musical, in dem sie die Hauptrolle spielte, hatte kurz vor der Premiere gestanden, und sie hatte ihr Herz an den Mann verloren, der das Stück finanzierte. Die Show war ein Riesenerfolg geworden, und Maddy plante jetzt ihre Hochzeit.

Ihre beiden Schwestern hatten zum richtigen Zeitpunkt den richtigen Mann gefunden. Die eine Schwester bereitete ihre Hochzeit, die andere Schwester bereitete sich auf die Geburt ihres dritten Kindes vor. Dieses Glück durfte sie ihnen nicht mit ihren Problemen verderben. Außerdem war sie die Älteste der Drillinge – wenn auch nur um wenige Minuten. Carrie fühlte sich deswegen verpflichtet, auch die Stärkste zu sein.

Sicher, ihre Schwestern würden für sie da sein, wie auch Carrie für sie. Aber sie war die älteste.

Alle drei hatten sie es weit gebracht. Doch als Carrie sich von ihrem luxuriösen Bett aus in ihrem großen Schlafzimmer umsah, hatte sie trotzdem das merkwürdige Gefühl, dass sie noch sehr weit zu gehen hatte, bis sie da angelangt war, wo sie tatsächlich hingehörte.

Jetzt war keine Zeit zum Philosophieren. Sie drehte den Radiowecker lauter, stieg aus dem Bett und bereitete sich auf einen neuen Tag im Studio vor.

Kirk war es nicht gewohnt, vor der Morgendämmerung aufzustehen. Normalerweise machte er die Nacht zum Tag und kam nicht vor Sonnenaufgang ins Bett. Nicht, dass er etwas gegen die Morgendämmerung in Los Angeles hatte, es war einfach eher nach seinem Geschmack, das Farbspiel der aufgehenden Sonne nach einer durchfeierten Nacht zu beobachten.

Unter einem pink- und malvenfarbenen Himmel fuhr er durch die Stadt und warf einem vorbeilaufenden Jogger einen ironischen Blick zu. Maßgeschneiderte Jogginganzüge waren nicht sein Stil. Wenn er sich in Form bringen wollte, dann ging er ins Fitnesscenter, aber in ein richtiges. Nicht in eines, in dem man raffinierte Trikots bewundern konnte, sondern wo der Schweiß floss. Mit einem Wort: eine Welt für Männer. Dort würde niemand Karottensaft trinken, und eine Frau wie Caroline O'Hara würde nicht ihre millionenteure Nase durch die Tür stecken.

Wann hatte eine Frau ihn sich zum letzten Mal eigentlich so unbehaglich fühlen lassen? Carries Blicke zielten darauf ab, einen Mann zappeln zu lassen. Und, verdammt, das wusste sie auch, und – da war sich Kirk sicher – sie genoss es.

Er durfte das nicht zum Problem werden lassen. Sie bezahlte ihn für einen Job. Seine einzige Sorge durfte sich nur auf ihre Sicherheit beziehen.

Kirk war nicht gerade ein Befürworter der Frauenbewegung. Für ihn waren Männer und Frauen verschieden. Punktum. Wenn eine Frau an einer Baustelle vorbeiging und sich wegen einiger Pfiffe oder Einladungen beleidigt fühlte, dann sollte sie seiner Meinung nach einfach woanders langgehen. Denn das war reiner Spaß. Aber in diesen Briefen gab es keinen Spaß. Und Carrie hatte in diesem Moment auch nicht beleidigt ausgesehen. Wie echte Angst aussah, darin kannte Kirk sich aus.

Früher oder später würde er den Briefeschreiber finden. Das würde viel Geduld erfordern. Und in der Zwischenzeit würde er Carrie rund um die Uhr den Schutz geben, für den sie bezahlte.

Als er sich an ihr Gesicht erinnerte, musste sich Kirk eingestehen, dass ihm das viel Willenskraft abverlangen würde. Doch die habe ich, dachte er mit einem Schulterzucken, als er vor dem eisernen Eingangstor vorfuhr. Außerdem, zu dieser Tageszeit hatte er vielleicht eine Chance, sie hässlich und unvorteilhaft zu erleben.

Er lehnte sich aus dem Fenster und drückte den Summer.

»Ja?«

Sein Stirnrunzeln schien sich auf seinen Blick auszudehnen. Es war unverkennbar Carries Stimme. Er hatte nicht erwartet, dass sie die Wechselsprechanlage selbst bediente. »Doran«, erwiderte er knapp.

»Sie sind pünktlich.«

»Dafür bezahlen Sie.«

Sie gab keine Antwort, doch das Tor ging langsam auf. Kirk fuhr hindurch und vergewisserte sich, dass es sich hinter ihm wieder schloss.

Jetzt, bei Tageslicht, konnte er sich einen besseren Überblick verschaffen. Ein wirklich entschlossener Mensch würde auch seinen Weg über diese Mauer finden. Er selbst zumindest hatte schon ganz andere Hürden genommen. Die süß duftenden blühenden Bäume würden einem Eindringling zusätzlich wunderbaren Schutz bieten. Er würde sich die Alarmanlage des Hauses vornehmen müssen, obwohl er wusste, dass jede Konstruktion auch überwunden werden konnte.

Kirk stoppte vor den Eingangsstufen, stieg aus und lehnte sich an die Kühlerhaube seines Wagens. Bis hier drang kein Verkehrslärm mehr. Nur der Gesang der Vögel war zu hören.

Er nahm sich eine Zigarette und sah sich um. Er entdeckte einige Scheinwerfer und vielleicht ein Dutzend Strahler am Boden, die aber offensichtlich eher aus Geschmacksgründen als aus zusätzlichem Sicherheitsinteresse angebracht worden waren. Nach einem Blick auf seine Armbanduhr entschied sich Kirk zu einem Rundgang um das Haus, damit er sich ein umfassendes Bild machen konnte.

Vielleicht aus reiner Bosheit entschied sich Carrie, Kirk Doran draußen schmoren zu lassen, während sie in ihrem Ankleidezimmer herumbummelte. Unter anderen Umständen hätte sie ihn zu einer schnellen Tasse Kaffee hereingebeten, bis die Limousine vorfuhr. Doch sie fühlte sich nicht so großherzig. Stattdessen nahm sie sich Zeit, band ihr Haar zurück, überprüfte den Inhalt ihrer Tasche und schrieb ihrem Mädchen noch einige Anweisungen auf.

Als der Summer vom Eingangstor wieder ertönte, wechselte sie ein paar Worte mit ihrem Fahrer und packte dann ihr Textbuch ein. Als sie zurück in ihr Schlafzimmer ging, stieß sie fast mit Kirk zusammen. Ihr erster Schock verwandelte sich in Ärger.

»Was, zum Teufel, tun Sie hier?«

»Nur Ihr Sicherheitssystem überprüfen.« Er lehnte sich an den Türrahmen und bemerkte mit einem zwiespältigen Bedauern, dass sie, ungeachtet der frühen Stunde, fantastisch aussah. »Es ist erbärmlich. Einem nur etwas erfahrenen Pfadfinder würde es schon gelingen, es zu überwinden.«

Carrie hängte sich ihre Schultertasche um und verwünschte im Stillen Matt. »Man hat mir versichert, es sei das beste System auf dem Markt.«

»Vielleicht Supermarkt. Ich werde meine Männer beauftragen, es aufzumöbeln.«

Ihr war der Sinn fürs Praktische in die Wiege gelegt worden, und daran hatten die Jahre nichts geändert. »Wie viel?«

»Genau kann ich es jetzt noch nicht sagen. Ich denke, drei bis fünf.«

»Tausend?«

»Sicher. Wie gesagt, Sie bekommen …«

»Das, wofür ich zahle«, vervollständigte sie und trat an ihm vorbei. »In Ordnung, Mr. Doran.« Sie ging zu ihrem Nachttisch. »Aber wenn Sie das nächste Mal das System überprüfen wollen, würde ich Ihnen raten, sich nicht in mein Schlafzimmer zu schleichen.« Sie drehte sich zu ihm um, eine Pistole mit perlenverziertem Griff in der Hand. »Ich bin nervös.«

Mit hochgezogener Augenbraue betrachtete Kirk die Waffe. »Wissen Sie damit umzugehen, Engel?«

»Man muss nur den kleinen Abzug hier ziehen.« Sie lächelte. »Natürlich ziele ich entsetzlich. Ich lege auf Ihr Bein an und treffe vielleicht Ihren Kopf.«

»Es gibt nur eine Regel hinsichtlich Waffen.« Er trat auf sie zu, und bevor Carrie sich versah, hatte er die Pistole in seiner Hand und Carrie unter sich auf dem Bett. »Die Regel ist, nie mit einer Waffe zu drohen, es sei denn, man beabsichtigt, sie zu benutzen.«

Sie rührte sich nicht. Zunächst musste sie ihre Wut und ihren Widerwillen beherrschen.

Mit einer gleichmütigen Bewegung zog Kirk das Magazin heraus. »Sie ist nicht geladen.«

»Natürlich nicht. Ich verwahre doch keine geladene Waffe in meinem eigenen Haus.«

»Eine Pistole ist kein Spielzeug.« Er betrachtete Carrie. Ihr Gesicht war ungeschminkt und ebenso schön wie wütend. Er spürte ihren Körper, der sich gar nicht so weich, wie er erwartet hatte, sondern kräftig anfühlte. Aber ihr Duft war da, unerhört weiblich, wie schon am Abend zuvor.

»Schönes Bett«, meinte er halblaut, ohne dem Drang widerstehen zu können, den Blick zu ihrem Mund wandern zu lassen. Er hatte das Gefühl, ohne sicher sein zu können, dass sich ihr Herzschlag beschleunigte.

»Ihr Gefallen bedeutet wirklich alles für mich, Mr. Doran. Aber, falls Sie nichts dagegen haben, ich muss zur Arbeit.«

Wie viele andere Männer hatten ihren Körper schon auf diesem riesigen Bett gespürt? Wie viele andere Männer hatten dieses unbändige Auflodern von Leidenschaft gespürt? Sofort gebot er solchen Gedanken Einhalt, erhob sich und half Carrie hoch.

Carrie machte sich über den Grund ihres erhöhten Pulses nichts vor. Begehren war etwas, das sie kannte, und es war etwas, das sich kontrollieren ließ. Ihr Instinkt riet ihr, es jetzt und auch in Zukunft Kirk gegenüber zu tun.

»Sie raten mir also, die Waffe zu laden, Mr. Doran?«

»Es würde nicht schaden.« Kirk verstaute sie wieder in der Nachttischschublade. »Und sagen Sie Kirk, Engel. Immerhin waren wir schon zusammen im Bett.« Er nahm ihren Arm und führte sie hinunter und hinaus.

»Guten Morgen, Robert.« Carrie lächelte ihrem Fahrer zu,

der ihr die hintere Tür der Limousine aufhielt. »Mr. Doran wird mich ein paar Tage zum Studio begleiten.«

Kirk entging nicht der versonnene Blick, den der Fahrer ihm zuwarf, bevor er die Tür mit der getönten Scheibe schloss.

»Wie fühlt man sich eigentlich als Betörerin der Herren der Schöpfung?«

Hinter ihren dunklen Gläsern schloss Carrie die Augen. »Oh, ich vergaß. Ich bin ja wohl eine dieser herzlosen Frauen, die Männer wie leere Flaschen wegwerfen, nachdem sie ihren Zweck erfüllt haben.«

Amüsiert streckte Kirk seine langen Beine aus. »Das kommt der Sache sehr nahe.«

»Sie haben Frauen gegenüber eine bemerkenswerte Geringschätzung, Mr. Doran.«

»Nein, völlig falsche Schlussfolgerung. Frauen sind einer meiner liebsten Zeitvertreibe.«

»Zeitver…« Im letzten Moment hielt sich Carrie zurück. Sie nahm ihre Sonnenbrille ab, um sich zu vergewissern, ob er sie nur aufzog oder die Wahrheit sprach. Da sie von ihm das Schlimmste denken wollte, neigte sie dem Letzteren zu. »Sie sind der klassische Chauvinist, Mr. Doran. Ich dachte, die Sorte sei längst ausgestorben.«

»Uns ist nicht so leicht beizukommen, Engel.« Er drückte einen Knopf, und eine komplette Bar öffnete sich ihm. Er überlegte kurz, sich eine Bloody Mary zu mixen, entschied sich dann aber für Orangensaft.

Carrie setzte ihre Brille wieder auf und lehnte den Kopf zurück. »Ich möchte Sie übrigens lieber nicht als meinen Leibwächter vorstellen. Das verursacht Aufsehen.«

»Gut. Wie wollen Sie es angehen?«

»Man wird annehmen, Sie seien mein Liebhaber.« Ohne die Miene zu verziehen, nahm sie ihm das Glas Orangensaft aus der Hand und trank. »Solche Art von Gerüchten bin ich gewohnt.«

»Darauf möchte ich wetten. Es ist Ihr Spiel. Spielen Sie es auf Ihre Art.«

Sie gab ihm das Glas zurück. »Das habe ich auch vor. Und was werden Sie machen?«

»Meinen Job.« Er leerte das Glas, gerade als sie aufs Studiogelände fuhren. »Sie müssen nichts weiter als hübsch in die Kameras lächeln, Engel, und sich keine Sorgen machen.«

Einem plötzlichen Impuls nachgebend, beugte sie sich hinüber zu ihm und umklammerte seine Arme. »Kirk, ich habe solche Angst, solche entsetzliche Angst. Diese Ungewissheit, ob ich in der nächsten Minute noch in Sicherheit bin.« Sie brach ab und beugte sich noch näher zu ihm herüber. »Ich kann Ihnen gar nicht sagen, was es für mich bedeutet, Sie bei mir zu wissen. Ich fühle mich so ausgeliefert, so verletzbar. Und Sie sind so stark.«

Sie war nah, so nah, dass er sah, wie sie hinter ihren getönten Gläsern die Augen schloss. Er spürte ihren Körper. Begehren flammte in ihm auf und ein Bedürfnis, sie zu trösten und zu schützen. Er zog sie dicht an sich heran. Ihr Duft verwirrte seine Sinne. »Sei unbesorgt«, sprach er ihr leise zu. »Ich passe auf dich auf.«

»Kirk …« Sie hob den Kopf, bis ihre Lippen nur einen Hauch von seinen entfernt waren. Als sie seine Anspannung spürte, entzog sie sich ihm mit einem Ruck und drückte ihm etwas in die Hand. »Ihr Scheck.« Sie sagte es gleichmütig und stieg dann aus der Limousine.

Kirk blieb zunächst im Wagen sitzen und hatte zum ersten Mal den Wunsch, eine Frau am liebsten erwürgen zu wollen. Dann stieg er aus und packte Carries Arm. »Sie sind gut. Wirklich sehr gut.«

»Ja, das bin ich.« Sie zeigte ein kleines, sorgloses Lächeln.
»Und ich kann noch viel besser sein.«

Bei Carries morgendlicher Routine von Make-up und Frisur
beschränkte sich Kirk auf die Rolle des Beobachters. Allein in
der ersten Stunde traf Carrie mit mindestens einem Dutzend
Leute zusammen: Schauspielerkollegen, Techniker und immer wieder Assistenten. Er würde sich eine Liste geben lassen, doch schon jetzt ahnte er ihren Umfang. Derjenige, der
sie verfolgte, schien offensichtlich ihre Tagesroutine zu kennen. Von daher standen die Menschen, mit denen sie arbeitete,
an oberster Stelle auf der Liste der Verdächtigen.

»Miss ... ah, Carrie.« Larry trat mit einer Tasse frischem
Kaffee neben Carrie.

»Oh, danke. Sie sind ein Gedankenleser.«

Die Anerkennung freute ihn ganz offenkundig. »Ich
wusste, dass die Frisur heute morgen länger braucht.« Er beobachtete, wie die Friseuse geduldig Perlen in das schon kom-
plizierte Haararrangement einfügte. »Sie werden in der Ball-
szene wunderbar aussehen.«

»Danke.« Sie erblickte Kirk im Spiegel. »Larry, das ist ein
Freund von mir, Kirk Doran.« Nur die Jahre des Trainings
verhalfen ihr dazu, diese Bezeichnung scheinbar selbstverständlich auszusprechen, und sie streckte Kirk über die Schulter hin ihre Hand zu. »Larry ist meine rechte Hand – und
manchmal auch meine linke. Kirk wird ein paar Tage bei den
Dreharbeiten dabei sein.«

»Oh ...« Larry räusperte sich. »Wie schön.«

Es war offensichtlich, dass der junge Mann alles andere als
das meinte. Ein weiterer Verehrer, dachte Kirk, dem mein
Argwohn gelten muss.

»Ich halte mich abseits«, versprach Kirk und nutzte die Situation aus, indem er mit dem Daumen über Carries Hand

strich. »Ich will nichts weiter als Carrie bei der Arbeit zusehen.«

»Ist das nicht reizend?« Carrie gelang ein strahlendes Lächeln. »Kirk ist im Moment arbeitslos und hat jede Menge
Zeit. Nur nicht überempfindlich werden, Darling.« Sie gab
ihm einen Klaps auf die Hand, bevor sie ihre wegzog. »Wir
alle wissen, wie hart der Arbeitsmarkt ist, vor allem für Botaniker. Aber jetzt muss ich in mein Kostüm.« Sie erhob
sich.

»Ich begleite dich, Darling.« Kirk legte den Arm um ihre
Schulter und drückte sie ein wenig zu fest. »Vielleicht brauchst
du Hilfe beim Verschluss.«

»Vorsicht, Doran«, fuhr sie ihn mit gedämpfter Stimme an,
als sie sich entfernten. »Ich trage in dieser Szene ein trägerlo-
ses Kleid, da kann ich mir keine blauen Flecken leisten.«

»Ich kann sie dir auch an den Stellen beibringen, wo man
sie nicht sieht. Ein Botaniker?«

»Ich habe mich schon immer von dem empfindsamen, stillen Typ angezogen gefühlt.«

»Wie von Larry?«

»Er ist mein Assistent. Lass ihn in Ruhe.«

»Sag mir nicht, wie ich meinen Job zu tun habe.«

»Er ist ein netter Junge, er hatte ausgezeichnete Referen-
zen, als er kam …«

»Wann?«

Verärgert riss Carrie ihre Garderobentür auf. »Vor drei
Monaten.«

Nachdem er die Tür hinter sich geschlossen hatte, zog Kirk
sein Notizbuch aus der Tasche. »Wie ist sein vollständiger
Name?«

»Larry Washington. Aber ich verstehe nicht …«

»Brauchst du auch nicht. Was ist mit dem Typen von der
Maske?«

»George? Sei nicht lächerlich, er könnte mein Großvater sein.«

Kirk sah sie nur an. »Der Name, Engel. Für einen verwirrten Geist gibt es keine Altersgrenzen.«

Sie stieß halblaut eine Verwünschung aus und zog sich dann in ihren Ankleideraum zurück. »Ich mag deine Arbeitsweise nicht, Doran.«

»Ich werde es bei der Beschwerdestelle einreichen.« Er setzte sich auf eine Sessellehne und sah sich interessiert um. Wie ihr Haus war auch ihre Garderobe ganz in Weiß gehalten. »Wenn wir schon dabei sind, gib mir die Namen von allen anderen Männern, mit denen du während der Dreharbeiten zu tun hast.«

Es gab eine kurze, aber bedeutungsvolle Pause. »Von allen?«

»Richtig.«

»Unmöglich. Ich kann mir unmöglich jeden merken. Die meisten kenne ich nur vom Sehen, oder nur ihren Vornamen.«

»Dann finde sie heraus.«

»Ich habe hier einen Job zu tun. Ich kann nicht …«

»Ich auch. Also besorge mir die Namen.«

Carrie zog ihren Reißverschluss hoch und sah finster gegen die Wand, die sie trennte. »Ich werde sehen, ob Larry mir eine Liste besorgen kann.«

»Nein. Es soll bei niemandem ein Verdacht erweckt werden.«

»Schon gut, schon gut.« Einen Augenblick lang war sie davon überzeugt, dass die Lösung ein größeres Problem werden würde als der Fall. Doch dann erinnerte sie sich an den Inhalt des letzten Briefes. Ob es ihr gefiel oder nicht, sie brauchte Kirk. »Der Name des Regieassistenten ist Amos Leery, der des Bildtechnikers Chuck Powers. Und, verdammt, sie sind seit Jahren in der Branche, und sie haben Familie.«

»Welchen Unterschied macht das schon? Besessenheit ist Besessenheit.« Als Carrie aus dem hinteren Ankleideraum zurück in den Empfangsraum kam, machte sich Kirk Notizen. »Was ist mit dem Regisseur?«

»Der Regisseur ist eine Frau.« Carrie legte ihre Armbanduhr ab. »Ich denke, wir können sie streichen.«

»Was ist mit …« Er machte beim Sprechen den Fehler aufzublicken. So brach er mitten im Satz ab, weil seine Gedanken abschweiften.

Carrie trug Rot, ein heißes feuriges Rot, das an ihrer Haut zu züngeln schien. Das Kleid umschloss tief und eng anliegend ihre Brüste und folgte dann den Linien ihres Körpers. Der enge Rock war auf einer Seite fast bis zur Hüfte geschlitzt, wo er von einem Halbkreis glitzernder Steine gehalten wurde. Kirks Mund fühlte sich plötzlich trocken an.

Carrie sah und verstand den Blick. Normalerweise ließ so etwas sie lächeln – vor Freude oder einfach ganz automatisch. Doch jetzt gelang ihr das nicht, dazu klopfte ihr selbst das Herz zu stark. Langsam erhob sich Kirk, und sie trat zurück. Erst viel später kam ihr ins Bewusstsein, dass sie zum ersten Mal vor einem Mann zurückgewichen war.

»Die restlichen Namen nenne ich dir später.« Sie sagte es hastig. »Man wartet auf mich.«

»Was stellst du denn heute dar?« Vorsorglich machte er keinen weiteren Schritt auf sie zu.

»Eine Frau, die auf Rache aus ist.«

Er musterte sie wieder, langsam wanderte sein Blick hoch, dann hinunter und wieder hoch, bis sich ihre Blicke trafen. »Ich denke, die Darstellung gelingt dir.«

Sie riss sich zusammen. Spiel deine Rolle, verordnete sie sich selbst. Es war in jeder Situation möglich, eine Rolle zu spielen. »Gefällt es dir?« Spielerisch kokett drehte sie sich langsam und zeigte den gewagten Rückenausschnitt.

»Ein bisschen viel für halb acht morgens.«

»Meinst du?« Ihr Lächeln war jetzt schon etwas entspannt. »Warte nur, bis du das Zubehör dazu siehst. Cartier leiht uns ein Collier und Ohrringe ... der ganze Zauber ist zweihundertfünfzigtausend Dollar wert. In Kürze werden wir hier zwei bewaffnete Sicherheitskräfte und einen sehr nervösen Juwelier erleben.«

»Warum kein Imitat? Es glänzt auch.«

»Weil das Echte für die Publicity besser ist. Kommst du?«

An der Tür hielt er sie noch einmal zurück, als er nur mit einem Finger leicht ihre nackte Schulter berührte. »Eine Frage. Trägst du etwas darunter?«

Ihr gelang ein schwaches Lächeln. »Das ist Hollywood. Wir überlassen so etwas nicht der Einbildungskraft.« Damit verließ sie endgültig ihre Garderobe und hoffte, der Druck in ihrer Brust würde sich vor der ersten Einstellung mindern.

Mittags hatte sich Kirk dazu durchringen müssen, seine Meinung über Carrie zumindest in einem Punkt zu ändern. Sie war nicht die verwöhnte launenhafte Diva, wie er erwartet hatte. Sie arbeitete wie ein Pferd – allerdings wie ein Rassepferd – und wiederholte die Einstellungen immer wieder, ohne sich zu beklagen.

Es waren Pressefotografen erschienen, und Carrie hatte ihre Freundlichkeit selbst dann nicht verloren, als sich die Prozedur neunzig Minuten hinzog. Sie hatte den Maskenbildner nicht wie einer ihrer Schauspielerkollegen angegiftet, als das Make-up aufgefrischt werden musste. Wegen der vielen Scheinwerfer war es unerträglich heiß in der Kulisse, doch sie machte nicht schlapp. Zwischendurch nippte sie immer wieder an einem Mineralwasser, durfte sich aber nicht setzen, da die Garderobiere sich wegen Falten in ihrem Kostüm aufregte.

Zwei bewaffnete Sicherheitskräfte ließen sie und den Schmuck im Wert einer Viertelmillion nicht aus den Augen. Der Schmuck stand ihr, musste sich Kirk widerstrebend eingestehen, und sie wusste es zu tragen – das breite goldene Halsband, verziert mit Diamanten und Rubinen, und das Feuerwerk von Diamanten und roten Edelsteinen, das an ihren Ohren glitzerte.

»Ist es nicht unglaublich?«

Kirk drehte den Kopf und erblickte einen großen ergrauten Mann neben sich. »Was?«

»Dass sie Stunden um Stunden dazu brauchen, eine zweiminütige Einstellung zu drehen.« Er zog sich eine dünne schwarze Zigarette aus der Tasche und machte sie an der Glut der Zigarette eines anderen Umstehenden an. »Das Zusehen macht mich ganz nervös. Aber ich kann nicht wegbleiben, wenn sie mein Geistesprodukt in Stücke zerlegen.«

Kirk zog eine Augenbraue hoch. »Offensichtlich nicht.«

Der Mann inhalierte tief den Rauch und lächelte dann. »Ich bin nicht verrückt … oder vielleicht doch? Ich habe das Drehbuch geschrieben. Besser, ich habe etwas geschrieben, das vage an das hier erinnert.« Er streckte seine gepflegte, ziemlich dünne Hand aus. »James Brewster.«

»Kirk Doran.«

»Ja, ich weiß. Sie sind der Freund von Miss O'Hara.« Er zuckte gleichmütig die Schultern. »Gerüchte sprechen sich in Dörfern schnell herum. Sie ist wirklich glänzend, nicht wahr?«

»Ich verstehe nicht viel davon.«

»Oh, ich kann es Ihnen versichern. Es gab wirklich keine andere für die Rolle der Hailey. Kühl, rachsüchtig, nicht mehr loslassend, doch gleichzeitig verletzbar und sich nach Liebe verzehrend. Über ihre Darstellung der Hailey brauche ich mir keine Sorgen zu machen. Sie weiß, worum es geht, mehr sogar ... sie fühlt es.« Hastig zog Brewster erneut an seiner Zigarette. »Sie einfach nur zu beobachten vermittelt mir eine Freude.«

Kirk steckte die Hände in seine Taschen und fügte im Geist Brewster der wachsenden Liste der zu überprüfenden Männer hinzu. »Sie ist eine außerordentlich schöne Frau.«

»Das sowieso. Aber, um eine abgedroschene Floskel zu benutzen: Das ist nur ihre äußere Fassade. Das, was in Caroline O'Hara steckt, ist das Faszinierende.«

Kirk runzelte die Brauen. »Und was ist das?«

»Ich würde sagen, Mr. Doran, dass das jeder Mann selbst herausfinden sollte.«

Die Regisseurin forderte zur Ruhe auf, und Brewster verfiel in ein nervöses Schweigen. Kirk hing seinen eigenen Gedanken nach.

Carrie schien in der Rolle zu leben. In der Schlüsselszene traf sie ihren Liebhaber wieder, drei Jahre nachdem er sie verlassen hatte. Selbst nach zigmaliger Wiederholung wurde ihr Blick auf das Stichwort eiskalt, und ihre Stimme bekam gerade den notwendigen gehässigen Beiklang. Auf dem überfüllten Tanzboden verführte und demütigte sie ihn dann. Carrie gelang beides mit einer solchen Leichtigkeit, dass Kirk überzeugt war, sie müsse es genießen.

Die Szene zog sich über Stunden hin, doch Kirk war geduldig. Interessiert bemerkte er, dass Carries Assistent bei jeder Pause, die länger als fünf Minuten dauerte, mit einem Glas Mineralwasser neben ihr auftauchte. Mehr als einmal kam auch der Regieassistent zu ihr, nahm ihre Hand und sprach leise mit ihr. Und auch der Maskenbildner schien ihr mit ausgesuchter Wertschätzung zu begegnen, wenn er ihr Make-up auffrischte.

Es war schon nach sieben Uhr, als sie Schluss machten. Carrie musste, wie Kirk im Stillen überschlug, mit Ausnahme der einstündigen Lunchpause, ununterbrochen vierzehn Stunden auf den Beinen gewesen sein. Er würde lieber acht Stunden lang Gräben ausheben, als mit ihr zu tauschen.

»Schon jemals an eine andere Art von Arbeit gedacht?«, fragte Kirk Carrie, als sie wieder in ihrer Garderobe waren.

»Oh nein.« Carrie schlüpfte aus ihren Schuhen und massierte ihre schmerzenden Füße. »Ich liebe Glamour.«

»Wo war der?«

Ihr Lächeln kam automatisch. »Schnelle Auffassungsgabe. Wenn die Rothschild die Einstellung noch einmal wiederholt hätte, nur noch einmal, hätte ich dich gebeten, ihr ins Knie zu schießen. Machst du den Reißverschluss für mich auf? Meine Arme sind wie aus Gummi.«

»Weil du sie die meiste Zeit des Tags um Carter, diese glatte Posterschönheit, geschlungen hattest.« Er zog den Reißverschluss bis hinunter zu ihren Hüften.

Verschmitzt lächelnd sah sie über die Schulter zurück. »Ich finde solche Typen himmlisch.«

»Schon einmal daran gedacht, dass es Carter sein könnte, der dir Blumen schickt?«

Sie versteifte sich leicht und ging dann hinüber in ihren Ankleideraum. »Er ist viel zu sehr damit beschäftigt, sich von seiner dritten Frau zu lösen. Außerdem, ich kenne ihn schon seit Jahren.«

»Menschen können sich ändern oder sich ganz unerwartet verhalten. Und mit ihm verbringst du Stunden am Tag in Umarmungen.«

»Das ist rein beruflich.«

»Reizender Beruf. Auf alle Fälle aber solltest du niemandem trauen.«

»Ausgenommen dir.«

»Richtig. Brewster schien von dir auch sehr eingenommen zu sein.«

»Brewster? Der Autor?« Ehrlich amüsiert kam Carrie zurück und knöpfte sich noch die Bluse zu. »James ist mehr an seinen Rollen interessiert als an den Menschen, die sie spielen. Und er ist seit mehr als zwanzig Jahren glücklich verheiratet. Liest du etwa nie die Klatschspalten in den Zeitungen?«

»Habe ich mir noch nie entgehen lassen.« Er wollte sich eine Zigarette herausholen, hielt aber in der Bewegung inne, als sie sich unvermittelt hinsetzte und ihren Fuß umfasste. »Probleme?«

»Immer, wenn man diese verdammten Dinger auszieht, muss man Todesqualen ausstehen.« Sie zuckte zusammen, stieß eine Verwünschung aus und massierte den Fuß. »Ich kann dir verraten, es war ein Mann, der sich die hohen Absätze ausgedacht hat – derselbe, der auch den BH erfunden hat.«

»Aber ihr Frauen tragt die Dinger.« Er kniete nieder und nahm ihren Fuß in die Hand. »Im Spann?«

»Ja, aber …« Ihr Protest erstarb, als er zu massieren begann, und mit einem tiefen, erleichterten Seufzer lehnte sie sich zurück. »Wunderbar. Du hast den Beruf verfehlt. Als Masseur könntest du dir einen Namen machen.«

»Du solltest erst sehen, wie ich es bei anderen Körperteilen kann.«

»Danke, aber bleiben wir doch beim Fuß. Wenn ich nur ein paar Zentimeter größer oder Sean ein paar Zentimeter kleiner wäre, könnten wir bei den meisten Einstellungen mit flachen Schuhen arbeiten.«

»Seine Liebesszenen mit dir wirkten übrigens sehr echt.«

»Das sollen sie auch.« Müde öffnete sie die Augen. »Wir sind Profis. Es wirkt so, weil wir es so spielen, nicht weil einer von uns irgendwelche weiter gehenden Interessen hat.«

»Auf mich wirkte es doch so. Vor allem, als er seine Hand auf deine …«

»Versuch es doch lieber mal in einer anderen Tonart.«

»Offensichtlich willst du mir wieder erzählen, wie ich meinen Job zu tun habe.«

»Ich würde es vorziehen, wenn du deinen Job endlich tätest, statt auf einem Mann herumzuhacken, nur weil er seine Arbeit gut erledigt.«

»Ich überprüfe ihn nur.«

»Ich will nicht, dass meine Freunde und Arbeitskollegen ausspioniert werden.«

»Wenn du jemanden willst, der Angst davor hat, anderen auf die Zehen zu treten, dann hast du den Falschen engagiert.«

»Zu der Überzeugung bin ich auch schon verschiedentlich gekommen.« Sie konnte selbst nicht sagen, warum sie so überreizt reagierte, aber die langsamen Bewegungen seiner Hände auf ihrem Fuß brachten sie durcheinander. Sie wollte ihn einfach nicht mehr sehen. »Warum verschwindest du nicht, Doran?« Sie entriss ihm den Fuß. »Du bist nicht mein Stil.« Sie erhob sich und ging an ihm vorbei. »Das Wechselgeld kannst du behalten.«

»Großartig.« Er war so wütend wie sie, doch ebenso verwirrt hinsichtlich des Grundes. Er wusste nur, dass er einen kurzen Augenblick etwas für sie empfunden hatte, etwas Weiches und Leises. Doch das hatte sich wieder verflüchtigt, als hätte es nie existiert. An seine Stelle war die Wut getreten – und ein triebhaftes Verlangen von ebensolcher Kraft, das nach körperlicher Entspannung strebte. »Ich könnte aber auch eine Sondervergütung einfordern.«

Kirk griff nach ihren Schultern. Carrie hatte gewusst, dass er nicht sanft sein würde. Seine Hand fuhr heftig durch ihr Haar, und sein Mund näherte sich ihrem. Sie hatte gewusst, dass er, ohne abzuschweifen, direkt auf sein Ziel zugehen würde. Was sie nicht gewusst hatte, war, wie sie darauf reagierte.

Kein Mann nahm sie in den Arm, wenn sie nicht in den Arm genommen werden wollte. Kein Mann nahm sich von ihr, was sie ihm nicht bereitwillig anbot. Doch Kirk hielt sie, und in ihr war nichts, was ihm Einhalt bieten konnte. Sein Gesicht fühlte sich rau an, seine Finger gruben sich in ihre Haut, während er sie dicht an sich gezogen hielt. Sie hätte sich ihm widersetzen können, doch sie tat es nicht. Alles schien konzentriert in dem Gefühl zusammenzuschmelzen, das sein Mund auf ihren Lippen auslöste. Ein unbeschreibliches Gefühl. Einladend öffneten sich ihre Lippen.

Um Konsequenzen machte sich Kirk selten Sorgen, ebenso wenig stellte er seine instinktiven Bedürfnisse infrage. Als er den Drang gespürt hatte, sie zu fühlen, sie einfach an sich zu ziehen, war er dem eben nachgegangen. Doch in diesem Fall bereute er es schnell. Sie war anders, mehr, als er sich vorgestellt hatte. Weicher, sanfter, wärmer. Es war kein Abziehbild, das er in den Armen hielt, sondern eine heißblütige Frau voller Leidenschaft. Und als er ihre Lippen spürte und schmeckte, merkte er sofort, dass er mehr wollte. Und genau das war die Falle, in die er gelaufen war.

Er wollte ihr Gesicht sehen, nachdem sie ihn gekostet hatte. Ihre Augen öffneten sich langsam, sie waren sehr dunkel und tiefblau. Sie verwandelten sein Begehren in etwas Schmerzhaftes und dann – bevor er sich abrupt von ihr löste – in Unsicherheit.

»Es war wirklich ein interessanter Tag, Engel.« Und einer, den er sicher nicht so schnell vergessen würde. »Warum sagst du Matt nicht, er solle dir jemand anderen suchen?«

Es war schon lange her, dass sie sich abgewiesen fühlen musste, und es schmerzte. Doch Berufsroutine und Stolz ließen sie ihre Fassade wiederfinden und färbten ihre Stimme eiskalt. »Wenn deine Vorstellung von männlicher Überheblichkeit beendet ist, kannst du gehen. Sollte ich zufällig hören, dass jemand einen Leibwächter für seinen Pudel braucht, werde ich ihm deine Karte geben.«

Das Telefon schrillte. Carrie ging hinüber, nahm den Hörer ab, vergewisserte sich aber erst, dass Kirk die Tür öffnete, bevor sie sich meldete.

Die Stimme war ihr mittlerweile vertraut, aber noch furchterregender geworden. »Den ganzen Tag habe ich darauf gewartet, mit dir sprechen zu können. Du bist so schön, so erregend. Ich stelle mir vor, wir …«

»Hören Sie auf!«, schrie Carrie außer sich. »Lassen Sie mich in Ruhe!« Und verzweifelt warf sie den Hörer zurück.

Kirk bemerkte, wie hart sie daran arbeitete, ihre äußere Beherrschtheit wiedererlangen zu können. Aber ihr Gesicht war so weiß wie die Wände des Raumes. Sie drehte sich um und bemerkte ihn. »Ich dachte, du wärst gegangen.«

»Ich dachte es auch.« Kirk begründete sein Verhalten nie, einfach aus dem Grunde, weil er glaubte, langwierige Erklärungen schwächten die eigene Position. In diesem Fall entschied er sich, so nah wie möglich zu kommen, ohne die Linie zu überschreiten. »Carrie, wir müssen uns nicht unbedingt mögen, um diesen Fall zu lösen, und ich habe es nicht gern, einen Job halb fertig zu lassen. Warum vergessen wir nicht einfach, was vorhin geschehen ist?«

Um sowohl ihrem Bedürfnis, nicht allein zu bleiben, als auch ihrem Stolz zu genügen, schenkte sie ihm ein besänftigendes Lächeln. »Ist vorhin etwas geschehen?«

4. KAPITEL

Carrie wusste, dass sich Privatleben und Ruhm nicht einfach verbinden ließen, und so hatte sie zugunsten des Letzteren Ersteres geopfert. Wenn sie ausging, sei es um mit einem Freund ein ruhiges Essen zu genießen, sei es, dass sie mit jemandem tanzte, dann gab es darüber schon die wildesten Gerüchte, bevor der Abend vorbei war.

Schenkte man der Presse Glauben, dann war Carries Leben voller Männer, wilder Romanzen und glühender Affären. Sie akzeptierte das aus klaren Vernunftgründen heraus. Denn würde sie sich den Sensationsreportern gegenüber grob oder feindselig verhalten, würden sowohl ihr Ruf als auch ihre Fotos in Zukunft wenig schmeichelhaft ausfallen.

Doch auf einem ganz anderen Blatt standen das Abhören ihres Telefons und der Wachposten vor ihrem Haus. Das war nicht Bestandteil der glänzenden Seide-und-Diamanten-Scheinwelt, die sie bereitwillig der Öffentlichkeit präsentierte.

Doch sie sollte vernünftig sein, erinnerte sie sich immer wieder. Immerhin hatte sie seit dem Anruf in ihrer Garderobe Ruhe gehabt – keine Briefe, keine Blumen, keine flüsternde Stimme. Sie sollte sich erleichtert fühlen, doch irgendwie empfand sie es eher als Ruhe vor dem Sturm.

Während der Woche hielt ihre Arbeit sie von quälenden Gedanken ab. Wenigstens für einige Stunden am Tag konnte sie sich in die Rolle der Hailey und deren Probleme flüchten. Mit Arbeit hatte Carrie schon andere persönliche Krisen überstanden.

Doch heute war Samstag, und da die Dreharbeiten zügig vorangingen, hatte sie frei. Normalerweise genoss sie es, an diesen Tagen lange im Bett zu bleiben. Aber um sieben Uhr war sie wach. Missmutig verordnete sie sich, wieder einzuschlafen. Um Viertel nach sieben starrte sie immer noch an die Decke, und ihre Gedanken waren nicht gerade dazu angetan, ihr innere Ruhe zu bringen. Von schönen, im Rampenlicht stehenden Frauen wurde angenommen, sie schliefen bis Mittag und verwöhnten sich dann mit Massagen und Schönheitspflege. Carrie selbst hätte das wohl auch geglaubt, wenn sie nicht schon so lange die Kehrseite der Medaille gekannt hätte.

Sie warf die Decke zur Seite und ging in ihr Arbeitszimmer. Vom ganzen Haus zeigte allein dieser Raum die andere Seite von ihr. Die Einrichtung, wenn auch geschmackvoll, war einfach und entsprach den Gesichtspunkten der Nützlichkeit, und sie benutzte den Raum auch. Gewiss, Carrie hatte Leute, die für sie arbeiteten, doch sie würde ihre Angelegenheiten nie vollständig in deren Hände legen. Sie kannte ihre Vermögensverhältnisse, wusste, was ihr Fototermine einbrachten, sie hatte die Kopien aller Verträge fein säuberlich abgeheftet ... die sie nicht nur unterschrieben, sondern auch gelesen hatte.

Von ihrem Schreibtisch nahm sich Carrie einen dicken Stoß Papiere und ging damit zurück zu ihrem Bett. Es waren drei neue Manuskripte. Die Dreharbeiten für »Strangers« würden nicht ewig dauern. Es wäre also gut, sich jetzt schon Gedanken über das nächste Projekt zu machen.

Das erste Manuskript konnte sie schnell zur Seite legen. Es sah hauptsächlich Nacktszenen mit ihr und eine leidenschaftliche Umarmung nach der anderen vor. Nicht, dass sie prüde war, sie war nur nicht bereit, ihren Körper zur Verkaufssteigerung eines mittelmäßigen Projekts einzusetzen. Sie war es sowieso satt, immer nur den Vamp oder das Opfer zu spielen.

Das nächste Manuskript packte sie ab der ersten Seite. Eine Komödie. Endlich einmal eine intelligente Geschichte, die sich nicht darauf verließ, dass sich durch Carries Sexappeal das Ganze verkaufen lassen würde. Die Dialoge waren witzig, und eine Intrige und Verwicklung löste die andere ab. Es gab nicht nur Wortspiele, sondern auch Situationskomik. Die Carrie zugedachte Rolle verfiel immer wieder der Lächerlichkeit. Am Ende lag sie mit dem Gesicht im Schlamm. Carrie musste laut lachen.

Dank dir, Matt. Er wusste, wie gern sie einmal etwas machen würde, das dem Image von ihr, das sie lange sorgfältig aufgebaut hatten, widersprach. Es war ein Risiko. Würde das Publikum sie mit Schlamm im Mund sehen wollen?

Glücklich wie seit Wochen nicht mehr, bestellte sie über die Sprechanlage ihr Frühstück und nahm sich erneut das Drehbuch vor. Als es an der Tür klopfte, antwortete sie gedankenversunken und musste wieder lachen, als die weibliche Hauptfigur, ihre Rolle, sich wieder einmal mit Haken und Ösen aus einer problematischen Situation zu helfen wusste.

»Das scheint aber sehr komisch zu sein«, bemerkte Kirk.

Carrie blickte abrupt auf. Der amüsierte Ausdruck in ihrem Gesicht verwandelte sich sofort in Verärgerung. Zu schade, dachte sie, warum muss er auch so verdammt gut aussehen. »Welch ein Jammer, dass ich die Pistole nicht geladen habe.«

»Du würdest doch nicht auf einen Mann schießen, der dir das Frühstück ans Bett bringt?« Er kam näher, stellte das Tablett auf ihren Schoß und machte es sich selbst neben ihr auf dem Bett bequem. Er trug ein T-Shirt und verblichene Jeans und schien sich nichts daraus zu machen, dass seine Turnschuhe auf der kostbaren Überdecke lagen. »Was liest du da?« Entspannt streckte er seine Glieder und verschränkte die Arme hinter dem Kopf.

»Den Börsenbericht.«

»Ja, davon komme ich auch immer in Schwung.« Den Kissen haftete ihr verführerisch sinnlicher Duft an. Das Haar fiel ihr, vom Schlaf zerzaust, über die Schultern und ihren Rücken hinunter. Selbst im grellen Morgenlicht gelang es ihm nicht, auch nur einen Makel in ihrem Gesicht zu entdecken. Über ihre Schultern liefen zwei dünne Träger, und ein Hauch von Spitze bedeckte ihre Brüste. Er erinnerte sich daran – was er besser nicht getan hätte –, wie er sie an sich gespürt und sie geküsst hatte. Hastig nahm er sich einen Toast.

»Bedien dich ruhig«, meinte sie spöttisch, ohne sich danach zu fühlen.

»Danke.« Er beugte sich vor, um an die Marmelade zu kommen, wobei sie seinen Atem auf ihren nackten Schultern spürte. »Wie ich schon einmal gesagt habe, ein wunderbares Bett.«

»Wenn ich die Rechnung für die Reinigung der Überdecke bekomme, ziehe ich sie von deinem Honorar ab.« Sie goss sich eine Tasse Kaffee ein und nippte vorsichtig daran, weil er noch zu heiß war.

Er biss in seinen Toast und sah sie nur an. Ganz langsam erhellte ein Lächeln sein Gesicht.

Carrie entschied, dass sie ihn nicht nur nicht mochte, sondern ihn geradezu verabscheute. »Du verstehst, ich bin beschäftigt, also, falls …«

»Ja, das sehe ich.«

»Zufällig lese ich gerade einige Manuskripte.«

»Etwas Gutes dabei?«

Carrie seufzte im Stillen. Manche Männer besaßen wirklich eine selten ausgeprägte Dickfelligkeit. »Ja. Und jetzt will ich weiterlesen.«

»Ist es wieder eine männerverschlingende Rolle?«

Ruhe bewahren, verordnete sich Carrie selbst. »Nein. Zufällig ist es eine Komödie.«

»Eine Komödie?« Er lachte kurz auf. »Du?«

Ihre Augen zogen sich zusammen. »Überspann den Bogen nicht.«

»Nicht aufregen, Engel. Du hast nun einmal kein Gesicht, das in eine Torte gedrückt wird.«

»Es ist Schlamm.«

»Wie bitte?«

»In diesem Fall wird mein Gesicht in Schlamm gedrückt.«

Er wählte ein Stück Melone aus. »Das muss ich sehen.«

»Ich bin sicher, wie du denken Millionen Menschen. Schließlich bist du ja ein – wie sagt man? – Otto Normalverbraucher. Und jetzt verrate mir aber, warum du mit deinen Füßen auf meinem Bett und mit deinen Händen in meinem Frühstück bist.«

»Das gehört zum Service. Der Kaffee ist wunderbar.«

»Ich werde deine Komplimente weiterleiten. Also, was ist?«

»Willst du nicht essen?«

»Doran ...«

»Okay.« Er zog einen schmalen Ordner unter dem Tablett hervor und öffnete ihn. »Ich habe einige vorläufige Berichte. Vielleicht bist du daran interessiert?«

»Berichte worüber?«

»Larry Washington, Amos Leery, James Brewster. Dann noch etwas über deinen Maskenbildner und deinen Fahrer.«

»Meinen Fahrer?« Ihr Appetit war verflogen, und Carrie richtete sich entschlossen auf. Unterhalb der Spitze bemerkte Kirk altrosa Seide, und er fragte sich, wie weit hinunter sie reichte. »Das ist das Lächerlichste, was ich jemals gehört habe.«

»Engel, liest du keine Kriminalromane? Derjenige, der am wenigsten verdächtigt wird, ist meist der Täter.«

»Ich bezahle dich nicht, um dich Romandetektiv spielen zu lassen, und ich bezahle dich auch nicht für solche verdammten Nachforschungen über Menschen wie Robert oder George.«

»Ist dir vielleicht schon einmal aufgefallen, wie Robert dich ansieht?«

»Darling, alle Männer sehen mich so an.« Ihre Kopfbewegung war filmreif.

Er trank seinen Kaffee und ließ sie dabei nicht aus den Augen. Es bereitete ihm bei ihr immer wieder Schwierigkeiten, Schein und Wirklichkeit auseinanderhalten zu können. »Irgendwo muss ich anfangen, also beginne ich bei den Menschen deiner nächsten Umgebung.«

»Gleich erzählst du mir noch, du würdest Matt überprüfen.« Als er nichts erwiderte, sah sie ihn forschend an. »Du machst Witze. Matt ist …«

»Ein Mann«, beendete Kirk.

Außer sich vor Wut, nahm Carrie das Tablett und beförderte es unsanft auf Kirks Schoß. Der Kaffee spritzte über die Tassenränder. »Ich werde es nicht zulassen, dass Menschen, die mir etwas bedeuten, ausspioniert und in Verlegenheit gebracht werden. Matt ist mein bester Freund, und ich hatte den Eindruck, deiner auch.«

»Hier geht es um eine wirklich ernst zu nehmende Angelegenheit, Engel.«

»Dann ist eben für uns die Angelegenheit beendet. Die Anrufe haben aufgehört, ebenso die Briefe.«

»Für ganze achtundvierzig Stunden.«

»Das reicht mir. Ich zahle dir noch …« Das Weitere blieb ihr im Halse stecken, als das Telefon neben ihrem Bett schrillte. Ohne es zu bemerken, ergriff sie Kirks Hand.

»Sie nehmen unten ab. Keine Panik. Ganz ruhig«, sprach er ihr zu. »Wenn er es ist, versuche ihn so lange wie möglich zum Reden zu bringen. Wir brauchen Zeit, um den Ort des Anrufs ausfindig zu machen.« Als die Sprechanlage summte, zuckte sie zusammen. »Reiß dich zusammen, Carrie, du schaffst es.«

Sie bemühte sich, ruhig zu atmen, als sie sich über die Sprechanlage meldete. »Ja?«

»Ein Mann ist am Apparat, Miss O'Hara. Er sagt seinen Namen nicht, aber er meint, es sei wichtig. Soll ich ihm sagen, Sie seien nicht zu sprechen?«

»Ja.« Sie spürte den Druck von Kirks Hand um ihr Handgelenk. »Nein, ich nehme es an. Danke.«

»Geh es langsam an«, sprach Kirk auf sie ein. »Lass ihn einfach einmal reden.«

Ihre Finger fühlten sich steif und kalt an, als sie den Hörer abnahm. »Hallo.« Kirk brauchte nur ihr Gesicht anzusehen, um zu wissen, dass sie das bekannte Flüstern hörte.

Carrie schloss die Augen. Sie wollte sich nicht anmerken lassen, welch schreckliche Gänsehaut die Dinge, die der Anrufer ihr sagte, verursachten. »Sagen Sie mir doch, wer Sie sind. Wenn Sie …« Zwischen Frustration und Erleichterung hin- und hergerissen nahm sie den Hörer vom Ohr. »Er hat aufgelegt.«

»Verdammt.« Kirk nahm den Hörer und drückte auf einen Knopf am Apparat. »Ich bin's, Kirk.« Er lauschte kurz in den Hörer und fluchte dann, als er ihn auflegte. »Zu wenig Zeit. Hat er irgendetwas gesagt, wobei es bei dir geklickt hat, irgendetwas, das dich an jemanden erinnert hat, den du kennst?«

»Nein, ich kenne niemanden mit einer solchen Neigung, Kirk.« Sie schluckte. »Er hat gesagt, er habe eine Überraschung für mich – eine große Überraschung.« Sie sah ihn an, und ihre Augen waren riesig, fast schwarz. »Er hat gesagt, es würde nicht mehr lange dauern.«

»Überlass es mir, mir wegen ihm Sorgen zu machen.« Er hatte sich schon immer zu den hilflos Schutzbedürftigen hingezogen gefühlt, was ihn immer wieder in Schwierigkeiten gebracht hatte. Auch wenn er wusste, dass es hier auf einer persönlichen Ebene gefährlicher werden könnte, legte er einen Arm um ihre Schulter und zog sie an sich. »Dafür bezahlst du mich doch, Engel.«

»Er wird zu mir kommen.« Es klang kraftlos und endgültig. »Ich kann es fühlen.«

»Das dürfte ihm aber schwerfallen. Immerhin kontrollieren zwei meiner Leute das Grundstück, zwei andere überwachen das Telefon und die Sicherheitsanlage.«

»Trotzdem fühle ich mich nicht sicher.« Sie schloss die Augen und lehnte sich für einen Augenblick an ihn. »Vielleicht, weil ich sie nicht sehen kann.«

»Aber mich kannst du doch sehen.«

»Ja.« Und sie konnte ihn fühlen, konnte die Muskeln in seinem Arm, in seiner Schulter und sein Gesicht fühlen.

»Willst du mehr von mir sehen?«

Argwöhnisch sah Carrie auf. Sie erkannte Humor in seinem Blick und – oder irrte sie sich? – so etwas wie echte Sorge. »Wie bitte?«

»Wie du das wieder fertiggebracht hast, Engel. Du kannst einen Mann umwerfen, ohne auch nur den kleinen Finger zu heben.«

»Eines meiner Talente. Was hast du gemeint, Doran?«

»Ich könnte hier für eine Weile einziehen. Nun bilde dir nichts darauf ein«, warnte er sie, als er spürte, wie sie sich versteifte. »Es gibt genügend Zimmer hier. Auch wenn ich dein Bett allmählich richtig ins Herz schließe, kann ich mich auch mit einem anderen begnügen. Was meinst du, Engel? Willst du einen Hausgenossen?«

Mit gerunzelter Stirn sah sie ihn an. Ihr fiel es schwer, zuzugeben, wie viel sicherer sie sich fühlen würde, wenn er immer in ihrer Nähe wäre. Das Haus war groß genug, um sich aus dem Weg gehen zu können. Das wirkliche Problem war

71

ein anderes – es betraf ihre Erinnerung an den einen brennenden Kuss.

»Vielleicht sollte ich mir wirklich einen Wachhund zulegen.«

»Deine Entscheidung.«

Natürlich, und sie wusste auch genau damit – und mit ihm – umzugehen. »Also gut, hol dein Bündel, Doran. Wir werden schon ein Eckchen zum Schlafen für dich finden.« Sie richtete sich auf. Es war nicht zu verleugnen, sie fühlte sich besser. Der beklemmende Druck in ihrem Magen löste sich. »Wie viel kostet mich das zusätzlich?«

»Mahlzeiten – und ich erwarte mehr als eine Schale Früchte zum Frühstück –, Benutzung der Räumlichkeiten und, da mein Privatleben zum Teufel geht, weitere zweihundert pro Tag.«

»Zweihundert?« Ganz undamenhaft stieß Carrie die Luft durch die Nase aus. »Ich glaube nicht, dass ein Privatleben mehr als fünfzig wert ist. Das ist doch der übliche Preis in einem Massagesalon?«

»Was weißt du denn über Massagesalons?«

»Nur, was ich im Kino sehe, Darling.«

»Wie wäre es mit einer praktischen Einführung?« Er schob einen Träger über ihre Schulter.

Ungerührt hatte sich Carrie ihr Drehbuch wieder vorgenommen. »Danke. Ich bezweifle, dass ich von dir irgendetwas lernen kann.«

»Das wiederum bezweifle ich.« Als er den anderen Träger herunterschob, hob sie den Blick.

Er wollte sie herausfordern, doch so leicht ließ sie sich nicht ködern. »Probiere es aus, wenn ich ein paar Wochen freihabe, Doran. Ich fürchte, du musst ganz von vorn anfangen.«

»Ich bin ein eifriger Schüler.« Er ließ seine Hand über ihre Schulter gleiten, bis sein Daumen ihr Kinn berührte.

Heftig griff sie nach seinem Handgelenk, doch ihrer Stimme war nichts anzumerken. »Pass auf, was du tust.«

»Wenn man aufpasst, versäumt man zu viel.«

Kirk wollte sie berühren, ihre weiche, warme Haut spüren, wollte sehen, wie sich ihr Blick, teils aus Ärger, teils aus Sinnlichkeit, verdunkelte. Auch der Druck ihrer Nägel konnte ihn nicht davon abhalten, das Feuer erleben zu wollen, das sie so gut in sich verschlossen hielt. Das Feuer, das sie auf der Leinwand so explosiv auflodern lassen konnte.

Carrie brachte ihre andere Hand hoch, und er ergriff sie. Nun hielt sie eine seiner und er eine ihrer Hände. So weit war das Gleichgewicht also hergestellt. Er glaubte, dass sie aus Stolz nicht gegen ihn ankämpfte, aus Stolz und der Gewissheit heraus, sie könnte ihn in die Knie zwingen, wenn sie nur wollte.

Gerade wollte er sie loslassen, als sie den Kopf hob und ihr Blick ihn herausforderte. Herausforderungen hatten ihn schon immer gereizt.

Den Blick fest mit ihrem verschränkt, senkte er seinen Mund. Aber er küsste sie nicht. Der kühle Gleichmut, mit dem Carrie darauf reagieren wollte, verflog. Und dann nahm Kirk für sie ganz überraschend zärtlich ihre Unterlippe zwischen die Zähne. Wie hypnotisiert von seinen grünen Augen, die sie beobachteten, wehrte sie sich nicht.

Diese Art von Gefühlen, diesen Hunger hatte sie nicht erwartet. Das hatte sie vor Jahren in sich verschlossen, als ihre Gefühle sie ins Unglück gestürzt hatten. Dieses langsame, schwirrende Gefühl in ihrem Magen hatte sie nicht erwartet. Sie hatte nicht erwartet, dass ihre Glieder durch eine Berührung weich werden könnten. Sie hatte Liebesszene um Liebesszene gespielt und nichts anderes dabei gefühlt, als was die Rolle ihr vorschrieb: leidenschaftlichste Umarmungen, die den beteiligten Schauspielern aber nicht mehr bedeuteten als eine professionelle Aufgabe.

Dieses zarte Kitzeln ihrer Lippe hätte in ihr eigentlich nichts als ein Gefühl von Belästigung auslösen dürfen. Aber sie lag regungslos, gefangen von dem heftigen Wunsch, diese warme Woge, die er in ihr bewirkte, ganz aufzunehmen.

Unmöglich, es musste unmöglich sein. Doch sie machte auf ihn plötzlich einen fast unschuldigen Eindruck. Sollte das gespielt sein, war sie noch talentierter, als er es für möglich halten konnte. Wenn nicht … Er konnte nicht klar denken. Sie schien irgendeine Macht auf ihn auszuüben und ließ ihn alles außer ihr vergessen.

Verlangen. Verlangen war etwas, das schnell gestillt und schnell vergessen werden konnte. Das sollte er nicht vergessen. Nach ihr musste einfach jeder Mann verlangen. Aber ob auch jeder Mann sie vergessen konnte? Kirk konnte es sich nicht erlauben, in einen solchen Strudel zu geraten. Er spürte ihre warmen, weichen Lippen und erinnerte sich zugleich daran, dass es für ihn zwei oberste Gebote gab: Das eine war, sie zu schützen, das andere, sich zu schützen.

Als er spürte, wie er sank, zog er sich zurück. Der Boden wurde ihm zu unsicher. »Du wirfst einen um, Engel.«

Beherrschung, verordnete sie sich und bemühte sich, wieder festen Boden unter den Füßen zu bekommen. Es hatte ihm nichts bedeutet, für ihn war es nichts weiter gewesen als die ewige Herausforderung zwischen Männern und Frauen. Es hatte nichts mit einem tieferen Gefühl zu tun gehabt oder mit dem Bedürfnis, geliebt zu werden. Sie würde ihm nicht offenbaren, dass es bei ihr so gewesen war. Die Genugtuung sollte er nicht bekommen.

»Nächstes Mal wird es dich richtig umhauen.«

»Du könntest recht haben«, entgegnete er halblaut. Sein Blick glitt über ihre nackten Schultern, und er verwünschte sich zugleich für das heftige Begehren, das er spürte. »Wir treffen uns am Pool, ich gebe dir dann einen Überblick über unsere bisherigen Ermittlungen.« Er rollte vom Bett, nahm seinen Ordner und verließ den Raum. Er brauchte jetzt Luft – schnell.

Mit gleichmäßigen, schnellen Bewegungen zog Kirk durchs Wasser. Als Carrie hinaus auf den Innenhof kam, beobachtete sie ihn. Bei jeder Bewegung sah man das Spiel seiner Muskeln. Von den Gästebadehosen, von denen sie immer einige in der Umkleidekabine vorrätig hatte, hatte er sich eine schwarze, knappe gewählt, wobei er sich, nach Carries Meinung, eher von den Gesichtspunkten der Bequemlichkeit als der Wirkung hatte leiten lassen. Ihrer Meinung nach hielt sich Kirk sowieso für so unwiderstehlich, dass er sich über solche Sachen keine Gedanken machte. Sie setzte sich an den Tisch und wartete auf ihn.

Die körperliche Betätigung half. Kirk hatte erkannt, dass er selbst weiter vorgeprescht war, als er beabsichtigt hatte. Er wusste immer noch nicht, warum er es gemacht hatte, da er Carrie doch als eine Frau einschätzen konnte, der ein kluger Mann besser nicht zu nahe kam. Er hatte sich immer klug verhalten, nur so konnte man überleben. Aber er hatte auch immer Versuchungen nachgegeben, nur so konnte man leben. Und obwohl er bisher nicht gerade eintönig gelebt hatte, war Caroline O'Hara doch seine bisher größte Versuchung.

Nach dreißig Runden im Pool löste sich langsam die Spannung in ihm. Als er am flachen Ende des Pools stand und sich das nasse Haar aus dem Gesicht strich, sah er Carrie.

Sie saß zurückgelehnt in einem Stuhl, ihr Gesicht von einem großen weißen Sonnenschirm umschattet – die Verkörperung unnahbarer, die Seele bedrängender Schönheit. Sie hatte ihr Haar zurückgebunden. Ihr klassisch geschnittenes Gesicht brauchte auch keinen Rahmen. Sie trug ein knappes Top und kurze Shorts, die ihre überlangen Beine freigaben, von denen Kirk, als er aus dem Pool stieg, kaum den Blick wenden konnte.

Sie warf ihm das Handtuch zu, das er vorher auf den anderen Stuhl gelegt hatte. Doch er schlang es sich nur um den Hals. Die Sonne glitzerte in den Wassertropfen auf seiner gebräunten Haut.

»Herrlich. Du solltest auch schwimmen. Schwimmen ist die beste Art, sich in Form zu halten.«

»Sicher, ich muss auf meine Form achten, Doran.« Eine gewisse Gereiztheit machte sich in ihr breit. Carrie bemühte sich, sie durch Sarkasmus zu verdecken. »Dauert es lange? Ich will heute Nachmittag noch meine Fingernägel machen lassen.«

»Wir schaffen es.«

»Wir?« Sie konnte ihr Lächeln nicht verbergen. »Ich kann mir dich beim besten Willen nicht in schicken kleinen Nagelstudios vorstellen.«

»Ich kenne Schlimmeres.« Er verrückte den Stuhl ein wenig, um in der prallen Sonne zu sitzen. »Sonst noch etwas auf der Tagesordnung?«

»Oh, vielleicht ein kleiner Schaufensterbummel«, entgegnete sie spontan, um die Sache für ihn noch unerträglicher zu machen. »Essen im ›La Maison‹, vielleicht auch im ›Bistro‹.« Sie stützte ihr Kinn auf ihren Handrücken. »Ich habe seit Tagen keine Menschenseele gesehen. Du hast doch hoffentlich etwas Passendes anzuziehen?«

»Es wird reichen. Dann ist da heute Abend noch dieses Wohltätigkeitsessen.«

Ihr Lächeln verblasste. »Woher weißt du das?«

»Es ist mein Job, so etwas zu wissen.« Kirk blätterte in seinen Aufzeichnungen, obwohl er sie nicht brauchte. »Meine Sekretärin hat sich mit Sean Carter in Verbindung gesetzt und ihm in der gebotenen Höflichkeit ausrichten lassen, du habest eine andere Begleitung.«

»Dann soll sie sich wieder mit ihm in Verbindung setzen. Sean und ich haben abgemacht, gemeinsam für den Film zu werben.«

»Willst du etwa mit einem Mann allein in einer dunklen Limousine sitzen, der …«

»Es ist nicht Sean.« Nachdem sie ihn unterbrochen hatte, griff Carrie nach der Zigarettenschachtel, die Kirk auf den Tisch gelegt hatte.

»Wir gehen die Sache auf meine Art an.« Kirk nahm sein Feuerzeug und gab ihr Feuer. »Ich begleite dich zu der kleinen Party, und wenn du Lust hast, kannst du immer noch vor den Kameras mit Sean herumturteln. Und was gibt's morgen?«

Carrie warf ihm einen giftigen Blick zu. »Das solltest du mir doch verraten können.«

Ruhig blätterte Kirk in seinem Ordner. »Um eins kommen ein Reporter und ein Fotograf von ›Life-Style‹ wegen einer Geschichte über dich und dein Haus. Mehr habe ich nicht herausgefunden.«

Sie warf die Zigarette in den Aschenbecher, wo sie weiterglomm. »Weil das alles ist.«

Kirk blätterte eine Seite weiter. »Also, Larry Washington. Nach außen hin hat er eine weiße Weste. Hat letztes Jahr das College mit einem kaufmännischen Abschluss beendet. Scheint sich schon immer zum Theater hingezogen gefühlt zu haben. Hat dem Spielen selbst aber offensichtlich die Arbeit hinter den Kulissen vorgezogen.«

»Genau aus dem Grund habe ich ihn angestellt.«

»Offensichtlich hat er eine Beziehung zu einer Studienkollegin gehabt, die ihn dann sitzen ließ. Eine sehr attraktive Blonde mit blauen Augen.«

Er brauchte seine Schlussfolgerungen gar nicht auszusprechen. »Viele Frauen haben blaue Augen, und viele College-Romanzen sind auseinandergebrochen.«

»Amos Leery«, fuhr er fort, ohne auf ihren Einwand einzugehen. »Wusstest du, dass seine erste Frau sich scheiden ließ, weil er die Finger nicht von anderen Frauen lassen konnte?«

»Ja, ich weiß. Das war vor fünfzehn Jahren, also …«

»Von alten Gewohnheiten ist schwer zu lassen. George McLintoch. Maskenbildner seit dreiunddreißig Jahren. Hat fünf Enkel, ein weiteres kommt im Herbst. Seit seine Frau vor einigen Jahren gestorben ist, hat er Probleme mit der Flasche.«

»Das reicht.« Sie erhob sich und trat an den Rand des Pools. Das Wasser war ruhig und kristallklar. So war ihr Leben noch vor wenigen Wochen gewesen. »Das reicht wirklich. Ich will mir nicht weiter die persönlichen Probleme der Leute, mit denen ich arbeite, darlegen lassen.« Sie warf ihm einen Blick über die Schulter zu. »Du bist in einem schmutzigen Geschäft.«

»Stimmt.« Nicht mit einem Wimpernschlag legte er seine Gefühle diesem Thema gegenüber offen. »James Brewster. Scheint ein ziemlich stabiles Familienleben zu führen. Seit einundzwanzig Jahren verheiratet, ein Sohn studiert Rechtswissenschaft. Interessant, dass er seit über zehn Jahren eine Psychoanalyse macht.«

»In dieser Stadt macht jeder eine Analyse.«

»Du nicht.«

»Das kommt noch, wenn du länger in meiner Nähe bleibst.« Er lächelte kurz und blätterte um. »Dein Fahrer, Robert, ein interessanter Mann. Der kleine Robert DeFranco hat, was Frauen angeht, gleich verschiedene Eisen im Feuer.«

»Ein Mann nach deinem Geschmack.«

»Seine Vitalität muss ich tatsächlich bewundern. Matt Burns.«

Sie drehte sich zu ihm um, und ihr Gesichtsausdruck versetzte ihm einen tiefen Stich. »Wie konntest du?« Sie sagte es ruhig, aber schmerzerfüllt. »Er ist dein Freund. Wie kannst du einen Menschen ausspionieren, der dir vertraut?«

Er hielt ihrem Blick stand. »Es ist mein Job. Ich kann auf nichts anderes als meine Klienten Rücksicht nehmen, die mich bezahlen.«

»Dann behalte diesen Teil deines Jobs für dich. Was du auch über Matt ausgegraben hast, ich will es nicht wissen.«

»Carrie, du musst alle Möglichkeiten in Betracht ziehen.«

»Nein, du. Dafür bekommst du siebenhundert pro Tag. Es ist dein Job, den zu finden, der mir nachstellt, und mich zu schützen.«

»Genau auf diese Art mache ich das.«

»Fein. Alles, was ich von dir sehen will, ist die Rechnung.«

Carrie wollte zurück ins Haus stürmen, doch Kirk verstellte ihr den Weg. Sie war verletzt, tief verletzt, wegen der Menschen, die ihr am Herzen lagen. Er musste sie davon überzeugen, dass sie sich im Augenblick diese Haltung nicht erlauben konnte. Er umfasste ihre Schultern.

»Sei vernünftig. Jeder kann hinter diesen Anrufen stecken. Vielleicht ist es jemand, dem du noch nie begegnet bist, aber ich glaube es nicht. Er kennt dich zu gut, Lady.« Um seine Worte zu unterstreichen, schüttelte er sie kurz. »Und er hat nichts Gutes mit dir im Sinn. Bis wir ihn gefunden haben, verhältst du dich so, wie ich es sage.«

Der morgendliche Anruf war ihr noch zu frisch im Gedächtnis. Wenn ein Kompromiss gemacht werden musste, würde sie ihn machen. Aber es würde ihr nicht gefallen. »Okay, Doran, bis zu einem gewissen Punkt. Mein Telefon wird abgehört, die verdammten Aufpasser stehen an meinem Eingangstor, du bist in meinem Haus … aber den Schmutz will ich mir nicht anhören.«

»Mit anderen Worten, du willst ein sauberes Ergebnis, aber die dem zugrunde liegenden schmutzigen Einzelheiten nicht.«

»Richtig.«

Er ließ ihre Schulter los. »Ich hätte dir mehr Courage zugetraut.«

Heftig wollte sie etwas erwidern, ließ es aber, weil er recht hatte. Sie machte kehrt und ging. Kirk sah ihr nach. Wie so oft empfand er auch jetzt die Sicherheit, sich auf sein Gefühl verlassen zu können: Wenn es hart auf hart käme, würde Carrie nicht versagen.

5. KAPITEL

Als sie das Wochenende hinter sich brachten, ohne sich in Stücke zu reißen, war Carrie davon überzeugt, dass sie es auch weiterhin schaffen würden. Als sie gemeinsam auf die Wohltätigkeitsveranstaltung gegangen waren, hatte Kirk sie sogar mit einem unerwarteten Charme angenehm überrascht.

Am Sonntag hatte er sich nicht ein Mal blicken lassen. Und als sie Montagmorgen in die Limousine stiegen, um zum Studio zu fahren, war Carrie schon fast bereit, ihre Meinung über Kirk zu ändern.

Sie warf ihm einen Blick zu, dem Mann, der neben ihr die Beine ausgestreckt und hinter den Gläsern seiner Sonnenbrille die Augen geschlossen hatte. Er machte den Eindruck, als hätte er sich seit Samstag nicht mehr rasiert. Es war unfair, selbst das stand ihm.

»Anstrengende Nacht?«

Er öffnete ein Auge und schloss es sofort wieder, als wäre ihm selbst das zu anstrengend. »Poker.«

»Du hast Poker gespielt? Ich wusste gar nicht, dass du ausgegangen bist.«

»In der Küche.« Dabei fragte er sich, wann er wohl noch eine Tasse Kaffee bekommen könnte.

»In meiner Küche?« Leicht verärgert runzelte Carrie die Stirn. »Mit wem?«

»Gardener.«

»Rafael? Er spricht kaum Englisch.«

»Ist auch nicht nötig, um zu wissen, dass ein Full House eine Kleine Straße schlägt.«

»Ich verstehe.« Ein Lächeln spielte um ihre Mundwinkel. »Du und Rafael, ihr habt also in der Küche Poker gespielt, euch ganz allmählich betrunken und dabei eine ganze Menge dummes Zeug erzählt.«

»Und Marsh.«

»Und Marsh?« Sie hielt mitten in der Bewegung inne. »Marsh hat Karten gespielt? Mein Marsh? Also wirklich, Kirk, er ist fast achtzig. Selbst dir hätte ich nicht zugetraut, dass du einen alten Mann ausnutzt.«

»Er hat mir dreiundachtzig Dollar abgenommen, der alte Fuchs.«

»Geschieht dir recht. In meiner Küche sitzen, Bier schlucken und Zigarren rauchen und mit Frauen prahlen – und dafür bezahle ich dich noch.«

»Du hast geschlafen.«

»Darum geht es doch wohl nicht. Du wirst dafür bezahlt, auf mich aufzupassen, nicht, um in der Küche Karten zu spielen.«

»Ich habe auf dich aufgepasst.«

»Tatsächlich?« Sie goss sich ein Glas Saft ein und trank einen Schluck. »Merkwürdig. Ich habe gestern nicht einmal deinen Schatten gesehen.«

»Ich war in deiner Nähe. Du bist gerne im Whirlpool?«

»Wie bitte?«

»Du warst fast eine Stunde drin.« Er nahm ihr Glas und leerte es. Vielleicht ließ sich damit der schale Geschmack im Mund herunterspülen. »Merkwürdig, ich dachte immer, Frauen wie du hätten mindestens zwei Dutzend Badeanzüge. Ich vermute, du konntest keinen finden.«

»Du hast mich beobachtet.«

Er gab ihr das Glas wieder und lehnte sich zurück. »Dafür bezahlst du mich.«

Empörung stieg in ihr auf, und heftig stellte sie das Glas zurück in die Halterung. »Ich bezahle dich nicht dafür, ein Peeping Tom zu sein. Deinen lüsternen Anwandlungen kannst du in deiner Privatzeit nachgehen.«

»Meine Zeit ist deine Zeit, Engel. Und ich habe fast genauso viel von dir gesehen wie in deinem Film ›Thin Ice‹, für den ich vier fünfzig hingelegt habe. Außerdem, wenn es mir um Anwandlungen gegangen wäre, hätte ich dir in deinem Pool Gesellschaft geleistet.«

»Ich hätte dich ertränkt!«, gab sie heftig zurück, doch er lächelte nur und schloss wieder die Augen.

Sein Kopf dröhnte wie von einem Dampfhammer. Er hatte zwar schon häufig wenig Schlaf gehabt, doch das hatte normalerweise andere Gründe. Das Pokerspiel gestern hatte ihm dazu gedient, sich von dem Gedanken abzulenken, dass Caroline O'Hara oben lag, und von der Erinnerung, wie sie sich in dem sprudelnden Wasser des kleinen Pools genießerisch ausgestreckt hatte.

Er hatte sie nicht beobachtet, wie sie glaubte und in welchem Glauben er sie auch ließ. Er hatte gesehen, wie sie in das Badehaus gegangen war. Und dann, als sie nicht zurückgekommen war, hatte er nach ihr sehen wollen. Sie hatte sich in der großen Wanne ausgestreckt, aus den Lautsprechern an der Decke klang Musik von Rachmaninoff. Ihr Haar hing offen ins sprudelnde Wasser. Und ihr Körper … Er spürte jetzt noch die heftige Wirkung, die dieser Anblick auf ihn gehabt hatte.

Er war ebenso unbemerkt gegangen, wie er gekommen war. Er hatte plötzlich Angst gespürt, eine deutliche Angst, wenn sie die Augen geöffnet und ihn angesehen hätte, dann wäre er ganz, ganz weich geworden.

Die Gedanken an sie verfolgten ihn Tag und Nacht. Dem durfte er einfach nicht nachgeben. Nichts und niemand durfte

Macht über ihn gewinnen. Doch allmählich verstand er, wie ein Mann von einer Frau besessen sein konnte, ohne dass diese Frau dafür groß etwas tun musste. Und er ahnte, wie ein Mann von seinen eigenen Fantasien überwältigt werden konnte.

Das bereitete ihm Sorgen, nicht nur soweit es ihn selbst, sondern noch mehr, soweit es sie betraf. Wenn ein anderer Mann von ihr besessen war und dieser andere Mann bestimmte Grenzen überschritten hatte, wozu wäre der fähig, um ans Ziel zu kommen?

Die Briefe und Anrufe hatten nach und nach einen drängenderen Tonfall bekommen. Wann würde das dem Unbekannten nicht mehr reichen, und wann würde er zu einem verzweifelteren Schritt fähig sein? Carrie in ihrer Furcht schien kaum vorstellbar zu sein – so glaubte Kirk –, wie weit eine verwirrte Verzweiflung einen solchen Mann treiben konnte.

Heute würden sie hauptsächlich Sexszenen drehen. Ein zweites Kamerateam war in New York, um Außenaufnahmen zu filmen. Carrie freute sich schon darauf, wenn sie und einige andere vom Produktionsteam für einige Szenen nachfolgen würden, die vor Ort gedreht werden mussten. Vielleicht konnte sie dann ihre Schwester Maddy und – wenn sie Glück hatte – auch deren Musical am Broadway sehen.

Dieser Gedanke heiterte sie wieder auf, welche Stimmung auch nicht durch die einstündige Verzögerung getrübt wurde, die entstand, als die Techniker einige Mängel beheben mussten.

»Erinnert an New England«, bemerkte Kirk, als er sich in der draußen errichteten Kulisse umsah.

»Massachusetts, um genau zu sein«, entgegnete Carrie und knabberte an einem klebrigen Kuchenteilchen. »Schon einmal dort gewesen?«

»Ich bin in Vermont geboren.«

»Ich in einem Zug.« Sie lachte. »Wenigstens fast. Meine Eltern waren unterwegs zu einem Auftritt, als bei meiner Mutter die Wehen einsetzten. Sie haben gerade lang genug Zwischenstation gemacht, dass ich und meine Schwestern zur Welt kommen konnten.«

»Du und deine Schwestern?«

»Stimmt. Ich bin die älteste von Drillingen.«

»Es gibt dich in dreifacher Ausführung? Gütiger Himmel.«

»Mich gibt es nur einmal, Doran.« Sie steckte sich ein Kuchenstück in den Mund und genoss die frische Luft und den Sonnenschein. »Wir sind zwar Drillinge, aber jede von uns ist einmalig. Alana zieht Pferde und Kinder in Virginia groß, und Maddy ist gerade die Sensation am Broadway.«

»Du machst überhaupt nicht den Eindruck eines familienbewussten Menschen.«

In ihrer guten Stimmung ließ sie sich von nichts herausfordern. »Ich habe auch noch einen Bruder. Was er treibt, kann ich dir allerdings nicht sagen. Ich vermute, professioneller Gigolo oder internationaler Juwelendieb. Du würdest dich wunderbar mit ihm verstehen.« Sie beobachtete, wie einige Männer von der Requisite einen Felsblock um einen guten Meter versetzten. »Erstaunlich, nicht wahr?«

Kirk betrachtete die Baumlandschaft. Sie sah echt aus – wenn man die hölzerne Halterung der Bäume übersah. »Gibt es überhaupt etwas Echtes hier?«

»Nicht viel. Lass ihnen ein paar Stunden Zeit, und sie werden dir hier einen afrikanischen Urwald aufbauen.« Träge streckte sie sich. »Wir wollten das eigentlich vor Ort drehen, doch es gab ein paar Probleme.«

»Es gibt viel Leerlauf in diesem Job.«

»Man muss schon die Ruhe weghaben. Manchmal warte ich Stunden in meiner Garderobe für eine fünfminütige

Szene. Und dann geht es wieder vierzehn Stunden am Stück rund.«

»Warum machst du das?«

»Weil es das ist, was ich immer gewollt habe.«

»Du wolltest immer Schauspielerin sein?«

Lächelnd warf sie ihr Haar zurück. »Schauspielerin bin ich doch schon immer gewesen. Ich wollte ein großer Star werden.«

»Sieht so aus, als hättest du bekommen, was du wolltest.«

»Es sieht so aus.« Sie schüttelte ein unbestimmt depressives Gefühl ab. »Und was ist mit dir? Wolltest du immer werden, was du geworden bist?«

»Als Jugendlicher wollte ich so etwas wie Al Capone werden. Doch dann habe ich gelernt, wozu ich gut bin.«

»Und wozu bist du gut?« Er drehte ihr den Kopf zu, und sie erkannte amüsierte Herausforderung in seinem Blick. »Vergiss es.«

Überraschend streckte er die Hand aus und berührte ihr Haar. »Du wirkst wie ein junges Mädchen.«

Es war eine Berührung, nur wenige Wörter und ein tiefer Blick innerhalb einer von Menschen wimmelnden Kulissenwelt. Und doch schlug ihr Herz plötzlich heftig. »So soll es auch sein«, brachte sie nach einem Augenblick heraus. »In dieser Szene bin ich zwanzig, unschuldig, wissbegierig, naiv und verliere meine Unschuld.«

»Hier?«

»Nicht ganz, dort.« Sie zeigte auf eine kleine Lichtung zwischen den Bäumen, die von den Requisiteuren geschaffen worden war. »Der gemeine Brad verführt mich und verspricht mir ewige Liebe. Er entfacht meine Leidenschaft, die bisher ausschließlich meiner Malerei gegolten hat, und nutzt die Situation aus.«

Kirk schnalzte mit der Zunge. »Vor all diesen Zuschauern?«

»Ich liebe Publikum.«

»Und du hast dich darüber aufgeregt, dass ich dich in deinem Whirlpool beobachtet habe.«

»Du …«

»Sie sind fertig, Carrie.«

Sie nickte ihrem Assistenten zu. »Such dir einen guten Platz, Doran«, schlug sie vor. »Du könntest etwas lernen.«

Kirk folgte Carries Rat und beobachtete, wie sie die Szene einige Male probeweise durchgingen, die auf ihn eher einen lauwarmen, klischeehaften Eindruck machte: eine naive Frau, ein durchtriebener Mann, in einer frühlingshaften Kulisse. Alles Plastik, dachte er, sogar die Blätter der Bäume. Ein Assistent des Maskenbildners erneuerte dann Carries Make-up, das sie jugendlich unerfahren erscheinen ließ. Dann nahm sie wieder ihren Skizzenblock und Bleistift.

»Positionen. Ruhe.« Das Stimmengewirr verstummte, es herrschte Stille. »Film ab.« Die erste Klappe ging herunter.

Es begann wie vorher bei dem Probedurchlauf. Carrie saß mit ihrem Skizzenblock auf einem Felsen. Sean trat heran und beobachtete sie einen Augenblick lang. Als Carrie aufsah und ihn erkannte, bekam Kirk plötzlich einen trockenen Mund. Alles, was sich ein Mann nur wünschen konnte, lag in diesem Blick: Liebe, Vertrauen, Sehnsucht. Ein solcher Blick von einer Frau, und ein Mann konnte die schwerste Schlacht gewinnen und den höchsten Berg erklimmen.

Kirk hatte nie geliebt werden wollen. Liebe bindet, macht einem anderen Menschen gegenüber verantwortlich. Liebe verlangt Nehmen und Geben. Es war bisher sein fester Grundsatz gewesen, das nicht zu wollen, bis er diesen Blick von Carrie sah.

Nur ein Film, erinnerte er sich dann. Carries Blick war ebenso Illusion wie der Wald, in dem sich die Begegnung abspielte. Und außerdem hatte ihr Blick nicht ihm gegolten. Es war nur ein Film, sie war Schauspielerin, und alles war nur Teil des Drehbuchs.

Als Sean Carter Carrie das erste Mal berührte, spannten sich Kirks Wangenmuskeln an. Doch zum Glück unterbrach die Regisseurin.

Als weitergedreht wurde, redete sich Kirk zu, dass er sich unter Kontrolle habe. Er war schließlich nur hier, weil sie ihn dafür bezahlte. Persönlich bedeutete sie ihm nichts. Sie war eine Klientin. Es hatte ihn nicht zu interessieren, wie viele Männer sie schon geliebt hatte – vor der Kamera oder unabhängig davon.

Dann beobachtete er, wie ihre Lippen weich und zögernd die von Sean berührten, und ihm kamen Mordgedanken.

Es war doch nur die Szene eines Films mit künstlichen Felsen, künstlichen Bäumen und künstlichen Gefühlen. Und doch wirkte es so wirklich, so ehrlich. Unzählige Menschen schwirrten mit Scheinwerfern und Mikrofonen und Kameras herum.

Doch Carrie zitterte. Verdammt, er sah sie zittern, als Sean ihr Band löste und ihr Haar herunterfiel. Ihre Stimme bebte, als sie ihm sagte, sie liebe und begehre ihn. Unwillkürlich ballte Kirk die Hände in seinen Taschen.

Sie schloss die Augen, als Sean ihr Gesicht mit Küssen bedeckte. Sie wirkte so jung, so verletzbar, so ihrer Liebe ausgeliefert. Kirk bemerkte die Kamera nicht mehr. Er sah nur Sean, der ihre Bluse aufknöpfte, und Carries Augen, aufgerissen und blau, die von ihrem Liebhaber wie gebannt zu sein schienen. Zögernd knöpfte sie sein Hemd auf. Eine leichte Röte stieg in ihre Wangen, als sie ihr Gesicht an seine nackte Brust presste. Sie ließen sich aufs Gras sinken …

»Schnitt.«

Mit einem Schlag war Kirk wieder in der Wirklichkeit. Er sah, wie sich Carrie aufsetzte und etwas zu Sean sagte, das ihn zum Lachen brachte.

»Machen wir es noch einmal, Carrie. Ich will, dass du den Kopf hebst, wenn du ihm sein Hemd ausgezogen hast.« Mary Rothschild hockte sich neben Carrie nieder, die sich ihre Bluse gerade wieder zuknöpfte. »Und dann will ich einen Kuss, einen ganz langen, bevor ihr ins Gras sinkt.«

Irgendwann während der fünften Klappe fand Kirk zu einer objektiven Sichtweise. Er musterte die Gesichter der Umstehenden. Seine Aufgabe war es, herauszufinden, wer Carrie beobachtete, nicht kritisch, nicht anerkennend, sondern jemand, der sich vor Eifersucht verzehren könnte. Oder der fantasierend träumte.

Er kannte sie alle, von allen hatte er Berichte, vom Kameramann angefangen und beim Requisiteur aufgehört. Instinktiv wusste er, dass derjenige, der Carrie die Briefe schrieb, jemand war, den sie kannte, jemand, mit dem sie wahrscheinlich jeden Tag unbeschwert sprach.

Kirk wollte denjenigen finden. Er wollte ihn schnell finden, bevor er sich selbst in etwas verstrickte.

Der Regieassistent legte einen Arm um Carries Schulter, senkte den Kopf an ihr Ohr und führte sie von der Kulisse.

Sofort war Kirk an ihrer Seite. »Wollt ihr beiden vielleicht gerade irgendwohin?«

Carries Augen zogen sich zusammen, doch sie ließ sich nichts anmerken. »Um ehrlich zu sein, ich wollte nur aus der prallen Sonne heraus. Und Amos weiht mich in den weiteren Ablauf ein. Du musst Kirk verzeihen, Amos. Er ist ein wenig besitzergreifend.«

»Was man ihm schwer verübeln kann.« Amos, ein gutmütiger, um die Mitte herum etwas fülliger Mann, tätschelte Carries Schulter. »Du warst großartig, Carrie, einfach großartig. Wir rufen dich, wenn du wieder gebraucht wirst.«

»Danke, Amos.« Sie wartete, bis er außer Hörweite war, bevor sie sich zu Kirk umdrehte. »Lass das lieber.«

»Was lassen?«

»Dir hat nur noch ein Messer zwischen den Zähnen gefehlt.« Sie riss die Tür des Wohnwagens auf, der ihr hier draußen als Garderobe diente. »Ich habe dir schon gesagt, dass Amos harmlos ist. Er …«

»Hat die Angewohnheit, Frauen anzufassen. Eine dieser Frauen ist meine Klientin.«

Carrie holte sich einen Diätsaft aus dem Kühlschrank und ließ sich damit auf das Sofa fallen. »Wenn ich es nicht wollte, dass er mich anfasst, dann würde er es auch nicht. Das kann ich dir versichern. Das ist nicht das erste Mal, dass ich mit Amos arbeite, und wenn du dich nicht weiterhin wie der allerletzte Idiot aufführst, wird es auch nicht das letzte Mal sein, das versichere ich dir.«

Kirk öffnete den Kühlschrank und entdeckte zu seiner Zufriedenheit Bier. »Sieh mal, Engel, ich kann die Liste der Verdächtigen nicht verringern, nur um deinen Wünschen zu entsprechen. Es wird Zeit, dass du dir nicht länger vormachst, der Mann, vor dem du dich so fürchtest, sei jemand, den du nicht kennst.«

»Ich mache mir nichts vor.«

»Doch.« Er trank erst einen Schluck Bier, bevor er weitersprach. »Und du machst es nicht einmal halb so gut wie eben da draußen, als du dich im Gras gewälzt hast.«

»Das war Arbeit. Hier dreht es sich um mein Leben.«

»Eben.« Er legte seine Hand unter ihr Kinn und hob es an. »Und ich werde auf dich aufpassen. Übrigens, falls du dich dann besser fühlst, Carter wollte ich gerade von der Liste streichen.«

»Sean?« Sie spürte eine Woge der Erleichterung. »Warum?«

»Ganz einfach.« Er nahm noch einen Schluck Bier und machte es so nur spannender. »Wenn ein Mann von einer Frau besessen ist … und wir sind uns doch einig, dass wir es mit einer Besessenheit zu tun haben?«

»Ja, verdammt.« Gereizt nahm sie ihm die Flasche aus der Hand. »Worauf willst du hinaus?«

»Wenn ich wegen einer Frau eine gewisse Grenze überschritten hätte, wäre ich nicht fähig, mir einfach den Staub von meinen Sachen abzuklopfen und zu gehen, nachdem ich den größten Teil des Tages in halb nackter Umarmung mit ihr verbracht habe.«

»Tatsächlich?« Carrie gab ihm sein Bier zurück und streckte, merklich entspannter, die Beine aus. »Das werde ich mir merken. Und was hast du von der Szene gehalten?«

»Sie dürfte einige Brillengläser beschlagen lassen.«

»Hör auf, Kirk. Es ging nicht nur um Sex, sondern auch um den Missbrauch von Unschuld und Vertrauen. Was Hailey in diesem Wald geschehen ist, wird Auswirkungen auf ihr ganzes weiteres Leben haben. Eine schnelle Nummer unter den Pinien hätte das nicht.«

»Aber eine schnelle Nummer unter den Pinien würde den Verkauf fördern.«

»Das ist Fernsehen. Natürlich geht es um Einschaltquoten. Verdammt, Kirk, ich habe eine Menge in die Szene hineingelegt, denn sie ist der Wendepunkt in Haileys Leben. Wenn ich nicht mehr rübergebracht habe, als …«

»Du warst gut«, unterbrach er sie.

Sie zog die Beine hoch und stützte ihr Kinn auf die Knie. Ein kleiner Sonnenstrahl fand seinen Weg durch die Vorhänge und fiel auf Carrie. »Wie gut?«

»Wie nährst du dein Ego eigentlich, wenn du allein bist?«

»Ich habe nie bestritten, ein gesundes Ego zu besitzen. Wie gut?«

»Gut genug, dass ich Carter am liebsten ein blaues Auge verpasst hätte.«

»Wirklich?« Sie gab sich unbeschwert. Er brauchte nicht zu wissen, was ihr sein Lob über ihre Arbeit bedeutete. »Bevor oder nachdem die Kameras liefen?«

»Vor, während und nachdem. Und fordere dein Glück besser nicht heraus, Engel. Ich habe die schlechte Angewohnheit, keine großen Worte zu machen, sondern zu handeln. Aber während du und Carter euch befingert habt, habe ich mich übrigens auch umgesehen und einige interessante Dinge bemerkt.«

»Zum Beispiel?«

»Brewster hat eine halbe Schachtel Zigaretten geraucht, während du und Carter – gearbeitet habt.«

»Er ist nervös. Ich habe schon ganz andere Sachen bei Autoren erlebt, wenn ihr Drehbuch verfilmt wird.«

»Leery ist dir fast in den Schoß gefallen, um mehr sehen zu können.«

»Als Regieassistent ist es sein Job, alles zu sehen.«

»Und dein Assistent hat beinahe seine Zunge verschluckt, als dir Carter die Bluse ausgezogen hat.«

»Jetzt hör aber auf.« Sie sprang auf und trat ans Fenster. Gleich würde sie wieder vor die Kamera treten müssen, da durfte sie sich jetzt nicht weiter aufregen lassen. »Sieh doch nicht jeden meiner Kollegen in deiner schmutzigen Sichtweise.«

»Das bringt mich auf den nächsten Gedanken.« Er setzte sich und wartete, bis sie sich zu ihm umdrehte. »Auch Matt ist hier aufgetaucht. Merkwürdig. Bist du eigentlich seine wichtigste Klientin?«

Lange betrachtete sie ihn wortlos. »Du bist entschlossen, mich von allen, von überhaupt allen zu isolieren.«

»Richtig.« Er ignorierte den bitteren Geschmack, der in ihm aufstieg. »Im Augenblick solltest du mir, und nur mir, vertrauen.«

»Sie werden bald nach mir rufen. Ich lege mich etwas hin.«
Und ohne ihn noch einmal anzusehen, zog sie sich in den hinteren abgetrennten Bereich des Wohnwagens zurück.

Kirk spürte den plötzlichen Drang, die Flasche an die Wand zu werfen und sie zerschmettern zu hören. Sie, Carrie, hatte nicht das Recht, ihn sich schuldig fühlen zu lassen. Er passte auf sie auf, dafür wurde er bezahlt. Und es erleichterte vieles, wenn sie sich misstrauisch verhalten würde. Und wenn sie deswegen ein paar Tränen vergoss, dann war es auch nicht zu ändern. Er sollte sich keine grauen Haare deswegen wachsen lassen. Es war ihm verdammt egal.

Fluchend stellte er die Flasche mit einem Knall auf den Tisch. Auf dem Weg in den hinteren Schlafbereich des Wohnwagens verfluchte er sich weiter. »Versteh doch, Carrie …«

Sie saß am Fußende des Bettes und starrte auf einen Umschlag in ihren Händen. Kirk roch den schweren süßen Duft der Rosen, noch bevor er sie auf der Kommode bemerkte.

»Ich kann ihn einfach nicht öffnen.« Als sie aufblickte, spürte er einen Druck im Magen. Es lag nicht allein an ihrer Blässe. Es lag nicht allein an ihrer Furcht, die sich durch ein Zittern in ihren Händen verriet. Es lag an der ausweglosen, allumfassenden Verzweiflung in ihrem Blick.

»Du musst es auch nicht.« Mit einem Mitgefühl, das er bei sich schon lange nicht mehr für möglich gehalten hätte, setzte er sich neben sie und zog sie an sich. »Dafür bin ich doch da.« Er nahm ihr den Umschlag aus den Händen. »Ich will nicht, dass du noch irgendeinen von diesen Briefen öffnest. Wenn du einen bekommst, dann gibst du ihn mir.«

»Ich will nicht wissen, was drinsteht.« Sie schloss die Augen und hasste sich selbst sofort dafür. »Zerreiß ihn einfach.«

»Mach dir darüber keine Gedanken.« Während er den Brief in seine Tasche steckte, küsste er sie aufs Haar. »Vertraue mir einfach, ich mache das schon.«

Sie schüttelte erregt den Kopf, den sie an seine Schulter gelehnt hatte. »Du kannst mir nicht meine Gefühle abnehmen, die durch das alles in mir aufsteigen. Ich wollte immer jemand sein. Ich wollte mich immer wichtig fühlen können. Liegt es vielleicht daran, dass mir das jetzt geschieht?« Sie musste schlucken und rückte von ihm ab. »Vielleicht hast du recht gehabt. Vielleicht habe ich das alles herausgefordert, und es geschieht nur folgerichtig.«

»Hör auf!« Er fasste sie heftig bei den Schultern und betete, sie könnte die Tränen zurückhalten, die sie zu überwältigen drohten. »Du bist schön und talentiert, und du setzt das ein. Aber deswegen kann man dir nicht die Schuld für die Verrücktheit eines anderen Menschen geben.«

»Aber ich bin es, die er verfolgt«, entgegnete sie. »Und ich habe Angst.«

»Ich werde es nicht zulassen, dass dir etwas geschieht.«

Sie atmete tief aus und umfasste seine Hand. »Legst du dafür die Hand ins Feuer?«

Lächelnd strich er mit einer Fingerspitze über ihre Wange. »Wessen?«

Sie hatte das Bedürfnis nach Körperkontakt und schmiegte ihre Wange einen Moment an seine. »Danke. Ich weiß, ich habe es dir nicht immer leicht gemacht. Aber das war nicht meine Absicht.«

»Schwierigkeiten sind mein Job. Außerdem gefällt mir deine Art.«

»Wo wir schon so nett zueinander sind, sollte ich dir verraten, dass mir deine auch gefällt.«

»Ein Festtag«, entgegnete er halblaut und führte ihre Hand an seine Lippen.

Das war ein Fehler. Beide spürten es sofort. Über ihren Händen trafen sich ihre Blicke. Eine Spannung ging von ihm auf sie über, und was sie entzündete, war nicht Verlockung oder Begehren, sondern das Bedürfnis, seine Arme um sich zu spüren, gehalten zu werden, seine Lippen, warm, fest und fordernd, auf ihren zu spüren. Dann, das wusste sie irgendwie, würde alles andere zweitrangig werden.

Ihre Hände lagen immer noch ineinander, doch der Druck seiner Finger verstärkte sich. Was mochte er jetzt denken? Sie spürte es plötzlich als zwingende Notwendigkeit, ihn zu verstehen, zu sehen, was sein Verstand und was sein Herz ihn erleben ließen. Wollte auch er sie, wollte auch er sie im Moment so sehr wie sie ihn?

Noch nie hatte eine Frau eine solche Sehnsucht in ihm auslösen können. Nicht nur vom Begehren. Noch nie hatte eine Frau sein Blut so pulsieren lassen. Nicht nur vom Ansehen. Er glaubte, er könne eine Ewigkeit so sitzen und einfach nur dieses Gesicht ansehen. Lag es nur an ihrer Schönheit? Konnte sein Innerstes von einer makellosen Fassade so aufgewühlt werden?

Oder lag es an etwas anderem? An etwas, das von innen her nach außen durchglänzte? Es war da, etwas schwer Fassbares, etwas Geheimnisvolles, das ihr Blick verriet, wenn man nur richtig hinsah. Jetzt glaubte er es zu entdecken. Und dann dachte er nur noch daran, wie sehr es ihn nach ihr verlangte.

Er hob seine freie Hand und ließ seine Finger durch ihr Haar gleiten. Seidig und silbern, wie Engelshaar. Und doch war sie ganz Fleisch und Blut. Keine Traumgestalt, eine Frau. Er beugte sich näher zu ihr und bemerkte, wie ihre Wimpern sich senkten.

Das Klopfen an der Wohnwagentür ließ sie hochschrecken. Sie bedeckte mit beiden Händen ihr Gesicht und schüttelte den Kopf, als Kirk sie an den Schultern berührte.

»Alles in Ordnung. Das ist nur mein Zeichen, dass ich wieder vor die Kamera muss.«

»Bleib sitzen. Ich sage ihnen ganz einfach, du fühlst dich nicht wohl.«

»Nein.« Sie ließ die Hände sinken. »Nein, das darf meine Arbeit nicht beeinträchtigen.« Sie ballte ihre linke Hand zur Faust. »Ich werde es nicht zulassen.« Sie sah hinüber zu den Rosen. »Ich darf es nicht zulassen.«

Er hätte sie gern überredet, andererseits war es genau das, was er vom ersten Augenblick an bei ihr bewundert hatte: Sie war stark, stark genug, die Selbstbeherrschung zu bewahren. »Okay. Aber willst du ein paar Minuten Aufschub?«

»Ja, vielleicht.« Sie trat ans Fenster und zog die Vorhänge zur Seite, um die Sonne hereinzulassen. »Würdest du bitte Bescheid sagen, dass ich gleich komme?«

»Natürlich.« Er zögerte, da es ihn eigentlich zu ihr zog. Doch er wusste, es wäre ein Fehler.

Sie wartete, bis sie hörte, dass sich seine Schritte entfernten. Erst jetzt legte sie die Stirn an die Scheibe. Weinen würde Erleichterung bringen. Weinen, Schreien, einfach alles herauslassen, so würde sich der bleiern auf ihr lastende Druck mindern. Aber sie durfte sich nicht gehen lassen, und sie durfte sich auch nicht innerlich verzehren. Es lagen noch Stunden voller Arbeit vor ihr. Sie brauchte ihre Geisteskräfte und ihre Vitalität.

Und ich schaffe es auch, versprach sich Carrie. Sie holte noch einmal tief Luft und wandte sich dann vom Fenster ab. Die Blumen waren weg. Mit einem fast närrischen Gefühl von Erleichterung starrte sie auf den leeren Platz. Er hatte sie weggenommen. Sie hatte nicht einmal darum bitten müssen.

Was für ein Mann war Kirk Doran eigentlich? Rau und grob in einem Moment und im nächsten ganz zärtlich und weich. Warum konnte er nicht leicht zu verstehen und leicht zu vergessen sein? Er wühlte Dinge in ihr auf. Er war alles andere als bequem. Doch er vermittelte ihr ein Gefühl von Sicherheit, allein durch das Wissen, dass er in der Nähe war.

Wenn sie sich selbst nicht so gut kennen würde, sich ihrer selbst nicht so sicher sein würde, könnte sie fast glauben, sie hätte sich in Kirk Doran verliebt.

6. KAPITEL

Es wurde alles andere als eine ruhige, entspannende Woche, obwohl Carrie sie hauptsächlich im Bett verbrachte. Es war ein riesiges verschnörkeltes Luxusbett ... und es stand in der Filmkulisse. Es sollte einer der Höhepunkte des Films werden, ihre Hochzeitsnacht – Haileys Hochzeitsnacht –, nicht mit dem Mann, den sie liebte, sondern mit dem Mann, den sie lieben wollte.

Im Sektkübel stand der Champagner bereit, ein langer Schleier lag kunstvoll natürlich über dem Sessel, und der Tisch war überladen mit Rosen, die die Requisiteure laufend besprengen mussten, um sie im Scheinwerferlicht frisch zu halten. Don Sterling, ein relativ unbekannter Schauspieler, war – hauptsächlich wegen seines Aussehens und seiner Ausstrahlung – für die Rolle des Mannes ausgewählt worden, den Hailey heiratete. Seine Nervosität ließ ihn die Szene immer wieder verpatzen.

In seinen Armen liegend, spürte Carrie, wie er sich verspannte. Absichtlich machte sie einen Fehler – und kam ihm so zuvor –, in der Hoffnung, ihm so ein wenig von dem auf ihm lastenden Druck zu nehmen.

»Entschuldigung. Können wir fünf Minuten Pause machen, Mary? Ich bin etwas erschöpft.«

»Sagen wir zehn«, ordnete Rothschild an und wandte sich dann ihrem Assistenten zu.

»Wie wäre es mit einem Kaffee?« Carrie lächelte Don zu.

»Nur, wenn ich mich selbst darin ertränken kann.«

»Trinken wir ihn doch erst.« Sie zog ihn mit sich zu zwei

Plätzen in einer relativ ruhigen Ecke. Als Kirk sich ihnen nähern wollte, schüttelte sie den Kopf und beugte sich näher zu Don. »Es ist eine schwere Szene.«

»Sollte sie aber nicht sein.« Er fuhr sich durch sein dunkles Haar.

Dankbar nahm Carrie eine Tasse Kaffee von Larry entgegen. »In dieser Szene sind wir gerade in unseren Flitterwochen. Es ist nicht immer ganz leicht, eine Bettszene mit jemandem zu spielen, den man gerade nur flüchtig kennt.«

Er hielt den Kaffee, den Larry auch ihm gebracht hatte, mit beiden Händen und lachte gequält auf. »Eigentlich bin ich ein Schauspieler.«

»Ich auch.«

»Du spielst die Szene doch mit links.« Er nippte an seinem Kaffee und stellte ihn dann mit einem verärgerten Laut auf den Boden. »Ich will ehrlich sein. Du schüchterst mich völlig ein.« Als sie nur eine Augenbraue hochzog, stieß er den Atem aus und vermied ihren Blick. »Als mein Agent mich anrief und mir sagte, ich bekomme diese Rolle und spiele mit dir, hat mich fast der Schlag getroffen«, sagte er.

»Dann ist es natürlich nicht ganz einfach, sich leidenschaftlich zu geben. Meine allererste Liebesszene habe ich mit Scott Baron gedreht. Die Hollywood-Legende … Der Mann mit dem größten Sexappeal der Welt. Ich musste ihn küssen, und meine Zähne klapperten vor Angst. Er nahm mich auf die Seite, kaufte mir ein Thunfisch-Sandwich und erzählte mir Geschichten, die mindestens zur Hälfte gelogen waren. Doch dann sagte er etwas Wahres: Alle Schauspieler sind Kinder, und alle Kinder lieben es, Spiele zu spielen. Wenn wir die Spiele nicht mehr gut spielen, dann sind wir zu erwachsen und suchen uns richtige Jobs.«

Die Spannung, die um seinen Mund lag, hatte sich schon gelegt. »Hat es geholfen?«

»Das – oder der Thunfisch. Auf alle Fälle sind wir wieder in die Kulisse gegangen und haben das Spiel gespielt.«

»Du hast ihm in dem Film die Schau gestohlen.«

Lächelnd hob sie ihre Tasse. »Man sagt es. Glaub aber nicht, ich würde es zulassen, dass du sie mir in diesem stiehlst.« Mit nur einer kleinen Neigung ihres Kopfes schaffte sie es, sofort wieder Primadonna zu sein.

»Du hast den Ruf, kalt und berechnend zu sein«, erwiderte er nachdenklich. »Ich hätte es nie erwartet, dass du so freundlich und nett bist.«

»Erzähl es nicht weiter.« Sie erhob sich und streckte ihm die Hand entgegen. »Und jetzt wollen wir diese Flitterwochen hinter uns bringen.«

Jetzt lief die Szene wie am Schnürchen. Kirk wusste nicht, was Carrie während der kurzen Unterbrechung leise mit ihrem Kollegen besprochen hatte, aber das Eis war nun gebrochen. Er selbst wiederum hatte gelernt, nicht jedes Mal zu erstarren, wenn sie in den Armen eines anderen lag.

Die Beleuchtung täuschte Kerzenlicht vor. Carrie, in einem schenkellangen Hemdchen, und Don, der bis zur Taille nackt war, lagen im Bett. Die Kamera war fast direkt über ihnen. Auf Kommando wandten sie sich einander zu, als wären sie die einzigen Menschen weit und breit.

Carrie schien es leichtzufallen, Leidenschaft vorzutäuschen. Kirk fragte sich, ob sie überhaupt irgendwelche echten Gefühle hatte. Sie schaltete ihre Gefühle an und ab, wie es die Regie verlangte. Wie eine wunderschöne Puppe, dachte er, außen ohne Makel und innen leer.

Und doch hatte er sie im Arm gehalten. Er hatte eine Ahnung der in ihr verborgenen Leidenschaft gefühlt, ihre Gefühle, Bedürfnisse, Unsicherheiten. War das auch nur ein Teil ihrer Rolle gewesen? Es sollte ihm gleichgültig sein, erinnerte er sich dann und zündete sich eine Zigarette an. Sie war eine

Klientin und nichts weiter. Und wenn sie in ihm Gefühle erregte, wie es immer wieder geschah, dann brauchte er nur einen Schritt zurückzugehen. Sich mit einer Frau wie Caroline O'Hara einzulassen war für einen Mann Selbstmord, wenn er sich nicht völlig unter Kontrolle hatte.

Aber wenn er sie ansah, wurde sein Mund trocken.

Nur sinnliches Begehren, redete er sich zu, oder besser: Trieb. Und es war nur zu natürlich, sie körperlich zu begehren. Und doch war es nicht allein das gewesen, was er empfunden hatte, als er sie vorhin im Arm gehalten hatte.

Aber er wäre auch zu abgebrüht, wenn er nicht einer verängstigten, verletzbaren Frau gegenüber so etwas wie Sympathie oder das Bedürfnis zu trösten empfinden würde.

Jedoch, Sympathie war es auch nicht gewesen, eher Wut, sogar eine unbändige, in ihm brodelnde Wut beim Gedanken daran, wie diese Frau bedroht wurde. Diese seine Frau. Da lag das Problem. Je länger er in ihrer Nähe war, desto selbstverständlicher dachte er von ihr als seiner Frau.

Geh einen Schritt zurück, Doran, verordnete er sich, und zwar schnell. Sonst würde er selbst mittendrin stecken.

Er trat die Zigarette aus und wünschte, dieser endlose Tag wäre endlich vorbei.

In dieser Woche waren noch zwei weitere Briefe gekommen, Briefe, die er Carrie nicht gezeigt hatte. Sie hatten im Stil etwas Weinerliches bekommen. Das beunruhigte Kirk mehr als die versteckten Drohungen, die die früheren Briefe enthalten hatten. Der Briefeschreiber schien einem Zusammenbruch nahe. Und wenn der erfolgte – darüber war sich Kirk sicher –, würde es einem Vulkanausbruch gleichen, schnell und heftig.

»Das ist im Kasten, Leute. Amüsiert euch übers Wochenende nicht zu sehr. Wir brauchen euch Montag mit frischen Kräften.«

Carrie, immer noch in ihrem Hemdchen, saß auf dem Bettrand, mit Don in ein Gespräch vertieft. Eifersucht. Kirk wusste nicht, woher und warum sie gekommen war. Bisher hatte er nach dem Grundsatz »leben und leben lassen« gelebt.

Wenn sich eine Frau – selbst wenn er mit ihr eine Beziehung hatte – dazu entschloss, einem anderen Mann schöne Augen zu machen, so war das ihr Recht. Keine Fesseln, kein Schmerz, keine Komplikationen. Damit hatte er bisher gut leben können. Diesen schmerzhaften Druck wegen einer Frau hatte er bisher noch nicht erlebt. Doch jetzt fühlte er ihn, und er gefiel ihm überhaupt nicht. Und er konnte sich nicht mehr zurückhalten. Also ging er hinüber zu Carrie und zog sie vom Bett hoch.

»Zeit für Spielereien ist vorbei«, bemerkte er kurz angebunden und zog sie mit sich.

»Lass mich los«, beschwerte sie sich überrascht. Larry folgte ihnen mit Carries Kleid, das sie in den Pausen immer übergeworfen hatte, doch als er Kirks Gesichtsausdruck bemerkte, machte er einen Rückzieher. »Doran, wenn du mich nicht loslässt, bekommst du die größte und gesalzenste Szene, wie sie sich selbst dein verdrehter Kopf nicht ausdenken kann. Du wirst wochenlang davon in den Zeitungen lesen können.«

»Sei still und beeil dich.«

»Was ist eigentlich dein Problem?«

Kirk schnaubte verärgert. »Du bist mein Problem, Lady. Für eine Frau, die auf der Hut sein sollte, warst du mit dem Kleinen sehr umgänglich.«

»Kleinen? Don? Himmel, er ist ein Kollege, und er ist kein Kleiner. Er ist zwei Jahre älter als ich.«

»Du hast ihn ganz verträumte Augen bekommen lassen«, erwiderte Kirk sarkastisch.

»Wird es dir selbst nicht langweilig, immer dieselbe Leier?« Heftig riss sie sich los und öffnete die Tür ihrer Garderobe.

»Ich habe mich an deine Anweisungen gehalten, und du hast schon einen Bericht über Don Sterling. Du weißt also, dass er so gut wie verlobt ist mit einer Frau, mit der er schon seit zwei Jahren eine Beziehung unterhält.«

»Und die betreffende Dame ist dreitausend Meilen entfernt in New York.«

»Das ist mir bekannt.« Als sie ihr Haar zurückstrich, verrutschte ihr Seidenhemd auf ihren nackten Schenkeln. »Er hat mir gerade erzählt, dass er das Wochenende mit ihr verbringen will. Er ist verliebt, Doran, obwohl ich bezweifle, dass du mit dem Wort etwas anfangen kannst.«

»Ein Mann kann in eine andere Frau verliebt sein und dich trotzdem wollen.«

Sie knallte die Tür zu und lehnte sich von innen gegen sie. »Was weißt du schon von Liebe? Was weißt du schon von echten Gefühlen?«

»Du willst Gefühle?« Er legte heftig seine Hände auf beiden Seiten ihres Kopfes an die Tür. Es erschreckte sie, doch sie blieb ruhig. »Du willst die Gefühle, die du in einem Mann erregst? Echte Gefühle, Engel, nicht irgendwelche, die ein Drehbuch vorschreibt? Und du meinst, du verträgst sie?«

»Lass mich in Ruhe«, entgegnete sie leise.

»Vernünftig von dir, Angst zu haben.«

»Du kannst mir keine Angst machen.«

Er beugte sich näher. »Du zitterst aber.«

»Ich bin wütend.«

»Vielleicht. Vielleicht hast du aber auch Angst vor dem, was folgen könnte. Das ist keine extra für dich geschriebene Rolle, Carrie. Da ist es nicht so leicht, an- und abzuschalten.«

»Geh mir aus dem Weg.«

»Noch nicht. Ich will wissen, was du fühlst.« Er presste seinen Körper leicht an ihren. »Ich will wissen, ob du fühlst.«

Carrie verlor immer mehr den Boden unter den Füßen. Wenn er sie jetzt berührte, wirklich berührte, fürchtete sie, alles zu verlieren. Wie konnte sie ihm sagen, was sie fühlte, wenn das, was sie fühlte, so ganz gegen die Regeln war? Sie wollte gehalten werden, beschützt, umsorgt und geliebt. Wenn sie ihm das sagte, würde er doch nur lächeln und sich nehmen, was er wollte. Sie war schon einmal in ihrem Leben innerlich ausgebrannt zurückgelassen worden, und das würde ihr nie, niemals wieder geschehen.

Carrie hob das Kinn und wartete, bis seine Lippen sich ihren bis auf Zentimeter näherten. »Du bist nicht besser als der Mann, gegen den mich zu schützen ich dich eingestellt habe.«

Er fuhr zurück, als hätte sie ihn geschlagen. Der entgeisterte Ausdruck auf seinem Gesicht ließ sie zwar wünschen, ihn zu berühren, doch sie presste sich nur gegen die Tür und wartete seinen nächsten Schritt ab.

»Zieh dir etwas an.« Kirk wandte sich von ihr ab, ging zum Kühlschrank und holte sich ein Bier.

Sie hatte recht. Er riss den Ring von der Dose ab und nahm zwei kräftige Schlucke. Er hatte sie erschrecken, schwach werden lassen wollen. Er hatte sie verletzen wollen. Sie gefährdete seine Seelenruhe, die er gewaltsam wieder herstellen wollte. Der Abscheu vor sich selbst, den er deswegen jetzt in sich spürte, war ebenso ungewohnt und unangenehm wie die plötzliche Eifersucht, die vorhin in ihm aufgestiegen war.

Er hatte sich verordnet, einen Schritt zurückzutreten, und war stattdessen einen Satz vorwärtsgesprungen und in einem ganz gefährlichen Morast gelandet. Zum ersten Mal in seinem Leben fühlte er sich richtig schmutzig.

Als er Carrie zurückkommen hörte, warf er die Dose in den Mülleimer. Sie trug eine lachsfarbene Leinenhose mit einer farblich dazu abgestimmten Jacke mit Blumenmuster. Sie wirkte kühl, beherrscht und erinnerte in nichts an die ruhelose, suchende Frau, deren Rolle sie den ganzen Tag gespielt hatte.

Wortlos trat sie an ihm vorbei und ging zur Tür. Sie legte ihre Hand auf die Türklinke, doch bevor sie sie herunterdrücken konnte, legte Kirk seine Hand über ihre. Er verfluchte sich im Stillen, als sie sich versteifte und ihm einen kühl abwägenden Blick zuwarf.

»Mit vollem Recht könntest du mir jetzt mit Schwung eine runterhauen.«

Einen Augenblick sagte sie nichts. Dann seufzte sie nur müde und abgespannt. »Ich komme später darauf zurück.«

Sie drückte die Türklinke fast mechanisch, und er verstärkte seinen Griff. »Carrie.«

»Was?«

Er wollte sich entschuldigen. Normalerweise war das nicht seine Art, doch im Augenblick hätte er sich schrecklich gern bei ihr entschuldigt. »Nichts. Gehen wir.«

Die Rückfahrt verbrachten Carrie und Kirk schweigend, beide von ihren widersprüchlichen Empfindungen hin- und hergerissen. Als sie vor Carries Haus ausstiegen, nahm Kirk plötzlich, ganz aus einem Impuls heraus, Carries Hand und ging mit ihr um das Haus herum.

»Was hast du vor?«

»Es ist Freitagabend, und ich bin es satt, in diesem Haus eingesperrt zu sein. Wir gehen essen.« Sie waren bei seinem Wagen angelangt, und Kirk nickte zu einem seiner Männer hinüber, die das Grundstück bewachten.

»Könntest du dir vielleicht vorstellen, dass mir nicht nach Ausgehen zumute ist?«

»Wohin ich gehe, gehst auch du.« Er öffnete die Tür zum Beifahrersitz.

»Doran, ich habe eine harte Woche hinter mir, und ich bin müde. Ich will nicht in ein Restaurant gehen und angestarrt werden.«

»Wer hat denn etwas von einem Restaurant gesagt? Steig ein, Engel.« Mit sanftem Nachdruck drückte er sie auf den Sitz und warf die Tür zu.

»Ich habe keinen Hunger«, protestierte Carrie, als Kirk neben ihr Platz genommen hatte.

»Aber ich.«

»Hat dir schon einmal jemand gesagt, dass dir jegliche Umgangsformen fehlen?«

»Laufend.«

Er ließ den Motor an und schoss die Zufahrt hinunter. Carrie griff nach dem Sicherheitsgurt. »Wenn du den Wagen mit mir zu Schrott fährst, werden dich die Produzenten zur Schnecke machen.«

»Nervös?«

»Du machst mich nicht nervös, Doran, ich fühle mich von dir nur belästigt.«

»Also ist doch jeder zu irgendetwas gut.« Er stellte das Radio ein, und laute Rockmusik dröhnte heraus. Carrie schloss die Augen und bemühte sich, die hämmernde Musik zu überhören.

Als der Wagen anhielt, blieb sie mit geschlossenen Augen bewegungslos sitzen. Sie war entschlossen, sich unbeteiligt zu geben. Draußen rauschte der Wochenendverkehr vorbei. Sie hatte keine Ahnung, wo sie waren, und redete sich ein, dass es sie auch nicht interessierte. Als Kirk die Tür öffnete und wieder schloss, rührte sie sich immer noch nicht, doch sie öffnete die Augen.

Er ging auf einen Schnellimbiss zu, und beinahe hätte Carrie laut aufgelacht. Zu Hause könnte sie jetzt einen ausgezeichneten Wein und einen frischen Salat genießen, den ihre

Köchin so würzig anzumachen verstand. Der Himmel mochte wissen, was Kirk jetzt in der weißen Papiertüte zum Wagen mitbrachte. Sie würde einfach nichts davon essen, verordnete sie sich.

Sie schloss wieder die Augen und bemühte sich, das – zugegeben wunderbare – Aroma zu ignorieren, das den Wagen füllte. Lächelnd sah Kirk zu ihr herüber, bevor er wieder losfuhr.

Wieder hatte sie keine Ahnung, wohin die Fahrt ging, doch die Straße wurde kurvenreich und der Verkehr dünner. Das gleichmäßige Motorengeräusch brachte sie schnell in eine entspannt dösende Stimmung. Erst jetzt erkannte sie, wie sehr sie einfach einmal weg von allem musste, von ihrer Arbeit, ihrem Haus, vielleicht sogar von sich selbst. Es würde ihr direkt schwerfallen, Kirk dafür nicht dankbar zu sein. Aber auch das würde sie schon schaffen.

Als der Wagen anhielt, blieb Carrie standhaft bewegungslos sitzen. Obwohl die Neugier ihr zusetzte, hielt sie die Augen fest geschlossen. Wortlos griff Kirk nach der Tüte, stieg aus und warf die Tür hinter sich zu.

Unangenehm erinnerte Carries Magen sie daran, dass das Obst und der Käse mittags etwas wenig gewesen waren. Kirk hatte sie schon zu so vielen Dingen gezwungen, die sie nicht gewollt hatte, warum konnte er sie da nicht jetzt wenigstens zum Essen zwingen, damit sie ihr Gesicht wahren konnte? Aber nein, dachte sie gereizt, er steigt einfach aus, macht sich über das, was in der Tüte ist, her und lässt mich verhungern.

Verärgert öffnete Carrie die Tür. Als sie sie wieder heftig hinter sich zuknallte, hallte das Geräusch in einem nicht enden wollenden Echo wider. Erstaunt sah sie sich um.

So hoch in den Bergen war sie noch nie gewesen. Weit, weit unter ihnen erstreckte sich, so weit das Auge reichte, das flimmernde Licht von Los Angeles. Die Sonne ging gerade unter und tauchte den Himmel in eine fein abgestufte Farbpalette: Tiefblau ging in Hellblau über, dann unmerklich ins Malven-, Rosé- und Pinkfarbene, und alles glänzte wie von einem Goldfilm überzogen. Der erste Stern strahlte schon, als warte er sehnsüchtig darauf, dass sich auch die anderen zu ihm gesellten. Ein Windhauch flüsterte durchs Buschwerk, während die Carrie so vertraute Stadt in Glas eingeschlossen zu sein schien, so still war es.

»Eindrucksvoll, nicht wahr?«

Sie drehte sich um. Kirk lehnte an einem riesigen H. Der Hollywood-Schriftzug, erkannte sie und hätte fast gelacht. Sie hatte ihn schon so oft von Weitem gesehen, dass sie ihn schon nicht mehr wahrnahm. Von unten sah die Schrift weiß und unvergänglich aus. Doch aus der Nähe – wie die Stadt, die sie benannte – erwies sich alles als Schein: Sie war groß, etwas schmutzig, etwas verwittert und unten mit Graffiti bemalt.

»Sie könnte einen neuen Anstrich vertragen.«

»Nein, so ist es ehrlicher.« Kirk stieß gegen eine leere Bierbüchse. »Teenager kommen hierher, um sich zu treffen und zu flirten.«

»Und du?«

»Mir gefällt einfach die Aussicht.« Er kletterte über einige Felssteine und ließ sich am Fuß eines L nieder. »Und die Stille. Wenn man Glück hat, hört man hier nichts, nur ab und zu einen Kojoten.«

»Kojoten?« Carrie sah sich um.

Kirk bemühte sich gar nicht erst, ein freches Grinsen zu verbergen. »Willst du einen Fleischspieß?«

»Einen Fleischspieß? Du hast mich hierhergeschleppt, um Fleischspieße zu essen?«

»Und Bier zu trinken.«

»Fabelhaft.«

»Es ist schon etwas warm geworden. Trink es besser gleich.«

»Ich will nichts!«

»Bedien dich einfach.« Er wickelte einen Fleischspieß aus und biss hinein. »Ich habe auch Pommes frites mitgebracht«, meinte er mit vollem Mund. »Vielleicht etwas fettig, aber kalt sind sie noch nicht.«

»Mir läuft das Wasser im Mund zusammen.« Sie drehte sich um und sah wieder hinunter auf die Stadt.

Als hätte sich die Natur gegen Carrie verschworen, trug der Wind den Geruch des Essens zu ihr herüber. Ihr lief das Wasser im Mund zusammen. Mürrisch sah sie auf die Lichter hinunter und wünschte Kirk Doran zum Teufel.

»Eine Frau wie du rümpft wahrscheinlich über alles die Nase, was nicht Champagner und Kaviar ist. Die bekommt doch immer beste Qualität.«

Erregt drehte sich Carrie um. Die schimmernden Lichter der Stadt und der Sonnenuntergang beschienen sie nun von hinten. Der Anblick bewegte Kirk tief. Noch nie hatte sie schöner ausgesehen.

»Du weißt nichts von mir, überhaupt nichts.« Ihre Stimme hatte plötzlich eine ungewohnt schneidende Härte. »Ich bin fast die ersten zwanzig Jahre meines Lebens von Stadt zu Stadt gezogen. Manchmal, wenn wir Glück hatten und der Auftritt gut gewesen war, haben wir in der Hotelküche ein Essen hinunterschlingen können. Doch meistens hatten wir weniger Glück, und dann gab es immer hart gekochte Eier und Kaffee. Hör also auf, selbstgefällig herumzusitzen und Steine auf mich zu werfen, Doran. Du weißt nicht, was ich bin oder wer ich bin. Was du kennst, ist das, wozu ich mich aus eigener Kraft gemacht habe.«

Langsam setzte er die Bierbüchse auf den Felsen hinter sich. »Schon gut, schon gut. Davon bekomme ich schließlich in der offiziellen Biografie nichts zu lesen.«

Sie starrte ihn nur an. Wieso schaffte er es immer wieder, sie aus der Reserve zu locken? Warum hatte sie sich jetzt dazu hinreißen lassen, ihm ihre Herkunft zu offenbaren?

»Ich will zurück.«

»Nein. Außer mir ist hier niemand.« Seine Stimme hatte ihre gewohnte Schroffheit verloren, und gerade das ließ ihre Abwehrhaltung brüchig werden. »Carrie, warum setzt du dich nicht einfach hierher und siehst hinunter auf den Rest der Welt?«

Bevor es ihr selbst bewusst wurde, war sie schon einen Schritt auf ihn zugegangen. Und als er sich erhob und seine Hand ausstreckte, um ihr die Felsbrocken hinaufzuhelfen, ergriff sie sie, ohne zu zögern. Das Zögern kam erst, als sie seine Hand in ihrer spürte. Und sie sah auf, und ihre Blicke trafen sich. So standen sie einen Augenblick in der Abenddämmerung, bis er Carrie zu sich hochzog.

»Ich möchte mich entschuldigen.« Die Entschuldigung überraschte ihn selbst ebenso wie sie.

»Wofür?«

»Für das, was vorhin geschehen ist. Ich weiß nicht warum, aber etwas an dir macht mich reizbar.«

Sie hielt seinem Blick stand. »Dann sind wir quitt.«

Der Wind blies ihm das Haar aus dem Gesicht. Für jede Sachlage, das wusste er, kam einmal der Moment der Ehrlichkeit. Vielleicht war das jetzt dieser Moment.

»Carrie, ich will dich. Ich versuche schon seit einiger Zeit, dagegen anzukämpfen.«

Andere Männer hatten sie gewollt, andere Männer hatten ihr das auf eine viel charmantere Art zu verstehen gegeben. Aber deren Worte hatten ihr noch nie so viel zu schaffen gemacht wie diese. »Ich könnte dich hinauswerfen.«

»Das würde keinen Unterschied machen.«

»Ja, ich glaube auch.« Sie wandte ihren Blick von ihm ab. »Kirk, ich kann nicht mit dir ins Bett gehen.«

»Ich habe erwartet, dass du so empfindest.«

»Kirk.« Sie ergriff seine Hand, als er einen Schritt zurück-machen wollte. »Ich weiß nicht, was du glaubst, welche Gründe ich habe, aber ich garantiere dir, du irrst dich.«

»Nicht dein Stil.« Er nahm wieder seine Bierbüchse. »Nicht deine Klasse.«

Carrie entriss ihm die Büchse und warf sie gegen einen Felsbrocken. Der Schaum zischte über den Stein. »Sag mir nicht, was ich denke. Sag mir nicht, was ich fühle.«

»Dann sage du es mir, ich bitte dich.« Er ergriff sie und zog sie an sich.

»Ich muss dir gar nichts sagen. Ich muss mich dir nicht er-klären. Verdammt, ich wollte nichts als meine Ruhe. Ich wollte nichts als ein paar Stunden ohne Druck. Ich weiß nicht, wie ich es noch länger ertragen kann, von allen Seiten be-drängt zu werden.«

»Okay, okay.« Sein Griff war weicher geworden, und mit der Hand strich er ihr über den Rücken. »Du hast recht. Ich bin nicht mit dir hier heraufgefahren, um mit dir zu streiten. Aber du machst mich immer wieder reizbar.«

»Lass uns einfach zurückfahren.«

»Nein, setz dich. Bitte«, fügte er hinzu und berührte mit seinen Lippen leicht ihr Haar. »Vielleicht können wir einfach hier sitzen, ohne aufeinander herumzuhacken. Iss etwas.«

Er lächelte so nett, dass sie aufgab und sehnsüchtig die Tüte betrachtete. »Ich komme um vor Hunger.«

»Ja, das kann ich mir vorstellen.« Die nächsten Minuten aßen sie schweigend, bis Kirk fragte: »Hattest du eine harte Kindheit?«

Carrie wollte gerade eine Salztüte für die Pommes frites aufreißen und hielt mitten in der Bewegung inne. »Oh, nein, so habe ich das nicht gemeint. Es war einfach nur anders. Meine Eltern sind Unterhaltungskünstler, seit über dreißig

Jahren ein Tanz- und Gesangspaar. Damals sind wir zu sechst durchs Land gezogen und haben manchmal in richtigen Kaschemmen gespielt. Aber meine Familie ...« Versonnen lächelnd nahm sie das ihr angebotene Bier. »... ist wunderbar. Terence war auch bei einigen Nummern dabei, aber er war am besten am Klavier. Ich war immer frustriert: Sosehr ich auch übte, ich konnte nie besser als er spielen.«

»Geschwisterrivalität?«

»Natürlich. Sonst wäre die Kindheit doch langweilig. Terence und ich waren uns da ziemlich ähnlich: Wir konnten es nie lange ertragen, hinter dem anderen zurückzustehen. Zwischen meinen Schwestern und mir gab es das in dem Ausmaß nicht. Wir gehörten einfach zu sehr zusammen.« Sie nahm einen Schluck Bier aus der Büchse und blickte auf die Stadt hinunter. »So ist es immer noch. Manchmal ist es hart, von ihnen getrennt zu sein. Als wir klein waren, haben wir Pläne geschmiedet, wie wir die Show für immer und ewig ausbauen könnten.«

»Welche Show?«

Lachend leckte sie sich Salz von den Fingern. »Noch nie etwas von den O'Hara-Drillingen gehört?«

»Tut mir leid.«

»Es würde dir bestimmt noch mehr leidtun, wenn du von uns gehört hättest. Dreistimmiger Gesang, Showeinlagen, ein paar alte Standards.«

»Du singst?«

»Doran, ich singe nicht nur, ich bin umwerfend.«

»In deinen Filmen hast du nie gesungen.«

Sie zuckte die Schultern. »Es hat sich nicht ergeben. Matt meint, wir sollten das Publikum demnächst einmal mit einem Gastauftritt überraschen, wo ich einige Nummern bringe und vielleicht auch tanze. Ja«, fügte sie hinzu, als er ihr einen Blick zuwarf, »ich kann tanzen. Mein Vater wäre sonst vor Scham in Grund und Boden gesunken.«

»Und warum tust du es nicht?«

»Es hat sich eben nie ergeben. Außerdem habe ich mich darauf konzentriert, was ich am besten kann.«

»Und das wäre?«

Sie warf ihm einen spöttischen Blick zu. »Rollen spielen.«

Er blieb ernst und strich ihr das Haar zurück hinters Ohr. »Ich denke, im Augenblick spielst du nicht.«

Schnell wandte sie sich ab. Der Himmel war fast schwarz, doch nur vereinzelt zeigten sich Sterne. »Sei dir darüber nicht zu sicher. Ich bin mir meiner selbst nur manchmal sicher.«

»Ich glaube, du bist dir sicher.«

Als sie den Kopf wieder zurückdrehte, war sein Mund sehr nah. Nah und verführerisch. »Nicht. Ich habe dir gesagt, ich kann nicht.« Aber seine Lippen streiften schon ihre, ganz zart, wie ein Hauch.

»Weißt du eigentlich, was ich gefühlt habe, als du heute mit Sterling auf dem Bett lagst?«

»Nein. Und ich will es auch nicht wissen. Ich habe dir gesagt, es ist mein Job. Es ist nur eine Rolle.«

Ihre reservierte Abwehrhaltung brach in sich zusammen, er hörte es an ihrer Stimme. Eine prickelnde Wärme erfasste ihn in Erwartung des Kommenden. »Hier sind keine Kameras, Carrie. Nur du und ich. Und ich glaube, genau davor hast du Angst. Hier sagt dir niemand, was du fühlen sollst. Niemand schreit ›Schnitt‹, wenn du Gefahr läufst, die Kontrolle zu verlieren.«

»Ich brauche niemanden, der mir sagt, was ich fühlen soll. Ich brauche niemanden«, wiederholte sie und näherte ihr Gesicht seinem.

Sie wollte es. Sie wollte die ungebändigte Woge der Empfindungen spüren, die er in ihr auszulösen vermochte. Sonst niemand. Sie könnte ihm das verraten, doch er würde ihr nicht glauben. Ihr Image war unverbrüchlich, und sie selbst hatte es geschaffen. Was sie in ihrem Innern war, gehörte nur ihr. An diesem Teil von ihr – das hatte sie sich geschworen – sollte niemals wieder jemand Anteil haben.

Doch die Hitze, das Begehren und Sehnen, das konnte sie haben. Das konnte sie nehmen und an Kirk zurückgeben – solange sie ihm nicht zu viel gab, solange sie ihm nicht alles gab.

Der Himmel über ihnen wurde dunkel, und der Wind strich durch die Büsche.

Carrie hatte etwas in Kirk gelöst. Seine Hände waren unsicher, als er ihr durchs Haar fuhr. Sein Denkvermögen verschwamm im Nebel seiner Bedürfnisse – Bedürfnisse, die eine tiefe Sehnsucht offenlegten.

Er wollte sie dort nehmen, dort im Schutz der Felsen, einfühlsam, zärtlich, wie eine zerbrechliche Kostbarkeit.

Er musste sie einfach spüren, selbst wenn es nur einmal sein sollte. Er ließ seine Hand über ihr Bein gleiten, über ihre Hüfte, bis er ihre Brüste umfasste. Sie fühlte sich so weich an. Er öffnete die Knöpfe ihrer Jacke, um ihre warme Haut zu spüren.

Es war schon lange her, seit sie es sich erlaubt hatte, berührt zu werden, seit sie sich das Bedürfnis nach Intimität erlaubt hatte. Sie wollte seine Hände fühlen, seine Lippen, seinen Körper. Zum Teufel damit, wo sie waren, wer sie waren. Zum Teufel mit dem Preis, den sie für ihre Bereitschaft, ihn zu lieben, sicher würde zahlen müssen.

»Carrie.« Er hob ihr Gesicht. Es drängte ihn, in ihren Augen zu lesen. Dann hörte er es, ein Rascheln im Gebüsch, und noch einmal. Seine Muskeln spannten sich an.

»Was ist das?« Sie hatte es auch gehört, und ihre Finger gruben sich in seinen Arm. »Ein Tier?«

»Wahrscheinlich.« Aber er glaubte es nicht. Seine Nerven waren zum Zerreißen gespannt, als er Carrie von sich schob.

»Was hast du vor?«

»Mich umsehen. Bleib du hier.«

»Kirk.« Sie war schon aufgestanden.

»Bleib sitzen. Wahrscheinlich ist es nur ein Kaninchen.«

Es war kein Kaninchen. Sie hörte es an seinem Tonfall. Er war nicht wie sie Schauspieler. Vor Angst hätte sie sich am liebsten verkrochen. Doch ihr Stolz ließ das nicht zu. »Ich komme mit.« Sie fasste seinen Arm und stolperte über einen Felsstein.

Kirk stützte sie. Da die Dämmerung schon fortgeschritten war, ging er zunächst zu seinem Wagen, um sich eine Taschenlampe zu holen. Dann näherte er sich langsam dem Gebüsch, wobei er sich, wie zufällig, schützend vor Carrie befand. »Hier oben ist immer viel los«, begann er, doch er bewegte sich lautlos, und seine Muskeln waren angespannt.

»Ich erinnere mich: Kojoten.«

»Ja.« Er kniete nieder, als er im weichen Boden Spuren entdeckte, und richtete den Strahl der Taschenlampe darauf.

Carrie presste die Lippen zusammen. »Meines Wissens tragen Kojoten keine Schuhe.«

»Wenigstens nicht die, die ich gesehen habe.« Er hatte deutlich die Spur von Angst aus ihrer Stimme gehört. »Wahrscheinlich war es nur ein Jugendlicher.«

»Nein. Du glaubst das nicht und ich auch nicht. Jemand hat uns beobachtet, und wir wissen beide, warum.« Sie bedeckte mit den Händen ihr Gesicht. »Er war hier. Genau hier war er und hat uns beobachtet. Warum hört er nicht auf? Warum …«

»Reiß dich zusammen.« Kirk fasste sie an den Schultern und schüttelte sie leicht. Sie holte tief Luft, doch als dann das Geräusch eines startenden Motors zu ihnen herüberhallte, schien sie doch den Tränen nahe.

»Er ist mir gefolgt. Wie oft hat er mich schon beobachtet?«

»Ich weiß nicht.« Frustriert starrte Kirk auf die dunkle Straße hinunter. »Vergiss nicht, auch wenn er uns beobachtet hat, ich werde ihn nicht an dich herankommen lassen.«

»Für wie lange?«, entgegnete sie ruhig und wandte sich ab. »Ich will jetzt zurückfahren.«

7. KAPITEL

»Wir kommen keinen Schritt voran.« Carrie goss sich einen Brandy ein und füllte dann Matts Glas neu.

»Und ich hätte schwören können, wenn jemand des Rätsels Lösung finden könnte, dann wäre es Kirk.«

»Ihm mache ich keinen Vorwurf.« Carrie umfasste den Cognacschwenker mit beiden Händen und trat ans Fenster. Die Sonne ging unter, und die Nacht brach herein.

»Deine Einstellung ihm gegenüber scheint sich geändert zu haben.«

Mehr als du wissen kannst, dachte sie, zuckte aber nur mit den Schultern. »Ich kann nicht behaupten, dass er nicht alles in seiner Macht Stehende tut, das ist alles.«

»Aber bis jetzt hat er noch nichts Handfestes bringen können. Was ist mit den Briefen?«

»Sie wurden auf Papier geschrieben, das in unzähligen Geschäften angeboten wird.«

»Und die Blumen?« Unruhig ging Matt zu dem weißen Stutzflügel und wieder zurück zum Kamin. Hastig zog er an seiner Zigarette. »Man muss doch herausfinden können, wo sie gekauft worden sind.«

»Anscheinend nicht.« Carrie presste ihre Finger an den Nacken im erfolglosen Bemühen, die Verspannung zu lösen. »Kirks Leute haben in allen Blumengeschäften nachgeforscht. Nichts.«

»Die Anrufe?«

»Sie konnten nicht zurückverfolgt werden, es gab bisher nicht genug Anhaltspunkte.«

»Verdammt, es muss doch etwas geben. Carrie, willst du nicht doch die Polizei einschalten?«

Ihrem Freund Matt gegenüber konnte es Carrie sich erlauben, ihren abgespannten Zustand zu zeigen. »Matt, meinst du wirklich, sie könnte mehr erreichen als Kirk?«

»Ich weiß nicht.« Er konnte die stille Verzweiflung in ihrem Blick kaum noch ertragen und sah finster auf sein Glas hinunter. »Ich weiß es einfach nicht. Ich war fest davon überzeugt, dass diese Angelegenheit in wenigen Tagen geklärt sein würde.«

»So einfach ist es nicht. Der Mann ist klug und vorsichtig.« Nervös schwenkte Carrie ihren Brandy im Glas herum, ohne ihn zu trinken. »Kirk überprüft alle, die ich kenne – dich inbegriffen.«

Er blieb stehen und starrte sie an. Sein Gesicht verzog sich zu einer Grimasse, als er die Hand in die Tasche steckte und nervös nach seinem Feuerzeug suchte. »Immerhin ist er gründlich.«

»Mir gefällt das nicht, Matt. Ich fühle mich, ich weiß auch nicht, irgendwie schäbig, wenn ich daran denke, dass er meinetwegen im Privatleben anderer Menschen herumschnüffelt.«

Unbehaglich legte Matt einen Arm um ihre Schulter. »Baby, wenn schmutzige Wäsche gewaschen werden muss, um dieser Sache auf den Grund zu kommen, dann ist es das wert.« Er schwieg einen Moment und räusperte sich dann. »Und was hat er herausgefunden?«

»Ich weiß nicht.« Sie lehnte ihren Kopf an seine Schulter. Die Sonne war mittlerweile ganz verschwunden, nur einen Hauch von Farbe hatte sie auf den Wolken zurückgelassen. »Ich habe ihm gesagt, dass ich es nicht wissen will, Matt.« Sie konnte sich noch gut an Kirks kühle Missbilligung ihrer Feigheit erinnern. »Wir sind übereingekommen, dass ich die von ihm aufgestellten Vorsichtsmaßnahmen beachte, er aber die Informationen, die er sich verschafft, für sich behält.«

Matt hatte mit seinem silbernen Feuerzeug gespielt und knipste es jetzt an. »Du steckst den Kopf in den Sand, Carrie.«

»Das ist mir gleichgültig.«

»Es gibt keinen Menschen, vor allem keinen über zwanzig, in dessen Leben es nicht etwas gibt, das ihm unangenehm ist, etwas, das er lieber im Verborgenen halten will. Aber Kirk hat recht mit seinen Nachforschungen, und bei ihm weiß ich, dass er das, was er herausfindet, für sich behält.«

»Danke für dein Vertrauen.« Kirk stand im Türrahmen und betrachtete die beiden. Der Raum lag im Halbdunkel, und Carrie, den Kopf immer noch an Matt geschmiegt, machte einen entspannten Eindruck, als könnte sie stundenlang so verharren.

»Immerhin habe ich dich empfohlen«, entgegnete Matt leichthin. »Und ich gebe ungern einen Fehler zu.«

Kirk ging zur Bar und goss sich einen doppelten Brandy ein. »Was war los mit dir, Matt? Wir haben dich selten gesehen.«

»Ich war beschäftigt.«

Carrie spürte die Spannung zwischen den Männern. »Hör auf, Kirk, fang jetzt nicht mit ihm an.«

»Du sagst mir schon wieder, wie ich meinen Job zu tun habe, Engel.«

»Ich lasse es nicht zu, dass du meine Freunde auf diese Art und Weise behandelst.«

»Es ist nett von dir, Carrie, aber nicht notwendig.« Matt und Kirk maßen einander mit Blicken. »Als ich Carrie riet, dich mit der Sache zu beauftragen, hätte ich wissen müssen, dass du es ausgräbst.«

Kirks Miene war komplett ausdruckslos. »Ja, allerdings, das hättest du.«

»Was ausgraben?«, wollte Carrie wissen.

Kirk hob sein Glas in Matts Richtung. »Vielleicht willst du es ihr selbst sagen.«

»Ja. Setz dich, Carrie.« Als sie ihn nur ansah, drückte er leicht ihre Schulter. »Bitte, setz dich.«

Sie spürte den mittlerweile schon vertrauten Druck im Magen und nahm im Sessel Platz. »Also gut, ich sitze.«

»Vor ungefähr zehn Jahren geriet ich in ernsthafte finanzielle Schwierigkeiten.«

»Matt, darüber brauchst du mir nichts zu erzählen.«

»Doch.« Er warf Kirk einen kurzen Blick zu. »Ich will, dass du es von mir hörst.« Er machte eine abwehrende Handbewegung, als sie Einwände erheben wollte. »Hör mir einfach zu, auch wenn es mir nicht leichtfällt. Der Grund war damals das Spiel.«

»Matt, das ist lächerlich.« Fast hätte sie gelacht. »Du spielst doch nicht einmal um Streichhölzer.«

»Heute, damals war das anders.« Er lächelte fast selbstironisch. »Es war wie ein Fieber, und meines war ziemlich hitzig, bis ich mehr verloren hatte, als ich mir leisten konnte. Ich war verzweifelt. Ich schuldete gewissen Leuten Geld, die einem das Fell über die Ohren ziehen, wenn man es nicht pünktlich zurückzahlt. Ich fälschte einen Scheck – den Scheck eines Klienten. Natürlich kam es schnell heraus. Mein Klient wollte kein Aufsehen, darum hat er keine Anzeige gemacht. Ich habe meine Seele verpfändet und den Rest versetzt, um ihm alles zurückzuzahlen. Es war so etwas wie ein Wendepunkt in meinem Leben.«

Er lachte, doch ohne Fröhlichkeit. »Meine Karriere stand auf dem Spiel, und ich bin endlich mit mir ernsthaft ins Gewissen gegangen. Was ich mir eingestehen musste, war alles andere als angenehm. Darum habe ich mich einer Selbsthilfegruppe von Spielern angeschlossen. Und obwohl das Spielen fast mein Leben zerstört hatte, muss ich den Drang danach immer noch bekämpfen.« Er sah Carrie an. »Wenn du einen anderen Agenten willst, könnte ich es verstehen.«

Langsam erhob sie sich und ging zu ihm. Wortlos legte sie die Arme um ihn und warf Kirk über Matts Schulter einen ernsthaften Blick zu. »Ich will keinen anderen Agenten. Du weißt, ich bestehe immer nur auf dem Besten.«

Er lachte gepresst und gab ihr einen Kuss auf die Stirn. »Du weißt, ich würde dich nie hintergehen.« Er erhob sich. »Ich muss gehen.« Er wandte sich Kirk zu, und einen Augenblick musterten sich die beiden Männer. »Pass auf sie auf.«

»Das habe ich mir vorgenommen.«

Mit einem kurzen Nicken verließ Matt den Raum.

Im gleichen Augenblick drehte sich Carrie zu Kirk um. »Wie konntest du? Wie konntest du ihn so demütigen?«

»Es war notwendig.« Trotzdem spürte er einen schalen Geschmack im Mund, der auch durch einen weiteren Brandy nicht so leicht weggespült werden konnte.

»Notwendig? Wieso? Was haben Spielschulden von damals mit dem zu tun, was mir heute geschieht?«

»Wenn ein Mensch eine Leidenschaft entwickelt, dann könnte er auch eine weitere entwickeln.«

»Das ist lächerlich.«

»Nein, eine Tatsache.«

»Matt Burns hat nie versucht, etwas anderes zu sein als mein Agent und mein Freund. Und er hätte genügend Möglichkeiten gehabt.«

»Hättest du ihn gelassen?«

Carrie nahm sich eine Zigarette, doch erst nach drei Versuchen mit dem Tischfeuerzeug gelang es ihr, sie anzuzünden. »Was hat das damit zu tun?«

Er kam näher und legte seine Hand auf ihren Arm. »Hättest du?«

»Nein.« Sie warf den Kopf zurück und blies den Rauch aus. »Nein.«

»Und er weiß es.« Sie entriss ihm den Arm, und er beobachtete, wie sie im Raum auf und ab ging. »Du verstehst dich doch auf Drehbücher. Nimm das hier: Der Mann arbeitet jahrelang mit dir und schafft das Image des kühlen, unnahbaren Sexsymbols. Vielleicht will er haben, was er mitgestaltet hat.«

»Das ergibt keinen Sinn, Doran.« Plötzlich war die Furcht wieder da. Sie kämpfte mit sich, um sie nicht durchbrechen zu lassen. »Warum sollte sich mir ein Mann, den ich kenne, ein Mann, der mir nahesteht, nicht einfach offen nähern?«

»Eben weil du ihn kennst, weil du ihm nahestehst. Denn er kennt seine Chancen.«

Heftig drückte sie ihre Zigarette aus. »Wie sollte er sie kennen, wenn er nie gefragt hat?«

Kirk legte eine Hand an ihre Wange, um ihr nervöses Auf-und-ab-Gehen zu beenden. »Meinst du, ein Mann weiß nicht, wann eine Frau interessiert ist?« Sein Daumen strich über ihre Wange. Der Funke war da, so wie es vom ersten Augenblick an gewesen war. Sie fühlte es und verwünschte es.

Sie umfasste sein Handgelenk und zog es weg. »Ich bin müde. Ich gehe zu Bett.«

Carrie konnte nur schwer Schlaf finden. Sie warf sich hin und her, fiel in einen leichten Dämmerschlaf und erwachte wieder. Sie wollte schon fast der Versuchung nachgeben, Schlaftabletten zu nehmen. Doch dann erinnerte sie sich an ihren Grundsatz, sich nie wegen persönlicher oder beruflicher Probleme künstlich zu betäuben.

Warum hatte sie ihr Leben jetzt nicht unter Kontrolle?

Sie hatte es doch immer geschafft, ihre Probleme zu meistern. Vielleicht, weil sie eine von dreien war. Sie hatte persönliche Tragödien, Enttäuschungen und Verluste erlebt, doch immer hatte sie sich wieder ihren Weg erkämpft. Und jetzt kämpfte sie nicht. Noch nie hatte sie einen Mann als Beschützer nötig gehabt und jetzt …

Sie war einfach müde und verwirrt. Sie wollte nichts als schlafen. Ihre Laken waren verwühlt, als sie endlich wieder eindämmerte.

Als das Telefon schellte, nahm sie halb im Traum den Hörer ab und meldete sich schlaftrunken.

Das heisere Flüstern hatte dieses Mal eine verzweifelte Schärfe, die Carrie entsetzt aufschrecken ließ. »Hören Sie auf«, schrie sie in die Leitung. Und dann begann sie zu ihrer eigenen Wut zu weinen. »Lassen Sie mich doch in Ruhe. Bitte. Ich will nichts mehr hören.«

Doch als sie den Hörer auf die Gabel geworfen hatte und ihr Gesicht ins Kissen presste, hörte sie die Stimme weiter als Widerhall in ihrem Kopf. Carrie rollte sich wie ein Baby zusammen und ließ ihren Tränen freien Lauf.

Kirk stand am Fenster, als das Telefon schrillte. Fluchend durchquerte er den Raum in der Hoffnung, es zu erreichen, bevor es Carrie weckte. Doch das Flüstern hatte schon begonnen. Einen Augenblick lang glaubte er, etwas erkennen zu können, eine Redewendung, einen Akzent, eine Eigentümlichkeit der Sprache. Er versuchte, seine ganze Konzentration darauf zu richten. Dann presste er grimmig die Lippen zusammen, als er Carries Bitten und dann ihr Weinen vernahm. Er hörte, wie sie einhängte, und dann das Schluchzen eines Mannes, bevor die Verbindung unterbrochen wurde.

Kirk steckte die Hände in die Taschen, wo er sie zu Fäusten ballte. Vielleicht hatte er etwas Wichtiges nicht mitbekommen, weil er seine Konzentration verlor, als Carrie zu weinen begonnen hatte.

Die Frau machte ihn weich. Das konnte er sich nicht erlauben, er durfte es nicht. Sie hatte so verängstigt geklungen.

Er konnte sie doch jetzt nicht allein lassen. Sie will allein sein, sagte er sich dann, eine Frau wie Carrie will sich vor anderen nicht in Tränen aufgelöst zeigen. Aber sie brauchte ihn jetzt.

Das Mondlicht fiel durchs Fenster und tauchte alles in Silber, als Kirk ruhig ihr Zimmer betrat. Vielleicht war sie schon wieder eingeschlafen.

Sie schlief nicht. Kirk hörte ihr unterdrücktes Schluchzen, als er an ihr Bett trat. Der dünne hilflose Laut erschreckte ihn. Er hatte mit schrecklichen Geräuschen umzugehen gelernt, doch Carries einsames Schluchzen verunsicherte ihn.

Wäre sie wütend gewesen, hätte er sie besänftigen können. Aber sie weinte.

Vorsichtig kniete er sich vor ihrem Bett nieder. Er wünschte, die richtigen Worte zu finden, wusste aber gleichzeitig, dass er sie nicht kannte. Er legte eine Hand auf ihr Haar. Die Berührung ließ sie hochschrecken und aufschreien.

»Ich bin es. Ich bin es doch nur.« Er nahm ihre Hände und drückte sie. »Entspann dich.«

»Kirk.« Sie kämpfte um Selbstbeherrschung. »Du hast mich erschreckt.«

»Entschuldigung.« Im hereinfallenden Mondlicht konnte er ihr tränenfeuchtes Gesicht sehen. »Alles in Ordnung?«

»Ja.« Ein Druck lag auf ihrer Brust, ihr Hals war wie zugeschnürt. »Du hast wahrscheinlich das Telefon gehört.«

»Ja.« Er ließ ihre Hände los und steckte seine wieder in die Taschen. »Möchtest du etwas? Wasser?«

»Nein, nichts. Ich konnte ihn nicht am Reden halten. Ich habe es einfach nicht geschafft.«

»Schon in Ordnung.«

»Nein.« Sie zog die Beine an und legte den Kopf auf die Knie. »Solange ich vor dieser Sache flüchte, wird sich nichts tun. Ich schaffe es einfach nicht, standzuhalten.«

»Niemand macht dir einen Vorwurf, Carrie.« Er wollte sie wieder berühren, doch er zog die Hand zurück. »Du solltest etwas schlafen.«

»Ja.«

Er fühlte sich hilflos. Wie war er nur auf die blödsinnige Idee gekommen, Carrie brauche ihn? Er verstand sich nicht aufs Trösten und Beruhigen, er kannte keine netten Worte, die ihr Entspannung und Schlaf bringen konnten. Er hatte nichts als eine überschäumende Wut in sich und das starke Bedürfnis, sie zu schützen.

»Ich könnte dir doch etwas bringen, vielleicht einen Tee.«

Sie hatte ihr Gesicht noch gegen die Knie gepresst. »Nein danke.«

»Verdammt, ich will etwas tun.« Der Ausbruch überraschte ihn selbst. »Ich ertrage es nicht, dich so zu sehen. Lass mich irgendetwas tun, dir Aspirin holen. Irgendetwas. Du kannst mich nicht einfach hinausschicken.«

»Halte mich.« Die Worte klangen wie ein Schluchzen, und sie hob den Kopf. »Halte mich einfach fest.«

Er setzte sich neben sie, nahm sie in die Arme und drückte ihren Kopf an seine Schulter. »So lange du willst, Engel.«

Carrie hatte nicht mehr die Kraft, sich zu beherrschen, und sie wollte es auch nicht. Als sie seine kräftigen Arme um sich spürte, ließ sie ihren Tränen freien Lauf. Kirk hielt sie fest und murmelte Worte, von denen er hoffte, sie würden ihr helfen, Worte, von denen er nicht einmal wusste, ob sie sie hörte. Als sie endlich ruhiger wurde, strich er ihr das Haar aus dem Gesicht und schwieg.

»Kirk?«

»Hmm?«

»Danke. Ich werde es nicht zur Gewohnheit werden lassen.« Sie schniefte. »Hast du ein Taschentuch?«

»Nein.«

Zögernd löste sie sich von ihm, um sich ein Papiertuch aus ihrem Nachttisch zu holen. »Ein Mann wie du möchte wahrscheinlich am liebsten Reißaus nehmen, wenn eine Frau so …« Sie schniefte wieder. »… heult.«

»Das hier ist etwas anderes.«

Sie hob den Kopf. Ihre Augenlider waren geschwollen und ihre Wangen feucht. »Warum?«

»Es ist einfach anders.« Er wischte ihr zärtlich eine Träne aus den Wimpern und fühlte sich lächerlich dabei. »Fühlst du dich besser?«

»Ja.« Es stimmte merkwürdigerweise, denn eigentlich glaubte sie nicht daran, dass Tränen Probleme lösen können.

Er strich ihr übers Haar und zog sie wieder näher an sich. Das Trösten, das Gefühl, gebraucht zu werden, war gar nicht so schwer gewesen, musste er erstaunt feststellen. »Meinst du, du könntest jetzt schlafen?«

»Ich denke schon.« Sie schloss die Augen und musste feststellen, dass es sich außerordentlich gut anfühlte, ihre Wange an seiner zu spüren.

Beruhigend strich er über ihren Rücken und verspannte sich, als er statt der Seide ihre nackte Haut spürte. »Morgen ist Sonntag. Du kannst den ganzen Tag im Bett bleiben und dich von dem Aufruhr erholen.«

»Ich habe um eins einen Fototermin.« Ihre Augen waren noch geschlossen, während sie mit den Fingerspitzen über die Muskeln seiner Schultern strich.

»Dann solltest du lieber noch etwas schlafen, oder du siehst schrecklich aus.«

»Vielen Dank.« Sie blickte auf und lächelte ihn an. Der Druck seiner Finger verstärkte sich, und ihr Lächeln erstarb.

Es herrschte plötzlich eine so starke sexuelle Anziehung zwischen ihnen, dass der ganze Raum unter Spannung zu stehen schien.

»Ich gehe jetzt besser.«

»Nein.«

Die Entscheidung war schon vor längerer Zeit gefallen, aber ihr Herz akzeptierte sie erst jetzt. Carrie war verliebt, unwiderruflich. Erst jetzt, durch Kirk, erkannte sie, wie sehr sie es brauchte, noch einmal verliebt sein zu können. »Ich möchte, dass du bleibst.« Sie strich ihm über die Schultern. »Ich möchte, dass wir uns lieben.«

Der Druck seiner inneren Anspannung wurde heftig, stechend – ein schmerzend wunderbares Gefühl. Er fühlte ihre Hände auf seiner Haut. Ihre Augen blickten so warm und tief. Der Mondschein tauchte sie in ein ganz unwirkliches Licht, aber Kirk konnte es sich nicht erlauben, die Wirklichkeit zu vergessen.

»Carrie, ich begehre dich gerade jetzt so sehr, dass es mir den Atem nimmt. Aber ...« Er umfasste ihre Handgelenke. »... ich könnte den Gedanken nicht ertragen, dass es zwischen uns nur so weit gekommen ist, weil du erschreckt und verängstigt bist.«

Ein Lächeln lag um ihre Lippen, die sich seinen immer mehr näherten. »Hast du immer noch nicht gemerkt, dass ich weiß, was ich will?« Ganz leicht drehte sie den Kopf, und ihr Mund streifte sein Kinn. »Hast du mir nicht gesagt, ein Mann weiß, ob eine Frau etwas von ihm will? Ich will, dass du bleibst«, wiederholte sie. »Nicht, weil ich verängstigt bin, sondern wegen der Art, wie du mich fühlen lässt, wenn du mich küsst, wenn du mich hältst, wenn du mich berührst.« Sie rieb ihre Wange an seiner. »Ich will, dass du bleibst, weil du mich vergessen lassen kannst, dass es noch irgendetwas anderes außerhalb dieses Raumes gibt.«

Etwas in ihm brach zusammen, manche würden es vielleicht Selbstbeherrschung nennen. Er stöhnte auf, seine Hände vergruben sich in ihrem Haar, und sein Mund presste sich heftig auf ihren.

Sie war alles: unergründliche Sinnlichkeit, Rätselhaftigkeit und Begierde. Sie war ein reines Aphrodisiakum. Seine bisher unterdrückten Träume wurden lebendig, und er überhäufte ihr Gesicht, ihr Haar, ihren Hals mit Küssen. Ihr Duft legte sich wie ein Nebel um seinen Verstand. Und ihr Körper zitterte – nicht nach Vorschrift eines Drehbuchs, sondern vor Lust, die er ihr schenkte. Er fühlte sich wie betäubt, und wieder suchten seine Lippen ihre und schmeckten ihre Leidenschaft.

Noch nie zuvor – und nie wieder, darüber war sie sich sicher – hatte ein Mann sie so zum Leben erwecken können. Noch nie zuvor – und nie wieder – hatte sie so wie jetzt begehrt. Ihr Körper glühte vor Hitze und Energie, während ihre Sinne von einem schillernden Kaleidoskop der Empfindungen überflutet wurden. Nein, nie wieder würde ein Mann sie das empfinden lassen können, weil es nur einen Mann gab. Und irgendwie hatte sie es von Anfang an gewusst.

Alles war so klar. Sie fühlte sein raues Kinn an ihrer Schulter, fühlte das Nachgeben der Matratze unter dem vereinten Gewicht ihrer Körper. Sie sah das Mondlicht auf seiner Haut, während sie ihre Hände über seine Schultern und seinen Körper hinuntergleiten ließ. Seine Muskeln spannten sich bei ihrer Berührung an, und er atmete heftig. Seine Küsse, einem überstarken Drang gehorchend, entwickelten ihren eigenen Antrieb. Ein Kaleidoskop, ein Wirbelwind, eine Raserei. Carrie lachte vor Lust auf und küsste und saugte an seiner Schulter.

Wegen ihr konnte ein Mann Verstand und Seele verlieren. Kirk spürte einen Druck auf der Brust, während er ihren Körper streichelte. Schmerz und Kraft – beides vereinte sich in seinem Begehren nach ihr. Er fühlte sich qualvoll herabgezogen und himmelhoch aufsteigend.

Es lag nicht nur an der Makellosigkeit ihres Körpers, ihres Gesichts, sondern auch an der wilden, zügellosen Sinnlichkeit, die sie sonst in glitzernder Kühle einschloss. Freigelassen war es eine Büchse der Pandora an Gefühlen, einige dunkel, einige gefährlich, einige unerhört erregend.

Er würde ihr nicht widerstehen. Er konnte es nicht. Er spürte ihr Zittern, hörte ihr Aufstöhnen, als er sie berührte, schmeckte und erregte. Ihre Haut war heiß und feucht. Ihr Atem formte seinen Namen.

Er griff in ihr Haar, zog ihren Kopf zurück und ließ seine Lippen ihren schlanken weißen Hals hinuntergleiten. Ihr Puls schlug wie wild, als er mit der Zunge darüberfuhr. Sie streichelte seine Brust, dann wanderten ihre Hände tiefer, und seine Bauchdecke spannte sich bei ihrer Berührung an. Sie zog den Reißverschluss seiner Jeans herunter, und er spürte durch die dünne Seide, die sie trug, ihre Brüste. Und als er durch die Seide hindurch an ihnen saugte, spannte sich ihr Körper zitternd an.

Sie stieß leise unverständliche Worte der Lust aus und zog ihm dabei die Hose über die Hüften.

Das Gefühl ihrer Hände auf seiner Haut raubte ihm den Rest an klarem Denkvermögen, und als er ihr heftig das Seidenhemd über den Kopf zog, zerriss es vorn. Ihr schweres Atmen wurde von seinen Lippen gedämpft, und er zog sie hinunter und legte sich auf sie.

Er konnte nicht mehr denken. Er konnte nur fühlen. Sie war so warm und feucht, als er in sie eindrang. Dann schlang sie die Beine um ihn, und die Bewegungen ihrer Körper vereinten sich zu einem Trieb. Er sah sie, ihr Haar war auf dem zerwühlten weißen Laken ausgebreitet, ihre Augen waren halb geschlossen, ihre Lippen leicht geöffnet, und sie atmete heftig.

»Kirk.«

Leise stieß sie seinen Namen aus, während eine Woge der Hitze nach der anderen durch ihren Körper brach. Hitze, strahlendes Licht, Sturm. Darauf hatte sie bisher nichts vorbereiten können. Sie wollte es ihm mitteilen, doch seine Lippen lagen schon wieder auf ihren. Sie war ein Teil von ihm. Die Entspannung kam in einem wilden Strömen, in dem keine Worte mehr möglich waren.

Carrie wusste nicht, was sie sagen sollte. Erwartete Kirk jetzt einen flotten Spruch, eine unbekümmerte Bemerkung? Es war nicht möglich, ihm zu erklären, dass sie sich bisher erst einem Mann hingegeben hatte, aber noch nie, wirklich noch nie so wie jetzt. Und darum konnte sie nicht das andauernde Schweigen, die Spannung, die sich schon wieder zwischen ihnen aufbaute, mit irgendetwas Leichtem brechen.

Kirk wusste nicht, was er sagen sollte. Er hatte Carrie wie ein Wilder genommen. Sie verdiente Besseres, mehr Einfühlsamkeit, auf alle Fälle mehr Einfallsreichtum im Liebesspiel. Wenn er doch nur nicht die Kontrolle verloren hätte! Aber er hatte, und es ließ sich nicht mehr ändern, ebenso wenig wie die Tatsache, dass er damit bestimmt alles zerstört hatte, was sich möglicherweise zwischen ihnen hätte entwickeln können. Aber vielleicht war es noch nicht zu spät dazu, den Schaden wieder zu beheben.

Angespannt drehten sich beide einander zu und sprachen gleichzeitig den Namen des anderen aus. Ihre Verlegenheit dauerte nur einen sehr kurzen Augenblick, bevor sie beide sich erleichtert anlächelten.

»Du hast wohl doch recht gehabt«, begann sie. »Ich meine, dass ich ein Drehbuch brauche. Ich weiß nicht, was ich sagen soll.«

»Damit habe ich auch meine Schwierigkeiten.« Er nahm ihre Hand und führte sie an seine Lippen. »Ich glaube, ich war etwas rau.«

»Warst du das?« Amüsiert und erleichtert griff Carrie nach ihrem Seidenhemd. Anzüglich eine Augenbraue hochziehend, ließ sie es auf Kirks Brust fallen.

»Du kannst es von meinem Honorar abziehen.«

»Genau das hatte ich auch vor. Dreihundertfünfzig.«

»Dreihundertfünfzig?« Er betrachtete das Seidenhemd genauer. »Du musst verrückt sein, dreihundertfünfzig für etwas auszugeben, worin du schläfst.«

»Ich genieße es, mich zu verwöhnen.« Und wie zur Bestätigung ihres Standpunktes beugte sie sich vor und nahm seine Lippen zwischen ihre. »Unter den gegebenen Umständen halte ich es nur für fair, dir die Hälfte zu erlassen. Immerhin war es eine gemeinschaftliche Leistung.« Lächelnd zog sie mit einer Fingerspitze Linien auf seiner Brust. »Außerdem war es das wert.«

»Tatsächlich?« Er ließ seine Hand ihren Schenkel hochgleiten und auf ihrer Hüfte liegen. »Bist du sicher?«

»Nun, ich bin eine vorsichtige Frau, und du kennst doch den Grundsatz im Geschäftsleben.«

»Nein.« Ihr Haar kitzelte seine Schulter, als sie sich über ihn beugte. »Welchen Grundsatz haben sie im Geschäftsleben?«

»Alles doppelt überprüfen.« Und Carrie legte sich auf ihn.

8. KAPITEL

»Kirk, das dauert drei, vielleicht sogar vier Stunden.« Kirks Blick lag auf Carries niedlichem Hinterteil, das sich deutlich durch ihren engen Rock abzeichnete. »Ich kann sehr geduldig sein.«

»Ein Fototermin ist für die Beteiligten selbst ermüdend genug, aber noch viel unerträglicher für jemanden, der einfach nur dabeisitzt.«

»Lass das nur meine Sorge sein.«

»Es muss auch meine Sorge sein. Wenn du mürrisch dabeihockst, macht mich das nervös.« Carrie drückte auf den Knopf an der Tür und schob dann ihre Sonnenbrille vor, um über den Rand hinweg Kirk anzusehen. »Und Nervosität zeigt sich auf den Fotos. Dieses Titelbild für ›The Scene‹ ist sehr wichtig.«

Er schob ihre Brille wieder hoch. »Und du auch.«

Diese Geste verlieh ihr ein Gefühl der Wärme. Sie stellte sich auf die Zehenspitzen und küsste ihn. »Danke. Aber ich bin hier völlig sicher. Margo ist da, um mein Haar zu machen, und mit der Visagistin habe ich schon häufig gearbeitet. Mrs. Alice Cooke. Sie alle sind die ganze Zeit dabei. Ich bin also von mir wohlgesinnten Frauen umgeben.«

»Und der Fotograf«, erinnerte er sie. »Ich lasse dich weder mit diesem Bryan Mitchell noch sonst einem Mann allein.«

Carrie wollte ihm widersprechen, besann sich dann aber eines Besseren. Sie strich über den Kragen seines Hemdes. »Eifersüchtig?«

»Vorsichtig.«

»Hallo.« Die Stimme aus der Sprechanlage war sanft, weich und weiblich.

»Carrie O'Hara.«

»Auf die Minute genau.« Der Summer wurde betätigt und löste die Verriegelung der Tür.

»Bryan Mitchell ist groß, prächtig und blond«, informierte Carrie Kirk, während sie die Treppe hinaufstiegen. »Wir sind seit Jahren befreundet«, fügte sie hinzu.

Kirk nahm ihre Hand. »Ein weiterer Grund, dich nicht mit ihm allein zu lassen.«

Vor der Studiotür schlang Carrie die Arme um Kirk. »Das gefällt mir«, sagte sie leise und küsste ihn.

»Darauf möchte ich wetten.« Bryan stand anzüglich grinsend in der Tür.

»Kirk Doran.« Carrie legte eine Hand leicht auf seinen Arm. »Bryan Mitchell.«

Der Fotograf war in der Tat groß, blond und prächtig. Außerdem war er eine Frau. Kirk warf Carrie, die unschuldig lächelte, einen Blick zu.

Bryan streckte ihm die Hand hin. »Willkommen im Chaos.« Sie führte sie hinein. »Carrie, ich bin noch mit dem Aufbau beschäftigt. Du weißt, wo die Getränke sind. Die Friseuse und die Visagistin sind hinten und haben eine Auseinandersetzung über Mode. Mir ist es völlig egal, ob Henna wieder modern wird.« Während sie sprach, ging sie zu einigen weißen Regenschirmen hinüber, die im Studio aufgebaut waren.

Carrie ging nach nebenan in einen kleinen, vollgestopften Raum und holte eine Flasche Mineralwasser aus dem Kühlschrank. Aus dem hinteren Raum waren zwei Frauenstimmen zu vernehmen, die sich gerade über die neuesten Gesichtspackungen unterhielten.

»Kirk, so geht das jetzt stundenlang. Ich bin hier völlig sicher und werde von den Frauen ganz mit Beschlag belegt. Du hältst uns nur auf. Mach doch einfach solange irgendetwas anderes.«

Sie hatte recht. »Hier in der Nähe ist ein Fitnesscenter.« Er holte ein Notizbuch aus der Tasche und schrieb einen Namen und eine Telefonnummer auf. »Rufe mich an, wenn du fertig bist. Ich komme dann und hole dich ab.« Er beugte sich vor und biss ihr spielerisch ganz leicht in die Unterlippe. »Und jetzt machst du dich schön.«

Sie schlang die Arme um ihn und zog eine Augenbraue hoch. »Bin ich das nicht schon?«

Sie war ungeschminkt. Ihre Augen waren blau und strahlend, ihr Teint hell. So taufrisch, wie sie heute aussah, war ihre Schönheit fast unwirklich. Er hob eine Hand und strich ihr über die Wange, bevor er sie lange küsste.

»Mit Mühe kannst du vielleicht etwas aus dem Gesicht machen.«

»Doran, du solltest besser verschwinden.«

Er warf ihr noch ein verschmitztes Lächeln zu, bevor er ging.

Während der nächsten zwei Stunden arbeitete Carrie ohne Unterbrechung. Ihr Haar wurde gelockt, geglättet, mit Spray und mit Gel bearbeitet. Ihr Gesicht wurde geschminkt und gepudert. Immer, wenn sie die Kleidung wechselte, wurden auch ihr Make-up und ihre Frisur geändert, um ihr Erscheinungsbild zu betonen. Bryan arbeitete ruhig und konzentriert wie immer.

»Ich habe dich noch gar nicht gefragt, wie es Shade geht.«

»Lege deine rechte Hand auf die linke Schulter«, wies Bryan Carrie an. »Jetzt die Finger spreizen. Gut. Shade geht es großartig. Im Augenblick wechselt er zu Hause gerade Windeln.«

»Das würde ich gern sehen.«

»Er macht das ausgezeichnet, so ganz nach Plan.«

»Man sieht es dir überhaupt nicht an, dass du vor zwei Monaten ein Baby bekommen hast.«

»Wer hat schon Zeit zum Essen? Das Kinn höher und einen abweisenden Eindruck. Genau so.« Sie kniete nieder, um aus einem ganz bestimmten Winkel heraus zu fotografieren. »Andrew Colby ist jetzt schon ein zehn Pfund schwerer Sklaventreiber.«

»Und du bist verrückt nach ihm.«

Bryan ließ die Kamera sinken und strahlte. »Er ist aber auch das herrlichste Baby. Shade und ich haben mindestens schon fünfhundert Filme verschossen. Es gibt jeden Tag etwas Neues.« Mit einer Kopfbewegung warf sie ihr langes blondes Haar zurück auf den Rücken. »Man kann sehen, wie aufgeweckt er ist, einfach an der Art, wie er Dinge betrachtet. Gerade gestern erst …« Lachend unterbrach sie sich. »Es ist schon fast eine fixe Idee. Aber weißt du, obwohl ich mich mir selbst nie als Mutter vorstellen konnte, jetzt kann ich mir ein Leben ohne Andrew – oder Shade – nicht mehr vorstellen.«

»Es ist wahrscheinlich der richtige Mann dazu nötig, um solche Ansichten zu verändern.«

Der etwas wehmütige Ausdruck, der gerade Carries Miene belebte, würde das beste Foto abgeben. »Etwas seitlich und über die Schulter blicken. Den Blick etwas glühender.« Immer wieder drückte sie dabei auf den Auslöser. »Es ist immer wieder ein Vergnügen, ein Gesicht wie deines zu fotografieren – vor allem, wenn du so viel Ausdruck hineinbringst. Aber ich maße es mir nicht als mein eigenes Verdienst an.«

»Was meinst du damit?«

»Nichts macht mehr Spaß, als eine verliebte Frau zu fotografieren. Mund schließen«, ordnete sie an.

Langsam drehte sich Carrie um und musterte Bryan. »Ist das so offensichtlich?«

»Soll es nicht so sein?«

»Nein ... doch. Ich weiß nicht.« Sie fuhr sich mit der Hand durch ihr kunstvoll frisiertes Haar. »Ich will mich nicht selbst zum Narren machen.«

»Das geht häufig Hand in Hand mit dem Verliebtsein, aber du wirst es überleben. Er hat übrigens ein interessantes Gesicht. Meinst du, du könntest ihn dazu überreden, mir Modell zu stehen?«

»Wenn du ihn an Händen und Füßen fesselst. Bryan, wie schaffst du das mit Shade?«

»Du fragst allen Ernstes mich um Rat wegen Männern?«

»Verrat es nicht.«

»Hast du schon einmal das Bedürfnis gehabt, ihn umzubringen?«, fragte Bryan.

»Schon häufig.«

»Du machst Fortschritte. Den besten Rat, den ich dir geben kann: die Dinge laufen lassen. Und wenn ich du wäre, würde ich die restliche Zeit vom Wochenende nicht vergeuden.«

Das Fitnesscenter war deutlich ein Ort der Männer. Athletischer Männer. Die Luft war erfüllt mit Schweißgeruch und Flüchen. Die meisten Anwesenden trugen nur Shorts, nur wenige hatten zusätzlich ein Unterhemd an. Auf einer Matte lag ein Mann mit Gewichten auf den Beinen und schnaufte sich durch seine Serie von Sit-ups. Ein anderer Mann auf einer Bank stieß jedes Mal einen Fluch aus, wenn er das Gewicht über seinem Kopf hochdrückte. Neben ihm stand ein Trainer, der mit grimmigem Gesicht seine Bewegungen kontrollierte. Die Geräte waren erstklassig, hatten aber schon lange ihren Glanz verloren.

Carrie trat näher. Der erste Mann, der sie sah, war ein junger Kerl, der Gewichte mit zwei Seilen die Wand hochzog. Er arbeitete gleichmäßig, die kraftvollen Bewegungen seiner Arme ließen die Adern an seinem Hals hervortreten. Er riss den Mund auf, und die Seile schnappten zurück an die Wand. Carrie lächelte ihm zu.

Als sie vorsichtig um die Bank mit den Gewichten herumging, unterließ der Mann sein Fluchen, wofür ihm aber die Augen hervortraten. In weniger als zehn Sekunden war es ganz still in dem lärmenden Raum. Dann bemerkte sie Kirk.

Er hatte der plötzlichen Ruhe noch keine Aufmerksamkeit geschenkt, sondern schlug, mit dem Rücken zum Raum, auf einen Punchingball ein. Diese Schläge waren das einzige Geräusch. Es war ein herrliches Bild, er stand mit gespreizten Beinen und konzentrierte sich ganz auf die Schläge. Der braune Lederball kam nicht einen Augenblick zur Ruhe. Carrie ging zu Kirk hinüber, wartete einen Moment und strich dann mit einem Finger über seinen Rücken.

»Hallo, Darling.«

Mit einem Fluch wirbelte er herum, die Hände noch geballt und erhoben. Carrie hob eine Augenbraue, dann ihr Kinn, als wollte sie es ihm für einen Schlag anbieten.

»Zum Teufel, was machst du denn hier?«

»Dich beobachten.« Sie stieß mit einem Finger gegen den Lederball. »Kannst du mir verraten, welchen Zweck es hat, auf dieses kleine Ding einzudreschen?«

»Du solltest mich anrufen.« Er wischte sich über die verschwitzte Stirn.

»Ich hatte Lust auf einen Spaziergang. Außerdem wollte ich gern sehen, wo ein Mann wie du … auftritt.« Betont bedächtig sah sie sich um. »Faszinierend.«

Heftig ergriff Kirk ihren Arm. »Du musst verrückt sein. Du hast hier nichts zu suchen.«

»Und warum nicht?« Während Kirk sie in einen Nebenraum zog, warf Carrie dem Mann auf der Bank ein strahlendes Lächeln zu. Die Gewichte schlugen gegen den Sicherheitsriegel.

»Mit diesen Beinen kannst du hier unter gar keinen Umständen einfach hereinspazieren.«

»Ich habe keine anderen.«

»Setz dich.« Er drückte sie auf einen alten Plastikstuhl. »Was, zum Teufel, soll ich bloß mit dir machen?«

»Da gibt es verschiedene Möglichkeiten.«

»Verdammt, das ist kein Spaß. Carrie, wir haben eine Abmachung getroffen. Du solltest anrufen. Und das hat seine Gründe.«

»Kirk, es ist ein herrlicher Nachmittag, und es ist nicht weit. Es gibt für mich wenig Gelegenheit, durch Los Angeles zu bummeln, da konnte ich einfach nicht widerstehen. Wenn du mir allen Ernstes sagen willst, dass ich mitten am Tag das kurze Stück auf einer belebten Straße nicht mehr allein gehen kann, dann werde ich wirklich verrückt.«

»Du sollst ohne mich nirgends hingehen. Das haben wir abgemacht, und ich habe geglaubt, du würdest dich daran halten.«

»Komm, reg dich nicht auf.« Sie erhob sich und legte ihre Hände auf seine nackte Brust.

»Ich bin völlig verschwitzt«, entgegnete er halblaut und umfasste ihre Handgelenke.

»Ich merke es. Ich weiß zwar nicht, was Männer an Orte lockt, die wie alte Socken eines Sportlers riechen, aber wenn du dich damit in Form hältst …« Anerkennend sah sie an ihm herunter. »… dann sollte ich mir zu Hause direkt auch einen Fitnessraum einrichten. Vielleicht kannst du ja dann deine Höchstleistungen noch einmal steigern.«

»Komme nicht vom Thema ab.«

»Welches Thema hatten wir denn?«

»Ich will nicht, dass dir etwas zustößt.«

Sie kam näher. »Warum? Du bist für diese Woche doch schon bezahlt worden.«

»Mir geht es nicht um das verdammte Geld«, entgegnete er heftig.

»Worum geht es dir denn, Kirk?«

»Um dich«, stieß er zwischen den Zähnen hervor. »Mach so etwas nicht noch einmal.«

»In Ordnung, tut mir leid.«

»Ich muss duschen. Bleib solange hier.«

Als er die Tür hinter sich zuwarf, setzte sich Carrie wieder. Er sorgte sich um sie. Sie schloss die Augen. Und er hatte es ausgesprochen. Sie hatte es mit eigenen Ohren gehört. Jetzt musste sie ihn nur noch dazu bringen, dass eine solche Verbindlichkeit ihn nicht mehr verärgerte.

»Wie lange willst du noch wütend sein?«

Sie fuhren nach Hause, und nach fünfzehn Minuten brach Carrie das Schweigen.

»Ich bin nicht wütend.«

»Du beißt die Zähne zusammen.«

»Du solltest froh darüber sein, dass das alles ist, was ich tue.«

»Kirk, ich habe schon gesagt, dass es mir leidtut. Ich werde mich nicht noch einmal entschuldigen.«

»Das verlangt auch niemand. Ich verlange nur, dass du deine Situation mit dem nötigen Ernst angehst.«

»Du meinst, ich tue das nicht?«

»Nicht nach diesem Auftritt vorhin.«

Das Verdeck von Kirks Wagen war zurückgeschoben. Der Fahrtwind verfing sich in Carries Haar und wirbelte es zurück, gleichzeitig stieg ihre Gereiztheit. »Hör auf, mich wie ein Kind zu behandeln. Die Situation ist mir völlig klar. Ich lebe mit ihr vierundzwanzig Stunden am Tag, jeden Tag und jede Nacht. Jedes Mal, wenn das Telefon geht, jedes Mal, wenn ich meine Post durchgehe. Wenn ich abends zu Bett gehe, denke ich daran. Wenn ich morgens aufwache, denke ich daran. Wenn ich mir nicht ab und zu eine Stunde nehmen kann, wo ich das einfach verdrängen kann, werde ich verrückt. Sag also nicht, ich sei leichtsinnig.«

Wieder herrschte Schweigen. Ich habe recht, dachte Kirk, als er seine Fahrweise etwas verlangsamte, und sie hat auch recht. Manchmal glaubte er nur, weil sie ihr Äußeres so gut unter Kontrolle hatte, dass sie die Gefahr, in der sie schwebte, vergessen hatte. Doch dem war nicht so, das erkannte er jetzt. Sie wollte sich nur nicht unterkriegen lassen, wenigstens nicht in der Öffentlichkeit. Er wusste nur nicht, wie er ihr sagen sollte, dass das etwas war, weswegen er sie am meisten liebte.

Sie liebte … Das war ein schwer verdaulicher Brocken, doch das war die Wahrheit. Je mehr dieses Gefühl für sie wuchs, desto mehr sorgte er sich um ihre Sicherheit. Verdammt, wenn er doch nur irgendetwas hätte, das ihn weiterbringen könnte. Zwei Wochen waren bereits herum, seit Carrie ihm ihre Sicherheit anvertraut hatte, und er war in der bedrohlichen Sache noch keinen Schritt weitergekommen. Das war ein Skandal, er musste dieses Rätsel lösen.

Kirk warf einen Blick zu Carrie hinüber, die verärgert und steif neben ihm saß. Beiläufig legte er einen Arm auf die Lehne ihres Sitzes. »Du schmollst.«

»Scher dich zum Teufel.«

»Du bekommst im ganzen Gesicht Falten, wenn du die Miene beibehältst. Und was wird dann aus mir?« Er fuhr an den Straßenrand und zog sie an sich.

Sie wollte ihn von sich drücken. »Hör auf. Ich will von dir nicht mehr angerührt werden.«

»Bist du sicher?« Er hob ihr Handgelenk und fuhr zart mit seinen Lippen über dessen Innenseite. »Und wie ist es damit?«

»Nein.«

»Und damit.« Er küsste ihren Hals. Sie hörte auf, sich zu wehren.

»Nein.«

»Alles andere wäre am Straßenrand ein wenig riskant, doch wenn du unbedingt darauf bestehst …«

»Hör auf.« Lachen stieg in ihr auf, als sie ihn von sich schob. Sie lehnte sich gegen die Tür und verschränkte die Arme. »Du hinterlistiger Kerl.«

»Ich liebe es, wenn du mich beleidigst.«

»Dann wird dir auch das gefallen«, begann sie. Doch was sie auch sagen wollte, sein Kuss verhinderte es. Und dann bestimmte ihr Herz ihre Erwiderung. Sie legte die Arme um ihn, und ihre Lippen öffneten sich. In diesem Augenblick gab es nichts als die warme Spätnachmittagssonne und ihr ungetrübtes Glücksgefühl.

Noch Sekunden, nachdem sich seine Lippen wieder von ihren gelöst hatten, hielt sie die Augen geschlossen. Als sie sie dann langsam öffnete, waren sie dunkel und verhangen. »Willst du etwas gutmachen?«, fragte sie leise.

»Was?«

Ein Lächeln spielte um ihre Lippen, und sie umfasste sein Gesicht mit beiden Händen. »Lass nur. Fahr uns jetzt nach Hause, Kirk.«

Noch einmal berührte er ihre Lippen, bevor er den Motor startete. Carrie lehnte sich zurück und genoss die restliche Fahrt. Als die hohe Mauer, die ihr Grundstück umschloss, in Sicht kam, liebäugelte sie mit der Idee, sich gleich in den Pool zu stürzen und einige Runden zu schwimmen. Bryan hatte recht. Es wäre ein Jammer, das restliche Wochenende zu vergeuden. Sie wandte sich Kirk zu, um ihn zu fragen, ob er ihr Gesellschaft leisten wolle, als er unvermittelt auf die Bremse trat.

»Kirk, wir sollten wirklich warten, bis wir drinnen sind.«

»Da ist ein Wagen vor dem Eingangstor. Und ein Mann. Er scheint für Aufregung zu sorgen.«

»Aber du glaubst doch nicht ...« Kirks Tonfall alarmierte Carrie. »Er würde doch nicht einfach so versuchen, durchs Eingangstor zu kommen.«

»Wir sollten ebendies herausfinden.«

»Aber ich will nicht, dass du ...«

Das Wortgefecht am Tor erhitzte sich, und die Stimmen drangen zu ihnen herüber. Carrie lauschte auf. »Ich kann es nicht glauben«, flüsterte sie. Sie blinzelte, um den Mann trotz der Entfernung erkennen zu können. »Ich kann es einfach nicht glauben«, wiederholte sie lauter und sprang dann so plötzlich aus dem Wagen, dass Kirk sie nicht mehr zurückhalten konnte.

»Carrie!«

»Das ist Dad.« Lachend drehte sie sich noch einmal zu ihm um, bevor sie mit ihren langen Beinen den Rest der Straße hinunterrannte. »Dad!«

Frank O'Hara unterbrach seine heftige Auseinandersetzung mit dem Wachposten, und dann strahlte er. »Da ist ja mein Mädchen.« Flink wie ein Wiesel war er bei ihr und schwang sie mit einem Freudenschrei im Kreis herum. »Wie geht es meiner kleinen Prinzessin?«

»Im Augenblick ist sie nur überrascht.« Sie küsste sein immer noch glattes Gesicht und drückte ihn wieder an sich. Er roch, wie er immer gerochen hatte, nach Puder und Pfefferminz. »Ich wusste nicht, dass du kommst.«

»Ich brauche doch keine Einladung, oder?«

»Sei nicht töricht.«

»Dann sag das dem Witzbold auf der anderen Seite des Tores. Der Trottel wollte mich nicht hereinlassen, selbst als ich ihm versicherte, dass du mein Fleisch und Blut bist.«

»Tut mir leid, Miss O'Hara.« Der Wachposten warf Frank einen giftigen Blick zu. Immerhin hatte der verrückte Alte gedroht, ihm die Zunge herauszuziehen und um seinen Hals zu wickeln. »Es war niemand da, der das bestätigen konnte.«

»Ist schon in Ordnung.«

»In Ordnung?«, fuhr Frank entrüstet auf. »Es ist in Ordnung, wenn dein eigener Vater wie ein hergelaufener Halunke behandelt wird?«

»Jetzt sei nicht beleidigt. Ich habe nur das Sicherheitssystem verbessert, das ist alles.«

»Warum?« Plötzlich beunruhigt, umfasste er Carries Kinn. »Was ist los?«

»Nichts. Wir reden später darüber. Im Augenblick freue ich mich nur, dich zu sehen.« Sie warf einen Blick zu dem verstaubten Mietwagen hinüber. »Wo ist Mom?«

»Sie meinte, sie könne sich niemandem zeigen, bevor sie einen Schönheitssalon aufgesucht habe. Und ich wollte nicht gelangweilt dabeisitzen. Sie kommt im Taxi nach.«

»Aber was macht ihr hier? Wie lange könnt ihr bleiben?«

»Gütiger Himmel, Mädchen«, unterbrach Frank sie. »Kann das nicht warten, bis der Staub aus der Kehle gespült worden ist? Wir sind heute direkt von Las Vegas hergefahren.«

»Las Vegas? Ich wusste gar nicht, dass ihr einen Auftritt in Vegas hattet.«

»Du weißt eben nicht alles.« Er gab ihr einen zärtlichen Nasenstüber und sah dann über ihre Schulter hinweg Kirk entgegen. »Und wer ist das?«

»Das ist Kirk. Kirk Doran. Du hast recht, Dad, drinnen spricht es sich besser – vor allem, wenn du erst ein Glas von deinem irischen Whisky getrunken hast.«

»Das ist ein Wort.« Frank stieg schnell in seinen Wagen ein und fuhr durch das jetzt offene Tor. Er konnte es nicht lassen, dem Wachposten einen verdammenden Blick zuzuwerfen.

»Dein Vater?«, fragte Kirk, als sie wieder in seinen Wagen einstiegen.

»Ja, ich habe ihn nicht erwartet, aber das ist bei ihm nichts Neues.« Carrie verschränkte die Finger, als Kirk den Wach-

143

posten mit einer Handbewegung grüßte. »Ich will meine Familie da nicht mit hineinziehen. Aber irgendetwas muss ich ihnen sagen. Er hat den Wachposten gesehen. Und er wird auch die anderen Posten auf dem Grundstück sehen.«

»Warum versuchst du es nicht mit der Wahrheit?«

»Ich will meine Eltern nicht beunruhigen. Ich sehe sie nur drei- oder viermal im Jahr, und jetzt das.« Sie warf Kirk einen hilflosen Blick zu, während er den Wagen am Ende der Auffahrt zum Halten brachte. »Und ich muss dich erklären.«

»Die Wahrheit«, wiederholte er nur.

»In Ordnung.« Sie legte eine Hand auf seinen Arm, bevor er aussteigen konnte. »Aber ich mache es auf meine Art. Ich will es so weit wie möglich herunterspielen.«

Gut gelaunt und strahlend kam Frank auf ihren Wagen zu. »Carrie, jetzt möchte ich erst einmal deinen Freund begrüßen.« Er streckte seine Hand aus und schüttelte Kirks überschwänglich. »Frank O'Hara. Ich freue mich, Sie kennenzulernen. Würden Sie mir bei meinem Gepäck helfen, mein Sohn?«

Carrie musste lächeln, als Frank den Kofferraum öffnete, eine kleine Schultertasche herausnahm und den Rest, zwei große Koffer, für Kirk übrig ließ. »Du änderst dich nie«, bemerkte sie kopfschüttelnd und hakte sich bei ihm ein, um ihn ins Haus zu führen.

»Lass sie einfach dort«, meinte sie zu Kirk und zeigte an den Fuß der Treppe. »Du kannst sie später hochtragen.«

»Danke.«

Sie begegnete seinem Sarkasmus mit einem unbeschwerten Lächeln. »Geht ihr zwei doch ins Wohnzimmer, und macht euch einen Drink. Ich will schnell der Köchin Bescheid sagen, dass wir zum Dinner zwei mehr sind.« Sie warf Kirk noch einen unauffällig warnenden Blick zu, bevor sie die Eingangshalle durchquerte.

»Also, mein Sohn, ich kenne Sie zwar nicht …« Frank gab Kirk einen kräftigen Schlag auf den Rücken. »… aber ich könnte tatsächlich einen Drink gebrauchen.« Er betrat das Wohnzimmer und strebte zielsicher auf die Bar zu. »Was wollen Sie?«

»Scotch.«

»Jedem das Seine.« Mit einem zufriedenen Schnalzen hatte er die Whiskyflaschen entdeckt und goss zwei reichlich bemessene Drinks ein. »Kirk, nicht wahr? Warum trinken wir nicht auf mein Mädchen?« Kräftig stieß er sein Glas gegen Kirks, ungeachtet des kostbaren Rosenthal-Kristalls, und nahm dann einen tiefen Schluck. »Also, mein Sohn, nehmen Sie doch Platz.« Er schien sich in der Rolle des Gastgebers zu gefallen und zeigte auf einen Sessel, bevor er sich selbst setzte. Und dann wurde sein Blick plötzlich wachsam und scharf. »Was haben Sie mit meiner Tochter zu tun?«

»Dad.« Erleichtert, gerade im rechten Augenblick zu kommen, betrat Carrie den Raum und nahm auf der Sessellehne ihres Vaters Platz. »Du musst ihn entschuldigen, Kirk. Er war noch nie der Feinfühligste.«

Kirk betrachtete seinen Scotch. »Für mich war das eine ganz vernünftige Frage.«

»Na also.« Zufrieden nickte Frank. »Wir verstehen uns.«

»Es würde mich nicht überraschen.« Zärtlich fuhr Carrie ihrem Vater durchs Haar. »Aber erzähl doch, wie war es in Las Vegas?«

»Mit Vergnügen.« Er nahm noch einen Schluck Whisky, dessen weicher Geschmack ihm offensichtlich zusagte. »Wenn du erklärt hast, warum du einen ausgebildeten Gorilla an deinem Tor Wache stehen lässt.«

»Ich habe dir doch gesagt, das Sicherheitssystem ist verbessert worden.« Sie wollte aufstehen, doch Frank legte seine Hand auf ihr Knie.

»Du führst doch einen alten Mann nicht hinters Licht, Prinzessin?«

Der Versuch wäre sinnlos, gestand sie sich ein und lehnte sich zurück. »Ich habe einige dumme Anrufe bekommen, das ist alles. Darum habe ich Vorsichtsmaßnahmen getroffen.«

»Was für Anrufe?«

»Einfach dumme Anrufe.«

»Carrie …« Er kannte seine Tochter zu gut. Über dumme Anrufe würde sie lachen und sie sofort vergessen. »Bedroht dich jemand?«

»Nein. Nein, so etwas ist es nicht.« Sie fühlte sich in die Ecke gedrängt und warf Kirk einen bittenden Blick zu.

»Ich bin immer noch für die Wahrheit«, meinte der nur.

»Danke für deine Hilfe.«

»Halt den Mund«, befahl Frank ihr mit einer für ihn so ungewöhnlichen Autorität in der Stimme, dass Carrie ihm augenblicklich gehorchte. »Sie erzählen mir, was passiert«, wandte er sich dann an Kirk. »Und was Sie mit der Sache zu tun haben.«

»Kirk …«

»Caroline Margaret Louise O'Hara! Halte den Mund und sei still.«

Kirk lächelte. »Guter Trick.«

»Ich wende ihn nur selten an, um seine Wirksamkeit nicht abzunutzen.« Frank trank den Rest seines Whiskys aus. »Lassen Sie hören.«

Kurz und präzise fasste Kirk die unheimlichen Ereignisse zusammen. Während er sprach, zogen sich Franks Augenbrauen zusammen, sein schmales Gesicht rötete sich, und seine Hand ballte sich zur Faust.

»Ekelhafter Bastard.« Wie ein bissiger Terrier sprang Frank von seinem Sessel hoch. »Wenn Sie Detektiv sind, Kirk Doran, warum, zum Teufel, haben Sie ihn dann noch nicht geschnappt?«

»Weil er bis jetzt keinen Fehler gemacht hat. Aber er wird, und ich finde ihn.«

»Wenn er meinem Mädchen etwas antut …«

»Er wird gar nicht in ihre Nähe kommen«, unterbrach Kirk ihn ruhig. »Weil er dann erst an mich gerät.«

Frank beherrschte seine Wut – etwas, das er selten tat – und musterte Kirk. Frank war immer stolz auf sein gutes Einschätzungsvermögen anderer Menschen gewesen. Davon hatte er immer seine Entscheidung abhängig machen können, ob er die Faust gehoben oder gelacht hatte und zurückgewichen war. Dieser Mann vor ihm war hart und entschlossen. Wenn er seine Tochter jemandem anvertrauen musste, dann ihm.

»Aha, Sie wohnen hier, in diesem Haus, mit Carrie.«

»Richtig. Ich passe auf sie auf, Mr. O'Hara. Darauf haben Sie mein Wort.«

Frank zögerte nur einen Moment, bevor er lächelte. »Wenn nicht, ziehe ich Ihnen bei lebendigem Leib das Fell über die Ohren. Darauf haben Sie mein Wort.«

Carrie erhob sich, wieder ganz kühl und unnahbar. »Vielleicht könnte ich jetzt auch etwas dazu sagen.«

»Diesen Gesichtsausdruck nicht bei mir, Mädchen.« Frank trat zu ihr und nahm zärtlich ihr Gesicht zwischen seine Hände. »Damit hättest du zu deiner Familie kommen sollen.«

»Es hat keinen Sinn, euch zu beunruhigen.«

»Sinn?« Heftig schüttelte Frank den Kopf. »Wir sind eine Familie. Wir sind die O'Haras. Und wir halten zusammen.«

»Dad, Maddy heiratet am Wochenende, Alana ist schwanger, Terence ist …«

»Würdest du ihn bitte draußen lassen«, unterbrach Frank sie förmlich. »Familienangelegenheiten haben mit deinem Bruder nichts zu tun. Das war seine Entscheidung.«

»Wirklich, Dad, nach all den Jahren könntest du …«

»Und komm nicht vom Thema ab. Deine Mutter und ich und deine Schwestern, wir sind berechtigt, uns um dich zu sorgen.«

Jetzt war nicht der passende Zeitpunkt, sich für ihren Bruder einzusetzen. Und Carrie war sich auch nicht sicher, ob es Terence nicht überhaupt gleichgültig war. Jetzt wollte sie zunächst die Sorgenfalten auf dem Gesicht ihres Vaters glätten.

»Also gut.« Sie gab ihm einen lauten Kuss. »Sorg dich, wie du willst. Aber alles, was getan werden kann, ist getan.«

Er ließ seine Hände auf ihrer Schulter liegen und drehte sich zu Kirk um. »Freitag fahren wir zur Hochzeit meiner Tochter nach New York. Kommen Sie mit?«

»Ich glaube nicht, dass es notwendig ist, Kirk …«

»Ich komme mit«, unterbrach er sie. Fast herausfordernd begegnete er Carries Blick. »Ich habe schon alle Vorbereitungen getroffen.«

»Davon hast du mir nichts gesagt.«

»Warum sollte ich?«, entgegnete er nur und beobachtete amüsiert die in ihrem Blick aufsteigende Wut.

»Offensichtlich bin ich ganz überflüssig geworden«, entgegnete sie spitz. »Wenn ihr zwei mich entschuldigt, ich brauche unbedingt eine Abkühlung.«

»Garstige kleine Kratzbürste«, meinte Frank mit deutlichem Stolz, als sie hoch aufgerichtet den Raum verließ.

»Das und mehr.«

»Das sind die Iren, wissen Sie. Wir sind entweder Künstler oder Kämpfer. Die O'Haras haben ein wenig von beidem.«

»Ich freue mich schon auf den Rest Ihrer Familie.«

Die dich genau unter die Lupe nehmen wird, sagte Frank zu sich. »Sagen Sie, Kirk«, begann er in seinem liebenswürdigsten Ton. »Haben Sie vor, ah, sagen wir einmal, auf Carrie auch noch aufzupassen, wenn diese Geschichte vorbei ist?«

Kirk betrachtete den Mann gegenüber prüfend. Es schien immer noch die Zeit für die Wahrheit zu sein. »Ja. Ob es ihr gefällt oder nicht.«

Frank lachte auf. »Wir wollen uns noch einen Drink machen.«

9. KAPITEL

»Mom, das ist nicht deine Arbeit.« Molly O'Hara legte sorgfältig eine weiße Seidenjacke zusammen. »Warum sollen wir eine Angestellte rufen? Ich kann in deren Gegenwart nicht frei sprechen.«

Resigniert sah Carrie auf den Kleiderstapel. Sie hatte die ersten zwanzig Jahre ihres Lebens mit Packen und Auspacken verbracht. Seitdem hatte sie aus Prinzip heraus keinen Finger mehr gerührt, wenn es dazu wieder einmal kam. Andererseits hatte sie noch nie eine Auseinandersetzung mit ihrer Mutter gewonnen.

»Es tut mir leid, dass wir so wenig Zeit für uns hatten.«

»Sei nicht töricht. Du bist mitten in deinem Film. Dein Vater und ich erwarten nicht, unterhalten zu werden.«

»An dem Tag, als ihr ins Studio gekommen seid, schien sich Dad aber wunderbar unterhalten zu haben.«

Lachend sah Molly von der ihr vertrauten Arbeit auf. Sie war eine schöne, schlanke Frau, der es mit einem Minimum an Hilfsmitteln gelang, zehn Jahre jünger auszusehen, als sie tatsächlich war. Als Carrie sie betrachtete, musste sie sich wieder einmal eingestehen, dass die Hektik und Verdrehtheit des Lebensstils ihrer Eltern ihnen beiden ausgezeichnet bekam.

»Nicht wahr? Aber er hätte sich nicht mit der Regisseurin darüber streiten sollen, wie man die Szene angeht.«

»Mary hat einen gesunden Humor.«

Einen Augenblick lang packten sie schweigend weiter. »Carrie, wir haben uns um dich gesorgt.«

»Mom, das ist genau das, was ich nicht wollte.«

»Wir lieben dich. Da kannst du nicht erwarten, dass wir uns nicht sorgen.«

»Sicher.« Sie verstaute ein Parfumfläschchen in einem wattierten Reisenecessaire. »Gerade darum wollte ich euch auch nichts von der Geschichte erzählen. Ihr habt euch früher genug um mich gesorgt.«

»Du glaubst doch nicht, Eltern könnten einfach einen Schalter drücken, wenn ihr Kind volljährig geworden ist?«

»Nein, wahrscheinlich nicht. Aber ab einem gewissen Alter hättet ihr euch weniger sorgen sollen.«

»Ich kann dir nur verraten, dass du eines Tages auch anders darüber denken wirst.«

Da war er wieder, dieser schmerzhafte Stich, den Carrie sofort zu verdrängen suchte. »Ich weiß nicht. Ich weiß nur, dass ich die Familie in diese Angelegenheit nicht hineinziehen wollte.«

»Was einen von uns betrifft, betrifft uns alle.« Molly sagte es so bestimmt, dass Carrie lächeln musste. »Dein Vater und ich, wir haben uns überlegt, ob wir nach der Hochzeit mit dir zurückkommen sollten.«

»Hierher?« Carrie hielt mitten in der Bewegung inne. »Das geht doch nicht. Ihr habt einen Auftritt in New Hampshire.«

Molly legte geschickt eine Leinenhose zusammen. »Carrie, dein Vater und ich, wir treten nun schon seit über dreißig Jahren auf, da wird es schon keinen Weltuntergang geben, wenn wir einmal einen Auftritt absagen.«

»Nein. Es bedeutet mir zwar viel, dass ihr dazu bereit seid. Aber was könntet ihr hier tun?«

»Bei dir sein.«

»Selbst das wird nicht leicht sein, Mom. Ich habe noch wochenlang Filmaufnahmen, kann nur selten zu Hause sein. Ich würde bei dem Gedanken verrückt werden, dass ihr hier

Däumchen drehend herumsitzt und eigentlich bei eurer Arbeit sein wollt.« Langsam schüttelte sie den Kopf. »Sei vernünftig, Mom. Ich wäre beunruhigt, weil ihr beunruhigt wärt. Und Dad würde das Personal verrückt machen, und ich wäre nicht einmal dabei, um es mitzuerleben.«

»Ich habe geahnt, dass du so antworten würdest«, seufzte Molly und strich über Carries Haar. »Um dich habe ich mich immer am meisten gesorgt, weißt du?« Sie tätschelte ihr die Wange. »Ich hatte immer Angst, du würdest übersehen, was dir am nächsten ist, weil du nur in die Ferne gesehen hast. Ich wünsche mir, dass du glücklich bist, Carrie.«

»Ich bin es. Wirklich. Während der letzten Wochen – obwohl ich bis über die Ohren in der Arbeit stecke – habe ich etwas gefunden.«

»Kirk.«

Carrie machte eine nervöse Bewegung und ging dann zum Fenster. »Offensichtlich kennt jeder hier außer ihm meine Gefühle.«

Molly hatte sich schon eine Meinung über Kirk Doran gebildet. Er war kein leichter Mann und meistens auch kein sanfter. Aber ihre Tochter brauchte keinen leichten, sanften Mann, sie brauchte einen, der sie herausforderte.

»Männer sind eben Dickschädel«, entgegnete sie. Sie wusste, wie dickschädlig Männer sein konnten. »Warum sagst du es ihm nicht einfach?«

»Nein.« Sie stützte sich auf der Fensterbank auf. »Wenigstens jetzt nicht. Es klingt wahrscheinlich verrückt, aber ich will … ich brauche es, dass er mich respektiert. Mich respektiert«, betonte sie. »Wie ich bin. Ich muss sicher sein, dass es für ihn nicht nur ein Zeitvertreib ist.«

»Carrie, du kannst Dustin Price nicht als Maßstab nehmen.«

»Nein. Aber es ist nun einmal nicht leicht zu vergessen.«

»Nein, das ist unmöglich. Aber du kannst nicht dein ganzes Leben darauf aufbauen. Hast du Kirk von ihm erzählt?«

»Nein, ich kann nicht. Mom, es gibt schon so viele Komplikationen, warum jetzt noch eine weitere? Und es ist fast sieben Jahre her«, erwiderte Carrie.

»Vertraust du Kirk?«

»Ja.«

»Meinst du nicht, er würde es verstehen?«

Sie legte kurz ihre Finger auf die Augenlider. »Wenn ich wirklich ganz sicher sein könnte, dass er mich liebt, dann könnte ich ihm alles sagen. Auch das.«

»Ich wünschte, ich könnte dir sagen, es gebe solche Garantien, aber ich kann nicht.« Sie trat zu Carrie und zog sie an sich.

»Bei ihm fühle ich mich sicher. Bis ich ihn getroffen habe, habe ich nicht gewusst, dass es so etwas gibt. Und ich habe nicht gewusst, dass ich einen Menschen so brauche.«

»Wir alle haben das Bedürfnis, uns sicher zu fühlen. Und geliebt.« Wieder strich Molly über Carries Haar, dieses wunderbar weiche Haar, das sie früher so oft gebürstet und geflochten hatte. »Da ist etwas, das ich dir nicht gesagt habe, etwas, das ich dir vielleicht schon vor langer Zeit hätte sagen müssen: Ich bin sehr stolz auf dich.«

»Oh Mom.« Als die Augen ihrer Tochter feucht wurden, schüttelte Molly den Kopf.

»Nicht doch«, sagte sie leise. »Wenn wir mit dicken Augen hinuntergehen, wird dein Vater mich löchern, um herauszufinden, warum wir hier oben geweint haben.« Sie gab Carrie einen Kuss auf die Wange. »Lass uns fertig packen.« Sie machte sich wieder über ihre Arbeit her, schnalzte aber kurz darauf mit der Zunge und hielt ein kurzes Nachthemd aus schwarzer Seide mit Spitze hoch. »Es sieht wie die Sünde aus.«

Carrie lachte auf. »Daraufhin konnte ich es noch nicht überprüfen, ich habe es gerade erst gekauft.«

Molly hielt es gegen das Licht. »Es spricht für sich selbst.«

»Gefällt es dir?« Carrie trat neben ihre Mutter, faltete das Seidenhemd und gab es Molly zurück. »Ein Andenken aus Beverly Hills.«

»Sei nicht albern.« Doch sie konnte nicht widerstehen, über die Seide zu streichen. »So etwas kann ich nicht tragen.«

»Warum nicht?«

»Immerhin bin ich die Mutter von vier erwachsenen Kindern.«

»Die hast du auch nicht vom Klapperstorch bekommen.«

»Dein Vater würde …« Sie behielt den Gedanken für sich, doch ein verschmitzter Glanz trat in ihre Augen. »Danke, Liebes. Und für deinen Vater bedanke ich mich im Voraus.«

Als Molly und Carrie hinuntergingen, hörten sie Frank Banjo spielen. »Er übt für die Hochzeitsfeier«, meinte Molly. »Sie müssten ihn schon mit Gewalt daran hindern, dort zu spielen.«

»Wird auch Zeit, Ladies.« Frank sah auf, als seine Frau und Tochter den Raum betraten, doch seine Finger blieben nicht still. »Ich brauche etwas Rückhalt, denn dieser Mann hier …« Er machte eine Kopfbewegung zu Kirk. »… will keinen Ton singen.«

»Ich tue Ihnen nur einen Gefallen«, entgegnete Kirk gleichmütig, der es sich auf dem Sofa bequem gemacht hatte.

»Noch nie von einem Menschen gehört, der nicht singen will. Zwar schon viele, die nicht singen können, aber noch niemanden, der es nicht will. Setz dich, Molly, meine Liebe. Wir wollen ihm zeigen, was in den O'Haras steckt.«

Bereitwillig setzte sich Molly neben ihn und fiel mit ihrer kräftigen Stimme in das Lied ein. Carrie nahm auf der Sofalehne neben Kirk Platz und lauschte den vertrauten Stimmen ihrer Eltern. Die Spannung der letzten Wochen fiel dabei von ihr.

»Komm, Prinzessin, du erinnerst dich noch an das Stück.«

Carrie sang mühelos den Schlager mit. Sie sang selten allein. Für Carrie war das Singen eine Familienangelegenheit. Und auch jetzt, als sie mit ihren Eltern sang, dachte sie an Terence und ihre Schwestern und die unzähligen Male, die sie dieses Lied gesungen hatten.

Sie überraschte Kirk mit diesem neuen Wesenszug. Er lehnte sich zurück. Carrie war jetzt nicht der unerreichbare Filmstar, sie war auch nicht die suchende, leidenschaftliche Frau, die er unter ihrer Fassade entdeckt hatte. Sie war einfach nur eine liebende Tochter, die gerade jetzt lachte und ihren Vater wegen eines falschen Tons neckte.

Ihr schwerer sinnlicher Duft war da, als Gegensatz zu ihrem entspannten, ausgelassenen Verhalten. So hatte er sie noch nie erlebt, hatte nicht einmal geahnt, sie könnte so sein. Ob ihr in diesem Augenblick selbst bewusst war, wie wenig sie noch ihrem Hollywood-Image entsprach?

Es war eine gute Woche gewesen. Carrie wusste nichts von den Briefen, die gekommen waren, weil er sie abgefangen hatte. Sie wusste auch nicht, dass sie einen Anruf bis zu einer Telefonzelle in der Stadt zurückverfolgen konnten. Kirk sah auch keinen Grund darin, sie mit der Tatsache zu beunruhigen, dass in zwei der Briefe um ein Treffen in New York gefleht worden war.

Kirk strich über ihren Arm, und ganz selbstverständlich nahm Carrie seine Hand. Warum sollte er sie mit alldem beunruhigen? Sie würde in New York nicht allein sein, nicht eine Sekunde. Drei seiner besten Leute würden mit ihnen zusammen nach Manhattan fliegen.

Frank unterbrach Kirks Gedankengang, als er mit einem herausfordernden Blick seine Tochter fragte: »Spielst du das Ding noch? Oder benutzt du es nur als Türpuffer?«

Carrie sah von dem weißen Stutzflügel auf ihre Nägel. »Ich treffe ein paar Töne.«

»Mit einem solch wunderbaren Instrument solltest du aber ein wenig mehr anstellen können.«

»Ich will dir nicht die Show stehlen, Dad.«

»Den Tag möchte ich erleben.«

Mit einem Schulterzucken erhob sie sich und setzte sich an den Flügel. Absichtlich zögerte sie zuerst und verblüffte dann alle mit einem schnellen und schwierigen Lauf.

»Du hast geübt«, meinte Frank entrüstet und klatschte dann erfreut.

Carrie warf Kirk einen kurzen Blick zu. »Ich verbringe meine Abende nicht damit, Strümpfe zu stopfen.«

Er nahm den Seitenhieb mit einem kleinen Kopfnicken entgegen. »Ihre Tochter steckt voller Überraschungen, Frank.«

»Das brauchen Sie mir nicht zu bestätigen. Was ich Ihnen darüber alles erzählen könnte. Es gab eine Zeit …«

»Besondere Wünsche?«, unterbrach Carrie honigsüß. »Oder, Dad, möchtest du gern einen netten kleinen Knoten in die Zunge?«

»Warum versuchst du es nicht mit der kleinen Nummer, die deine Mutter dich nicht vor deinem achtzehnten Geburtstag hat singen lassen?«

»Alana hat diese Nummer immer am besten gekonnt.«

»Stimmt.« Frank grinste wie ein Lausbub. »Aber bei dir klang sie auch nicht übel.«

Molly konnte über Carries Gesichtsausdruck gerade noch ein Lächeln verbergen.

»Nicht übel?« Sie rümpfte die Nase und ließ ihre Finger über die Tasten gleiten.

Die langsame, wehmütige Ballade verursachte Kirk eine Gänsehaut. Es war ein einfaches Lied, doch Carries warme volle Stimme verwandelte es in eine Zaubermelodie, die sich auf ihn zu legen schien, bis er kaum noch atmen konnte.

Dann blickte sie von den Tasten auf, und ihre Blicke trafen

sich. Während der letzten Töne hielt sie die Augen auf ihn gerichtet.

»Nicht übel«, wiederholte Frank und strahlte über ihren
Vortrag. »Wenn du jetzt noch …«

»Es ist spät, Frank.« Molly tätschelte seine Hand. »Wir
sollten zu Bett gehen.«

»Spät? Unsinn, es ist …«

»Spät. Ich habe oben eine Überraschung für dich.«

»Aber ich wollte gerade … Eine Überraschung?«

»Ja. Komm, Frank. Gute Nacht, Kirk.«

»Gute Nacht, Molly.« Doch Kirk konnte den Blick nicht
von Carrie lösen.

»Schon gut, schon gut, ich komme. Gute Nacht, ihr beiden.
Carrie, fragst du die Köchin, ob sie zum Frühstück Waffeln
macht?«

»Gute Nacht, Dad.« Sie hielt ihm die Wange für einen Kuss
hin, doch ihren Blick konnte sie dabei von Kirk nicht lösen.

Als sie allein waren, erhob sich Kirk und trat zu Carrie.
»Du warst großartig.« Er nahm ihre Hände und drückte auf
jede Handfläche einen Kuss. »Je länger ich in deiner Nähe bin,
je mehr ich dich kenne, desto mehr begehre ich dich.«

Ihre Hände immer noch in seinen, erhob sie sich. Ihre Augen glänzten. »Ich habe noch nie einem Menschen gegenüber
das empfunden, was ich für dich empfinde. Es ist mir wichtig,
dass du das glaubst.«

»Und es ist mir wichtig, dass ich das glaube.« Sie waren sich
nah, sehr nah. Verbindlichkeit, Versprechungen, Abhängig-
keit. Dieser Klippe kam er bedrohlich nahe. Und er fürchtete,
sie könnte im letzten Moment einen Rückzieher machen.
Doch heute Nacht wollte er nehmen, kämpfen konnte er noch
morgen.

Mit verschränkten Händen und verlorenen Herzen stiegen
sie die Treppe hoch.

Neben dem Bett ließen sie ein schwaches Licht brennen. Merkwürdig, dachte sie, dass mein Puls so heftig schlägt und meine Nerven flattrig sind, obwohl ich doch schon weiß, was wir uns gegenseitig geben können. Warum schien es dieses Mal etwas so Besonderes zu sein? Etwas Außergewöhnliches?

Sie bot ihm ihren Mund und erwartete seinen fordernden Kuss.

Doch der Kuss war sanft. Er war zärtlich. Seine Lippen berührten ihre ganz zart, und sie spürte ihren ganzen Körper zerfließen. Kirk umfasste ihr Gesicht mit beiden Händen, sodass seine Daumen wie ein Hauch, der Versprechungen ahnen ließ, über ihre Haut strichen. Leise stieß sie seinen Namen aus.

Was war das für eine Leidenschaft, die sich so ruhig in ihr ausbreitete? Die Lust war da, doch mit jeder liebkosenden Zärtlichkeit nahm Kirk ihre zügellose Heftigkeit, um sie auf einer anderen Ebene wieder zu schüren. Er ließ sich Zeit, ließ seine Lippen über ihr Gesicht gleiten, als wollte er alles ganz genau in seiner Erinnerung speichern. Er verteilte kleine Küsse über ihr Gesicht und suchte dann ihren Mund. Seine Zunge folgte der geschwungenen Linie und strich langsam über ihre Unterlippe. Carrie glaubte, der Raum drehe sich um sie.

Sie war etwas Besonderes. Dieses Mal, das schwor Kirk sich, wollte er es sie wissen lassen. Ihre Schönheit, das wusste er nun, ging tiefer, als ihr Äußeres verriet. Er strich mit den Fingern durch ihr Haar, durch ihr wunderbar seidiges Haar und sagte ihr leise Zärtlichkeiten. Sie stöhnte auf und presste ihren Körper an seinen.

Seine Lippen setzten ihr sinnliches Spiel fort, während er ihr Kleid hinten aufknöpfte. Der Stoff teilte sich, und er ließ seine Hände ganz langsam ihren nackten Rücken hinuntergleiten. Sie zitterte, als ihr Kleid zu Boden fiel. Das Herz hämmerte ihr in der Kehle. Es war, als hätte Carrie den ganzen Abend auf diesen Augenblick mit ihm gewartet.

Kirk schob sie von sich, um sie im dämmrigen Schein der Lampe anzusehen, alles von ihr. Sie war so unwirklich, mit ihrer weißen Haut und ihrem makellosen Körper, wie von einem Bildhauer geschaffen. Das Haar fiel über ihre Schultern bis hinunter zum Ansatz ihrer Brüste. Ihre Taille war so schmal, dass er sie mit seinen Händen umfassen konnte, und ging über in sanft gerundete Hüften und lange schlanke Schenkel. Er konnte sich gar nicht sattsehen.

»Du bist so schön.« Er sah ihr in die Augen, seine Stimme war belegt. »Du nimmst mir den Atem.«

Sie trat näher und schmiegte sich in seine Arme. Mit halb geschlossenen Augen bot sie ihm ihren Mund. Ihre Zunge fand seine und begann ein erotisches Spiel.

Ein Windhauch kam durchs Fenster. Er brachte den Duft des Abends mit sich und vermischte sich mit dem ihrer Körper. Langsam, so wie er zuvor, entkleidete sie Kirk.

Sie strich ihre Handflächen über die harten gespannten Muskeln seiner Schultern. Es fühlte sich so wunderbar an, dass sie ihn anschließend dort küssen musste. Sein Körper war so voller Kraft und doch so geschmeidig.

Gemeinsam ließen sie sich auf dem Bett nieder.

Ohne Eile. Ohne Hast. Der Augenblick war eine Ewigkeit, wie ein Traum. Es gab nichts als die Freude, die sie sich gegenseitig schenkten. Wie konnte sie ihm sagen, welche Bedeutung er für sie bekommen hatte? Wie konnte sie ihm sagen, dass sie bei ihm sein musste – jetzt, morgen, immer? Kannte ein Mann wie Kirk ein Immer? Ganz leicht schüttelte sie den Kopf und schob die Fragen beiseite. Sie konnte es ihm nicht sagen, sie konnte ihn nicht fragen. Aber sie konnte es ihm durch die zärtliche Sprache ihrer Liebe mitteilen.

Sie presste ihre Lippen auf seine, fuhr dann mit der Spitze ihres Fingers darüber, als wollte sie die Wärme, die ihr Kuss entzündet hatte, spüren. Dann küsste sie ihn wieder auf den Mund.

Er hatte nicht geahnt, dass es so sein könnte. Selbst in den heftigsten Wogen ihrer Leidenschaft, die sie gegenseitig in sich ausgelöst hatten, hatte er von diesem Wunder nichts geahnt. Er hatte sich schon vorher gesagt, sie gehöre zu ihm, aber jetzt, wo er sie so weich und schmiegsam in seinen Armen fühlte, konnte er es fast glauben. Und, was noch erstaunlicher war, er gehörte ihr. Restlos und vollkommen. Liebe, gebaut auf Zärtlichkeit, war verzehrender als jede Verrücktheit.

Gemeinsam stiegen sie in einer Harmonie der Bewegungen zu einer nur hier verborgenen Schönheit. Als sie sich alles, restlos alles gegeben hatten, schmiegten sie sich fest aneinander und schliefen ein.

»Jetzt drängt mich doch nicht so. Ich muss mich doch überzeugen, ob sie auch mein Banjo wirklich nach New York verladen haben.«

»Frank ist immer nervös, wenn er fliegen muss«, erläuterte Molly und steckte ihre Tickets und Bordkarten ein. »Und von ihm hat es Carrie.«

Überrascht sah Kirk auf. »Du fliegst nicht gern?«

»Schon in Ordnung«, entgegnete sie und bemühte sich, den Druck in ihrem Magen zu ignorieren. Als sie durch die Absperrung gingen, atmete sie langsam und gleichmäßig, eine Technik, die ihr schon immer geholfen hatte, wenn sie ein Flugzeug besteigen musste.

»Engel.« Kirk hatte ihre Hand genommen. »Deine Finger sind eiskalt.«

»Es ist kühl hier.«

»Ich wusste gar nicht, dass du Angst vor dem Fliegen hast.«

»Sei nicht albern. Ich fliege immer.«

»Ich weiß. Es muss hart sein.«

»Jeder hat das Recht auf seine kleinen Ängste.« Es war deutlich zu hören, dass sie sich über sich selbst ärgerte.

»Ja.« Er hob ihre Hand an seine Lippen. »Lass mich dir dabei helfen.«

Sie wollte ihm die Hand entziehen, doch er hielt sie fest. »Kirk, ich komme mir vor wie ein Idiot. Es wäre mir lieber, du würdest nicht bei mir Händchen halten.«

»Gut. Aber es macht dir doch nichts aus, meine Hand während des Flugs zu halten?«

»Sechs Stunden«, meinte sie halblaut. »Sechs endlos lange Stunden.«

»Wir sollten an etwas denken, um uns die Zeit ein wenig zu vertreiben.«

Als er seine Lippen auf ihre legte, bemerkte keiner von ihnen den Mann mit der Sonnenbrille, der sie mit geballten Fäusten beobachtete.

»Wenn wir das machen, woran du denkst, nimmt man uns fest«, sagte Carrie leise.

Kirk saugte an ihrer Lippe. »Du überraschst mich. Ich habe ans Kartenspielen gedacht.«

Als ihr Flugzeug ausgerufen wurde, holte sie tief Luft und ließ ihre Hand in seiner. »Einsatz ein Dollar?« Sie lachte auf.

Der Mann mit der Sonnenbrille zog die Krempe seines Hutes tief ins Gesicht und holte seine Bordkarte aus der Tasche. Dann mischte er sich unter den unübersichtlichen Strom der Flugpassagiere.

10. KAPITEL

Und es macht dir wirklich nichts aus, in die Familie hineingezogen zu werden?« Sorgfältig hängte Carrie ein Kleid auf. Sie hatte es bei einem der führenden Designer Hollywoods in Auftrag gegeben – schließlich war sie nicht jeden Tag Brautjungfer auf der Hochzeit ihrer Schwester. »Dad meinte, du solltest eine Stunde vor der Zeremonie in Roys Suite sein.« Sie warf Kirk einen Blick zu. »Was machen Männer eigentlich vor einer Hochzeit?«

Kirk saß, nur mit einem Handtuch bekleidet, auf dem ungemachten Bett. »Strengstes Geheimnis. Und es macht mir nichts aus.«

Carrie überprüfte ihr Necessaire und schlug mit einer Bürste leicht gegen ihre Handfläche. »Wir haben ihn zwar gestern Abend nur kurz kennengelernt, aber welchen Eindruck hast du von Roy, Kirk?«

»Besorgt um deine Schwester?« Lange Hose, Seidenbluse, silberblondes Haar, das mit Goldkämmen aus einem außerordentlichen Gesicht zurückgehalten war – Caroline O'Hara sah nach allem anderen als einer Glucke aus. Aber er hatte gelernt, durch ihre Fassade hindurchzublicken. Und an ihrer Familie hing sie wie eine Klette. »Zuverlässig, erfolgreich, übergenau, denke ich. Konservativ.«

»Und Maddy?«

»Zerstreut, überschäumend und romantisch.«

»Das ist Maddy«, stimmte Carrie zu. »Ihre Gemeinsamkeit scheint nicht einmal für ein zehnminütiges Gespräch auszureichen. Aber ich habe ein gutes Gefühl.« Seufzend verstaute sie die Bürste in der Tasche. »Ein wirklich gutes Gefühl.«

»Worüber machst du dir dann Sorgen?«

»Sie ist immerhin meine kleine Schwester.«

»Um wie viele Minuten?«, fragte er trocken.

»Das ist keine Frage der Zeit. Sie ist einfach meine kleine Schwester. Sie war schon immer die Vertrauensselige, die Offenherzige. Alana dagegen ist so solide. Und ich … ich habe genügend praktischen Verstand, um den Kopf über Wasser zu halten.«

»Ich glaube, deine Schwester weiß genau, was sie will.«

»Ja, wahrscheinlich. Ich bin wohl etwas zu empfindsam.«

Kirk zog eine Augenbraue hoch. »Warum kommst du nicht zu mir und bist empfindsam?«

Sie lächelte hintergründig. »Ich dachte, du wartest auf den Zimmerkellner?«

»Ich warte nicht gern allein.«

»Kirk, wenn ich jetzt wieder ins Bett komme, dann wirst du in puncto Empfindsamkeit dein blaues Wunder erleben.«

»Drohungen, wie?« Er legte sich zurück und verschränkte die Arme unter dem Kopf. »Warum kommst du nicht und zeigst es mir?«

Sie stellte ihre Kosmetiktasche zur Seite und trat ans Bett. Mit den Fingerspitzen strich sie von unten nach oben über sein Bein, bis dorthin, wo das Handtuch begann. Plötzlich griff Kirk nach ihrem Handgelenk, sodass sie auf ihn fiel. Sie musste lachen, doch als sie seine Lippen auf ihren spürte, ging es in ein verhaltenes Stöhnen über.

War es möglich, dass sie ihn so sehr wie gestern Abend begehren konnte, als sie zum ersten Mal in diesem Hotelbett gelegen hatten? Doch ihre Erregung war jetzt ebenso neu und ebenso vital.

Er roch frisch von der Dusche, und sein noch feuchtes Haar streifte ihr Gesicht. Sein Körper, nackt, kräftig, männlich – für sie. Erneut lachte sie auf und presste ihre Lippen an seinen Hals.

»Was ist so lustig?«

»Ich fühle mich sicher.« Lächelnd warf sie ihr Haar zurück. »So wunderbar sicher.«

Er griff in ihr Haar und ließ es durch seine Hände gleiten. »Hoffentlich ist das nicht alles, was du fühlst.«

Sie senkte ihre Lippen auf seine Schulter und fuhr mit ihrer Zunge über seine Haut. »Was denn noch?«

Liebe, Vertrauen, Hingabe. Das waren seine ersten Gedanken, doch er behielt sie lieber für sich. Körperliche Liebe konnte niemanden verletzen – im Gegensatz zu solchen Gefühlen.

»Ich zeige es dir einfach.« Mit einer schnellen Bewegung zog er Carrie neben sich. Als er ihre Lippen fand, zog sie sein Handtuch zur Seite. Er lachte auf und öffnete schnell die Knöpfe ihrer Bluse. Ein Klopfen an der Tür ließ sie gleichzeitig aufstöhnen. Carrie stützte sich auf den Ellenbogen und fuhr sich durch ihr zerzaustes Haar.

»Das wird das Frühstück sein.«

»Er soll es später bringen.« Kirk strich über ihren Schenkel.

Das Klopfen wurde heftiger. »Ich gehe schon.« Carrie brachte ihre Bluse in Ordnung. Schelmisch lächelnd, nahm sie das Handtuch und warf es quer durch den Raum. »Du bleibst da.« Sie gab ihm noch schnell einen Kuss. »Genau da.«

»Du bist der Boss.«

»Vergiss es nicht.« Lächelnd eilte sie hinaus in den Vorraum.

Kirk verschränkte die Hände unterm Kopf. Die Vorhänge waren noch zugezogen, und so lag der Raum im Halbdunkel. Einen Augenblick stellte sich Kirk vor, sie wären jetzt in ihrem Schlafzimmer – nicht in Carries oder seinem Haus, auch nicht in so einem vornehmen Hotel … irgendwo, wo sie sich ein Zuhause geschaffen hatten.

Vielleicht war es Zeit, dass er ihr und nicht nur sich selbst eingestand, dass er sie liebte und sein Leben mit ihr teilen wollte. Sein Leben … das bedeutete Vergangenheit, Gegenwart, Zukunft und nicht nur die vorübergehende Befriedigung von Lust. Die Leidenschaft, die er spürte, war nicht vorübergehend. Und mehr noch, da war eine Emotion in ihm, die sich in jeder Sekunde, die er bei Carrie war, vertiefte.

Er wollte sie zur Frau. Es hätte ihn entsetzen sollen, doch es amüsierte ihn fast. Ein Zuhause, eine Familie, ein Ring an ihrem und an seinem Finger … Diese Tradition hatte er früher als unwichtig und hemmend abgetan. Doch jetzt wollte er es. Kirk Doran, Familienvater. Unwillkürlich musste er lächeln.

Caroline O'Hara zu überreden, ihn zu heiraten, das würde noch eine harte Nuss werden.

»Kirk, kommst du bitte.«

Er hörte es sofort an Carries Stimme. Es war nur die Ahnung einer Spannung. Sofort verdrängte er seine Fantasien und griff nach seinem Bademantel. Kaum dass er den Vorraum betreten hatte, sah er die Blumen. Ein Dutzend blutroter Rosen auf dem Tisch neben der Tür. Carrie stand mit schneeweißem Gesicht daneben und hielt eine Karte in der Hand.

»Er weiß, dass ich hier bin.« Es gelang ihr, fast ruhig zu reden. »Er schreibt, er will mir überallhin folgen.« Sie hielt Kirk die Karte hin. »Er schreibt, er wartet geduldig auf den besten Zeitpunkt.«

Kirk bemerkte sofort in der Ecke der Karte den aufgedruckten Namen eines Blumengeschäfts. »Er hat seinen ersten Fehler gemacht«, sagte er halblaut.

Carrie sah ihn an. Sie würde von Kirk keine beruhigenden Worte oder leeren Versprechungen bekommen. Die wollte sie auch nicht. Sie wollte die Wahrheit. »Er ist hier, nicht wahr? Vielleicht ist er sogar in diesem Hotel.«

»Carrie.« Er nahm ihren Arm.

Als es erneut klopfte, presste sie eine Hand an den Mund, um einen Aufschrei zu unterdrücken. Mit einem Fluch zog Kirk sie zu einem Sessel und ging zurück zur Tür. Durch den Türspion erkannte er den Zimmerkellner. »Alles in Ordnung«, rief er Carrie zu, öffnete und nahm den Rolltisch mit ihrem Frühstück in Empfang.

»Kaffee?«

»Nein, Antworten. Du wusstest, dass er hier sein würde.«

Trotz ihrer Ablehnung füllte Kirk zwei Tassen. »Ja.«

Sie lachte bitter auf. »Du hältst nicht viel von Mitteilungen. Woher wusstest du das? Sechster Sinn? Vorahnung? Instinkt?«

»So ungefähr. Und außerdem hat er es in den letzten Briefen, die er geschrieben hat, angekündigt.«

Sie verschränkte die Arme. Sie fröstelte plötzlich. »Und du meinst nicht, ich hätte es wissen müssen?«

»Dann hätte ich es dir gesagt. Warum isst du nicht etwas?«

Es kochte in ihr, es drohte sie fast zu zerreißen. Den Blick unverwandt auf Kirk gerichtet, ging sie zum Frühstückstisch, nahm einen Teller und ließ ihn zu Boden fallen. »Was glaubst du eigentlich, wer du bist? Wie kannst du es wagen, mich wie ein dummes Mädchen zu behandeln, das man an der Nase herumführen kann? Ich hatte ein Recht zu wissen, dass er mir hierher folgen wollte.«

Kirk blieb ruhig sitzen und griff nach seiner Tasse. »Ich gehe es auf meine Art an. Du bezahlst mich dafür, die Angelegenheit auf meine Art zu regeln.«

Sie zuckte zusammen und trat einen Schritt zurück. Sie bezahlte ihn. Wie hatte sie nur vergessen können, dass er nur einen Job verrichtete? Sie spürte einen stechenden Schmerz. »Ich will über deine Schritte informiert sein, Doran. Und jetzt will ich dich nicht länger bei deinem Frühstück stören.«

»Carrie.« Er sprach ruhig, doch mit genügend Nachdruck, um sie zum Stehenbleiben zu veranlassen, bevor sie das Zimmer verlassen konnte. »Du kannst dich ebenso gut hinsetzen. Allein gehst du nirgendwohin.«

»Ich gehe hinunter in Maddys Zimmer.«

»Versuche es, aber es wird dir nicht gelingen. Ich bringe dich hinunter, sobald ich angezogen bin.« Kühl und herausfordernd sah er sie an.

Sie war so wütend, dass sie es fast darauf hätte ankommen lassen. Sie schätzte die Entfernung zur Tür ein und dann den Ausdruck in Kirks Augen. Ohne ein weiteres Wort ließ sie sich in einen Sessel fallen und ignorierte Kirk, während er sein Frühstück beendete.

Der kleine stickige Blumenladen war durch die drei Kunden schon überfüllt. Kirk betrachtete die Blumenarrangements, bis der Besitzer die Kunden bedient hatte.

»Wollen Sie Blumen kaufen oder sie nur ansehen?«

Kirk warf dem schmächtigen Mann einen Blick zu. »Viel los heute.«

»Das kann ich Ihnen sagen.« Er zog ein Taschentuch hervor und wischte sich damit über den Hals. »Die Klimaanlage ist kaputt, meine Angestellte hat eine Blinddarmentzündung, und zu viele Menschen sterben.« Als Kirk eine Augenbraue hochzog, fügte er hinzu: »Begräbnisse. Diese Woche gab es einen regelrechten Ansturm auf Gladiolen.«

»Ist das von Ihnen?«

Der Mann sah auf die Karte in Kirks Hand. »Steht doch drauf: ›Blumen von Bernstein‹. Ich bin Bernstein. Hatten Sie Probleme mit einer Lieferung?«

»Eine Frage. Rote Rosen, ein Dutzend, heute Morgen ins ›Plaza‹ geliefert. Wer hat sie gekauft?«

»Sie wollen wissen, wer sie gekauft hat?« Er stieß ein näselndes Lachen aus. »Junger Mann, ich verkaufe zwanzig Dutzend Rosen in der Woche. Wie soll ich da wissen, wer sie kauft?«

»Sie führen doch Bücher. Sie müssten eine Empfangsbestätigung für ein Dutzend roter Rosen haben, die heute zum ›Plaza‹ geliefert worden sind, sagen wir zwischen halb elf und elf.«

»Sie wollen, dass ich jede einzelne Empfangsbestätigung durchgehe?«

Kirk zog einen Zwanziger aus der Tasche. »Richtig.«

Der kleine Mann drückte die Schultern zurück, sein Unterkiefer zitterte vor Entrüstung. »Ich nehme kein Schmiergeld. Wenn Sie zwanzig Dollar zahlen, bekommen Sie für zwanzig Dollar Blumen.«

»Gut. Und was ist mit den Empfangsbestätigungen?«

»Sind Sie ein Polizist?«

»Privatdetektiv.«

Bernstein zögerte. Dann zog er mürrisch ein Fach im Verkaufstresen auf und ging brummend die Papiere durch. »Heute hat niemand rote Rosen gekauft.«

»Gestern.«

Wieder warf er Kirk einen entrüsteten Blick zu, zog aber doch ein anderes Fach heraus. »Rote Rosen nach Maine, zwei Dutzend nach Pennsylvania, ein Dutzend in die 27. Straße.« Es folgten noch einige weitere Adressen. »Ein Dutzend ins ›Plaza-Hotel‹, Suite 1203, Lieferung heute Morgen.«

»Darf ich einen Blick darauf werfen?« Ohne auf eine Antwort zu warten, riss ihm Kirk das Papier aus der Hand. »Bar bezahlt.« Das bedeutete, dass nicht unterschrieben werden musste.

»Wie hat er ausgesehen?«

»Wie hat er ausgesehen?« Wieder stieß der Mann die Luft durch die Nase aus. »Wie soll ich mich morgen daran erinnern, wie Sie aussehen? Die Leute kommen herein und kaufen Blumen. Ich achte nicht darauf, ob sie mitten auf der Stirn ein Auge haben, solange ihre Kreditkarten in Ordnung sind oder ihr Geld echt ist.«

»Denken Sie noch einmal nach.« Kirk zog einen weiteren Zwanziger heraus. »Sie haben wirklich herrliche Blumen hier.«

Der Mann warf ihm einen listigen Blick zu. »Die Nelken im Schaufenster werden schon etwas welk.«

»Zufällig liebe ich Nelken.«

Mit einem Nicken steckte der Mann die zwei Zwanziger ein und nahm die schon leicht mit den Köpfen herunterhängenden Nelken aus dem Fenster. »Ich erinnere mich, dass die Rosen Caroline O'Hara geschickt werden sollten. Gestern war hier ein unglaublicher Betrieb, wissen Sie?« Da der Blumenhändler eine echte Liebe für Blumen hatte, besprTitze er die welken Nelken noch aus einer Plastikflasche. »Nun, wie auch immer, ich habe ihn gefragt, ob das die Schauspielerin sei. Wissen Sie, meine Frau und ich, wir gehen oft ins Kino. Ach ja, ich habe ihn noch gefragt, ob er aus Kalifornien komme. Er trug einen Hut, einen von diesen breitkrempigen, und eine Sonnenbrille.«

»Was hat er gesagt?«

»Ich glaube nichts. Und fragen Sie nicht noch einmal, wie er ausgesehen hat, denn ich weiß es nicht. Mrs. Donahue war hier und hat ein unglaubliches Theater wegen der Hochzeit ihrer Tochter gemacht. Rosenblätter – Säcke davon. In Pink.« Er schüttelte den Kopf. »Es war eben einfach nur ein Mann, und von seinem Gesicht konnte ich nicht viel sehen.«

»Wie alt?«

»Vielleicht jünger als Sie, vielleicht älter. Aber nicht so kräftig. Nervöse Hände«, erinnerte er sich plötzlich und legte etwas Grün zu den Nelken.

»Wie kommen Sie darauf?«

»Er rauchte, irgendeine ausländische Zigarette. Aber ich gestatte hier kein Rauchen. Da bin ich sehr streng. Ist nicht gut für die Blumen.«

»Woher wussten Sie, dass es ausländische waren?«

»Woher ich es wusste? Woher ich es wusste? Ich erkenne amerikanische Zigaretten«, entgegnete der Blumenhändler gereizt. »Und das war eben keine.«

»Okay, er hatte also nervöse Hände.«

»Er konnte sie nicht stillhalten, nachdem ich ihn die Zigarette ausmachen ließ. Auch ohne ihn war hier schon genug Hektik. Mrs. Donahue hat mich zur Verzweiflung getrieben …«

»Sonst noch etwas?«, unterbrach Kirk ihn geduldig. »Erinnern Sie sich an etwas, das er getan oder gesagt hat?«

»Geldklammer. Ja, er hat das Geld nicht aus einer Brieftasche, sondern aus einer Klammer genommen. Ein nettes Ding, nichts, was man einfach so auf der Straße findet. Silber. Mit Monogramm.«

»Welche Initialen?«

»Wie soll ich das wissen? Irgendetwas.«

»Ringe? Eine Uhr?«

»Ich weiß nicht. Die Klammer ist mir auch nur aufgefallen, weil ein nettes Sümmchen in ihr steckte. Vielleicht hatte er Schmuck, vielleicht auch nicht. Ich habe sein Geld genommen, ihn aber nicht einer eingehenden Musterung unterzogen.«

»Danke.« Kirk zog seine Karte aus der Tasche und schrieb die Hotelnummer hintendrauf. »Falls Ihnen noch etwas einfällt oder er zurückkommt, würde ich mich freuen, wenn Sie anriefen.«

»Ist er in Schwierigkeiten?«

»Sagen wir, ich würde gern mit ihm reden.«

»Vergessen Sie Ihre Nelken nicht.« Als Kirk die Nelken unter den Arm geklemmt hatte und zur Tür ging, fiel dem Blumenhändler doch noch etwas ein. »Der Mann meinte, er arbeite eng mit Caroline O'Hara zusammen. Richtig eng.«

Kirks Hand umfasste die Türklinke mit festem Griff. »Danke.« Er verließ das Geschäft und drückte die Blumen einer entgegenkommenden Frau in den Arm. Er achtete nicht darauf, dass sie ihm nachstarrte. Er spürte nur den sich verstärkenden Druck in seinem Magen. Er kannte jemanden, der eine silberne Geldklammer besaß, eine Geldklammer, die ein Geschenk von Carrie gewesen war: Matt Burns.

Er wollte es nicht glauben. Aber wie gut kannte er Matt Burns wirklich? Er hatte auch von dessen Spielsucht nichts gewusst. Damals hatte Matt einen Klienten aus einer Schwäche heraus betrogen. Konnte er nicht jetzt Carrie aus einer anderen Schwäche heraus betrügen?

Viele Männer tragen Geldklammern, erinnerte sich Kirk. Und viele Männer rauchen ausländische Zigaretten. Aber auf welche Männer, die Carrie kannte, die eng mit ihr zusammenarbeiteten, traf beides zu?

Er durfte jetzt nicht den klaren Kopf verlieren. Es war nicht seine Aufgabe, Gründe zu finden, warum es Matt nicht sein konnte, sondern Gründe, warum er es sein konnte.

Er betrat eine Telefonzelle und wählte Matts Nummer. Eine Frauenstimme meldete sich.

»Ich muss Matt Burns sprechen.«

»Tut mir leid, aber Mr. Burns ist bis Montag unter keinen Umständen erreichbar.«

»Sorgen Sie dafür, dass er erreichbar ist, Schätzchen, es ist wichtig.«

Die Stimme wurde noch förmlicher. »Tut mir leid, Mr. Burns ist verreist.«

Der Druck in seinem Magen verstärkte sich noch. »Wohin?«

»Ich bin nicht berechtigt, Ihnen darüber Auskunft zu erteilen.«

»Ich bin Kirk Doran. Ich rufe im Auftrag von Carrie O'Hara an.«

»Oh, Entschuldigung, Mr. Doran. Sie hätten mir sagen sollen, wer Sie sind. Aber Mr. Burns ist tatsächlich verreist. Soll ich eine Nachricht hinterlegen?«

»Ich melde mich bei ihm. Wo ist er?«

»Er ist nach New York geflogen, Mr. Doran. In einer persönlichen Angelegenheit.«

Kirk unterdrückte einen Fluch, als er auflegte. Das wird Carrie schmerzen, dachte Kirk, sogar tief schmerzen.

»Noch drei Stunden.« Maddy O'Hara sprang von ihrem Sessel auf, durchquerte den Raum und ließ sich auf das Sofa fallen. Bei jeder Bewegung tanzten ihre Locken. »Aber ich bin froh, dass du hier bist. Sonst würde ich verrückt werden. Hoffentlich kommt Alana auch herunter.«

»Sie wird, sobald sie Dorian und die Jungen bei Dad abgeliefert hat. Denk jetzt an etwas anderes.«

»Etwas anderes.« Maddy sprang wieder auf. »Wie kann ich an etwas anderes denken? Vor diesen Altar zu treten, das wird mein größter Auftritt sein.«

»Wo wir von Auftritten sprechen …« Carrie nahm einen Schluck von ihrer dritten Tasse Kaffee. »… erzähle mir von dem Musical.«

»Es ist einfach umwerfend.« Die Liebe zum Theater ließ ihre Augen leuchten. »Vielleicht bin ich voreingenommen, weil das Stück Roy und mich zusammengebracht hat, aber es ist das Beste, was ich je gemacht habe.«

Nervös nahm sich Carrie eine Zigarette. »Und wenn man nach den Kritiken gehen kann, wird es noch Jahre laufen.«

Maddy beobachtete, wie ihre Schwester mit der Zigarette spielte und sie dann anzündete. Carrie rauchte selten, nur wenn sie angespannt war. »Wie laufen die Dreharbeiten?«

»Ich kann nicht klagen.«

»Und dieser Kirk? Ist es ernst?«

Carrie zuckte die Schultern. »Er ist eben ein Mann.«

»Nun komm schon, Carrie. Mir kannst du nichts vormachen. Ich habe dich schon vorher mit Männern gesehen. Hattet ihr Streit?« Sie beherrschte ihre Aufgeregtheit und setzte sich auf die Lehne von Carries Sessel. »Gestern Abend hast du so glücklich gewirkt. Du hast im wahrsten Sinne des Wortes gestrahlt, wenn du ihn nur angesehen hast.«

»Natürlich bin ich glücklich.« Sie fuhr Maddy leicht über den Arm. »Meine kleine Schwester heiratet einen Mann, der ihrer in meinen Augen wert ist.«

»Keine Ausflüchte.« Plötzlich ernst, ergriff Maddy Carries unruhige Hand. »Hey, Carrie, irgendetwas stimmt doch nicht.«

»Sei nicht albern, ich …« Es klopfte an die Tür, und sie brach ab. Maddy spürte, wie sich die Finger ihrer Schwester versteiften.

»Carrie, was ist los?«

»Nichts.« Verärgert über sich selbst, entspannte Carrie sich wieder. »Sieh nur nach, wer es ist, Darling. Sonst haben wir hier gleich noch einen überdrehten Bräutigam.«

Maddy ging zur Tür und sah durch den Spion. »Es ist Alana.« Und mit ihrer Hilfe, dachte sie, werde ich schon herausfinden, was Carrie Sorgen bereitet. »Warum bist du eigentlich noch nicht dick?«, fragte sie fast vorwurfsvoll, als sie die Tür geöffnet hatte.

Lachend legte Alana eine Hand auf ihren Bauch und die andere auf Maddys Wange. »Weil ich noch gut fünf Monate Zeit habe. Und warum bist du noch nicht fertig?«

»Weil ich noch drei Stunden Zeit habe. Sind Dorian und die Jungen bei Dad?«

»Ja. Ich freue mich schon darauf, Ben wieder im Smoking zu sehen. Er sieht darin wie ein kleiner Mann aus. Und Chris ist verärgert, dass wir sie nur geliehen und nicht gekauft haben. Er meint, es wäre das Größte, damit zu Hause bei seinen Freunden aufzutauchen. Übrigens …« Alana drückte Carrie kurz an sich. »… ich mag deinen Kirk.«

»Das Possessivpronomen ist etwas übereilt.« Carrie gelang ein Lächeln. Plötzlich, aus einem Impuls heraus, ging sie zum Telefon. »Jetzt weiß ich, was hier fehlt.« Sie verlangte den Zimmerkellner. »Ich hätte gern eine Flasche Champagner. Drei Gläser. Dom Perignon '71. Ja, Suite von Madeline O'Hara. Danke.«

Alana zog eine Augenbraue hoch und legte einen Arm auf Maddys Schulter. »Es ist gerade elf.«

»Was soll's. Die O'Hara-Drillinge feiern.« Unvermittelt traten ihr Tränen in die Augen. »Manchmal vermisse ich euch beide so, dass ich es kaum ertragen kann.« Und dann brach sie völlig zusammen.

Sofort waren ihre Schwestern bei ihr. »Oh Baby.« Alana führte sie zum Sofa und warf Maddy dabei einen besorgten Blick zu. »Was ist los, Carrie?«

»Nichts, gar nichts.« Sie wischte sich die Tränen weg. »Ich bin nur sentimental. Und wahrscheinlich etwas angegriffen. Ich arbeite wohl zu viel. Und jetzt, wo ich euch beide sehe, dich, mit deiner wunderbaren Familie, Alana, und Maddy, die gerade eine gründet …« Sie schüttelte den Kopf und ließ den Rest unausgesprochen. »Nein, ich habe meine Wahl getroffen, und jetzt muss ich auch damit klarkommen.«

Alana strich Carrie das Haar aus dem Gesicht. Ihre Stimme war immer ruhig, ihre Hände waren immer sanft. »Carrie, hat es mit Kirk zu tun?«

»Ja … Nein.« Hilflos hob sie die Hände. »Ich weiß es nicht. Ich habe kleine Probleme mit einem überbegeisterten Fan. Und Kirk habe ich beauftragt, ihn mir vom Hals zu halten. Und dann habe ich mich in Kirk verliebt und …« Wieder brach sie ab. »Jetzt habe ich es also ausgesprochen.«

Maddy beugte sich vor und gab ihr einen Kuss auf den Kopf. »Hat es geholfen?«

Etwas von der Spannung war von ihr gewichen. »Vielleicht. Ich bin ein Idiot. Und ich will verdammt sein, wenn ich mit verheulten Augen als Brautjungfer auftrete.«

»Das klingt schon viel mehr nach Carrie. Außerdem, wenn du in Kirk verliebt bist, wird sich alles regeln.«

»Immer Optimistin.«

»Sicher. Alana hat Dorian gefunden, ich Roy, jetzt bist du dran – und vielleicht anschließend Terence.«

Carrie musste lachen. »Die Frau möchte ich gern kennenlernen, die unseren großen Bruder halten kann.« Sie zuckte zusammen, als es an der Tür klopfte. »Das wird der Champagner sein.« Sie ging zur Tür, sah aber vorsichtshalber zunächst durch den Spion. Ein Lächeln spielte um ihre Lippen. »Stimmt, es ist der Champagner, aber nicht nur. Alana, verfrachte Maddy ins Schlafzimmer. Da steht einer, der es vor Liebe nicht mehr aushalten kann.«

»Roy? Ist es Roy?« Maddy war schon auf halbem Wege zur Tür, ehe ihre Schwester sie zurückhalten konnte.

»Keine Chance.« Alana legte einen Arm um Maddys Taille. »Du gehst jetzt ins Schlafzimmer.«

»Ich öffne nicht die Tür, bevor du das Zimmer verlassen hast«, meinte auch Carrie und lehnte sich gegen die Tür.

Maddy rümpfte die Nase und warf dann die Schlafzimmertür hinter sich zu. Erst nachdem Alana sich noch wie ein Wachposten davor aufgebaut hatte, öffnete Carrie die Tür. »Bringen Sie den Champagner herein«, sagte sie zu dem Zimmerkellner. »Und du …« Sie drückte einen Finger gegen Roys Brust. »… keinen Schritt weiter.«

»Ich möchte sie nur ganz kurz sehen.«

Carrie hielt ihr Lächeln zurück und schüttelte den Kopf. Sie konnte Roys Sehnsucht und seine Nervosität fast spüren. Er war in seiner eher konservativen Art der Typ, den man am wenigsten mit ihrer ungezwungenen, etwas flippigen Schwester in Verbindung bringen konnte. Doch sie passten zueinander. Carrie stellte sich vor, dass Maddy sich zuerst in diese ruhigen grauen Augen verliebt hatte. Der Rest war dann von selbst gekommen.

»Ich habe etwas für sie.« Roy trat einen Schritt vor, doch Carrie blieb unerschütterlich.

»Wir haben irisches Blut, Roy, und wir sind Theaterleute. Es gibt keine abergläubischeren Menschen. Du siehst Maddy in der Kirche.«

»Genau.« Alana, die ein Geräusch hinter sich hörte, legte fest die Hand um die Türklinke des Schlafzimmers. »Und ich bin sicher, du bist zu sehr Gentleman, als dass du dich einfach über uns hinwegsetzt.«

Roy war sich selbst nicht so sicher. Er wollte Maddy sehen, sie berühren, sei es auch nur für eine Minute, um sich zu vergewissern, dass es alles wirklich war. Alana lächelte ihn mit ihren warmen sympathischen Augen an, rührte sich aber nicht vom Fleck. Carrie unterschrieb die Empfangsbestätigung für den Champagner, ohne von der Tür wegzugehen.

»Geh wieder hinunter in den achten Stock, und trinke etwas mit Dad«, riet sie ihm. »Glaub mir, Roy, das Warten lohnt sich.«

Roy wusste, wann er sich geschlagen geben musste. »Gibst du ihr dann das hier?« Er zog ein kleines Kästchen aus der Tasche. »Es gehörte meiner Großmutter. Ich wollte sie ihr später geben, aber ich möchte gern, dass sie sie heute trägt.«

»Sie wird sie tragen.« Carrie wollte ihn wieder zurückdrängen, hielt aber noch einmal inne. »Roy.«

»Ja?«

»Herzlich willkommen in der Familie.« Dann machte sie ihm die Tür vor der Nase zu. »Himmel, noch eine Minute länger, und mir wären wieder die Tränen gekommen. Lass sie heraus.«

»Was hat er dir gegeben?« Maddy drückte sich schon an ihrer Schwester vorbei. Sie nahm das Kästchen von Carrie und öffnete es. Drinnen war ein kleines Herz aus Diamanten an einer Silberkette. »Oh, ist das nicht himmlisch? Jetzt muss ich weinen.« In wenigen Stunden würde Roy wirklich ihr gehören. Und ein neues Leben würde beginnen.

»Keine Tränen mehr.« Carrie öffnete die Flasche, und mit einem Knall landete der Korken auf dem Teppich, während der Champagner aus der Flasche sprudelte. Doch niemand achtete darauf, während Carrie drei Gläser füllte. »Auf dich, kleine Schwester.«

»Nein.« Maddy stieß ihr Glas an Carries und dann an Alanas. »Auf uns. Solange wir uns haben, sind wir nie allein.«

11. KAPITEL

Carrie bestand darauf, dass Kirk und sie am Samstag noch die Nachtmaschine zurück nach Los Angeles nahmen. Die Hochzeit war vorbei, ihre Schwester unterwegs in die Karibik zu ihren Flitterwochen, und Carrie wollte nur noch nach Hause.

Die Abfertigung war eine einzige Strapaze. Carrie ertappte sich dabei, Fremde zu beobachten und vertraute Gesichter zu mustern. Als sie sich später im Flugzeug zum Schlafen zwang, versprach sie sich, dass, wenn sie das nächste Mal zurück nach New York käme, es ohne Furcht sein würde.

Und was sollte sie schon zu Kirk sagen? Sie fühlte sich von ihm hintergangen, dass er ihr seine Informationen vorenthalten hatte ... doch hatte sie es nicht so gewollt? Andererseits, war sie so schwach und feige, dass er es für nötig erachtete, sie von allem abzuschirmen? Sie wollte seinen Schutz, aber sie wollte auch seinen Respekt.

Aber hatte sie den nicht selbst verwirkt, als sie sich geweigert hatte, seine Berichte anzuhören? Als sie es zugelassen hatte, dass er die Briefe und deren Inhalt vor ihr verheimlichte? Das musste jetzt aufhören. Sie hatte bisher – mit Ausnahme einer kurzen Zeitspanne – ihr Leben immer in die eigene Hand genommen. Aus Angst hatte sie es abgegeben. Aber jetzt wollte sie wieder selbst die Regie über sich führen.

Kirk fragte sich, wie lange es dauern mochte, bis sie wieder auftaute. Während des Nachmittags und Abends war sie überaus kühl gewesen. Kühl, verschlossen und distanziert. Es war ihm nichts anderes übrig geblieben, als es zu akzeptieren. Obwohl, als er sie vor ihrer Schwester durch die Kirche hatte schreiten sehen, in ihrem graublauen, schwingenden Kleid, wäre er am liebsten von seinem Sitz aufgesprungen, um sie auf seinen Armen wegzutragen. Irgendwohin.

Er hatte sich gefragt, was es für ein Gefühl sein möge, an Roy Valentines Stelle zu stehen und Carrie anzusehen, so wie Roy Maddy angesehen hatte, als sie in ihren weißen Spitzen auf ihn zugegangen war. Wie wäre es, von Carrie das Eheversprechen zu hören, wie es ihre Schwester gelobt hatte? Er schüttelte diese Stimmung von sich ab.

Sie würden gleich landen. Carrie schlief unruhig neben ihm. Konnte sie denn nicht verstehen, dass er sich nur um ihretwillen so verhalten hatte, wie er sich verhalten hatte? Weil er nichts anderes wollte, als sie entspannt sehen zu können, selbst wenn es nur für ein paar Tage wäre? Sie konnte es nicht verstehen, und er hatte nicht versucht, es zu erklären. Er wusste nicht wie.

Er hatte eben nicht den smarten Umgangston ihrer gewohnten Verehrer. Er kannte keine Worte aus ausgeklügelten Manuskripten, die in seiner Erinnerung abrufbereit standen. Er hatte nur das, was in ihm war, und er sah keine Möglichkeit, das zu erklären. Worte waren keine Gefühle. Sätze waren keine Empfindungen. Und Gefühle, das war alles, was er hatte.

Als sie landeten, sah Carrie frisch und ausgeruht aus, als hätte sie acht Stunden in einem bequemen Bett geschlafen. Ohne Verzögerung bekamen sie ihr Gepäck, und zwanzig Minuten später saßen sie auf dem Rücksitz der Limousine und fuhren Richtung Beverly Hills.

Carrie zündete sich eine Zigarette an und sah verstohlen auf ihre Uhr. Sie fühlte sich jetzt doch abgespannt und übermüdet. Die Zeitverschiebung würde ihr morgen zu schaffen machen, doch sie würde funktionieren.

»Morgen Mittag möchte ich deine Berichte sehen. Alle Berichte.«

Die Straßenlampen warfen in regelmäßigen Abständen ihren Schein durch die Autoscheiben. Sein Gesicht lag im Schatten, doch Carrie zweifelte, ob seine Miene überhaupt etwas verriet.

»In Ordnung, ich lege sie dir auf den Schreibtisch.«

»Außerdem hätte ich gern alle Informationen, die du in New York gesammelt hast.«

»Du bist der Boss.«

»Ich bin froh, dass du dich daran erinnerst.«

Er hätte sie erwürgen können. Doch er lehnte sich nur zurück und wartete ab. Zu Hause angekommen, stieg sie schnell aus und verschwand hoch erhobenen Kopfes im Haus. Sie war schon oben auf der Treppe, als er sie erreichen konnte.

»Welche Laus ist dir eigentlich über die Leber gelaufen, Engel?«

»Ich weiß nicht, wovon du sprichst. Würdest du mich jetzt entschuldigen, Kirk?« Aufreizend langsam löste sie seine Hand von ihrem Arm. »Ich will ein langes heißes Bad nehmen.«

Niemand konnte es besser als sie. Das musste er ihr zugestehen, als er beobachtete, wie sie den Gang hinunter zu ihrem Schlafzimmer schritt. Sie schaffte es mit einem Blick, mit einer leichten Veränderung ihres Tonfalls, einen Mann zu vernichten.

Er glaubte, er sei ruhig. Er glaubte, er sei kontrolliert – bis zu dem Augenblick, als er hörte, wie der Schlüssel in ihrem Schloss herumgedreht wurde. Dann brach die Wut, die er den ganzen Tag in sich aufgestaut hatte, durch. Er zögerte nicht, er konnte wahrscheinlich nicht mehr denken. Kirk ging zur Tür ihres Schlafzimmers und trat sie ein …

Carrie war nicht oft sprachlos. Sie hatte ihre Kostümjacke ausgezogen. Sie wollte sich gerade ihr Haar hochstecken und erstarrte mitten in der Bewegung.

Sie hatte schon häufig Wut erlebt, echte und gespielte, doch noch nie etwas Vergleichbares wie das, was in Kirks Blick stand.

»Verschließ nie eine Tür vor mir.« Nach dem Krachen des zersplitterten Holzes war seine Stimme ganz ruhig. »Lass mich nie einfach so stehen.«

Langsam senkte sie die Hand, und ihr Haar fiel über ihre Schultern. »Ich will, dass du gehst.«

»Vielleicht solltest du endlich lernen, dass selbst du nicht alles haben kannst, was du willst. Ich bleibe. Du musst schon verdammt viel mehr tun, als einen Schlüssel umzudrehen, um mich auszusperren.«

Als er auf Carrie zutrat, versteifte sich ihre Haltung, doch auf keinen Fall wollte sie vor ihm zurückweichen. Sie hatte es satt, zurückzuweichen. Er nahm ihr Haar und wickelte es um seine Hand.

»Du wolltest es mir zeigen, okay. Aber ich werde mir von dir nicht vorschreiben lassen, wie ich meinen Job zu tun habe.«

»Ich will nicht wie ein Idiot oder ein Feigling behandelt werden. Du wusstest, dass er mir nach New York folgen wollte. Du wusstest, dass ich dort nicht sicherer war, als ich es hier bin.«

»Richtig, ich wusste es, du nicht. Du hattest also eine Nacht, in der du dich nicht schlaflos hin- und herzuwerfen brauchtest.«

»Du hattest kein Recht …«

»Ich hatte jedes Recht.« Sein Griff um ihr Haar verstärkte sich. »Ich habe das Recht, alles und jedes zu tun, um dich in Sicherheit zu halten, um dir etwas Ruhe zu verschaffen. Und ich werde es weiter tun, denn nichts interessiert mich mehr als du.«

Carrie ließ die Luft aus, von der sie gar nicht bemerkt hatte, dass sie sie angehalten hatte. Sie hatte es in seinem Blick gesehen, hinter seiner Wut, hinter seiner Frustration, aber sie war sich nicht sicher gewesen, ob sie es glauben konnte. »Ist das …« Sie brach ab und biss die Zähne aufeinander. Sie wollte jetzt stark sein. »Ist das deine Art, mir zu sagen, dass du mich liebst?«

Er starrte sie an, überrascht. Er hatte ihr das nicht wie eine Drohung an den Kopf werfen wollen. Er hatte ihnen beiden Zeit geben wollen, in der er sie umwerben wollte, bis sie sich ihre Gefühle für ihn eingestand. Aber er war noch nie gut im Umwerben gewesen.

»Nimm es oder vergiss es.«

»Nimm es oder vergiss es«, wiederholte sie leise. »Würdest du freundlicherweise mein Haar loslassen? Ich brauche es am Montag noch für einige Szenen. Außerdem, dann hättest du wenigstens deine Arme frei, um sie um mich zu legen.«

Bevor er es tun konnte, hatte sie sich schon an ihn gedrückt, hielt ihn fest und betete im Stillen, dass es kein Traum sei.

»Das heißt wohl, du hast dich fürs Erste entschieden.« Er vergrub sein Gesicht in ihrem Haar.

»Ja. Ich habe mir schon alles Mögliche überlegt, wie ich dich in mich verliebt machen könnte, sodass du nicht mehr fortgehst.« Sie warf den Kopf zurück und sah ihn an. »Sag mir, dass du nicht fortgehst.«

»Ich gehe nirgendwohin.« Dann fand er ihren Mund und besiegelte sein Versprechen. »Ich möchte es von dir hören.« Er griff wieder in ihr Haar, zog es aber ganz sanft zurück, bis ihre Blicke sich trafen. »Sieh mich an und sage es. Ohne Scheinwerfer, ohne Kameras, ohne Drehbuch.«

»Ich liebe dich, Kirk, mehr, als ich es selbst für möglich gehalten habe. Es jagt mir selbst einen Schrecken ein.«

»Gut.« Er küsste sie wieder, fester. »Es jagt mir auch einen Schrecken ein.«

»Es gibt so viel, über das wir reden müssen.«

»Später.« Er zog schon den Reißverschluss ihres Rockes hinunter.

»Später«, stimmte sie zu und zog sein Hemd aus seiner Hose. »Möchtest du ein Bad nehmen?« Sie zog ihm sein Hemd aus.

»Ja.«

»Vorher?« Lachend küsste sie sein Kinn. »Oder nachher?«

»Nachher.« Und er zog sie mit sich aufs Bett.

Es war schon wild, heftig, leidenschaftlich zwischen ihnen gewesen und auch schon sehr zärtlich. Doch jetzt war es Liebe, empfunden, ausgesprochen und bestätigt. Sie hatte nicht mehr daran geglaubt, dass das Leben ihr das bringen würde: Liebe, Anerkennung, Verständnis. Und jetzt hatte sie einfach nur die Hand öffnen und es nehmen müssen.

Ihr war, als zitterte Kirk. Ihre Hände, die fest auf seinem Rücken lagen, spürten die schnelle Anspannung seiner Muskeln. Sie wollte es nicht lindern. Sie wollte, dass er wie sie war: überwältigt, etwas ängstlich und rauschhaft glücklich. Sie presste ihre Lippen an seinen Hals und spürte seinen erregten Puls, schmeckte die Hitze. Besitzergreifend fuhr sie mit beiden Händen seinen Rücken hinunter und wieder hinauf. Kirk war ihrer. Von diesem Augenblick an war er ihrer.

Carrie war da, für ihn, weich, anschmiegsam und doch stark genug, ihn zu halten. Er hatte nicht nach ihr gesucht … Er hatte überhaupt nach niemandem gesucht, um mit ihm sein Leben zu teilen. Und doch hatte er sie gefunden, und in ihr hatte er alles gefunden. Eine Lebensgefährtin. Es steckte etwas Einfaches und doch Beunruhigendes in dem Wort. Es bedeu tete, mit jemandem in schwülen heißen Nächten Liebe zu machen. Es bedeutete, mit jemandem an kühlen, ruhigen Morgen zu erwachen. Es bedeutete, jemandem zu vertrauen, jemanden zu beschützen, jemanden, der immer da war.

Der Gedanke daran ließ ihn unwillkürlich die Augen schließen, als ließe sich die schöne Fantasie so für immer festhalten. Mit den Fingerspitzen fuhr er Carrie übers Gesicht, um die Erinnerung an ihr Bild in sich aufzunehmen. Langsam ließ er die Hand über ihren Körper gleiten. Dann öffnete er die Augen, um in ihre zu sehen.

Kirk hob ihre Hand an seine Lippen. Er küsste jeden einzelnen Finger. An einem blitzte der Diamant, ein Symbol für das, was sie für die Welt darstellte: kühler Sex, Glanz mit einem harten Schliff. Ihre Hand zitterte wie die eines jungen Mädchens.

Er verteilte Küsse über ihr Gesicht. Ihre Haut glühte, als seine Finger kitzelnd und zart über sie strichen. Jede Berührung ließ sie tiefer in eine dunkle, schwimmende Welt sinken, in der einzig die Gefühle herrschten.

Nur er hatte sie die Fesseln vergessen lassen können, die sie sich einmal selbst umgelegt hatte. Nur er konnte sie vergessen lassen, dass Liebe immer auch ein Wagnis war. Bei ihm konnte sie sich ohne Angst lösen, ohne Rückhalte oder Einschränkungen. Mit Kirk konnte es ein Morgen geben, ein ganzes Leben, ein ewiges Morgen.

Er wusste nicht, wie er Carrie zeigen sollte, was er fühlte. Er war es nicht gewohnt zu verwöhnen. Romanzen waren etwas für Bücher, für Filme, für die Jungen und Einfältigen. Und doch hatte er das wachsende Bedürfnis, ihr zu zeigen, dass seine Gefühle so weit über das reine Begehren hinausgewachsen waren, dass er die Ausmaße schon gar nicht mehr bestimmen konnte.

Er stützte sich auf den Ellenbogen, strich ihr das Haar aus dem Gesicht und ließ dann seine Finger durch ihr seidiges blondes Haar gleiten. Zärtlich umfasste er ihr Gesicht. War sie schon jemals schöner gewesen als jetzt, wo die ersten Strahlen des Tageslichtes sich durch die Fenster stahlen und auf ihre Haut fielen?

Mit dem Daumen strich er über ihre Lippen, fasziniert von der weich geschwungenen Form und der Vorstellung, wie sie zärtlich seinen Körper berührten. Als wäre es das erste Mal, berührten seine Lippen ihre.

Ihr Körper wurde schwach. Sein Kuss dauerte an. Sie hatte geglaubt, sie könne sich vorstellen, wie es sei, geliebt zu werden. Wirklich geliebt zu werden. Aber sie hatte keine Ahnung davon gehabt. Etwas rührte sich in ihr, ganz leicht, sodass es auch eine Täuschung hätte sein können. Doch es breitete sich in ihr aus, bis es als ein Versprechen Gestalt annahm.

Die Hitze wuchs, konzentrierte sich immer mehr auf ihren Mittelpunkt. Eine Woge neuer Kraft kehrte in ihren Körper zurück und mit ihr eine Leidenschaft, deren Übermaß sie aufstöhnen ließ. Gemeinsam rollten sie sich herum, sodass sie auf ihm lag. Gemeinsam gaben sie jeder für sich die letzte Beherrschtheit auf.

Seine Hände waren rege, ebenso drängend wie ihre. Seine Lippen waren hungrig, ebenso begierig wie ihre. Ihr Verstand war ausgeschaltet, es herrschte nur noch das Gefühl. Sie vereinigten sich in einem Sturm der Sinne, der in den Morgen hinüberging. Als die Dämmerung den neuen Tag ankündigte, entführten sie sich gemeinsam in eine Welt, die von einem anderen Licht erhellt wurde.

»Ich bin so froh, dass heute Sonntag ist.« Carrie tauchte tiefer in das heiße schaumige Wasser. Sie nahm ihr Weinglas, das neben der Wanne stand, und lachte Kirk über dessen Rand hin zu. »Du sollst nicht die Nase über den Schaum rümpfen, du sollst ihn genießen.«

Kirk griff nach seinem eigenen Glas. In Carries Badewanne hatten sie bequem zu zweit Platz. »Ich werde wie eine Frau riechen.«

»Darling.« Sie berührte den Rand des Glases mit der Zunge. »Niemand außer mir wird dich riechen.«

»Das Zeug werde ich tagelang nicht von der Haut kriegen.« Er legte ein Bein über ihres. »Aber die Situation hat auch ihre Vorteile.«

»Mmm.« Mit halb geschlossenen Augen lehnte sie sich zurück. »Ich brauche das jetzt. Die Dreharbeiten nächste Woche werden mörderisch, vor allem die drei Szenen, in denen Brad und Hailey fast im Feuer umkommen.«

»Was für ein Feuer?«

»Lies das Drehbuch«, antwortete sie träge und lächelte, als er Badeschaum nach ihr spritzte. »Es ist nicht gerade angenehm, in der Hütte hinten auf dem Studiogelände herumzukriechen, während sie mit ihren Spezialeffekten Flammen und Rauch erzeugen. Und darum ist es besonders angenehm, dass es Sonntag ist und ich in der Wanne liegen und daran denken kann, dich zu lieben.«

»Du kannst in der Wanne liegen und mich lieben.« Er richtete sich auf und rutschte nach vorn, bis sein Gesicht ganz nah bei ihrem war. »Gleichzeitig.«

Carrie lachte und verschränkte die Hände hinterm Kopf, während das Wasser über den Rand der Wanne schwappte. »Es ist zu viel Wasser.«

»Du hast es nachlaufen lassen.«

»Mein Fehler. Normalerweise bade ich allein.«

»Nicht mehr.« Zwischen ihnen platzten Schaumblasen, als Kirk sie küsste. »Warum ziehst du nicht den Stöpsel?«

»Ich komme nicht dran.« Sie legte den Kopf für den nächsten Kuss auf die Seite. »Er ist hinter mir. Doch für einen so großen, kräftigen Mann wie dich sollte das kein Problem sein.«

»Hier hinten?« Seine Hand glitt über ihre Brüste und dann ihren Körper hinunter.

»Fast. Schon ganz nah.« Sie spürte seine Hand auf ihrer Hüfte. »Immer näher. Warum …« Der Rest blieb offen, da sie unter Wasser getaucht wurde, sein Mund fest auf ihrem. Als sie wieder auftauchte, schnappte sie nach Luft und drohte ihm. »Kirk.«

»Ausgerutscht.« Er zog den Stöpsel heraus.

»Darauf möchte ich wetten. Jetzt habe ich Seife in den Augen.« Er grinste frech, doch das verging ihm, als sie sich erhob. Das Wasser perlte von ihrer Haut, während sie nach einem Badetuch griff. »Erinnere mich daran, einen Schnorchel mitzubringen, wenn wir das nächste Mal baden.«

»Carrie.«

Sie trocknete sich mit dem Handtuch das Gesicht. Lächelnd ließ sie es sinken. Doch ihr Lächeln erstarb, als Kirk neben ihr stand und sie wortlos an sich zog. So standen sie einen Augenblick lang, während der Schaum abfloss und auf ihrer Haut trocknete.

»Ich habe nie gewusst, dass es so sein könnte«, sagte sie schließlich leise. »Nicht so.«

»Dann geht es uns ähnlich.« Er hatte sie gefunden. Es war unglaublich, er hatte sie gefunden, ohne gesucht zu haben. »Du frierst.« Er spürte das Frösteln auf ihrer Haut, nahm das Handtuch und schlang es um sie. »Ich müsste eine Menge Fragen beantworten, wenn du morgen mit einer roten Nase zur Arbeit kommst.«

»Ich bekomme nie eine rote Nase.« Sie griff nach einem anderen Handtuch und schlang es um seinen Körper. »Das steht in meinem Vertrag.«

»Ich finde, du könntest eine Pause machen, wenn der Film fertig ist«, sagte Kirk.

»Das hängt davon ab – von dem ›Wo‹ und dem ›Mit wem‹.«

»Mit mir. Über das Wo können wir reden.«

Sie stieg aus der Wanne und stützte sich an der Wand ab. »Vorsicht. Wir haben den ganzen Boden überschwemmt.«

»Leg einfach ein paar Handtücher drauf.« Kirk zog eins vom Bord hinunter und ließ es zu Boden fallen, damit es das Wasser aufsaugen konnte.

»Meine Haushälterin wird dich ins Herz schließen.« Carrie griff nach einer Creme und rieb sich die Haut ein.

»Wenn wir verheiratet sind, sind dringend Veränderungen hinsichtlich der Badewannenordnung nötig.« Er verknotete sein Handtuch um die Taille und bemerkte nicht, wie ihre Hand mitten in der Bewegung innehielt. »Schaum ist okay, aber er darf nicht parfümiert sein. Wenn andere die Nase über den Duft rümpfen, ist das eine Sache, aber es geht nicht, dass die Kinder sich fragen, ob ihr Vater Parfum benutzt.«

Irgendwie gelang es ihr, den Deckel auf die Cremedose zu schrauben und sie, ohne sie fallen zu lassen, wieder zurückzustellen. »Wenn wir verheiratet sind?«

Kirk wusste, auch ohne sie anzublicken, dass sie zurückgewichen war. Er hörte es an ihrer Stimme. »Ja.«

Ihr Herz hämmerte in der Kehle, doch sie hatte es gelernt, in jeder Situation klar zu sprechen. »Du willst schließlich Kinder?«

»Ja.« In seinem Magen bildete sich ein Knoten. »Ist das ein Problem?«

»Ich … Es geht alles etwas schnell.«

»Wir sind keine Teenager mehr, Carrie. Ich denke, wir wissen beide, was wir wollen.«

»Ich muss mich setzen.« Sie konnte sich auf ihre Beine nicht mehr verlassen. Darum ging sie schnell zurück ins Schlafzimmer und setzte sich auf einen Stuhl. Mit verkrampften Fingern hielt sie vorn das Badetuch zusammen.

Kirk wartete einen Moment. Der große Spiegel gegenüber der Wanne war vom Wasserdampf beschlagen. Doch Kirk konnte sich vorstellen, wie sie dort saß, schön, schlank, jung, makellos. Sie war ein Traum, und mehr noch, sie war ein Star, jemand, der auf der Leinwand strahlte und Fantasien erregte. Seine Wangenmuskeln waren angespannt, als er ins Schlafzimmer ging.

»Offensichtlich habe ich die verkehrten Knöpfe gedrückt.« Er suchte in den Taschen seines Hemdes nach Zigaretten. »Ich dachte, dass es auch das ist, was du willst.« Er zündete sich eine an und inhalierte tief den Rauch. »Aber wahrscheinlich vertragen sich ein Ehemann und Kinder nicht mit deinem Image.«

Langsam sah sie auf, und Kirk konnte in ihrem Blick einen tiefen, auf ihr lastenden Schmerz wahrnehmen.

»Carrie …«

»Nein.« Mit einer Handbewegung brachte sie ihn zum Schweigen. »Vielleicht habe ich es so verdient.« Sie erhob sich, ging zum Schrank und holte ein Kleid heraus. Sie ließ das Handtuch fallen, zog das Kleid über und schloss den Gürtel. Sie verschränkte die Finger, dann ließ sie die Hände herunterfallen. »Meine Karriere ist mir wichtig, aber ich habe sie immer von meinem persönlichen Leben getrennt. Meine Arbeit verlangt viel von mir, das hast du selbst erleben können.«

»Es bleibt kein Platz für mich und eine Familie?«

Zu dem Schmerz in ihrem Blick schien sich so etwas wie Wut zu gesellen. »Meine Eltern haben vier Kinder auf ihrer Wanderschaft von Ort zu Ort großgezogen. Es war immer Platz, immer Zeit für die Familie.«

»Was ist es dann also?«

Sie vergrub die Hände in den Taschen und zog sie wieder heraus, als könne sie sie nicht einen Augenblick still halten. »Zuerst will ich sagen, dass es nichts gibt, was ich mehr will als dich heiraten und eine Familie gründen. Bitte nicht«, brachte sie hastig hervor, als er einen Schritt auf sie zumachte. »Setz dich, Kirk. Für mich ist es leichter, wenn du sitzt.«

»In Ordnung.«

Carrie holte tief Luft. »Es gibt Dinge, die du zunächst einmal wissen solltest. Es ist schwer, wenigstens für mich, frühere Fehler einzugestehen, aber du hast ein Recht darauf. Wenn ich auf meine Mutter gehört hätte, hätte ich es dir schon vorher erzählt. Dann wäre es einfacher gewesen.«

»Carrie, wenn du mir etwas von anderen Männern früher erzählen willst ...«

Ihr Lachen brachte ihn zum Schweigen. Es klang bitter. »Nicht ganz. Es passt zwar auch nicht zu meinem Image, aber ich habe vor dir nur mit einem Mann geschlafen. Überrascht?« Sie trat ans Fenster. »Ich habe Werbespots gemacht und Schauspielunterricht genommen. Ich hatte auch einen Teilzeitjob und habe per Telefon Zeitungen verkauft. Ich habe mir damals immer wieder gesagt, dass es nur eine Frage der Zeit sei, aber es war hart. Es war hart, allein zu sein. Dann rief mich Matt an wegen einer kleinen Filmrolle. ›Lawless‹, mein erster wirklicher Durchbruch. Der Produzent war ...«

»Dustin Price.«

Carrie drehte sich um. »Ja. Woher weißt du das?«

»Das wissen sicher viele Kinofans. Aber ich bin auf Price gestoßen, als ich deine Vergangenheit überprüfte.«

»Du hast mich überprüft?« Sie stützte sich auf die Fensterbank. »Mich?«

»Das ist üblich, Carrie. Vielleicht ist unser Mann einer, den du vergessen hast zu erwähnen. Wie Dustin Price. Übrigens, er ist sauber, er hält sich seit achtzehn Monaten in England auf.«

»Wie üblich«, wiederholte sie. »Eigentlich hätte ich es erwarten müssen.«

»Was bedeutet das schon? Du hast mit ihm geschlafen. Du wolltest einen Durchbruch, er konnte ihn dir verschaffen. Es liegt Jahre zurück, und mir ist es vollkommen egal.«

Jeder Muskel in ihrem Körper war angespannt. »Das denkst du? Du meinst, ich hätte mit ihm geschlafen, um eine Rolle zu bekommen?«

»Ich habe dir doch gesagt, dass es mir egal ist.«

»Fass mich nicht an.« Sie trat einen Schritt zur Seite, als er die Hand nach ihr ausstreckte. »Ich habe es nicht nötig, mit jemandem zu schlafen, um eine Rolle zu bekommen, und ich habe es nie gemacht. Ich habe Kompromisse machen müssen, vielleicht mehr, als ich sollte, aber ich habe mich nie in dieser Art prostituiert.«

»Entschuldigung.« Dieses Mal ignorierte er ihre Abwehr und fasste sie bei den Armen. »Ich wollte dir nur sagen, dass es mir egal ist, was auch immer sich zwischen dir und Price abgespielt hat.«

»Oh, es ist nicht egal.« Sie entzog sich ihm und goss sich ein Glas Wein ein. »Es ist überhaupt nicht egal. Als Matt mir damals mitteilte, ich hätte die Rolle, war ich so glücklich. Ich wusste, das war der Anfang. Ich würde es schaffen, ich würde jemand sein. Dustin schickte mir Rosen, eine Flasche Champagner und einen reizenden Brief. Er sei überzeugt, ich würde ein Star werden, und er lud mich zum Essen ein, um mit mir über den Film und meine Karriere zu sprechen.« Sie trank einen Schluck, um ihre trockene Kehle zu befeuchten. »Natürlich habe ich angenommen, immerhin war er einer der Topproduzenten. Natürlich war er verheiratet, doch daran habe ich nicht gedacht.« Bitterkeit und Hohn lagen in ihrer Stimme, auf sich selbst bezogen.

»Carrie, das liegt Jahre zurück.«

»Es gibt Dinge, für die muss man immer bezahlen. Ich bildete mir ein, welterfahren zu sein. Wie Kollegen würden wir miteinander essen. Himmel, war er charmant. Es kamen neue Blumen, neue Einladungen. Er wusste so viel vom Geschäft, von den Leuten. Mit wem man reden musste, mit wem man sich zeigen musste. Das war für mich neu und wichtig. Ich dachte, ich könnte damit umgehen. Doch tatsächlich war ich nur ein naives junges Mädchen, das zum ersten Mal auf sich allein gestellt war.«

»Ich habe mich in ihn verliebt. Ich glaubte alles, was er mir über das Zusammenleben mit seiner Frau erzählte, das in Wirklichkeit nicht mehr existiere, und von der Scheidung, die schon eingereicht sei. Und wir beide würden das beste und strahlendste Paar von ganz Hollywood abgeben. Die ganze Geschichte hätte ganz normal beendet werden können, als ich etwas klüger und er meiner etwas überdrüssig wurde. Doch bevor das geschehen konnte, machte ich einen Fehler.« Sie fuhr sich mit den feuchten Händen über ihr Kleid und verschränkte sie dann. »Ich wurde schwanger. Das wirst du wahrscheinlich nicht herausgefunden haben, als du meine Vergangenheit überprüft hast.«

Wut stieg in ihm auf, doch er unterdrückte sie. »Nein.«

»Er hatte genug Geld und Einfluss, um es zu verheimlichen. Und es brauchte ihn nicht lange zu beschäftigen.«

»Du hast abtreiben lassen?«

»Das wollte er. Er war wütend – so wie die meisten Männer, wenn ihre Geliebte plötzlich schwanger wird und ihre angenehme Ehe bedroht. Natürlich hatte auch er nie ernsthaft daran gedacht, sich scheiden zu lassen und mich zu heiraten. Das kam alles heraus, als ich ihm sagte, dass ich ein Baby bekomme.«

»Er hat dich benutzt«, brach es heftig aus Kirk heraus. »Du warst zwanzig Jahre alt, und er hat dich benutzt.«

»Nein.« Merkwürdig, wie ruhig sie jetzt war. »Ich war zwanzig Jahre alt und habe vorgetäuscht, alle Regeln zu kennen. Und ich habe es gut vorgetäuscht. Ich machte einen Fehler – und dann einen zweiten. Ich sagte ihm, er solle sich zum Teufel scheren, aber ich würde das Baby bekommen. Dann entwickelte sich eine sehr hässliche Szene. Er drohte, meine Karriere zu zerstören, wenn ich mich nicht seinem Willen entsprechend verhielte. Es hat keinen Sinn, alles zu wiederholen, was er sagte. Auf alle Fälle war die Beziehung vorbei, und mir sind die Augen geöffnet worden.«

»Du hast es immer noch nicht überwunden«, stellte Kirk ruhig fest.

»Nein, aber aus anderen Gründen, als du annimmst. Ich hatte geglaubt, ihn zu lieben. Doch als der Glanz stumpf geworden war, erkannte ich, dass ich es nie getan hatte. Ich rief meine Eltern an. Ich war so weit, nach Hause zurückzulaufen und alles hinter mir abzubrechen. Ich habe mir ein Flugticket gekauft. Ich weiß nicht, was ich wirklich getan hätte, wenn ich klar hätte denken können. Das ist das Schlimmste daran, es nicht zu wissen. Auf dem Weg zum Flughafen gab es einen Unfall.« Sie holte tief Luft und musste sich zusammenreißen, um weiterzureden. »Nichts Schlimmes, der Taxifahrer hatte ein paar Brüche, und ich … ich verlor das Baby.«

Sie legte die Hände vor die Augen. »Ich verlor das Baby und redete mir ein, dass es so das Beste sei. Matt hat mich aufgerichtet, hat mich, kaum dass ich aus dem Krankenhaus entlassen war, zur Arbeit gezwungen. Alles lief jetzt wie am Schnürchen, mit den Rollen, den Menschen, dem Erfolg – mit allem, was ich mir erwünscht hatte. Ich hatte nichts anderes tun müssen, als ein Baby zu verlieren.«

»Carrie.« Er trat neben sie, strich ihr übers Gesicht, übers Haar, über die Schultern. »Ich weiß nicht, was ich sagen oder was ich tun soll.«

»Es ist noch nicht alles.« Er wollte sie an sich ziehen, sie zum Schweigen bringen, doch sie entzog sich ihm. »Es gab

Komplikationen. Die Ärzte sagten mir, dass es möglich sei, dass ich noch Kinder bekommen könne, aber sie könnten für nichts garantieren. Möglich, aber nicht wahrscheinlich. Verstehst du?«

Er nahm ihre Hände. »Willst du mich heiraten?«

»Kirk, hast du mir zugehört? Ich habe dir gerade …«

»Ich habe dir zugehört.« Seine Finger schlossen sich fest um ihre. »Vielleicht kannst du keine Kinder mehr bekommen. Wenn wir welche haben können, wäre es großartig. Aber an erster Stelle …« Er küsste sie auf den Mund. »… will ich dich. Ich brauche dich, Engel. Alles andere wird sich zeigen.«

»Kirk, ich liebe dich.«

»Dann lass uns morgen heiraten.«

»Nein. Ich will, dass du darüber nachdenkst. Lass dir Zeit.«

»Ich brauche dich. Ich brauche keine Zeit.«

»Ich möchte, dass du dir ein paar Tage Zeit nimmst.«

Er hätte sie drängen können, doch sie schien noch zu wenig mit dem Vergangenen abgeschlossen zu haben. »Gut, ein paar Tage.« Er schloss sie in die Arme. »Ich werde nicht zulassen, dass du noch einmal verletzt wirst«, sagte er leise.

12. KAPITEL

Der Tag begann um sechs und brachte nicht einen Augenblick Ruhe. Sie filmten in einer Holzhütte. In einer dramatischen Szene würde diese aus mysteriösen Umständen heraus abbrennen, während Hailey und Brad sich in ihr aufhielten.

Die Innenaufnahme würde später im Studio gedreht werden. Den Morgen verbrachten sie draußen. Carrie fuhr Haileys Ferrari zu der verlassenen Hütte. Sie war jetzt älter, aber immer noch hin- und hergerissen zwischen dem Mann, den sie geheiratet, und dem Mann, der sie verlassen hatte. Das Drehbuch schrieb vor, dass sie, am Rande eines Nervenzusammenbruchs, in die verlassene Hütte flüchtete, um in Ruhe in sich zu gehen und die Wurzeln ihres Kunstschaffens zu suchen, die sie im Zuge ihres Erfolgs verloren hatte.

Von allen Szenen wurden nur einzelne Einstellungen ohne Ton gefilmt und erst später in ihrer endgültigen Abfolge zusammengestellt. Carrie wurde gefilmt, wie sie ihre Malunterlagen auslud, eine Staffelei auf die kleine Veranda stellte, in unterschiedlichen Kostümen durch die Tür hinein- und wieder hinausging. Es wurde eine lange Nahaufnahme von ihr gemacht, als sie an der Verandabrüstung mit einer Tasse Kaffee in der Hand lehnte, ein Bild ohne Worte, in dem Carrie den Aufruhr ihrer Gefühle allein durch ihr Mienenspiel ausdrücken musste.

Es wurde festgehalten, wie sie auf der Veranda malte, mit ihrem Skizzenblock auf den Verandatreppen saß, wie sie Blumen pflanzte. Durch ihre Körperhaltung, ihre Gesten, durch ihr entspanntes Gesicht zeigte Carrie, wie die von ihr verkörperte Rolle langsam wieder zu innerem Frieden fand. Ein völlig anderer Mensch war zu sehen.

Kirk, der sie bei ihrer Arbeit beobachtete, fühlte wachsenden Stolz auf sie. Er kannte zwar die Geschichte nicht, doch er verstand die Frau, die vor der Kamera allmählich Konturen bekam.

Es gab eine ergreifende Szene, in der Hailey auf der Veranda saß und ihr Herz einem streunenden Hund ausschüttete. Es war die Rückschau auf ein Leben, mit allen Fehlern, allen Irrungen, allem Bedauern. Selbst als die Szene noch einmal wiederholt werden musste, konnte sie noch eine ganz tiefe Stimmung erzeugen. Einige Mitglieder des Produktionsteams verrieten deutliche Rührung.

Mittags waren die Außenaufnahmen im Kasten. Carrie erneuerte in einer einstündigen Pause ihre Kräfte mit Obst, Käse und einem Proteingetränk und legte sich kurz hin, bevor sie sich an die Innenaufnahmen machten.

Das Innere der Hütte war rustikal, nur dass ein paar von Haileys Gemälden an der Wand hingen. Die Ausstattung schloss einen Kassettenrecorder, ein Hochzeitsgeschenk von Haileys Ehemann, ein. Die frühere Spannung der Hailey war wieder zu spüren, als Carrie den Kassettenrecorder anstellte und die Klänge der Mondscheinsonate ertönten.

Unzufrieden mit der Szene, besprachen Carrie und die Regisseurin die Stimmung und die Bewegungsabläufe.

»Was halten Sie von unserer kleinen Geschichte?« James Brewster war neben Kirk aufgetaucht.

»Schwer zu sagen, wenn es so zerstückelt ist. Aber ich denke, es lässt sich verkaufen. Es ist alles vorhanden: Sex, Gewalt, Melodramatik.«

»Ohne das lässt sich kein Bestseller schreiben. Aber natürlich ist Hailey der Dreh- und Angelpunkt. Es ist die Ge-

schichte, wie eine Frau – und das, was ihr geschieht – das
Schicksal aller bestimmt, die mit ihr in Berührung kommen.
Es klingt schnulzig, und vielleicht wäre es das auch ohne
Carrie. Sie ist Hailey.«

»Sie überzeugt«, stimmte Kirk zu.

»Genau.« Brewster nickte eifrig. »Es gibt für einen Schriftsteller keine größere Belohnung, als zu beobachten, wie sich
einer seiner Charaktere mit Leben erfüllt, vor allem, wenn er
ihm so sehr am Herzen liegt. Ich hätte sie fast im Feuer umkommen lassen, wissen Sie.«

Kirk versteifte sich. »Was meinen Sie?«

Brewster lachte und nahm sich eine Zigarette. »Ich meine,
ich hätte das Buch fast hier enden lassen, in dieser Hütte, wo
Hailey alles verliert, ihr Leben inbegriffen, in einem Feuer, das
der einzige Mann, der sie wirklich liebt, gelegt hat. Doch ich
habe es wieder verworfen. Sie muss weitermachen und überleben.«

Schweigend beobachteten sie, wie die Kulisse für die
nächste Aufnahme vorbereitet wurde.

»Eine außergewöhnliche Frau«, meinte Brewster leise. »Jeder Mann hier ist ein bisschen in sie verliebt.«

»Und Sie?«

Mit einem etwas gezwungenen Lächeln sah Brewster ihn
an. »Ich bin Schriftsteller, Mr. Doran. Ich habe mit Fantasien
zu tun. Carrie dagegen ist ganz Fleisch und Blut.«

Während der folgenden Dreharbeit beobachtete Kirk
Brewster verstohlen. Der Schriftsteller schien nicht mehr so
nervös wie zu Beginn der Filmarbeit zu sein. Wahrscheinlich
war er mit dem Verlauf zufrieden. Dagegen schien Larry Washington, Carries Assistent, mit den Nerven fertig zu sein.

Ob die Spannung, die Kirk hier im Studio spürte, von ihm
ausgestrahlt wurde? Sie war da. Kirk spürte ihr Knistern fast
hautnah. Aber wohin er auch sah, überall gingen die Leute mit

dem engagierten Eifer ihrer Arbeit nach, den die Regisseurin von ihnen verlangte.

Vielleicht war die Spannung nur in ihm. Wenn ein Mann, der sich bisher in seinem Leben nicht gebunden hatte, plötzlich etwas gefunden hatte, an das er sich binden wollte, konnte er leicht ungeduldig werden.

Ob Carrie an ihn dachte, fragte sich Kirk, während er sie beobachtete, wie sie voller Schmerz der Musik lauschte. Oder ging sie ganz in ihrer Rolle auf? Ihr Können machte es unmöglich, die Schauspielerin von ihrer Rolle zu trennen.

Jedes Augenpaar lag auf ihr, doch sie war allein, in einer Hütte im Wald, am Wendepunkt ihres Lebens.

»Schnitt. Das ist im Kasten. Wunderbar.« Mary Rothschild erhob sich hinter dem Kameramann. »Du warst wirklich wunderbar, Carrie«, sagte sie.

»Danke.« Carrie holte tief Luft, um die Stimmung dieser Szene abzuschütteln. »Ich bin froh, dass ich es nicht noch einmal wiederholen muss.«

»Was jetzt kommt, ist die Begegnung mit Brad.« Während Mary sprach, begann sie Carries Schultern durchzukneten. »Du weißt, was du fühlen musst. Du willst ihn immer noch. Trotz allem, was er dir angetan hat, bist du immer noch ein wenig das junge Mädchen, das sich damals in ihn verliebt hat. Du hast dich bemüht, deinen Mann zu lieben, aber du hast ihn nur verletzen können. Du stehst jetzt an der Wende deines Lebens. Du weißt, mit Brad wirst du nie glücklich werden können. Aber du bist hin- und hergerissen.«

Sie arbeiteten bis sechs. Es wurde Rauch in die Kulisse gepumpt. Hailey, benommen von dem Rauch und zu Tode geängstigt von dem Feuer, das in der Hütte prasselte, kroch auf dem Holzboden auf der verzweifelten Suche nach der Tür. Alles, was sie mit sich trug, war der Kassettenrecorder.

»Das war ein Tag.« Müde saß Carrie in ihrer Garderobe und schminkte sich ab. »Ich will jetzt nur noch schlafen.«

»Ich werde dich zudecken.«

Lächelnd fuhr sie sich noch einmal übers Gesicht und griff dann nach ihrer Tasche. »Zudecken? Ich hätte lieber jemanden, an den ich mich kuscheln kann.«

»In ein paar Stunden hast du auch das.«

»Hast du noch etwas vor?«

»Ich muss noch etwas erledigen.« Er dachte an Matt, seinen Freund, und an Carrie, die Frau, die er liebte. »Ich erzähle es dir, wenn ich zurückkomme.«

Sie verließen die Garderobe. Draußen wartete schon die Limousine. »Ich hätte es lieber, wenn du es mir jetzt sagen würdest. Kirk, ich will nicht mehr auf diese Art vor allem beschützt werden.«

Sie hatte recht, und früher oder später würde er es ihr sagen müssen. Als sie hinten in der Limousine Platz genommen hatten, legte er den Arm um sie. »Ich wollte dich in New York nicht damit belasten, am Hochzeitstag deiner Schwester. Und gestern, gestern wollte ich für uns allein haben.«

»Ich verstehe. Also, was ist es, Kirk?«

»Ich habe von dem Mann, der die Blumen bestellt hat, eine Spur.« Er fühlte, wie sie sich anspannte. »Der Blumenhändler konnte mir nur wenig über ihn erzählen, aber etwas ist ihm doch aufgefallen.« Er zögerte. Wie hasste er es doch, derjenige sein zu müssen, der Freundschaft und Vertrauen zerstören musste. »Er rauchte ausländische Zigaretten und hatte eine silberne Geldklammer mit Monogramm.«

Zunächst verstand sie nicht. Erst langsam ging ihr die Bedeutung des Gehörten auf. Doch statt Enttäuschung sah Kirk ein entschlossenes Aufblitzen in ihrem Blick. »Viele Männer auf der Welt mögen ausländischen Tabak und benutzen Geldklammern.«

»Aber nur wenige Männer arbeiten eng mit dir zusammen. Dieser sagte, er tue es.«

»Vielleicht hat er gelogen.«

»Vielleicht. Alles, was wir wissen, ist, dass du jemandem, mit dem du zusammenarbeitest, eine silberne Geldklammer geschenkt hast.«

»Es ist nicht Matt.«

»Engel, es wird Zeit, dass du das, was du möchtest, von dem trennst, was ist … was zumindest sein könnte.«

»Ich glaube es trotzdem nicht.«

»Ich habe Matt angerufen, als wir in New York waren. Er war verreist, Carrie.«

»Dann war er eben verreist. Viele Menschen verreisen am Wochenende.«

»Er war in einer persönlichen Angelegenheit in New York.« Sie wurde blass, schüttelte aber schnell den Kopf. »Kirk …«

»Ich muss mit ihm reden.«

»Ich will nicht, dass du ihn beschuldigst …« Ein Blick von ihm ließ sie abbrechen. »Also gut«, sagte sie leise und starrte aus dem Fenster. »Ich soll dir nicht sagen, wie du deinen Job zu tun hast.«

»Richtig, Engel.« Er legte die Hände auf ihre Schultern und zwang sie, sich umzudrehen. »Sieh mich an. Ich will nicht, dass dies dich verletzt.«

»Du erzählst mir, dass mein bester Freund dein Hauptverdächtiger ist. Ich kann nicht anders, als darüber verletzt zu sein.«

»Fahr nach Hause.« Er beugte sich zu ihr und küsste sie auf den Mund. »Geh ins Bett. Denk heute Abend nicht mehr daran. Tu es für mich«, fügte er hinzu, bevor sie etwas einwenden konnte. »Ich liebe dich, Carrie.«

»Bleib zu Hause und beweise es mir.«

»Nein.« Er umfasste ihr Gesicht. »Es dauert nicht lange.«

Sie fuhren durch das Tor, die lange Auffahrt hinauf.

»Ich warte auf dich.« Sie zwang sich zur Entspannung.

»Warte auf mich im Bett«, flüsterte er und hoffte für sie, dass sie rasch einschliefe.

Sie stiegen aus. »Komm bald zurück«, sagte sie und betrat, ohne noch einmal zurückzusehen, das Haus.

Sie wollte jetzt nicht denken. Sie war abgespannt von der Arbeit und würde sich gleich zur Entspannung in den Whirlpool legen.

Falls es doch Matt war, würde alles heute Abend ein Ende haben. Vorbei. Trotzdem spürte sie einen unangenehmen Druck im Magen. Nein, sie wünschte es sich nicht.

»Ich bin froh, dich anzutreffen.«

»Selbst Superagenten feiern nicht jeden Abend.« Matt war leger mit Hose, Pullover und Leinenschuhen bekleidet. »Ich wollte ganz ruhig zu Hause essen. Möchtest du einen Drink?«

»Nein. Danke.«

Matt stellte die Karaffe wieder zurück. »Wie geht's Carrie?«

»Gut. Ich dachte eigentlich, du würdest dich selbst ein wenig häufiger davon überzeugen.«

»Ich denke, sie ist bei dir in guten Händen.« Matt blieb stehen und bot auch Kirk keinen Platz an. »Außerdem war ich durch persönliche Angelegenheiten ganz in Anspruch genommen.«

»Dieselben persönlichen Angelegenheiten, die dich am Wochenende nach New York geführt haben?«

»New York?« Matt runzelte die Stirn. »Wie kommst du darauf?«

»Der Blumenhändler hat ein ziemlich gutes Erinnerungsvermögen.« Kirk nahm sich eine Zigarette und beobachtete Matt.

»Tatsächlich?« Mit einem unsicheren Lachen setzte sich Matt endlich. »Wovon, zum Teufel, redest du überhaupt, Kirk?«

»Von den Rosen, die du Carrie geschickt hast. Dieses Mal hast du einen Fehler gemacht. Die beiliegende Karte enthielt die Anschrift des Blumenhändlers.«

»Rosen? Ich?« Matt fuhr sich durchs Haar und schüttelte den Kopf. »Ich weiß nicht, worauf du hinauswillst. Ich ...« Er brach ab, als es ihm langsam dämmerte. »Teufel, du denkst, ich hätte ihr das angetan? Du glaubst, ich stecke dahinter? Verdammt, Kirk.« Er sprang von seinem Sessel hoch. »Ich dachte, wir kennen uns.«

»Das dachte ich auch. Wo hast du das Wochenende verbracht, Matt?«

»Das geht dich überhaupt nichts an.«

»Du kannst es mir sagen, sonst finde ich es heraus. Auf alle Fälle werde ich dafür sorgen, dass du aus ihrem Leben verschwindest.«

Wütend ballte Matt die Hände. Kirk wünschte sich fast, er würde sie gegen ihn benutzen. Ein körperlicher Kampf wäre mehr nach seinem Geschmack als dieser Nervenkrieg. »Ich bin ihr Agent und ihr Freund. Als sie am Boden zerstört war, war ich für sie da. Wenn ich solche Gefühle für sie hätte, hätte ich damals leichtes Spiel gehabt.«

»Wo warst du am Wochenende?«, wiederholte Kirk, entschlossen, die Sache bis zum bitteren Ende durchzuspielen.

»Verreist«, gab Matt wütend zurück. »In einer persönlichen Angelegenheit.«

»Diese persönliche Angelegenheit scheint dich so zu vereinnahmen, dass du dich bei Carrie kaum noch sehen lässt.«

So etwas wie Schuldgefühl blitzte kurz in Matts Blick auf, wurde aber von seiner Wut verdrängt. »Wenn Carrie mich sehen wollte, hätte sie mich angerufen.«

»Ich frage mich, ob du sie immer wieder anrufst.«

»Du bist verrückt.«

»Du benutzt eine Geldklammer, Matt. Eine silberne, die Carrie dir geschenkt hat. Der Blumenhändler erinnerte sich an einige Details.«

»Soll ich dir meine Geldklammer zeigen?« Aufgebracht griff Matt in die Tasche und zog ein Geldbündel heraus, das von einer Klammer zusammengehalten wurde. Heftig warf er es auf den Tisch.

Stirnrunzelnd nahm Kirk es. Die Klammer war aus Gold, nicht aus Silber, und Matts Initialen waren in ihr eingraviert.

»Die hier benutze ich seit zwei Monaten, falls es dich interessiert. Seit Marion sie mir geschenkt hat. Wenn es nicht um Carrie ginge, hätte ich dich schon vor einigen Minuten mit einem Tritt hinausbefördert.«

»Versuch es nur. Wo warst du übers Wochenende, Matt?«

»In New York.« Fluchend ging er zum Fenster und wieder zurück. »In Brooklyn. Von Freitagabend bis Sonntagnachmittag. Ich habe Marions Eltern kennengelernt. Marion Lawrence, eine vierundzwanzigjährige Lehrerin.« Er rieb sich das Gesicht. »Ich habe sie vor drei Monaten kennengelernt. Sie ist zwölf Jahre jünger als ich, intelligent, unverdorben, vertrauensvoll. Ich habe mich in sie verliebt.« Wütend warf er Kirk einen Blick zu. »Diese junge, schöne Frau wird mich heiraten, und ich habe das Wochenende mit der nicht ganz einfachen Aufgabe verbracht, ihre konservativen und sehr besorgten Eltern davon zu überzeugen, dass ich kein Playboy aus Hollywood bin, der nur sein Vergnügen mit ihrer Tochter sucht.« Paffend zog er an seiner Zigarette. »Verstehst du, Kirk? Ich habe Carrie etwas vernachlässigt, weil ich mich bis über die Ohren in eine Volksschullehrerin verliebt habe. Sieh sie dir an.« Er zog eine Fotografie aus der Brieftasche. »Sie sieht aus, als wäre sie selbst noch eine

Schülerin. Ich renne seit Wochen kopflos in der Gegend herum.«

Kirk glaubte ihm. Ein Mann, der selbst verliebt ist, erkennt leicht einen Schicksalsgenossen. »Was findet sie bloß an dir?«

Matt lachte kurz auf. »Sie findet mich großartig. Sie weiß von der Spielsucht, sie weiß alles und findet mich trotzdem großartig. Ich will sie heiraten, bevor sie ihre Meinung ändert.« Matts Wut hatte sich gelegt, ebenso seine Verlegenheit und Nervosität. »Ich möchte, dass du mich wegen Carrie auf den Stand der Dinge bringst. Dieser Typ hat ihr also Blumen in New York geschickt?«

»Ja.«

»Und gleicht mir?«

»Ich weiß nicht, wie er aussieht.«

»Aber du hast gesagt …«

»Ich habe gelogen.«

»Du warst schon immer ein Bastard«, entgegnete Matt ruhig. »Wie trägt Carrie es?«

»Sie reißt sich zusammen. Sie sollte besser darüber informiert werden, dass du sauber bist.«

»Ich fahre mit dir hinaus.« Er rieb sich den Nacken. »Ich hätte ihr schon vorher von Marion erzählen sollen. Aber irgendwie habe ich mich wie ein Idiot gefühlt: Matt Burns, Agent großer Stars, geschafft von einer Frau, die Kindern jeden Tag dabei hilft, ihre Schuhbänder zu schnüren.«

Carrie wollte nichts anderes als sich körperlich entspannen. Sie schaltete den Whirlpool ein, und die Blasen strömten hervor. Mit einem wohligen Aufseufzen legte sie sich in das heiße prickelnde Wasser.

Durch die Fensterfront schickte die untergehende Sonne ihre Strahlen, und das Oberlicht zeigte einen tiefblauen frühen Abendhimmel.

Alles, was sie sich erwünscht hatte, lag zum Greifen nah. Sie musste nur Ja zu Kirk sagen. Er liebte sie. Carrie schloss die Augen. Er liebte sie, wie sie war, nicht wegen dem, was sie nach außen hin zu sein schien. Nur ihre Familie hatte sie bisher in ihrem gesamten Wesen akzeptiert, mit all ihren Fehlern, Unsicherheiten, Widersprüchen. Es gab Frauen, die ein ganzes Leben erfolglos den Mann suchten, der sie für das liebte, was sie in ihrem Innern waren.

Was Carrie noch zögern ließ, war die Furcht, dass sie ihm vielleicht nicht alles geben könnte – keine eigene Familie.

Sie wollte Kinder, seine Kinder. Was, wenn sie ihm die nicht geben konnte?

Sie wollte, dass er zurückkam, dass er jetzt bei ihr war. Wenn er sie jetzt hielte, dann würde sie ihm irgendwie die richtige Antwort geben können. Carrie ließ sich ein wenig tiefer ins Wasser sinken. Wenn er zurückkam, würde sie das Richtige tun.

Sie hörte ein leises Geräusch und strich sich das nasse Haar aus dem Gesicht. »Kirk? Sag nichts. Komm einfach her.«

Dann hörte sie die Musik, und ihr Herz hämmerte plötzlich in der Kehle.

Der Himmel über ihr war mittlerweile fast schwarz, als sich die ruhigen, wunderschönen Klänge der Mondscheinsonate über das Sprudeln des Wassers legten.

»Kirk.« Sie nannte seinen Namen, obwohl sie wusste, dass er es nicht war. Mit zittriger Hand stellte sie den Whirlpool aus. Mit Ausnahme der Musik herrschte Stille. Carrie stieg aus der Wanne.

»Auf diesen Augenblick habe ich so lange gewartet!«

Bei dem heiseren Flüstern schnürte sich ihr die Kehle zusammen. Ich muss atmen, befahl sie sich selbst. Wenn sie die Tür erreichen wollte, musste sie atmen, und die Tür war so weit entfernt. Die Deckenbeleuchtung wurde schwächer, und die Angst jagte Frostschauer über Carries Haut.

»Du bist so schön, so unglaublich schön. Nichts, was ich mir ausdenken oder schaffen kann, kommt dir gleich. Heute Abend sind wir endlich zusammen.«

Er stand im Schatten der hinteren Tür. Carrie sah angestrengt hinüber, doch sie konnte nicht erkennen, wer es war. »Es sind Wachposten draußen.« Sie ballte die Hand und weigerte sich, ihre Stimme beben zu lassen. »Ich könnte schreien.«

»Es ist nur der Wachposten am Tor, und der ist zu weit weg. Die anderen habe ich verletzen müssen. Manchmal muss man verletzen, wenn man liebt.«

Sie schätzte die Entfernung zur vorderen Tür ein. »Die Sicherheitsanlage.«

»Darum habe ich mich bis ins kleinste Detail gekümmert. Ich bin zu Recht für meine gründlichen Nachforschungen bekannt.«

Brewster trat mit dem Kassettenrecorder unterm Arm aus dem Schatten.

»James.« Die Luft hier im Badehaus war schwül, doch Carrie begann zu frösteln. »Warum tun Sie das?«

»Ich liebe dich.« Sein Blick war glasig, doch ganz gefühllos, als er auf sie zutrat. »Als du zuerst in meinem Kopf Gestalt angenommen hast, wusste ich, dass ich dich haben musste. Und dann warst du da, Fleisch, Blut. Wirklich. Ich habe das für dich gemacht.«

Er hielt den Kassettenrecorder vor, und Carrie trat zurück.

»Hab keine Angst vor mir, Hailey.«

»James, ich bin Carrie. Carrie.«

»Jaja, natürlich.« Er lächelte ihr zu und stellte den Kassettenrecorder auf den Tisch neben der Wanne, aus dem weiter die wunderschöne Klaviermusik klang. »Caroline O'Hara mit dem makellosen Aussehen. Seit Monaten träume ich von dir. Ich kann nicht mehr schreiben. Meine Frau glaubt, ich quäle mich über meinem neuen Buch. Aber es gibt kein Buch. Es wird nie wieder ein Buch geben. Carrie, du wolltest meine Blumen nicht behalten.«

»Entschuldigung.« Kirk ist gleich zurück, sprach sie sich zu. Der Albtraum wäre dann vorbei. Sie griff nach ihrem Umhang. Die Filmroutine ließ ihre Bewegungen ruhig erscheinen, auch wenn ihr der Kopf zu zerspringen drohte. »Es lag an der Art, wie Sie sie geschickt haben, James. Sie haben mir Angst eingejagt.«

»Das wollte ich nicht. Hailey …«

»Carrie«, verbesserte sie ihn. »Ich bin Carrie, James. Wir sollten ins Haus gehen und darüber reden.«

»Carrie?« Er wirkte einen Moment überrascht. »Nein, nein, ich will allein mit dir sein. Auf diesen Abend habe ich zu lange gewartet. Der ideale Abend, Vollmond. Die Musik.« Er sah auf den Kassettenrecorder. »Für dich.«

»Warum haben Sie nicht einfach mit mir geredet?«

»Du hättest mich abweisen können. Mich abweisen«, wiederholte er heftiger. »Meinst du, ich bin ein Idiot? Ich habe dich mit all den jungen Männern gesehen, mit ihren Muskeln und glatten Gesichtern. Aber keiner liebt dich so wie ich. Das Warten hat mich verrückt gemacht. Du bist von Brad besessen. Es war immer nur Brad.«

»Es gibt keinen Brad!«, schrie sie. »Er ist nur eine Rolle. Es gibt keine Hailey. Das sind ausgedachte Gestalten. Es gibt sie nicht wirklich.«

»Du bist wirklich. Ich habe dich mit ihm beobachtet, wie du ihn angesehen hast, dich von ihm hast berühren lassen. Aber ich war geduldig. Heute Abend.« Er näherte sich ihr. »Ich habe auf heute Abend gewartet.«

Carrie rannte zur Vordertür. Sie drückte die Klinke herunter, riss an ihr, doch die Tür blieb zu.

»Ich habe sie von draußen verschlossen«, teilte Brewster ihr ruhig mit. »Ich wusste, dass du versuchen würdest, wegzulaufen. Ich wusste, dass du mir meine Liebe ins Gesicht zurückschleudern würdest.«

Carrie wirbelte herum und presste sich an die Tür. »Sie lieben nicht mich. Sie sind verwirrt. Ich bin eine Schauspielerin. Ich bin nicht Hailey.«

Er zuckte zusammen und presste die Finger gegen die Schläfen. »Diese Kopfschmerzen«, murmelte er. »Nein, nicht«, warnte er, als sich Carrie zur hinteren Tür schleichen wollte. Er stellte sich ihr in den Weg und griff dann nach etwas, das Carrie nicht erkennen konnte. »Ich weiß, was ich zu tun habe. Und es gibt für uns beide kein Wegrennen, Hailey.«

»Ich bin nicht ...«

»Es ist zu spät. Zu spät. Ich habe es wahrscheinlich schon immer gewusst. Ich verabscheue, was du mir angetan hast.« Wieder presste er die Finger gegen die Schläfen. »Ich kann dich keinem anderen Mann überlassen. Du gehörst mir. Vom ersten Augenblick an. Wenn du das nur verstehen könntest.«

»James.« Sie bezwang ihre Angst und machte einen kleinen Schritt auf ihn zu. »Bitte, kommen Sie mit mir ins Haus. Mir ist kalt«, fügte sie hastig hinzu. »Ich bin nass, ich muss mich umziehen. Dann können wir miteinander reden.«

Er blickte sie an, sah aber nur, was er sehen wollte. »Du kannst mich nicht belügen. Ich habe dich erschaffen. Du versuchst, dich von mir zu stehlen. Du willst mich wegbringen lassen. Mein Arzt will mich auch wegbringen lassen, aber ich weiß, was ich zu tun habe. Für uns beide. Es endet hier, Hailey.«

Jetzt erkannte sie, wonach er eben gegriffen hatte. Er hob den Kanister, und sie roch das Benzin. »Nein, gütiger Himmel, nein.«

»Du solltest von Anfang an im Feuer umkommen, aber ich musste es dann ändern. Jetzt ist es so weit.«

Sie stürzte auf ihn zu, als er den Kanister umkippte. Doch das Benzin breitete sich schon auf dem Holzboden aus. Sie versuchte, an Brewster vorbeizukommen. Sie hörte ihn aufschluchzen, als er sie zu Boden stieß. Ihr Kopf traf die Tischplatte. Und dann umhüllte sie Dunkelheit.

»Carrie wird sicher eine Flasche Champagner öffnen wollen.«

»Wir können ihn alle gebrauchen«, entgegnete Matt, als sie das Haus betraten.

»Du hättest mir übrigens mit vollem Recht vorhin einen Kinnhaken verpassen können. Ich war übereifrig, Matt.« Kirk dachte an Carrie, die oben auf ihn wartete. »Ich habe mich einfach auf dich eingeklinkt, weil sich der einzige handfeste Hinweis auf dich bezog.«

»Offensichtlich hat alles, was der Blumenhändler dir erzählt hat, auf mich gepasst.«

»Was auf dich passt, passt auch auf andere. Ich habe versagt«, fügte er leiser hinzu. »Ich habe versagt, weil ich zu nah dran bin. Weißt du, wie die erste Regel in meiner Branche lautet? Sich nie persönlich in einen Fall verwickeln zu lassen.«

»Dafür ist es wohl etwas zu spät.«

»Viel zu spät. Sie hat an dich geglaubt, das solltest du wissen. Selbst als ich ihr alle Fakten offengelegt habe, hat sie hinter dir gestanden.«

Gerührt nestelte Matt an seinem Revers. »Sie ist eine ganz besondere Frau.«

»Sie ist die schönste Frau – innerlich wie äußerlich –, die mir je begegnet ist. Sie hat einen wunderbaren Charakter. Davon ahnt man nichts, wenn man nur nach ihrem Äußeren geht. Auch nichts von ihrem Verstand und ihrer Treue. Ich habe auch eine Weile gebraucht, bis ich hinter ihre Fassade blicken konnte. Vielleicht, wenn ich nur ein bisschen von ihrem Glauben an die Menschen hätte, wäre ich nicht der falschen Fährte nachgejagt.«

Matt folgte Kirks Blick die Treppe hinauf. Wenn Kirk übereifrig gewesen war, dann war er es auch gewesen. Die letzten Wochen war er so mit sich und seiner eigenen Welt beschäftigt gewesen, dass er für einen der ihm am nächsten stehenden Menschen nicht mehr die Zeit und Aufmerksamkeit übrig hatte, die dieser brauchte. Auch er hatte wirklich etwas gutzumachen.

»Ich war vorhin etwas überschäumend. Aber ich glaube, du bist nach Carrie ebenso verrückt wie ich nach Marion. Wahrscheinlich hätte ich mich an deiner Stelle genauso verhalten.«

»Vielleicht.« Wieder warf Kirk einen Blick die Treppe hinauf. Er wäre jetzt lieber allein mit Carrie. Aber für sie war es wichtig, mit Matt zu reden. Sie würde erleichtert sein.

Matt legte Kirk verständnisvoll die Hand auf die Schulter. »Die letzten Monate haben mich gelehrt, dass Liebe einen Menschen wirklich total verrückt machen kann. Das hat Brewster wahrscheinlich auch in seinem Interview gemeint.«

»Welches Interview?«

»Es stand in der Zeitung heute, im Zusammenhang mit einem Artikel über ›Strangers‹, beziehungsweise in erster Linie über Hailey. Die Art, wie er sie beschrieben hat … Teufel, man hätte denken können, es gebe sie wirklich. Aber etwas Wahres hat er gesagt: Wenn ein Mann eine Frau wirklich liebt, sieht er sie so wie sonst niemand. Sie ist der Mittelpunkt seines Lebens und beherrscht es, einfach durch ihr Vorhandensein. Ich bin richtig sentimental geworden, als ich das gelesen habe«, fuhr Matt mit einer Spur von Verlegenheit fort. »Aber ich glaube, ich habe verstanden, was er gemeint hat. Einmal hat er sogar Carries und Haileys Namen verwechselt.«

»Was?«

»Du kannst dir vorstellen, wie genüsslich der Reporter sich darauf gestürzt hat, dass Carrie den Autor so verwirrt haben muss, dass er die Schauspielerin mit der Filmrolle verwechselt.«

»Mist!« Kirk schlug mit der Faust gegen den Geländerpfosten und stürmte dann die Treppe hoch. »Er hat es mir heute Nachmittag ja praktisch gestanden. Er hat es mir direkt in den Schoß gelegt.«

»Was ist …« Doch Kirk war schon verschwunden. Matt zuckte mit den Schultern und überlegte, ob er noch Marion anrufen könnte.

»Ruf die Feuerwehr!«, schrie Kirk von oben und nahm dann drei Treppenstufen auf einmal. »Das Badehaus brennt. Sie ist dort.« Kirk war schon an der Tür. »Er ist dort mit ihr.«

Mühsam erhob sich Carrie auf alle viere. Dann roch sie den Rauch, er war dicht und stechend, wie heute Nachmittag während der Dreharbeiten. Doch da waren es Spezialeffekte gewesen. Sie hörte jetzt auch das Knistern des Feuers, und dann sah sie, dass der Holzboden brannte.

Brewster blockierte immer noch die hintere Tür. Er schien von den Flammen wie hypnotisiert zu sein, die sich schnell ausbreiteten. Er versuchte nicht, zu entkommen. Er würde hier sterben, er wollte hier sterben. Und er würde sie mit sich nehmen.

Carrie richtete sich auf. Der Rauch ließ sie husten. Entsetzt sah sie sich um. In ihrem Kopf hämmerte es. Die Fenster waren zu hoch. Durch sie würde sie nie hinauskommen. Die Vordertür war versperrt. Es gab nur einen Ausgang. Sie musste an Brewster vorbeikommen, bevor die Flammen auch diesen letzten Ausgang versperrten.

Der Rauch verursachte ihr einen Hustenreiz, doch Brewster hörte nichts. Den Flammen galt seine Aufmerksamkeit, wie sie sich gierig weiterfraßen. Die Hitze stieg, wurde sichtbar in flimmernden Wellen zwischen Carrie und der Tür. Hastig griff sie sich ein Handtuch und tauchte es in die Wanne. Sie legte es sich über den Kopf und sah sich nach einer Waffe um.

Der Kassettenrecorder stand auf dem Tisch, die Musik spielte noch, abgedämpft durch das Geräusch des Feuers. Sie nahm ihn und trat vorsichtig, wobei ihr immer wieder die Beine zu versagen drohten, hinter Brewster.

Er weinte. Sie hörte es, als sie den Recorder über seinen Kopf hob.

Ihr selbst liefen jetzt die Tränen übers Gesicht und verschleierten ihren Blick. Es war alles so sehr wie die Szene, die sie einstudiert, geprobt und zu verstehen versucht hatte.

Der beißende Rauch ließ sie nicht mehr klar denken. Hailey. Es war in der Hütte, sie war Hailey, und sie hatte sich und denen, die sie geliebt hatten, Unglück gebracht. Vergangene Fehler, vergangene Liebe, vergangenes Leben. Wenn sie doch nur ihre Liebe und ihre Unschuld nicht Brad gegeben hätte. Oder Dustin?

Sie musste den Nebel um ihre Verstandeskräfte vertreiben. Es gab keinen Brad. Nur Kirk. Kirk war wirklich, und sie war Carrie. Eine O'Hara. O'Haras waren Kämpfer.

Wimmernd schlug sie Brewster den Recorder auf den Kopf.

Als er mit einem kurzen Aufstöhnen in sich zusammensackte, schnappte sie nach Luft, die vom Rauch und den Flammen immer mehr verzehrt wurde.

Hatte sie ihn getötet? Sie sah zur Tür, die nun von Flammen umgeben war. Ihr einziger Weg hinaus. Rettung. Sie machte einen Schritt, hielt inne und beugte sich über Brewster.

Er hatte sie geliebt. Verrückt oder gesund, was er gemacht hatte, hatte eine Verbindung zu ihr. Irgendwann, später, konnte sie sich darüber ein klares Urteil bilden, aber sie konnte sich nicht retten, ohne den Versuch zu unternehmen, auch ihn zu retten.

Sie riss das Handtuch herunter und legte es auf sein Gesicht. Die Decke knackte bedrohlich, sie wagte nicht, hinaufzusehen. Alles drehte sich nur noch ums Überleben. Sie legte ihre Hände unter seine Achseln und zog ihn in Richtung Tür und näher zu den Flammen.

Sie würde es nicht schaffen. Es gab keine Luft mehr, die sie atmen konnte, während sie den schweren leblosen Körper fortzuziehen versuchte. Das Feuer würde gewinnen, es kam immer näher. Sie fühlte die glühende Hitze auf ihrer Haut und wünschte sich verzweifelt, sie hätte sich die Zeit genommen und mehrere Handtücher nass gemacht.

Kurz vor der Tür stolperte sie und fiel, schwindlig durch den Sauerstoffmangel. Noch ein wenig weiter, befahl sie sich selbst und schleppte sich mit Brewster weiter. Nur noch etwas weiter.

Sie beobachtete, schon zu benommen, um Angst zu empfinden, wie ein brennender Balken in die Wanne fiel.

»Carrie!«

Schon halb bewusstlos, hörte sie den Ruf. Irgendwie schaffte sie noch ein paar Zentimeter.

Kirk trat die vordere Tür ein und sah nichts als Flammen. Er schrie wieder ihren Namen und hörte nichts als Feuer. Das Dach brach ein. Er wollte vorwärts, doch die Gluthitze trieb ihn zurück. Dann sah er sie, am anderen Ende, zusammengesackt, und die Flammen trennten sie.

Hustend raste er um das Badehaus herum.

Sie hatte es fast geschafft. Das war sein erster Gedanke. Brennendes Holz fiel herunter, als er seinen Körper schützend über sie warf. Er spürte, wie es ihn traf und seine Hand versengte, bevor er Carrie hinaus auf den Rasen zog.

»Um Himmels willen …« Matt stürzte auf sie zu.

»Brewster ist drin«, stieß Kirk hervor. »Kümmere dich um sie.«

Wieder stürzte sich Kirk in die Hitze. Auf dem Bauch kriechend konnte er sich zu Brewster vorarbeiten und packte dessen Handgelenk. Falls sein Puls noch schlug, spürte Kirk ihn nicht, doch er zog Brewster hinaus. Als das Dach ganz einstürzte, rollte sich Kirk neben Brewster auf dem Rasen auf den Rücken und schnappte nach Luft.

»Carrie.« Keuchend kroch er zu ihr. Ihr Gesicht war rußverschmiert. Doch dann öffnete sie die Augen und sah ihn mit einer Mischung aus Angst und Verwunderung an.

»Kirk. Er …«

»Ich habe ihn herausgeholt. Nicht mehr reden jetzt.« Obwohl die Hitze immer noch unerträglich war, begann sie zu zittern. Kirk zog sein Hemd aus und legte es über sie. »Sie hat einen Schock. Und viel Rauch eingeatmet. Sie muss ins Krankenhaus.«

»Ich habe schon einen Rettungswagen gerufen.« Matt zog seinen Pullover aus, um ihn auch über Carrie zu legen. »Sie wird sich erholen. Sie ist zäh.«

»Ja.« Kirk legte ihren Kopf in seinen Schoß.

»Er hat geglaubt, ich sei Hailey.«

»Ich weiß. Psst.« Er nahm ihre Hand und drückte sie. Die Schmerzen von seinen Verbrennungen waren wirklich. Sie war wirklich. Und sie lebten.

»Ich … Einen Augenblick lang da drin habe ich es auch gedacht. Kirk, sag mir, wer ich bin.«

»Caroline O'Hara, die einzige Frau, die ich je geliebt habe.«

»Danke«, flüsterte sie noch und verlor das Bewusstsein.

Als Kirk Carrie endlich sehen durfte, hatte er vierundzwanzig Stunden ohne Schlaf verbracht. Er hatte sich geweigert, das Krankenhaus zu verlassen, um aus seiner nach Rauch riechenden Kleidung zu kommen. Wie ein Tiger war er die Gänge auf und ab gegangen und hatte die Schwestern fast verrückt gemacht.

Die Ärzte hatten ihm versichert, dass Carrie jetzt nichts als Ruhe brauchte. Doch er bestand darauf, sie zu sehen und zu sprechen, bevor er irgendwohin ging. Und wenn er ging, dann nur mit Carrie zusammen.

Schließlich kam der Arzt aus dem Krankenzimmer und erlaubte Kirk, zu Carrie hineinzugehen. »Ich werde ihre Entlassungspapiere ausfüllen. Obwohl, wenn Sie auf mich hören würden, bliebe sie wenigstens noch einen Tag zur Beobachtung hier.«

»Ich kann sie zu Hause pflegen.«

Der Arzt warf einen skeptischen Blick zur Tür des Krankenzimmers. »Vielleicht. Mr. Doran?«

Kirk hielt in der Bewegung inne. »Ja?«

»Sie ist eine sehr eigenwillige Frau.«

»Ich weiß.« Zum ersten Mal seit Stunden lächelte Kirk. Er öffnete die Tür. Carrie saß im Bett und betrachtete sich stirnrunzelnd im Spiegel.

»Ich sehe schrecklich aus.«

»Schönheit ist nur Fassade.«

»Gut, denn du siehst noch schlimmer aus als ich. Oh Kirk.« Sie breitete die Arme aus. »Du bist wirklich da. Es ist doch jetzt alles gut?«

»Es ist vorbei. Ich hätte besser auf dich aufpassen sollen.«

»Ich werde dein Honorar kürzen.«

»Verdammt, Carrie, das ist kein Spaß. Wenn ich daran denke, was hätte geschehen können.«

»Nein.« Sie legte einen Finger auf seinen Mund. »Ich will nicht mehr daran denken, was hätte geschehen können, Kirk. Ich bin in Sicherheit und du auch. Nur das zählt. Und … und James?«

»Er lebt. Er wird in eine Anstalt kommen.«

»Kirk, er war so bemitleidenswert, so verwirrt. Er hat im Kopf etwas erschaffen, das ihn überwältigt hat.«

»Er wollte dich töten.«

»Er wollte Hailey töten«, verbesserte sie ihn. »Ich kann ihn nur bemitleiden.«

»Deine Familie kommt.«

»Hierher? Alle?«

»Deine Schwestern und deine Eltern. Niemand weiß, wo Terence zu erreichen ist.«

»Kirk, ich will Maddys Flitterwochen nicht zerstören. Und alle …«

»Wollen sich vergewissern, dass es dir gut geht. Dafür sind Familien schließlich da.«

»Ja.« Sie faltete die Hände. »Kirk, du verdienst auch eine Familie. Deine Familie.«

Entschlossen sah er sie an. »Ich weiß, was ich will, Carrie.«

»Ja, das glaube ich auch. Kirk, bevor das gestern Abend alles passiert ist, habe ich auf dich gewartet. Ich wusste, wenn du zurückkommst und mich in die Arme nimmst, würde ich die richtige Wahl treffen, für uns beide.« Ihr Blick fiel auf den Spiegel. Sie verzog das Gesicht und legte ihn mit der Glasfläche zuunterst auf den Tisch neben dem Bett. »So habe ich mir das eigentlich nicht vorgestellt, aber es würde mir sehr helfen, wenn du näher kommst und mich in die Arme nimmst!«

Er setzte sich neben sie aufs Bett und zog sie an sich. »Weißt du, als ich gestern Abend zurückkam und das Badehaus brannte, wusste ich, dass du drinnen warst, weil mein Herz plötzlich aufgehört hat zu schlagen. Wenn ich dich verloren hätte, hätte es nie wieder begonnen. Mein Leben hätte keinen Sinn mehr gehabt ohne dich.«

»Kirk.« Sie hob den Kopf und suchte nach seinen Lippen. Als sie sie auf ihren spürte, fand sie alle Antworten, nach denen sie gesucht hatte. »Ich möchte eine kurze Verlobungszeit. Eine sehr, sehr kurze.«

Nora Roberts

Heißer Atem

Roman

Aus dem amerikanischen Englisch von
Sonja Sajlo-Lucich

1. KAPITEL

Eingehüllt in den Geruch von Motoröl, starrte Foxy auf den Unterboden ihres MG. »Weißt du, Kirk«, sagte sie, während sie die Schrauben und Muttern anzog, »du ahnst gar nicht, wie dankbar ich dir bin, dass du mir diesen Overall geliehen hast. Ehrlich.« Die Ironie in ihrer weichen Altstimme war nicht zu überhören.

»Tja … Wofür hat man einen Bruder, nicht wahr?« Foxy konnte das Grinsen auf seinem Gesicht förmlich vor sich sehen, auch wenn sie aus ihrer jetzigen Position nur den zerfransten Saum seiner Jeans und abgewetzte Turnschuhe erblickte.

»Ich finde es toll, dass du so großzügig bist!« Sie biss die Zähne zusammen, während sie mit der Schraubknarre arbeitete. »Andere Brüder hätten darauf bestanden, die Kupplung selbst zu reparieren.«

»Ich bin eben kein Chauvi«, erwiderte Kirk lässig. Die Turnschuhe entfernten sich aus Foxys Blickfeld, weil Kirk über den Betonboden zur Werkbank ging. Sie hörte das Klappern und Scheppern von Werkzeugen, die einsortiert wurden. »Hättest du nicht so unbedingt Fotografin werden wollen, hätte ich dich in meiner Boxencrew untergebracht.«

»Ich arbeite nun mal lieber mit Entwickler als mit Motoröl!« Foxy wischte sich mit dem Handrücken über die Wange. »Man stelle sich vor … Hätte ich nicht den Auftrag bekommen, die Fotos für Pam Andersons Buch zu schießen, wäre es mir glatt entgangen, hier zu liegen und bis zu den Ellbogen in Motoröl zu stecken.«

In dem Moment, in dem sie sein warmes Auflachen hörte, wurde ihr klar, wie sehr sie Kirk vermisst hatte. Er hatte sich in den letzten beiden Jahren, in denen sie sich nicht gesehen hatten, überhaupt nicht verändert. Er war genau der Gleiche geblieben – gerade so, als wäre sie nur kurz weggegangen und Minuten später wieder zurückgekommen. Sein Gesicht war immer noch gebräunt und durchzogen von Lachfältchen und Grübchen, die versprachen, mit zunehmendem Alter immer attraktiver zu werden. Sein Lockenschopf war noch immer genauso dicht wie ihrer; allerdings erinnerte sein Haar an dunkles Gold, während ihre Mähne in einem kräftigen dunklen Rot schimmerte. Wenn er lächelte, lächelte der vertraute Schnäuzer gleich mit. Foxy konnte sich nicht daran erinnern, Kirk je ohne den Schnauzbart gesehen zu haben. Sie war sechs gewesen und er sechzehn, als er sich den Bart hatte wachsen lassen, und er gehörte seit nunmehr siebzehn Jahren zu Kirks Gesicht dazu. Und ihr großer Bruder war immer noch so sorglos und draufgängerisch wie früher, das erkannte Foxy an seinem Lächeln, an seinen Augen, an seiner gesamten Ausstrahlung.

Als Kind hatte Foxy ihn vergöttert. Für sie war Kirk der große strahlende Held gewesen, der ihr zudem gnädig erlaubt hatte, sich in seiner Nähe aufzuhalten und ihm ihre Ehrerbietung zu erweisen. Es war Kirk, der sie salopp Foxy genannt hatte, und die zehnjährige Cynthia Fox hatte an dem Spitznamen festgehalten, als wäre er das kostbarste Geschenk überhaupt. Als Kirk auszog, um seine Karriere im professionellen Rennsport anzutreten, hatte Foxy allein für seine kurzen Besuche und knappen Postkarten gelebt. Seine Abwesenheit hatte sein Bild noch strahlender, ja unsterblich gemacht. Er war dreiundzwanzig, als er sein erstes Rennen gewann, Foxy dreizehn.

Ausgerechnet dieses zarte, erprobende und erfahrungsreiche Lebensjahr war für Foxy angefüllt mit unbeschreiblichem Kummer. Es war schon spät gewesen, als Foxy damals zusammen mit ihren Eltern aus der Stadt zurück nach Hause gefahren war. Es hatte den ganzen Tag geschneit. Jetzt hatte Schneegestöber eingesetzt, und Foxy sah zu, wie die dicken Flocken gegen die Scheiben flogen. Im Radio spielten sie Gershwin, aber Foxy war zu jung, um seine Musik zu kennen oder zu schätzen. Also streckte sie sich auf der Rückbank aus und summte leise eines von ihren Lieblingsliedern, den neuesten Hit in ihrer Clique. Sie wünschte, sie wären schon zu Hause, um in ihrem Zimmer die Schallplatte aufzulegen und dann ihre beste Freundin anzurufen, um mit ihr über die wirklich wichtigen Dinge im Leben zu reden – Jungs.

Es gab keine Vorwarnung. Plötzlich begann das Auto zu schlingern und drehte sich mehrmals um die eigene Achse. Die Reifen fanden keinen Halt im rutschigen Schneematsch; der Wagen drehte sich immer schneller. Draußen vor den Fensterscheiben wirbelte es weiß, und Foxy hörte ihren Vater fluchen, während er sich mit aller Kraft bemühte, den Wagen wieder unter Kontrolle zu bekommen. Sie hatte nicht einmal Zeit, um wirklich Angst zu empfinden. Sie hörte nur noch das Knirschen von Metall, als der Wagen frontal gegen den Telefonmast fuhr, spürte den Aufprall und den ziehenden Schmerz. Sie fühlte die Kälte, als sie aus dem Auto geschleudert wurde, dann den nassen Schnee an ihren Wangen … und dann fühlte sie nichts mehr.

Es war Kirks Gesicht, das sie als Erstes sah, als sie nach zwei Tagen aus der Bewusstlosigkeit erwachte. Ihre spontane Freude erstarb jäh, als die Erinnerung an den Unfall auf sie einstürzte. Sie konnte es in seinen Augen sehen – den Kummer, die Trauer, die Akzeptanz des Unabänderlichen. Sie schüttelte den Kopf, wollte nicht glauben, was er ihr noch gar nicht gesagt hatte. Er beugte sich zu ihr und legte sanft seine Wange an ihre. »Wir haben jetzt nur noch uns, Foxy. Ich werde mich um dich kümmern.«

Und das tat er auch. Auf seine Art. In den nächsten vier Jahren zog Foxy zusammen mit ihm von einem Rennen zum nächsten. Die verschiedensten Privatlehrer kümmerten sich um ihre Ausbildung – mit ebenso wechselndem Erfolg. Während ihrer Teenagerzeit lernte Cynthia Fox mehr als nur amerikanische Geschichte oder Algebra. Sie lernte, wie man Kolben auswechselt, wie man einen Motor auseinanderbaut und wieder zusammensetzt, und sie verinnerlichte die Regeln der Boxengasse. Sie wuchs in einer vornehmlich von Männern beherrschten Welt auf, inmitten von Benzingestank und dem Röhren der Turbomotoren. Ihre Beaufsichtigung als solche war meist lässig gewesen, manchmal auch nicht existent.

Kirk Fox war ein Mann, der von einer alles verzehrenden Leidenschaft angetrieben wurde: dem Rennsport. Foxy wusste, dass er ihre Existenz manchmal komplett vergaß, und sie akzeptierte das. Für die kleinen Makel in seiner Perfektion liebte sie ihn umso mehr. Sie wuchs frei und ohne Zwang auf und – meistens zumindest – beschützt.

Das College war dann ein Schock. In den nächsten vier Jahren erweiterte sich ihr Horizont erheblich. Foxy erfuhr, welch exzentrische Kapriolen das Leben in einem Studentinnenwohnheim schlug, und sie lernte mehr über Cynthia Fox. Da sie ein ausgesprochen gutes Auge für Details, für Farbe, Schnitt und Gesamtbild hatte, entwickelte sie sehr bald einen eigenen unverkennbaren Geschmack. Clubs und Studentenvereinigungen auf dem Campus waren nichts für sie. Ihre Kindheit war zu frei gewesen, als dass sie jetzt Regeln und Vorschriften akzeptieren konnte. Den männlichen Studenten zu widerstehen war extrem einfach für Foxy; für sie waren das alles nur alberne, unreife Jungs. Aufs College gekommen war sie als schlaksiges Mädchen, den Abschluss machte sie als gertenschlanke, grazile junge Frau mit der Leidenschaft für die Fotografie. In den folgenden zwei Jahren richtete Foxy ihre gesamten Anstrengungen auf den Aufbau ihrer Karriere. Mit dem neuen Auftrag schlug sie gleich zwei Fliegen mit einer Klappe: Erstens ermöglichte ihr das Engagement, Zeit mit ihrem Bruder zu verbringen, und zweitens war es eine großartige Gelegenheit, den Spalt in der Tür zur Bekanntheit weiter aufzustoßen. Allerdings war Foxy Ersteres eigentlich wichtiger.

»Du bist wahrscheinlich entsetzt, dass ich seit über zwei Jahren nicht mehr unter einem Auto gelegen habe, oder?« Foxy zog die letzte Schraube an.

»Und was tust du, wenn das Getriebe nicht richtig funktioniert?« Kirk warf einen letzten prüfenden Blick unter die Motorhaube des MG.

»Dann bringe ich den Wagen in die Werkstatt«, murmelte Foxy.

»Bei deiner Ausbildung?« Jetzt war Kirk tatsächlich entsetzt, so entsetzt, dass er sich hinunterbeugte und sie böse anfunkelte. »Das ist ein Verbrechen! Dafür gehörst du hinter Gitter, zwanzig Jahre bis lebenslänglich.«

»Ich hab einfach nicht die Zeit.« Foxy seufzte, und wie um sich zu rechtfertigen, fügte sie hinzu: »Ich habe letzten Monat erst die Kerzen gewechselt und die Kontakte gereinigt.«

»Dieses Auto ist ein Klassiker.« Behutsam ließ Kirk die Motorhaube einschnappen, dann polierte er mit einem sauberen weichen Tuch die Fingerabdrücke vom Lack. »Du bist verrückt, wenn du ihn einfach irgendeinem Mechaniker in irgendeiner Werkstatt überlässt.«

»Nun, ich kann den Wagen schließlich nicht bei jedem kleinen Stottern zu Charlie bringen, oder? Und außerdem …« Sie brach ihre Rechtfertigung ab, als sie draußen einen Wagen vorfahren hörte.

»Hey! Das ist wohl kaum der richtige Ort für einen Geschäftsmann«, hörte Foxy ihren Bruder sagen, und sie hörte auch das Grinsen in seinen Worten. Sie legte die Knarre ab.

»Wollte nur kurz meine Investition überprüfen.«

Lance Matthews! Foxy erkannte die tiefe Stimme mit dem schleppenden Singsang sofort. Sie ballte ihre Hände zu Fäusten, und ihr wurde plötzlich ganz heiß. Sie zwang sich dazu, sich zu entspannen. Lächerlich! dachte sie und lockerte ihre Finger. Ressentiments sollten keine sechs Jahre überleben.

Von ihrer Position aus konnte sie sehen, dass er ebenfalls Jeans und Turnschuhe trug. Die Jeans waren ausgewaschen, allerdings weder zerrissen noch ölverschmiert. Er lungert rum, dachte sie und unterdrückte ein pikiertes Schnauben. Sechs Jahre waren eine lange Zeit. Vielleicht war er ja inzwischen sogar erträglich geworden. Obwohl sie das ernsthaft bezweifelte.

»Ich hab's heute Morgen nicht zum Proberennen geschafft. Wie hat sie sich gehalten?«

»Sehr gut.« Foxy hörte das typische Klicken eines Bierdosenverschlusses, dann das Zischen des Schaums. »Charlie will sie sich noch ein letztes Mal ansehen. Aber sie ist perfekt in Schuss, wirklich absolut perfekt.« An der Begeisterung ihres Bruders erkannte Foxy, dass er sie völlig vergessen hatte.

»Er ist fest entschlossen, am Sonntag einen neuen Boxenrekord aufzustellen.« Ein anderes Klicken, dann wehte ein aromatischer Duft an Foxys Nase. Es ärgerte sie, dass sie selbst nach all dieser Zeit sofort den typischen Geruch der schlanken Zigarren erkannte, die Lance rauchte. Mit dem Handrücken rieb sie sich die Nase, so als könne sie damit den Duft vertreiben.

»Neu?« Lance kam auf den kleinen Sportwagen zu. Foxy hörte, wie die Motorhaube angehoben wurde. »Erinnert mich an das Spielzeug, das du deiner Schwester zur Führerschein- prüfung geschenkt hast. Turnt sie eigentlich noch immer mit ihrer Kamera herum?«

Empört stieß Foxy sich ab und rollte unter dem Wagen her- vor. Vom Rollbrett aus konnte sie für einen Moment die Ver- blüffung über Lance' Miene schießen sehen. »Ja, es ist besag- tes Spielzeug«, bestätigte sie kühl, während sie sich aufrappelte. »Und ich turne nicht mit der Kamera herum, ich arbeite mit ihr.«

Das Haar trug sie zu einem Pferdeschwanz zusammenge- bunden, ihr Gesicht war ölverschmiert. Der Overall war ihr viel zu groß, und in der schmutzigen Hand hielt sie die Schraubknarre. Und trotz ihrer Empörung fiel ihr auf, dass Lance Matthews attraktiver denn je aussah. Sechs Jahre hatten sein Gesicht markanter gemacht, hatten die Züge vertieft und reifen lassen. Seltsam, aber als »gut aussehend« würde ihn wohl niemand beschreiben. Die Bezeichnung war zu zahm für Lance Matthews. Sein schwarzes Haar umspielte sein Ge- sicht und fiel ihm in den Nacken, seine Augen wechselten ihre Farbe von Stein- zu Rauchgrau, je nach Stimmung. Seine klas- sischen aristokratischen Züge wurden nur von einer kleinen weißen Narbe über der linken Augenbraue durchbrochen. Lance war größer als Kirk und schlanker gebaut, außerdem lag da eine geschmeidige Lässigkeit in seinen Bewegungen, die Kirk fehlte. Foxy jedoch wusste, dass sich unter dem noncha- lanten Äußeren eine eiserne Entschlossenheit und ein messer- scharfer Verstand verbargen. In seinen Zwanzigern hatte er zu den besten Rennfahrern der Welt gehört. Man sagte ihm nach, er habe die sichere Hand eines Chirurgen, den Instinkt eines Wolfs und die Nerven eines Teufels. Mit dreißig hatte er die Weltmeisterschaft gewonnen und sich aus dem aktiven Rennbetrieb zurückgezogen. Aus den immer nur kurzen Briefen ihres Bruders wusste Foxy nur, dass Lance in den letzten drei Jahren Fahrer und Rennwagen sponserte.

Jetzt verfolgte sie mit, wie seine Mundwinkel sich zu dem leicht süffisanten Lächeln verzogen, das schon immer sein Markenzeichen gewesen war.

»Na, wenn das nicht unser Fox ist!« Musternd ließ er den Blick über sie wandern, von Kopf bis Fuß, um dann wieder zu ihrem Gesicht zurückzukehren. »Sechs Jahre, und du hast dich keinen Deut verändert.«

»Du auch nicht«, erwiderte sie. Ihr Aufzug bei dem ersten Wiedersehen mit ihm wurmte sie. Sie kam sich wieder wie ein naiver, ungelenker Teenager vor. »Leider.«

»Und die Zunge ist auch noch so spitz wie früher.« Seine Zähne blitzten auf, als er grinste. Anscheinend gefiel es ihm, dass sie noch immer eine unhöfliche freche Göre war. »Hast du mich vermisst?«

»So lange es mir möglich war.« Sie streckte den Arm aus und hielt ihrem Bruder die Schraubknarre hin.

»Sie hat noch immer keinen Respekt vor Älteren«, sagte Lance zu Kirk, ohne den Blick von ihrem Gesicht zu nehmen. »Ich würde dir ja einen Begrüßungskuss geben, aber ich hatte noch nie etwas für den Geschmack von Motoröl übrig.«

Er neckte sie, wie er es immer getan hatte, und ihr Kinn schoss vor, wie es immer vorgeschossen war. »Glücklicherweise hat Kirk einen unerschöpflichen Vorrat an Motoröl.«

»Wenn du die ganze Saison so rumlaufen willst«, meinte Kirk und legte den Schraubenschlüssel zu den anderen Werkzeugen, »kannst du genauso gut in der Boxengasse arbeiten.«

»Die Saison?« Mit zusammengekniffenen Augen nahm Lance einen Zug von seiner Zigarre. »Du bleibst für die ganze Saison? Das nenne ich Urlaub.«

»Nein, kein Urlaub.« Foxy rieb sich die Handflächen an dem Overall ab und versuchte, würdevoll auszusehen. »Ich bin nicht als Zuschauerin hier, sondern als Fotografin.«

»Foxy arbeitet für Pam Anderson, diese Reporterin«, warf Kirk ein und nahm sein Bier wieder auf. »Hatte ich dir das nicht gesagt?«

»Du hast irgendwas von einer Reporterin erwähnt«, murmelte Lance. Er studierte Foxys Gesicht, als wolle er unter den Schmutz und das Öl sehen. »Also sieht man dich demnächst wieder öfter auf dem Ring?«

Foxy erinnerte sich noch gut an diesen intensiven Blick. Es gab Momente, da konnten seine Augen einem den Atem rauben. Selbst als Heranwachsende war Foxy sich Lance' sinnlicher Ausstrahlung bewusst gewesen. Damals war sie fasziniert gewesen, heute kannte sie die Gefahren. Pure Willenskraft ließ sie seinem Blick standhalten. »Richtig. Schade, dass du nicht so lange bleiben kannst.«

»Im Gegenteil«, konterte er. »Kirk fährt meinen Wagen. Ich gedenke zu bleiben und ihn gewinnen zu sehen.« Er erhaschte noch ihr Stirnrunzeln, bevor er sich zu Kirk drehte. »Vermutlich werde ich diese Pam Anderson ja heute Abend auf deiner Party kennenlernen. Wasch dir die Schmiere nicht ab, Foxy.« Er tätschelte den Teil ihrer Wange, der sauber geblieben war, bevor er sich umdrehte und zur Tür ging. »Sonst erkenne ich dich vielleicht nicht. Wir sollten heute Abend ein Tänzchen wagen … um der alten Zeiten willen.«

»Das kannst du gleich vergessen!«, rief sie ihm nach und verfluchte sich prompt im Stillen, weil sie erwachsene Würde für kindischen Trotz hatte fahren lassen. Mit einem bösen Blick auf Kirk stieg sie aus dem Overall. »Was du an diesem Mann als Freund findest, ist mir völlig unbegreiflich.«

Mit einem Achselzucken sah Kirk Lance nach, wie er abfuhr. »Du solltest besser noch eine Probefahrt mit dem Wagen machen, bevor du nach Hause fährst«, wandte er sich dann zu Foxy um. »Vielleicht muss er noch eingestellt werden.«

Mit einem Seufzer schüttelte sie den Kopf. »Na schön.«

Für die Party am Abend wählte Foxy ein Kleid aus feinstem Crêpe de Chine. Es war ein sehr romantisches Kleid in zartem Lavendel und dezentem Grün, und es schmiegte sich um ihre schlanke Figur. Zu dem schulterfreien Oberteil mit den dünnen Trägern und dem schwingenden Rock gehörte ein knapper Bolero – nicht verträumt, sondern auch verführerisch. Foxy dachte mit einem grimmigen Lächeln an Lance Matthews. Der konnte sich auf eine Überraschung gefasst machen! Cynthia Fox war nämlich kein Teenager mehr. Noch die kleinen Goldkreolen an die Ohren gesteckt, dann trat sie zurück und musterte ihr Spiegelbild.

Das Haar hatte sie offen gelassen, die dichte rotbraune Lockenmähne fiel ihr sanft über die Schultern. Da ihr Gesicht jetzt nicht mehr ölverschmiert war, kamen ihre hohen Wangenknochen zur Geltung, die ihrem herzförmigen Gesicht sowohl Eleganz wie auch Feinheit verliehen. Ihre mandelförmigen Augen waren nicht wirklich grün, aber auch nicht grau, ihre Nase war aristokratisch gerade, und ihre Lippen waren voll und großzügig. In ihren Augen lag der Anflug der gleichen Verwegenheit wie bei ihrem Bruder, nur sie hielt sie im Zaum, sodass man die Kühnheit nur unterschwellig ahnen konnte. Viel auffälliger als ihre Schönheit war ihre erdige, natürliche Sinnlichkeit. Viele Gegensätze vereinten sich in Cynthia Fox. Ihre schlanke Statur und die helle Haut ließen sie zerbrechlich erscheinen, doch ihr Haar brannte wie Feuer, und ihre Augen blitzten verwegen. Die Zeit war reif für eine Herausforderung, das spürte Foxy.

Als sie in ihre Sandaletten schlüpfte, klopfte es an ihrer Tür.

»Darf ich hereinkommen, Foxy?« Pam Anderson steckte den Kopf zur Tür herein, um sie dann weiter aufzustoßen. »Oh, du siehst bezaubernd aus!«

Lächelnd drehte Foxy sich zu ihr um. »Du aber auch.«

Das verträumte hellblaue Chiffonkleid passte bestens zu Pams puppenhafter Schönheit. Nicht zum ersten Mal fragte Foxy sich, wo die zierliche Blondine das enorme Durchsetzungsvermögen und die Durchhaltekraft fand, um als freie Journalistin zu arbeiten. Wie schaffte sie es, knallharte Interviews zu führen, wenn ihre Stimme wie eine sanfte Sommerbrise klang und sie aussah wie eine empfindliche Magnolienblüte? Sie kannten sich jetzt seit sechs Monaten, und obwohl Pam fünf Jahre älter war als Foxy, hatte die Jüngere eindeutig einen mütterlichen Beschützerinstinkt für die Ältere entwickelt.

»Ist es nicht toll, einen Auftrag mit einer Party zu beginnen?« Pam kam ins Zimmer und setzte sich auf die Bettkante, während Foxy die Bürste noch einmal durch ihr Haar zog. »Das Haus deines Bruders gefällt mir! Mein Zimmer ist perfekt.«

»Hier haben wir gelebt, als wir noch Kinder waren.« Foxy nahm ihr Parfüm auf und runzelte die Stirn. »Kirk hat es behalten, als eine Art Basiscamp, weil es so nah an Indianapolis liegt.« Aus dem Stirnrunzeln wurde ein Lächeln, als sie aufsah. »Kirk hat schon immer gern ein Camp nahe der Rennstrecke gehabt.«

»Er ist wirklich nett.« Pam strich sich über den kurzen Bob. »Es ist auch sehr großzügig von ihm, dass er mich hier aufnimmt, bis wir auf dem Ring anfangen können.«

»Nett ist er, stimmt.« Foxy lachte. Sie lehnte sich näher an den Spiegel und trug Lippenstift auf. »Solange er nicht mit der Strategieplanung für das Rennen beschäftigt ist. Du wirst feststellen, dass er dann nicht mehr von dieser Welt ist.« Sorgfältig verschloss Foxy den Lippenstift. »Pam …« Sie atmete tief durch und suchte Pams Blick im Spiegel. »Da wir in nächster Zeit zusammen unterwegs sind, denke ich, du solltest etwas über Kirk wissen, um ihn zu verstehen. Er …« Mit einem Seufzer lockerte sie ihre Schultern. »Er ist nicht immer nett. Manchmal ist er kurz angebunden und reizbar und regelrecht schroff. Er ist rastlos und sehr ehrgeizig. Die Autorennen sind sein Leben, und manchmal vergisst er eben, dass Menschen im Gegensatz zu Autos auch Gefühle haben.«

»Du liebst ihn sehr, nicht wahr?« Pams stille blaue Augen und das Verständnis, das in ihnen lag, machten sicherlich einen Teil ihres Erfolgs aus. Sie verstand die Menschen nicht nur, sie fühlte auch mit ihnen.

»Ja, mehr als jeden anderen.« Foxy drehte sich um, damit sie Pam ansehen konnte, nicht nur ihr Spiegelbild. »Und noch mehr, seit ich erwachsen geworden bin und herausgefunden habe, dass er auch nur ein Mensch ist. Kirk hätte die Verantwortung, mich aufzuziehen, nicht übernehmen müssen. Ich glaube, das ist mir erst auf dem College klar geworden. Er hatte eine Wahl. Er hätte mich auch zu einer Pflegefamilie geben können, und niemand hätte ihm deshalb Vorwürfe gemacht. Ich glaube sogar …« Sie schüttelte ihr Haar zurück und lehnte sich an die Spiegelkommode. »… er hat sich mehr Vorwürfe anhören müssen, weil er es nicht getan hat. Er hat mich zu sich genommen, und das war genau das, was ich gebraucht habe. Das werde ich ihm nie vergessen. Eines Tages werde ich mich irgendwie dafür bei ihm bedanken.« Lächelnd richtete sie sich auf. »Jetzt gehe ich wohl besser nach unten und sehe nach, ob der Caterer schon alles arrangiert hat. Die Gäste werden bald eintreffen.«

»Ich komme mit.« Pam stand auf und ging zur Tür. »Was ist mit diesem Lance Matthews, über den du dich vorhin so beschwert hast? Wenn ich meine Hausaufgaben gründlich gemacht habe, dann ist er ein ehemaliger Fahrer – einer aus der Weltspitze – und inzwischen Eigner der Matthews Corporation, die unter anderem auch Rennwagen entwickelt und baut. Er besitzt die Patente auf verschiedene Designs, darunter auch auf den Wagen, den dein Bruder in dieser Formel-1-Saison fahren wird. Und für das Indy Car auch, richtig? Stammt er nicht …« Sie schnalzte frustriert mit der Zunge, weil sie nicht alle Fakten auf Anhieb parat hatte. »Stammt er nicht aus einer alten Familie … Bostoner Geldadel? Oder war es New Haven? Frachtgeschäft oder Im- und Export, meine ich. Auf jeden Fall widerwärtig reich.«

»Boston, Fracht und widerwärtig, richtig«, bestätigte Foxy auf dem Weg nach unten. »Frag mich heute Abend nur nicht nach ihm, sonst bekommst du noch Albträume.«

»Höre ich da etwa den Anflug von Antipathie in deinen Worten?«

»Kein Anflug, sondern ganz konkrete Antipathie«, bekräftigte Foxy herzhaft. »Ich müsste eine Lagerhalle anmieten, um meine Antipathie für Lance Matthews unterzubringen.«

»Aha. Und dabei schießen die Mieten heutzutage unaufhörlich in die Höhe.«

»Was ihn mir nur noch unsympathischer macht.« Foxy ging ins Esszimmer und inspizierte das angerichtete Büfett.

Auf einem königsblauen Tischtuch stand lackiertes Holzgeschirr; in der Mitte prangte eine bauchige Tonvase mit blühenden Hartriegelzweigen und Narzissen. Ein Blick auf den gedeckten Tisch und die dicken gelben Kerzen in hölzernen Haltern bestätigte Foxy, dass der Caterer etwas von seinem Geschäft verstand. »Entspannt und lässig« war die Vorgabe gewesen.

»Sieht gut aus.« Foxy widerstand der Versuchung, den Finger in die Schüssel mit dem Kaviar zu stecken, vor allem auch, weil der Caterer aus der Küche hereingerauscht kam.

Er war ein hektischer kleiner Mann, kahl bis auf den schmalen Haarkranz, den er tiefschwarz gefärbt hatte. Er bewegte sich energisch und mit ruckartigen, kurzen Schritten. »Sie sind zu früh!« Vorsichtshalber stellte er sich zwischen Foxy und den Kaviar. »Die Gäste kommen erst in fünfzehn Minuten.«

»Ich bin Cynthia Fox, Mr. Fox' Schwester.« Foxy lächelte, sozusagen als Friedensangebot. »Ich dachte, ich könnte vielleicht helfen.«

»Helfen? Großer Gott, nein!« Er wedelte mit der Hand, als wollte er eine lästige Fliege von seiner Pâté verscheuchen. »Fassen Sie nur nichts an! Es ist alles genauestens ausbalanciert.«

»Und es sieht großartig aus!« Pam drückte warnend Foxys Arm. »Holen wir uns schon mal einen Drink, Foxy, solange wir auf die Gäste warten.«

»Aufgeblasener Wichtigtuer«, murmelte Foxy, ließ sich aber von Pam ins Wohnzimmer schieben.

»Sag, kannst du die Zügel auch mal aus der Hand geben?« Ehrliche Neugier stand in Pams Gesicht, als sie sich auf einen Sessel setzte.

»Erwischt!« Foxy lachte und ließ den Blick über die aufgestockte Bar wandern. »Na, hier gibt's genug Alkohol, um eine ganze Armee in gute Laune zu versetzen. Das Problem ist nur … etwas Komplizierteres als den Gin Tonic, den ich manchmal für Kirk zusammenschütte, bekomme ich gar nicht hin.«

»Wenn darunter auch eine Flasche trockener Sherry steht … schütte etwas davon in ein kleines Glas. Das sollte deine begrenzten Fähigkeiten nicht überfordern, oder? Trinkst du einen Sherry mit?«

»Nein danke.« Foxy sah die Flaschen durch. »Alkohol macht mich etwas zu ehrlich. Und dann vergesse ich die grundlegenden Regeln des Überlebens – Takt und Diplomatie. Kennst du die Chefredakteurin von *Wedding Day*, Joyce Canfield?« Pam nickte. Inzwischen hatte Foxy den Sherry gefunden. »Vor ein paar Monaten traf ich sie zufällig auf einer Cocktailparty. Vorher hatte ich schon mehrere Fotostrecken für *Wedding Day* gemacht. Auf jeden Fall … Sie fragte mich, wie mir ihr Kleid gefiele, und ich schaute über den Rand meiner zweiten Weinschorle und riet ihr prompt, niemals Gelb zu tragen, weil ihr Teint dann so fahl aussieht.« Foxy ging durch den Raum und reichte Pam ein Glas Sherry. »Ehrlich, aber dumm. Seit dem Abend habe ich nicht einmal mehr einen verblühten Hochzeitsstrauß für die Zeitschrift fotografiert.«

Pam lachte ihr leises, perlendes Lachen und nippte an ihrem Glas. »Ich werde mir merken, dir keine heiklen Fragen zu stellen, wenn ich dich mit einem Glas in der Hand sehe.« Sie bemerkte, wie Foxy mit einer Fingerspitze über einen hohen Chippendale-Tisch strich. »Ist schon ein komisches Gefühl, wieder zu Hause zu sein, nicht wahr?«

Foxys Augen verdunkelten sich, das Grün verlor sich fast ganz im Grau. »Es bringt Erinnerungen zurück. Seltsam ist, dass ich an mein Leben hier kaum noch gedacht habe, aber jetzt …« Sie ging zum Fenster und zog den Vorhang beiseite. Die Sonne stand tief am Himmel, schickte ihre letzten rotgoldenen Strahlen. »Weißt du, das hier ist der einzige Ort, den ich als Zuhause bezeichnen kann. New York zählt nicht. Seit dem Tod meiner Eltern war ich immer unterwegs, erst mit Kirk, dann durch meinen Beruf. Erst jetzt, da ich wieder hier bin, kommt mir überhaupt der Gedanke, wie entwurzelt mein Leben war.«

»Wünschst du dir Wurzeln, Foxy?«

»Ich weiß es nicht.« Unschlüssigkeit stand in Foxys Gesicht, als sie sich zu Pam umdrehte. »Ich weiß es wirklich nicht«, wiederholte sie. »Möglich. Aber irgendetwas wünsche ich mir. Und irgendwo da draußen ist es.« Sie kniff leicht die Augen zusammen.

»Was ist da draußen?«

Foxy zuckte erschrocken zusammen, als sie die Stimme hörte. Kirk stand im Türrahmen und sah sie lächelnd an, die Hände in die Taschen seiner dunklen Hose gesteckt. Wie immer strahlte er Energie und Dynamik aus.

»Nun …« Mit einem kritischen Blick ging Foxy auf ihn zu und befühlte mit schwesterlicher Neugier seinen Hemdkragen. »Seide, was? Vermutlich hast du das nicht oft an, wenn du mal wieder einen Motor austauschst, oder?« Kirk zog sie an den Haaren und drückte ihr gleichzeitig einen Kuss auf die Wange.

Mit den hohen Absätzen war Foxy fast ebenso groß wie er, stand mit ihm fast auf Augenhöhe. Als Pam die beiden betrachtete, fiel ihr auf, wie wenig Ähnlichkeit sie eigentlich miteinander hatten – eigentlich nur ihre Locken. Kirk hatte dunkelgrüne Augen und ein langes schmales Gesicht; die feine Eleganz der Statur seiner Schwester fehlte ihm völlig. Und als sie sein Profil studierte, lief Pam ein kleines Prickeln über den Rücken. Hastig senkte sie den Blick auf ihr Glas. Langfristige Aufträge und prickelnde Haut waren grundsätzlich nicht zu vereinen!

»Ich mache dir einen Drink.« Foxy ließ von ihrem Bruder ab und ging zur Bar. »Es wurde uns verboten, ins Esszimmer zu gehen, für … noch genau zweieinhalb Minuten. Hoppla, kein Eis!« Sie setzte den Deckel auf den Eiswürfelcontainer zurück und zuckte mit einer Schulter. »Todesmutig werde ich mich also auf die Mission begeben und unseren Caterer um Eis bitten. Pam trinkt Sherry«, rief sie noch über die Schulter zurück.

»Soll ich nachschenken?« Erst jetzt wandte Kirk seine Aufmerksamkeit Pam zu.

»Nein danke.« Lächelnd hob sie das Glas an ihre Lippen. »Ich hab mich noch gar nicht bedankt, dass Sie mich bei sich untergebracht haben. Ich kann Ihnen gar nicht sagen, wie angenehm es ist, nicht in einem Hotel schlafen zu müssen.«

»Ich weiß, wie das ist in den Hotels.« Kirk grinste und setzte sich ihr gegenüber. Zum ersten Mal, seit man sie gestern vorgestellt hatte, waren sie allein. Pam spürte wieder dieses Prickeln, aber sie ignorierte es. Kirk nahm sich eine Zigarette aus dem Spender auf dem Tisch und zündete sie an. Für diese wenigen Sekunden musterte er Pam.

Klasse, dachte er, und intelligent. Diese Frau war kein Formel-1-Groupie. Einen Sekundenbruchteil ließ er den Blick auf ihren weichen Lippen haften. *Sie sieht aus wie etwas, das im Schaufenster steht. Schön, wertvoll und abgeschirmt hinter Glas.*

»Foxy hat so oft von Ihnen gesprochen, dass ich das Gefühl habe, Sie zu kennen.« Kaum waren die Worte heraus, verfluchte Pam sich für die wenig geistreiche Bemerkung. Sie nippte an ihrem Sherry. »Ich freue mich schon auf das Rennen.«

»Ja, ich auch.« Kirk lehnte sich in den Sessel zurück und musterte sie unverhohlen. »Sie sehen nicht unbedingt wie der Typ aus, der sich für Boxengassen und Rundenzeiten interessiert.«

»Nicht?« Pam wartete gespannt ab. »Wonach sehe ich denn aus?«

Kirk nahm einen tiefen Zug von der Zigarette. »Nach dem Typ, der Chopin und Champagner bevorzugt.«

Pam sah ihm geradewegs in die Augen und schwenkte den Sherry in ihrem Glas. »Sie haben recht«, erwiderte sie und lehnte sich wieder entspannt in die Polster zurück. »Aber als Journalistin interessieren mich alle möglichen Dinge. Daher hoffe ich auch, dass Sie großzügig mit Ihren Informationen, Ihren Gedanken und Gefühlen und Ihrem Wissen umgehen.«

Das Lächeln hob die Enden seines Schnauzbarts. »Man sagt mir nach, dass ich generell großzügig bin.« Er fragte sich, ob ihre Haut so samten war, wie sie wirkte. Das Klingeln an der Haustür durchschnitt die Stille. Kirk erhob sich, nahm Pam das Glas aus der Hand und zog sie hoch. Auch wenn sie sich sagte, dass es eine alberne Reaktion war ... ihr Puls begann zu rasen.

»Sind Sie verheiratet?«, fragte er.

»Nein, wieso?« Verblüfft runzelte sie die Stirn.

»Gut. Ich schlafe nämlich nicht mit verheirateten Frauen.«

Er sagte es so nüchtern, dass Pam einen Moment lang brauchte, bevor sie reagieren konnte. Ärgerliche Röte zog in ihre hellen Wangen. »Also, von allen Unverschämtheiten ist das wohl ...«

»Hören Sie«, unterbrach Kirk sie. »Es ist unvermeidlich. Bevor die Saison zu Ende ist, werden wir miteinander schlafen. Ich halte nicht viel von Spielchen, also spiele ich auch keine.«

»Würde es Sie sehr beleidigen«, erwiderte Pam mit der schneidenden Kälte, die nur eine Südstaatenerziehung hervorbringen kann, »wenn ich Ihre großzügige Einladung ausschlage?«

»Scheint mir reine Zeitverschwendung.« Kirk zuckte ungerührt mit einer Schulter. Er fasste Pams Hand, als es zum zweiten Mal klingelte. »Wir sollten besser aufmachen gehen.«

2. KAPITEL

Innerhalb der nächsten Stunde füllte sich das Haus mit Menschen und Stimmengewirr und fröhlichem Lachen. Die Terrassentüren wurden aufgestoßen, als es enger wurde, sodass die Gäste auch in die milde Abendluft hinaustreten konnten.

Foxy erkannte alte Freunde und begrüßte neue Gesichter. Automatisch übernahm sie die Rolle der Gastgeberin und ging von Gruppe zu Gruppe. Die »Balance«, auf die der Caterer so viel Wert gelegt hatte, hatte sich längst in Wohlgefallen aufgelöst. Die Platten und Schüsseln standen jetzt überall im Haus in Reichweite der Gäste, wo immer sie Platz gefunden hatten. In der lockeren Atmosphäre gab es ein Band, das hier alle Anwesenden zusammenhielt – Autorennen. Hier waren Fahrer, Ehefrauen, Freundinnen und besonders geschätzte Fans zusammengekommen.

Übermütig lachend ging Foxy zur Haustür, als noch späte Gäste ankamen. Ihr Lächeln erstarb allerdings sofort. Immerhin verspürte sie eine gewisse Genugtuung über das Erstaunen in Lance Matthews' grauen Augen. Der Ausdruck kam und ging wieder, gleichzeitig mit dem Anheben und Senken der Augenbrauen. Dann ließ er den Blick von Kopf bis Fuß über Foxy wandern, als wäre sie eine Skulptur, die er für seine Sammlung kaufen wollte. Foxys Ausgelassenheit verflog prompt, sie hob das Kinn an und reckte die Schultern. Verärgert taxierte sie ihn ganz bewusst mit dem gleichen abschätzenden Blick.

Zu einer schwarzen Hose trug er einen schwarzen Rollkragenpullover. Dieser dunkle Aufzug ließ ihn mysteriös und irgendwie gefährlich aussehen, ein Eindruck, der durch seine schlanke Statur und sein verwegenes Aussehen noch verstärkt wurde. Foxy fiel jäh seine Fähigkeit ein, absolut regungslos zu verharren und dabei gleichzeitig jedes Detail in sich aufzunehmen. Eine Fähigkeit, die nur ein echter Jäger besaß und ohne die ein Torero nicht überlebte. In diesem Augenblick registrierte er jedes Detail von ihr, und auch wenn ihr Herz wild pochte, forderte Foxy ihn mit ihrem Blick heraus. *Ärger. Er macht mich immer so wütend.*

»Sieh einer an.« Er sprach leise, vor dem Hintergrund des vergnügten Partylärms schien seine Stimme eigenartig intim. Er hielt ihren Blick fest, dann lächelte er, als er die Augen zu ihrem Schmollmund wandern ließ. »Scheint, als hätte ich mich geirrt.«

»Inwiefern?« Nahezu unwillig schloss sie die Haustür hinter ihm. Viel lieber hätte sie sie ihm vor der Nase zugeschlagen.

»Du hast dich verändert.« Er fasste nach ihren Händen, ignorierte, dass sie zurückzuckte, hielt sie vor sich fest. Noch einmal ließ er den Blick von oben bis unten über sie wandern. »Du bist zwar immer noch sehr dünn, aber immerhin sind die Stellen ein wenig aufgefüllt, auf die es ankommt.«

Ihre Haut prickelte, als wäre ein kühler Wind darübergefahren. Verärgert über ihre Reaktion, versuchte Foxy, ihm ihre Hände zu entziehen, leider ohne Erfolg. »Wenn das ein Kompliment sein sollte, kannst du es dir sparen. Und jetzt hätte ich gern meine Hände wieder zurück, Lance.«

»Sicher, gleich.« Ihre Empörung perlte ohne jegliche Wirkung an ihm ab, während er sie weiterstudierte. »Weißt du«, hob er im Plauderton an, »ich habe mich immer gefragt, was wohl aus diesem vorwitzigen kleinen Gesicht werden würde, das du immer hattest. Es besaß einen gewissen Reiz, selbst wenn es immer mit Öl verschmiert war.«

»Wundert mich, dass du dich überhaupt erinnerst.« Da er sie wohl nicht loslassen würde, konnte sie genauso gut aufhören, sich zu wehren. Sie sah ihn scharf an, suchte nach Mängeln und Fehlern in seinem Gesicht, die in den letzten sechs Jahren vielleicht aufgetaucht sein könnten. Sie fand keine. »Du dagegen hast dich gar nicht verändert.«

»Danke.« Er grinste, ließ ihre Hände los, schlang den Arm um ihre Taille und führte sie zurück zur Party.

»Das war nicht als Kompliment gedacht.« Ihre Reaktion auf sein Grinsen und seine Berührung war seltsam. Obwohl sie immer noch auf der Hut war, schlich sich Heiterkeit in ihre Empfindungen. Sie trat entschieden einen Schritt zurück. »Ich nehme an, du kennst alle hier.« Mit einer ausholenden Geste umfasste sie die anwesenden Gäste. »Und den Weg zur Bar findest du sicher allein.«

»Höflich bis zuletzt«, murmelte Lance und musterte sie nachdenklich. »Wenn ich mich recht entsinne, warst du mir gegenüber nicht immer so feindselig eingestellt.«

»Ich bin eben lernfähig, wenn es auch manchmal länger dauert.«

»Lance, Darling!« Honey Blackwell kam auf sie zugerauscht. Das silberblonde Haar trug sie kurz, ihr Gesicht war hübsch und perfekt geschminkt, ihre Figur ausgestattet mit mustergültigen Kurven. Sie hatte Geld im Überfluss und einen unersättlichen Hunger auf Abenteuer. Foxys Ansicht nach war Honey der Archetyp des Boxen-Groupies. Jetzt schlang sie die Arme um Lance' Nacken, und er legte seine Hände auf ihre üppigen Hüften. Sie küsste Lance begeistert, während er über ihre Schulter direkt in Foxys süffisantes Grinsen blickte.

»Ihr beide kennt euch offensichtlich bereits.« Foxy nickte kurz, um sich dann abzuwenden und zur Party zurückzukehren. Und offensichtlich, fügte sie in Gedanken hinzu, amüsiert ihr euch auch ohne mich.

Als sie eine Hand an ihrem Arm spürte, schaute sie auf.

»Hi. Ich wusste, irgendwann würden Sie lange genug an einem Platz stehen bleiben, damit ich mich vorstellen kann. Ich bin Scott Newman.«

»Hallo. Cynthia Fox.« Ihre Hand wurde mit einem kräftigen Händedruck geschüttelt.

»Ich weiß. Sie sind Kirks Schwester.«

Sie lächelte und studierte Scott Newman genauer. Er besaß ansprechende Gesichtszüge, seine Augen waren dunkelbraun, seine Nase war gerade, sein Mund breit und geschwungen. Das braune Haar trug er weder zu lang noch zu kurz. Sie standen sich fast auf Augenhöhe gegenüber, war er doch nur knapp eins achtzig. Er war gebräunt und durchtrainiert, der Anzug, den er trug, saß perfekt. Das Jackett hatte er lässig offen stehen lassen. Foxy schoss der Gedanke durch den Kopf, dass Scott Newman das Paradebeispiel für den jungen, aufstrebenden Manager war. Schade, dass er den hellen Leinenanzug nicht mit einem dunklen Hemd kombiniert hatte.

»Wir werden uns in den nächsten Monaten wohl häufiger sehen«, fuhr er fort, ohne zu ahnen, welche Richtung ihre Gedanken eingeschlagen hatten.

»So?« Sie wich jemandem aus, der sich mit einer vollen Käseplatte und einer Schüssel Cracker seinen Weg bahnte, um dann ihre Aufmerksamkeit wieder auf Scott zu richten.

»Ich bin Kirks Tourmanager. Ich regle alle Reisearrangements, Unterbringung für ihn und die Crew und alles, was sonst noch dazugehört.«

»Ah, ich verstehe.« Foxy schüttelte ihr Haar zurück, neigte dann leicht den Kopf zur Seite. »Ich war ein paar Jahre nicht mehr dabei.« Aus den Augenwinkeln erhaschte sie ihren Bruder. Foxy drehte sich zu ihm um und lächelte. Er glich einem

Ritter auf einem Kreuzzug, während eine hübsche Brünette an seinem Arm hing und eine Gruppe Umstehender andächtig seinen Worten lauschte. »Als ich noch zum Team gehörte, gab es so etwas wie einen Tourmanager nicht«, murmelte sie. Foxy erinnerte sich noch gut daran, dass sie mehr als eine Nacht auf dem Rücksitz eines Wagens verbracht hatte, in einer Garage, eingehüllt in den Geruch von Benzin und Zigarettenrauch. Oder in einem Zelt auf dem Gelände auf den Morgen und den Start des Rennens gewartet hatte. Er ist ein Komet, dachte sie, während sie ihren Bruder betrachtete, ein heller, strahlender Komet.

»Ja, in den letzten Jahren hat sich einiges geändert«, meinte Scott. »Kirk hat ja auch immer wichtigere Rennen gewonnen. Und mit Lance Matthews' Sponsoring hat sich seine Karriere natürlich enorm weiterentwickelt.«

»Ja, natürlich.« Sie lachte und schüttelte den Kopf. »Geld hilft enorm, nicht wahr?«

»Sie haben gar keinen Drink.« Scott bemerkte zwar, dass sie kein Glas in der Hand hielt, nicht aber den leichten Sarkasmus in ihrer Stimme. »Das sollten wir schnellstens ändern.«

»Einverstanden.« Foxy hakte sich bei ihm ein und ließ sich von ihm zur Bar führen. Lance Matthews' Geld ist mir völlig egal, dachte sie.

»Was trinken Sie?«, erkundigte sich Scott.

Foxy sah erst ihn an, dann den schon ergrauenden professionellen Barmann. »Eine Weinschorle«, sagte sie dann.

Das Mondlicht schimmerte durch die Blätter. Die Blumen im Garten waren gerade erst aufgeblüht, die Farben der Frühlingsblüten blass in der Nacht. Ihr leichter Duft verströmte das Versprechen auf den kommenden Sommer.

Mit einem herzhaften Seufzer ließ Foxy sich auf die Hollywoodschaukel fallen und legte die Füße auf die Fußbank davor. Vom Haus her drangen leise das Lachen und die Musik der Party zu ihr herüber. Sie hatte sich in der Küche zur Hintertür hinausgestohlen, um ein paar Momente Ruhe und Frieden zu ergattern. Drinnen im Haus stand die Luft schwer und drückend, angefüllt mit Zigarettenrauch und Parfüm. Tief atmete Foxy die frische Frühlingsluft ein und stieß sich mit dem Fuß ab, um die Schaukel in Bewegung zu setzen.

Scott Newman, so hatte sie entschieden, war attraktiv, höflich, intelligent und engagiert. Und zugegebenermaßen leider auch fad. Sie stieß noch einen Seufzer aus und schaute in den Himmel auf. Wolkenfetzen zogen träge dahin, verdunkelten den Mond, gaben ihn wieder frei. Ich bin es schon wieder, dachte sie. Überkritisch. Muss ein Mann auf einem Bein stehend jonglieren, damit ich ihn unterhaltsam finde? Wonach suche ich überhaupt? Nach einem hehren Ritter? Mit gerunzelter Stirn verwarf Foxy den Ausdruck. Ritter waren vornehm und strahlend und edel. Sie zog ein wenig Patina und ein paar Kratzer vor. Es musste jemand sein, der sie zum Lachen und zum Weinen bringen konnte, der sie wütend machen konnte und ihre Knie weich.

Sie lachte leise und fragte sich, mit wie vielen Männern sie sich eigentlich gleichzeitig einlassen wollte. Sie lehnte den Kopf in den Nacken und schlug die Knöchel übereinander. Der Saum ihres Kleides rutschte über ihre Knie und kitzelte sie leicht. Sie streckte die Arme aus und fasste die Stangen der Schaukel zu beiden Seiten. *Ich wünsche mir jemanden, der ungezähmt und zärtlich und stark und intelligent und herrlich albern ist.* Sie musste über sich selbst lachen und schaute zu den Sternen empor. Hell und manche von einem bläulichen Kranz umgeben, glitzerten sie da oben am Himmelszelt durch die vorbeischwebenden Wolken.

»Welchem Stern sollte ich wohl meinen Wunsch anvertrauen?«

»Der hellste ist immer am besten.«

Erschrocken schnappte Foxy nach Luft. Sie ließ die Stangen los und schaute in die Richtung, aus der die Stimme gekommen war. Er war nur ein Schatten, groß und schlank. Dieser Schatten bewegte sich jetzt mit der Geschmeidigkeit eines Panthers auf sie zu. Die schwarze Kleidung ließ Lance nahtlos mit der Nacht verschmelzen, doch seine Augen fingen schimmernd das Mondlicht ein. Einen Moment lang verspürte Foxy das Gefühl von Bedrohung, so als hätte der stille Garten am Stadtrand sich plötzlich in einen gefährlichen, unberührten Dschungel verwandelt. Als hätte er die glühenden Augen einer Raubkatze, die das Dunkel der Nacht durchbrachen, sah Lance zu ihr hin. Schatten fielen auf sein Gesicht. So muss Luzifer ausgesehen haben, als er aus dem Himmel in die Flammen fiel, dunkel und unwiderstehlich, dachte sie.

»Was wünschst du dir denn?«, fragte er leise.

Foxy wurde sich bewusst, dass sie die ganze Zeit den Atem angehalten hatte. Unauffällig atmete sie aus. Es sind der Schreck, sagte sie sich, und die Überraschung, dass ich Gänsehaut habe. »Was tust du hier draußen? Ich dachte, die Blondinen hätten dich längst in Beschlag genommen.«

Lance stand vor Foxy an der Hollywoodschaukel und schaute auf sie herunter. »Ich brauchte frische Luft. Und etwas Ruhe.«

Es wurmte sie, dass seine Motive den ihren so sehr ähnelten. Foxy zuckte mit den Achseln und schloss die Augen. »Wie ist es dir gelungen, dich von Miss Oberweite loszueisen?«

Die Geräusche der Party wehten durch die Nacht. Foxy spürte Lance' Blick auf ihrem Gesicht, dennoch hielt sie ihre Augen trotzig geschlossen.

»Du hast also Krallen bekommen«, murmelte er. »Du solltest sie nicht am Rücken eines anderen wetzen, Foxy. Das Gesicht ist fairer.«

Sie hob die Lider und begegnete seinem Blick. Unwillig gestand sie sich ein, dass sie vom ersten Augenblick ihres Wiedersehens an boshaft und gehässig zu ihm gewesen war. Bösartigkeit war eigentlich völlig untypisch für sie. Sie stieß einen Seufzer aus und zuckte mit den Schultern. »Tut mir leid. Eigentlich ist es nicht meine Art, ständig zu fauchen und zu kratzen. Setz dich, Lance. Ich werde versuchen, mich zu benehmen.« Ein kleines Lächeln begleitete die Einladung. Jedoch setzte er sich nicht ihr gegenüber, wie sie erwartet hatte, sondern ließ sich neben ihr auf der Schaukel nieder. Foxy verspannte sich. Entweder hatte Lance ihre Reaktion nicht bemerkt, oder aber er ignorierte sie. Er streckte die Beine aus und hob seine Füße auf die Bank.

»Ich habe nichts gegen einen kleinen Ringkampf einzuwenden, Fox, aber eine Pause zwischen den Runden ist auch angenehm.« Er zog sein Feuerzeug hervor und zündete eine von seinen langen schlanken Zigarren an. Die Flamme flackerte auf und erlosch wieder. Seltsam, dachte Foxy und entspannte sich, wie genau ich mich an dieses Aroma erinnern kann.

»Dann lass uns sehen, ob wir uns nicht für ein paar Minuten zivilisiert benehmen können«, schlug Foxy vor und drehte sich zu ihm, um ihn anzusehen. Sie war jetzt erwachsen, ermahnte sie sich, konnte also mit ihm mithalten. »Sollen wir uns über das Wetter unterhalten oder über die neuesten Bücher auf der Bestsellerliste? Oder vielleicht über die politische Situation in Rumänien? Oh, ich weiß …« Sie stützte das Kinn in die Hand. »… das Rennen. Nun, was für ein Gefühl ist es, Autos zu entwerfen, anstatt sie zu fahren? Erhoffst du dir mehr von dem Indy Car, das du entworfen hast, oder von dem Formel-1-Wagen bei den Grand-Prix-Rennen? Kirk fährt gute Zeiten im freien Training, seit die Saison eröffnet ist. Der Wagen soll ja sehr schnell und sehr zuverlässig sein.«

Lance blickte in ihre vorwitzigen Augen und hob eine Braue. »Liest du noch immer alle Rennsportmagazine, Foxy?«

»Kirk würde es mir niemals verzeihen, wenn ich nicht auf dem Laufenden wäre.« Sie lachte, ein kehliger, samtiger Laut.

»Das hat sich also nicht verändert«, kommentierte Lance. Foxy lächelte leicht verständnislos. »Schon mit fünfzehn hattest du das verführerischste Lachen, das ich je gehört habe. Es klingt wie etwas, das aus dem Nebel auftaucht.«

Er stieß den Rauch aus, und sie setzte sich auf. Mondlicht ergoss sich über ihr Haar und ließ tausend kleine Funken aufsprühen. Foxy spürte seine Macht, und sie spürte die Versuchung.

»Deine Firmenzentrale sitzt also in Boston«, navigierte sie sich auf sicheres Gebiet. »Ich vermute, du lebst auch dort?«

Lance lächelte über ihr geschicktes Manöver und tippte die Asche von der Zigarre. »Meistens. Warst du schon mal dort?« Er legte den Arm auf die Rücklehne. Es war eine so lässige Geste, dass Foxy sie kaum wirklich wahrnahm.

»Nein.« Die langsamen Schaukelbewegungen wirkten beruhigend. »Aber ich würde gern mal hinfahren. Die Kontraste müssen großartig sein – Ziegelstein und Efeu und direkt daneben Stahl und Glas. Ich habe ein paar sehr beeindruckende Fotos gesehen.«

»Vor gar nicht allzu langer Zeit habe ich eines von deinen Fotos gesehen.«

»So?« Neugierig drehte sie den Kopf zu ihm und stellte erstaunt fest, wie nah ihre Gesichter einander waren. Sie spürte seinen warmen Atem auf ihren Lippen. Die Macht wurde stärker, die Versuchung größer. Vorsichtig rückte sie von ihm ab, ohne dass sein Blick sich auch nur einen Millimeter von ihrem Gesicht bewegt hätte.

»Es wurde im Winter aufgenommen, allerdings sieht man keinen Schnee, sondern nur den Raureif an den kahlen Bäumen. Es zeigt eine Parkbank, auf der ein alter Mann schläft, eingewickelt in seinen dunkelgrauen Mantel. Die Sonne steht tief hinter den Bäumen und scheint auf ihn herab. Es war ein unglaublich trauriges Foto und gleichzeitig schön.«

Foxy war verdattert. Nie hätte sie von Lance Matthews ein Gespür für ihr Handwerk vermutet, nie hätte sie gedacht, dass er verstehen würde. Während sie hier schweigend zusammensaßen, geschah etwas zwischen ihnen, doch Foxy wusste weder, wie sie dem widerstehen, noch wusste sie, wie sie es bestärken sollte. Es war so vielschichtig wie Mann und Frau. Unablässig schaute er sie an, während seine Finger mit ihrem Haar spielten.

»Ich war sehr beeindruckt«, fuhr er fort, als sie verwirrt schwieg. »Und dann sah ich deinen Namen darunter stehen. Erst konnte ich nicht glauben, dass du das sein solltest. Die Cynthia Fox, die ich kannte, konnte unmöglich die Fähigkeit besitzen, einem Foto eine solche Intensität zu verleihen. Ich sah noch immer die heranwachsende Göre mit den großen Augen und dem wahrhaft üblen Temperament.« Als Lance sich abwandte, um den Zigarrenstummel wegzuschnippen, ließ Foxy unhörbar bebend die Luft aus ihren Lungen entweichen.

Entspann dich! befahl sie sich still. Benimm dich nicht wie ein Idiot.

»Auf jeden Fall bin ich neugierig genug geworden, um mich genauer zu erkundigen. Als ich dann herausfand, dass es tatsächlich dein Foto war, war ich doppelt beeindruckt.« Er wandte sich zu ihr zurück und hob eine Augenbraue an, die unter den Strähnen auf seiner Stirn verschwand. »Du bist ganz offensichtlich gut in dem, was du tust.«

»In was? Mit Kameras spielen?« Doch sie lächelte bei der Frage. Die laue Abendluft hatte auch ihre Stimmung milde werden lassen.

Ein Grinsen zog auf sein Gesicht. »Ich war immer der Überzeugung, man sollte seine Arbeit gern tun. Schließlich spiele ich schon seit Jahren mit Autos.«

»Du kannst es dir auch erlauben zu spielen.« Ihr Ton war kühler geworden, ohne dass sie es bemerkte.

»Du hast mir noch immer nicht vergeben, dass ich reich bin, oder?« Die Amüsiertheit, die sie in seiner Stimme hörte, ließ sie sich albern vorkommen.

»Nein.« Sie zuckte mit einer Schulter. »Vermutlich nicht. Zehn Millionen hören sich so großspurig und protzig an.«

Er lachte, ein tiefes Grollen in seiner Brust, und zog an ihrem Haar, bis sie ihn wieder ansah. »In Boston sind nur die Neureichen protzig, Foxy. Altes Geld ist diskret.«

»Wie genau wird ›alt‹ definiert – ich meine, was das Finanzielle angeht?« Sie musste zugeben, dass ihr sein Lachen gefiel, und sie genoss es, seine Hand in ihrem Haar zu spüren.

»Oh, ich würde sagen, drei Generationen sind das Minimum. Alles andere wäre sofort suspekt. Weißt du, Fox, dein ›Maiglöckchen‹ ist mir viel lieber an dir als das ›Super‹, das du immer getragen hast.«

»Danke. Manchmal habe ich auch ›Bleifrei‹ aufgelegt, aber nur, wenn ich besonders waghalsig sein wollte.« Mit einem Seufzer stand sie auf. Erstaunlich, dass sie tatsächlich lieber hier mit ihm sitzen wollte, als zur Party zurückzukehren. »Ich sollte besser wieder hineingehen. Kommst du mit?«

»Noch nicht.« Er fasste nach ihrer Hand und zog Foxy mit einem Ruck auf seinen Schoß.

»Lance!« Ein überraschtes Lachen entschlüpfte ihr, sie stieß sich mit beiden Händen an seiner Brust ab. »Was machst du denn da?« Doch ihr Sträuben kam nur halbherzig, und obwohl seine Hände sie fest bei den Hüften hielten, blieb ihre Stimmung nachgiebig.

»Ich hab dich noch immer nicht zur Begrüßung geküsst.«

Das Lachen erstarb auf ihren Lippen. Sie spürte die Gefahr aufziehen. Hastig wollte sie zurückweichen, doch er legte die Hand an ihren Nacken. Sie brachte noch ein verblüfftes »Nein!« hervor, bevor sein Mund auch schon ihre Lippen berührte.

Es begann als leichter, neckender Kuss. Foxy fühlte sogar das Lächeln auf den Lippen, die sich auf ihre pressten. Vielleicht, wenn sie sich gewehrt hätte, wenn sie protestiert hätte, wäre es bei einem flüchtigen Berühren geblieben. Doch kaum lag Mund auf Mund, erstarrte Foxy. Ihr Herz schien das Schlagen einzustellen, ihre Lungen sogen weder Luft ein, noch stießen sie sie aus, und das Blut pulsierte nicht mehr durch ihre Adern. Und dann setzten jäh alle Funktionen wieder ein.

Wer den ersten Schritt gemacht hatte, um den Kuss zu vertiefen, würde sie wohl nie wissen. Es passierte blitzschnell. Heiß und hungrig vereinten sich ihre Münder zu einem tiefen, gierigen, endlos dauernden Kuss. Das erstickte Stöhnen, das in den Abend stieg, hätte genauso gut von ihr wie von ihm stammen können. Ihre Brüste schmiegten sich weich an seinen harten Oberkörper, während sie Zunge und Lippen nutzte, um den Kuss noch intensiver werden zu lassen. Er erkundete alle Geheimnisse ihres Mundes, während sie seinen Geschmack bis zur Neige auskostete, seinen Duft in sich einsog, sich in dem Gefühl seiner Haut an ihrer sonnte. Seine Hand wanderte ihren Rücken auf und ab, hin zu ihrer Hüfte und über ihren Schenkel. Der dünne Stoff ihres Kleides bot keine größere Barriere zwischen ihnen als die Luft. Die fordernde Liebkosung spornte Foxy an, sich enger an ihn zu schmiegen und an seiner Lippe zu knabbern, sie wollte die Hitze noch intensiver spüren. Als Antwort presste er wild und fiebrig den Mund auf ihre Lippen, bis ihre Sinne in einem ekstatischen Strudel versanken. Mit einem leisen lustvollen

Stöhnen erschlaffte sie in seinen Armen. Noch einen Moment lang blieben ihre Lippen vereint, dann löste Lance sich von ihr.

Ihre Augen schienen ebenso grau zu sein wie seine, als sie einander stumm ansahen. Noch immer hatte Foxy die Arme um seinen Nacken liegen. Sie nahm den Duft der Blumen nicht mehr wahr, sondern nur noch seinen Duft, warm und männlich. Sie hörte nicht mehr das Lachen von der Party, sondern nur noch sein leises Atmen. Sie spürte nicht mehr die milde Brise, sondern nur noch die Hitze seiner Hände auf ihrer Haut. Nur noch er existierte für sie. Eine Eule flog aus einem Baum hinter ihnen auf und brach mit ihrem lauten Schrei den Zauber. Foxy erschauerte, schluckte und rappelte sich auf.

»Das hättest du nicht tun sollen.« Ihre Haut prickelte am ganzen Körper. Sie mied seinen Blick und strich sich ihr Kleid glatt.

»Und warum nicht?« Lance' Stimme klang ebenso gelassen, wie sein Schulterzucken wirkte. »Du bist doch jetzt schon ein großes Mädchen.« Er stand auf und zwang sie damit, den Kopf ein wenig in den Nacken zu legen, wenn sie sein Gesicht sehen wollte. »Dir hat es ebenso viel Spaß gemacht wie mir. Jetzt ist es wohl zu spät, das Unschuldslamm zu spielen.«

»Ich spiele nicht das Unschuldslamm«, leugnete sie hitzig mit wütend blitzenden Augen. »Und ob es mir Spaß gemacht hat oder nicht, ist hier völlig unerheblich.« Ihr wurde klar, dass sie sich genauso benahm, wie er es ihr unterstellte. Wütend über sich selbst, schüttelte sie ihr Haar zurück. Sie wollte jetzt zumindest einen würdevollen Rückzug antreten und machte einen Schritt von der Hollywoodschaukel fort, doch Lance fasste nach ihrem Arm, bevor sie weiterkam.

»Was soll das, Fox?« Er hörte sich jetzt weder lässig noch amüsiert an, sondern eindeutig verärgert.

»Was das soll?«, wiederholte sie mit zusammengebissenen Zähnen. »Tu das nie wieder!«

»Ist das etwa ein Befehl?«, murmelte er gefährlich sanft. »Ich bin nicht besonders gut darin, Befehle zu befolgen.«

»Ich habe mich überrumpeln lassen.« Sie versuchte, eine Erklärung zu finden und sich gleichzeitig zu rechtfertigen. »Ich habe nicht aufgepasst, vielleicht weil ich müde bin. Vielleicht war ich ja auch ein bisschen neugierig. Auf jeden Fall habe ich überreagiert.«

»Neugierig?« Er lachte auf, es war ein sehr männliches Lachen. »Habe ich deine Neugier wenigstens befriedigt, Foxy? Vielleicht ergeht es dir ja wie Alice im Wunderland, und du wirst neugieriger und neugieriger.« Mit einem Finger fuhr er an ihrem bloßen Arm entlang. Sie erschauerte und wich zurück.

»Du bist unmöglich!« Unwirsch strich sie sich das Haar aus dem Gesicht. »Du warst schon immer unmöglich!« Damit wirbelte sie herum und rannte in die Sicherheit der Party zurück. Ihr Kleid flatterte bei jedem Schritt um ihre Beine.

Und Lance sah ihr nach.

3. KAPITEL

Das Indy 500 verwandelt Indianapolis von einer ganz normalen Stadt im Mittleren Westen in das Herz des Rennsports und rückt sie ins Rampenlicht der internationalen Rennwelt. Bei diesem Sportereignis – dem ältesten und traditionsreichsten Autorennen der Welt – sehen mehr Zuschauer zu als bei jeder anderen Veranstaltung im Land. Für den Rennsport ist Indianapolis das, was Wimbledon beim Tennis ist, was das Kentucky Derby für Pferderennen bedeutet, wofür die World Series beim Baseball steht – für Prestige, für Ehre und für atemlose Aufregung.

Foxy war froh, dass nicht die kleinste Wolke am Himmel stand. Es hatte nicht einmal mehr den kürzesten aller Regenschauer gegeben. Bei der Mischung von Regen und Rennen war ihr immer unwohl. Der Wind zupfte an dem Band, mit dem sie ihr Haar zu einem Pferdeschwanz zusammengebunden hatte. Die Jeans, die sie trug, war vertraut wie ein alter Freund, ausgewaschen und fast weiß an den Knien und schmiegte sich eng um ihre Hüften. Das rot-weiß gestreifte Baseballshirt hatte sie in den Hosenbund gestopft, um ihren Hals hing die Nikon, die sie während ihrer College-Zeit gebraucht erstanden hatte. Diese Kamera würde Foxy nicht einmal gegen eine Kiste Gold eintauschen. Von ihrer Position in der Boxengasse konnte sie sehen, dass die Haupttribüne noch leer war. Reporter, Kamerateams, Fahrer und Mechaniker liefen noch alle herum, erledigten letzte Dinge oder tranken Kaffee aus Styroporbechern. Noch war es so leise, dass man sogar den einen oder anderen Vogel zwitschern hören konnte, ruhig war es dennoch nicht. Ein Summen lag in der Luft, Aufregung und Anspannung elektrisierten die Atmosphäre. In weniger als zwei Stunden würden sich die Menschenmassen auf den Rängen und im Innenfeld tummeln. Wenn dann die grüne Flagge geschwenkt wurde, würden sich auf dem Indianapolis Motor Speedway mehr als vierhunderttausend Menschen aufhalten, eine Zahl, die mühelos die Einwohnerzahl mehrerer amerikanischer Städte übertraf. Und der Lärm würde explosionsartig einsetzen und anhalten wie rollender Donner.

Für Stunden würden die Motoren röhren. In den Boxengassen würde sich der Geruch von Benzin und Motoröl und Schweiß vermischen und dampfend in die Luft steigen. Alle Augen würden gebannt auf den tief liegenden Wagen haften, die Runde um Runde auf dem zweieinhalb Meilen langen Oval absolvierten. So mancher würde an nichts anderes mehr denken können als an das Rennen.

Foxys Gefühle dagegen waren komplizierter. Zwei Jahre war es her, seit sie das letzte Mal auf einer Rennstrecke gestanden hatte, sechs, seit sie zu der Welt des Rennsports gehört hatte. Und doch, so stellte sie jetzt fest, während sie sich umsah, kam es ihr vor, als wäre es erst gestern gewesen. Ihre Gefühle und Empfindungen hatten sich durch die Abwesenheit nicht verändert. Da war noch immer diese freudige Erwartung, die rauschhafte Aufregung, fast schwindelte ihr davon, und sie wusste, wenn das Rennen erst begann, würde es noch stärker werden. Da waren auch Stolz und Bewunderung für das Können ihres Bruders, ein Talent, das vielmehr angeboren denn erlernt war. Aber unter allem lag eine tief sitzende Angst, eine Furcht, so scharf und schneidend, dass selbst all die Jahre sie nicht hatten stumpfer werden lassen. All diese Gefühle kämpften in ihr, und Foxy wusste schon jetzt, dass sie sich zu einer überwältigenden und unbeschreiblichen Emotion vermengen würden, in genau dem Moment, in dem die grüne Flagge geschwenkt wurde. Nichts hatte sich geändert.

Foxy kannte den Ablauf. Es gab Fahrer, die bereitwillig Interviews geben und das bevorstehende Rennen lässig kommentieren und ihre Scherze machen würden. Andere würden über die Technik referieren oder abstrakt bleiben, wieder andere nur unwillig antworten. Von Kirk wusste sie, dass er frühe Interviews gewährte und die Fragen mit seiner charmanten Arroganz beantwortete. Für ihn war jedes Rennen gleich und doch wieder einzigartig. Gleich waren sie, weil er jedes Rennen fuhr, um zu gewinnen, einzigartig, weil sich bei jedem Rennen nie da gewesene und nie wiederkehrende Probleme stellten. Nach den Interviews würde er sich absetzen und allein bleiben, bis es Zeit wurde, ins Cockpit zu steigen. Aus langer Erfahrung wusste Foxy, wie sie sich unsichtbar machen konnte. Sie mischte sich unter die Fahrer und die Mechaniker und die Dutzenden von anderen Fotografen, dokumentierte mit ihrer Kamera die Routine vor Rennbeginn.

»Wozu hältst du denn jedem dieses Ding da ins Gesicht?«

Foxy erkannte das bärbeißige Brummen sofort, aber erst schoss sie ihr Foto, bevor sie sich umdrehte. »Hey, Charlie!« Breit grinsend warf sie sich an seinen Hals und drückte einen herzhaften Kuss auf seine stoppelige Wange. Natürlich würde er schimpfen und protestieren, aber sie wusste, dass er sich über die Umarmung freute.

»Typisch Frau«, knurrte er auch prompt, aber sie spürte den liebevollen Druck seiner Hand an ihrem Rücken, bevor er zurücktrat.

Für die nächsten Augenblicke musterten sie sich gegenseitig unverhohlen. Foxy erkannte nur wenige Veränderungen an ihm. Da gab es mehr Grau in seinem Bart und weniger Haare auf seinem Kopf, aber seine Augen strahlten noch immer in demselben klaren Blau wie vor zehn Jahren. Damals war er fünfzig gewesen, in ihren Augen uralt. Als Lance Matthews' Chefmechaniker hatte Charlie Dunning die Boxen wie ein Despot regiert. Jetzt tat er das als Kopf von Kirks Team noch immer.

»Immer noch zu dünn«, meinte er abfällig. »Ich hätte wissen müssen, dass die paar Jahre nicht ausreichen, damit du etwas Fleisch auf die Rippen bekommst. Verdienst du mit deiner Knipserei nicht genug, um dir was Anständiges zu essen zu kaufen?«

»In letzter Zeit ist niemand mehr da, der Schokoriegel herumliegen lässt.« Sie kniff ihn in die Wange. Wahrscheinlich würde er nicht einmal unter Folter zugeben, dass er die Schokolade für das dürre Mädchen hingelegt hatte. »Ich habe dich auf Kirks Party vermisst«, sagte sie, während er nur etwas Unverständliches brummte.

»Ich gehe nicht auf Kinderfeiern. So, du und die schicke Lady werdet uns also bei diesem Rennen und während der gesamten Saison begleiten, was?« Er schnaubte und verzog missbilligend den Mund.

»Wenn du Pam damit meinst … ja, werden wir.« Sie entschied, dass er die Schroffheit fast perfektioniert hatte. »Und sie ist Journalistin.«

»Achte nur darauf, dass keiner von euch beiden im Weg steht.«

»Ja, Charlie«, antwortete sie demütig. Seine Augen verengten sich misstrauisch, als er das Glitzern in ihrem Blick sah.

»Noch genauso frech wie früher! Wärst du nicht so mager gewesen, hättest du schon vor Jahren eine Tracht Prügel von mir gekriegt.«

Grinsend hob Foxy die Kamera und schoss ein schnelles Porträtfoto. »Lächle mal«, ordnete sie an.

»Frech!«, bekräftigte er. Als seine Lippen jedoch zu zucken begannen, drehte er sich um und marschierte davon.

Foxy schaute ihm nach, bis er in der Menge verschwunden war, bevor sie sich umdrehte – und prompt gegen Lance rempelte. Sie schnappte nach Luft. Er legte die Hände auf ihre Schultern. Einen langen Moment hielten ihre Blicke einander fest. Bis jetzt war es Foxy gelungen, die Episode auf der Hollywoodschaukel zu verdrängen, doch jetzt stürzte die Erinnerung daran mit Macht auf sie ein. Und um den Mund, der ihren so hungrig in Besitz genommen hatte, zuckte ein Lächeln.

»Er hatte schon immer eine Schwäche für dich.«

Foxy vergaß alles um sich herum, sah nur noch seine grauen Augen. Als sein Lächeln breiter wurde und sich jetzt auch ein Anflug von Arroganz hineinmischte, riss sie sich aus seinem Griff los. Er trug die gleiche Kluft wie sie, Jeans und T-Shirt. Der Wind spielte mit seinen Haaren. In Gedanken verfluchte sie ihn für sein verboten gutes Aussehen.

»Hallo, Lance.« Sie übte sich in kühler Höflichkeit und war stolz, dass es ihr gelang. »Heute keine Reporter im Schlepptau?«

»Hallo, Foxy«, ahmte er ihren Tonfall nach. »Auf der Suche nach Schnappschüssen?«

»Touché«, murmelte sie. Sie wandte sich ab und hob die Nikon ans Auge, um die Blende einzustellen. Sie musste wohl einen zusätzlichen Sinn für Lance Matthews entwickelt haben, denn sie spürte seinen Blick auf ihrer Haut. Es war ein Gefühl, das ihr sowohl unangenehm war, wie es sie auch erregte.

»Bist du schon gespannt auf das Rennen, Foxy, oder hat es den Reiz für dich verloren?« Während er sprach, spielte Lance mit ihrem Pferdeschwanz. Prompt misslangen Foxy vier Fotos.

»Ich habe gehört, dass Kirk die Poleposition bei der Qualifikation gewonnen hat. Er wird den Vorteil zu nutzen wissen.« Als sie sich zu ihm umdrehte, war ihre Miene gelassen, ihre Augen blickten kühl. Ein Kuss, so sagte sie sich, war nichts, über das man sich aufregen musste. Sie waren dieselben Menschen geblieben. »Als Besitzer musst du bestimmt zufrieden sein.« Sein Lächeln war nicht die Antwort, auf die sie gefasst gewesen war. »Ich hab den Wagen gesehen. Sehr beeindruckend.« Als er noch immer nichts sagte, stieß sie frustriert die Luft aus und blickte ihn mit zusammengekniffenen Augen an. »Das war ein wirklich anregendes Gespräch, Lance, aber ich muss wieder zurück an die Arbeit.«

Er legte seine Finger um ihren Oberarm und hielt sie fest, als sie sich zum Gehen wenden wollte. Stumm betrachtete er sie, und sie musste die Sonne mit der Hand abschirmen. »Ich gebe heute Abend eine kleine Party«, sagte er leise. »In meiner Hotelsuite.«

»So?« Dieses kritische Augenbrauenhochziehen hatte Foxy während ihrer College-Zeit perfektioniert.

»Sieben Uhr. Zum Dinner.«

»Wie klein ist diese Party?« Die Hand immer noch über den Augen, erwiderte sie seinen Blick.

»Sehr klein. Nur du und ich.«

»Noch kleiner«, korrigierte sie. »Nämlich nur du.« Zwei Mechaniker in den roten Overalls von Kirks Team eilten an ihnen vorbei. Lance hielt ihre Augen gefangen. »Ich habe eine Verabredung mit Scott Newman.«

»Sag sie ab.«

»Nein.«

»Angst?«, fragte er herausfordernd und zog sie ein Stückchen näher zu sich heran.

»Nein, Angst habe ich keine«, gab Foxy zurück. Das Grün in ihren Augen stieß auf das Grau in seinen. »Aber ich bin auch nicht dumm. Vielleicht hast du es vergessen. Ich bin nicht völlig unbeleckt, was dich angeht. Ich habe die Parade deiner ... äh ... Damen bereits miterlebt.« Ihre Verachtung ließ sich nicht ganz kaschieren. »Es war ein ziemlich interessanter Teil meiner Erziehung, dich dabei zu beobachten, wie schnell du die Karten ziehst, mischst und ablegst. Ich ziehe meine eigenen Karten«, fügte sie hinzu. Dass er noch immer schwieg, machte sie nur wütend. »Und ich übernehme auch das Ablegen. Such dir also jemand anders, wenn du deinem pompösen Ego schmeicheln musst.«

Er grinste, und als er sprach, klang seine Stimme heiter und amüsiert. »Du hast wirklich noch immer ein überschäumendes Temperament, Foxy. Du hast ein helles Köpfchen, bist neugierig und verströmst Energie aus jeder Pore. Innerhalb einer Stunde hast du Newman durchschaut, und dann wird er dich zu Tode langweilen.«

»Sollte das passieren, ist es mein Problem«, fauchte sie und erinnerte sich daran, ihren Arm loszureißen.

»Richtig«, stimmte er aufgeräumt zu und raubte ihr die Chance, das letzte Wort zu haben, indem er sie einfach stehen ließ.

Aufgebracht wirbelte Foxy herum und wollte in die entgegengesetzte Richtung davonstapfen. Mit einem leichten Schrecken sah sie, dass sich die Haupttribüne schnell füllte. Die Zeit lief ihr davon. Verärgert eilte sie hinüber zur Boxengasse.

Während Pam einen der Neulinge interviewte, hatte sie die ganze Zeit über die Szene zwischen Lance und Foxy beobachtet. Was gesprochen wurde, hatte sie nicht hören können, aber sie hatte die Emotionen deutlich erkannt, die über Foxys Gesicht gezogen waren. Und sie hatte es mit der Objektivität und der Neugier beobachtet, die ihr Beruf mit sich brachte. Irgendetwas spielte sich zwischen den beiden ab, etwas Körperliches. Man brauchte die beiden nur zusammen zu sehen. Ebenso sicher war Pam, dass Foxy sich dagegen sträubte wie ein störrischer Esel, aber aus diesem Scharmützel von vorhin war sie eindeutig als Zweiter hervorgegangen.

Lance Matthews war Pam auf Anhieb sympathisch gewesen. Sie tendierte dazu, die Menschen auf den ersten Blick einzuschätzen, um sich dann den besten und direktesten Zugang zu ihnen zu überlegen. Ihre gute Menschenkenntnis, mit der sie selten danebenlag, war ihr auf dem beruflichen Weg nach oben unerlässlich gewesen. Lance Matthews schien ihr ein Mann zu sein, der Konventionen nicht unbedingt gering schätzte, aber seine eigenen befolgte. Er wäre für Männer und Frauen gleichermaßen interessant, einfach deshalb, weil er so viel zu geben hatte. Er besaß Stärke und Selbstsicherheit und strahlte eine enorme Sinnlichkeit aus. Als Freund wäre er sicherlich unentbehrlich, und als Liebhaber musste er beängstigend sein.

Der Neuling, in seliger Unwissenheit hinsichtlich Pams Überlegungen, beantwortete weiter ihre Fragen. Pam rundete das Ganze schließlich ab. Den Blick auf Lance' Rücken gerichtet, bedankte sie sich bei dem jungen Mann für das Interview, wünschte ihm viel Glück und eilte davon.

»Mr. Matthews!«

Lance drehte sich um. Er sah eine kleine Blondine mit einem Puppengesicht und makellos gekleidet in einem grauen Hosenanzug, ein Aufnahmegerät über der einen, eine Handtasche über der anderen Schulter, auf sich zurennen. Neugierig wartete er ab, bis sie bei ihm angekommen war. Mit einem atemlosen Lächeln blieb Pam vor ihm stehen.

»Mr. Matthews, ich bin Pam Anderson.« Die Nägel der Hand, die sie ihm hinstreckte, waren babyrosa lackiert. »Ich schreibe eine Artikelserie über Autorennen. Vielleicht hat Foxy meinen Namen ja schon erwähnt.«

»Hallo.« Lance hielt die dargebotene Hand einen Moment fest und musterte Pam genauer. Er hatte jemand Robusteren erwartet. »Auf Kirks Party müssen wir uns wohl verpasst haben.«

»Sie waren verschwunden, bevor ich mir einen Weg durch die Menge zu Ihnen bahnen konnte.« Pam hatte sich für Offenheit entschieden. »Foxy war übrigens auch verschwunden.«

»Sie sind eine gute Beobachterin.« Nur ein Anflug von Missmut war in seiner Stimme zu hören, Pam erkannte es dennoch und war zufrieden mit sich. Jetzt hatte sie seine volle Aufmerksamkeit.

»Unsere Freundschaft ist noch frisch, aber ich mag Foxy sehr. Und ich weiß auch, wann ich meine Nase nicht in anderer Leute Angelegenheiten zu stecken habe.« Abwesend strich sie sich die Strähne fort, die ihr der Wind in die Augen geweht hatte. »Beruflich bin ich nur an dem Rennen interessiert und an sämtlichen Aspekten, die damit zu tun haben. Ich hoffe, Sie werden mir dabei helfen. Sie wissen nämlich nicht nur, wie es ist, einen Rennwagen für die Formel 1 zu entwickeln und zu besitzen, sondern auch, wie es ist, einen zu fahren. Außerdem kennen Sie diese Strecke ebenso, wie Sie die Konstruktionseigenschaften eines Indy Car kennen. Und dass Sie nicht nur eine Berühmtheit in der Rennwelt sind, sondern auch auf dem gesellschaftlichen Parkett gern gesehen sind, wird der Artikelserie enormes Interesse sichern.«

Irgendwann während Pams kleiner Rede hatte Lance die Hände in die Taschen geschoben. Er wartete volle zehn Sekunden, um sicher zu sein, dass sie auch wirklich nichts mehr sagen wollte, bevor er sich ein leises Lachen erlaubte. »Vor ein paar Minuten habe ich mich noch gefragt, ob Sie wirklich dieselbe Pam Anderson sind, die die Enthüllungsserie über die Missstände in unserem Strafsystem geschrieben hat.« Er deutete eine Verbeugung mit dem Kopf an, was Pam als Zustimmung wertete. »Jetzt bin ich mir sicher. In den kommenden Monaten werden wir genug Zeit haben, um uns zu unterhalten.« Pam verfolgte mit, wie sein Blick zu Foxy wanderte, die an einen Zaun gelehnt mit Kamera und Objektiven hantierte. Und sie erlebte die Geburt seines berüchtigten Lächelns mit. »Viel Zeit sogar.« Als er das Gesicht wieder zu ihr wandte, wurde das Lächeln breiter und offener. »Was wissen Sie über das Indy 500?«

»Das erste Rennen fand 1911 statt, der Sieg wurde mit einer Durchschnittsgeschwindigkeit von 74,602 Meilen pro Stunde errungen. Ursprünglich war die Strecke mit Ziegelsteinen gepflastert, deshalb wird der Ring heute auch noch immer ›Old Brickyard‹ genannt. Es ist ein Hochgeschwindigkeitsrennen, bei dem der Fahrer in den höchsten Gang schaltet und dort auch bleibt. Es ist ein ganz eigenes Rennen; trotzdem gibt es viele Ähnlichkeiten zwischen einem Formel-1-Wagen und einem Indy Car. Es gibt auch eine Reihe von Fahrern, die sowohl am Indy 500 als auch am Grand Prix teilgenommen haben … unter anderem auch Kirk Fox. Die Autos hier werden mit einem Alkoholgemisch betankt, was ein Feuer besonders gefährlich macht, weil es keine Flammen gibt.«

Bei den mit der Schnelligkeit eines Computers aufgelisteten Informationen musste Lance grinsen. »Sie haben Ihre Hausaufgaben gemacht.«

»Oh, die Fakten kenne ich«, stimmte sie zu. Sein direkter Blick gefiel ihr. »Aber Fakten erzählen nie die ganze Geschichte. Sechsundvierzig Fahrer verunglückten tödlich bei diesem Rennen, aber davon nur drei in den letzten zehn Jahren. Wieso?«

»Die Wagen sind sicherer geworden«, antwortete Lance. »Früher hat man sie wie Schlachtschiffe konstruiert. Bei einem Unfall blieben sie ganz, und der Fahrer bekam die volle Wucht ab. Heute ist es die Unschwere der Autos, die Leben schützt. Die Teile fallen praktisch um den Fahrer herum auseinander und halten somit die Wucht des Aufpralls von ihm fern. Die Haftung ist massiv verbessert worden, und die Fahrer sind heute von Kopf bis Fuß in feuerfeste Kleidung gehüllt.« Der Rennstart rückte immer näher. Lance führte Pam in Richtung der Start- und Ziellinie.

»Also sind Autorennen sicher geworden?«, fragte Pam. Ihr Blick war so offen, wie ihre Stimme sanft war.

Und wieder schenkte Lance ihr seine volle Aufmerksamkeit. Sie war eine sehr clevere Lady. »Das habe ich nicht behauptet. Heute ist es sicherer, aber das Risiko wird immer bleiben. Und ohne das Risiko wäre das Indy 500 ja auch nichts anderes als ein paar Autos, die im Kreis herumfahren.«

»Aber der Gedanke an einen möglichen Unfall ist heute nicht mehr so furchterregend wie früher?«

Grinsend schüttelte Lance den Kopf. »Ich bezweifle, dass die Fahrer überhaupt an einen Unfall denken. Würden sie es, dann würden sie wahrscheinlich gar nicht an den Start gehen. So etwas passiert immer nur den anderen, nie einem selbst. Und wenn man daran denkt, dann akzeptiert man es als eine der Regeln des Spiels. Ein Unfall ist auch eigentlich nie die größte Angst, die ist das Feuer. Es gibt keinen Rennfahrer auf dieser Welt, der nicht eine tief sitzende Angst vor einem Brand hat.«

»Was geht in einem Fahrer vor, wenn ein anderer verunglückt und er weiterfährt? Was fühlt man dann?«

»Nichts«, antwortete er schlicht. »Man kann es sich nicht leisten. Im Cockpit ist kein Raum für Gefühle.«

»Nein, sicher nicht.« Sie nickte. »Das kann ich verstehen. Aber eines verstehe ich dennoch nicht. Das Warum.«

»Warum?«

»Warum zwängen Menschen sich in ein Auto und rasen in halsbrecherischem Tempo über eine Rennstrecke? Warum riskieren sie es, verletzt oder gar getötet zu werden? Was bewegt einen Menschen dazu?«

Mit gerunzelter Stirn sah Lance auf den Ring. »Das ist ganz unterschiedlich. Vermutlich gibt es ebenso viele Motive, wie es Fahrer gibt. Der Rausch, die Herausforderung, das Geld, das Prestige, die Geschwindigkeit. Geschwindigkeit kann zur Sucht werden. Man will sich selbst beweisen, will seine Fähigkeiten bis an die Grenzen testen. Und natürlich spielt da auch das Ego mit, wie bei jedem Sport.« Als er sich zu Pam zurückdrehte, sah er Kirk ins Sonnenlicht treten. »Die Fahrer haben alle unterschiedliche Vorstellungen und Bedürfnisse, aber eines ist ihnen gemein – sie alle wollen gewinnen.«

Foxy ging um den Wagen herum und fotografierte, während Kirk im Cockpit festgeschnallt wurde. Er zog die Wollmütze über seinen Kopf, und bis er den Helm aufsetzte, sah er aus wie ein mittelalterlicher Ritter, der sich auf sein Turnier vorbereitete. Er beantwortete Charlies Fragen mit einsilbigen Worten oder mit einem knappen Nicken. Seine Konzentration war längst auf das Rennen ausgerichtet. Unter dem Helmvisier blickten seine Augen starr geradeaus, seine Miene wirkte völlig ausdruckslos. Ihn umgab eine Aura des Losgelöstseins, nicht nur von den Leuten, die um den Wagen herumstanden, sondern auch von sich selbst. Foxy spürte seine Distanz zum Rest der Welt, und mit ihrer Kamera fing sie diesen Zustand ein. Als sie sich wieder aufrichtete, sah sie Lance auf die Gruppe zukommen, der sich dann zu ihrem Bruder hinunterbeugte.

»Ich setze eine Kiste Scotch, dass du den Rekord nicht brichst.«

Sie nahm Kirks unmerkliches Nicken wahr und wusste, er hatte die Herausforderung akzeptiert. Sie würde ihn zu Bestleistungen anspornen. Über den Wagen hinweg betrachtete sie Lance. Ihr wurde klar, dass er ihren Bruder besser kannte, als sie ihm zugestanden hatte. Jetzt hob er den Kopf, und ihre Blicke trafen sich, als der Motor des Rennwagens aufheulte.

Während Kirk auf die Bahn zur Startlinie fuhr und die Pole-position einnahm, verschwand Foxy im Dunkel der Garage.

Die letzten Takte von »Back Home Again In Indiana« verklangen, tausend bunte Luftballons stiegen in die Luft, und die Menge applaudierte jubelnd. Selbst meilenweit von der Rennstrecke entfernt würden die Menschen nun wissen, dass das Indy 500 auf dem Motor Speedway begonnen hatte. Jetzt folgte die offizielle Anweisung über die großen Lautsprecher und übertönte den Jubel der Menschenmenge.

»Gentlemen, starten Sie Ihre Motoren!«

Auf der Startlinie schoss die Erregung gleichzeitig mit den Umdrehungen in die Höhe. Die Ränge waren ein Gemisch aus Farben und Lärm, als die Wagen die erste Runde antraten. Das Tempo schien eher zivilisiert, die Autos, flache Blitze aus Farben und Werbeaufklebern, fuhren in geordneter Formation. In der Sonne schimmerten sie hell, die Umrisse waren deutlich zu erkennen. Allerdings hörte man jetzt kein Vogelgezwitscher mehr. Dann plötzlich scherte das Pace Car aus und fuhr von der Bahn ab.

»Es geht los«, murmelte Foxy, und Pam zuckte zusammen.

»Ich dachte schon, ich hätte dich verloren.« Pam schob ihre Sonnenbrille höher auf die Nase.

»Du hast doch nicht ernsthaft geglaubt, ich würde den Start verpassen, oder?« Auf ihrer Kamera steckte jetzt das Teleobjektiv, Foxy hatte es bereits auf die richtige Entfernung eingestellt. »Jeden Augenblick geht die grüne Flagge hoch.«

Pam fiel auf, dass Foxy blass war, doch bevor sie etwas anmerken konnte, explodierte die Luft um sie herum mit donnerndem Lärm. Mit professioneller Mühelosigkeit bannte Foxy Kirks weißen Wagen auf ihren Film.

»Wie schaffen sie das nur?« Pam sprach mehr zu sich selbst, doch Foxy senkte die Kamera und schaute zu ihr hin. »Wie können sie ein solches Tempo für fünfhundert Meilen durchhalten?«

»Sie wollen gewinnen«, erwiderte Foxy schlicht.

Der Nachmittag schritt voran, das Donnern setzte nie aus. Über der Hitze der Boxengasse waberte der Geruch von Benzin, Öl und Schweiß. Aus dem Feld von dreißig Wagen waren bereits zehn wegen technischer Probleme oder kleinerer Kollisionen liegen geblieben. Ein gebrochenes Getriebe, eine defekte Kupplung, nur der Sekundenbruchteil einer falschen Einschätzung bedeutete das Ende aller Hoffnungen. Pam hatte ihren Blazer ausgezogen, die Ärmel ihrer weißen Batistbluse aufgerollt und lief mit ihrem Aufnahmegerät durch die Boxengasse. Foxy blieb in der Sonne stehen. Schweiß rann ihr über den Rücken, das Baseballshirt klebte an ihrer Haut. Doch da lief noch etwas anderes zwischen ihren Schulterblättern herunter, etwas, das sie sich versteifen und umdrehen ließ. Lance stand direkt hinter ihr. Den Blick auf die Rennstrecke gerichtet, die wie ein Tal zwischen den Tribünen lag, war er es, der als Erster sprach.

»Er geht jetzt in die fünfundachtzigste Runde.« Lance hielt einen Becher mit einem kalten Getränk in der Hand, den er Foxy anbot, ohne den Blick von der Strecke zu nehmen. Leicht verblüfft über seine Gefälligkeit, nahm Foxy den Becher an und trank.

»Ja, ich weiß. Er hat fast eine ganze Runde Vorsprung vor Johnson. Hast du seinen Durchschnitt gestoppt?«

»Etwas über 190.«

Foxy verfolgte mit, wie Kirk sich durch eine dichte Traube von Autos schob. Sie hielt den Atem an, als er eng die Kurve schnitt und den nächsten Fahrer überholte. Da starrte sie lieber auf die Eiswürfel in dem Becher und nahm noch einen Schluck. »Du hast wirklich eine hervorragende Boxencrew zusammengestellt. Das letzte Auftanken habe ich mit unter zwölf Sekunden gestoppt. Damit haben sie Kirk einen erheblichen Vorteil ermöglicht. Und der Wagen ist ganz offensichtlich schnell, technisch hochwertig und lässt sich bestens handhaben.«

Langsam richtete Lance die Augen auf sie. »Wir wissen doch beide, dass der Erfolg auf Teamwork aufgebaut ist.«

»Nur da draußen auf dem Ring nicht«, widersprach Foxy. »Da draußen liegt es ganz allein bei Kirk, nicht wahr?«

»Du stehst schon zu lange.« Bei Lance' leiser Stimme wandte Foxy ihm das Gesicht zu. »Warum setzt du dich nicht eine Weile hin?« Fast konnte er die Kopfschmerzen hinter ihren Schläfen pochen sehen. Und dann überraschte er sie beide, als er in einem Anfall von seltener Zärtlichkeit seine Hand an ihre Wange legte. »Du siehst müde aus.« Er ließ die Hand sinken, steckte sie in die Tasche.

»Nein, das geht jetzt nicht. Ich kann nicht.« Die Wärme an ihrer Wange hatte sie aufgewühlt, sie wandte sich ab. »Nicht solange das Rennen nicht vorbei ist. Du weißt schon, dass du den Scotch verlierst, oder?«

»Das hoffe ich.« Er fluchte plötzlich, sodass sie sich mit einem Ruck wieder zu ihm drehte. »Es gefällt mir nicht, wie Nummer 15 den ersten Turn nimmt. Er kommt der Wand jedes Mal näher.«

»Die 15?« Mit zusammengekniffenen Augen suchte Foxy nach dem Wagen. »Das ist einer von den Frischlingen, oder? Der Bursche aus Long Beach.«

»Der ›Bursche‹ ist ein Jahr älter als du«, murmelte Lance. »Aber er hat nicht genug Erfahrung, um so nahe heranzugehen. Er wird die Kontrolle verlieren.«

Nur Sekunden später näherte sich Nummer 15 wieder dem ersten Turn, und dieses Mal kam er viel zu nahe an die unnachgiebige Wand heran. Funken flogen, als die hinteren Reifen mit der massiven Barriere kollidierten. Der Wagen geriet außer Kontrolle und schleuderte wild um die eigene Achse. Fiberglasstücke flogen durch die Luft, als drei der folgenden Wagen dem Unfallwagen in Zickzacklinien auswichen. Einen von ihnen hätte fast das gleiche Schicksal ereilt, er schleuderte und schlidderte, bevor die Reifen wieder auf dem Asphalt griffen. Die gelbe Flagge wurde geschwenkt, als Nummer 15 sich überschlug und schließlich auf dem inneren Ring liegen blieb. Sofort waren Notarztteam und Leute mit Feuerlöschern zur Stelle.

Wie immer, wenn sie Zeuge eines Unfalls wurde, überkam Foxy eine eiskalte Ruhe. Weder dachte noch fühlte sie. In der Sekunde, als der Wagen mit der Mauer in Kontakt gekommen war, hatte sie ihre Kamera in Anschlag gebracht und blitzschnell ein Foto nach dem anderen von dem Unfall aufgenommen. Sie hatte emotionslos den Fokus gesetzt, Belichtung und Schärfe eingestellt. Eines dieser Fotos würde die perfekte Studie des Unfalls werden. Erst als der Fahrer aus dem Wrack kletterte und mit hoch erhobenen Armen winkte, um den Zuschauern auf den Rängen zu zeigen, dass er unverletzt war, atmete Foxy erleichtert durch.

»Großer Gott! Wie kann ein Mensch heil und in einem Stück aus einem solchen Wrack kriechen?«, hörte Foxy Pam sagen, während sie weiter die Arbeiten der Rettungsleute auf dem Innenring dokumentierte.

»Wie ich Ihnen schon sagte, die leichten Autos von heute und die verbesserte Aufhängung haben mehr als einem das Leben bei einem Rennen gerettet«, antwortete Lance auf Pams Ausruf, wobei er jedoch unablässig zu Foxy schaute. Ihr Gesicht hatte alle Farbe verloren, als sie die Kamera sinken ließ.

»Aber nicht allen«, sagte sie. Nur verschwommen sah sie, wie Kirks Wagen an der Tribüne vorbeiraste. »Und nicht immer.« Langsam kehrte Wärme in sie zurück. »Du solltest den

Fahrer interviewen. Er wird dir aus erster Hand eine Beschreibung liefern können, wie es ist, wenn man sein Leben mit zweihundert Meilen pro Stunde an sich vorbeirauschen sieht.«

»Ja, das werde ich.« Pam warf einen abschätzenden Blick auf Foxy, doch sie sagte nichts und ging los, um den Fahrer zu finden.

Foxy strich sich eine Strähne aus dem Gesicht, die Kamera baumelte um ihren Hals. »Ich vermute, beim nächsten Mal wird Nummer 15 mehr Respekt vor dem ersten Turn zeigen.«

»Du bist ziemlich abgebrüht dieser Tage, oder, Fox?« Unter zusammengezogenen Brauen schauten stahlharte Augen sie an. Foxy kannte diesen Blick noch, ein Schauder erfasste sie.

»Fotografen müssen gute Nerven haben.« Sie hielt seinem grimmigen Blick stand, ohne mit der Wimper zu zucken. Sie wusste aber auch, dass Ärger zu eiskalter Wut werden konnte. Wenn das geschah, war Lance gefährlich.

»Und Gefühle sind unnötig?« Er fasste den Gurt ihrer Kamera und zog sie näher zu sich heran. »Da saß ein Mann in dem Wagen. Aber du hast keine einzige Einstellung verpasst.«

»Was hätte ich deiner Meinung nach tun sollen?«, schleuderte sie zurück. »Hysterisch werden? Die Hände vors Gesicht schlagen? Ich habe schon vorher Unfälle gesehen. Unfälle, bei denen niemand einfach aufgestanden und gegangen ist, bei denen es nichts anderes zu sehen gab als haushohe Flammen. Ich habe gesehen, wie man dich und Kirk bei den Schultern unter zerbeulten Autoteilen hervorgezogen hat. Du willst Gefühle?« Jähe Wut ließ ihre Stimme laut werden. »Dann such dir jemanden, der nicht mit dem Geruch von Benzin und Tod aufgewachsen ist.«

Lance musterte sie schweigend. Farbe war in ihre Wangen zurückgekehrt, und ihre Augen glitzerten wie das vom Sturm aufgewühlte Meer. »Die Lady ist ganz schön hart im Nehmen, was?« In seiner Stimme schwang verächtliche Amüsiertheit mit – ein Tonfall, den Foxy unerträglich fand.

»Gut erkannt!«, fauchte sie und schob ihr Kinn vor. »Und jetzt nimm deine Finger von meiner Kamera!«

Das Erste, was sich bei ihm bewegte, war die linke Augenbraue, was wohl so etwas wie Humor oder Nachgeben ausdrücken sollte. In einer übertriebenen Geste hob Lance beide Hände vor sich in die Luft. Aber er trat keinen Schritt zurück; sie standen noch immer nur Zentimeter entfernt voreinander. »Sorry, Fox.« Doch sie kannte ihn gut genug, um den Ärger in seiner Stimme zu hören. In ihrer eigenen Wut zwang sie sich, es zu ignorieren.

»Lass mich einfach in Ruhe!« Sie wollte an ihm vorbeigehen, doch er stellte sich ihr in den Weg.

»Nur noch einen Moment.« Bevor sie ahnte, was er vorhatte, schob er die Kamera auf ihren Rücken und zog sie in seine Arme.

Noch bevor sie den Mund öffnen konnte, um zu protestieren, lagen seine Lippen auch schon auf ihren. Foxy war überrumpelt. Doch anstatt Lance von sich zu stoßen, krallten sich ihre Finger in seine Oberarme. Sie wollten einfach dem Befehl nicht gehorchen, den der Verstand ihnen zurief. Ihr Mund erwiderte den Kuss, obwohl der Befehl lautete, kalt und unnachgiebig zu bleiben. Das Feuer loderte genauso jäh und heiß auf wie an dem Abend auf der Hollywoodschaukel. Foxy konnte es nicht leugnen: Auch wenn ihr Verstand und ihr Herz ihr gehörten – ihr Körper gehörte Lance. Nie zuvor hatte sie solche Perfektion in einer Berührung gefunden, solche Intimität, solche Leidenschaft. Sie schlang die Arme um seinen Hals und schmiegte sich an ihn. Das Heulen der Hochleistungsmotoren hallte in ihrem Kopf, dann verlor es sich in der Flut von Leidenschaft und Verlangen. Die umstehenden Menschen verblassten, verschwanden gänzlich aus ihrer Welt, als sie sich noch enger an ihn presste. Sie verlangte mehr von ihm und gab ihm alles von sich. Letztendlich war es Lance, der sich von ihr löste. Noch immer standen sie eng umschlungen, die Gesichter nah, ihre Körper miteinander verschmolzen. Lance schaute sie durchdringend und fragend an.

»Vermutlich wirst du mir jetzt sagen, ich hätte das nicht tun sollen.«

»Würde es einen Unterschied machen, wenn ich es täte?« Ihre Knie wollten beben, doch Foxy drückte sie eisern durch.

»Nein«, erwiderte er, »würde es nicht.«

»Könntest du mich jetzt bitte loslassen?« Foxy war stolz auf sich, dass ihr dieser kühle, beherrschte Tonfall gelang, wenn doch in ihrem Magen Tausende von aufgescheuchten Schmetterlingen wild herumflatterten.

»Für den Moment«, gestand er zu. Er löste die Umarmung und legte seine Hände dafür um ihre Taille. »Ich kann jederzeit da weitermachen, wo ich aufgehört habe.«

»In letzter Zeit übertrifft deine Unverschämtheit sogar noch deine Arroganz, Lance.« Entschieden stieß sie seine Hände fort. »Ich weiß nur noch nicht, was widerwärtiger ist.«

Lance grinste nur und versetzte ihr einen fast brüderlichen Nasenstüber. »Du bist richtig süß, wenn du dich so würdevoll gibst, Foxy.« Über ihre Schulter sah er Kirk von der Bahn in die Boxengasse einfahren. »Kirk kommt gerade rein. Mit ein bisschen Glück wird die zweite Hälfte des Rennens ebenso glatt verlaufen wie die erste.«

Sie weigerte sich, irgendeine seiner Bemerkungen mit einer Antwort zu würdigen, zog nur ihre Kamera wieder an den richtigen Platz nach vorn und ging davon. Lance steckte die Hände in die Hosentaschen, wippte auf den Fersen und sah ihr nach.

Nur die Hälfte der Teilnehmer hielt bis zum Ende durch. Foxy hatte gewusst, dass Kirk gewinnen würde. In der kurzen Pause in der Box hatte sie sein Gesicht gesehen und die Entschlossenheit, gepaart mit der Anstrengung, in seiner Miene erkannt. Die Wagen schimmerten nicht mehr im Sonnenlicht, der Lack war staubbedeckt und stumpf. Nachdem die schwarz-weiße Flagge niedergegangen war, sah Foxy zu, wie Kirk noch seine Siegerrunde fuhr, begleitet von dem donnernden Jubel der Zuschauer. Alle in der Gasse kamen herbeigestürmt. Wenn Kirk nach der Runde hier einfuhr, war er bereit, die Glückwünsche seiner Bewunderer entgegenzunehmen. Seine Augen würden dann nicht mehr leer blicken, seine Lippen würden sich zu dem jungenhaften Grinsen verziehen, das ihm so leichtfiel, und Spannung und Anstrengung würden dann auf magische Weise von ihm abfallen. Unermüdlich würde er Interviews und Autogramme geben und Hände schütteln. Der Staub und der Schweiß, die ihn von oben bis unten bedeckten, waren seine Medaille, der Nachweis seines Erfolges. Er würde alles auskosten und sein System wieder aufladen. Und dann gehörte es für ihn auch schon wieder zur Vergangenheit. In zwei Tagen machten sie sich auf die Reise nach Monaco für die Qualifikation, und das Indy 500 wäre dann für Kirk nicht mehr als ein paar Zeitungsausschnitte. Für ihn zählte immer nur das nächste Rennen.

4. KAPITEL

Monte Carlo schmiegt sich zwischen bewaldete Hügel und das kristallklare Wasser des Mittelmeers. Die Häuser stehen eng zusammen, Wolkenkratzer reihen sich an elegante alte Villen. Hier herrscht die Atmosphäre – wenn auch nicht die Größe – einer Großstadt; gleichzeitig umgibt das kleine Fürstentum die Aura eines Märchens.

Es waren vor allem die Farben, die Foxy faszinierten. Das Weiß und die Pastellfarben der Gebäude, das tiefe Grün und Braun der Hügel und das intensive Blau des Meeres. Üppige Blumen und Palmen sorgen für eine Prise Exotik. Vom Meer und den zerklüfteten Felsen weht stetig eine warme Brise. Die Romantikerin in Foxy verliebte sich sofort in Monte Carlo.

Da Kirk voll mit dem Qualifikationsrennen beschäftigt war und Pam mit ihren Interviews und dem Einfangen des Lokalkolorits, fand Foxy sich häufiger in der Gesellschaft von Scott Newman wieder. Er war nett, aufmerksam, intelligent und – sosehr sie es auch hasste, zugeben zu müssen, dass Lance recht gehabt hatte – langweilig. Scott plante zu detailliert, überlegte zu sorgfältig und hielt sich für Foxys Geschmack zu genau an die Vorgaben. Jede ihrer Verabredungen mit ihm, ganz gleich wie locker, verlief nach einer genauen Agenda. Scotts Aufzug war immer perfekt, teilweise sogar elegant, und so waren auch seine Manieren. Bei Scott, davon war Foxy absolut überzeugt, würde es nie eine Katastrophe geben, niemals Gefahren und keine Überraschungen. Mehr als einmal meldete sich ihr schlechtes Gewissen, wusste sie doch, dass ihr Charakter keineswegs so makellos war wie seiner. Scott war der Ritter auf dem Schlachtross, der jeden Tag Jungfern in Not rettete und danach seine Rüstung wieder auf Hochglanz polierte.

Rastlos wanderte Foxy von einem Fenster zum nächsten und ging ihre Analyse noch einmal durch, begleitet von dem leisen Stakkato von Pams Schreibmaschine. Da draußen in der Bucht von Monaco lagen Boote jeder Größe und jeden Typs vor Anker oder liefen gerade aus dem Hafen aus. Sie musste daran denken, dass während eines Qualifikationslaufs ein Wagen aus einer Kurve geflogen und mitten zwischen den Booten im Wasser gelandet war. Sie drehte sich vom Fenster ab und sah eine Weile auf Pams Finger, die über die Tastatur flogen. Der Tisch, an dem Pam arbeitete, war übersät mit Zetteln, Unterlagen und Kassetten. Vermutlich gab es durchaus eine Ordnung in diesem Durcheinander, die aber nur Pam kannte.

»Gehst du heute Abend ins Casino?«, fragte Foxy. Sie fühlte sich ruhelos und unzufrieden.

»Hm, nein … Ich will diesen Teil noch fertig machen.« Pam tippte im gleichen Rhythmus weiter. »Gehst du mit Scott hin?«

Mit gerunzelter Stirn ließ Foxy sich in einen Sessel fallen und schwang die Beine über die Lehne. »Ja, wahrscheinlich schon.«

Bei Foxys griesgrämigem Ton seufzte Pam und hörte mit dem Tippen auf. Foxy zog einen Schmollmund. Die Brauen hatte sie über düsteren Augen zusammengezogen, die roten Locken fielen ihr über die Schultern. Mit einem Mal kam Pam sich uralt vor.

»Na schön.« Sie stützte die Ellbogen auf die Tischplatte und legte das Kinn auf die verschränkten Finger. »Sag Mama, was los ist.« Angesichts ihres betont milden Tonfalls schoss Foxys Kinn prompt vor. Als sie jedoch Pams amüsiertes, mitfühlendes Lächeln sah, verpuffte ihr Trotz.

»Ich benehme mich wie ein Trottel«, gestand Foxy mit einem selbstkritischen Lachen. »Und ich weiß nicht einmal, warum. Ich liebe Monte Carlo. Es ist das perfekteste, das romantischste, das exotischste Fleckchen im ganzen Universum. Und was noch besser ist ... ich werde dafür bezahlt, dass ich hier bin. Ich habe einen gut aussehenden Mann um mich herum, der mir jeden Wunsch von den Augen abliest, und ich bin ...« Sie holte tief Luft und schwenkte ihre Arme zu einem alles umschließenden Kreis.

»... gelangweilt«, beendete Pam den Satz. Sie hob ihre Tasse, nippte daran und verzog bei dem kalt gewordenen Kaffee das Gesicht. »Du musst praktisch nur mit Scotts Gesellschaft auskommen. So nett er auch ist, der anregendste Begleiter ist er nicht gerade. Kirk ist ausgelastet, ich bin auch beschäftigt, und Lance ...«

»Auf Lance' Gesellschaft kann ich verzichten«, behauptete Foxy viel zu schnell. Die Falte auf ihrer Stirn wurde tiefer. Sich nicht mit Lance Matthews abgeben zu müssen war ein Segen, kein Problem.

Einen Moment lang sagte Pam nichts. Sie erinnerte sich an den stürmischen Kuss der beiden, den sie auf dem Indianapolis Speedway beobachtet hatte. »Wie auch immer«, hob sie schließlich vorsichtig an, »du fühlst dich verlassen.«

»Scott ist wirklich nett.« Irgendwie rechtfertigte Foxy damit sowohl Scott wie auch sich selbst. »Und er drängt auch nicht. Ich hab von Anfang an klargemacht, dass ich nicht an einer ernsten Beziehung interessiert bin, und das hat er akzeptiert. Er hat nichts dagegen einzuwenden.« Foxy schwang sich aus dem Sessel und begann im Zimmer auf und ab zu gehen. »Er versucht nicht, mich in sein Bett zu locken, er verliert nie die Beherrschung, er kommt nie zu spät, er tut nie etwas Unverschämtes.« Foxy musste an die beiden Male denken, als Lance sie geküsst hatte. Beide Male hatte er ihren Protest übergangen. »Ich fühle mich wohl mit ihm.« Sie funkelte Pam an, forderte sie heraus zu widersprechen.

»Mit meinen blauen Pantöffelchen fühle ich mich auch wohl.«

Foxy wäre jetzt sehr gern wütend geworden, stattdessen entschlüpfte ihr ein Kichern. »Das ist gemein.«

»Du bist nicht für eine Beziehung geschaffen, in der du dich nur wohlfühlst.« Pam spielte mit einem Bleistift und starrte nachdenklich auf die Spitze. »Genau wie dein Bruder brauchst auch du die Herausforderung.« Sie schüttelte die kurze düstere Stimmung ab, hob den Kopf und lächelte. »Also, was nun Lance Matthews angeht …«

»Stopp!«, unterbrach Foxy sofort und hob die Hand wie ein Verkehrspolizist. »Genau da hörst du auf. Ich suche vielleicht nicht nach Bequemlichkeit, aber ein Nagelbett will ich auch nicht.«

»War ja nur ein Gedanke«, lenkte Pam ein. »Ich bezweifle nämlich, dass du dich mit ihm je langweilen oder dich nur *wohl*fühlen würdest.«

»Weißt du, behagliche Langeweile hört sich plötzlich immer besser an«, kam es von Foxy. »Um genau zu sein«, fügte sie hinzu, als sie zur Tür ging, »ich werde mich heute Abend großartig amüsieren. Gut möglich, dass ich ein Vermögen beim Roulette gewinne. Ich spendiere dir dann morgen beim Rennen einen Hotdog von meinem Gewinn!« Sie winkte Pam zu und zog die Tür hinter sich zu.

Sobald sie allein war, erstarb das Lächeln auf Pams Gesicht. Minutenlang starrte sie auf das eingespannte Blatt in der Schreibmaschine. Kirk Fox, so stellte sie fest, wurde langsam zu einem Problem. Nicht, dass er auch nur den kleinsten Annäherungsversuch seit seiner arroganten Ankündigung auf der Party gemacht hätte. Er war viel zu konzentriert auf die Rennen, um ihre Anwesenheit überhaupt richtig wahrzunehmen. Pam unterdrückte die Irritation, die sich aufgrund dieser Tatsache in ihr melden wollte, und klopfte den unbeschriebenen Blätterstapel neben sich gerade. Und dann flatterten da ja auch ständig all diese Frauen um ihn herum. Pam schnaubte leise. Mit einem Achselzucken begann sie wieder zu tippen. Mit etwas Glück, dachte sie, während sie auf die Tasten einhämmerte, bleibt er die ganze Saison so beschäftigt.

Foxy hatte ein schlechtes Gewissen wegen ihrer Kommentare über Scott, und deshalb machte sie sich besonders sorgfältig für den Abend zurecht. Sie wählte ein kleines Schwarzes aus Jersey, das sich eng um ihre Figur schmiegte und ihre Schultern freiließ. Ihr Haar hatte sie hochgesteckt, sodass ihr Nacken freilag und nur einige zarte Strähnen ihr Gesicht umrahmten. Noch eine feine Silberkette um den Hals und ein Hauch Parfüm hinter die Ohren, und sie fühlte sich bereit und gewappnet für die Eleganz im Casino von Monte Carlo.

Gerade als sie die kleinen Notwendigkeiten in ihre Abendtasche sortierte, klopfte es an ihrer Zimmertür. Noch ein letzter Blick durch den Raum, dann ging sie, um Scott einzulassen. Und stand Lance Matthews gegenüber.

»Oh«, sagte sie nicht besonders geistreich und musste sofort daran denken, dass es ihr seit Indiana erfolgreich gelungen war, ihm aus dem Weg zu gehen. Ebenso abrupt wurde ihr bewusst, dass sie ihn noch nie in Abendgarderobe gesehen hatte. Sein Abendanzug war perfekt geschnitten und saß auf den breiten Schultern ohne die geringste Falte. Er sah anders aus, dennoch nicht weniger gefährlich. Für einen Moment war er ein Fremder – der Harvard-Absolvent, der Erbe des Matthews-Vermögens, der alteingesessene Anwohner auf Beacon Hill.

»Hallo, Fox. Darf ich hereinkommen, oder lässt du mich hier auf dem Korridor stehen?« Der spöttische Tonfall und das süffisante kleine Lächeln machten ihn wieder zu Lance. Foxy reckte die Schultern.

»Tut mir leid, Lance, aber ich wollte gerade gehen.«

»Unverblümt und schön?« Seine Augen funkelten amüsiert. »Das passt selten zusammen.« Er machte einen Schritt vor und fasste ihr Kinn, bevor sie Zeit hatte, etwas dagegen zu unternehmen. »Wir werden einen Cocktail vor dem Dinner nehmen müssen. Der Tisch ist erst für acht reserviert.«

Foxy trat zurück und stellte entsetzt fest, dass ihr Manöver Lance nur die Möglichkeit geboten hatte, ins Zimmer zu kommen. »Das wirst du mir wohl noch einmal erklären müssen.« Sie legte ihre Hand um die seine an ihrem Kinn, doch die ließ sich nicht bewegen.

»Uns bleibt eine volle Stunde bis zum Dinner«, sagte er. Lächelnd ließ er den Blick über ihr Gesicht wandern. »Aber vielleicht hast du ja eine Idee, wie wir die Zeit bis dahin herumbekommen?«

»Versuch's doch mit Patiencenlegen«, schlug sie ihm vor. »In deinem eigenen Zimmer. Und jetzt hätte ich gern mein Gesicht wieder zurück!«

»Hättest du?« Sein Ton war ganz männliche Zufriedenheit. »Wie schade. Ich bin eigentlich recht fasziniert davon.« Mit nur dem Anflug von Druck brachte er ihr Gesicht näher an seines heran, sein Blick glitt zu ihrem Mund und blieb dort haften. »Newman lässt sich entschuldigen«, sagte er leise und schaute ihr wieder in die Augen. »Ihm ist etwas … äh … dazwischengekommen. Hast du eine Stola?«

»Dazwischengekommen?«, wiederholte sie. Es brachte ihr keine Erleichterung, als er ihr Kinn losließ, denn jetzt legte er die Hände auf ihre bloßen Schultern. Sie hatte das Gefühl, dass die Temperatur in dem Raum um mindestens zehn Grad in die Höhe schnellte. »Wovon redest du überhaupt?«

»Newman musste feststellen, dass er doch keinen freien Abend hat. Es ist eine Schande, so hübsche Schultern zu bedecken, aber die Abende können hier im Juni noch recht kühl werden.« Sie standen einander jetzt näher als noch vor einem Moment. Wie Lance das gelungen war, hätte Foxy nicht sagen können. Und seine Hände lagen auch noch immer leicht auf ihren Schultern.

»Was meinst du damit, er hat den Abend doch nicht frei?«, verlangte sie zu wissen. Sie wollte zurücktreten, doch prompt wurde der Griff an ihren Schultern fester. Nicht sehr, aber eindeutig. Sein spöttisches Grinsen ließ ihr Temperament auflodern, zeitgleich beschleunigte sich auch ihr Puls. »Was hast du getan? Was hast du zu ihm gesagt? Er ist viel zu höflich, um eine Verabredung nicht persönlich abzusagen. Du hast ihn eingeschüchtert!«, schloss sie hitzig und funkelte ihn wütend an.

»Das hoffe ich doch, schließlich war das meine Absicht.« Er gestand sein Vergehen mit solcher Lässigkeit, dass Foxy zu stottern begann. »Hol deine Stola.«

»Meine … meine … ganz sicher nicht!«, stammelte sie.

»Wie du willst.« Er zuckte nur mit den Schultern und nahm sie bei der Hand.

»Wenn du glaubst, dass ich mit dir ausgehe …« Wütend versuchte sie, ihre Hand zurückzuziehen. »… dann sind bei dir einige Schrauben locker! Ich gehe nirgendwo hin.«

»Umso besser.« Er hielt sie bei der Taille fest. »Mir gefällt die Idee sowieso besser, hier in deinem Zimmer zu bleiben.« Bevor sie zurückweichen konnte, beugte er den Kopf und presste seine Lippen in ihre Halsmulde. Ihre Haut begann zu prickeln.

»Nein.« Sie hörte das Beben in ihrer Stimme und riss sich zusammen. Der Raum schien sich bereits zu drehen. »Du kannst nicht bleiben.«

»Der Zimmerservice hier ist wirklich exzellent«, murmelte er und knabberte an ihrem Ohrläppchen. »Du riechst wie ein Wald im Frühling. Frisch und verheißungsvoll.«

»Lance, bitte!« Das Denken fiel ihr immer schwerer, je länger sein Mund über ihre Haut fuhr und eine feine Spur kleiner Küsse daraufsetzte.

»Bitte – was?«, flüsterte er. Flüchtig strich er mit den Lippen über ihre. Seine Zungenspitze lockte ihre, bevor sie sich wehren konnte. Foxy spürte den Treibsand unter sich, spürte seinen Sog. Verzweifelt stieß sie sich von Lance ab und holte tief Luft.

»Ich habe Hunger«, sagte sie brüsk. Eine Bemerkung, die sie als taktisches Rückzugsmanöver einsetzte. Sie konnte nur hoffen, dass sie ihre Verletzlichkeit erfolgreich kaschierte. Mit einer lässigen Geste strich sie sich die Strähnen von den erhitzten Wangen. »Da du meinen Begleiter verschreckt hast, sollte ich wohl darauf bestehen, dass du mich zum Essen einlädst. In einem Restaurant!«, fügte sie hastig an, als er eine Augenbraue fragend in die Höhe zog. »Und dann wirst du mich ins Casino ausführen, so wie Scott es vorhatte.«

»Es wird mir ein Vergnügen sein«, erwiderte er mit einer leichten Verbeugung.

»Und ich«, sagte sie, jetzt, da sie sich aufgrund des Abstands zwischen ihnen wieder sicherer fühlte, »werde mein Bestes tun, um so viel von deinem Geld zu verlieren wie nur möglich.« Sie nahm den Seidenschal vom Bett, schlang ihn sich um die Schultern und stolzierte zum Zimmer hinaus. Fast eine volle Stunde lang gelang es ihr, kühl und distanziert zu bleiben.

Der Mond tauchte die Bucht von Monaco in silbernes Licht. Der Wind, draußen auf dem Meer geboren, wehte als leichte Brise landeinwärts und brachte sein ganz eigenes Parfüm mit.

Über der Terrasse des Restaurants hing der Himmel voller Sterne, Palmen wiegten sich raschelnd im Wind, begleitet von der Musik, die an die Tische getragen wurde. Die Melodie flackerte immer wieder sanft auf wie die Flammen der beiden edlen Kerzen, die ihren Schein über das weiße Tischtuch warfen. Zwischen den Kerzenhaltern stand eine schlanke Vase mit einer einzelnen roten Rose. Das Gemurmel der anderen Gäste verschwand aus der Realität. Foxy fiel es immer schwerer, sich gleichgültig zu geben, in einer Umgebung, die so sehr an ihre romantische Seele rührte. Vor allem sollte Lance sie als erwachsene und weltgewandte Frau ansehen und nicht als albernes Kind, das bei sanfter Musik und Sternenhimmel verträumte Augen bekam. Trotzdem hielt sie sich mit dem eisgekühlten Champagner zurück. Und bisher war es ihr auch gelungen, die Unterhaltung mit unpersönlichen Themen auf sicherem Gebiet zu halten.

»Mir fiel auf, dass Kirk gestern ein paar Probleme mit dem Wagen hatte.« Sie spießte eine Garnele auf die Gabel und tunkte sie abwesend in den Dip. »Ich hoffe, dass das behoben wurde?«

»Eine Motordichtung. Sie ist ersetzt worden.« Während er antwortete, schaute er sie über den Rand seines Glases an. Da lag ein Leuchten in seinen Augen, das Foxy dazu bewegte, doppelt auf der Hut zu sein.

»Schon erstaunlich, nicht wahr? Oft kann ein winziges Ding, ein einzelnes Teil oder eine übersehene Schraube, der entscheidende Faktor sein in einem Rennen, in dem Hunderttausende von Dollar auf dem Spiel stehen.«

»Ja, erstaunlich«, stimmte Lance ernsthaft zu, doch sein Grinsen strafte ihn Lügen.

»Wenn du dich über mich lustig machen willst ...« Sie hob ihr Kinn. »... stehe ich auf und gehe.«

»Dann müsste ich dich wohl wieder zurückholen.« Eine volle Minute lang musterte Foxy Lance mit zusammengekniffenen Augen, doch das schien ihn nicht zu stören. Er erwiderte ihren Blick, und um seine Lippen spielte dieses aufreibende Halblächeln.

»Ich bin mir sicher, das würdest du«, brummte sie mit unwilliger Bewunderung. Galante Ritterlichkeit gehörte sicherlich nicht zu Lance' Eigenschaften. Für den Moment hatte sie auch genug von Ritterlichkeit. »Sollte ich dann eine Szene machen und wir beide daraufhin in einer Zelle landen, wäre es dir völlig egal. Solange du nur deinen Kopf durchsetzt.« Seufzend nahm sie einen Schluck von ihrem Champagner. »Es ist schwer, gegen einen Mann anzukommen, der praktisch überhaupt keine Nerven hat. So bist du auch immer gefahren, daran erinnere ich mich noch.« Sie schürzte die Lippen, als sie an die Vergangenheit zurückdachte. »Du bist damals mit der gleichen zielstrebigen Intensität gefahren wie Kirk heute. Nur war dir eine Geschmeidigkeit zu eigen, die ihm noch fehlt. Er prescht vor, du hast abgewartet. Er ist feurig und ungestüm, du hast immer eiskalt und ruhig kalkuliert. Bei dir sah das Fahren immer völlig mühelos aus, so als wäre es überhaupt keine Anstrengung. Aber du bist auch gefahren, weil es dir Spaß gemacht hat.« Nachdenklich drehte sie den Stiel ihres Glases; das Sternenlicht brach sich tanzend im perlenden Champagner.

Interessiert musterte Lance sie genauer. »Und Kirk macht das Fahren keinen Spaß?«

»Spaß?« Die Verwunderung stand in ihren Augen zu lesen und war in ihrer Stimme zu hören. »Er lebt dafür. Das ist etwas ganz anderes. Spaß kommt erst viel weiter unten auf der Liste.« Sie neigte den Kopf, das Kerzenlicht fing sich in ihren Augen. »Du hast nie dafür gelebt, sonst hättest du es nicht schon mit dreißig aufgeben können. Und wenn Kirk hundert Jahre alt wird und man ihn zum Cockpit tragen muss … er wird immer noch Rennen fahren.«

»Scheint, als hättest du als Teenager mehr durchschaut, als ich dir zugestehen wollte.« Lance wartete, bis das Steak Diane serviert war, dann brach er ein Brötchen auseinander. »Du hast es immer gehasst, nicht wahr?«

Foxy sah ihm direkt in die Augen. »Ja«, gab sie zu und nahm das halbe Brötchen von ihm an. »Immer.« Nachdenklich schwieg sie, während sie Butter auf ihre Hälfte strich. »Lance, wie steht eigentlich deine Familie zu deiner Karriere als Rennfahrer?«

»Es ist ihnen peinlich«, antwortete er prompt. Foxy lachte leise, als sie wieder auf seinen Blick traf.

»Und du hast ebenso viel Spaß an ihrer Verlegenheit gehabt wie an den Rennen selbst, nicht wahr?«

»Wie ich schon sagte ...« Er hob sein Glas und prostete ihr zu. »... du bist sehr scharfsichtig.«

»Die Familien der Fahrer gehen alle anders mit den Rennen um. Es ist sogar schwerer, in den Boxen zu stehen, als da draußen auf dem Ring zu sein, weißt du das?« Wieder seufzte sie und schüttelte dann energisch die grüblerische Stimmung ab. »Ich nehme an, jetzt, da du die geschäftliche Seite übernommen hast, ist es deiner Familie nicht mehr peinlich.« Sie biss in das knusprige Brötchen. »Das ist wahrscheinlich akzeptabler, auch wenn du das Geld wahrlich nicht nötig hast.«

»Du hast dir doch vorgenommen, es heute Abend darauf anzulegen, dass ich es brauchen werde«, erinnerte er sie. »Dann solltest du jetzt besser dein Steak essen. Geld zu verlieren kostet mehr Energie, als Geld zu gewinnen.«

Mit einem verächtlichen Lächeln griff sie nach ihrem Besteck.

Der Abend war noch jung, als Foxy und Lance das Casino betraten, und Foxy musste feststellen, dass die gelassene Gleichgültigkeit, die sie aufgesetzt hatte, zu bröckeln begann. Die Kombination von Eleganz und Aufregung war einfach zu mächtig.

»Oh!« Begeistert ließ sie den Blick durch den Raum schweifen und drückte Lance' Arm. »Das ist ja fabelhaft!«

Überwältigend elegante Abendkleider glitzerten mit atemberaubenden Juwelen um die Wette. Die knappen Anweisungen der Croupiers übertönten das Stimmengewirr aller möglichen Sprachen in klarem Französisch. Und es gab noch so viele andere Geräusche, die sich hineinmischten: das Klicken der in den sich drehenden Glücksrädern hüpfenden Roulettekugeln, das leise Schaben der Croupierstäbe über Filz, das Blättern von Spielkarten, die gemischt und ausgeteilt wurden, das Knistern von Geldscheinen und das Klimpern von Münzen.

Lachend legte Lance Foxy den Arm um die Schultern. »Foxy, meine Liebe, deine Augen sind riesengroß und erschreckend naiv. Warst du denn bisher noch nie in einer solchen Lasterhöhle?«

»Amüsier dich ruhig über mich!« Sie war viel zu überwältigt, um beleidigt zu sein. »Es ist wunderbar hier!«

»Ah, aber Glücksspiel bleibt Glücksspiel, Fox, ob du nun mit einem Glas Champagner in einem Plüschsessel sitzt oder in einer dunklen Garage und Bier aus der Dose trinkst.«

»Du musst es ja wissen.« Sie legte den Kopf ein wenig schief und schaute ihm lachend in die Augen. »Ich erinnere mich noch gut an die Pokerrunden. Du hast mich nie mitspielen lassen.«

»Du warst eine frühreife Göre.« Er legte die Hand in ihren Nacken.

»Du hattest nur Angst, dass ich dich schlagen könnte.«

Er grinste breit und verschmitzt. Und Foxy gestand sich ein, dass sie froh war, mit Lance hergekommen zu sein statt mit Scott. Lance Matthews strahlte eine aufregende Energie aus, die Scott Newman nicht einmal andeutungsweise verstehen würde.

»Wie groß deine Augen sind!«, murmelte Lance und ließ seine Finger auf ihrer Haut liegen. »Was geht hinter ihnen wohl vor, Foxy?«

»Ich dachte gerade daran, dass ich eigentlich wütend sein müsste, weil du Scott so hinterlistig ausmanövriert hast, und dass ich ein schlechtes Gewissen habe, weil ich es nicht bin.«

Er lachte auf, dann gab er ihr einen kurzen harten Kuss. »Wird dich das schlechte Gewissen daran hindern, dich zu amüsieren?«

»Nein«, kam es prompt aus ihrem Mund. Sie zuckte mit einer Schulter. »Das heißt wohl, dass ich egoistisch und nicht sehr nett bin.«

Lance' Lippen verzogen sich zu einem Grinsen. »Dann müssten wir ja bestens miteinander auskommen.« Er verschränkte die Finger mit ihren und führte sie an einen der Roulettetische.

Sobald Foxy sich gesetzt hatte, galt ihre ganze Aufmerksamkeit dem kleinen silbernen Ball, der in dem Rad hüpfte. Als das Rad dann auslief und stehen blieb, sah sie zu, wie der Croupier mit seinem Stab die gesetzten Chips der Verlierer denjenigen zuschob, die gewonnen hatten. Foxy kam der Spieltisch wie das alte Babylon vor. Während sie den Blick von Gesicht zu Gesicht wandern ließ, vernahm sie musikalisches Italienisch, das präzise Londoner Englisch, kehliges Deutsch und andere Sprachen, die sie nicht auseinanderhalten konnte. Auch die Gesichter waren verschieden, manche alt, andere jung, einige mit gelangweilter Miene, wieder andere mit erhitzten Wangen. Den meisten der hier Anwesenden sah man den Reichtum an, aber es war das Gesicht Foxy direkt gegenüber, das sie am meisten faszinierte.

Die alte Dame war eine Schönheit. Ihr Haar wellte sich wie weiße Seide um das ovale Gesicht mit den feinen Zügen. Die Linien in ihrer Haut gehörten so sehr zu diesem Gesicht, waren so sehr Teil davon, dass sie der Schönheit nichts anhaben konnten, im Gegenteil. Sie verliehen diesem Gesicht, das einst durch seine Schönheit und Eleganz jedes Augenpaar bestochen haben musste, Reife und Charakter. Ihre Augen strahlten in dem intensiven Grün klarer Smaragde, an Hals und Ohren jedoch trug sie Diamanten. Die Steine funkelten flammend wie Feuer, nicht Eis. Sie trug die leuchtend rote Seide mit unfehlbarer Selbstsicherheit. Fasziniert beobachtete Foxy, wie ihr Gegenüber eine lange schwarze Zigarette an die Lippen führte und daran zog.

»Die Gräfin Francesca de Avalon von Venedig«, raunte Lance Foxy ins Ohr, weil er ihrem Blick gefolgt war. »Eine außergewöhnliche Erscheinung, nicht wahr?«

»Umwerfend.« Sie drehte sich zu ihm um und nahm überrascht das Glas Champagner entgegen, das er ihr hinhielt. Dann fiel ihr der sauber aufgeschichtete Stapel Chips auf, der vor ihr auf dem Tisch stand. »Oh, das sind also die Spielchips?« Mit dem Fingernagel fuhr sie an dem Turmrand entlang. »Wie viele davon setzt man denn in einer Runde?«

Er zuckte lässig mit den Schultern und zündete sich hinter der vorgehaltenen Hand eine Zigarre an. »Ich bin nur unbeteiligter Zuschauer.«

Lachend schüttelte Foxy den Kopf. »Ich habe schon genügend Probleme mit dem Umrechnen der Währung, Lance. Ich weiß ja nicht einmal, wie viel diese kleinen Scheiben wert sind.«

»Einen Abend Amüsement«, antwortete er leichthin und hob sein Glas.

Mit einem Seufzer wählte Foxy fünf Chips und setzte damit unwissentlich fünftausend Francs auf Schwarz. »Vermutlich sollte ich nicht dein ganzes Geld auf einmal verlieren«, beschloss sie.

»Das ist wirklich sehr großmütig von dir.« Lance verkniff sich ein Grinsen und trat ein wenig zurück, um das Rad zu beobachten.

»*Vingt-sept, noir*«, verkündete der Croupier.

»Oh!«, entfuhr es ihr überrascht, dann erfreut: »Wir haben gewonnen!« Sie sah auf. Lance' Gesicht zeigte pures Vergnügen. Seine Augen waren eigentlich mehr silbern als grau, wie ihr auffiel. »Du brauchst gar nicht so überlegen dreinzuschauen.« Sie nippte an ihrem Champagner. »Das war nur Anfängerglück. Außerdem …« Sie grinste hämisch. »… tut es mehr weh, wenn ich zuerst ein wenig gewinne.« Sie blickte zu den beiden Stapeln mit je fünf Chips auf Schwarz, doch als sie danach greifen wollte, hielt Lance ihren Arm fest.

»Das Rad dreht sich schon, Fox. Du hast nicht schnell genug reagiert.« Ihr Gesicht drückte solches Entsetzen aus, dass er lachen musste.

»Oh, aber ich wollte doch gar nicht … Das müssen doch über hundert Dollar sein!« Bei dem Blick auf das sich drehende Rad wurde ihr schwindlig, und sie trank noch einen Schluck.

»Wahrscheinlich«, stimmte Lance ernsthaft zu.

Foxy ließ die hüpfende kleine Kugel nicht aus den Augen. In ihr tobte eine Mischung aus Furcht, schlechtem Gewissen und Aufregung, als das Rad langsamer wurde.

»*Cinq, noir.*«

Ein erleichterter Schauer durchlief sie. Sie schloss kurz die Augen, dann beeilte sie sich, die vier Chipstapel an sich heranzuziehen. Als sie Lance hinter sich leise lachen hörte, drehte sie sich zu ihm um und warf ihm einen überheblichen Blick zu. »Wäre dir recht geschehen, wenn ich verloren hätte.«

»Mag sein.« Er winkte einem Kellner für mehr Champagner. »Warum setzt du nicht auch mal auf Zahl, Foxy?«, schlug er vor und schnippte die Asche seiner Zigarre in den Aschenbecher. »Im Leben muss man auch mal ein höheres Risiko eingehen als immer nur fifty-fifty.«

Sie grinste und warf den Kopf zurück. »Fein, es ist ja dein Verlust.« Impulsiv schob sie fünf Chips auf Nummer 1.

Wie sich herausstellte, wurde es zu seinem Gewinn. Mit erstaunlicher Stetigkeit wuchs der Stapel Chips vor Foxy an. Einmal verlor sie, ohne es zu ahnen, fünfundzwanzigtausend Francs, nur um die Summe bei der nächsten Runde sofort begeistert wieder zurückzugewinnen. Vielleicht lag der Grund in ihrer völligen Arglosigkeit, mit welchen Summen sie jonglierte, vielleicht lag es auch an ihrem willkürlichen System, oder vielleicht war es einfach nur Fortunas Großzügigkeit, aber Foxy gewann Runde um Runde. Und sie stellte fest, dass sie gern gewann. Es war eine berauschende Erfahrung, die sie ebenso trunken machte wie der scheinbar nie versiegende Champagner, immer stand ein volles Glas an ihrer Seite. Lance lehnte sich entspannt zurück und sah zu, wie sie gewann und verlor und gewann und verlor. Es gefiel ihm, wie sie über die Augen mit ihm kommunizierte, wie sie sie begeistert aufriss und funkeln ließ, wenn sie gewann, und sie enttäuscht verdrehte, wenn sie verlor. Ihr Lachen erinnerte ihn an die warmen milden Nebel über der Back Bay in Boston. Ihre Freude über einen Gewinn war ansteckend aufrichtig, ihre Nonchalance, wenn sie verlor, bezaubernd unschuldig. Kind und Frau vereinten sich in ihr in perfekter Harmonie.

»Bist du sicher, dass du nicht auch mal setzen willst?«, bot Foxy großzügig an und zeigte auf die Chiptürme vor sich.

»Nein, du machst das schon ganz gut.« Lance wickelte sich eine dunkelrote Lockensträhne um den Finger.

»Das, junger Mann, ist eine grobe Untertreibung!«

Foxy drehte den Kopf und blickte in scharfe smaragdgrüne Augen. Die Gräfin de Avalon stand hinter ihr, auf einen feinen Stock mit elfenbeinernem Griff gestützt. Einen Moment lang war Foxy schockiert, dass die alte Dame so klein war, nicht größer als eins sechzig. Gebieterisch winkte sie ab, als Lance ihr einen Stuhl anbieten wollte. Sie sprach schnell und deutlich, ihr Englisch nur mit der Spur eines Akzents.

»Sie haben mit nachhaltiger Überlegenheit gewonnen, *Signorina*, und clever.«

»Nachhaltig vielleicht, Gräfin«, erwiderte Foxy mit einem strahlenden Lächeln. »Aber eher zufällig denn clever. Ich war nämlich fest entschlossen zu verlieren.«

»Vielleicht sollte ich meine Strategie ändern und demnächst herkommen, um zu verlieren«, erwiderte die Gräfin. »Vielleicht widerfährt mir dann auch ein solcher Zufall.« Sie musterte Lance mit einem langen Blick voll weiblicher Bewunderung, und verblüfft spürte Foxy völlig unerwartet einen scharfen Stich der Eifersucht. »Sie scheinen mich bereits zu kennen. Und mit wem habe ich das Vergnügen?«

Lance übernahm die Vorstellung mit einer leichten Verbeugung. »Gräfin de Avalon. Cynthia Fox.« Foxy nahm die dargebotene Hand und empfand sie als grazil und zerbrechlich. Doch die scharfe Musterung aus den grünen Augen war alles andere als kraftlos.

»Sie sind auffallend bezaubernd«, sagte die Gräfin schließlich, »und sehr stark.« Sie lächelte und zeigte makellose weiße Zähne. »Aber noch vor zehn Jahren hätte ich ihn von Ihnen weggelockt. Vertrauen Sie nie einer Frau mit Erfahrung!« Die Gräfin entließ Foxy, indem sie schlicht ihre Augen auf Lance richtete. »Und Sie sind?«

»Lance Matthews.« In perfekter Manier setzte er einen Handkuss auf die dargebotene Hand. »Es ist mir eine Ehre, Sie kennenzulernen, Gräfin.«

»Matthews«, wiederholte sie und kniff nachdenklich die Augen zusammen. »Natürlich, ich hätte es an den Augen erkennen müssen – an diesem verwegenen Was-kostet-die-Welt?-Ausdruck. Ihren Großvater kannte ich gut.« Sie lachte, ein sehr junges, sehr sinnliches Lachen. »Ziemlich gut sogar. Sie ähneln ihm, Lancelot Matthews … Sie sind ja auch nach ihm benannt. Äußerst passend.«

»Danke, Gräfin.« Sein Lächeln wurde warm. »Ich habe ihn sehr gemocht.«

»Ich auch. Ich habe übrigens Ihre Tante Phoebe vor zwei Jahren auf Martinique getroffen. Ich muss sagen, eine ausnehmend fade Person.«

Sein Lächeln wurde düster. »Ich fürchte, das ist sie, Gräfin.«

Mit einem hoheitsvollen kleinen Schnauben wandte die Gräfin sich wieder an eine vollkommen faszinierte Foxy. »Bei diesem Mann hier darf Ihre Wachsamkeit keinen Moment lang nachlassen!«, riet sie. »Er ist ein ebensolcher Draufgänger, wie sein Großvater es war!« Sie legte ihre Hand auf Foxys und drückte kurz deren Finger. »Wie ich Sie beneide.« Damit drehte sie sich um und entfernte sich in einer glühenden Wolke aus roter Seide.

»Was für eine beeindruckende Frau!«, murmelte Foxy und wandte sich mit einem faszinierten Lächeln zu Lance. »Ob dein Großvater in sie verliebt war?«

»Allerdings.« Mit einer knappen Geste ließ Lance den Croupier wissen, dass er die Chips einwechseln wollte. »Sie und er hatten eine stürmische Affäre, wobei meine Familie auch heute noch so tut, als hätte sie nie stattgefunden. Es war recht kompliziert, weil beide verheiratet waren. Mein Großvater wollte, dass sie ihren Mann verlässt, um mit ihm in Südfrankreich zu leben.«

»Woher weißt du so viel darüber?« Hingerissen von der

Geschichte, protestierte Foxy nicht, als Lance sie von ihrem Stuhl hochzog.

»Von ihm.« Er legte ihr den Schal über die Schultern. »Er sagte mir einmal, dass er nie wieder eine andere Frau geliebt hat. Er war über siebzig, als er starb, aber er hätte noch immer alles zurückgelassen, um mit ihr zu leben. Wenn sie es erlaubt hätte.«

An Lance' Seite ging Foxy durch das Casino, ohne die vielen Blicke zu bemerken, die dem Paar folgten – eine rothaarige Schönheit mit dem dunklen, attraktiven Mann. »Das klingt so wunderbar traurig!«, sagte sie nach einer Weile. »Aber ich kann mir denken, wie schrecklich es für deine Großmutter gewesen sein muss – zu wissen, dass er all die Jahre eine andere Frau geliebt hat.«

»Mein süßer, unschuldiger Fox«, kam es trocken von Lance. »Meine Großmutter ist eine Bostoner Winslow. Sie war höchst zufrieden über den Zusammenschluss mit den Matthews, mit ihren beiden Sprösslingen und ihrem Bridgeclub. Liebe ist unberechenbar und nur etwas für den Pöbel.«

»Das erfindest du jetzt bloß.«

»Wenn du meinst«, erwiderte er leichthin.

»Lass uns kein Taxi nehmen«, bat sie, als sie nach draußen traten. Sie legte den Kopf in den Nacken und sah zu den Sternen empor. »Es ist so schön hier!« Sie schaute ihn an und hakte sich bei ihm ein. »Gehen wir zu Fuß, es ist ja nicht weit.«

Ohne auf den leichten Verkehr zu achten, schlenderten sie unter dem warmen Licht der Straßenlaternen her. Der Champagner tat seine Wirkung bei Foxy und ließ sie förmlich über den Bürgersteig schweben. Die Warnung der Gräfin war vergessen, Foxy fühlte sich herrlich entspannt. Es war eine unwirkliche Szene, hier unter der schmalen Mondsichel und den funkelnden Sternen zu wandeln, ein zeitloses Bild, angefüllt mit den Aromen und Geheimnissen der Nacht.

»Wusstest du eigentlich«, setzte Foxy an und tanzte von Lance fort, »dass ich eine spezielle Vorliebe für Palmen habe?« Lächelnd lehnte sie sich mit dem Rücken an einen Baumstamm. »Als ich klein war, wollte ich immer eine haben. Aber in Indiana gedeihen sie nicht besonders gut, deshalb musste ich mich mit einer Fichte zufriedengeben.«

Er kam zu ihr und strich ihr die Locken aus dem von Champagner und Aufregung erhitzten Gesicht. »Nein, ich hatte keine Ahnung, dass du dich für Gartenbau interessierst.«

»Ich habe eben auch meine Geheimnisse.« Sie wirbelte herum und lehnte sich über die Kaimauer. »Als ich acht war, wollte ich unbedingt Tiefseetaucher werden«, sagte sie und schaute hinaus auf die dunkle See. »Oder Herzchirurg. Ich konnte mich nicht richtig entscheiden. Was wolltest du werden, als du noch klein warst, Lance?« Sie drehte sich zu ihm zurück, das Lachen funkelte aus ihren Augen. Der Wind spielte mit ihren Locken.

»Pitcher für die Red Sox.« Sein Blick wurde von der eleganten Linie ihres Halses angezogen, als sie den Kopf zurückwarf und lachte.

»Ich wette, du bringst alle erdenklichen Würfe fertig.« Sie seufzte zufrieden. »Du hast mir noch gar nicht gesagt, wie viel ich da drinnen gewonnen habe.«

»Hm?« Er war versunken darin, das Spiel des Mondlichts auf ihrem Haar zu beobachten, und hatte nur mit halbem Ohr zugehört.

»Wie viel habe ich in dem Casino gewonnen?«, wiederholte sie und strich sich die Locken aus dem Gesicht.

»Oh.« Er zuckte mit den Schultern. »Fünfzig-, fünfundfünfzigtausend Francs.«

»Was?!« Das eine Wort wurde mit einem ungläubigen Lachen ausgestoßen. »Fünfundfünfzigtausend? Das sind ja … das sind mehr als zehntausend Dollar!«

»Laut aktuellem Wechselkurs, ja«, stimmte er salopp zu.

»Grundgütiger!« Sie schlug die Hand vor den Mund und riss die Augen auf. »Lance, ich hätte auch verlieren können!«

»Hast du aber nicht. Du hast dich erstaunlich gut gehalten.« Der Humor lag wieder in seinem Blick und in seiner Stimme. »Oder erstaunlich schlecht, wenn man bedenkt, dass du ja eigentlich verlieren wolltest.«

»Ich hatte ja nicht die geringste Ahnung, dass das so viel Geld ist! Ich hätte es doch niemals so achtlos gesetzt! Also … du bist ja völlig verrückt!« Hilflos begann sie zu lachen. »Du bist wahnsinnig, erwiesenermaßen.« Sie ließ den Kopf auf seine Schulter sinken, während ihr Lachen warm in die stille Nacht aufstieg. Als er die Arme um sie legte, protestierte sie nicht. »Es wäre doch durchaus möglich gewesen, dass ich verliere.« Sie kicherte. »Und dann wäre ich bestimmt in Ohnmacht gefallen, wenn ich dann herausgefunden hätte, wie viel diese Chips wert sind.« Sie holte tief Luft und sah ihn mit leuchtenden Augen an. »Und jetzt sieht es so aus, als hätte ich dein so oder so schon ekelerregend großes Vermögen noch vergrößert.«

»Der Gewinn steht dir zu«, widersprach er, aber Foxy wich entsetzt zurück.

»Oh nein, ich habe schließlich dein Geld gesetzt. Wie auch immer …« Sie hielt abgelenkt inne und pflückte eine Margerite, die in einem Grasbüschel an der Kaimauer wuchs. »Auf jeden Fall«, erklärte sie und steckte sich die Blume hinters Ohr. Der Champagner wirkte noch immer. »Du hättest ja auch nicht von mir erwartet, dass ich den Verlust ausgleiche, wenn ich verloren hätte.« Zufrieden mit ihrer Logik, setzte sie sich wieder in Bewegung und hielt ihm ihre Hand hin. »Obwohl …« Sie ging weiter, bevor Lance ihre Hand nehmen konnte, als ihr eine Idee kam. »… du könntest mir natürlich auch etwas Extravagantes schenken.« Mit einem strahlenden Lächeln schwang sie zu ihm herum. »Das wäre doch mal was ganz anderes, oder?«

»Hattest du an etwas Bestimmtes gedacht?«

Ihre Absätze klickten auf dem Bürgersteig, als sie von ihm forttanzte. »Vielleicht ein Rudel russischer Wolfshunde.« Ihr Lachen klang immer weiter entfernt. »Oder eine Herde von diesen wunderschönen Pferden mit den stämmigen Beinen – Clydesdales. Oder vielleicht eine Herde albanischer Ziegen. Sie haben doch Ziegen in Albanien, oder?«

»Hättest du nicht lieber einen Zobel?« Er lief ihr nach und nahm ihre Hand.

»Oh nein.« Sie rümpfte die Nase und entschlüpfte, ob absichtlich oder unbewusst, seinem Griff. »Ich mag keine toten Tiere. Oh, ich weiß! Ein Paar Angus-Rinder, damit ich meine eigene Herde aufbauen kann.« Diesen Entschluss einmal getroffen, blieb sie stehen. Lance schlang die Arme um sie. »Du musst aber darauf achten, dass du ein weibliches und ein männliches Tier bekommst, ja? Das ist nämlich wichtig, wenn die Sache Erfolg haben soll.«

»Natürlich«, stimmte er zu und fuhr mit den Lippen an ihrem Hals entlang.

»Weißt du, eigentlich sollte ich es dir ja nicht sagen, aber …« Sie seufzte und legte die Arme um seinen Nacken. »Ich bin richtig froh, dass du Scott eingeschüchtert hast.«

»Bist du das?«, murmelte er, während er sanft an der Stelle knabberte, wo ihr Puls schlug.

»Und wie«, wisperte sie und presste sich enger an ihn. »Und jetzt hätte ich gerne, dass du mich küsst. Das würde mir sehr gut gefallen.« Das letzte Wort war kaum noch zu verstehen, weil ihre Münder sich bereits gefunden hatten.

In einem einzigen Augenblick gleißender Hitze schienen sie miteinander zu verschmelzen. Der Augenblick wurde zu einer Ewigkeit. Foxy schob die Finger in sein Haar, als wollte sie ihn so noch näher spüren, obwohl längst nicht einmal mehr die Brise vom Meer her zwischen sie passte. Ihr Körper schmiegte sich an seinen, als wäre er nur zu diesem Zweck geschaffen worden. Sie konnte Lance' Herzschlag spüren, er schlug den gleichen rasenden Trommelwirbel wie ihr eigener Puls. Unbeachtet rutschte ihr der Schal von den Schultern, als Lance die seidige Haut an ihrem Rücken erkundete. Beide begannen sie, mehr voneinander zu schmecken. Seine Lippen liebkosten ihren Hals, verweilten dort und genossen die Süße, um dann weiter zu ihren Wangen zu wandern und schließlich ihre geschlossenen Lider zu küssen.

Foxy erschnupperte einen lockenden männlichen Duft an seinem Hals. Gern hätte sie ihn weiter erkundet, doch sein Mund verlangte die Rückkehr ihrer Lippen. Die Kraft dieses Kusses schoss durch sie hindurch wie ein strahlender Blitz, steckte jede einzelne Zelle in ihr in Brand. Mit einem Stöhnen ließ sie sich gegen Lance sacken. Er küsste sie leidenschaftlich, forderte mehr und mehr, bis sie matt und schwach in seinen Armen lag. Als er seinen Mund von ihren Lippen löste, murmelte sie seinen Namen und lehnte den Kopf an seine Schulter.

»Ich weiß nicht, ob es an dir liegt oder am Champagner, aber in meinem Kopf dreht sich alles.« Foxy erschauerte und schmiegte sich enger an ihn. Lance legte die Hand an ihren Hals und bog sanft ihren Kopf ein wenig zurück, sodass sie ihn ansah. Ihre Augen waren dunkel und verhangen, ihre Wangen erhitzt, ihre Lippen weich und geschwollen von seinen Küssen.

»Ist das wichtig?« Seine Stimme klang rau, sein Griff wurde fester, um sie wieder an sich zu ziehen. Foxy sträubte sich nicht, sondern trat willig zurück in die Flammen. »Reicht es nicht, zu wissen, dass ich dich heute Nacht will?«, murmelte er an ihrem Ohr, bevor er mit Zunge und Zähnen ihre Sinne erneut in Aufruhr versetzte.

»Ich weiß es nicht. Ich kann nicht klar denken.« Foxy entzog sich seiner Umarmung und trat zwei Schritte von ihm ab. Sie schüttelte den Kopf. »Wenn du mich küsst, dann geschieht etwas mit mir. Ich verliere die Kontrolle.«

»Wenn du mir das sagst, weil du hoffst, dass ich dann fair spiele, hast du dich getäuscht.« Mit einer schnellen Bewegung überbrückte er den Abstand zwischen ihnen. »Ich spiele, um zu gewinnen.«

»Ich weiß«, erwiderte sie und legte eine Hand an seine Wange. »Das weiß ich sogar sehr gut.« Sie wandte sich um, ging zur Kaimauer und atmete tief die frische Meeresluft ein, um einen klaren Kopf zu bekommen. Sie lehnte sich zurück und hob ihr Gesicht dem Mond entgegen. »Deine unnachgiebige Entschlossenheit, als Sieger aus allem hervorzugehen, habe ich immer bewundert.« Sie stellte sich wieder gerade hin und sah zu ihm, doch sein Gesicht lag im Schatten. »Mit vierzehn war ich schrecklich verliebt in dich.«

Eine Weile reagierte er nicht, dann bückte er sich und hob ihre Stola auf. »Warst du?«, murmelte er und trat aus dem Schatten.

Mondlicht glitt sanft über sie, als sie ihre Locken zurückschüttelte. »Und wie.« Entspannt fuhr Foxy mit ihrer Beichte fort, die Freimütigkeit ausgelöst durch den Champagner. »Das allererste Mal verliebt. Es war ein so wunderbarer Liebeskummer! Du warst ziemlich beeindruckend, und ich war doch so romantisch.« Lance war an ihre Seite getreten, sie drehte das Gesicht und lächelte ihn an. »Du schienst unbesiegbar, und dann hast du auch so oft eine grüblerische Miene zur Schau getragen.«

»Tatsächlich?« Er erwiderte ihr Lächeln, als er ihr den Schal um die Schultern legte.

»Oh ja. Du hast immer diese enorme Entschlossenheit ausgestrahlt, so als wärst du immer nur auf dein Ziel konzentriert. Tust du heute noch oft. So etwas ist sehr anziehend. Aber damals, als du noch Rennen gefahren bist, war es deutlicher. Und dann waren da auch noch deine Hände.«

»Meine Hände?«, wiederholte er. Er hatte sein Feuerzeug aus der Tasche nehmen wollen und verharrte.

»Ja.« Für ihn kam es überraschend, dass Foxy seine beiden Hände fasste und sie betrachtete. »Das sind wohl die schönsten Hände, die ich je gesehen habe. Sehr schlank, sehr stark, sehr elegant. Ich habe immer gedacht, du müsstest Künstler oder Musiker sein. Manchmal habe ich es mir auch so vorgestellt. Dann habe ich dich in eine alte zugige Dachstube gesetzt, und ich habe mich um dich gekümmert.« Sie ließ seine Hände los und zog den rutschenden Schal zurück auf die Schultern. »Ich wollte doch so unbedingt für jemanden sorgen. Vermutlich hätte ich mir einen Hund anschaffen sollen.« Sie lachte leise, doch war sie zu sehr in ihre Erinnerungen versunken, als dass sie bemerkt hätte, dass Lance nicht mit ihr lachte. »Ich war maßlos eifersüchtig auf alle Frauen, mit denen du zusammen warst. Sie waren alle so schön! An Tracy McNeil erinnere ich mich besonders. Du weißt wahrscheinlich gar nicht mehr, wer sie war.«

»Nein.« Er zündete sein Feuerzeug an und starrte auf die Flamme. »Weiß ich wirklich nicht mehr.«

»Sie hatte wunderschöne blonde Haare, lang bis auf die Hüfte und ganz glatt. Als Kind habe ich mein Haar gehasst. Die Locken waren nie zu bändigen, und dann noch diese unmögliche Farbe. Ich war überzeugt, dass du Tracy McNeil nur wegen ihrer langen blonden und vor allem glatten Haare geküsst hast.« Der Duft von Lance' Zigarre schwebte durch die

Luft, Foxy atmete das Aroma tief ein. »Eigentlich erstaunlich, wie naiv ich war, obwohl ich in einer Männerwelt aufwuchs. Auf jeden Fall habe ich dich das ganze Jahr über angehimmelt. Ich muss auf dem Ring wirklich lästig gewesen sein, aber du hast es meist großmütig über dich ergehen lassen.« Die Seeluft machte sie müde, sie gähnte unauffällig. »Als ich dann sechzehn wurde, war ich überzeugt, dass ich nun erwachsen sei. Ich war bereit, wie eine Frau behandelt zu werden. Die Schwärmerei für dich wurde intensiver. Ich suchte nach jeder Möglichkeit, um in deiner Nähe zu sein. Ist es dir damals aufgefallen?«

»Ja.« Lance stieß den Rauch aus. Er kräuselte sich in die Luft und wurde von der Brise fortgetragen. »Ich hab's bemerkt.«

Foxy lachte verlegen. »Ich hielt mich ja für so geschickt. Du warst immer nett zu mir, vermutlich war es deshalb umso schlimmer für mich, als du aufhörtest, nett zu mir zu sein. Erinnerst du dich noch an jenen Abend? Es war beim 24-Stunden-Rennen in Le Mans«, fuhr sie fort, bevor er antworten konnte. »Die Nacht vor dem Rennen konnte ich nicht schlafen, also ging ich zur Rennstrecke hinunter. Als ich dich dann da unten zu den Garagen gehen sah, war ich überzeugt, es müsse Schicksal sein.« Seufzend spielte Foxy abwesend mit der Blüte in ihrem Haar. »Ich folgte dir mit schweißnassen Handflächen. Ich wünschte mir doch, dass du mich bemerkst.« Sie wandte das Gesicht und begegnete seinem Blick mit einem sanften Lächeln. »Du solltest mich als Frau bemerken. Das sechzehnjährige Mädchen, das an der Grenze zum Frausein stand. Ich wollte so unbedingt auf die andere Seite gelangen. Meine Gefühle für dich waren schon so erwachsen und so real, auch wenn ich nicht die geringste Ahnung hatte, wie ich mit ihnen umgehen sollte. Und ich gab mich ja auch sehr zwanglos, als ich in die Garage kam, nicht wahr?

›Hallo, was machst du hier, konntest du nicht schlafen?‹ Du trugst einen schwarzen Pullover, Schwarz hat dir immer gut gestanden. Du warst mit deinen Gedanken meilenweit weg. Wochenlang hattest du dich schon immer mehr oder weniger distanziert gegeben. Und das machte dich nur noch romantischer.« Mit einem leichten leisen Lachen legte sie ihre Hand an seine Wange. »Armer Lance! Wie unangenehm dir meine Schwärmerei gewesen sein muss.«

»Unangenehm ist eine harmlose Beschreibung für das, was du mit mir gemacht hast«, murmelte er, drehte sich leicht und schnippte die Zigarre über die Mauer ins Wasser.

»Ich wollte doch so unbedingt erfahren wirken!«, fuhr sie fort, ohne den Unmut in seiner Stimme zu registrieren. »Und dabei hatte ich nicht die geringste Vorstellung, wie ich dich dazu bringen könnte, mich zu küssen. Also versuchte ich, mich an all die Filme, die ich je gesehen hatte, zu erinnern. Wie die Darstellerinnen es dort geschafft hatten. Es war dunkel, wir waren allein. Was also musste als Nächstes folgen? Das Einzige, was mir einfiel, war, in deiner Nähe zu bleiben, so nah wie nur möglich. Du hast unter der Motorhaube an dem Wagen gearbeitet. Ich bin sicher, du hast dein Bestes getan, um mich zu ignorieren, damit ich irgendwann von alleine wieder gehen und dich in Ruhe lassen würde. Nur eine Lampe brannte, und der Geruch von Öl und Benzin hing in der Luft, aber für mich war diese Garage so romantisch wie Manderley.« Foxy drehte sich zu ihm und grinste, als der Champagner die Erinnerungen heraufbeschwor. »Romantik war schon immer meine große Schwäche. Wie auch immer … Ich stand hinter dir und überlegte, was ich als Nächstes tun sollte, und dann begann ich mich zu fragen, was, um alles in der Welt, du da an dem Wagen herumdokterst. Ich wollte dir über die Schulter blicken, doch genau in dem Moment drehtest du dich um, und wir prallten zusammen. Ich erinnere mich noch daran, wie du mich bei den Armen gepackt hast, um mich zu stützen. Was meine Knie praktisch sofort nachgeben ließ. Die körperliche Reaktion war unglaublich, wahrscheinlich weil ich es noch nie erlebt hatte. Mein Puls begann zu rasen, erst wurde mir heiß, dann eiskalt. Ich dachte wirklich, deine Augen würden mich verschlingen, so dunkel waren sie, so intensiv dein Blick. Und ich dachte: Jetzt kommt's, jetzt küsst er mich. Ich war absolut sicher, dass du mich in deine Arme ziehen und küssen würdest. Ich *wusste* es einfach. Du warst Clark Gable und ich Vivien Leigh und die Garage Tara. Und dann … Du hast mich angebrüllt, stinkwütend, weil ich dir ständig im Weg stand. Du hast wirklich entsetzlich geflucht und mich geschüttelt, bevor du mich weggestoßen hast. Du hast ein paar schreckliche Dinge gesagt. Du hast mich ein nervtötendes Kind genannt, das war überhaupt das Schlimmste für mich. Alles andere hätte ich ertragen können, aber damit hattest du meinen Stolz und mein Ego und meine ganzen Fantasien auf einen Schlag zerschmettert. Mir war nie in den Sinn gekommen, dass du vollauf mit dem Rennen am nächsten Tag beschäftigt warst. An die simple Tatsache, dass ich dir tatsächlich im Weg stand, dachte ich natürlich auch nicht. Ich konnte nur daran denken, was du zu mir gesagt hattest und wie weh die Worte taten. Aber ich war schon immer ein Überlebenskünstler. Sobald es zu sehr schmerzte, schaltete sich der Selbsterhaltungstrieb ein. Als ich mich auf dem Absatz umdrehte und aus der Garage stürmte, liebte ich dich schon nicht mehr. Dafür hasste ich dich jetzt genauso vehement.«

»Damit fährst du besser«, murmelte Lance. Nach einem Augenblick wandte er den Kopf und strich ihr mit einem Finger über die Wange. »Hast du mir vergeben?«

Foxy lächelte offen. »Ich denke schon. Es ist Jahre her, und da es mich von meiner Schwärmerei für dich kuriert hat, sollte ich wohl dankbar dafür sein.« Sie gähnte und lehnte den Kopf an seine Schulter.

»Ja, solltest du wohl«, stimmte er leise zu. »Komm, sehen wir zu, dass wir dich zurückbringen, bevor du noch hier auf dem Bürgersteig einschläfst.«

Schläfrig, aber anstandslos ging sie mit ihm und ließ auch zu, dass er den Arm um ihre Hüfte legte.

5. KAPITEL

Der Große Preis von Monaco ist ein klassischer Stadtkurs. Die Strecke ist kurz, knapp über zwei Meilen, und verläuft mitten durch bebautes öffentlich genutztes Gelände. Es gibt kaum gerade Teilabschnitte, und zwei der achtzehn Kurven sind scharfe Haarnadelkurven. Die Strecke ist ebenso alles andere als eben, sondern es geht über ein Auf und Ab von Meeresebene bis zu vierzig Meter über dem Meeresspiegel. Zu den Schwierigkeiten auf der Strecke zählen die vielen Kurven, ein hundert Meter langer Tunnel, Laternen- und Ampelmasten und natürlich das blendende Glitzern des Mittelmeeres. Auf den achtundsiebzig Runden können sich die Fahrer keine einzige Sekunde Pause leisten; sie müssen sich ununterbrochen konzentrieren. Die Strecke wechselt ständig von schnell zu langsam und ist damit einzigartig auf der Welt für die Formel 1. Der Große Preis von Monaco ist der Härtetest für Fahrer und Maschinen gleichermaßen und gerade wegen seiner Kürze anstrengender als längere und schnellere Strecken. Es ist eine Strecke, die den Beweis für die Zuverlässigkeit eines Wagens fordert und für die Ausdauer eines Menschen. Dennoch sind Romantik und Mystik erhalten geblieben, so wie bei einem alljährlichen Ritterturnier vor dem Königspaar.

Durch geschicktes Taktieren war es Pam gelungen, Kirk für ein Interview festzunageln. Nur noch zwei Stunden bis zum Rennbeginn, und die Boxen waren laut und überfüllt. Die Boxengasse lag in Monaco offen an der Rennstrecke direkt bei dem kleinen pittoresken Hafen, in dem Yachten und Segelboote dicht an dicht ankerten. Pam sah sich nach Foxy um. Auch wenn es sie wurmte, sie wusste, es wäre einfacher, wenn sie das Interview mit Kirk nicht allein machte. Entschieden schob sie den Gedanken beiseite und schaute Kirk direkt in die Augen – ein Kontakt, der ebenso zu ihrem Stil gehörte wie die klassisch-schlichte Linie ihrer Kleidung und ihre ruhige, sachliche Art. Ihr scharfer und gründlicher Verstand konnte sich bestens hinter ihrer zerbrechlichen Erscheinung verstecken.

»Ich habe viele unterschiedliche Meinungen über diese Strecke gehört«, begann sie und setzte ihr professionelles Lächeln auf. »Manche, vor allem die Konstrukteure, vergleichen Monaco sogar mit einem Hubschrauberflug durchs Wohnzimmer. Wie denken Sie darüber?«

Kirk lehnte lässig an einer Wand und trank aus einem Styroporbecher, aus dem kleine Dampfwölkchen aufstiegen. Er blinzelte gegen die Sonne und wirkte völlig entspannt. Pam dagegen fühlte sich steif und übertrieben formell. Es ärgerte sie, dass sie sich in Kirk Fox' Gegenwart immer steif und formell und irgendwie fehl am Platze vorkam.

»Es ist ein Rennen«, gab er ungerührt zur Antwort. »Schnell ist es nicht. Es kommt selten vor, dass ein Fahrer überhaupt schneller als hundertvierzig fährt, und gewöhnlich nimmt man die Kurven mit weniger als dreißig. Hier kommt es mehr auf Ausdauer und Geschicklichkeit an als auf Geschwindigkeit.«

»Beim Fahrer oder dem Wagen?«, fragte Pam.

Die Fältchen in seinen Augenwinkeln vertieften sich, als er grinste. Fasziniert beobachtete Pam, wie seine Augen noch grüner wurden. »Für beide. Zweieinhalbtausendmal den Gang wechseln innerhalb von zweieinhalb Stunden ... das verlangt sowohl dem Fahrer als auch der Maschine das Äußerste ab. Und dann ist da noch der Tunnel. Man fährt vom hellen Sonnenlicht ins Dunkel und wieder hinaus ins Sonnenlicht. Sagen Sie, werden Ihre Batterien eigentlich nie leer?« Er fasste nach dem Aufnahmegerät, das an ihrer Seite hing.

»Nein«, erwiderte sie kühl. Falls er sich über sie lustig machen wollte, würde sie ihm nicht den Triumph gönnen und eine Reaktion zeigen. »Vor zwei Jahren haben Sie hier einen Unfall erlitten. Ihr Wagen war ein Totalschaden, und Sie haben eine gebrochene Schulter davongetragen. Wird sich diese Erfahrung auf Ihr heutiges Rennen auswirken?«

»Weshalb sollte es?« Er trank seinen Kaffee aus und musterte sie mit zielgerichteter Konzentration. Der Trubel um ihn herum berührte ihn nicht mehr.

»Machen Sie sich denn keine Sorgen, dass Ihnen noch ein Unfall zustoßen könnte?« Pam ließ nicht locker. Der Wind wehte ihr die Haare ins Gesicht, und mit einer ungeduldigen Geste steckte sie sie sich hinters Ohr. In ihrem Ohrläppchen funkelte ein türkisfarbener Stein auf. »Denken Sie nie daran, dass Sie den nächsten Unfall vielleicht nicht überleben könnten? Drängt sich ein solcher Gedanke nicht auf, vor allem wenn Sie die Strecke fahren, auf der es schon einmal passiert ist?«

»Nein. Ganz und gar nicht.« Kirk zerdrückte den Becher zwischen den Fingern und warf ihn achtlos zur Seite. »Ich denke niemals an den nächsten Unfall. Ich denke immer nur an das nächste Rennen.«

»Ist das nicht tollkühn?« Sie merkte, dass ihr Ton provozierender wurde, aber das hielt sie nicht auf. Sie war verärgert über ihn, ohne dass sie einen Grund hätte nennen können. Pam führte ihre Interviews immer mit sachlichem Charme. Jetzt hatte sie die Zügel schießen lassen und war dennoch nicht gewillt, sich wieder zu bremsen. »Oder ist das reine Überheblichkeit? Eine minimale Fehlkalkulation, ein einziger mechanischer Fehler kann zu einer Katastrophe führen, und daran denken Sie nicht? Sie hatten doch mehrere Unfälle, sind aus Wracks gezogen worden und haben Ihre Knochenbrüche im Krankenhaus wieder zusammenflicken lassen. Sagen Sie mir«, verlangte sie, »was geht Ihnen durch den Kopf, wenn Sie eingezwängt in dem Cockpit braten und mit zweihundert Meilen pro Stunde im Kreis rumfahren? Woran denken Sie, wenn man Sie in dem Wagen festschnallt?«

»An den Sieg«, antwortete Kirk, ohne zu zögern. Ihr scharfer Ton perlte scheinbar wirkungslos an seiner Lässigkeit ab. Mit ruhigem Blick betrachtete er sie. Das helle Rosa, das die Aufregung auf ihre Wangen gezaubert hatte, betonte nur die Makellosigkeit ihres Gesichts. Er fragte sich, wie sich ihre Haut wohl anfühlen würde. Das Gold ihres Haars wurde lebendiger, als Sonnenstrahlen drauffielen. Mit einem Stirnrunzeln verfolgte Pam die Reise seiner Augen. Die Falte wurde tiefer, als sein Blick auf ihren Lippen haften blieb.

»Ist Gewinnen wirklich so wichtig?«

Kirk hob den Blick von ihrem Mund zu ihren Augen. »Sicher. Es ist alles, was zählt.«

Sein Ton sagte ihr, dass er es absolut ernst meinte. Machtlos schüttelte Pam den Kopf. »Noch nie habe ich jemanden wie Sie getroffen!« Es war völlig untypisch für sie, dass sie in ihrem Job ihre Haltung verlor, und sie atmete tief durch, um sich zu beruhigen. »Selbst hier unter all den anderen Fahrern gibt es keinen, der so gradlinig denkt wie Sie! Wenn Sie die Wahl hätten, würden Sie es wahrscheinlich vorziehen, auf dem Ring zu sterben, mit einem spektakulären, ruhmreichen Abgang.«

Er grinste prompt. »Das würde mir schon gefallen, stimmt. Aber erst in fünfzig Jahren, und dann möglichst erst hinter der Ziellinie.«

Ihre Lippen verzogen sich wie von allein zu einem Lächeln. Dieser Mann ist unmöglich, dachte sie, aber ehrlich. »Sind alle Rennfahrer so verrückt wie Sie?«

»Vermutlich.« Bevor sie erkannte, was er vorhatte, fasste Kirk in ihr Haar. »Ich frage mich schon die ganze Zeit, ob es so seidig ist, wie es aussieht. Ja, das ist es.« Sein Handrücken strich über ihre Wange. »Und Ihre Haut ist es auch.« Pams übliche Selbstsicherheit ließ sie im Stich. Stumm starrte sie ihn mit riesigen Augen an. »Und Ihre Stimme ist so melodisch und weich. Mir gefällt es, dass Sie immer so adrett aussehen, als wären Sie gerade einer Hutschachtel entstiegen. Das weckt in mir den Drang, Sie ein wenig durcheinanderzubringen.« Seine Stimme klang ebenso amüsiert und unverschämt, wie sein Grinsen es war.

Pam spürte die Hitze in ihre Wangen steigen und war wütend auf sich. Hatte sie das mit dem Erröten nicht schon seit Jahren hinter sich? »Soll das etwa ein Annäherungsversuch sein?«, fragte sie schneidend.

Kirk lachte, und Pam fiel die Ähnlichkeit zu Foxys Lachen auf. »Nein, lediglich eine Beobachtung. Wenn ich einen Annäherungsversuch unternehme, werden Sie keine Zeit haben, um noch Fragen zu stellen.« Noch immer grinsend, zog er sie an sich und presste einen langen, harten Kuss auf ihren Mund. Sie schmeckte wie ein köstlich süßes Dessert. Der Kuss dauerte länger, als er eigentlich beabsichtigt hatte. Als er sie freigab, spürte er ihren warmen Atem, den sie unwillkürlich angehalten hatte, über ihre Lippen schlüpfen. »Das«, sagte er leichthin, »war ein Annäherungsversuch.«

Er drehte sich um und schlenderte lässig davon, und Pam befühlte mit den Fingerspitzen die Stelle, wo sein Schnäuzer ihre Haut gekitzelt hatte. So ein verrückter Kerl, dachte sie und weigerte sich anzuerkennen, wie erschüttert sie war. *Ein absolut verrückter Kerl.*

Zwei Stunden später stand Foxy an fast genau der gleichen Stelle, auf der ihr Bruder gestanden hatte. Ihre Laune war auf dem Nullpunkt. Nur allzu deutlich erinnerte sie sich an jedes Detail vom Vorabend. Der Champagner war nicht stark genug gewesen, um ihre Erinnerung zu löschen.

Ich habe ihm gesagt, dass er mich küssen soll, dachte sie angewidert, als die Welle der Selbstverachtung über ihr zusammenschlug. *Ich hab's ihm praktisch befohlen! Nicht schlimm genug, dass ich mit ihm ausgegangen bin, obwohl ich es besser wissen müsste, nein, ich habe ihm auch noch gezeigt, dass ich jede einzelne Minute genieße. Verfluchter Champagner!* Foxy stieß schnaubend die Luft aus und drückte sich den Strohhut, den sie trug, tiefer in die Stirn. *Und dann plappere ich auch noch darüber, wie verliebt ich als alberner Teenager in ihn war. Na bravo! Wenn ich mich schon zum Narren mache, dann aber richtig! Der ganze Unsinn darüber, wie ich ihn angehimmelt und welche Fantasien ich mir ausgemalt habe.* Foxy schloss entsetzt die Augen. Der Wind wehte vom Hafen herein und kühlte ihre Haut unter der weißen Bluse. Sie biss die Zähne zusammen und hob die Kamera ans Auge, als die Paraderunde begann. *Ob es mir gelingen kann, ihm für den Rest der Saison aus dem Weg zu gehen?* Besser noch, setzte sie hinzu, während sie automatisch weiterfotografierte, *für den Rest meines Lebens.*

Als die Wagen sich bei der grünen Flagge aufstellten, eilte Foxy an einen neuen Standpunkt für einen anderen Winkel. Vom einen auf den nächsten Moment hing röhrender Donner in der Luft, und Foxy schoss von jedem vorbeirasenden Wagen ein Foto, sobald die Startfahne geschwenkt wurde. Auf ein Knie gestützt, bannte sie die für die Formel 1 so typische schnittige Eleganz der niedrigen Rennwagen auf Film. Völlig konzentriert auf ihre Arbeit, war sie umgeben von einer Aura der Kompetenz und Professionalität, zu der der freche Strohhut und die ausgewaschene Jeans nicht so recht passen wollten. Der Frontwagen hatte bereits die erste Runde absolviert, bevor Foxy sich wieder aufrichtete. Als sie sich umdrehte, um zu den Boxen zurückzugehen, prallte sie gegen Lance. Sofort schossen seine Hände vor, um sie zu stützen. Sie hatte das unangenehme Gefühl eines Déjà-vu. Hastig schüttelte sie seine Hände ab und trat zurück, um sich angelegentlich mit ihrer Kamera zu beschäftigen.

»Entschuldige, ich hatte nicht bemerkt, dass du hinter mir stehst.« Früher oder später würde sie ihn ansehen müssen, das war ihr klar. Also warf sie ihr Haar über eine Schulter zurück und hob tapfer ihr Kinn an. Doch der Humor, den sie auf seiner Miene zu sehen erwartet hatte, war nicht da. Kein Spott lag in den grauen Tiefen seiner Augen, aber sie erkannte die gründliche Musterung und wich noch einen Schritt weiter zurück. »Du siehst mich an, als wäre ich ein Motor, der nicht so läuft, wie er soll.« Mit gerunzelter Stirn kramte sie ihre Sonnenbrille aus der Kameratasche. Sobald die dunkle Brille auf ihrer Nase saß, fühlte sie sich wohler. Ein Schutzschild war ein Schutzschild, ganz gleich, wie klein er war.

»Man könnte sagen, ich habe einige Überraschungen gefunden, als ich die Motorhaube öffnete.«

Foxy wusste nicht so recht, wie sie mit dieser Bemerkung und seiner ruhigen Stimme umgehen sollte. Und seine unverwandte Musterung war nervenaufreibend. Sie kannte ihn. Er war in der Lage, sie endlos anzustarren, ohne ein Wort zu sagen. Er konnte unglaublich, ja unnatürlich geduldig sein, wenn er wollte. Wohl wissend, dass sie bei einem solchen Spiel nicht mithalten konnte, ergriff sie die Initiative. »Lance, ich würde gern mit dir über gestern Abend reden.« Leider wirkte ihre gefasste Haltung wegen des Rots auf ihren Wangen nicht ganz so überzeugend. Das Herandonnern der Motoren unterbrach sie, sie wandte sich zur Strecke, um den Wagen nachzusehen. Nach nur der ersten Runde hingen noch mehrere Rennwagen im vordersten Feld in einer Traube zusammen.

Foxy holte tief Luft und drehte sich wieder – mit abgekühlten Wangen – zu Lance. Sein Blick glitt von der Rennstrecke zurück zu ihren Augen, aber er sagte nichts, wartete nur ab, gefasst und ruhig. Foxy wäre ihm liebend gern an die Gurgel gegangen. »Ich war gestern nicht wirklich ich selbst, weißt du«, machte sie den nächsten Ansatz. »Champagner … Alkohol steigt mir immer gleich zu Kopf, deshalb rühre ich ihn normalerweise gar nicht erst an. Ich möchte nicht, dass du denkst … dass du meinst … Ich meine, ich wollte nicht so …« Frustriert stopfte sie die Hände in die Taschen und schloss die Augen. »Himmel, hilf!«, murmelte sie und drehte sich wieder ab. Lance schwieg noch immer, ließ sie sich krümmen und winden. Still fragte sie sich, wie sie es geschafft hatte, in die eigene Grube zu tappen.

Wirklich brillant, Foxy! schalt sie sich in Gedanken. Reiß dich zusammen, sag, was du zu sagen hast, und hör auf, dich zum Idioten zu machen!

Sie hob ihr Kinn an und richtete ihren Blick direkt auf seine Augen. »Ich wollte nicht den Eindruck bei dir erwecken, als wäre ich bereit, mit dir zu schlafen.« Jetzt, da sie es ausgesprochen hatte, konnte sie auch weitermachen. Sie holte tief Luft. »Mir ist klar, dass dieser Eindruck nach gestern vielleicht entstehen könnte … Aber ich möchte nicht, dass du das missverstehst.«

Lance ließ sich Zeit, bevor er etwas erwiderte. Während dieser fast vollen Minute musterte er sie durchdringend. »Ich glaube nicht, dass ich etwas missverstanden habe.« Sein doppeldeutiger Kommentar konnte so oder so ausgelegt werden und beruhigte Foxy nicht unbedingt.

»Sicher … nun … Ich weiß, als du mich zu meinem Zimmer begleitet hast, da hast du nicht … ich meine …«

»Ich habe nicht mit dir geschlafen?« Mit einer schnellen Bewegung nahm er ihr die Sonnenbrille ab, machte sie damit verletzlich. Während Foxy noch gegen das helle Sonnenlicht blinzelte, überbrückte er den Abstand zwischen ihnen und hielt sie am Arm fest. Sein Griff warnte sie, es erst gar nicht zu versuchen, vor ihm zurückzuweichen. »Nein, habe ich nicht, obwohl wir beide wissen, dass ich es hätte tun können. Sagen wir einfach, ich hatte plötzlich Lust, mich an die Regeln zu halten.« Seine Lippen verzogen sich zu einem trägen Lächeln, ganz männliche Selbstsicherheit, und seine Stimme wurde tiefer und leiser. »Ich brauche keine Hilfe von Champagner, wenn ich dich verführen will, Foxy.« Er beugte den Kopf und strich flüchtig über ihre Lippen, bevor sie sich überhaupt rühren konnte. Es war ein Kuss, der das Versprechen auf mehr enthielt.

Seine unerschütterliche Selbstsicherheit machte sie wütend, ebenso die Tatsache, dass ihr Puls jäh in die Höhe schnellte. Sie griff nach ihrer Sonnenbrille und riss sie ihm mit einem Ruck aus der Hand. »Mit deiner Verführung kannst du sonst was machen!« Ihr Vorschlag ging unter in dem Lärm der zweiten Runde. Über die Schulter warf Foxy einen ärgerlichen Blick auf die vorbeidonnernden Rennwagen. Funken schossen aus ihren Augen, als sie sich wieder zu Lance umdrehte. »Sieh den gestrigen Abend schlicht als einen Augenblick geistiger Umnachtung bei mir an, mehr war es nämlich nicht. Und was ich da geplappert habe …« Zu ihrem Ärger spürte sie die Hitze in ihre Wangen zurückkehren. Was hatte sie sich nur dabei gedacht, ihm von ihrer albernen Schwärmerei zu beichten?! »Diese ganze Geschichte von jenem Abend in der Garage ist genauso lächerlich gewesen, wie es sich angehört hat.«

»Und wie lächerlich genau ist das?« Lance' Gelassenheit stand in krassem Gegensatz zu Foxys Nervosität. Sie musste an sich halten, um nicht mit dem Fuß aufzustampfen.

»Ich war sechzehn Jahre alt und komplett naiv. Ich denke, das reicht als Erklärung.«

»Jetzt bist du keine sechzehn mehr«, konterte er. Er neigte abwägend den Kopf leicht zur Seite und erinnerte Foxy damit an den eleganten Mann von gestern Abend. »Aber naiv bist du noch immer.«

»Bin ich nicht!«, prustete sie empört, sah seine Augenbrauen unter dem Haar auf seiner Stirn verschwinden und merkte, dass ihre Würde hier an einem seidenen Faden hing. Sie nahm sich zusammen und drückte den Rücken durch. »Das ist wohl kaum von Bedeutung und ganz offensichtlich nur deine persönliche Meinung.« Er lächelte nur, und Foxy fuhr hastig fort: »Ich muss arbeiten. Ich kann mir vorstellen, du findest sicherlich jemanden, der dich für die nächsten achtundneunzig Runden unterhält.«

»Siebenundneunzig«, korrigierte er, als die Frontwagen vorbeirasten. »Kirk liegt auf dem dritten Rang«, bemerkte er nachdenklich, bevor er Foxy wieder anschaute. »Meine Meinung, Fox, ist, dass es nur zu deinem Vorteil sein kann, wenn du mich dazu bringst, mich weiterhin an die Regeln zu halten. Ist mal eine ganz interessante Abwechslung.« Sein Grinsen kippte, wurde herausfordernd, und Foxy war sofort auf der Hut. »Allerdings lässt sich nicht voraussagen, wann ich keine Lust mehr habe, den netten Typen zu spielen.«

»Nett?!«, wiederholte Foxy ungläubig und verdrehte die Augen.

Noch immer dieses Grinsen auf den Lippen, nahm Lance ihr die Sonnenbrille aus der Hand und setzte sie ihr auf die Nase, bevor er sich umdrehte und ging.

Während der nächsten drei Monate nutzte Foxy ihr gesamtes Geschick, um Lance Matthews zu meiden. Von Monaco über Holland nach Frankreich, dann in England und schließlich in Deutschland achtete sie sorgsam darauf, ihm nicht über den Weg zu laufen. Wann immer es möglich war, gesellte sie sich zu Pam, in dem sicheren Gefühl, dass, wenn sie nicht allein war, Lance sie auch nicht in ein Gespräch über persönliche Dinge verwickeln konnte. Ihr Triumphgefühl über ihren Erfolg erhielt allerdings einen leichten Dämpfer durch die Tatsache, dass Lance keineswegs den Anschein erweckte, als wäre er auf ein persönliches Gespräch mit ihr erpicht. Nach Monaco wurde der Terminplan extrem eng. Dem Team blieb kaum noch Zeit für etwas anderes als Arbeit und Reisen, Mahlzeiten und Schlaf. Es war eine anstrengende Saison, die von allen alles forderte, voll mit Qualifikationen, freien Trainingsläufen und schließlich den Rennen selbst. Die Hotels begannen, alle gleich auszusehen, doch jeder Ring besaß seinen eigenen Charakter, seine eigenen Schwierigkeiten und Probleme, seine eigenen Risiken und Gefahren.

Zum Ende des Sommers kam der Große Preis von Italien in Monza. Die auslaugenden Monate in Europa hatten Foxy etwas Wichtiges klargemacht: Wenn das hier vorbei war, würde sie nie wieder eine Saison mitmachen. Die Zeit, in der sie von Stadt zu Stadt zog, von Ring zu Ring, war für sie vorüber. Mit jedem Rennen wurden ihre Nerven angespannter; es fiel ihr immer schwerer, ihre Fassung zu wahren. Es war offensichtlich, dass die zwei Jahre Abstinenz von der Rennstrecke ihre Spuren hinterlassen hatten. Foxy würde nie wieder Teil dieser Welt sein können. Sollte sie jemals wieder nach Italien zurückkommen, dann nur, um Rom oder Venedig zu besichtigen, nicht Monza.

Mit der Dunkelheit kam auch die Stille. Den ganzen Tag über hatte der Ring mit den Trainingsläufen vibriert. Als Foxy jetzt allein auf der menschenleeren Haupttribüne saß, meinte sie, Geisterwagen vorbeirasen zu sehen, fast konnte sie den Fahrtwind fühlen. Sechzig Jahre Geschwindigkeit. Über ihr hing ein silberner Mond an einem wolkenlosen, mit funkelnden Sternen übersäten Himmel. Die würzigen Aromen des Waldes zogen zu ihr herüber, schwer und berauschend. Irgendwo hinter sich hörte sie das Zirpen einer Grille und das leise Summen der Nachtinsekten. Es war eine laue Nacht, warm, ohne die brennende Hitze des langen Tages mit gleißendem Sonnenschein. Es war eine Nacht wie geschaffen für Geheimnisse und Versprechen, für Romantik und Liebesgeflüster. Mit einem Seufzer schloss Foxy die Augen und verdrängte den Gedanken an Lance. Sie brauchte Ruhe und Abstand, mehr als alles andere, wurde ihr trübsinnig klar.

Eine Hand auf ihrer Schulter brachte sie mit einem Ruck in die Wirklichkeit zurück. »Kirk!« Die Hand auf ihr hämmerndes Herz gepresst, lächelte sie zu ihm auf. »Ich habe dich nicht kommen gehört.«

»Was tust du allein hier draußen?«

»Ich brauchte ein bisschen Ruhe«, sagte sie ihm, als er sich neben ihr niederließ. »Im Hotel herrscht mir zu viel Trubel. Wieso bist du hier?«

Er zuckte mit den Achseln. »Ich mag den Ring in der Nacht vor dem Rennen.« Er lehnte sich zurück und stützte die Füße auf die Rückenlehne des Sitzes vor ihm. Foxy sah, dass er seine alten Lieblingsturnschuhe trug. »Das hier ist eine schnelle Strecke. Morgen werden wir einen neuen Rekord aufstellen.« Er sagte es mit inbrünstiger Überzeugung, ohne den Hauch eines Zweifels.

»Hat Charlie das Problem mit dem Auspuff gelöst?« Foxy studierte Kirks Profil. Sie dachte nicht an den Wagen, nicht an das Rennen, sondern an ihn. Wie schon in der Vergangenheit hoffte sie, in seiner Sicherheit die Kraft zu finden, die eigenen Nerven zu beruhigen.

»Ja. Sag, belästigt Lance dich?«

Die Frage kam so unzusammenhängend und unerwartet, dass Foxy fast eine volle Minute brauchte, bevor sie reagierte.

»Was?« Ein einzelnes Wort nur, verdattert und ungläubig ausgestoßen.

»Du hast mich schon verstanden.« Sie hörte den Ärger in Kirks Ton, als er sich im Sitz zu ihr umdrehte. Seine Miene war grimmig entschlossen. »Belästigt Lance dich?«

»Mich belästigen«, wiederholte sie bedächtig. Mit der Zungenspitze fuhr sie sich über die Zähne, dann zog sie die Augenbrauen in die Höhe. »Vielleicht könntest du das etwas genauer definieren.«

»Verdammt, du weißt genau, was ich meine.« Mit einem frustrierten Schnauben stand er auf und starrte auf den Ring hinaus, die Hände in die Taschen gesteckt. Foxy spürte, wie unwohl er sich fühlte, und konnte sich nur wundern. Sie kannte Kirk gut genug, um zu wissen, dass er sich selbst nur äußerst selten in eine Situation brachte, in der er sich unwohl fühlte. »Ich sehe doch, wie er dich anstarrt«, murmelte er böse. »Wenn er mehr tut als starren, will ich es wissen.«

Zwar drückte Foxy sogar beide Hände fest vor den Mund, dennoch ließ sich das Kichern nicht zurückhalten. Kirk wirbelte herum, seine Miene wutentbrannt. Selbst im Dunkeln konnte Foxy seine Augen blitzen sehen. Sie presste bemüht die Lippen zusammen – und brach in schallendes Gelächter aus. Kopfschüttelnd versuchte sie sich zusammenzunehmen, während ihr Bruder sie ärgerlich anfunkelte.

»Was, zum Teufel, ist daran so komisch?«, verlangte er zu wissen.

»Kirk, ich …« Sie brach ab, weil sie husten musste, dann atmete sie mehrere Male tief durch, bevor sie ihrer Stimme wieder traute. »Tut mir leid, es ist nur … Eine solche Frage hätte ich von dir nie erwartet.« Angestrengt schluckte sie das Kichern herunter, das in ihrer Kehle steckte. »Ich bin dreiundzwanzig Jahre alt, Kirk.«

»Was hat das damit zu tun?«, bellte er und sah das liebevolle

Glitzern in ihrem Blick. Jetzt kam er sich wie ein Volltrottel vor und zog die Brauen noch mehr zusammen.

»Kirk, als ich sechzehn war, hast du keinen Blick auf die Jungs geworfen, die auf dem Ring herumlungerten, und jetzt ...«

»Lance ist kein Junge!«, schnitt er ihr das Wort ab und fuhr sich mit den Fingern durchs Haar. Die Locken sprangen sofort an genau dieselbe Stelle zurück, wie auch Foxys Haar es immer tat. »Und du bist keine sechzehn mehr.«

»Das habe ich mir schon sagen lassen«, murmelte sie.

Mit einem frustrierten Schnauben schob Kirk die Hände noch tiefer in die Taschen. »Ich hätte wohl besser achtgeben sollen, als du noch sechzehn warst.«

»Kirk.« Sie klang jetzt völlig ernst, als sie aufstand und an seine Seite trat. »Es ist lieb von dir, dass du dir Sorgen machst, aber dazu gibt es keinen Grund.« Seine Sorge um sie und auch seine Wut rührten sie, sie legte den Kopf an seine Schulter. Was für ein seltsamer Mann er doch ist! dachte sie. Manchmal kann er richtig süß sein.

»Doch, es gibt Gründe«, murmelte er und wünschte, er könnte das Thema fallen lassen. Außer seiner Schwester stand er Lance näher als jedem anderen Menschen in seinem Leben. Mit Lance verband ihn zusätzlich zu der gemeinsamen Abenteuerlust zudem, dass sie beide Männer waren. Und gerade diese gemeinsamen Abenteuer machten es notwendig für ihn, das Thema weiterzuverfolgen. »Du bist immer noch meine kleine Schwester, auch wenn du ein bisschen erwachsener geworden bist«, brummte er mehr zu sich selbst.

»Ein bisschen?« Foxy grinste. Ihre Augen funkelten unbekümmert und vorwitzig, was Kirk auf ungemütliche Weise an sich selbst erinnerte. »Kirk, ›ein bisschen‹ war vorbei, als ich zwanzig wurde.«

»Hör zu, Foxy«, meinte er ungeduldig. »Ich kenne Lance. Ich weiß, wie er ...« Er zögerte, fluchte dann leise.

»Du meinst, du weißt, wie er vorgeht?«, vollendete sie den Satz für ihn und erntete dafür einen vernichtenden Blick. Das Lachen ließ sich nicht ganz zurückhalten, deshalb küsste sie ihn auf die Wange. »Hör auf, dich um mich zu sorgen! Auf dem College habe ich noch ein paar andere Dinge gelernt als nur Fotografieren.« Da seine grimmige Miene sich nicht änderte, küsste sie ihn auch noch auf die andere Wange. »Wenn du dich dann besser fühlst … nein, Lance belästigt mich nicht. Und falls er es tun sollte, dann werde ich durchaus allein damit fertig, das verspreche ich dir. Aber er tut es nicht. Wir reden doch kaum miteinander.« Die letzten Worte sollten sich zufrieden anhören, stattdessen ärgerte Foxy sich plötzlich darüber.

»Er starrt«, beharrte Kirk. Die laue Brise wehte den Duft seiner Schwester an seine Nase, ihr Haar hatte seidig und weich an seiner Wange gelegen. Die Falte auf seiner Stirn wurde tiefer. »Er starrt sogar sehr oft.«

»Das bildest du dir nur ein«, sagte Foxy bestimmt und versuchte, Kirk von dem Thema Lance Matthews wegzulotsen. Denn wenn er von Lance sprach, kehrten auch ungebetene Erinnerungen zurück. »Sagen Sie, Mr. Fox«, imitierte sie den Tonfall eines neugierigen Sportreporters, »sind Sie am Vorabend des Rennens immer so grüblerisch?«

Er antwortete nicht sofort, starrte einfach nur auf den Ring hinaus. Foxy fragte sich, was er wohl sehen mochte, das sie nicht sah. »Mir ist kürzlich selbst erst klar geworden, dass eine Frau ohne einen Mann wie mich besser dran ist. Eine Frau würde nur verletzt werden.« Rastlos verlagerte er sein Gewicht, dann drehte er sich zu ihr um. Foxy musterte ihn neugierig. Da lag etwas in seinem Blick, das sie weder kannte noch verstand, aber es beunruhigte sie, ihren Bruder so angespannt zu sehen. Und sie ahnte auch, dass es nicht nur das bevorstehende Rennen war, das an seinen Nerven zerrte. »Lance und ich sind uns sehr ähnlich«, fuhr er fort. »Ich will nicht, dass du verletzt wirst. Er könnte dich verletzen, auch wenn er es gar nicht beabsichtigt. Dennoch könnte es passieren.«

»Kirk, ich …«

»Ich kenne ihn, Foxy.« Er ließ nicht einmal den Beginn ihres Einspruchs zu, legte die Hände auf ihre Schultern. »Keine Frau wird ihm je wichtiger sein als seine Autos. Es ist unklug, sich mit Männern wie uns einzulassen. Es wird immer ein nächstes Rennen geben, Foxy, ein anderes Auto, einen neuen Ring. Und das drängt dann alles und jeden anderen in den Hintergrund. Ich wünsche dir das nicht, auch wenn ich weiß, dass es immer das Einzige war, was du hattest. Ich habe nie das für dich getan, was ich für dich hätte tun sollen, und ich …«

»Nein, Kirk!« Sie hielt ihn davon ab, weiterzusprechen, indem sie die Arme um seinen Hals schlang. »Nicht!« Sie barg ihr Gesicht an seiner Schulter, wie sie es damals vor Jahren in ihrem Krankenhausbett getan hatte. Er war der sichere Fels in der Brandung gewesen, die damals ihre ganze Welt von den Fundamenten gerissen und fortgeschwemmt hatte. »Du hast alles getan, was du konntest.«

»Wirklich?« Kirk seufzte und drückte sie an sich. »Müsste ich es noch mal tun, ich würde es wieder machen. Ich weiß, ich würde genau die gleichen Dinge tun. Aber das heißt nicht automatisch, dass diese Dinge richtig waren.«

»Für uns waren sie es.« Sie sah ihn mit feucht schimmernden Augen an. »Für mich waren sie es.«

Er stieß den Atem aus und zerzauste ihr Haar. »Möglich.« Ihr Gesicht mit beiden Händen gefasst, setzte er einen Kuss auf jede ihrer Wangen. Sein Schnurrbart kitzelte ihre Haut, und das vertraute Gefühl entlockte ihr ein Lächeln. »Vermutlich habe ich einfach nicht damit gerechnet, dass du irgendwann erwachsen wirst. Und ich habe auch nicht damit gerechnet, dass du so schön werden würdest und dass ich mir um die

Männer Gedanken machen muss. Ich hätte darauf achten müssen, als es sich vor mir abgespielt hat. Du hast dich nie beklagt.«

»Worüber auch? Ich war glücklich.« Als er seine Hände sinken ließ, hielt sie sie mit ihren fest. Seine Handflächen waren schwielig, und auf seinem Handrücken fühlte sie eine dünne Narbe, das Überbleibsel eines kleineren Unfalls vor acht Jahren in Belgien. »Kirk …« Sie sprach schnell, um ihm die Sorgen zu nehmen. »… wir sind beide genau da, wo wir sein wollen. Ich bereue nichts, und ich will nicht, dass du etwas bereust. Okay?«

Reglos blieb sie stehen, während er in ihrem Gesicht suchte. Seine Augen hatten sich längst an die Dunkelheit gewöhnt, er konnte ihre Züge genau erkennen. Und ihm wurde klar, dass sie vor seinen Augen erwachsen geworden war. Seltsam, aber die Frau, die vor ihm stand, weckte seinen Beschützerinstinkt; das Mädchen hingegen war ihm immer zäh und unverwüstlich vorgekommen. Vielleicht verstand er die Fallen und Stolpersteine für eine erwachsene Frau besser, während die der Kindheit ein Mysterium für ihn geblieben waren. Es war eine uncharakteristische Geste für ihn, dass er ihre Hand an seine Lippen führte und einen Kuss daraufsetzte, vermutlich stiegen Foxy deshalb die Tränen in die Augen. »Ich hab dich lieb«, sagte er schlicht, und dann warnte er: »Lass das. Ich habe kein Taschentuch dabei, um dir die Nase zu putzen.« Mit dem Daumen wischte er ihr die Tränen von der Wange. »Komm.« Er legte den Arm um ihre Schultern und führte sie von der Tribüne. »Ich spendiere dir einen Kaffee und einen Hamburger. Ich bin halb verhungert.«

»Pizza«, widersprach sie. »Schließlich sind wir hier in Italien.«

»Auch gut«, stimmte er bereitwillig zu, und ohne Eile gingen sie Seite an Seite im Mondlicht einher.

»Kirk.« Foxy hob das Gesicht, und jetzt blitzten ihre Augen vorwitzig. »Wenn Lance mich belästigt, verprügelst du ihn dann für mich?«

»Sicher.« Grinsend zog er sie an den Haaren. »Aber erst, wenn die Saison zu Ende ist.«

Foxy lachte. »Das dachte ich mir.«

Es war kurz nach elf, als sie über den Korridor des Hotels zu ihren Zimmern gingen. Pam hörte Foxys Lachen und dann die tiefe Stimme ihres Bruders. Pam kaute an ihrer Lippe und wartete darauf, die Zimmertüren schlagen zu hören. Sie musste unbedingt mit Foxy reden. Sie brauchte jemanden, mit dem sie scherzen und lachen konnte, jemanden, der ihre Gedanken von Kirk Fox ablenken würde. Schon seit Wochen dachte Pam an wenig anderes mehr als an ihn. Während sie von Land zu Land reisten, von Rennen zu Rennen, war er immer distanzierter geworden. Er sprach nur selten mit ihr, und wenn, dann blieb er eindeutig reserviert. Offensichtlich hatte er das Interesse an dem Flirt verloren, den er schließlich initiiert hatte. Unter normalen Umständen hätte seine kühle Haltung ihr nicht mehr als ein ärgerliches Schnauben entlockt oder vielleicht sogar ein spöttisches Lächeln. Nur, so hatte Pam sich eingestehen müssen, die Umstände waren alles andere als normal. In dem Maße, in dem Kirk langsam immer wortkarger wurde, wurde Pam immer angespannter. Schlaf zu finden war schier unmöglich geworden, essen zu einer anstrengenden Pflicht. Ihre Nervosität fand ihren unerwarteten Höhepunkt, als Kirk nach der letzten Runde des Rennens in Frankreich aus seinem Wagen gestiegen war. Ihre Blicke waren sich für einen kurzen Moment begegnet, und Pam war von der jähen Erkenntnis überrollt worden, dass sie sich in Kirk Fox verliebt hatte. Allein der Gedanke hatte sie in Panik versetzt. Er war so ganz anders als die Männer, zu denen sie sich in der Vergangenheit hingezogen gefühlt hatte. Doch das hier war nicht nur Anziehungskraft, deshalb besaßen die früheren Maßstäbe auch keine Bedeutung. Kurz hatte Pam mit dem Gedanken gespielt, den Auftrag hinzuwerfen und in die Staaten zurückzukehren, doch ihr Berufsethos verbot ihr eine so feige Flucht. Und der Stolz verbot es ihr, ihm zu nahe zu kommen. Sie hatte nicht vor, als nächste Trophäe, als nächster Sieg für Kirk Fox zu enden.

Da sie vom Korridor keine Geräusche mehr hörte, zog Pam einen dünnen Morgenmantel über ihr Nachthemd. Sie hatte beschlossen, zu Foxys Zimmer zu gehen. In dem Moment, als sie ihre Tür öffnete, erstarrte sie. Kirk kam über den Korridor. Er hielt den Kopf gesenkt, doch er schaute sofort auf, als er ihren leisen erstaunten Laut vernahm. Er blieb stehen und schaute mit undurchdringlichem Blick zu ihr hin. Pam stand reglos im Türrahmen und hielt den Atem an. Scheinbar hatte sie vergessen, wie man ausatmet, scheinbar hatte sie auch vergessen, wie man die Füße rückwärts setzt, um sich in das Zimmer zurückzuziehen. Kirk hielt ihren Blick gefangen, während er weiter auf sie zukam, und obwohl ihre Finger noch immer den Türknauf umklammerten, zog sie sich nicht zurück. Plötzlich überkam sie eine vollkommene Ruhe. Das hier war es, was sie brauchte, was sie sich wünschte. Sie wusste es. Als Kirk vor ihr stehen blieb, sahen sie einander an, schweigend und ohne zu lächeln. Das Licht, das aus ihrem Zimmer fiel, tauchte sie beide in einen hellen gelben Schein.

»In den letzten Monaten muss ich mindestens hundert Mal an deiner Tür vorbeigegangen sein.«

»Ich weiß.«

»Heute Abend gehe ich nicht daran vorbei.« Der Anflug einer Herausforderung schwang in seiner Stimme mit, um seinen Mund zogen sich grimmige Linien. »Ich komme rein.«

»Ich weiß«, sagte Pam noch einmal. Sie trat zurück, um ihn einzulassen. Ihre gelassene Einwilligung ließ ihn zögern. Sie sah die Zweifel in seinem Blick aufflackern.

»Ich werde mit dir schlafen.« Seine Erklärung spiegelte seinen wachsenden Ärger wider.

»Ja«, stimmte sie mit einem Nicken zu. Ein Lächeln spielte um ihre Lippen, als sie die Nervosität in seinem Ton erkannte. Er hat ebensolche Panik wie ich, wurde ihr klar, als Kirk nach einem kurzen Zögern in ihr Zimmer trat. Leise schloss Pam die Tür hinter ihm. Sie drehten sich beide, sodass sie einander gegenüberstanden.

»Ich verspreche nichts«, verkündete er rau. Die Hände sicher in seinen Hosentaschen vergraben, musterte er sie.

»Nein.« Ihr Morgenmantel raschelte leise, als sie ging, um das Licht auszuschalten. Der Schein von Mond und Sternen floss ins Zimmer. Unten im Hof unter ihrem Fenster sagte jemand etwas in schnellem Italienisch und lachte dann herzhaft.

»Wahrscheinlich werde ich dich verletzen«, warnte Kirk leise.

»Ja, wahrscheinlich«, stimmte Pam zu. Sie ging zu ihm, bis sie beide eine dunkle Silhouette im Mondlicht waren. Er nahm ihren Duft wahr, apart, dezent, unvergesslich. »Aber ich bin härter im Nehmen, als ich wirke.«

Er konnte nicht widerstehen, hob eine Hand in ihr Haar. Es fühlte sich weich wie eine Wolke an seiner Handfläche an. »Du machst einen Fehler.« Im schwachen Licht sah er das Schimmern in ihren Augen.

»Nein.« Pam hob die Arme und schlang sie um seinen Hals. »Nein, das mache ich nicht.«

Mit einem tiefen Stöhnen zog Kirk sie an sich und nahm den ihm dargebotenen Mund in Besitz. Und als er sie auf seine Arme hob, schmiegte Pam sich willig an ihn.

6. KAPITEL

Kurz vor Rennbeginn herrschte der übliche Trubel. Auch der feine Nieselregen, der konstant niederging, hatte die Zuschauer nicht hindern können, dabei zu sein. Der Himmel hing bleigrau und schwer über dem Ring. Trockenreifen wurden gegen Regenreifen ausgetauscht.

Foxy stützte sich auf das Waschbecken der leeren Damentoilette und spülte sich den Mund aus, um den Geschmack von Übelkeit loszuwerden. Mit abwesenden Gesten wusch sie sich das Gesicht und versteckte ihre Blässe unter Make-up. Ihre Handflächen waren noch immer heiß und feucht, sie ließ kaltes Wasser darüberlaufen. Die Ansagen aus dem Lautsprecher drangen bis hierher. Jetzt blieben nur noch Minuten bis zum Start. Sie nahm ihre Kameratasche und eilte hinaus. Innerhalb von Sekunden hatte die Menschenmenge sie verschluckt. Da Foxy mit ihren Gedanken beschäftigt war, sah sie Lance erst, als sie praktisch schon vor ihm stand.

»Dieses Mal nicht aufgepasst und zu nah herangekommen, Fox?« Sie hob den Kopf genau in dem Moment, in dem die Menge sie auf ihn zuschob. Sein Grinsen erstarb, als er die klamme Haut an ihren Armen berührte. »Du bist eiskalt«, murmelte er, dann zog er sie aus dem Pulk heraus und in einen engen Korridor.

»Herrgott, lass mich los«, protestierte sie. Ihre Beine waren alles andere als sicher, fast gaben ihre Knie unter der abrupten Bewegung nach. »Sie starten in einer Minute.«

Ohne auf ihren Protest einzugehen, legte Lance die Hand

unter ihr Kinn und hob ihr Gesicht an. Mit zusammengekniffenen Augen musterte er sie durchdringend. Die Farbe war noch nicht in ihre Wangen zurückgekehrt, und von Make-up ließ er sich nicht täuschen. »Du bist krank.« Fast klang es wie eine Anschuldigung. Er drückte sie mit dem Rücken gegen die Wand. »Du kannst da nicht rausgehen, wenn du krank bist.« Er legte ihr den Arm um die Taille und wollte sie wegführen. Sie sträubte sich, als das Heulen der Motoren lauter wurde.

»Himmel!« Frustriert über seine Einmischung, versuchte sie, ihn von sich zu stoßen, doch ohne großen Erfolg. »Ich bin vor jedem Rennen krank, aber deswegen verpasse ich nicht den Start. Lass mich endlich los!«

Der Ausdruck seiner Miene durchlief rasant erst Verblüffung, dann Entrüstung und schließlich Wut. Zwischen ihm und der Wand gefangen, wurde Foxy bei diesen schnellen Veränderungen klar, dass sie einen Fehler begangen hatte. »Diesen wirst du verpassen«, knurrte er. Halb zog er sie, halb trug er sie von der Boxengasse fort. Da sie gegen seinen Griff so oder so nichts ausrichten konnte, fügte Foxy sich schließlich. Schweigend führte er sie in das Restaurant unter der Haupttribüne. »Kaffee«, rief er dem Kellner barsch zu und schob Foxy in eine Sitznische.

»Hör zu, Lance«, hob sie an, jetzt, da genügend Energie in sie zurückgekehrt war, um empört zu sein.

»Sei still!« Er sagte es leise, aber so wütend, dass sie tatsächlich gehorchte. Natürlich hatte sie ihn öfter verärgert erlebt, aber um einen Vergleich mit seinem jetzigen Zustand zu finden, musste sie wohl Jahre in ihrer Erinnerung zurückgehen. Sein Mund war schmal zusammengepresst, seine Stimme bebte vor nur mühsam kontrollierter Wut. Doch es waren seine Augen, jetzt dunkelgrau wie Rauch, die sie verstummen ließen. Manchmal war es einfach besser zu schweigen.

Im Restaurant war niemand, es war ruhig hier, nur das Dröhnen der Wagen draußen auf dem Ring war zu hören. Vor den Fenstern stand eine düstere Wolkenwand, das Grau nur unterbrochen durch die hellen klaren Regenspuren, die am Glas hinabliefen. Foxy verfolgte eine von ihnen mit dem Blick, wie sie sich im Zickzack nach unten wand. Der Kellner brachte eine Kanne Kaffee und zwei Tassen, stellte sie auf den Tisch und zog sich wieder zurück. Der Blick in Lance' Augen war eindeutig – er wollte Privatsphäre, nicht Service. Während die Wellen seines Ärgers zu ihr schwappten, sah Foxy Lance zu, wie er Kaffee für sie beide einschenkte. Neugier übermannte ihren Verdruss. Worüber regte er sich eigentlich so auf?

»Trink deinen Kaffee«, herrschte er sie gepresst an.

Bei dem Befehl ruckten ihre Augenbrauen in die Höhe. »Jawohl, der Herr«, sagte sie gespielt demütig und hob ihre Tasse.

Wut blitzte in seinen Augen auf. »Treib's nicht zu weit, Foxy!«

»Lance.« Sie setzte die Tasse wieder ab, ohne getrunken zu haben, und lehnte sich vor. »Was ist los mit dir?«

Er musterte sie, sah die Verwunderung auf ihrer Miene, bevor er seinen Kaffee halb leer trank, heiß und schwarz. Die Blässe stand noch immer auf ihren Wangen, ließ sie unendlich verletzlich aussehen. Ihre Augen blickten so jung und so ernst, während der Kaffee in der Tasse vor ihr kalt wurde. »Wie fühlst du dich?«, fragte er, während er gleichzeitig eine Zigarre und sein Feuerzeug zur Hand nahm.

»So weit gut«, antwortete sie vorsichtig. Ihr fiel auf, dass er die Zigarre nicht anzündete, sondern nur zwischen den Fingern drehte. Schweigen breitete sich aus. Das ist ja lächerlich, dachte sie und öffnete den Mund, um eine Erklärung zu verlangen.

»Wird dir vor jedem Rennen übel?«, fragte Lance streng.

Die Frage ließ sie stutzen. Foxy rührte in ihrem Kaffee. »Lance, hör zu …«

»Lass das!« Die harsche Zurechtweisung ließ sie abrupt aufschauen. Ihr Blick traf auf die eiskalte Wut in seinen Augen. »Ich habe dich etwas gefragt.« Seine Stimme klang viel zu kontrolliert. Foxy war noch nie schüchtern gewesen, aber sie hatte Respekt vor einem Temperament, das noch aufbrausender war als ihr eigenes. »Bist du krank, körperlich krank«, wiederholte er leise mit schneidender Präzision, »vor jedem Rennen?«

»Ja.«

Er fluchte leise, aber so unflätig, dass sie eine Gänsehaut bekam. Sie konnte den Blick nicht von seinem Gesicht nehmen. »Hast du es Kirk gesagt?«, wollte er wissen.

»Nein, natürlich nicht. Warum sollte ich?« Das verwunderte Unverständnis in ihrer Stimme war neue Nahrung für seine Rage. Da sie die heranziehende Gefahr spürte, legte sie ihre Hand auf seine. »Lance, nun warte mal eine Minute. Zum einen ist es an diesem Punkt in meinem Leben ganz sicher mein Problem. Und wenn ich Kirk gesagt hätte, wie ich mich vor jedem Rennstart fühle, seit ich ein Kind war, hätte er sich nur Sorgen um mich gemacht. Es hätte vielleicht seine Konzentration gestört, und vielleicht hätte er mich sogar von der Rennstrecke verbannt. Ich hätte mich dann nur schuldig und noch elender gefühlt.« Sie hielt inne und schüttelte den Kopf. »Aufgehört hätte er deswegen dennoch nicht. Weil er nicht aufhören kann.«

»Du kennst ihn wirklich gut.« Lance leerte seine Tasse, schenkte mit geschmeidigen Bewegungen nach. Trotzdem spürte Foxy seinen Ärger schwelen.

»Ja, ich weiß.« Ihre Blicke hielten einander fest, seiner hitzig, ihrer ruhig. »Das Rennen steht bei Kirk an erster Stelle, hat es immer getan. Aber gleich danach komme ich.« Foxy bekräftigte ihre Worte mit ausdrucksstarken Gesten. Es war ihr wichtig, dass Lance verstand, so wie sie gestern Kirk beschworen hatte, sie zu verstehen. »Und es war immer genug für mich. Hätte er mich nicht auf den zweiten Rang gestellt, wäre er ein anderer Mensch. Ich liebe Kirk, so wie er ist … vielleicht weil er so ist, wie er ist. Ich schulde ihm alles.« Als Lance den Mund öffnen wollte, um etwas zu sagen, hielt sie ihn hastig auf. »Nein, bitte, hör mir zu. Du verstehst das nicht. Kirk hat mir ein Heim gegeben, er hat mir ein Leben gegeben. Ich weiß nicht, wie es nach dem Unfall mit mir weitergegangen wäre, wenn ich Kirk nicht gehabt hätte. Wie viele dreiundzwanzigjährige Männer entscheiden sich schon dafür, sich um ein dreizehn Jahre altes Mädchen zu kümmern? Er war immer gut zu mir. Er hat mir alles gegeben, was er geben konnte. Ich weiß, er ist lange nicht perfekt. Er ist launisch und von sich selbst eingenommen, aber, Lance, in all den Jahren hat er nie etwas von mir verlangt, außer dass ich da bin.« Sie stieß den Atem aus und starrte dann in ihre Tasse. »Das scheint mir nicht zu viel verlangt.«

»Kommt darauf an«, sagte Lance leise. »Auf jeden Fall kannst du nicht auf ewig da sein.«

»Auch das weiß ich.« Seufzend rollte sie mit den Schultern. Sie wandte das Gesicht wieder zum Fenster und folgte dem Lauf der Regentropfen, ohne ihr durchscheinendes Spiegelbild im Glas zu sehen. »Während dieser Saison ist mir klar geworden, dass ich nicht mehr damit fertigwerde. Ich kann nicht mehr dabeistehen und zusehen, wie er in den Wagen steigt, und dann darauf warten, ob er verunglückt oder nicht, wissend, dass er eines Tages vielleicht nicht mehr einfach aus dem Wrack kriecht und weggeht.« Sie lenkte ihren Blick zurück zu Lance, und für einen Moment stand pure Verzweiflung in ihren Augen. »Ich werde nicht zusehen, wie er stirbt.«

»Foxy.« Lance beugte sich vor und nahm ihre Hand. Jetzt war seine Stimme sanft, keine Spur mehr von Wut. »Du weißt doch besser als alle anderen, dass nicht jeder Fahrer auf dem Ring verunglückt.«

»Ich liebe aber auch nicht jeden Fahrer«, konterte sie schlicht. »Ich habe schon zwei geliebte Menschen bei einem Unfall verloren. Nein«, sagte sie sofort, als er zu sprechen anheben wollte. Sie presste die Finger auf die Augen und schüttelte den Kopf, so als wolle sie die Worte damit zur Seite schieben. »Ich denke eigentlich nur selten daran. Weil ich sonst verrückt werden würde.« Sie holte tief Luft, um ihre Fassung wiederzufinden, und sah ihn dann an. »Ich steigere mich nicht rein, Lance, aber ich kann einfach nicht mehr besonders gut damit umgehen. Und es wird mit jedem Mal schwerer für mich.«

»Ich weiß, man darf die Gefahren nicht verharmlosen.« Er runzelte die Stirn über die Angst und die Sorgen, die er in ihren Augen las. »Aber du weißt doch, dass die Sicherheitsstandards immer weiterentwickelt worden sind. Die Fahrer sind heute viel besser geschützt. Tödliche Unfälle sind die Ausnahme, nicht die Regel.«

»Statistiken sind nur Zahlen auf einem Blatt Papier. Sie haben keine Bedeutung für mich.« Sie lächelte, als die Falte auf seiner Stirn tiefer wurde, dann schüttelte sie den Kopf. »Du kannst es nicht verstehen, weil du einer von ihnen bist. Ihr Rennfahrer seid eine besondere Spezies. Ihr behauptet alle, verschiedene Motive zu haben, dabei gibt es in Wahrheit nur einen einzigen Grund. Ihr fahrt Rennen, weil ihr genau das liebt – wie eure Mutter, eure Geliebte und euren besten Freund zugleich. Jeder Fahrer flirtet mit dem Tod. Ihr brecht euch die Knochen, verbrennt euch die Haut und seid wieder zurück auf dem Ring, noch bevor der Rauch sich verzogen hat. Am einen Tag noch im Krankenhaus, am nächsten wieder im

Cockpit. Du hast es auch so gemacht, ich hab's miterlebt. Es ist wie eine Religion. Ich kann es nicht begreifen, aber ich kann es auch nicht verdammen. Manche nennen es eine Wissenschaft, aber das ist eine Lüge. Ich bin damit aufgewachsen, aber deswegen ergibt es für mich dennoch keinen Sinn. Das liegt daran, dass es eine emotionale Angelegenheit ist, und Emotionen machen nun mal selten Sinn.« Sie legte den Kopf an die kühle Glasscheibe und starrte hinaus in den Regen. »Ständig hoffe ich darauf, dass er eines Tages genug davon haben wird, dass er etwas anderes findet, das an den Platz rücken kann.« Jetzt sah sie forschend zu Lance. »Das habe ich mich immer gefragt ... wieso hast du aufgehört?«

»Weil ich es nicht mehr geliebt habe.« Lächelnd streckte er die Hand aus und schob ihr eine Locke hinters Ohr.

»Da bin ich froh«, sagte sie und erwiderte sein Lächeln. Eine Weile fingerte sie schweigend an der Kaffeetasse. »Lance, du wirst Kirk doch nichts davon sagen, oder?« Sie war sich nicht zu schade, ihn mit den Augen anzuflehen.

»Nein, ich sage ihm nichts.« Er konnte die Erleichterung über ihre Miene huschen sehen, bevor sie ihre Tasse anhob. »Fox.« Sie hielt mit der Tasse vor ihren Lippen inne. »Ich möchte, dass du die letzten Rennen der Saison ausfallen lässt.«

»Das kann ich nicht tun.« Sie schüttelte den Kopf und nippte an dem Kaffee. Er war bitter und kalt, sie zog eine Grimasse und stellte die Tasse wieder ab. »Nicht nur wegen Kirk, sondern auch, weil ich eine Verpflichtung Pam gegenüber habe.« Foxy lehnte sich zurück. Lance schaute sie durch eine kleine Rauchwolke mit gerunzelter Stirn an. »Ich habe den Auftrag übernommen, Fotos von allen Rennen aufzunehmen, und meine Arbeit ist mir sehr wichtig.«

»Und wenn die Saison vorbei ist?«

Jetzt legte sie die Stirn in Falten, in ihren Augen spiegelte sich das fahle Licht, das durch die Fenster einfiel. »Ich führe mein eigenes Leben, habe meine eigene Arbeit. Ich muss auch selbst damit fertig werden, dass ich nicht mehr zu Kirks Leben gehören kann. Meine Gefühle liegen zu nah unter der Oberfläche. Ich bin eben ein Feigling«, fügte sie brüsk hinzu und wollte sich aus der Nische schieben. »Ich muss zurück an die Arbeit.«

Lance war schneller von der Bank herunter und blockierte ihr den Weg. Sie hatte nur noch Zeit, fragend die Augenbrauen hochzuziehen, als er sie auch schon in seine Arme zog und ihren Kopf sanft an seine Schulter drückte. »Oh, nicht«, murmelte sie und schloss die Augen. Verräterische Hitze durchströmte sie. »Ich kann nicht mit dir umgehen, wenn du nett bist.« Sie spürte seine Lippen an ihrem Haar, während seine Hand sacht ihren Rücken auf und ab streichelte. »Lance, bitte, wenn du nicht aufhörst, überschwemme ich dieses Café hier mit meinen Tränen. Du hast dem Kellner schon genügend Angst eingejagt.«

»Tränen?« Er sprach es zögernd aus, so als würde er überlegen. »Weißt du, Foxy, ich glaube, in all den Jahren, die ich dich kenne, habe ich dich kein einziges Mal weinen sehen.«

»Ich habe noch nie viel davon gehalten, mich in aller Öffentlichkeit zu erniedrigen.« Sie fühlte sich geborgen und viel zu wohl in seiner Umarmung. »Lance, du darfst nicht nett zu mir sein. Ich könnte mich sonst vielleicht daran gewöhnen.« Sie erhob ihr Gesicht zu ihm, doch das Lächeln wollte nicht kommen, weil sie die Absicht in seinen Augen erkannte. »Himmel, hilf«, murmelte sie noch, bevor sein Mund ihre Lippen berührte.

Sie musste sich nicht gegen eine Explosion wappnen. Der Kuss war sanft und zart, kein Drängen, kein Feuer, nur tröstende Zärtlichkeit. Und während sie das Gefühl hatte dahinzuschmelzen, fühlte sie sich gleichzeitig seltsam beschützt und sicher. Die behutsame, zärtliche Umarmung verwirrte sie, entwaffnete sie, verführte sie mehr, als es jeder gierig-heißen Forderung hätte gelingen können. Seine Lippen waren warm und weich, kosteten von ihrem Geschmack ohne Druck, spendeten Trost und Freude. Foxy hatte nicht geahnt, dass er zu solch überwältigender Zärtlichkeit überhaupt fähig war. Und weil er nichts verlangte, gab sie umso mehr. Der Kuss dauerte lange an, behielt aber seinen tröstenden Frieden. Die Wirklichkeit verblasste, ließ Foxy allein mit Lance in ihrer Welt zurück. Und selbst als ihr Mund wieder frei war, konnte sie nicht sprechen. Es waren ihre Augen, die die Fragen stellten.

»Ich bin mir nicht ganz sicher, was ich mit dir anfangen soll«, flüsterte er. Er griff eine Handvoll ihrer Strähnen und ließ sie sich durch die Finger gleiten. »Es war einfacher, als ich noch nicht wusste, dass du auch eine empfindsame Seite hast. Ich bezweifle, dass ich weiß, wie man mit Zerbrechlichkeit umgeht.«

Verwirrt nahm Foxy ihre Kameraausrüstung. Bis er sie so zärtlich berührt hatte, hatte sie sich auch nicht zerbrechlich gefühlt. Wohl wissend, dass dieses Gefühl nur Gefahren barg, bemühte sie sich, es abzuschütteln. »Ich bin nicht zerbrechlich«, behauptete sie, richtete sich auf und sah ihn an.

Ein Lächeln zog über sein Gesicht, verzog seine Lippen und ließ seine Augen leuchten. »Du willst es nicht sein.«

»Ich bin es nicht«, verneinte sie sofort und schüttelte ihr Haar zurück. Noch nie hatte jemand sie so fühlen lassen. Sie befürchtete, dass, sollte er sie wieder so berühren, sie auch wieder so fühlen würde. Und aus Erfahrung wusste sie, dass nur die Starken heil und an einem Stück überlebten.

Lance musterte ihr Gesicht, bevor er ihr die Kameratasche abnahm. »Dann lass mich einfach in dem Glauben«, schlug er vor, schloss seine Finger um ihre Hand und führte sie nach draußen.

Als das Team in die Staaten zurückkehrte, führte Kirk die Weltmeisterschaftswertung mit fünf Punkten an. Ein Sieg in Watkins Glen würde ihm den Titel sichern. Doch selbst in der Aufregung und dem Trubel bemerkte Foxy Veränderungen bei den Menschen, die ihr nahestanden. Seit dem Rennen in Italien war sie mit sich selbst beschäftigt gewesen. Irgendetwas in ihrem Hinterkopf schien ständig an ihr zu nagen. Das Gefühl machte sie eher neugierig, als dass es sie irritierte, schließlich war sie es immer gewohnt gewesen, die vollständige Kontrolle über ihre Gedanken und Emotionen zu haben. Doch jetzt schien es plötzlich, als wäre ein Teil ihres Denkvermögens für etwas Spezielles reserviert. Immer öfter musste sie nämlich an Lance denken.

Seit dem Gespräch in dem Restaurant behandelte er sie mit auffälliger Sanftmut. Seltsamerweise war seine Liebenswürdigkeit mit einer spürbaren Distanziertheit gepaart, die Foxys Verwirrung nur anwachsen ließ. Und seit dem Kuss in dem Café hatte Lance sie nicht wieder angerührt, ja, er hatte nicht einmal den Versuch unternommen. Da sie ihn noch nie weder zärtlich noch zurückhaltend erlebt hatte, fragte sie sich neuerdings, ob sie ihn wirklich so gut kannte, wie sie immer geglaubt hatte. Und sie fühlte sich mehr und mehr zu ihm hingezogen.

Sie bemerkte auch die Veränderung an ihrem Bruder. Er war schweigsamer geworden, hatte sich mehr und mehr in sich selbst zurückgezogen. Weil sie das schon früher bei ihm erlebt hatte, akzeptierte sie es, ohne Fragen zu stellen. Sie führte seine Stimmung auf den Druck wegen der Meisterschaft zurück. Auch in Pam stellte sie eine wachsende Ernsthaftigkeit fest. Wie oft wünschte sie sich bei den langen Trainingsläufen und den Qualifikationen, sie würde wenigstens einen Teil von Pams stiller Gelassenheit besitzen.

Die fast zweieinhalb Meilen lange Strecke wand sich durch

ein Terrain, das abwechselnd bewaldet und dann wieder offen war. Die Bäume trugen bereits ihr Herbstlaub, das mit jedem weiteren Tag in flammenderen Farben erstrahlte. Foxy hatte ganz vergessen, dass New York einen solch rustikalen Charme besaß. Der Wind wehte die Blätter hoch in einen strahlend blauen Oktoberhimmel, um sie dann trudelnd und kreiselnd auf den Boden fallen zu lassen. In der Luft hing die Mischung aus der ersten Strenge der Herbstkälte und der Sonnenwärme, die für den Herbst typische Kombination. Von allen Rennstrecken, die Foxy in den letzten zehn Jahren ihres Lebens gesehen hatte, gefiel ihr »The Glen« am besten. Irgendetwas Ursprüngliches und grundlegend Amerikanisches war an dieser Strecke.

Sie verfolgte das Rennen durch ihre Kameralinse. Das letzte, dachte sie und stieß die Luft aus, als sie sich aufrichtete. Charlie Dunning stand neben ihr und sah den Autos nach, rollte dabei den dicken Zigarrenstummel von einem Mundwinkel in den anderen.

»Das wär's dann, Charlie.« Foxy lächelte erleichtert, als er sich langsam zu ihr umdrehte und die Augen gegen die Sonne zusammenkniff.

»Wirst du diese Knipserei eigentlich nie leid?«, fragte er und schaute grimmig auf die Kamera in ihrer Hand.

»Wirst du es eigentlich nie leid, mit Autos zu spielen und Weiberröcken nachzujagen?«, flötete sie liebenswürdig.

»Das sind beides sehr sinnvolle Beschäftigungen.« Er kniff sie in die Seite und schnaubte. »Du bist ja noch dünner geworden.«

»Und du bist noch süßer geworden«, konterte sie. Sie rieb kräftig über seinen Bart und zwinkerte ihm zu. »Sollen wir heiraten?«

»Immer noch die freche Göre«, brummte er und wurde tatsächlich rot unter den Stoppeln.

Grinsend steckte Foxy die Finger in seine Hemdtasche und stibitzte sich den Schokoriegel. »Sag mir Bescheid, wenn du deine Meinung änderst.« Sie biss herzhaft in den Riegel. »Ich werde schließlich nicht jünger, weißt du?«

Brummelnd und knurrend schaute Charlie, dass er fortkam, um seine Mechaniker zusammenzustauchen.

»Das ist garantiert das erste Mal in seinem Leben, dass Charlie rot geworden ist«, kam es von Lance.

Foxy drehte den Kopf und sah Lance herankommen. Ein seltsam aufgeregtes Prickeln lief ihren Rücken hinunter und wieder hinauf, um sich dann in ihrem Nacken festzusetzen. Lance trug einen grauen, eng anliegenden Rollkragenpullover, der seinen schlanken Oberkörper modellierte. Seine Lippen hatten sich zu dem typischen Halblächeln verzogen, und jäh stürzte die Erinnerung auf Foxy ein, wie diese Lippen sich anfühlten. Das Gefühl war so lebendig, so echt, dass sie sicher war, er müsse es auch fühlen. Und als sie ihn ansah, da war ihr, als würde ein Schleier vor ihren Augen gelüftet, sie meinte, Lance zum ersten Mal richtig zu erkennen – die grauen Augen, die so viel sahen und so wenig preisgaben, die fein geschwungenen Lippen, die solches Vergnügen spenden konnten, das harte Kinn und die markanten Gesichtszüge, die so viel faszinierender waren als glatte Attraktivität. Deshalb war Scott Newman ihr langweilig vorgekommen. Deshalb hatte kein Junge, kein Mann in ihren Augen sich je mit ihm vergleichen können. Für ihr Herz gab es nur den einen Mann, hatte es immer nur den einen gegeben.

Ich habe nie aufgehört, in ihn verliebt zu sein, dachte sie alarmiert. Ich werde nie damit aufhören.

»Alles in Ordnung mit dir?« Lance fasste nach ihr, als er die Farbe aus ihrem Gesicht weichen sah. Die Bewegung, zusammen mit der Sorge in seiner Stimme, riss Foxy zurück in die Wirklichkeit.

»Nein … ja, sicher, mir geht's gut.« Foxy wischte sich über die Stirn, so als würde sie dichten Nebel vertreiben wollen. »Ich … ich träume wohl mit offenen Augen.«

»Vom seligen Eheglück mit Charlie?« Er fuhr ihr sacht mit den Fingern durchs Haar und jagte damit Schauer um Schauer durch sie hindurch.

»Charlie?« Mit leerem Blick sah sie auf den Schokoriegel in ihrer Hand, der von der Wärme langsam zu schmelzen begann. »Oh, Charlie, sicher. Ich … ich habe ihn nur ein wenig geneckt.« Sie wünschte sich verzweifelt an ein stilles Plätzchen, um sich in Ruhe sammeln zu können. Durch die neue Erkenntnis drehte sich alles in ihrem Kopf. All ihre Sinne schienen plötzlich in einem Wettstreit um die Oberhand zu liegen.

Lance musterte sie mit wachsender Neugier. »Bist du sicher, dass alles in Ordnung mit dir ist?« In seiner typischen Art hob er die Augenbrauen an, und wie immer verschwanden sie unter seinem Haar auf der Stirn. »Du siehst irgendwie mitgenommen aus.«

Mitgenommen? Die Untertreibung hätte ihr beinah ein Kichern entlockt. *Ich gehe unter, zum dritten Mal.* »Natürlich, alles bestens«, log sie und zwang sich zu einem Lächeln. »Und selbst?«

Die Wagen rauschten vorbei und umrundeten die S-Kurven. Foxy fragte sich, wie viele Runden sie wohl verpasst hatte, während sie hier wie in Trance gestanden hatte. »Ja, mir geht's auch gut«, murmelte Lance. Ein leichtes Lächeln spielte um seine Lippen, während er sie betrachtete. »Die Schokolade schmilzt.«

Hastig biss Foxy von dem Riegel ab. »Was hast du vor, wenn das Rennen vorbei ist?« Sie hoffte, dass sie nur halbwegs interessiert klang.

»Mich erholen.«

»Ja.« Ein Teil der Anspannung hob sich von ihren Schultern, als sie sich umsah. In ein paar Stunden wäre es so weit. »Das haben wir wohl alle nötig. Es war ein langer Sommer.«

»War es das?«, hakte Lance nach. Foxy trug eine weiße Bluse unter einer blauen Strickjacke. Mit Daumen und Zeigefinger fasste er nach dem Kragen, ohne den Blick von ihrem Gesicht zu wenden. Die simple Geste hatte etwas Besitzergreifendes. »Mir scheint es noch gar nicht so lange her zu sein, dass du unter dem MG in Kirks Garage hervorgerollt bist.«

»Ich habe das Gefühl, dass es schon Jahre sind«, murmelte sie und wandte sich zur Strecke. Die Wagen rasten vorbei, der Lärm hielt sich auf ohrenbetäubendem Level – Röhren und Heulen. Es roch nach Öl und Benzin und nach heißem Gummi. »Pam scheint es überhaupt nichts auszumachen«, sagte Foxy, als sie die zierliche Blondine in der Nähe der Boxengasse ausmachte. »Vermutlich ist es weniger anstrengend, wenn man keine persönliche Beziehung zu einem der Fahrer hat.«

Lance lachte auf und hob ihr Kinn an. »Brauchst du eine Brille, oder hast du die letzten Wochen vielleicht auf einem anderen Planeten verbracht?«

»Wovon redest du überhaupt?« Sie war nicht in der Lage, sich von ihm berühren zu lassen, und trat einen Schritt zurück.

»Meine liebe Foxy, Pam *hat* eine persönliche Beziehung zu einem der Fahrer. Nimm mal die Scheuklappen ab!«

Die Augen gegen die Sonne zusammengekniffen, studierte Foxy Pams Profil. Pam schaute konzentriert dem Rennen zu, die schmalen Hände in die Taschen ihres makellosen hellen Blazers gesteckt. Foxy sah scharf zurück zu Lance, der vor sich hin schmunzelte. »Du meinst doch wohl nicht Kirk?« Natürlich meint er Kirk, wurde ihr klar, noch während sie die Worte aussprach. Wäre ich nicht die ganze Zeit so mit Lance beschäftigt gewesen, hätte ich es eher bemerkt. »Ach du meine Güte!«, stieß sie mit einem herzhaften Seufzer aus.

»Was ist, kleine Schwester? Hast du etwas dagegen?«, meinte Lance trocken, drehte ihr Gesicht zu sich und hielt sie leicht bei den Armen. »Kirk ist schon lange ein großer Junge.«

»Unsinn!« Mit einer resoluten Geste schob Foxy sich das Haar auf den Rücken. »Er braucht sicherlich keine Erlaubnis von mir. Und außerdem ist Pam großartig.«

»Wo ist dann das Problem?«

Foxy drehte sich leicht und zeigte zu Pam hinüber. Pam trug das Haar in einem adretten Knoten im Nacken, nur ein paar leichte Strähnen tanzten im Wind sanft um ihre gefasste Miene. »Sieh sie dir doch nur an«, wies sie ihn ungeduldig an. »So würde Melanie Wilkes wohl in heutiger Zeit aussehen. Großer Gott, sie hört sich ja sogar so an, mit ihrer leisen, sanften Stimme. Pam ist so fein und zierlich! Sie sollte Tee in einem eleganten Salon servieren. Kirk wird sie komplett verschlucken.«

»Du scheinst vergessen zu haben, dass Melanie Wilkes eine sehr starke Frau war, Foxy.« Mit den Fingern strich er sanft über ihre Wange. »Denk darüber nach«, sagte er noch, dann drehte er sich um und ging davon.

Eine ganze Weile noch blieb Foxy reglos stehen. In Lance verliebt zu sein war kein neues Gefühl, doch jetzt liebte sie ihn als Frau, nicht als schwärmerischer Teenager. Es war kein romantisches Märchen mehr, sondern ein echtes, tief gehendes und allumfassendes Bedürfnis. Jetzt kannte sie die Freuden und die Qualen, wie es war, wenn sie von ihm umarmt wurde, kannte die fordernde Hitze seines Mundes auf ihren Lippen. Und wenn der morgige Tag vorbei ist, dachte sie und schloss vor der schmerzenden Wirklichkeit die Augen, werde ich ihn wahrscheinlich nie wiedersehen. Doch da sie mit dieser Vorstellung nicht umgehen konnte, verdrängte sie den Gedanken entschieden.

Und jetzt auch noch Pam und Kirk, fiel ihr wieder ein. Auf dem Weg hinüber zu der zierlichen blonden Frau kreuzten ihre Loyalitäten die Klingen miteinander. Sie stellte sich neben Pam und fühlte den Boden von den vorbeirasenden Autos unter ihren Füßen vibrieren.

»Er hat früher als sonst die Führung übernommen«, kommentierte Pam und verfolgte Kirks Wagen mit ihrem Blick. »Er will dieses Rennen unbedingt gewinnen.« Mit einem leisen Lachen drehte sie sich zu Foxy. »Er will jedes Rennen unbedingt gewinnen.«

»Ich weiß. Das war schon immer so.« Der ruhige Blick aus den blauen Augen ließ Foxy tief Luft holen. »Pam, ich weiß, es geht mich nichts an, aber ich …« Sie stieß ein frustriertes Schnauben aus, stopfte die Hände in die Hosentaschen und sah wieder über den Ring hinaus. »Oh, ich werde mich ja so zum Narren machen!«

»Du glaubst, ich bin nicht die Richtige für Kirk«, half Pam aus.

»Nein!« Foxy riss entsetzt die Augen auf. »Ich glaube, Kirk ist nicht der Richtige für dich.«

»Wie sehr ihr beide euch doch ähnelt«, murmelte Pam und studierte ernst Foxys Miene. »Er denkt nämlich genauso. Aber das ist unwichtig. Ich weiß, dass er genau richtig für mich ist.«

»Pam …« Foxy schüttelte den Kopf und suchte nach den richtigen Worten. »Das Rennen …«

»Wird immer an erster Stelle stehen«, beendete Pam den Satz für sie und zuckte dann mit den Schultern. »Das weiß ich, und ich akzeptiere es. Tatsache ist – auch wenn ich mehr als erstaunt darüber bin –, dass das einen Teil von dem ausmacht, was mich an ihm anzieht. Die Rennen, seine absolute

Entschlossenheit, als Erster durchs Ziel zu gehen, die Art, wie er die Gefahr völlig ignoriert. Es ist ebenso aufregend wie frustrierend, und ich komme nicht davon los. Immer denke ich, dass ich vor Angst umkommen werde, aber wenn das Rennen dann beginnt, überrasche ich mich damit, dass ich es nicht tue. Dann wünsche ich mir nur noch, dass er gewinnt.« Mit einem strahlenden Lächeln wandte sie sich zu Foxy um. »Ich glaube fast, ich bin ebenso schlimm wie er. Ich liebe ihn, liebe ihn so, wie er ist und was er ist. Es reicht mir völlig, wenn ich an zweiter Stelle in seinem Leben stehe.« Foxy hörte ihre eigenen Worte, die, die sie selbst benutzt hatte, und sie konnte nichts anderes tun, als auf die Strecke hinauszustarren. »Foxy, ich versuche nicht, deinen Platz bei ihm einzunehmen …«

»Oh nein.« Foxy schwang herum. »Das ist es nicht, wirklich nicht. Ich freue mich für Kirk. Er braucht jemanden, der … der ihn versteht, so wie du es tust.« Sie fuhr sich mit den Fingern durch die dichte Lockenmähne, die in dem gleichen dunklen Rot strahlte wie das Herbstlaub an den Bäumen. »Aber ich mag dich, Pam.« Frustriert spreizte sie die Finger vor sich, als könnte sie sich so besser ausdrücken. »Er kann manchmal grausam sein, einfach indem er vergisst.«

»So leicht bin ich nicht zu verletzen.« Pam legte Foxy die Hand auf die Schulter. »Ich glaube, lange nicht so leicht wie du.« Bei Foxys verwirrter Miene lächelte sie. »Wenn eine Frau verliebt ist, erkennt sie es mühelos, dass es einer anderen ebenso ergeht. Nein, versuch erst gar nicht, es abzustreiten.« Sie lachte, als Foxy den schon geöffneten Mund wieder schloss. »Wenn du darüber reden möchtest, bin ich gerne bereit. Inzwischen komme ich mir nämlich wie eine Expertin zu dem Thema vor.«

»Das wäre rein hypothetisch.« Rastlos lockerte Foxy ihre Schultern. »Morgen gehen wir wieder getrennter Wege.«

»Dann bleibt dir noch heute.« Pam drückte leicht Foxys Schulter. »Und ist das Heute in Wahrheit nicht alles, was zählt?«

Es geschah plötzlich. Foxys Verstand lehnte Pams Bemerkung vehement ab, und noch während Pam sprach, bog Kirk um die Kurve direkt vor ihnen. Foxy sah, wie er dem abrupten Schlenker des Wagens rechts neben ihm auswich, und wartete darauf, dass er seinen Wagen wieder auf die Spur bringen würde. Stattdessen musste sie zusehen, wie sein Bogen weiter und weiter wurde. Sie hörte das pfeifende Heulen seiner Reifen immer lauter in ihrem Kopf hallen. Ein Teil ihres Verstandes schrie bereits in Panik auf, während der andere Teil noch immer fest daran glaubte, dass Kirk den Wagen wieder unter Kontrolle bekommen würde. Er *musste* ihn einfach unter Kontrolle bekommen.

Als der Reifen platzte, klang es wie ein Pistolenschuss, ebenso laut und genauso tödlich. Dann plötzlich stieg da überall Rauch auf. Metall knirschte, als der Wagen in die Mauer prallte und zurückgeschleudert wurde. Reifen und Fiberglasteile flogen durch die Luft, der Wagen drehte sich wild um die eigene Achse.

»Nein!« Der Schrei riss sich aus Foxys Kehle los, sie schüttelte Pams Hand ab, setzte zum Spurt auf die Rennstrecke an.

Zerfetzte Fiberglasstücke regneten auf die Strecke. Eine nie gekannte Angst, größer und mächtiger als alles andere, erfüllte Foxy, verdrängte alle Gedanken, alle Gefühle. Ihre Welt bestand nur noch aus dem sich drehenden Wagen, in dem ihr Bruder gefangen saß. Nur wenige Meter von der Rennstrecke entfernt, lag plötzlich ein eiserner Schraubstock um ihre Taille und raubte ihr die Luft. Sie trat um sich und versuchte sich freizustrampeln, doch vergeblich. Wild schüttelte sie sich das Haar aus den Augen und sah gerade noch, wie Kirks Wagen sich überschlug und auf dem inneren Ring landete.

»Herrgott, Foxy, du kannst da nicht hin! Du bringst dich um!« Lance' Stimme erklang harsch an ihrem Ohr, während sie sich weiter drehte und wand. Voller Entsetzen sah sie die Flammen aus dem Rauch aufschießen.

»Lass mich los!«, schrie sie, als ihr klar wurde, dass der Schraubstock um ihren Leib sein Arm war. »Das ist Kirk, siehst du das denn nicht? Ich muss zu ihm.« Atemlos zerrte und ruckte sie an dem Arm, der sie festhielt. »Großer Gott, ich muss zu ihm!«, schrie sie noch einmal und kämpfte mit aller Kraft darum, freizukommen.

»Du kannst nichts tun.« Lance presste sie hart an sich, raubte ihr damit für einen Moment die Luft. Über ihre Schulter konnte er das Notfallteam sehen, das schon die Feuerlöscher einsetzte, während andere Männer daran arbeiteten, Kirk aus dem Wrack zu befreien. »Du kannst jetzt nichts für ihn tun«, sagte er noch einmal. Sie hörte so abrupt auf, sich zu wehren, und erschlaffte in seinem Griff, dass er schon glaubte, sie sei ohnmächtig geworden, bis er sie sprechen hörte.

»Lass mich los«, sagte sie so leise, dass er sie kaum verstand. »Ich werde nichts Dummes tun«, fügte sie an, als sein Griff sich nicht lockerte. »Ich bin in Ordnung, Lance. Lass mich los.«

Langsam setzte er sie auf den Boden zurück und gab sie frei. Weder drehte sie sich zu ihm um, noch sagte sie ein Wort, sah nur schweigend zu, wie man Kirk aus dem Wrack zog. Sie zeigte auch mit keiner Regung, ob sie spürte, dass Pam jetzt an ihrer Seite war. In der Boxengasse herrschte Grabesstille. Die weiße Flagge flatterte in der Herbstbrise.

7. KAPITEL

Die Wände des Warteraums waren blassgrün gestrichen; auf dem Boden waren marmorierte beigefarbene Fliesen verlegt. Die braunen, grauen und schwarzen Punkte machten den angesammelten Schmutz und Staub eines Kliniktages unauffälliger. An der gegenüberliegenden Wand hing der Druck eines Stilllebens von van Gogh. Es war der einzige Farbtupfer in dem kärglich eingerichteten kleinen Raum. Foxy wusste schon jetzt, dass dieses Bild sie von jetzt an auf ewig an die Stunden quälender Unwissenheit erinnern würde. Pam saß auf einem Stuhl beim Fenster, eingerahmt von Vorhängen, die einen nur wenig dunkleren Farbton als die Wände hatten. Ab und zu führte sie den Becher mit dem kalten Kaffee an die Lippen. Charlie saß auf dem Kunstledersofa und kaute an seiner längst erkalteten Zigarre. Lance marschierte unruhig in dem kleinen Zimmer auf und ab, ohne je stehen zu bleiben, die Hände in den Hosentaschen vergraben. Ein- oder zweimal hörte Foxy Pam etwas in seine Richtung murmeln und fing das tiefe Knurren auf, wenn er antwortete. Die Worte hörte sie nicht, versuchte auch erst gar nicht, sie zu verstehen. Es interessierte sie nicht. Sie verspürte die gleiche namenlose, unbeschreibliche Angst wie damals nach ihrem eigenen Unfall, als sie das Bewusstsein wiedererlangt hatte. Damals war sie absolut hilflos gewesen, und auch jetzt, das wusste sie, war sie hilflos. Lance hatte recht gehabt, als er zu ihr sagte, dass sie nichts tun konnte. Foxy akzeptierte das jetzt. Wut und Angst hielten sich unter der betäubenden Panik des Undenkbaren versteckt. Ihr Kopf war völlig leer, benommen hielt sie die Augen starr auf den Van-Gogh-Druck gerichtet. Vor über drei Stunden hatte Kirk sich mit seinem Wagen überschlagen.

»Miss Fox?«

Jäh wurde Foxy in die Gegenwart zurückgerissen. Einen Moment lang starrte sie die Gestalt in dem grünen OP-Kittel an, die in der Tür aufgetaucht war. »Ja?« Ihre Stimme klang erstaunlich fest, als sie aufstand und auf den Arzt zuging. Ihr fiel auf, wie jung der Chirurg war, auch er trug einen Schnauzbart, wie Kirk, nur dass seiner dunkel war. Die Schutzmaske hing noch um seinen Hals.

»Ihr Bruder ist aus dem OP ins Aufwachzimmer verlegt worden.« Die Ruhe in seiner Stimme musste die gleiche heilende Wirkung wie seine Hände haben. »Im Moment wirkt die Narkose noch nach.«

Foxy hielt die Erleichterung zurück, schaute nur den Arzt an. »Wie schlimm sind seine Verletzungen?«

Der Arzt erkannte und respektierte ihre gefasste Haltung, dennoch sah er die Angst in ihren Augen. »Fünf gebrochene Rippen. Seine Lungen sind kollabiert, aber das haben wir problemlos beheben können. Eine leichte Gehirnerschütterung. Die Rippenbrüche sind schmerzhaft, aber da die Lunge nicht punktiert wurde, besteht kaum ein Risiko. Sein Bein …« Er zögerte einen Moment, und eine neue Welle der Angst schlug über Foxy zusammen.

»Hat er es …« Sie schluckte und zwang sich, die Frage zu stellen. »Hat er es verloren?«

»Nein.« Beruhigend nahm er ihre Hand in seine, fühlte die eiskalten Finger, aber kein Zittern. »Doch es ist ein komplizierter Bruch. Wir mussten vieles zusammensetzen. Ein offener Splitterbruch, zudem ist die Arterie verletzt worden. Wir konnten den Knochen wieder aufbauen, und wenn der Heilungsprozess gut verläuft, wird er sein Bein in ein paar Monaten wieder benutzen können. Allerdings lässt sich das Risiko einer Infektion nie ausschließen.« Der Arzt gab ihre Hand frei und richtete den Blick auf die anderen Anwesenden im Zimmer, bevor er Foxy wieder anschaute. »Er wird einige Zeit bei uns verbringen müssen.«

»Ich verstehe.« Foxy stieß bebend die Luft aus. »Hat er sonst noch weitere Verletzungen?«

»Kleinere Verbrennungen und Abschürfungen. Er hat wirklich Glück gehabt.«

»Ja.« Ernst stimmte sie aus vollem Herzen zu und starrte auf ihre Hände. Sie verschränkte die Finger vor sich, weil sie sonst nicht wusste, was sie mit ihnen anfangen sollte. »Ist er bei Bewusstsein?«

»Ja.« Der Arzt grinste jetzt und sah noch jünger aus. »Als Erstes wollte er wissen, wer das Rennen gewonnen hat.« Foxy biss sich hart auf die Unterlippe, als der Arzt fortfuhr: »In ungefähr einer Stunde kommt er auf ein Krankenzimmer, dann können Sie zu ihm. Aber heute darf nur ein Besucher zu ihm«, mahnte er und ließ den Blick über die Gruppe hinter Foxy wandern. »Die anderen können ihn morgen sehen. Für die nächsten vierundzwanzig Stunden werden wir ihm auch kein Telefon ins Zimmer stellen.«

Foxy nickte. »Dann wird Miss Anderson bleiben und nachher zu ihm gehen«, sagte sie.

»Foxy …« Pam schüttelte den Kopf und trat einen Schritt vor.

»Nein, er wird dich sehen wollen«, meinte Foxy, als sie einander anschauten. »Er wird zufrieden damit sein, zu hören, dass ich hier war. Du wirst doch bleiben, oder?«

Pam fühlte Tränen in ihre Augen steigen. Sie nickte stumm und wandte sich hastig ab. Mit all ihrer Willenskraft war es ihr gelungen, während des Wartens auf Neuigkeiten die Fassung zu wahren. Doch Foxys schlichte Geste der Großzügigkeit schaffte, was die stundenlange Folter nicht geschafft hatte. Pam stellte sich ans Fenster, starrte hinaus und ließ den Tränen freien Lauf.

»Ich habe meine Telefonnummer hinterlassen«, teilte Foxy dem Doktor mit. »Lassen Sie mich rufen, falls vor morgen früh eine Veränderung eintreten sollte.«

»Natürlich. Miss Fox ...« Er konnte die Anzeichen von Schock und Erschöpfung in ihren Augen erkennen. »Er wird wieder gesund.«

»Danke.«

»Charlie, du bleibst bei Pam und wartest auf sie, damit du sie nachher zurückfahren kannst«, instruierte Lance und fasste Foxys Arm. »Ich bringe Foxy jetzt nach Hause.« Mit gepresster Stimme wandte er sich an den Doktor. »In der Lobby wimmelt es sicher schon vor Reportern. Ich will nicht, dass man Foxy jetzt belästigt.«

»Nehmen Sie am besten den Lastenaufzug bis hinunter in die Garage. Gleich neben dem Ausgang ist ein Taxistand.«

»Danke.« Ohne Foxys Zustimmung abzuwarten, führte Lance sie den Gang hinunter.

»Du musst das nicht tun«, meinte sie tonlos. Ihre Stimme ließ keinerlei Schlüsse auf ihren Gefühlszustand zu, während sie sich von ihm den Korridor entlangführen ließ.

»Ich weiß, was ich zu tun habe«, gab er nur zurück und drückte den Rufknopf des Lastenaufzugs. Hinter ihnen machten die Kreppsohlen einer vorbeieilenden Krankenschwester bei jedem Schritt leise saugende Geräusche auf dem Fliesenboden.

»Ich habe dir noch gar nicht gedankt, dass du mich festgehalten hast, bevor ich auf die Strecke rennen konnte.« Das Klingeln des Aufzugs ertönte, die Türen glitten auf. Foxy ließ sich ohne jegliche Gegenwehr von Lance in die leere Kabine ziehen. »Das war extrem dumm von mir.«

»Hör auf damit, verdammt!« Er schwang herum und packte sie bei den Schultern. »Schrei, weine, schlag auf mich ein, aber hör auf damit, dich so zu benehmen.«

Foxy starrte in seine wütend blitzenden Augen. Ihre Gefühle weigerten sich, an die Oberfläche zu kommen. Ihr innerer Schutzwall blieb undurchdringlich, so als wüsste sie instinktiv, dass es zu früh war, auch nur die kleinste Regung entkommen zu lassen. Ihre Augen blieben trocken, als sie leise sagte: »Ich habe bereits alles aus mir herausgeschrien. Weinen kann ich nicht, weil ich mich völlig abgestorben fühle, und ich habe keinen Grund, auf dich einzuschlagen.«

»Es war mein Wagen. Reicht das nicht als Grund?«, wollte er wissen. Die Türen glitten wieder auf, Lance nahm ihre Hand und zog sie mit sich. Auf dem Weg zum Ausgang hallten ihre Schritte laut durch die Tiefgarage.

»Niemand hat Kirk gezwungen, in den Wagen zu steigen. Ich gebe dir keine Schuld, Lance. Ich gebe niemandem die Schuld.«

»Ich hab den Blick gesehen, den du mir zugeworfen hast, als man ihn aus dem Wrack zog.«

Müdigkeit überwältigte sie, als Lance sie auf den Rücksitz eines Taxis schob. Sie drehte den Kopf und sah ihn an, zwang sich, klar und deutlich zu sprechen. »Es tut mir leid. Vielleicht habe ich dir tatsächlich für eine Sekunde die Schuld gegeben. Vielleicht wollte ich dir oder irgendjemandem, der gerade in der Nähe war, die Schuld geben. Ich dachte, er wäre tot.« Weil ihre Stimme leicht zu zittern begann, hielt sie inne, bis sie sicher war, dass sie weiterreden konnte. »Jeden Tag meines Lebens habe ich versucht, auf so etwas vorbereitet zu sein. Aber ich war nicht vorbereitet, überhaupt nicht. Es hat auch keinen Unterschied gemacht, dass es nicht sein erster Unfall war, den ich miterlebt habe.« Foxy seufzte und lehnte sich an den Sitz zurück. Das Licht der Straßenlaternen huschte in regelmäßigen Abständen über ihre geschlossenen Lider. »Ich gebe dir nicht die Schuld für das, was passiert ist, Lance. Genauso wenig, wie ich Kirk vorwerfe, dass er ist, wer er ist. Vielleicht hat er dieses Mal ja genug.«

Von Lance kam keine Erwiderung, nur das Klicken und Zischen seines Feuerzeuges war zu hören. Foxy hatte nicht mehr die Energie, um ihre Augen zu öffnen, so hielt sie sie geschlossen und schwieg für den Rest der kurzen Fahrt. Als sie in dem Motel ankamen, trafen sie auf Scott Newman, der unruhig auf dem Korridor vor Foxys Zimmer auf und ab marschierte. Er sah aufgewühlt aus wie ein Manager, der gerade eine hitzige Vorstandssitzung hinter sich hatte.

»Cynthia.« Mit einem knappen Nicken für Lance streckte Scott ihr beide Hände entgegen. »Das Krankenhaus sagte mir nur, dass du auf dem Rückweg seist. Wie geht es Kirk? Am Telefon wollten sie mir nichts sagen.«

»Er wird wieder gesund«, sagte Foxy und reichte ihm ihre Hände. Kurz schilderte sie ihm, was der Arzt ihr mitgeteilt hatte.

»Jeder macht sich unglaubliche Sorgen. Sie werden alle froh sein, das zu hören. Wie hältst du durch?« Scott lächelte ermutigend. »Ich dachte, du könntest mich vielleicht brauchen.«

»Ruhe ist alles, was sie jetzt braucht«, kam es kurz angebunden von Lance.

»Es ist sehr nett von dir, dass du gewartet hast«, versuchte Foxy, Lance' Unhöflichkeit abzumildern, und setzte ein Lächeln auf, das sie erhebliche Anstrengung kostete. »Mir geht es gut, wirklich, ich bin nur müde. Pam ist in der Klinik geblieben, um Kirk Gesellschaft zu leisten.«

»Die Presse giert schon nach der vollständigen Story«, sagte Scott, ließ Foxys Hände los und richtete sich die Krawatte. »Wir haben uns die Bänder angesehen. Man sieht eindeutig, dass Kirk ausschwenken musste, um eine Kollision mit Martell zu verhindern. Dadurch hat er die Kontrolle über seinen Wagen verloren. Eine defekte Lenkung in Martells Wagen, das haben sie jetzt herausgefunden. Das war Pech für Kirk. Vielleicht willst du eine Presseerklärung abgeben? Oder soll ich das für dich übernehmen?«

»Nein«, sagte Lance sofort, bevor Foxy überhaupt darauf eingehen konnte. »Nichts dergleichen. Wenn Sie sich nützlich machen wollen, dann arrangieren Sie, dass keine Anrufe in dieses Zimmer durchgestellt werden, es sei denn, das Krankenhaus ruft an.« Er klang barsch und kurz angebunden. »Gib mir den Zimmerschlüssel, Foxy!«, verlangte er ohne Umschweife.

»Ja, natürlich.« Scott nickte und sah Foxy zu, die in ihrer Tasche nach dem Schlüssel kramte. »Bis zum Morgen werde ich sie sicherlich zurückhalten können, aber ...«

»Wir treffen uns in zwei Stunden in meinem Zimmer«, schnitt Lance ihm das Wort ab und nahm Foxy den Schlüssel aus den Fingern. »Ich werde Ihnen genügend Informationen für eine Presseerklärung geben. Sehen Sie nur zu, dass Sie Foxy da raushalten. Haben Sie verstanden?« Lance stieß abrupt die Zimmertür auf.

Seine Wut machte endlich Eindruck. Scott nickte noch einmal und wandte sich dann an Foxy. »Lass mich wissen, wenn ich irgendetwas für dich tun kann, Cynthia.«

»Danke, Scott. Gute Nacht«, konnte sie gerade noch zu ihm sagen, bevor Lance ihm die Tür vor der Nase zuschlug. Müde und ausgelaugt ging sie zu einem Sessel und ließ sich darauf niedersinken. »Du warst wirklich sehr unhöflich«, bemerkte sie und massierte sich die Schläfen. »Eine solche Grobheit habe ich bei dir noch nicht erlebt.«

»Wenn du einen Blick in den Spiegel wirfst, verstehst du vielleicht, warum.« Der Ärger war nicht aus seiner Stimme gewichen. Foxy betrachtete ihn, wie benommen durch den

Schild von Erschöpfung und Schock. »Du hast dagestanden und wurdest mit jeder Minute blasser. Die einzige Farbe in deinem Gesicht waren deine Augen, und er faselt ununterbrochen wie ein Idiot von Presse und Erklärungen.« Lance machte eine verächtliche Geste mit der Hand. »Der Mann hat so viel Verstand wie ein weich gekochtes Ei.«

»Er ist ein wirklich guter Manager Lance«, murmelte Foxy. Sie musste gegen immer schlimmer werdende Kopfschmerzen ankämpfen.

»Und ein ganz großartiger Mensch«, fügte Lance sarkastisch an.

Ein Anflug von Neugier regte sich in Foxy. »Versuchst du etwa, mich zu beschützen, Lance?«

Als er sich zu ihr umdrehte, konnte sie die Wut in seinen Augen funkeln sehen. Und sie konnte sehen, wie er diese Wut zu zügeln versuchte. »Vielleicht«, knurrte er, dann griff er zum Telefon. Foxy hörte, wie er eine Reihe von Anweisungen in die Muschel zischte, aber sie achtete nicht auf die Worte.

Seltsam, dachte sie, er scheint es sich zur Angewohnheit zu machen, mich zu beschützen – erst in Italien und jetzt hier. Wohl fühlte er sich dabei allerdings ganz offensichtlich nicht. Auch nachdem Lance den Telefonhörer wieder aufgelegt hatte, betrachtete sie ihn nachdenklich weiter. Er begann wieder im Zimmer auf und ab zu gehen, so wie er es schon im Krankenhaus getan hatte.

»Lance.« Er blieb stehen, als sie leise seinen Namen aussprach. Foxy streckte die Hand nach ihm aus, weil ihr bewusst wurde, wie dankbar sie für seine Anwesenheit war. Sie war noch nicht bereit, jetzt allein zu sein. Sie fühlte sich nicht stark und fähig und unverwüstlich, sondern erschöpft und verletzlich, und sie hatte Angst. Einen Moment lang starrte Lance sie an, ohne sich zu rühren, dann kam er auf sie zu und ergriff ihre Finger. »Danke.« Ihre Augen waren dunkel, blickten ernst und hafteten an seinen. »Mir ist gerade klar geworden, dass ich es ohne dich nicht geschafft hätte, das alles durchzustehen. Mir war nicht einmal bewusst, dass ich dich brauchte, aber du wusstest es. Ich möchte dir sagen, wie viel es mir bedeutet.«

Etwas huschte über seine Miene, als er sich mit der freien Hand durch das Haar fuhr. Es war eine untypische Geste für ihn; offenbar war er ebenso aufgewühlt wie sie. »Fox«, setzte er an, doch sie sprach hastig weiter.

»Du wirst morgen nicht abfahren, oder?« Ihre Schwäche zu erkennen hielt sie nicht davon ab, die Bitte zu äußern. Sie brauchte ihn. Ihre Finger umklammerten seine fester. »Wenn du nur noch ein paar Tage bleiben könntest … nur bis die Dinge sich ein wenig beruhigt haben. Lügen kann ich.« Ihre Stimme klang jetzt verzweifelt. »Ich kann morgen in das Krankenzimmer gehen und Kirk direkt in die Augen schauen und lügen. Den Trick habe ich über die Jahre gelernt, ich bin gut darin. Er wird nie erfahren müssen, wie sehr ich es hasse, dass er dort liegt. Aber wenn du bleiben kannst, nur damit ich weiß, dass du da bist. Ich weiß, es ist viel verlangt, aber ich …« Sie brach ab und presste die Handballen an die Augen. »Oh Gott, ich glaube, dieser seltsame Trancezustand hebt sich.« Sie hörte das Klopfen an der Tür, doch sie reagierte nicht, holte nur immer wieder tief Luft und überließ es Lance, zur Tür zu gehen und sie zu öffnen. Nur Sekunden später stand er wieder vor ihr.

»Foxy.« Sanft sprach er ihren Namen aus und fasste ihre Handgelenke, bis sie die Hände vom Gesicht nahm. Sie blickte ihn an mit Augen, die unendlich jung und verzweifelt wirkten. »Hier, trink das.« Er hielt ihr das Glas Cognac hin, das der Zimmerservice gebracht hatte. Zwar nahm sie das Glas an, starrte aber nur in die goldene Flüssigkeit. Einen Augenblick lang musterte Lance sie, dann ging er vor ihr in die Hocke, um ihr in die Augen sehen zu können. »Fox.« Er wartete geduldig, bis sie ihren Blick von dem Cognac auf sein Gesicht richtete. »Heirate mich.«

»Was?« Sie starrte ihn an, erkannte die typische Entschlossenheit in seinen Augen und blinzelte heftig. »Was?«, fragte sie noch einmal, als sie die Lider wieder hob.

Lance hielt das Glas an ihre Lippen. »Ich sagte: Heirate mich!«

Foxy trank das Glas mit einem Schluck leer und musste prompt husten, als der Alkohol in ihrer Kehle brannte und ihr die Luft raubte. Der Laut hallte wie Donnerschlag in der Stille des Raumes. Lange Sekunden schaute sie Lance an, versuchte, in seinem Blick das Undurchdringliche zu durchdringen. Sie spürte, dass unter der oberflächlichen Ruhe ein Strudel von Energien tobte, eine Macht, die jederzeit losbrechen konnte. Etwas wurde von ihm an einer sehr kurzen Leine gehalten, auch wenn sie nicht wusste, was es war. Anspannung schnürte ihr die Kehle zu, sie versuchte sie hinunterzuschlucken, doch es gelang ihr nicht. Ihr Blick haftete, ohne zu wanken, an seinen Augen, doch ihre Stimme war nur mehr ein Flüstern. Sie fürchtete sich. »Warum?«

»Warum nicht?«, konterte er, dann nahm er ihr das leere Glas aus den eiskalten Fingern.

»Warum nicht?«, wiederholte sie. Sie wollte die Hand in einer hilflosen Geste heben, doch Lance fasste nach ihren Fingern und hielt sie fest. Ihre Hand zitterte, als er sie an seine Lippen führte und ihre Fingerspitzen küsste, ohne den Blick von ihr zu wenden.

»Genau. Warum nicht?«

»Ich weiß nicht, ich …« Es war ihm gelungen, sie mit seinem ungewöhnlichen Antrag abzulenken. Mit der freien Hand strich sie ihr Haar zurück und versuchte, klar zu denken. »Es muss wohl einen Grund geben, aber ich kann mir einfach keinen denken.«

»Nun, wenn du dir auch keinen Grund denken kannst, der dagegen spricht, dann heirate mich, und komm mit mir nach Boston.«

»Boston?«, wiederholte sie verständnislos.

»Ja, Boston.« Zum ersten Mal spielte der Anflug eines Lächelns um seine Lippen. »Ich lebe dort, weißt du noch?«

»Ja. Ja, sicher.« Foxy rieb sich über die Stirn und bemühte sich um Konzentration. »Natürlich weiß ich das.«

»Wir könnten fahren, wenn du davon überzeugt bist, dass es Kirk gut geht. Vermutlich wird er für die nächsten Monate hierbleiben müssen, für dich besteht dagegen kein Grund dazu.« Er klang so nüchtern und sachlich, so absolut ruhig. *Ich halluziniere.* Verunsichert und frustriert schüttelte Foxy den Kopf. Aber Halluzinationen tun nicht weh, erinnerte sie sich – und verdrängte das Argument gleich wieder. Es war leichter zu glauben, dass sie tatsächlich Bewusstseinsstörungen hatte, als anzunehmen, Lance habe sie soeben gebeten, ihn zu heiraten. In dem gleichen Ton, in dem er sie wohl bitten würde, ihm eine Tasse Kaffee zu besorgen.

»Lance, ich …« Foxy zögerte, dann beschloss sie, das Thema zu umgehen, anstatt weiter nachzuhaken. »Ich glaube, ich verarbeite das alles im Moment nicht richtig.« Sie schluckte und bemühte sich um den gleichen nüchternen Ton wie er. »Lass mich darüber nachdenken. Gib mir einen oder zwei Tage.«

Lance neigte leicht den Kopf zur Seite. »Das hört sich vernünftig an«, stimmte er zu. Foxy stand auf und entfernte sich von ihm. »Nein«, sagte er plötzlich, sodass sie sich zu ihm umdrehte und ihn mit offenem Mund anstarrte.

»Was sagtest du?«

»Ich sagte, nein, du kannst nicht einen oder zwei Tage darüber nachdenken.« Mit einer schnellen Bewegung hatte er den Abstand zwischen ihnen überbrückt und packte sie bei den Schultern. Jetzt war in seinen Augen keine Ruhe mehr zu erkennen, im Gegenteil. Er hatte sie schon einmal so gehalten, erinnerte Foxy sich konfus und desorientiert, vor Jahren, in einer leeren dunklen Garage in Le Mans. Ob er sie wieder anbrüllen würde? Sie runzelte die Stirn, versuchte angestrengt, Vergangenheit und Gegenwart getrennt zu halten.

»Was willst du?«, fragte sie und kämpfte eine innere Schlacht mit ihren Gefühlen für ihn.

»Dich.« Er zog sie eng an sich, während sein Blick sich in ihre Augen brannte. »Ich werde nicht zulassen, dass du wieder aus meinem Leben verschwindest, Fox! Ich habe lange genug gewartet.« Abrupt beugte er den Kopf, doch sein Mund berührte sanft ihre Lippen. Dennoch spürte Foxy den stahlharten Griff seiner Hände. Es war ein langer, ein sehr gründlicher Kuss. Besitzergreifend. »Hast du wirklich geglaubt, ich würde ruhig da zur Tür hinausgehen und dir ein paar Tage Zeit zum Nachdenken lassen?« Wieder presste er die Lippen auf ihren Mund, verhinderte damit jegliche Erwiderung, die sie vielleicht hätte geben wollen. Er hielt sie ein Stück von sich ab, um ihr brennend in die verwirrten Augen zu sehen. »Glaubst du wirklich, ich könnte dich begehren, so sehr, wie ich dich begehre, und dann einfach gehen, nachdem du mir gesagt hast, dass du mich brauchst?«

»Lance, ich wollte damit nicht …« Foxy schüttelte den Kopf, versuchte den letzten Rest ihres gesunden Menschenverstandes zusammenzuklauben. »Du musst dich nicht verpflichtet fühlen. Ich bin dankbar, dass …«

»Zum Teufel mit der Dankbarkeit!«, stieß er aus und fasste mit beiden Händen in ihr Haar. »Ich habe kein Interesse an einer netten, friedfertigen Emotion wie Dankbarkeit. Es ist nicht Dankbarkeit, was ich von dir will.« Foxy sah die Entschlossenheit in seinem Gesicht, hörte das Feuer in seiner Stimme. Ihr Körper reagierte, Hitze begann sich in ihr auszubreiten. »Mir ist völlig egal, ob das Timing stimmt oder nicht oder ob ich dich überrumple, wenn du dich nicht wehren kannst. Ich bin ein egoistischer Mann, Foxy. Ich will dich schon länger, als ich denken kann, und ich werde dich bekommen.«

Ihr Puls schlug so schnell, dass ihr schwindlig wurde. Sie musste sich festhalten, legte die Hände auf seine Arme. »Lance …« Die Stimme wollte ihr nicht gehorchen, die Worte waren nur ein atemloses Flüstern. »Für das, wovon du da redest, müssen wir nicht heiraten. Eine Ehe ist ein großer Schritt, eine Entscheidung für den Rest des Lebens. Ich weiß nicht …«

»Ich liebe dich«, sagte er und stoppte damit ihren Redefluss. Ihre Lippen bewegten sich zitternd, formten Worte, die sie nicht aussprechen konnte. »Ich will mein Leben mit dir verbringen. Ohne dich gehe ich nicht nach Boston zurück. Kerzenlicht und Romantik kann ich dir nicht bieten, dafür habe ich im Moment weder die Zeit noch die Geduld. Das muss ich dann später nachholen und alles wiedergutmachen.« Seine Hände glitten aus ihrem Haar und zu ihren Schultern, weiter hinunter zu ihren Hüften, wo sie liegen blieben, ohne dass er sie näher an sich herangezogen hätte. »Foxy, du bringst mich um meinen Verstand!« Sie sah sowohl das Verlangen wie auch den Zweifel in seinem Blick aufflackern. »Du liebst mich doch auch. Ich weiß, dass du mich liebst.«

»Ja.« Sie legte die Wange an seine Brust und seufzte. »Ja, ich liebe dich. Halt mich fest«, murmelte sie und stellte erneut fest, wie perfekt sie in seine Arme passte. »Du musst mich jetzt festhalten.« Für einige wenige Sekunden erlaubte sie sich den überwältigenden Luxus, sich an den Mann zu schmiegen, den sie liebte. Es ist alles viel zu schnell passiert, dachte sie, dann verdrängte sie ihre Ängste und lauschte auf das starke, regelmäßige Pochen von Lance' Herz. *Er liebt mich.* Sie hob ihr Gesicht zu ihm empor und bot ihm ihren Mund. »Lance …«

Und sofort fanden seine Lippen die ihren, Leidenschaft antwortete auf Leidenschaft, als ihre Körper einander eng umschlungen hielten. Lance ließ sie erst los, als Foxy bewegt erschauerte.

»In zwei Tagen können wir heiraten.« Er sprach wieder sachlich, streichelte aber mit den Händen ihren Rücken auf und ab, um sie dann bei den Hüften zu halten. »So lange dauert es, bis die Papiere bearbeitet sind. Dann fahren wir nach Boston.« Ernst schaute er sie an. »Pam bleibt hier, sie ist für Kirk da. Das verstehst du doch, oder?«

»Ja.« Für einen Moment schloss Foxy die Augen und versuchte, die Bilder des Unfalls zu verdrängen, die auf sie einstürzen wollten. »Ja, so ist es besser. Ich will mit dir gehen«, sagte sie, als sie die Lider wieder hob. Das nervöse Flattern in ihrem Magen wollte sich durch nichts beruhigen lassen. Verzweifelt presste sie die Lippen auf seinen Mund. Sie spürte seinen wachsenden Hunger und beantwortete ihn mit ihrem eigenen. »Bleib heute Nacht bei mir«, flüsterte sie und barg ihr Gesicht an seinem Hals. »Ich will nicht, dass du gehst.«

Behutsam schob Lance sie von sich ab und studierte ihr Gesicht. Ihre Wangen waren blass, ihre Augen stachen wie Rauch aus der hellen Haut. Dunkle Schatten lagen darunter. »Nein.« Er schüttelte den Kopf und strich ihr zärtlich über die Wange. »Du bist zu empfindlich heute, ich habe das schon ausgenutzt. Du brauchst Schlaf.« Damit hob er sie auf seine Arme und trug sie zum Bett. Bei der plötzlichen Schwerelosigkeit schwappte eine Welle der Müdigkeit über ihr zusammen. Lance legte sie behutsam ab und setzte sich zu ihr. »Brauchst du noch etwas?«

»Sag es noch einmal.«

Lance nahm ihre Hand und setzte einen Kuss in ihre Handfläche. »Ich liebe dich. Wirst du schlafen können?«

»Ja. Ja, ich werde schlafen.« Schon fühlte sie, wie die Dunkelheit sie überkam. Ihre Lider fielen zu, und schon begann sie zu träumen. Lance' Lippen berührten ihren Mund wie ein sanftes Versprechen.

»Ich komme morgen früh wieder«, murmelte er. Nur schwach nahm sie noch wahr, wie die Matratze sich bewegte, als er aufstand. Sie war eingeschlafen, bevor die Tür sich hinter ihm schloss.

8. KAPITEL

Die Sonne fiel hell und strahlend auf Foxys Gesicht. Sie stöhnte leise, als die Helligkeit ihren Schlaf störte. Langsam tauchte ihr Geist auf, bemerkte zunächst kleine profane Dinge: das hektische Klingeln ihres Reiseweckers auf dem Nachttisch neben dem Bett, zwischen ihren Schulterblättern juckte eine Stelle, und ihr war unangenehm warm unter der Bettdecke. Irgendwann in der Nacht musste sie daruntergekrochen sein, als sie frierend und verängstigt aufgewacht war. An den Albtraum, der mit erschreckender Klarheit noch einmal Kirks Unfall in ihrem Kopf abgespielt hatte, erinnerte sie sich noch nicht. In Panik war sie aufgeschreckt, um Luft ringend, eiskalt. Noch erinnerte sie sich auch nicht an die Tränen, die endlich gekommen und über ihr Gesicht geströmt waren, bis ihre Augen und ihre Brust vom Weinen geschmerzt hatten. Sie hatte sich in einen unruhigen Schlaf zurückgeweint, geplagt von Zweifeln über ihre unkonventionelle Verlobung mit Lance. Vielleicht hatte er ihr ja nur aus einer Art Pflichtgefühl heraus einen Antrag gemacht. Foxy hatte versucht, sich über die Gefühle klar zu werden, die sie empfunden hatte, als er ihr sagte, dass er sie liebe, aber ihr war nur kalt und elend gewesen. So war sie unter die Decke geschlüpft und hatte darum gefleht, dass der Morgen bald kommen würde.

Jetzt war der Morgen da, und sie empfand das Licht als störend und die Decke als erdrückend. Sie rollte sich auf die Seite, noch halb im Schlaf, wünschte, die Decke würde verschwinden, ohne dass sie selbst sich bewegen müsste. Ihr Bewusstsein stieg jetzt immer weiter an die Oberfläche und brachte die Erinnerung mit. Abrupt setzte Foxy sich auf und beugte sich vor.

Reiß dich zusammen, Foxy! befahl sie sich und atmete tief durch. *Du hast eine schlechte Nacht hinter dir. Schüttle sie ab, und mach weiter!* Lance wird bald hier sein. Sie hob den Kopf und starrte mit zusammengekniffenen Augen auf ihre linke Hand, stellte sich einen Verlobungsring an ihrem Ringfinger vor.

»Ich werde ihn heiraten«, sagte sie laut, nur um zu hören, wie die Worte klangen. Ihr Magen zog sich zusammen, kündete eindeutig vom Zustand ihrer Nerven. Die jähe Erkenntnis überfiel sie, dass sie absolut nichts über den Mann wusste, der in Boston lebte und ein Multimillionen-Dollar-Unternehmen führte. Der Lance Matthews, den sie kannte, war ein verwegener Exrennfahrer, der teuflisch gut Poker spielte und wusste, wie man einen Automotor in seine Einzelteile zerlegte. Auf diese andere Seite von ihm hatte sie nur an jenem Abend in Monte Carlo einen kurzen Blick erhaschen können. Das war nicht genug. Sie würde diesen Mann heiraten, ohne ihn zu kennen. War er Mitglied im Country Club? Spielte er sonntags regelmäßig Golf? Foxy versuchte, sich Lance einen Golfschläger schwingend vorzustellen, und kam nicht weit. Sie schloss die Augen und ließ die Zweifel vom unbekümmerten Teil ihres Charakters verdrängen. Jetzt ist nicht der richtige Zeitpunkt, um zu grübeln, dachte sie. Welchen Unterschied machte es schon, ob Lance Golf oder Backgammon spielte oder Yogaübungen machte? Änderte es etwas, ob er einen Dreiteiler samt Aktenkoffer trug oder Jeans und Turnschuhe? Foxy kaute an ihrer Lippe und fragte sich, wann und wieso genau sie diesen seltsamen Gedankengang aufgenommen hatte. *Ich sollte aufstehen und mich fertig machen, damit ich nicht wie ein Zombie aussehe, wenn er hier auftaucht.*

Sie schlug die Bettdecke zurück und stand auf – und musste feststellen, dass sich ihr Körper für die schlaflose Nacht rächte. Jeder einzelne Muskel schmerzte. Eine heiße Dusche, entschied sie, und zog die Sachen aus, in denen sie geschlafen hatte. *Ich bin nicht nervös, ich bin einfach nur geschafft.* Als Lance eine halbe Stunde später an ihre Tür klopfte, legte sie gerade letzte Hand an die Maske, die das Resultat der durchwachten Nacht kaschieren sollte.

Sie trug eine schlichte gelbe Hemdbluse, das Haar ordentlich im Nacken zu einem Knoten gesteckt. Lance musterte ihr Gesicht lange, ohne ein Wort zu sagen. Der Ausdruck des Schocks war aus ihren Augen verschwunden, doch noch immer lagen die dunklen Schatten darunter. Er fasste ihr Kinn und runzelte die Stirn. Die violetten Ringe verstärkten den Eindruck ihrer Verletzlichkeit, sie sah müde aus. Die Lider waren vom Weinen noch leicht geschwollen.

»Du hast geweint«, hielt er ihr vor. Seine anklagende Bemerkung machte Foxy klar, dass all ihre Bemühungen mit Make-up und Mascara und Rouge umsonst gewesen waren. Seine Stimme klang gepresst, und sie fühlte die Anspannung in den Fingern, die ihr Kinn hielten. Welche sich auf sie übertrug. »Hast du nicht geschlafen?«

»Nicht sehr gut«, gab sie zu und fragte sich, wieso er so verärgert wirkte. »Ich bin in der Nacht aufgewacht. Irgendwie schien plötzlich alles auf mich einzustürzen.«

Die Falte auf seiner Stirn wurde tiefer. »Ich hätte bleiben sollen.«

»Nein.« Sie schüttelte den Kopf, suchte in seinem Blick nach einem möglichen Grund für seinen Groll. »Ich musste allein sein, um es aus meinem System herauszubekommen. Jetzt geht es mir besser.«

Etwas huschte durch seine Augen, bevor sie wieder undurchdringlich wurden. »Hast du deine Meinung geändert?«

Foxy wusste, er sprach von der Heirat, und spürte Alarm-sirenen in sich losschlagen. Sie zwang sich, ruhig zu antwor-ten. »Nein.«

Lance nickte und ließ ihr Kinn los. »Gut. Dann erledigen wir den Papierkram auf dem Weg zum Krankenhaus. Bist du so weit?«

Foxy runzelte die Stirn, trat aber in den Gang hinaus und zog die Tür hinter sich ins Schloss. »Wenn wir bei Kirk sind«, setzte sie an, als sie zusammen zur Treppe gingen, »würde ich ihm gern selbst von unseren Plänen berichten – zum richtigen Zeitpunkt.«

Lance hob die Augenbrauen, ließ sie wieder sinken. »Ein-verstanden.«

Sein Ton und seine gelassene Selbstsicherheit ärgerten Foxy. Sie hob ihr Kinn an. »Vielleicht sollte ich dich fragen, ob du deine Meinung geändert hast«, sagte sie kühl.

»Falls das geschehen wäre, hätte ich es dich wissen lassen«, erwiderte er, als sie ins Sonnenlicht hinaustraten.

»Ja, zweifelsohne«, stimmte sie zu. Wortlos führte Lance sie zu dem dunkelblauen Porsche, den er heute Morgen ge-mietet hatte. Zum ersten Mal seit ihrer schreienden Angst ges-tern Nachmittag merkte Foxy ausgemachten Ärger in sich aufwallen. »Wirst du von deinen Anwälten einen Ehevertrag aufsetzen lassen? Falls ja, dann will ich genug Zeit haben, um das Kleingedruckte genau durchlesen zu können.«

»Spar dir das, Foxy«, warnte er und hielt die Beifahrertür für sie auf.

»Nein.« Sie blieb stehen und funkelte ihn böse an. »Ich weiß nicht, warum du dich so benimmst. Vielleicht bist du einfach nur ein Morgenmuffel. Daran werde ich mich dann wohl gewöhnen müssen. Aber du gewöhnst dich besser gleich daran, dass ich sage, was ich will und wann ich will. Wenn dir das nicht passt, kannst du …«

Ihre wütende Tirade wurde abrupt unterbrochen. Mit einem lauten Knall schlug Lance die Tür wieder zu und zog Foxy mit einem Ruck in seine Arme. Sein Mund presste sich hart und dominant auf ihre Lippen. Sie war zu überrascht, um zu protestieren oder überhaupt nur zu reagieren. Er hielt sie fest und küsste sie, bis sie atemlos war. Dann schob er sie abrupt wieder von sich ab und ließ sie nach Luft ringend stehen. »Und ich weiß, wie ich dich zum Schweigen bringen kann, wenn ich es mir nicht anhören will.«

Sie brachte nur ein empörtes Schnauben zustande, als er die Tür wieder öffnete. »Du bist ja verrückt.«

»Schon möglich«, stimmte er zu und schob sie in den Wagen, ohne ihr noch die Chance zu einem weiteren Wort zu geben.

Erst jetzt bemerkte Foxy die beiden jungen Mädchen, die auf dem Bürgersteig standen und kicherten. Wütend und verlegen verschränkte sie die Arme vor der Brust und presste die Lippen zusammen. Sie würde ihm nicht die Genugtuung gönnen und sich mit ihm streiten. Um genau zu sein, sie würde überhaupt nicht mit ihm reden! So verlief die Fahrt in völligem Schweigen.

Knapp zwei Stunden später, in denen sie nur miteinander geredet hatten, wenn es absolut unerlässlich gewesen war, betraten sie Kirks Krankenzimmer. Foxy strengte sich bemüht an, sich den Schock nicht anmerken zu lassen, als sie all die Verbände sah. Kirks Bein hing eingegipst in einer Spannhalterung, die Foxys Meinung nach aussah, als hätte ein findiger Teenager mit einem Baukasten gearbeitet. Eingewickelt in weiße Laken und Verbände, Schläuche und Metallschienen um sich herum, saß Kirk in die Kissen zurückgelehnt. Er blickte Pam mit finsterem Blick an, wie ein Mann, der soeben eine hitzige Rede abgeliefert hatte. Foxy fühlte die Spannung sofort und schaute unauffällig von einem zum anderen. Sie entschied sich dafür, Takt zu beweisen und sich einer Bemerkung besser zu enthalten. Da sie wusste, dass Kirk sich über Blumen nur lustig gemacht hätte, hatte sie erst gar keine mitgebracht. Mit leeren Händen trat sie an das Bett und musterte Kirk eine Weile ernst.

»Du siehst grässlich aus«, sagte sie dann gespielt vorwurfsvoll. Dabei drehte sich ihr Magen, wenn sie all die Verbände und diese Angst einflößende Apparatur sah. Aber wie sie gehofft hatte, glättete sich seine gerunzelte Stirn, und er begann zu grinsen.

»Ja, ich mag dich auch, Schwesterherz. Hi, Lance. Ich fürchte, ich habe eine Beule in deinen Wagen gefahren.«

»Und den Lack hast du auch zerkratzt«, erwiderte Lance leichthin und schob die Hände in die Hosentaschen. Pam beobachtete ihn und stellte fest, dass er sich in Krankenzimmern eindeutig unwohl fühlte. Foxy wiederum hatte eine Fassade aufgesetzt, die Kirk sofort durchschauen würde, falls ihm überhaupt der Gedanke kommen sollte, auch nur einen Blick dahinter zu werfen. Was natürlich nicht passieren würde. »Ich an deiner Stelle würde Charlie lieber für eine Weile aus dem Weg gehen«, riet er und wurde sich bewusst, dass Pams Blick auf ihm ruhte. Sie wirkte gefasst, aber die Zeichen einer schlaflosen Nacht waren eindeutig zu erkennen. Er hatte diesen Gesichtsausdruck schon vorher gesehen, bei den Ehefrauen, den Eltern oder den Freundinnen anderer Rennfahrer. Ihre Blicke begegneten einander, gegenseitiges Verständnis lag darin, dann sah Lance wieder zurück zu Kirk.

»Ich hab gehört, dass Betinni als Erster durchs Ziel gegangen ist und sich damit die Meisterschaft gesichert hat.« Durch seine Stellung behindert, wirkte Kirks Schulterzucken seltsam ungelenk. »Er ist ein guter Fahrer. Die ganze Saison über haben wir uns mit der Führung abgewechselt.« Er setzte sich vorsichtig um, und Foxy sah das schmerzverzerrte Zucken in seinem Gesicht. Wohl wissend, dass Mitgefühl ihr nur einen vernichtenden Kommentar einbringen würde, wandte sie sich an Pam.

»Tja«, sagte sie übertrieben munter, »ich nehme mal an, dass er dir jetzt keine Schwierigkeiten macht, oder?«

»Im Gegenteil.« Pam schaute zu Kirk, dann wieder zu seiner Schwester zurück. »Er macht mir sogar große Schwierigkeiten.«

»Pam!« In Kirks strengem Ton lag eindeutig eine Warnung. Pam ignorierte sowohl Ärger wie auch Warnung.

»Er will mich nach Manhattan zurückschicken, und er ist wütend, weil ich mich nicht wegschicken lasse.«

Foxy wusste nicht, was sie sagen sollte, und blickte von Pam zu Kirk und von Kirk zu Lance. »Nun …«, murmelte sie dann und räusperte sich.

»Er ist der Meinung, ich sei unvernünftig«, fügte Pam in dem gleichen milden Ton noch hinzu.

»Und dumm«, stieß Kirk aus. Die Falte auf seiner Stirn war zurück, grimmiger als zuvor.

»Oh ja, richtig. Dumm.« Pam lächelte. »Das hatte ich vergessen.«

»Hör zu«, hob Kirk an, und Foxy kannte diesen gefährlichen Tonfall. »Es gibt keinen Grund für dich, hier herumzulungern.«

»Ich habe nun mal einen Krankenhaus-Fetisch«, erwiderte Pam.

»Verdammt, ich will dich nicht hierhaben!«, donnerte Kirk und fluchte, als ein scharfer Schmerz dem Ausbruch folgte.

Lance hielt Foxy beim Arm fest, als sie sich in Bewegung setzen wollte. »Halt dich da raus!«, raunte er ihr zu.

»Dann hast du Pech gehabt«, konterte Pam. Ihre Stimme klang ruhig und milde, aber sie stand da wie ein General vor dem Feind, mit gereckten Schultern. Durch das Fenster hinter ihr fiel die Sonne ein und ließ ihr Haar leuchten. »Du wirst mich nicht los. Ich liebe dich.«

»Du bist verrückt!«, schleuderte Kirk ihr entgegen und bewegte sich rastlos.

»Sehr wahrscheinlich.«

Als Reaktion auf ihre ungerührte Erwiderung kniff er die Augen zusammen. Im Sonnenlicht schimmerte ihre Haut wie Alabaster. Er spürte das Verlangen mit erstaunlicher Geschwindigkeit in sich aufsteigen. »Ich lasse dich nicht hierbleiben«, knurrte er.

»Nein?« Pam zuckte mit den Schultern. »Und was willst du dagegen tun? Mich mit deinem gesunden Bein bis nach Manhattan treten?«

»Das werde ich, sobald ich aufstehen kann«, brummte er. Er kochte vor Wut, dass er hier flach auf dem Rücken liegen und mit einer Frau debattieren musste, die nur halb so groß war wie er.

»Klar.« Das lässige Wort kam mühelos über Pams dezent geschminkte Lippen. Sie ging zum Bett und zupfte hart an seinem Schnauzbart, was Kirk einen verdatterten Aufschrei entlockte. »Erinnere mich daran, dass ich mich später fürchten muss. Also, wie ich das sehe, habe ich drei Möglichkeiten: Ich kann dich umbringen, ich kann mich von einer Brücke stürzen, oder ich kann diese ganze Situation auch meistern. Ich stamme übrigens von einer langen Linie von Leuten ab, die immer mit Problemen fertiggeworden sind. Du wiederum«, fuhr sie fort und tätschelte seine Wange, »hast überhaupt keine Wahl. Du sitzt hier mit mir fest.«

»Glaubst du also, ja?« Um Kirks Lippen zuckte ein zögerliches Grinsen. »Du hältst dich wohl für ziemlich clever, was?«

»Ich *bin* clever«, betonte sie und beugte sich vor, um einen leichten Kuss auf seine Lippen zu setzen. Kirk griff in ihr Haar und vertiefte den Kuss.

»Darüber sprechen wir noch, wenn ich wieder stehen kann«, murmelte er und küsste sie noch einmal.

»Gerne«, sagte Pam lächelnd und setzte sich zu ihm aufs Bett. Foxy sah, wie Kirk nach Pams Hand fasste und seine Finger mit ihren verschränkte.

Er liebt sie, wurde ihr jäh klar. *Er liebt sie wirklich.* Voller Respekt und Hoffnung blieb ihr Blick auf Pam haften. Vielleicht, dachte sie, vielleicht ist sie ja die Antwort. Vielleicht hat Kirk mit ihr endlich eine Alternative gefunden.

»Nun …« Pam lächelte über Foxys nachdenkliche Miene. »… gibt es irgendwelche Neuigkeiten von außerhalb?«

»Neuigkeiten?«, wiederholte Foxy und versuchte hastig, ihre Gedanken zu ordnen.

»Erdbeben, Überschwemmungen, Kriege, Hungersnöte«, zählte Pam auf und lachte dann. »Ich bin hier schließlich seit über vierundzwanzig Stunden vom Rest der Welt abgeschnitten.«

»Nun, soweit ich weiß, ist nichts dergleichen passiert«, antwortete Foxy mit einem Blick zu Kirk. Das ist der Moment, dachte sie, der richtige Moment, um es ihm zu sagen. Mit einem Mal war sie geradezu lächerlich nervös. »Lance und ich«, begann sie und sah um Unterstützung heischend zu ihm. Sie holte tief Luft, sah wieder zu Kirk und beeilte sich zu sagen: »Lance und ich werden heiraten.« Die jähe Verblüffung auf Kirks Miene war nicht zu übersehen. Mit zusammengezogenen Brauen starrte er sie an.

»Na, wenn das keine Neuigkeiten sind!« Pam stand auf und umarmte Foxy. »Die allerbesten!« An Foxy vorbei sah Pam zu Lance. »Sie können sich glücklich schätzen.«

»Ja, ich weiß«, erwiderte er, ohne zu lächeln.

»Heiraten?«, mischte Kirk sich ein. »Was meinst du mit heiraten?«

»Das, was allgemein darunter verstanden wird«, sagte Foxy und kam zu seinem Bett. »Du hast doch bestimmt schon davon gehört, das wird auch heute noch immer wieder gern gemacht.«

»Wann?«, wollte er knapp wissen.

»Sobald der Papierkram erledigt ist«, kam es lässig von Lance. Er trat an Foxys Seite und legte ihr den Arm um die Schultern. Kirk verfolgte die Geste, dann hob er den Blick zu Lance' Gesicht. »Was ist?«, fragte Lance grinsend. »Hätten wir dich vorher um Erlaubnis bitten müssen?«

»Nein«, antwortete Kirk murmelnd. Er sah Foxy an und erinnerte sich an das kleine Mädchen. »Nun, vielleicht doch. Ich hätte auf jeden Fall eine Vorwarnung gebrauchen können.«

»Im Moment bist du doch gar nicht in der Verfassung, um dich mit ihm zu prügeln«, bemerkte Foxy. Lance' Umarmung hatte die Spannung von ihr abfallen lassen, und sie sah Kirk lachend in die Augen.

Kirk musterte erst seinen besten Freund, dann seine Schwester. Als er ihr die Hand hinstreckte, legte sie ihre Finger hinein. »Bist du dir sicher?«

Foxy drehte den Kopf, um Lance anzuschauen. Er ist der einzige Mann, den ich je geliebt habe, dachte sie. *Es ist keine Träumerei mehr, sondern Wirklichkeit. Ob ich sicher bin?* Sie stellte sich diese Frage und horchte in ihr Herz hinein. Sie ließ sich Zeit, musterte sein vertrautes Gesicht, und dann beantwortete sie die Frage, die sie in seinen Augen zu lesen meinte. »Ja«, sagte sie und lächelte. »Ich bin sicher.« Sie stellte sich auf die Zehenspitzen und küsste ihn, fühlte, wie die Angst, die sie heute Morgen verspürt hatte, und die Nervosität aus ihr herausflossen. »Absolut sicher sogar.« Ihre Hand lag noch immer warm in Kirks. »Mach dir um mich keine Sorgen«, sagte sie, als sie sich zu ihm zurückwandte.

»Das ist eine neue Angewohnheit von mir, aber solange du glücklich bist, mache ich mir keine Sorgen«, konterte er. Lächerlicherweise fühlte er sich, als wäre ihm soeben etwas Wertvolles genommen worden. »Scheint, als seist du wirklich erwachsen geworden.«

»Ja, scheint so«, stimmte sie leise zu und erwiderte den Druck seiner Finger.

»Gib mir einen Kuss«, befahl er, und nachdem Foxy den Kopf wieder gehoben hatte, richtete Kirk die Augen auf Lance. Sie kommunizierten stumm miteinander, verstanden einander ohne Worte. Sie kannten einander so gut wie Brüder, doch nun waren sie noch enger miteinander verbunden, durch die Frau in ihrer Mitte. Vielleicht, wenn sie sich nicht so nahegestanden hätten, wenn sie nicht seit Jahren die Gedanken des anderen gekannt hätten, wäre es einfacher gewesen. Doch die intensive Qualität ihrer Freundschaft machte es komplex. »Tu ihr nicht weh!«, warnte Kirk und hielt Foxys Hand weiterhin fest. »Werdet ihr in Boston leben?«

»Richtig«, antwortete Lance. Foxy beobachtete den Austausch zwischen den beiden und hatte das Gefühl, dass da mehr gesagt wurde, als sie verstehen konnte.

Jäh entspannte Kirks Miene sich, seine Lippen verzogen sich zu einem Lächeln. »Ich werde wohl kaum in der Lage sein, sie durchs Mittelschiff zu führen, um dir ihre Hand zu überreichen.« Er drückte die Hand, die er hielt, schaute einen Moment nachdenklich darauf und bot sie dann Lance an. »Mach sie glücklich!«, befahl er, während er Foxys Hand in die des anderen Mannes legte.

9. KAPITEL

Drei Tage später saß Foxy neben Lance in dem gemieteten Porsche, der Meile um Meile zwischen New York und Massachusetts fraß. Die Hände hielt sie auf dem Schoß, doch ihre Finger waren alles andere als ruhig. Sie spielte konstant mit dem schlichten goldenen Reif, der jetzt am Ringfinger ihrer linken Hand steckte. Verheiratet, wiederholte sie zum x-ten Mal in Gedanken. Wir sind tatsächlich verheiratet. Das Ganze war so schnell gegangen, so bar jeglicher Romantik. Einige wenige Minuten vor einem Friedensrichter mit ausdruckslosem Gesicht, ein paar kurze Worte … eine anstandslose Angelegenheit von nicht mehr als fünfzehn Minuten. Fast wie ein inszeniertes Stück, bis ihr der Ring auf den Finger gesteckt wurde. Das hatte es real gemacht. Das hatte sie zu Mrs. Lancelot Matthews gemacht.

Cynthia Matthews. Im Kopf wiederholte sie den Namen immer wieder, um sich den Klang einzuprägen. *Vielleicht sollte ich Cynthia Fox-Matthews benutzen, das klänge doch viel eleganter, oder?* Fast hätte sie laut aufgelacht. Für Eleganz benötigte man mehr als nur einen Bindestrich. Foxy Matthews, beschloss sie dann mit einem unmerklichen Nicken. Das würde reichen müssen.

»Du wirst diesen Ring in deinen Finger eingegraben haben, bevor wir in Rhode Island angekommen sind.« Lance sagte es leise, dennoch zuckte Foxy auf dem Beifahrersitz so erschrocken zusammen, als hätte er laut geschrien. »Nervös?« Das Lachen war in seiner Stimme zu hören.

»Nein.« Sie wollte nicht zugeben, mit welchen Albernheiten sie sich still beschäftigt hatte, deshalb lenkte sie ab. »Ich musste nur daran denken … Kirk sah schon viel besser aus, nicht wahr?«

»Ja.« Lance schaltete die Scheibenwischer ein, als leichter Nieselregen einsetzte. »Pam ist die beste Medizin für ihn, die er bekommen kann.«

»Stimmt, das ist sie.« Foxy setzte sich in ihrem Sitz leicht um, sodass sie sein Profil studieren konnte. Mein Mann, dachte sie und hätte fast den Gesprächsfaden verloren. »Ich kenne niemanden, der so gut mit Kirk umgehen kann. Außer dir natürlich.«

»Kirk braucht einen Beifahrer, der sich nicht einschüchtern lässt und nachgibt«, sagte Lance und warf ihr einen kurzen Blick zu. »Du hattest immer deine eigene Art, mit ihm fertigzuwerden. Schon mit dreizehn wusstest du, wie du ihn zu behandeln hattest, ohne dass er es überhaupt gemerkt hat.«

Der Anflug eines Stirnrunzelns erschien zwischen ihren Brauen. »Ich habe es nie bewusst als ›mit ihm fertigwerden‹ angesehen. Und ich hätte auch nicht gedacht, dass es irgendjemandem aufgefallen ist.«

»Es gibt nichts an dir, was mir über die Jahre nicht aufgefallen wäre.« Wieder wandte Lance ihr das Gesicht zu und schaute sie mit diesem ruhigen, intensiven Blick an. Foxys Puls begann zu flattern.

Ob ihm das immer so bei mir gelingen wird? fragte sie sich. *Selbst wenn ich mich an diese neue Ehe gewöhnt haben werde, ob er mich dann nur anzuschauen braucht, damit ich wie Wachs dahinschmelze?* In den letzten zehn Jahren hat sich nichts daran geändert. Ob es sich in den nächsten zehn Jahren ändert? Lance' Stimme drang in ihre Gedanken. Sie drehte den Kopf, um zu ihm zu schauen. »Entschuldige, was sagtest du?«

»Ich sagte, es war eine nette Geste von dir, Pam deinen Strauß zu geben. Nur ist es natürlich schade, dass du jetzt kein kleines Andenken hast.«

Foxy wollte etwas sagen, wurde rot und kramte in ihrer Handtasche nach ihrer Bürste. Unten in der Tasche lag das weiße Samtband, das sie von dem Orchideenbouquet, das Lance ihr als Brautstrauß überreicht hatte, abgezogen hatte. Der Gedanke, dass er sie deshalb für albern halten könnte, lähmte ihre Zunge. Sie hielt die Bürste schon in der Hand, bevor ihr einfiel, dass sie ihr Haar heute ja aufgesteckt trug. Hastig stopfte sie sie zurück in die Tasche. Der Regen war stärker geworden, fiel auf die Scheiben und ließ die Herbstlandschaft draußen vor den Fenstern verschwimmen.

»Ich nehme an, es war eine eher trockene Angelegenheit, nicht wahr?«, bemerkte Lance. »Zehn Minuten vor dem Friedensrichter, keine Freunde, keine traditionellen Bräuche, kein Reis, keine Tränen.« Er sah zu ihr, mit hochgezogenen Augenbrauen. »Vermutlich hast du das Gefühl, dass dir etwas vorenthalten wurde.«

»Nein, natürlich nicht.« Auch wenn sie ein- oder zweimal daran hatte denken müssen, wie schön eine traditionelle Hochzeitsfeier war, fühlte sie sich gar nicht so sehr um etwas gebracht, sondern vielmehr neugierig. Ob sie sich eher verheiratet fühlen würde, wenn es bei der Hochzeit Schleier und Orgelmusik gegeben hätte? Ob sie auch dann noch das Gefühl von Irrealität verspüren würde, wenn nach der Zeremonie jemand Reis geworfen hätte und alte Schuhe aufgetaucht wären? »Außerdem habe ich ja gar keine alten Großtanten, die sich in der hinteren Bank die Tränen der Rührung aus den Augenwinkeln tupfen müssen.« Bei dem Gedanken an Familie begann sie prompt wieder, an dem Ehering zu drehen.

»Du hattest dir doch ausdrücklich schlichtes Gold gewünscht, ohne Gravur, ohne Steine, oder?«

»Wie?« Foxy folgte Lance' Blick auf ihre Hand. »Oh. Ja, genau.« Schuldbewusst hielt sie ihre Hände ruhig. »Ja, das ist genau das, was ich wollte.«

»Passt er?«

»Was? Ja, sicher, er passt.«

»Warum, zum Teufel, fingerst du dann ständig daran herum?« Seine Stimme klang scharf, der Ärger war nicht zu überhören.

Er hat wohl Grund zu Ärger, gestand Foxy sich mit einem Seufzer ein. »Tut mir leid, Lance. Es ist nur … Alles ging so schnell, und jetzt nach Boston zu fahren …« Sie kaute an ihrer Lippe, gab dann zu: »Der Gedanke, deiner Familie vorgestellt zu werden, macht mich nervös. Ich habe nicht viel Erfahrung mit Familien.«

Für einen Moment legte Lance seine Hand auf ihre. »Du kannst normale Familien nicht an meiner messen«, riet er trocken. »Meine Familie ist nicht gerade die reine Weihnachtskartenidylle.«

»Natürlich nicht«, nickte Foxy mit einem ironischen Grinsen. »Soll mir das etwa Mut machen?«

»Lass dich nicht von ihnen ärgern«, riet er ihr und zuckte sorglos mit den Achseln. »Ich tue es ja auch nicht.«

»Du hast leicht reden!« Sie krauste die Nase. »Du gehörst dazu.«

»Du jetzt auch.« Er hob ihre Hand an und rieb mit dem Daumen über den Ehering an ihrem Finger. »Denk immer daran!«

»Erzähl mir von ihnen.«

»Früher oder später werde ich das vermutlich wohl müssen.« Damit zog er eine Zigarre hervor und drückte den Anzünder im Armaturenbrett ein. »Meine Mutter ist eine Bardett – das ist eine alte Bostoner Familie. Wie behauptet wird, haben sie Paul Revere damals den Weg gewiesen.«

»Wie patriotisch.«

»Die Bardetts sind notorisch patriotisch«, gab er zurück und hielt den glühenden Anzünder an die Spitze seiner Zigarre. »Meine Mutter genießt es auf jeden Fall, sowohl eine Bardett wie auch eine Matthews zu sein. Noch mehr Vergnügen hat sie allerdings in ihren Komitees.«

»Komitees?«, hakte Foxy nach. »Welche Komitees denn?«

»Alle möglichen Komitees, solange sie nur passend für eine Bardett-Matthews sind. Sie liebt es, sie zu organisieren, zu den Sitzungen zu gehen und sich über sie zu beschweren. Sie ist ein purer, unverfälschter Snob, von den Spitzen ihrer makellosen schneeweißen Frisur bis hin zu den Spitzen ihrer italienischen Schuhe.«

»Lance, wie bösartig von dir!«

»Du wolltest doch, dass ich von ihnen erzähle«, meinte er salopp. »Mutter liebt ihre Wohltätigkeitsarbeit. Das liest sich so gut im Gesellschaftsteil. Sie ist zudem der Meinung, dass jeder, der bedürftig genug ist, um Hilfe zu brauchen, so viel Anstand besitzen sollte, gefälligst zu warten, bis sie ihr Komitee organisiert hat. Aber ob Snob oder nicht – sie tut tatsächlich viel Gutes, trotz ihrer eigentlichen Motive. Also spielen die wohl letztendlich keine Rolle.«

»Du urteilst sehr hart über sie.« Foxy runzelte die Stirn über seinen Ton. Sie erinnerte sich an ihre eigene Mutter – eine lebenslustige, unkonventionelle, liebevolle Frau mit der gleichen Schwäche für alte Turnschuhe wie Kirk.

Lance bedachte Foxy mit einem neugierigen Seitenblick. »Vielleicht. Sie und ich haben die Dinge noch nie mit gleichen Augen gesehen. Mein Vater bezeichnete ihre Komitees immer nur als amüsant und harmlos. Ich bin nicht so tolerant, wie er es war.« Die Falte auf ihrer Stirn wurde tiefer, und Lance lächelte leicht schief. »Keine Angst, Fox, du wirst kein Blut fließen sehen. Wir kommen zwar nicht unbedingt gut miteinander aus, aber wir benehmen uns relativ zivilisiert. Die Bardetts, musst du nämlich wissen, sind immer zivilisiert.«

»Und was ist mit den Matthews?«, fragte sie. Ihre Neugier war geweckt.

»Die Matthews hatten schon immer die Tendenz, in jeder Generation ein schwarzes Schaf hervorzubringen. Vor ungefähr zweihundert Jahren muss wohl einer der Matthews' mit einer Bauernmagd aus der Dorftaverne durchgebrannt sein und sie geheiratet haben. Das hat die Blutlinie wohl ein wenig verdorben.« Er grinste, als wäre er äußerst zufrieden mit diesem Makel, und zog an seiner Zigarre. »Aber die meisten der Matthews' sind ebensolche gradlinigen Stützen der Gesellschaft wie die Bardetts. Meine Großmutter ist die verkörperte Würde. Will man den Geschichten glauben, hat sie nicht einmal mit der Wimper gezuckt, als sie von der Affäre meines Großvaters mit der Gräfin erfuhr. Was sie anbetraf, so hat es sich nie ereignet. Ihre Tochter, meine Tante Phoebe, ist genauso, wie die Gräfin sagte – fad. In fünfzig Jahren hat sie keinen einzigen originellen Einfall gehabt. Es gibt übrigens eine einschüchternde Anzahl von Tanten, Onkeln, Cousins und Cousinen und anderen Verwandten.«

»Die leben aber nicht alle in Boston, oder?«

»Nein, Gott sei Dank. Sie haben sich über ganz Amerika und Europa verteilt, allerdings hat sich ein recht großer Pulk von ihnen in Boston und Martha's Vineyard und Umgebung angesiedelt.«

»Deine Mutter muss überrascht gewesen sein, als du ihr gesagt hast, dass du verheiratet bist.« Foxy hielt sich gerade noch rechtzeitig davon ab, wieder an ihrem Ring zu spielen.

»Ich habe es ihr nicht gesagt.«

»Was?« Ungläubig starrte sie ihn an. »Sie weiß es noch gar nicht?«

»Nein.«

Foxy wollte schon nach dem Warum fragen, dann jedoch fiel ihr die Erklärung selbst ein. *Er schämt sich für mich.* Sie schluckte und wandte den Blick wieder hinaus in den grauen Herbstregen. Cynthia Fox aus Indiana konnte nicht mithalten mit den Bardetts und den Matthews aus Boston. »Vermutlich«, setzte sie gepresst an, »kannst du mich auf dem Speicher verstecken. Oder wir könnten ja auch einen Stammbaum fälschen.«

»Hm?« Lance überholte gerade einen langsam fahrenden LKW. Auf das Überholmanöver konzentriert, warf er nur einen kurzen Blick auf Foxys Hinterkopf, um dann sofort wieder auf die Straße zu schauen. Als er wieder einscherte, zog er noch einmal an seiner Zigarre und warf den Stummel dann aus dem Fenster.

Foxy bemühte sich wirklich, sowohl ihr Temperament als auch ihre Zunge im Zaum zu halten. Es gelang ihr nur wenige kurze Momente. »Wir könnten ihnen ja sagen, ich sei eine verloren gegangene Prinzessin aus irgendeinem Dritte-Welt-Land. Dann spreche ich die ersten sechs Monate eben noch kein Englisch.« Wütend und verletzt schwang sie zu ihm herum. »Oder ich könnte die Tochter eines englischen Barons sein, der mich bei seinem Tod ohne jeden Penny zurückgelassen hat. Schließlich ist es doch die Blutlinie, die wichtig ist, nicht das Geld, oder?«

Es war ihr Ton, der Lance stutzen ließ. Er sah zu ihr hinüber. Tränen standen in ihren wütenden Augen. Prompt zog er die Brauen zusammen. »Was redest du da überhaupt?«

»Wenn du meinst, dass ich nicht gut genug bin, um als Mrs. Lancelot Matthews herzuhalten, dann kannst du …« Sie kam nicht dazu, ihren Vorschlag auszusprechen, weil er den Wagen abrupt an den Straßenrand lenkte und abbremste. Bevor sie überhaupt noch Luft holen konnte, lagen seine Hände mit eisernem Griff um ihre Arme.

»So etwas will ich nie wieder von dir hören, hast du verstanden?« Er war wütend, doch Foxy hob ihr Kinn an und hielt seinem Blick stand.

»Nein. Nein, ich verstehe nicht. Ich verstehe überhaupt nichts.« Zu ihrer Schande stiegen Tränen in ihren Augen auf, liefen über und rollten ihr die Wangen hinab. Dass sie weinte, kam für beide überraschend. Für Foxy, weil es so plötzlich kam und sie nicht einmal die Chance gehabt hatte, es zu unterdrücken, für Lance, weil er sie noch niemals hatte weinen sehen.

»Nicht!«, ordnete er rau an und schüttelte sie leicht. »Lass das!«

»Ich heule, wann ich will.« Foxy schluckte und ließ die Tränen weiterlaufen.

Lance fluchte, dann ließ er sie los. »Fein, dann mach weiter. Dann schwimmen wir eben bis nach Boston. Aber ich will wissen, woher diese Flut kommt.«

Foxy kramte in ihrer Handtasche nach einem Taschentuch und fand keines. »Ich habe kein Taschentuch«, klagte sie elend und wischte sich die Tränen mit dem Handrücken fort. Mit einem weiteren blümeranten Fluch zog Lance ein Taschentuch aus seiner Jackentasche und drückte es ihr unwirsch in die Hand. »Das ist Seide«, stellte Foxy fest und wollte es ihm zurückgeben.

»Damit werde ich dich gleich erwürgen.« Als müsste er sich zurückhalten, genau das zu tun, umklammerte er hart das Lenkrad. »Wir werden uns nicht von der Stelle bewegen«, entschied er, »bis du mir erklärt hast, was in dich gefahren ist.«

»Nichts, überhaupt nichts«, behauptete sie und zerknüllte das blütenweiße Tuch. Sie war maßlos empört über sich selbst, aber ihr Naturell zwang sie weiterzureden. »Was sollte es mir schließlich schon ausmachen, dass du deiner Familie nichts von unserer Heirat gesagt hast, nicht wahr?«

Eine Weile waren nur das Tröpfeln des Regens und Foxys Schnüffeln zu hören. Der Wagen stand still, bis auf das monotone Hin und Her der Scheibenwischer. »Du glaubst«, setzte Lance schließlich klar und nüchtern an, »ich hätte meiner Familie nichts von unserer Heirat gesagt, weil ich mich für dich schäme?«

»Was sonst sollte ich glauben?«, schleuderte sie ihm entgegen. »Eine Fox aus Indiana macht wohl keinen großen Eindruck.«

»Närrin!« Das Wort hing zitternd in dem engen Raum des Wagens. Anstatt zu schluchzen, schnappte Foxy jetzt nach Luft. Fasziniert beobachtete sie, wie Lance sich zusammennahm, um das zurückzuhalten, was wohl eine Art Tobsuchtsanfall sein musste. Als er dann endlich sprach, war er viel zu ruhig und zu beherrscht. »Ich habe meiner Familie nichts gesagt, weil ich ein paar Tage Ruhe haben wollte, bevor sie uns alle heimsuchen. Sobald sie erfahren, dass wir geheiratet haben, wird sich das Gesellschaftskarussell in Bewegung setzen. Eine Hochzeitsreise wäre die ideale Lösung gewesen, aber ich habe dir schon erklärt, dass es im Moment nicht machbar ist, weil ich erst noch ein paar Dinge erledigen muss. Ich habe mich jetzt monatelang nicht um die geschäftliche Seite gekümmert, und nach Kirks Unfall, so dachte ich, könnten wir beide ein paar Tage Ruhe gebrauchen. Mir wäre nie in den Sinn gekommen, dass du etwas anderes denken könntest.«

Mit einer abrupten Bewegung legte Lance den ersten Gang ein und fädelte sich wieder in den Verkehr ein. Das Schweigen dehnte sich und wurde drückend. Foxy zerknüllte das Taschentuch in der Hand und wünschte sich, ihr fiele ein Ansatz ein, um das Gespräch zwischen ihnen wieder aufzunehmen.

Die Tage seit Kirks Unfall hatten sich zu einer nebulösen Masse zusammengeballt, Stunden oder Zeitabschnitte waren nicht mehr auszumachen. Foxy wusste, sie hatte geschlafen, hätte aber nicht sagen können, wie lange. Sie wusste, sie hatte gegessen, war sich aber nicht bewusst, was. Die Ehe mit Lance schien in der Unwirklichkeit festzuhängen. Aber es ist real, ermahnte sie sich. *Und Lance hat recht: Ich bin eine Närrin.*

»Tut mir leid, Lance«, murmelte sie, den Blick auf sein Profil gerichtet.

»Vergiss es einfach.« Seine Antwort war knapp und abweisend. Foxy drehte das Gesicht wieder zur Scheibe und starrte in den Regen hinaus.

Sind alle Bräute so unsicher? fragte sie sich und schloss die Augen. So bin ich doch sonst nicht! Ich benehme mich, als wäre ich ein anderer Mensch. Ich denke auch wie ein anderer Mensch. Müdigkeit überkam sie, und sie ließ ihre Gedanken wandern. Ich werde mich sicher besser fühlen, wenn wir uns erst eingewöhnt haben. Ein paar Tage Ruhe sind genau das, was ich brauche. Und sie ließ sich von dem Prasseln der Regentropfen in den Schlaf lullen.

Foxy rührte sich stöhnend. Das stetige Brummen des Porschemotors hörte sie nicht mehr, dafür fühlte sie ein leichtes Schwanken und kalte Nässe auf ihrem Gesicht. Sie drehte den Kopf weg davon und spürte etwas Warmes, Weiches an ihrer Wange. Der Geruch, der ihr in die Nase stieg, war ihr sofort vertraut. Sie hob die Lider und erkannte Lance' Kinn direkt vor ihren Augen. Ihr wurde klar, dass sie getragen wurde. Sie barg das Gesicht an seiner Schulter, während Nieselregen ihre Haut netzte. Die Abenddämmerung brach düster herein, brachte dünnen Nebel mit.

In das Erkennen von Lance' Duft mischte sich auch der Geruch von feuchten Blättern und Gras, ein typischer Herbstgeruch, den sie schon bald mit Neuengland assoziieren würde. Lance' Schritte waren kaum zu hören, wurden verschluckt von den Schwaden, die zu seinen Füßen wirbelten. Es lag etwas Surreales, ja Unheimliches in der Stille und dem schwindenden Licht. Desorientiert drehte Foxy sich in seinen Armen.

»Ah, hast du beschlossen, wieder zu den Lebenden zurückzukehren?«, fragte Lance. Er blieb stehen, ohne auf den Regen zu achten, und sah auf sie hinab.

»Wo sind wir?« Verwirrt schaute Foxy sich um. Das Haus erblickte sie sofort. Ein braunes Ziegelsteinhaus hob sich zwei Stockwerke hoch vor ihr in die Höhe, die Wände mit Efeu bewachsen, die Fenster schmal und lang. Selbst in dem Dämmerlicht strahlte das Haus zeitlose Eleganz und Würde aus. »Ist das dein Haus?«, fragte Foxy. Sie legte den Kopf in den Nacken, um bis zum Dach und zu dem Kamin emporzusehen.

»Es gehörte meinem Großvater«, antwortete Lance und studierte ihre Reaktion. »Er hat es mir hinterlassen. Meine Großmutter zog immer das Haus auf Martha's Vineyard vor.«

»Es ist wunderschön«, murmelte Foxy. Der Regen, der ihr übers Gesicht lief und ihr Haar nässte, war vergessen. Sie war verzaubert, verliebte sich sofort in die alten Ziegel und den kletternden Efeu. Lance hat seine Wurzeln in diesem Haus, dachte sie. »Wirklich wunderschön.«

»Ja, das ist es«, stimmte er zu und ließ seinen Blick auf ihrem Gesicht verharren.

Foxy schaute auf und traf auf diesen Blick. Sie lächelte, blinzelte die Regentropfen aus ihren Wimpern. »Es regnet«, stellte sie fest.

»Du sagst es.« Er küsste sie, ließ seinen Mund einen Moment lang auf ihren Lippen liegen. »Deine Lippen sind nass. Ich mag es, wie der Regen sich in deinem Haar verfängt. In diesem Licht siehst du sehr blass aus, fast durchsichtig.« Seine Augen hatten die gleiche Farbe wie der dichter werdende

Nebel, der um sie herumwaberte. »Wenn ich dich jetzt loslasse, wirst du dich dann auflösen?«

»Nein«, murmelte sie und strich mit den Fingern durch das feuchte Haar, das ihm in die Stirn fiel. »Ich verschwinde nicht.« Das Verlangen nach ihm schoss jäh durch sie hindurch und ließ sie erschauern.

»Du bist wahrscheinlich echt genug, um dir eine Erkältung einzufangen, wenn wir noch länger im Regen stehen.« Er hielt sie fester und setzte sich wieder in Bewegung.

»Du brauchst mich nicht zu tragen«, begann sie.

Vorsichtig stieg Lance die Stufen der Außentreppe hinauf. »Meinst du nicht, wir sollten wenigstens etwas die Tradition wahren?«, hielt er dagegen, während er den Schlüssel ins Schloss steckte. Mit einer Schulter stieß er die Tür auf, um Foxy dann über die Schwelle in das dunkel daliegende Haus zu tragen. »Willkommen zu Hause«, murmelte er, und dann küsste er sie, lang und sanft.

»Lance«, wisperte sie bewegt. »Ich liebe dich.«

Langsam stellte er sie auf die Füße zurück. Einen Moment lang blieben sie voreinander stehen, die Gesichter Silhouetten vor dem sich verdunkelnden Himmel. Bevor die Haustür sich wieder schloss, sollte nichts zwischen ihnen stehen, entschied Foxy. »Lance, ich entschuldige mich für die Szene, die ich vorhin im Auto gemacht habe.«

»Du hast dich doch schon entschuldigt.«

»Du warst wütend genug für zwei Entschuldigungen.«

Er lachte und küsste sie auf die Nasenspitze, überlegte es sich anders und nahm ihren Mund noch einmal in Besitz. Es schien, als könnte er aus einem Kuss mehr schöpfen, als sie sich überhaupt zu geben bewusst war. »Ärger ist nur der bequemste Schutz gegen Tränen«, sagte er und streichelte über ihre Arme. »Du hast mich überrumpelt, Fox. Das tust du immer, wenn du einmal vergisst, dass du unbesiegbar bist.« Mit einer Fingerspitze fuhr er an der Linie ihres Kinns entlang, verfolgte die Bewegung mit dunklen Augen. »Vielleicht hätte ich dir ein paar Dinge erklären sollen, aber ich bin einfach nicht daran gewöhnt, mich anderen erklären zu müssen. Ich denke, wir beide werden ein paar Veränderungen vorzunehmen haben.« Er nahm ihre Hände in seine und führte sie an seine Lippen. »Vertrau mir einfach für eine Weile, einverstanden?«

»Also gut.« Sie nickte. »Ich werde es versuchen.«

Lance gab ihre Hände frei und drückte die Tür ins Schloss, sperrte damit die heranrollende kalte Feuchtigkeit aus. Sekundenlang lag die Eingangshalle in undurchdringlicher Dunkelheit, dann flammte helles Licht auf. Foxy stand in der Mitte der Halle und drehte sich langsam um die eigene Achse. Zu ihrer Linken lag eine Treppe, der Glanz des Holzes von keinem Teppich verdeckt, das Eichengeländer schimmerte wie Seide. Zu ihrer Rechten stand ein Garderobentisch, dessen hoher Spiegel wohl schon das Konterfei von Lance' Urgroßmutter wiedergegeben haben musste. Lance beobachtete Foxy, wie sie sich die Revere-Kerzenhalter ansah und den Gainsborough in dem goldenen Rahmen studierte. Das Licht des Kristalllüsters strahlte auf sie herunter und brach sich in den Regentropfen in ihrem Haar. In dem gerade geschnittenen grünen Kleid mit den eng anliegenden Ärmeln und dem hohen Mandarinkragen, das sie für die Trauung gewählt hatte, haftete ihr eine elfengleiche Aura an. Der einzige Schmuck, den sie trug, war der schlichte Goldreif, den er ihr auf den Finger gesteckt hatte. Sie sah frisch und unberührt aus wie der Frühling, doch in jeder ihrer Bewegungen lag die Sinnlichkeit des Herbstes.

»Dich hätte ich mir niemals an einem solchen Ort vorstellen können«, sagte sie, als sie den Kreis geschlossen hatte.

»So?« Lance lehnte sich an die Wand und wartete darauf, dass sie mehr erklären würde.

»Es ist wunderschön«, meinte sie fast ehrfürchtig, »wirklich wunderschön, aber es ist so … so gediegen und gesetzt. Ja, gesetzt«, bekräftigte sie und schaute ihn an. »Wenn ich an dich denke, dann denke ich niemals an ›gesetzt‹.«

»Ab und zu genieße ich es sogar, gesetzt zu sein«, lautete seine unbeeindruckte Antwort. Foxys Meinung nach passte er in dem eleganten grauen Anzug genau hierher, zu Ziegelstein und Efeu. Und doch lag da etwas in seinen Augen, das sich niemals zähmen lassen würde. Maßschneider und unschätzbare Antiquitäten würden den Mann, der er war, niemals ändern. Natürlich wusste sie, dass sie verrückt war, wenn sie den Sünder dem Heiligen vorzog, dennoch konnte sie nicht anders.

»Aber ich muss natürlich von einer Sekunde auf die andere bereit sein, alles stehen und liegen zu lassen, um mit dir zu kommen, oder?« Sie schenkte ihm ein strahlendes Lachen, das Lance sehr an ihren Bruder erinnerte.

»Ich kann froh sein, eine Frau gefunden und geheiratet zu haben, die mich versteht.« Sein Lächeln war so typisch und so schief und ließ ihren Puls in die Höhe schnellen. Er trat vor sie und wickelte sich eine Strähne ihres Haars um seinen Finger. »Und ein so ausnehmend hübsches Wesen dazu. Intelligent, mit flinker Zunge, impulsiv, faszinierend und mit einer sinnlichen Stimme, die immer klingt, als wäre sie erregt.«

Foxy lief rot an, als Humor und Verlegenheit sich mischten. »Hört sich an, als hättest du da einen ziemlich guten Deal gemacht.«

»Und ob«, stimmte Lance zu. Sein Grinsen erstarb, und er musterte sie mit ernsten Augen. »Ein gewiefter Geschäftsmann weiß, wann er zuschlagen muss.« So schnell seine Miene nachdenklich geworden war, so schnell hellte sie sich auch wieder auf. Foxy verfolgte die Veränderungen mit Verwunderung. »Hungrig?«, fragte er spontan.

Fasziniert schüttelte sie den Kopf. »Nein, nicht wirklich.« Sie dachte an die langen Stunden, die er hinter dem Steuer gesessen hatte. »Wahrscheinlich hast du hier irgendwo eine Dose mit etwas Essbarem stehen, das ich aufwärmen kann.«

»Ich glaube, wir finden etwas Besseres.« Lance nahm sie bei der Hand und führte sie den Korridor hinunter. Die Räume, an denen sie vorbeikamen, blieben dunkel und geheimnisvoll. »Ich habe Mrs. Trilby gestern angerufen und ihr Bescheid gesagt, dass sie mich heute erwarten soll. Sie kümmert sich um den Haushalt und alles, was damit zusammenhängt. Ich bat sie, alles für meine Ankunft vorzubereiten. Sie weiß, dass ich von Staub und leeren Vorratsschränken nicht viel halte.« Er betrat einen Raum am Ende des Ganges, und als er den Schalter drehte, leuchtete Licht in der Küche auf.

»Oh, das ist ja großartig!«, rief sie begeistert aus und sah sich um. Sofort ging sie zu dem kleinen offenen Kamin, der in einer Wand eingelassen war. »Kann man den benutzen?«, fragte sie.

»Ja, sicher, er funktioniert.« Lance lächelte, als sie sich vorbeugte und den Kamin genauer inspizierte.

»Ich liebe es!« Lachend richtete sie sich wieder auf. »Ich werde vermutlich schon im August auf ein Feuer bestehen.« Mit den Fingerspitzen strich sie über den Zeichentisch, der in dem Halbrund bei dem Bogenfenster stand. »Ich habe nur Feuer in meiner Küche, wenn ich den Speck beim Braten verbrenne.«

»Das hier *ist* deine Küche«, rief Lance ihr in Erinnerung. Während er ihr zusah, löste er den Knoten seiner Krawatte und zog sie sich vom Hals. Es lag etwas enorm Intimes in dieser lässigen Geste. Foxy schluckte und ging weiter durch den Raum auf Erkundung.

»Ich bin nicht sehr häuslich«, gab sie zu. »Ich weiß meist nicht einmal mehr, wo ich den Kaffee aufbewahre.«

»Versuch's mal mit dem Schrank hinter dir«, schlug Lance vor und sah nach, womit Mrs. Trilby den Kühlschrank bestückt hatte. »Kannst du kochen?«

»Sag mir was, und ich koche es dir«, antwortete sie herausfordernd. Jetzt hatte sie auch den Kaffee entdeckt.

»Wir überspringen das Beef Wellington wohl besser aufgrund von Zeitmangel und akuter Gefahr des Verhungerns. Wie wär's mit Omelett?«

»Kinderspiel!« Foxy sah über die Schulter zurück zu ihm. »Kochst du?«

»Nur wenn ich am Strand einschlafe.«

»Gib mir eine Pfanne«, sagte sie und versuchte, leidend auszusehen.

Das Ehepaar Lancelot Matthews genoss sein Hochzeitsdiner, bestehend aus Omeletts und Kaffee, am Küchentisch. Draußen war es jetzt gänzlich dunkel geworden, der Regen schlug noch immer an die Fenster, und der Mond wurde von den Wolken gefangen gehalten. Foxy hatte jedes Zeitgefühl verloren, für sie hätte es ebenso gut sieben Uhr abends wie drei Uhr morgens sein können. Es war tröstlich und beruhigte, nicht an die Zeit zu denken, und so achtete sie sorgsam darauf, nicht auf ihre Armbanduhr zu schauen. Und obwohl sie plauderte und leichte Konversation machte, waren ihre Nerven hinter der gelösten Fassade angespannt. Foxy schalt sich für ihre Nervosität, versuchte, sie zu ignorieren, doch sie ließ sich nicht beruhigen. Sie stocherte in ihren Eiern herum, während Lance den restlichen Kaffee auf die beiden Tassen aufteilte.

»Deswegen bist du auch so dünn«, bemerkte er. Als Foxy verständnislos zu ihm hinsah, fuhr er fort: »Essen interessiert dich nicht genug. Über die Saison hast du Gewicht verloren. Man konnte regelrecht zusehen.«

Sie zuckte gleichgültig mit einer Schulter, machte sich jedoch gehorsam daran, das Omelett zu Ende zu essen. »Mir ist es lieber, wenn das Dinner im Restaurant die Ausnahme bleibt und nicht zur Regel wird. In ein paar Wochen habe ich das wieder aufgeholt.« Lächelnd sah sie ihn an. »Allerdings hätte ich großes Interesse an einem heißen Bad.«

»Ich bringe dich nach oben«, sagte er und stand auf. »Dann gehe ich zum Wagen und hole unsere Koffer. Das restliche Gepäck müsste morgen ankommen.«

Auch Foxy stand auf und begann, das Geschirr zusammenzustellen. Sie wusste, es war albern, dennoch wuchs ihre Nervosität. »Du brauchst mich nicht zu führen. Sag mir nur, wo das Bad ist, ich werde es schon finden.«

Er blickte auf ihren Rücken, während sie die Teller ins Spülbecken stellte. »Die zweite Tür auf der rechten Seite ist das Schlafzimmer, von dem du in das angrenzende Bad kommst. Lass das Geschirr stehen«, sagte er zu ihr.

Foxy wollte widersprechen, doch da lagen seine Hände schon beruhigend auf ihren Schultern. »Na schön«, willigte sie ein und drehte sich zu ihm um. Sie brauchte Zeit für sich allein, um sich sammeln und ihren Kopf klären zu können. »Ich werde mir nicht allzu lange Zeit lassen. Ich kann mir vorstellen, dass du nach der Fahrt ebenfalls ein Bad brauchst.«

»Nimm dir so viel Ziel, wie du willst.« Seite an Seite verließen sie die Küche und gingen den Gang entlang zurück zur Eingangshalle. »Ich werde ein anderes Bad benutzen.«

»Ja, gut.« Am Ende der Halle trennten sie sich. Wie höflich wir miteinander umgehen, dachte sie, als sie die Treppe hinauffloh. So schrecklich verheiratet.

Im Schlafzimmer boten hohe Flügeltüren den Zugang zu einem Balkon. Die Wände waren mit einer elfenbeinfarbenen Tapete bedeckt, die Ränder an der Decke und am Boden dunkel abgesetzt. Das Mobiliar war eine Mischung verschiedener Epochen und Stile – Hepplewhite, Chippendale, Queen Anne –, aber es passte alles wunderbar zusammen und besaß

einen ganz eigenen, hinreißenden Charme. In der gegenüberliegenden Wand war ein großer offener Kamin eingelassen
und mit weißem Marmor verkleidet, daneben lagen ordentlich geschichtete Holzscheite, die nur darauf warteten, ange-
zündet zu werden. Foxy entschied, dass Mrs. Trilby eine sehr
effiziente Haushälterin sein musste. Das Bett war ein hohes
Vier-Pfosten-Bett mit einem Himmel aus nachtblauer Seide.
Zweifelsohne ein Erbstück, noch dazu höchstwahrscheinlich
unschätzbar wertvoll. Foxy zog die Unterlippe zwischen die
Zähne. Sie würde erst lernen müssen, wie sie mit solchen Dingen umzugehen hatte – nein, eher würde sie lernen müssen,
wie sie damit leben konnte.

*Ich benehme mich wie ein Idiot. Ich habe Lance geheiratet,
weder sein Geld noch seine Familie. Das ist nur die typische
Nervosität einer Braut. Mir wäre ganz sicher nicht so mulmig,
wenn ich mehr Erfahrung hätte.*

Foxys Blick wanderte wie von allein erneut zu dem großen
Bett, dann atmete sie tief durch und schaute auf ihre Hände.
Der Ehering funkelte an ihrem Finger auf. Sie ignorierte das
Flattern in ihrem Magen und begann, sich auszuziehen. Nur
im Slip tappte sie auf bloßen Füßen ins Bad und erkannte weitere Beweise für Mrs. Trilbys Kompetenz. Frische Handtücher waren bereitgelegt worden, zusammen mit duftenden
Seifen, Badeölen und Lotionen. Die Wanne war in den Boden
eingelassen und bot Platz genug für zwei. Allein bei der Vorstellung, in dieser großartigen Wanne zu liegen, begann Foxys
Haut zu prickeln.

Während das Wasser einlief, schnupperte Foxy an Flakons
und Fläschchen und probierte Düfte und Öle aus. Dampf
breitete sich im Raum aus, vermischte sich mit den Wohlgerü-
chen. Langsam begann sie sich wohlzufühlen. Eine halbe
Stunde später stieg sie aus der Wanne, ihre Muskeln komplett
entspannt und ihre Haut rosig und duftend. Sie wählte ein

minzgrünes Badelaken und wickelte es sich wie einen Sarong um den Körper. Das Bad hatte ihre Laune gehoben, sie summte leise vor sich hin, während sie die Haarnadeln aus ihrem Haar zog, mit denen sie es aufgesteckt hatte. Die Locken sanken über ihre Schultern hinunter. Ihr Versuch, die wirre Masse mit den Fingern zu richten, blieb erfolglos. In ihrem Koffer waren eine Haarbürste und ein Bademantel. Sicherlich hatte Lance die Koffer schon ins Haus geholt und nach oben gebracht. Also ließ sie ihr Haar, wie es war, zog die Verbindungstür auf und trat ins Schlafzimmer.

Mehrere Porzellanlampen und ein flackerndes Feuer im Kamin verbreiteten einen warmen Schimmer im Raum. Es waren das Knistern und der Geruch des brennenden Holzes, die Foxy den Blick zum Kamin richten ließen. Sie war schon fast in der Mitte des Zimmers angekommen, bevor sie Lance überhaupt sah. Mit einem leisen, erschrockenen Laut hielt sie das Handtuch fest, das sie locker über der Brust eingesteckt hatte. In einem schwarzen Hausmantel im Kimonostil stand Lance neben einem runden Glastisch. Er war gerade dabei, eine Flasche Champagner zu entkorken, hielt jedoch inne, als er Foxy sah, und studierte jeden Zentimeter seiner Frau genauestens. Mit der freien Hand strich Foxy sich das Haar von der feuchten Stirn zurück.

»Hast du dein Bad genossen?« Ohne den Blick von ihr zu nehmen, ließ er den Korken knallen.

»Ja.« Ein schneller Blick durch den Raum, und Foxy fand ihre Koffer in der Ecke stehen. »Ich habe dich gar nicht gehört«, sagte sie und wusste, dass ihre Stimme nicht wie sonst klang. »Ich wollte mir nur meine Bürste und einen Bademantel holen.«

»Wozu?« Schwungvoll goss er Champagner in zwei Gläser. »In Grün gefällst du mir.« Bei seinem Lächeln klammerte Foxy die Finger fester um das Handtuch. Es war dieses provozierend infame Grinsen, dem sie noch nie hatte widerstehen können. »Und es gefällt mir auch, wenn dein Haar nicht so gezähmt wirkt. Komm.« Er hielt ihr ein Glas hin. »Trink einen Schluck Champagner.«

So hatte Foxy sich das nicht vorgestellt. Sie müsste jetzt das Negligé tragen, das Pam ihr geschenkt hatte. Sie müsste verführerisch und selbstsicher und bereit für ihn sein. Es war keineswegs geplant gewesen, dass sie ihrem Ehemann in der Hochzeitsnacht nur mit einem Handtuch bekleidet gegenüberstehen würde, ihr Haar wirr in alle Richtungen abstehend und auf ihrer Miene der Ausdruck bestürzter Überraschung. Dennoch folgte sie seiner Aufforderung und nahm das Glas an, in der Hoffnung, der Champagner könnte gegen ihre plötzlich trockene Kehle helfen. Als sie das Glas an die Lippen heben wollte, streckte Lance die Hand aus und hielt ihr Handgelenk fest. Ihr Puls hämmerte rasend unter seinen Fingerspitzen.

»Kein Toast, Foxy?«, sagte er leise, das Lächeln spielte noch immer in seinen Mundwinkeln. Den Blick unverwandt auf ihre Augen gerichtet, trat er einen Schritt näher und stieß mit ihr an. »Auf ein gutes Rennen!«

Zögernd hob sie ihr Glas erneut und sah Lance an, während sie daran nippte. Der Champagner war eisgekühlt und prickelte auf der Zunge.

»Heute Abend gibt es nur ein Glas, Fox«, murmelte Lance. »Ich will nicht, dass du benebelt bist.«

Mit hart pochendem Herzen wandte Foxy sich ab. »Dieses Zimmer ist wunderschön.« Sie räusperte sich und befeuchtete hastig ihre Lippen. »Ich habe noch nie so viele Antiquitäten an einem Ort gesehen.«

»Magst du Antiquitäten?«

»Kann ich nicht sagen«, antwortete sie und ging durch das Zimmer. »Ich habe nie welche besessen. Dir müssen sie wohl gefallen.« Das letzte Wort war nur mehr ein Flüstern, denn sie hatte sich umgedreht und feststellen müssen, dass Lance direkt hinter ihr stand. Irgendwie war es unheimlich, wie lautlos er sich bewegte. Unwillkürlich wollte sie einen Schritt zurückweichen, doch er legte seine Hand an ihren Nacken.

»Es scheint, als gäbe es nur einen Weg, um dich zum Stillhalten zu bringen.« Mit dem leichtesten Druck seiner Finger zog er sie auf die Zehenspitzen empor und presste seinen Mund auf ihre Lippen. Foxy war, als würde das Zimmer plötzlich wanken und beginnen, sich zu drehen. Seine Zungenspitze lockte ihre und fuhr dann zart über ihre Lippen. »Möchtest du gern über meine Hepplewhite-Sammlung sprechen?«, fragte er und nahm ihr das Glas aus den kraftlos gewordenen Fingern.

Foxy öffnete die Augen. »Nein.« Selbst die einsilbige Antwort fiel ihr schwer auszusprechen, während ihr Blick von seinem Mund angezogen wurde. Und schon küsste er sie erneut, Leidenschaft baute sich auf, ließ Foxy erschauern. Das Badelaken fiel unbeachtet zu Boden. Mit einem rauen Stöhnen presste Lance seinen Mund in ihre Halsmulde und ließ seine Hände über ihre heiße Haut wandern. Foxy spürte den schmerzhaften Stich des Verlangens und drängte sich enger an ihn. »Lance«, murmelte sie, während das Blut in ihren Ohren rauschte. »Ich will dich. Liebe mich! Liebe mich jetzt.« Die Worte klangen erstickt, als sein Mund gierig zu ihren Lippen zurückkehrte. »Das Licht«, sagte sie atemlos, als er sie auf das Bett drückte.

Seine Augen glühten dunkel und hypnotisierend. »Ich will dich sehen.«

Er legte sich zu ihr. Er liebte nicht zärtlich. Sie hatte auch weder Zärtlichkeit noch Geduld erwartet. Sie hatte mit hitziger Ungeduld und drängenden Forderungen gerechnet, und sie wurde nicht enttäuscht. Seine Hände strichen fieberhaft über ihren Körper, erkundeten, bevor sie eroberten. Sein Mund verließ ihre Lippen, um an ihrem Hals entlangzuwandern, hungrig und brennend, hinunter zu ihren Brüsten. Foxy stöhnte bebend auf, als seine Zunge die harten Spitzen ihrer Brust reizte, schmerzendes Verlangen breitete sich in ihr aus. Seine Liebkosungen waren hart und fordernd und erregten sie über alle Maßen, während er mit den Händen an ihren Seiten hinabstrich, um sie schließlich an ihrer Taille ruhen zu lassen, während sein Mund sich weiter an ihren Brüsten labte.

Sie begann sich unter ihm zu winden. Es war der weibliche Instinkt, der ihre einladenden Bewegungen sinnlich und lockend machte. Mit seinen schlanken, starken Fingern begann er, die empfindsame Haut an den Innenseiten ihrer Schenkel zu kneten. Jeder Muskel in Foxy erschlaffte, ihre Gliedmaßen wurden matt und nachgiebig. Sie fand heraus, dass Lance sich der körperlichen Liebe auf die gleiche Weise widmete, wie er früher Rennen gefahren war – intensiv und mit absoluter Konzentration. Da gab es einen geradezu skrupellosen Wunsch nach Dominanz in ihm, eine Macht, die mehr verlangte als nur Unterwerfung. Die Kapitulation wäre eine viel zu simple Antwort gewesen. Und Foxy entdeckte auch die eigene Macht. Er brauchte sie! Sie konnte es an dem Drängen seiner Hände erkennen, schmeckte es an der Gier seines Mundes, hörte es daran, wie er ihren Namen aussprach. Sie hielten einander eng umschlungen, Körper an Körper, Mund an Mund, und die einzige Realität schienen die tiefen, brennenden Küsse zu sein und die heiße Haut. Der schwache Duft des Feuers verlieh der Szene zudem etwas Zeitloses und Ursprüngliches.

Und als Foxys Körper unter seinen Händen zu prickeln begann, ging sie ebenfalls auf Entdeckungsreise. Sie entdeckte die harten Muskeln unter seiner Haut, die seine schlanke Statur bisher verdeckt hatte. Als sie ihre Hände zu seinen Hüften gleiten ließ, stöhnte Lance an ihren Lippen und vertiefte den Kuss. Seine Liebkosungen wurden wild und losgelöst, und zusammen mit ihm stürzte sie sich in eine Welt, in der nur das Fühlen herrschte. Das Vergnügen war so intensiv, so unverfälscht und pur, dass es an Schmerz erinnerte. Es schien keinen Zentimeter an ihr zu geben, den er nicht kennenlernen, genießen, erobern wollte. Fest schlang sie die Arme um seinen Nacken und presste die Lippen an seinen Hals. Sein Duft und sein Geschmack erfüllten und berauschten sie so sehr, dass Champagner nur wie ein unvermögender Ersatz schien. Hier gab es etwas Dunkles, Männliches, das sie erfahren wollte. Mit der Zungenspitze leckte sie über seine Haut, tastend, empfindend, entdeckend. Leidenschaft baute sich auf, weit über alles hinaus, was sie sich hatte vorstellen können. Sowohl ihre emotionellen wie auch ihre körperlichen Reaktionen waren absolut. Sie war die Seine.

Der Atem stockte ihr in der Kehle, kam als Seufzer oder Stöhnen über ihre Lippen. Das Verlangen erklomm schwindelnde Gipfel, als sie seinen Namen flüsterte. »Lance …« Sein Mund nahm ihren mit neuerlicher Gier in Besitz und verstummte so ihre Worte. Er bewegte sich auf ihr, drängte sich gleichzeitig zwischen ihre Schenkel.

Das Vergnügen, das sie bereits auf dem Gipfel wähnte, wurde noch intensiver. Die Leidenschaft rollte mit mächtigen heißen Wellen unaufhaltsam heran, überwältigte sie und riss sie mit zu einem wilden Ritt, bis alle Sehnsüchte, alle Gefühle sich zu einem einzigen bündelten.

Die Morgendämmerung zog langsam herauf. Foxy lag noch immer sicher in Lance' Armen, als sie sich vom Tropfen des Regens in den Schlaf lullen ließ.

10. KAPITEL

Foxy fühlte sich rundherum wohl. Das schimmernde Licht hinter ihren Lidern sagte ihr, dass die Sonne auf ihr Gesicht schien. Mit einem leisen Seufzer erlaubte sie dem Schlaf, sich langsam von ihr zu heben. Sie erinnerte sich an die unbeschwerten heiteren Samstagmorgen, als sie noch ein kleines Mädchen gewesen war. Als sie im Bett liegen geblieben war und selig gedöst hatte, in dem ruhigen Wissen, dass der ganze Tag noch vor ihr lag, ein Tag ohne Sorgen und ohne Pflichten. Bis zum Montagmorgen und zur Schule war es ja schließlich noch eine ganze Ewigkeit hin gewesen. Auch jetzt ließ Foxy sich treiben, zufrieden in dem Gefühl, beschützt und gleichzeitig frei zu sein – ein Gefühl, das sie seit zehn Jahren nicht mehr empfunden hatte. Also rückte sie näher daran heran und hielt sich fest.

Auf ihrer Taille lag ein Gewicht, das das Gefühl der Geborgenheit noch verstärkte. An ihrer Seite war es auch so schön warm. Sie schmiegte sich in die Wärme hinein. Träge hob sie die Lider – und schaute direkt in Lance' Augen. Die Vergangenheit machte jäh der Gegenwart Platz, doch das Gefühl, mit dem sie aufgewacht war, blieb. Weder sie noch Lance sprachen. Er wirkte überhaupt nicht schlaftrunken, er musste also schon eine ganze Weile wach sein. Seine Augen blickten klar und konzentriert, ihre dagegen waren noch weich und verhangen vom Schlaf. Sein Haar war verwuschelt, eine Erinnerung daran, dass sie noch vor wenigen kurzen Stunden mit ihren Fingern darin gespielt hatte. Sie sahen einander weiter stumm an,

während ihre Münder sich mehr und mehr aufeinander zube-
wegten. Die Erkenntnis, dass sie beide nackt in den zerwühlten Laken lagen, sickerte in Foxys verschlafene Zufriedenheit.
Der Arm, der um sie geschlungen lag, fasste fester zu.

»Im Schlaf siehst du aus wie ein Kind«, murmelte er, während seine Lippen über ihr Gesicht glitten. »Sehr jung und
unberührt.«

Foxy würde ihm nicht gestehen, wie kindlich auch ihre Gedanken gewesen waren. Doch je länger seine Finger über ihren Rücken streichelten, desto mehr fühlte sie sich als Frau.
»Wie lange bist du schon wach?«

Jetzt fuhr er gedankenverloren mit der Hand über ihre
Hüfte und ihren Schenkel. Letzte Nacht waren seine Liebkosungen alles andere als abwesend gewesen, allein der Gedanke
daran vertrieb die Müdigkeit bei Foxy. »Schon eine Weile.« Er
zog sie noch näher zu sich heran. »Ich hatte schon überlegt,
ob ich dich aufwecken soll.« Sein Blick wanderte über ihre
vom Schlaf rosigen Wangen, ihr wirres Haar auf dem Kissen
und ihren vollen, ungeschminkten Mund. »Aber es hat mir
Vergnügen bereitet, dich im Schlaf anzuschauen. Es gibt nicht
viele Frauen, die schon direkt am Morgen sowohl beruhigend
als auch aufregend sind.«

Foxy hob eine kritisch fragende Augenbraue. »Verstehst
du viel von Frauen am Morgen?«

Er grinste und knabberte an der hellen Haut ihres Halses.
»Ich bin Frühaufsteher.«

»Kann ich mir denken«, murmelte Foxy und spürte, wie
sich jetzt noch etwas anderes in die träge Zufriedenheit
mischte. »Ich nehme an, du hast Hunger.« Sie fühlte seine
feuchte Zungenspitze auf ihrer Haut.

»Stimmt, heute Morgen verspüre ich enormen Hunger.«
Er sog ihre Unterlippe zwischen seine Zähne, Verlangen flatterte in ihrem Bauch auf. »Du schmeckst köstlich«, sagte

er, als er ihre Lippen auseinanderdrängte. »Ich merke bereits, wie schnell es mir zur Gewohnheit wird«, fuhr er fort und umfasste die Rundung ihrer Brust. »Deine Haut ist unbeschreiblich weich, vor allem für jemanden, der zum größten Teil nur aus Haut und Knochen zu bestehen scheint.« Mit dem Daumen liebkoste er die zarte Knospe und beobachtete, wie sich ein Schleier über Foxys Augen legte. »Ich glaube nicht, dass ich so schnell genug von dir bekommen werde.«

Mit leisen Worten und erfahrenen Händen führte Lance sie schon bald wieder in die Welt der Leidenschaft. Seine Berührungen waren ihr nicht mehr fremd, wurden durch die Vertrautheit umso erregender. Foxy wusste, was sie erwartete, wenn erst alle Türen aufgestoßen waren. Sie lernte und genoss und teilte. Und der Morgen schritt immer weiter voran.

Es war bereits nach Mittag, als Foxy die Treppe zum Parterre hinunterstieg. Sie ging langsam, redete sich ein, dass der Tag ewig dauern würde, wenn sie ihn nicht vorantrieb. Zu gern hätte sie das Haus erkundet, aber sie beherrschte sich und schlug den Weg zur Küche ein. Die anderen Räume konnten warten, bis Lance bei ihr war. Sie hatte gerade zwei Schritte in die Halle gemacht, als es an der Haustür klingelte. Sie schaute die Treppe hinauf. Lance würde wohl kaum schon mit dem Duschen fertig sein, also beschloss sie, selbst an die Tür zu gehen.

Zwei Frauen standen auf der überdachten weißen Veranda. Ein Blick reichte, um Foxy zu sagen, dass diese beiden keineswegs Vertreter waren, die von Tür zu Tür zogen. Die eine war jung, ungefähr in Foxys Alter, mit Haaren in einem warmen Brünett und einem rosigen Teint, eine junge Schönheit mit lebhaften braunen Augen. Ihre Kleidung war lässig, aber teuer – ein Tweedkostüm mit eng anliegender Jacke und ausgestelltem Rock, darunter trug sie eine Seidenbluse. In jeder ihrer Bewegungen lag enorme Selbstsicherheit.

Die zweite Frau war älter, aber nicht weniger beeindruckend. Sie trug ihr weißes Haar kurz geschnitten und aus dem Gesicht zurückgekämmt. Kaum eine Falte war in ihrem Gesicht zu finden; sie hatte außergewöhnlich feine Züge und einen Teint wie Porzellan, was ihre Schönheit mehr ausmachte als ihr perfektes Make-up. Das eisblaue Kostüm, dessen schlichte Eleganz auf diskrete Weise den Preis verriet, hatte die gleiche Farbe wie ihre Augen. In dem kurzen Augenblick, in dem sie sich gegenseitig musterten, fiel Foxy auf, dass dieses Gesicht zwar bezaubernd war, aber auch ausdruckslos – wie das Gemälde einer schönen Landschaft, das ohne Inspiration gemalt worden war.

»Hallo.« Foxy lächelte die beiden an. »Kann ich Ihnen helfen?«

»Vielleicht könnten Sie so freundlich sein und uns erst einmal hereinbitten.« Der Bostoner Akzent der älteren Frau war unverkennbar, und schon schwebte sie auch in die Halle. Eher neugierig als verärgert, trat Foxy beiseite, um auch die Jüngere einzulassen. In der Mitte der Halle zog die Ältere sich die weißen Wildlederhandschuhe von den Fingern und musterte Foxy, die in enger Jeans und locker sitzendem Chenille-Pullover vor ihr stand. In der Luft hing der unverkennbare Duft eines teuren französischen Parfüms. »Und wo«, fragte sie hochfahrend, »ist mein Sohn?«

Ich hätte es wissen müssen, dachte Foxy, als die kühlen blauen Augen sie abschätzend taxierten. *Wie wenig er ihr doch ähnelt! Da gibt es nichts, was die beiden gemein haben.* »Lance ist oben, Mrs. Matthews«, hob Foxy an und versuchte sich an einem frischen Lächeln. »Ich bin …«

»Nun, dann holen Sie ihn«, fiel die Ältere Foxy mit einem hochherrschaftlichen Wink ins Wort. »Sagen Sie ihm, dass ich hier bin.«

Es war weniger die Unhöflichkeit, sondern vielmehr der verächtliche Ton, der Foxys Temperament anfachte. Sie achtete jedoch sehr sorgfältig darauf, ihre Zunge zu hüten. »Ich fürchte, er steht noch unter der Dusche. Möchten Sie solange warten?« Sie ahmte den Tonfall einer Arzthelferin an der Anmeldung beim Zahnarzt nach. Aus den Augenwinkeln erhaschte sie das amüsierte Aufblitzen im Gesicht der jüngeren Frau.

»Komm, Melissa.« Mrs. Matthews schlug gereizt die Handschuhe in ihre Handfläche. »Wir werden im Wohnzimmer warten.«

»Ja, Tante Catherine«, antwortete die Angesprochene devot, doch über die Schulter warf sie einen verschwörerischen Blick zu Foxy zurück, während sie folgsam gehorchte.

Foxy atmete erst tief durch, bevor sie den beiden folgte. Bewusst vermied sie es, sich in dem Raum umzusehen wie jemand, der hier neu war. Catherine Matthews brauchte nicht zu wissen, dass sie von Lance' Haus bisher nur wenig mehr als das Schlafzimmer kannte. Unauffällig nahm sie einen Zimmerflügel wahr, persische Teppiche und eine Tiffany-Lampe, bevor sie den Blick zu der hoheitsvollen Gestalt zurückkehren ließ, die auf einem Stuhl mit hoher Rückenlehne Platz genommen hatte. Sie konnte nur hoffen, dass ihr Ton höflicher war als ihre Gedanken, und setzte erneut ein Lächeln auf. »Möchten Sie etwas trinken, solange Sie warten?«, bot sie an. Ihr war klar, dass sie sich längst hätte vorstellen sollen, doch Catherines Hochmut reizte sie und hielt sie davon ab, ihre Identität preiszugeben. »Vielleicht Tee oder Kaffee?«

»Nein.« Catherine stellte ihre Handtasche auf das Tischchen neben sich. »Hat Lancelot es sich neuerdings zur Angewohnheit gemacht, seine Gäste von fremden jungen Frauen unterhalten zu lassen?«

»Das kann ich nicht beantworten«, erwiderte Foxy ruhig. Ihr Rückgrat versteifte sich unwillkürlich. »Wir haben bisher nur wenig über fremde junge Frauen gesprochen.«

»Ich bin sicher, dass Konversation nicht der Grund ist, weshalb Lancelot Ihre Gesellschaft sucht.« Sie legte die Hände auf die Armlehnen und tippte mit einem manikürten Fingernagel auf das glänzende Holz. »Ein gepflegter Wortschatz ist selten das, was er an einer jungen Dame schätzt. Seine Vorlieben kann ich nur selten nachvollziehen, aber ich muss sagen, dieses Mal bin ich wahrhaft überrascht.« Mit einer hochgezogenen Augenbraue warf sie Foxy einen abschätzenden Blick zu. »Wo hat er Sie nur gefunden?«

»Beim Verkaufen von Streichholzbriefchen in Indianapolis«, sagte Foxy, bevor sie sich zurückhalten konnte. »Er möchte mich rehabilitieren.«

»Das käme mir nie in den Sinn.« Lance betrat den Raum, und Foxy war unermesslich dankbar dafür, dass er ebenso lässig angezogen war wie sie – Jeans und T-Shirt, zudem war er barfuß. Er gab Foxy einen kurzen Kuss, bevor er weiterging, um seine Mutter zu begrüßen. Er beugte sich vor und streifte die dargebotene Wange flüchtig mit seinem Mund. »Hallo, Mutter. Gut siehst du aus. Cousine Melissa.« Lächelnd begrüßte er auch sie mit einem Kuss auf die Wange. »Du bist noch hübscher geworden.«

»Wie schön, dich zu sehen, Lance!« Lächelnd klimperte Melissa mit den Wimpern. »Wenn du hier bist, ist es nie langweilig.«

»Das höchste aller möglichen Komplimente«, erwiderte er, dann wandte er sich wieder an seine Mutter. »Ich vermute, Mrs. Trilby hat dir gesagt, dass ich komme.«

»Ja.« Sie schlug erstaunlich jugendliche und wohlgeformte Beine übereinander. »Ich finde es mehr als betrüblich, dass ich den Aufenthaltsort meines Sohnes vom Hauspersonal erfahren muss.«

»Sei nicht zu aufgebracht über Mrs. Trilby. Sie hat sicher gedacht, du weißt Bescheid. Ich hatte vor, dich am Wochenende anzurufen.«

Catherine schnaubte pikiert, dass ihr Sohn sie absichtlich missverstand. Als sie jedoch sprach, klang ihr Ton beherrscht und ausdruckslos. Während Foxy sie beobachtete, musste sie daran denken, was Lance einmal zu ihr gesagt hatte: Die Bardetts benahmen sich immer zivilisiert. Auf ihre eigene Art, fügte sie hinzu, als sie sich das Treffen an der Haustür noch einmal in Erinnerung rief. »Vermutlich sollte ich zufrieden sein, dass du vorhattest, mich anzurufen, da du ja offensichtlich sehr beschäftigt mit deinem ...« Ihr Blick glitt abrupt zu Foxy. »... Gast bist.« Eine Augenbraue zeichnete einen feinen Bogen auf die hohe Stirn. »Vielleicht würdest du so nett sein und sie wegschicken, damit wir ein privates Gespräch führen können. Da Trilby nicht hier ist, kann sie sich ja vielleicht um den Tee kümmern.«

Foxy wusste genau, sie würde explodieren, falls sie blieb. Sie würde sich ins Schlafzimmer zurückziehen und die Tür verschließen, bis sie sich wieder trauen konnte.

»Foxy.« Lance sprach ihren Namen nur leise aus, dennoch erkannte sie den Befehlston sofort. Mit Augen, aus denen Flammen schossen, drehte sie sich in den Raum zurück. Lance kam zu ihr und legte den Arm um ihre Schultern. »Ich glaube nicht, dass ihr einander schon vorgestellt wurdet.«

»Eine Vorstellung«, warf seine Mutter sofort ein, »ist wohl kaum notwendig, geschweige denn angebracht.«

»Wenn du nun fertig damit bist, sie zu beleidigen, Mutter, würde ich dir gerne meine Frau vorstellen.«

Abrupt setzte völlige Stille ein. Catherine Matthews schnappte nicht schockiert nach Luft, stieß auch keinen überraschten Aufschrei aus. Sie starrte Foxy nur an, als wäre sie ein seltsames Kunstwerk in einer namenlosen Galerie. »Deine

Frau?«, wiederholte sie schließlich. Ihre Stimme klang sehr ruhig, ihre Miene blieb völlig ausdruckslos. Sie verschränkte die Finger auf ihrem Schoß und sah zu ihrem Sohn. »Wann genau ist das passiert?«

»Gestern. Foxy und ich sind am Vormittag in New York getraut worden. Danach sind wir direkt hierhergekommen für …« Ein Grinsen huschte durch seine Augen, die er stetig auf seine Mutter gerichtet hielt. »… informelle Flitterwochen.«

Ihm macht die Sache diebischen Spaß, wurde Foxy klar, als sie die Belustigung in seiner Stimme hörte. Allerdings zeigte das Eis in Catherines Stimme ihr auch, dass sie das keineswegs amüsant fand.

»Man muss hoffen, dass Foxy nicht ihr richtiger Name ist.«

»Ich heiße Cynthia«, meldete Foxy sich entschieden. Sie war es leid, dass über sie gesprochen wurde, als sei sie gar nicht anwesend.

»Cynthia«, murmelte Catherine nachdenklich. Weder streckte sie die Hand aus, noch bot sie die Wange zum Kuss oder eine Umarmung an, stattdessen studierte sie Foxy ausgiebig, als sähe sie sie erst jetzt. Offensichtlich suchte sie nach einer Lösung, wie die Situation noch zu retten wäre. Und die Situation bin ich, schoss es Foxy mit einem Anflug von Humor in den Kopf. »Und Ihr Mädchenname?«, verlangte Catherine mit leicht geneigtem Kopf zu wissen.

»Fox«, antwortete Foxy und legte den Kopf in der gleichen Weise schief.

»Fox«, wiederholte Catherine. Ihr Fingernagel begann wieder auf das Holz zu tippen. »Fox. Der Name kommt mir bekannt vor.«

»Das ist der Rennfahrer, den Lance sponsert«, half Melissa aus. Sie starrte Foxy jetzt fasziniert an. »Bist du dann etwa seine Schwester?«

»Ja, ich bin seine Schwester.« Bei der offenen Neugier in Melissas Stimme musste Foxy lächeln. »Hallo.«

Neugier huschte über Melissas Miene. Wie Lance, so fiel Foxy auf, genoss auch sie diesen unerwarteten Zusammenstoß. »Hallo.«

»Du hast sie auf einer … einer …« Catherine spreizte die Finger vor sich, während sie nach dem richtigen Ausdruck suchte. »… auf einer Rennbahn kennengelernt?« Es war das erste Mal, dass ein Anflug von Wut in den Worten zu erahnen war. Foxy versteifte sich wieder, weil die Verachtung so offensichtlich ihr galt.

»Ich könnte einen Kaffee gebrauchen, Fox. Würdest du vielleicht einen aufgießen?« Als Antwort auf Lance' ruhig vorgebrachte Bitte schüttelte Foxy wild ihr Haar zurück und warf ihm einen vernichtenden Blick zu. »Melissa wird dir sicher gern dabei helfen«, fuhr er fort und hielt damit ihre Explosion auf. »Nicht wahr, Melissa?«, fragte er seine Cousine, ohne die Augen von Foxy zu wenden.

»Natürlich.« Melissa erhob sich sofort und kam durch den Raum. So ausmanövriert, zügelte Foxy ihren Ärger. Sie drehte sich auf dem Absatz um, ohne ein weiteres Wort, weder für Lance noch für seine Mutter.

»Hast du Lance wirklich auf der Rennstrecke kennengelernt?«, fragte Melissa, als die Küchentür hinter ihnen zugefallen war. In der Frage lag keine Boshaftigkeit, nur pure Neugier.

»Ja.« Foxy kämpfte noch immer mit ihrer Wut, dennoch hielt sie ihren Ton neutral. »Vor zehn Jahren.«

»Vor zehn Jahren? Da musst du noch ein Kind gewesen sein.« Melissa setzte sich an den Küchentisch, während Foxy Kaffee in den Filter löffelte. Die Sonne strahlte durch die Fenster, ließ die Erinnerung an den gestrigen verregneten Tag schwinden. »Und zehn Jahre später heiratet er dich.« Melissa stellte die Ellbogen auf den Tisch und stützte ihr Kinn in die Hände. »Das ist ja so romantisch!«

Foxy spürte ihre Wut verpuffen und stieß den Atem aus. »Ja, ich nehme an, dass es das ist.«

»Wegen Tante Catherine würde ich mir nicht allzu viele Gedanken machen«, riet Melissa und betrachtete Foxys Profil. »Sie würde niemanden akzeptieren, den sie nicht höchstpersönlich ausgewählt hat.«

»Das ist ja beruhigend«, erwiderte Foxy. Um sich beschäftigt zu halten, goss sie auch noch eine Kanne Tee auf.

»Da wird es eine Menge Frauen zwischen zwanzig und vierzig geben, die bei deinem Anblick Mordgelüste überkommen werden.« Melissa schlug die Beine in den Seidenstrümpfen übereinander. »An jenen, die darauf gehofft hatten, den Titel als Mrs. Lancelot Matthews zu ergattern, herrscht wahrhaftig kein Mangel.«

»Na, das ist doch großartig.« Foxy drehte sich zu Melissa um und lehnte sich an die Anrichte. »Wirklich ganz großartig.«

»Die wirst du alle bestimmt in den nächsten paar Wochen auf den Gesellschaften kennenlernen«, erzählte Melissa fröhlich weiter. Foxy fiel auf, dass Melissa, genau wie Catherine, perfekt manikürte Nägel hatte. »Auf Partys und Empfängen wird Lance schon aufpassen, dass die Krallen nicht ausgefahren werden, aber bei den Wohltätigkeitsveranstaltungen und den ach so beliebten Lunchtreffen musst du selbst auf der Hut sein.«

»Für solche Sachen habe ich keine Zeit«, sagte Foxy, ohne sich die Mühe zu machen, ihre Erleichterung zu kaschieren. Sie wandte sich ab, um ein präsentables Milch- und Zuckerservice zu finden. »Ich habe schließlich meine Arbeit.«

»Arbeit? Du hast einen Job?« Die ungläubige Verwunderung in Melissas Stimme ließ Foxy sich wieder umdrehen. Sie lachte.

»Ja, ich habe einen Job. Ist das etwa nicht erlaubt?«

»Doch, natürlich. Das heißt, das kommt darauf an …« Melissa fuhr sich nachdenklich mit der Zungenspitze über die Zähne. »Was genau machst du?«

»Ich arbeite freiberuflich als Fotografin.« Sie stellte den Kessel auf den Herd und setzte sich zu Melissa an den Tisch.

»Das könnte durchgehen«, sinnierte Melissa mit einem Nicken.

»Was machst du denn?«, stellte Foxy interessiert die Gegenfrage. Das Ganze fesselte sie immer mehr.

»Machen? Ich …« Melissa suchte nach einem Wort, dann wedelte sie lächelnd mit der Hand durch die Luft. »Ich verkehre.« Ihre Augen tanzten so verschmitzt, dass Foxy wieder lachen musste. »Vor drei Jahren habe ich meinen Abschluss an der Radcliffe gemacht und bin dann sofort zur obligatorischen Grand Tour aufgebrochen. Ich spreche fließend Französisch, ich weiß, wer aus der Bostoner Gesellschaft passender Umgang ist und wer nicht. Ich kann einen Tisch im Charles reservieren, und ich weiß, wo ich mich mit wem sehen lassen muss. Außerdem kenne ich alle Läden, wo man seine Schuhe zu kaufen hat und wo man die schönsten Dessous bekommt. Ich kann Hühnchenbrust an Sahnesauce für fünfzig altehrwürdige Damen der feinen Gesellschaft bestellen und kenne den Großteil der Leichen, die in den meisten Kellern liegen. Ich schwärme für Lance seit meinem zweiten Lebensjahr, und wäre ich nicht seine Cousine und damit aus dem Rennen, müsste ich dich jetzt verabscheuen. Aber da ich ihn also sowieso nie geheiratet hätte, werde ich dich sehr sympathisch finden und mit Freuden zusehen, wie du hier ein paar Nasen verbeulst.«

Sie hielt inne, um Luft zu holen, aber nicht lange genug, dass Foxy etwas hätte erwidern können. »Du bist unglaublich attraktiv, vor allem dein Haar, und ich kann mir gut vorstellen, mit der richtigen Garderobe wirst du sie alle umwerfen. Natürlich hätte Lance sich niemals eine Frau ausgesucht, die auf die übliche Weise schön ist. Und dann ist da ja auch noch deine scharfe Zunge. Tante Catherine hast du auf jeden Fall schon ein Stückchen von ihrem hohen Ross heruntergeholt. Deine Schlagfertigkeit wirst du brauchen, wenn du die nächsten Wochen unversehrt überleben willst. Aber ich helfe dir. Mir macht es unglaublichen Spaß, zuzusehen, wenn andere die Dinge tun, zu denen ich nicht den Mut habe. Ah, dein Wasser kocht.«

Foxy schwirrte der Kopf. Sie stand auf und nahm den Kessel vom Feuer. »Sind alle Verwandten von Lance so wie du?«

»Himmel, nein! Ich bin einzigartig.« Melissas Lächeln bewies den perfekten Charme. »Ich weiß, dass der Großteil der Leute in meinen Kreisen Langweiler und Snobs sind, und über mich selbst mache ich mir auch keine großen Illusionen.« Sie zuckte mit den Achseln und sah zu, wie Foxy den Tee aufgoss. »Aber ich bin zu bequem, um ihnen ab und an ein blaues Auge zu verpassen, so wie Lance es tut. Ich bewundere ihn enorm dafür, dennoch habe ich nicht vor, ihn zu imitieren.« Sie schob sich das Haar über die Schulter zurück, und Foxy sah einen Smaragd an ihrem Finger aufblinken. »Manchmal tut Lance etwas nur aus dem einzigen Grund, um seine Familie zu verärgern. Ich glaube, nur deshalb hat er überhaupt angefangen, Rennen zu fahren. Natürlich war er dann eine ganze Zeit lang regelrecht besessen davon. Und er ist ja auch noch immer aktiv dabei, um Rennwagen zu entwerfen und zu konstruieren, auch wenn er selbst nicht mehr fährt …« Melissa verstummte und betrachtete Foxy mit nachdenklichen braunen Augen.

Foxy hörte die unausgesprochene Vermutung, erwiderte den Blick fest und sprach offen. »Du glaubst, er hat mich vielleicht nur geheiratet, um seine Familie zu ärgern.«

Mit einem Lächeln zuckte Melissa die mit Tweed bedeckten Schultern. »Wäre das wichtig? Du hast den Hauptpreis gewonnen. Genieß es einfach!«

Beide Frauen drehten sich um, als der Hauptpreis in die Küche geschlendert kam. Erst schaute er Foxy an, dann lenkte Lance den Blick auf seine Cousine. »Mutter möchte gerne gehen, Melissa. Sie hat es eilig.«

»Puh.« Melissa rümpfte die Nase, als sie aufstand. »Ich hatte gehofft, nach dem hier würde sie die Sitzungen vergessen, zu denen sie mich noch schleifen will. Ich nehme an, sie hat dir gesagt, dass morgen Abend eine Party bei Onkel Paul stattfindet? Jetzt wird man erwarten, dass ihr auch kommt.«

»Ja, sie hat es mir gesagt.« Begeisterung lag nicht in seiner Stimme, und Melissa grinste.

»Jetzt freue ich mich richtig darauf! Wahrscheinlich wird sich unter diesen Umständen sogar Großmutter sehen lassen. Du weißt wirklich, wie du sie durcheinanderbringen kannst, nicht wahr?« Melissa blinzelte Foxy zu, bevor sie zu Lance ging. »Ich habe dir noch gar nicht gratuliert.«

»Nein.« Er hob eine Augenbraue. »Hast du nicht.«

»Herzlichen Glückwunsch«, sagte sie förmlich, dann stellte sie sich auf die Zehenspitzen und küsste ihn auf beide Wangen. »Ich mag deine Frau, Cousin. Ich komme bald wieder, ob du mich nun einlädst oder nicht.«

»Du bist eine von den wenigen, bei denen ich nicht den Riegel vorschiebe.« Lance kniff sie sanft ins Kinn. »Sie wird einen Freund brauchen.«

»Brauchen wir nicht alle einen Freund?«, konterte Melissa trocken. »Wir gehen zusammen einkaufen«, entschied sie, als sie sich wieder zu Foxy umwandte. »So lernt man sich am schnellsten kennen. Wir sehen uns dann morgen!«, sagte sie auf dem Weg zur Tür. »Bei deiner Feuertaufe.«

Foxy sah auf die Tür, die hinter Melissa ins Schloss fiel. »Ich habe das Gefühl, dass ich schon jetzt etwas angesengt bin.«

Lance kam zu ihr und hob ihr Kinn an. »Du scheinst dich doch ganz gut gehalten zu haben.« Ernst musterte er ihr Gesicht. »Muss ich mich für meine Mutter entschuldigen?«

»Nein.« Foxy schloss einen Moment lang die Augen, dann schüttelte sie den Kopf. »Nein, das ist nicht nötig. Wenn ich mich recht entsinne, hast du mich ja zu warnen versucht.« Sie hob die Lider und zuckte mit den Achseln. »Du hast vermutlich gewusst, dass sie mich nicht akzeptieren wird.«

»Kaum etwas von dem, was ich tue, kann meine Mutter akzeptieren.« Mit dem Daumen rieb er über ihre Wange, ohne den Blick von ihren Augen zu nehmen. »Es ist mir gleich, was sie gutheißt und was nicht, ich brauche ihre Zustimmung nicht. Am allerwenigsten für unsere Heirat. Unser Leben gehört uns allein.« Er runzelte die Stirn, dann küsste er sie hart und gründlich. »Ich hatte dich gebeten, mir zu vertrauen«, erinnerte er sie.

Seufzend wandte Foxy sich um. Der Geruch von Kaffee und Tee schien plötzlich zum Schneiden dicht in der Luft zu hängen. »Sieht aus, als könnten wir die paar Tage Frieden streichen.« Sie hob die Teekanne hoch und goss den Inhalt ins Spülbecken. Lance' Hände lagen auf ihren Schultern, automatisch streckte sie den Rücken durch. Nichts sollte den ersten Tag als seine Ehefrau belasten. Sie drehte sich zu ihm um und schlang die Arme um seinen Hals. »Aber heute bleibt uns noch.« Ärger und Frustration schmolzen dahin, ebenso wie sie selbst, als Lance seinen Mund auf ihren presste. »Ich glaube, ich will gar keinen Kaffee mehr«, wisperte sie, als ihre Lippen sich kurz trennten, nur um sich gleich wieder zu finden. »Und du?«

Statt einer Antwort grinste er und trat zurück. Bevor sie erkannte, was er vorhatte, schlang er sie auch schon kopfüber

über seine Schulter. Lachend hielt sie sich das Haar aus dem Gesicht. »Lance«, meinte sie mit gespielt theatralischem Erschauern, als er zur Küchentür hinausmarschierte, »du bist ja ein solcher Romantiker!«

11. KAPITEL

Als Foxy sich für ihren ersten Auftritt als Mrs. Lancelot Matthews in der Gesellschaft zurechtmachte, war es, als würde sie in die Schlacht ziehen. Ihre Rüstung bestand aus einem eng anliegenden, schulterfreien Top und einer locker fallenden Hose in hellem Grün. Vor dem hohen Spiegel zog sie den hüftlangen Blazer in Smaragdgrün über und schloss den dünnen goldenen Gürtel. Dann machte sie sich daran, eine bewusst dramatische Frisur aus ihrer Lockenmähne zu kreieren.

»Wenn sie starren und tuscheln wollen«, murmelte sie ihrem Spiegelbild zu, während sie sich das Haar aufsteckte, »dann werden wir ihnen auch etwas zu starren und zu tuscheln bieten.« Mit leichten Bürstenstrichen brachte sie ein paar Strähnen dazu, ihr sanft und locker ums Gesicht zu fallen. »Ich wünschte, ich wäre anständig gebaut«, beschwerte sie sich mit einem abschätzenden Blick auf ihre gertenschlanke Gestalt.

»Mir gefällt das Chassis eigentlich sehr gut«, kam es da von Lance von der Tür her. Vor Schreck ließ Foxy die Bürste fallen und schwang herum. Lässig elegant, in einem schwarzen Anzug aus dem feinsten Wollstoff, lehnte Lance am Türrahmen. Sein Blick glitt träge über ihre Erscheinung, bevor seine Augen sich mit ihren verhakten. »Du hast vor, ihnen etwas für ihr Geld zu bieten, oder, Foxy?«

Sie zuckte nur gleichgültig mit den Schultern, bückte sich dann, um die Bürste aufzuheben. Als sie sie zurück auf die

Spiegelkommode legte, spürte sie Lance' Hände auf ihren Schultern. »Meine Mutter ist dir unter die Haut gegangen, stimmt's?«

Foxy fingerte an den Fläschchen und Flakons, die auf der Kommode standen. »Es ist wohl nur fair, schließlich bin ich ihr auch unter ihre Haut gegangen.« Sie hörte seinen Seufzer, dann stützte er das Kinn auf ihr Haar. Sie hielt den Blick auf ihre eigenen fahrigen Finger gerichtet.

»Ich sollte mich wohl doch für sie entschuldigen.«

Foxy drehte sich um und schüttelte den Kopf. »Nein.« Jetzt seufzte auch sie und lächelte entschuldigend. »Ich schmolle, nicht wahr? Es tut mir leid.« Entschlossen, die Stimmung aufzuhellen, trat sie ein Stückchen zurück und hob die Hände vor sich, die Handflächen nach oben gedreht. »Und? Wie sehe ich aus?« Hinter den vorwitzigen Locken strahlten ihre Augen.

Lance fasste sie beim Handgelenk und wirbelte sie in seine Arme. »Fantastisch. Ich bin sehr versucht, Onkel Pauls kleine Zusammenkunft ausfallen zu lassen. Ich bin nämlich sehr unwillig zu teilen, wenn etwas mir gehört.« Mit den Lippen strich er über ihren Mund. »Sollen wir einfach schwänzen und die Tür verriegeln, Foxy?«

Wie gern hätte sie eingewilligt, sein Mund war so verheißungsvoll. Um die Waage vor dem Ausschlagen zu bewahren, löste sie sich von der Wärme seiner Lippen. »Ich glaube, ich bringe es lieber hinter mich. Ich stelle mich lieber dem ganzen Pulk auf einmal, als ihnen in kleinen Grüppchen oder gar einzeln zu begegnen.«

Er fuhr mit den Fingern durch ihre Locken. »Zu schade!«, murmelte er. »Aber du warst schon immer eine tapfere Seele. Meiner Meinung nach solltest du eine Belohnung für deine Tapferkeit bekommen.« Er steckte die Hand in die Tasche und zog ein kleines schwarzes Etui hervor.

»Was ist das?«, fragte Foxy neugierig und nahm das Kästchen von ihm an.

»Eine Schachtel.«

»Sehr clever«, zischelte sie. Sie hob den Deckel an und starrte auf zwei funkelnde Diamanten, die die Form von Tränen hatten. »Lance, das sind Diamanten!«, stammelte sie und richtete die weit aufgerissenen Augen auf sein Gesicht.

»So hat man mir gesagt, ja«, stimmte er zu. Das vertraute schiefe Grinsen breitete sich auf seinen Lippen aus. »Du hast mir doch mal geraten, ich solle dir etwas Extravagantes schenken. Ich dachte mir, das ist passender als ein Rudel russischer Wolfshunde.«

»Oh, aber damit hatte ich doch nicht gemeint …«

»Nicht alle Frauen können Diamanten tragen«, unterbrach er ihren Protest ungerührt. »Man braucht eine gewisse Finesse, sonst wirken sie protzig oder geschraubt.« Während er redete, nahm er die Juwelen aus dem Kästchen und steckte sie Foxy in die Ohrläppchen. Seine Finger arbeiteten geschickt und sanft. Dann hob er ihr Kinn an und begutachtete kritisch das Ergebnis. »Ja, genau wie ich dachte. Sie passen zu dir. Diamanten brauchen nämlich sehr viel Wärme.« Er drehte sie, damit sie sich im Spiegel betrachten konnte. »Sie sind eine hinreißende Frau, Mrs. Matthews. Und Sie gehören allein mir.« Lance stand hinter ihr, die Hände auf ihre Schultern gelegt.

Der Spiegel zeigte das Bild von inniger Zuneigung zwischen Mann und Frau. Foxy spürte einen Kloß im Hals. Ich tauschte ein Dutzend Diamanten ein für einen einzigen Moment wie diesen, dachte sie. Und als ihre Blicke sich im Spiegel trafen, da lagen ihr Herz und ihre Seele in ihren Augen. »Ich liebe dich«, sagte sie mit vor Gefühl bebender Stimme. »So sehr, dass es mir manchmal Angst macht.« Abrupt hob sie die Hände und legte sie auf seine, mit einer plötzlichen Verzweiflung, die sie weder verstand noch erwartet hatte. »Mir war nie klar, dass Liebe einem Angst einjagen kann. Weil einem dann alle möglichen ›Was wenn‹ einfallen, vor die das Leben einen stellen könnte. Das Ganze ist so schnell passiert, dass ich morgens noch immer aufwache und erwarte, allein zu sein. Oh Lance!« Ihre Augen hafteten an seinen. »Ich wünschte, wir hätten noch für eine kleine Weile eine Insel sein können. Was werden sie mit uns tun, all diese Menschen, die nicht du und ich sind?«

Lance drehte sie zu sich zurück, damit sie ihn anschauen konnte, nicht sein Spiegelbild. »Sie können nichts mit uns tun, wenn wir es nicht zulassen.« Sanft drückte er seinen Mund auf ihren, doch sie ließ den Kopf in den Nacken fallen, lud ihn ein zu mehr. Seine Umarmung wurde fester, der Kuss drängender und länger. »Ich denke, wir dürfen ruhig ein wenig zu spät zu Onkel Pauls Party kommen«, murmelte Lance, vertiefte den Kuss noch mehr und reizte ihre Zungenspitze mit seiner.

Foxy schob das Jackett von seinen Schultern und an seinen Armen hinab, bis es auf den Boden fiel. Ihre Hände wanderten über sein Hemd an seiner Brust empor, während ihr Mund auf seinen fordernden Kuss antwortete. Seine Muskeln spannten sich an und verrieten ihr seine Reaktion, ebenso wie sein fester Griff an ihren Hüften. Sie schlang die Arme um seinen Nacken und schmiegte sich enger an ihn. Sein Mund wanderte zu ihrem Haar, über ihre Schläfe, hinunter zu ihrem Hals. Sein warmer männlicher Duft vermischte sich mit ihrem, schuf jenen Wohlgeruch, den Foxy bereits als ihren gemeinsamen kannte. Sie schlüpfte aus ihren Schuhen.

»Lass uns viel zu spät zu Onkel Pauls Party kommen«, murmelte sie und suchte erneut seinen Mund.

Foxy musste feststellen, dass ihre Vorstellungskraft nicht extravagant genug gewesen war, um sich ein angemessenes Bild von Paul Bardetts Party machen zu können. Der erste Irrtum lag schon in der Anzahl der Gäste. Selbst ihre höchste Schätzung wurde um das Doppelte übertroffen. Die elegante alte Ziegelsteinvilla auf Beacon Hill war voll mit Menschen. Sie versammelten sich in dem eleganten Salon mit den Louis-XVI-Möbeln, bevölkerten die Terrasse, die von chinesischen Lampions erhellt war, und liefen unablässig die mit Teppich ausgelegten Treppen auf und ab. Foxy war sicher, dass jeder exklusive Designer diesseits und jenseits des Atlantiks hier vertreten war, die Stile von erzkonservativ bis hin zum schrill schillerndsten Abendanzug. Während der endlos dauernden Vorstellungen mit dem beachtlichen Bardett-Clan wurde Foxy mit Lächeln, Handschlägen, Küsschen auf die Wangen begrüßt – und mit Spekulationen. Die Spekulationen, ebenso wie die Küsschen und das Lächeln, besaßen verschiedenste Standards. Manche blieben vage und harmlos, andere waren offen und unverblümt und, ja, gnadenlos. Letzteres war der Fall bei der alten Mrs. Matthews, Lance' Großmutter. Noch während Lance die Vorstellung übernahm, sah Foxy, wie die blassblauen Augen sich prüfend zusammenzogen.

Edith Matthews war nicht mit der prächtigen Gräfin von Venedig zu vergleichen. Ihre gedrungene Figur war von geschmackvollem schwarzen Brokat verhüllt, an dem der weiße Spitzenkragen den einzigen Farbtupfer bildete. Ihr Haar war eher silbern denn weiß und sorgfältig aus dem Gesicht mit der ausgeprägten Knochenstruktur gekämmt. Foxy erlaubte es sich, dieses Gesicht ebenfalls zu mustern, weil sie sich fragte, ob es einst eine Schönheit besessen hatte, die sich jetzt hinter die Maske des Alters zurückgezogen hatte. Bei der Gräfin war sie sofort sicher gewesen, die Schönheit war noch immer lebendig gewesen in den strahlenden smaragdgrünen Augen. Mrs. Matthews' Händedruck blieb kurz, war aber fest, auch wenn die Haut pergamenten und dünn war. Der Ausdruck in ihren Augen sagte Foxy, dass sie abgeschätzt wurde, wobei die Billigung vorerst zurückgehalten wurde.

»Es scheint, als hättest du uns um eine Hochzeitsfeier gebracht, Lancelot«, sagte die alte Dame mit leiser, vom Alter heiserer Stimme.

»Es herrscht doch wahrlich kein Mangel an Hochzeiten«, erwiderte er. »Da dürfte eine einzelne kaum vermisst werden.«

Unter fein geschwungenen Augenbrauen hervor warf die alte Dame ihrem Enkel einen Blick zu. »Es gibt einige unter uns, die sich gerade auf deine Hochzeit gefreut hatten. Nun, wie auch immer …« Mit einem hochherrschaftlichen Wink ihrer Hand erbarmte sie sich seiner. »Du wirst es wohl immer auf deine Art machen. Wirst du in dem Haus leben, das dein Großvater dir vermacht hat?«

Lance lächelte über die Geste, die sie benutzt hatte. So lange er denken konnte, wandte sie sie schon an. »Ja, Großmutter.«

Falls sie den Anflug von spöttischer Ergebenheit in seiner Stimme erkannte, so ging sie nicht darauf ein. »Das würde ihm gefallen.« Sie richtete ihren Blick auf Foxy. »Ich zweifle auch nicht daran, dass du ihm ebenfalls gefallen hättest.«

Da das wohl die höchste Anerkennung war, die sie bekommen würde, beschloss Foxy, die Initiative zu ergreifen. »Danke, Mrs. Matthews.« Impulsiv beugte sie sich vor und berührte die faltige Wange flüchtig mit ihren Lippen. Der dezente Geruch von Lavendel stieg ihr in die Nase.

Die schön geschwungenen Augenbrauen zogen sich zusammen, dann glätteten sie sich wieder. »Ich bin alt«, sagte sie und seufzte dann, so als sei der Gedanke eher überraschend als unangenehm. »Du kannst mich Großmutter nennen.«

»Danke, Großmutter«, erwiderte Foxy folgsam und lächelte.

»Guten Abend, Lancelot.« Foxys leise Zufriedenheit schwand, als sie Catherine Matthews' Stimme vernahm. »Guten Abend, Cynthia. Sie sehen reizend aus.«

»Danke, Mrs. Matthews.« Duell im Morgengrauen, dachte Foxy unwillkürlich, zehn Schritte Entfernung, Wahl der Waffen – vorzugsweise Pistolen. Sie sah das Aufflackern in Catherines Augen, als deren Blick auf die Diamanten in ihren Ohren fiel.

»Ich glaube nicht, dass Sie meine Schwägerin Phoebe schon kennen«, fuhr sie nonchalant fort. »Phoebe Matthews-White, Lancelots Frau Cynthia.«

Eine kleine blasse Frau mit einem nichtssagenden Gesicht und Haar von der Farbe einer Bleistiftmine streckte Foxy die Hand hin. »Hallo, wie geht es Ihnen?« Sie schob die graue Brille höher auf den Nasenrücken und kniff die kleinen Vogelaugen zusammen. »Nein, wir sind uns noch nicht begegnet, oder?«

»Nein, Mrs. Matthews-White, bisher noch nicht.«

»Wie seltsam«, meinte Phoebe mit leichter Verwunderung.

»Lancelot und Cynthia haben den Sommer in Europa verbracht«, erklärte Catherine und bedachte Lance mit einem mahnenden Blick.

»Henry und ich sind dieses Jahr am Cape geblieben.« Phoebe ließ sich leicht von ihrer Neugier ablenken. »Ich hatte in dieser Saison einfach nicht die Energie für eine Europareise. Vielleicht verbringen wir die Ferien ja in St. Croix.«

»Hallo, Lance!«

Als Foxy sich umdrehte, sah sie eine Frau in sanftem Rosa ihren Ehemann umarmen. Das Auge der Fotografin erkannte sofort das perfekte Model. Die Frau hatte das Aussehen, das Foxy als den »Die schöne Helena«-Look bezeichnete – klassisch-schöne Züge in einem fein geschnittenen, ovalen Gesicht. Ihre Augen waren rund und strahlten in einem tiefen Blau, die Nase stand klein und gerade über einem vollen rosigen Mund. Ihre Figur entsprach ebenso den klassischen Normen wie ihr Gesicht, mit prächtigen Kurven, verführerisch in schlichte Seide gehüllt. Foxy sah dieses Gesicht schon vor einem Hintergrund aus weißem Satin – eine Studie weiblicher Perfektion. Sie wusste, diese Frau würde sich großartig fotografieren lassen.

»Ich habe gerade erst erfahren, dass du wieder in der Stadt bist.« Der volle Mund strich über Lance' Wange. »Wie unhöflich von dir, dass du es mich nicht selbst hast wissen lassen.«

»Hallo, Gwen, du bist hübscher denn je. Hallo, Jonathan.«

Hinter Gwens rechter Schulter sah Foxy die maskuline Version von Gwens klassischer Erscheinung. Dieses Augenpaar hing allerdings nicht an Lance, sondern an ihr. Sein Gesicht war einfach überwältigend, und Foxy hätte jetzt liebend gern die Möglichkeit gehabt, nach ihrer Kamera zu greifen.

»Catherine.« Gwen hakte sich bei Lance unter, während sie die ältere Frau ansprach. »Du musst ihn einfach dazu bringen, dieses Mal zu bleiben.«

»Ich fürchte, ich hatte noch nie viel Einfluss auf Lancelot«, erwiderte die Angesprochene trocken.

»Foxy.« Lance legte die Finger um ihr Handgelenk. »Ich möchte dir Gwen Fitzpatrick und ihren Bruder Jonathan vorstellen. Die beiden sind alte Freunde der Familie.«

»Was für eine schreckliche Bezeichnung!«, kam es von Gwen, während ihre saphirblauen Augen Foxys Gesicht genauestens musterten. »Sie müssen Lance' Überraschung sein.«

Foxy entging die kalkulierende Distanz nicht; sie reagierte dementsprechend. »Muss ich?« Sie nippte an ihrem Champagner. Trotzdem, dachte sie, das Gesicht ist schön, ungeachtet der Frau dahinter. »Haben Sie schon mal als Model gearbeitet?«, fragte sie und überlegte sich bereits Beleuchtung und Einfallswinkel.

Gwen riss die Augenbrauen hoch. »Mit Sicherheit nicht.«

»Nicht?« Foxy musste über den pikierten Ton schmunzeln. »Das ist wirklich schade.«

»Foxy ist Fotografin«, mischte Lance sich ein und warf ihr einen wissenden Blick zu.

»Oh, wie interessant.« Mit erstaunlichem Geschick schaffte Gwen es, Langeweile aus jeder Silbe tropfen zu lassen. Sofort richtete sie ihre Aufmerksamkeit wieder zurück auf Lance. »Wir waren alle völlig überrascht, als wir davon hörten, dass du geheiratet hast. Und auch noch so plötzlich! Aber du warst ja schon immer impulsiv.« Foxy gab sich alle Mühe, das Lächeln aufrechtzuerhalten. Die blauen Augen kehrten zurück zu ihr. »Sie müssen uns, die wir es versucht und versagt haben, unbedingt Ihr Geheimnis verraten.«

»Man braucht sie sich doch nur anzuschauen, um ihr Geheimnis zu erraten«, meldete sich Jonathan Fitzpatrick. Er nahm Foxys Finger in seine, führte ihre Hand zu seinem Mund und schaute sie über ihren Handrücken an. »Es ist mir ein Vergnügen, Mrs. Matthews.« Seine Augen strahlten sie frech an, und Foxy mochte ihn sofort. Sie grinste.

»Wie galant«, murmelte Gwen und bedachte ihren Bruder mit einem frostigen Blick.

»Hallo zusammen.« Melissa, aufsehenerregend in roter Seide, tauchte an Foxys Seite auf. »Lance, ich muss mir unbedingt deine Frau für einen Moment ausleihen. Jonathan, du hast heute noch kein einziges Mal mit mir geflirtet. Ich bin beleidigt! Du wirst dich anstrengen müssen, wenn du willst, dass ich mit dem Schmollen aufhöre. Sobald ich wieder zurück bin. Entschuldigt uns, ja?« Sie lächelte strahlend in die Runde und manövrierte Foxy durch die Menge und zu einer ruhigen Ecke auf der Terrasse. »Ich dachte mir, du könntest eine kleine Verschnaufpause gebrauchen«, sagte sie und zupfte den Ärmel ihres Kleides zurecht.

»Du bist wirklich einzigartig!«, brachte Foxy hervor, als sie endlich Luft holen konnte. »Und du hast völlig recht.« Sie setzte ihr Glas auf einem weißen schmiedeeisernen Tisch ab und hörte die trockenen Blätter leise im Wind rascheln. Der heranziehende Winter lag in der Luft, dennoch war Foxy die frische kühle Luft lieber als die immer stickiger werdende Wärme im Haus.

»Ich dachte mir, dass ich vielleicht eine kleine Skizze für dich anfertigen sollte, die dir helfen kann.« Melissa überprüfte sorgfältig das Sitzkissen auf Feuchtigkeit, bevor sie sich auf dem Stuhl niederließ.

»Skizze?«

»Oder nennen wir es das ›Who's who‹ des Matthews-Bardett-Clans«, führte Melissa aus und zündete sich eine Zigarette an. »Also.« Sie hielt inne, blies den Rauch aus und schlug die Beine übereinander. »Phoebe, Lance' Tante väterlicherseits, ist relativ harmlos. Ihr Mann ist Bankier. Sein Hauptinteresse gilt der Boston Symphony, ihres das zu tun, was ›schicklich‹ ist. Paul Bardett, Lance' Onkel mütterlicherseits … sehr gewieft, manchmal sogar geistreich, aber sein Leben dreht sich ausschließlich um seine Anwaltskanzlei. Firmen- und Unternehmensrecht, sehr trocken und endlos langweilig, wenn er dich mit Beschlag belegt. Meine Eltern hast du ja getroffen, durch Heirat väterlicherseits mit Lance verwandt.« Melissa seufzte und schnippte die Asche auf den Terrassenboden. »Eigentlich sind sie beide süß. Daddy sammelt seltene Briefmarken, und Mutter züchtet Yorkshireterrier. Beide sind absolut besessen von ihren jeweiligen Hobbys. Und was nun die Fitzpatricks angeht …« Wieder machte sie eine kleine Pause und fuhr sich mit der Zungenspitze über die Oberlippe. »Du solltest besser wissen, dass Gwen in dem ›Wer angelt sich Lance Matthews?‹-Rennen ganz vorn an der Spitze lag.«

»Dann muss sie ja sehr schlecht gelaunt sein«, murmelte Foxy. Sie ging bis zum Rand der Terrasse, wo die Schatten düster und undurchdringlich wurden. Mit plötzlicher Klarheit erinnerte sie sich an jenen Abend von Kirks Party, als sie den Geruch von Frühling wahrgenommen hatte. Damals hatte Lance sie zum ersten Mal geküsst, auf der Hollywood-schaukel im Mondschein. »Haben sie …« Foxy schloss die Augen und biss sich auf die Lippe. »Haben die beiden …«

»Ob die beiden miteinander geschlafen haben?«, half Melissa aus und trank aus Foxys Glas. »Nehme ich an. Zumindest scheint mir Lance doch eher der körperbetonte Typ zu sein.« Sie schaute zu Foxy und studierte deren Rücken. »Du bist doch hoffentlich nicht der eifersüchtige Typ, oder?«

»Doch«, murmelte Foxy, ohne sich umzudrehen. »Ja, ich fürchte, ich bin der eifersüchtige Typ.«

»Ach du meine Güte«, sagte Melissa in den Champagner. »Das ist allerdings schlecht. Wie auch immer … das war das erste Kapitel, jetzt kommt das zweite. Also, was nun Jonathan anbetrifft …« Melissa trank den Champagner aus und zertrat den Zigarettenstummel sorgfältig mit ihrem Absatz. »Er flirtet ums liebe Leben drauflos und ist hoffnungslos charmant und unseriös. Ich habe beschlossen, dass ich ihn heiraten werde.«

»Oh.« Jetzt drehte Foxy sich doch um, um die unermüdlich sprudelnde Quelle ihrer Informationen anzuschauen. »Nun, dann herzlichen Glückwunsch.«

»Oh, noch ist es zu früh, Darling.« Melissa stand auf und strich sich das Kleid glatt. Die Perlen an ihrem Hals schimmerten weiß im Mondlicht. »Er weiß ja noch nicht, dass er mir einen Antrag machen wird. Ich gehe davon aus, dass es ihm so um Weihnachten herum einfallen müsste.«

»Oh«, sagte Foxy noch einmal und schaute mit gerunzelter Stirn auf das leere Glas, das Melissa ihr reichte.

»Aber du kannst ruhig mit ihm flirten«, fügte Melissa großzügig hinzu. »Ich bin nicht der eifersüchtige Typ. Ich glaube, eine Hochzeit im Frühling würde mir gefallen, vielleicht im Mai. Eine viermonatige Verlobungszeit müsste lang genug sein, meinst du nicht auch? Wir sollten jetzt besser wieder hineingehen«, sagte sie dann und hakte sich bei Foxy ein, noch bevor diese eine Antwort geben konnte. »Ich werde damit anfangen müssen, ihn zu bezaubern.«

12. KAPITEL

Im Laufe der nächsten Woche stellte Foxy eine Routine für sich auf. Auf einem ihrer Erkundungsgänge durch das Haus hatte sie den perfekten Platz für ihre Dunkelkammer gefunden. Und so verbrachte sie ihre Zeit jetzt damit, den Abstellraum im Keller auszuräumen, sich darum zu kümmern, dass ihre Ausrüstung aus New York geliefert wurde, und den Raum so einzurichten, dass er seiner neuen Bestimmung perfekt entsprach. Lance blieb tagsüber in seinem Bostoner Büro, während Foxy sich anstrengte, den Umzug ihrer Karriere zu organisieren. Bevor sie den kreativen Aspekt ihrer Arbeit wieder aufnehmen konnte, gab es vorab einige praktische Dinge zu erledigen. Da musste Platz geschaffen, mussten Leitungen gelegt und ihre Ausrüstung aufgebaut werden. In dieser Übergangszeit war Foxy dankbar dafür, dass Mrs. Trilby sich tatsächlich als so zuverlässig erwies, wie sie vermutet hatte, und zudem recht eigensinnig und resolut war, wenn es um die oberen beiden Stockwerke im Haus ging. Den Keller überließ sie Foxy ohne auch nur ein Wort des Protests. Foxy hegte allerdings nicht den geringsten Zweifel daran, dass, hätte sie es gewagt, sich in die Arbeitsroutine des Hauses einzumischen, die zierliche, adrette Frau mit den bequemen Gesundheitsschuhen ihr Territorium wie eine fauchende Tigerin verteidigt hätte. Also überließ Foxy es bereitwillig Mrs. Trilby, das Familiensilber zu polieren, während sie in der Dunkelkammer ihr Entwicklerbad aufstellte. Ein Arrangement, mit dem beide zufrieden waren.

Foxy wechselte die Arbeit in der Dunkelkammer mit Erkundungsausflügen in die Stadt ab, die sie allein unternahm. Sie schoss Filmrolle nach Filmrolle, um ihre Eindrücke und Gefühle mit der Kamera festzuhalten. Sie lernte wieder die Bedeutung von Einsamkeit kennen. Es verwunderte sie, dass sie sich nach den vielen Jahren selbstverständlicher Unabhängigkeit so stark nach der Nähe eines anderen Menschen sehnte. Nur wusste sie auch, dass Lance sich nach den langen Monaten der Abwesenheit um sein Unternehmen kümmern musste, und das half ihr, die Klagen zurückzuhalten. Sie beschwerte sich generell nicht gern. Probleme waren dazu da, gelöst zu werden, und sie war daran gewöhnt, das selbst zu übernehmen. Diese Einsamkeit war so oder so nur kurzfristig und vergessen, sobald Lance und sie abends zusammen waren. Tagsüber wurde sie durch die Faszination gedämpft, die diese Stadt, die jetzt ihr Zuhause war, auf sie ausübte. Wenn sich die Einsamkeit einstellen wollte, kämpfte Foxy entschieden dagegen an. Arbeit war ihr Universalheilmittel, und so stürzte sie sich hinein. Innerhalb einer Woche waren ihre Dunkelkammer einsatzbereit und die Hälfte der Aufnahmen von der Rennsaison entwickelt.

Während Foxy einen Satz trocknender Fotos betrachtete, musste sie an Kirk denken. Waren seit dem Unfall wirklich erst drei Wochen vergangen? Sie strich sich das Haar aus den Augen. Es schien in einem anderen Leben gewesen zu sein. Und war es das nicht auch? Auf seltsame Art war Kirks Unfall der Katalysator gewesen, der ihr Leben verändert hatte. Es war eine andere Welt, in der sie jetzt lebte, als die, die sie als Cynthia Fox gekannt hatte. Sie drehte an ihrem Ehering, ohne dass es ihr bewusst war.

Glänzend nass zog das aufgehängte Foto des weißen Rennwagens Foxys Aufmerksamkeit auf sich. So würde sie dieses Bild nie wieder sehen. Sie hatte den Wagen betont, indem sie den Hintergrund zu einem verschwommenen, formlosen Farbspiel hatte verschmelzen lassen. Eine Hommage an ihren Bruder, so, wie sie ihn immer gesehen hatte – unzerstörbar. Plötzlich schlug eine Welle des Heimwehs über ihr zusammen. Es war ein seltsames Gefühl und vor allem ein unbekanntes. Ein echtes Zuhause hatte sie in den letzten zehn Jahren überhaupt nicht gekannt. Aber Kirk war immer da gewesen. Impulsiv unterbrach Foxy ihre Arbeit in der Dunkelkammer und eilte die Treppe zum Parterre hinauf. Vom oberen Stockwerk hallte das Brummen des Staubsaugers zu ihr, und sie beeilte sich, zu Lance' Arbeitszimmer zu kommen.

Sie schloss die Tür und ließ sich in den Bürosessel hinter Lance' Schreibtisch aus Walnussholz fallen. Sie nahm das Telefon zur Hand, und innerhalb von Sekunden war die Verbindung zwischen Massachusetts und New York hergestellt.

»Pam!« Foxy spürte ehrliche Freude in sich aufwallen, als sie die sanfte Stimme mit dem Südstaatensingsang vernahm. »Ich bin's, Foxy.«

»Na, wenn das nicht Mrs. Matthews ist! Wie stehen die Dinge in Boston?«

»Gut«, erwiderte Foxy automatisch. »Doch, gut«, bekräftigte sie und nickte dazu noch unbewusst. »Nun.« Sie seufzte und setzte sich lachend in den Stuhl zurück. »Auf jeden Fall anders. Wie geht es Kirk?«

»Ihm geht es sehr gut«, fuhr Pam aufgeräumt fort. »Er wartet natürlich ungeduldig darauf, endlich aus dem Krankenhaus entlassen zu werden. Leider hast du ihn gerade verpasst. Er ist unten beim Röntgen.«

»Oh.« Die Enttäuschung war deutlich, aber Foxy schob sie sofort beiseite. »Wie geht es dir denn? Schaffst du es, Kirk ruhig zu halten, ohne dabei verrückt zu werden?«

»So gerade noch.« Pams Lachen klang munter und so vertraut. Foxy lächelte selbst, einfach aus Freude, es zu hören. »Er wird enttäuscht sein, dass er deinen Anruf verpasst hat.«

»Er hat mir plötzlich schrecklich gefehlt«, gestand Foxy und schüttelte leicht den Kopf. »In den letzten Wochen hat sich alles so schnell verändert, fast komme ich mir vor wie ein anderer Mensch. Ich glaube, ich wollte von ihm hören, dass ich noch immer dieselbe geblieben bin.« Sie brach ab und lachte. »Plappere ich unsinniges Zeug?«

»Ein bisschen nur. Kirk hat sich nicht nur an den Gedanken gewöhnt, dass du verheiratet bist, er ist sogar ziemlich froh darüber. Ich glaube, er redet sich sogar ein, er hätte das Ganze mal eben zwischen seinen Rennen arrangiert.« Pam hielt kurz inne, um dann im gleichen Tonfall zu fragen: »Bist du glücklich, Foxy?«

Sie wusste, Pam hatte diese Frage ernst gemeint, nicht nur als lässigen Konversationsfüller, daher ließ sie sich einen Moment Zeit, bevor sie antwortete. Sie dachte an Lance, und ein Lächeln bog ihre Mundwinkel aufwärts. »Ja, ich bin glücklich. Ich liebe Lance, und hinzu kommt noch, dass ich das Haus und Boston liebe. Ich vermute, ich hab mich ein bisschen verloren gefühlt, vor allem weil Lance wieder in seiner Firma zurück ist. Alles ist hier so anders, manchmal habe ich das Gefühl, als wäre ich durch den Spiegel auf die andere Seite getreten.«

»Ich kann mir gut vorstellen, dass die Bostoner Gesellschaft einem manchmal wie ein Wunderland vorkommt«, stimmte Pam zu. »Verbringst du deine Zeit damit, weißen Kaninchen nachzujagen?«

»Ich arbeite, liebste Freundin.« In Foxys Ton ließen sich die pikiert hochgezogenen Augenbrauen hören. »Meine Dunkelkammer hier ist voll funktionstüchtig. In ungefähr einer Woche schicke ich dir die Fotos. Ich nummeriere sie als Arbeitsvorlagen durch. Wenn du mehr Abzüge brauchst oder etwas vergrößert oder verkleinert haben willst, brauchst du mir nur die Zahl durchzugeben.«

»Klingt gut. Wie viele hast du bisher entwickelt?«

»Fertig entwickelt?« Mit gerunzelter Stirn rechnete Foxy nach. »Knapp zweihundert, wenn ich die mitzähle, die gerade trocknen.«

»Schau an«, kam es von Pam, »du warst ja richtig fleißig, was?«

»Die Fotografie als solche ist nicht nur mehr mein Beruf, sie ist zu meinem Lebensretter geworden. Sie bewahrt mich vor den Lunchtreffen.« Das Grinsen war in ihrer Stimme zu hören, als sie sich zurücklehnte und es sich in dem Stuhl gemütlich machte. »Letzte Woche bin ich zu meinem ersten und sicherlich letzten gegangen. Nichts und niemand wird mich bewegen können, noch mal an einem solchen Treffen teilzunehmen. Diese gesellschaftlichen Verpflichtungen ...« Sie betonte das Wort. »... sind einfach nichts für mich.«

»Nun ...« Pam schnalzte mit der Zunge. »... sie werden sicher auch ohne dich weiter stattfinden. Ich nehme an, du hast Lance' Familie inzwischen kennengelernt?«

»Ja. Er hat eine Cousine, Melissa, die ein echtes Original ist. Ich mag sie. Seine Großmutter war auch relativ nett zu mir. Was den Rest angeht ...« Foxy machte eine Pause und krauste die Nase. »Es hat das volle Reaktionsspektrum gegeben, von unverbindlicher Freundlichkeit bis hin zu offener Ablehnung.« Fast hörte Pam das Schulterzucken in Foxys Stimme. »Ich sehe diese erste Runde gesellschaftlicher Verpflichtungen und Einführungen als eine Art Beitrittserklärung an. Wenn das vorbei ist, kenne ich alle, und sie kennen mich, und damit ist die Sache dann erledigt.« Sie grinste. »Hoffe ich.«

»Lance' Mutter ist eine ... eindrucksvolle Lady«, bemerkte Pam.

»Allerdings«, bekräftigte Foxy überrascht. »Woher weißt du das?«

»Meine Mutter und sie kennen sich flüchtig.« Pams Antwort rief Foxy in Erinnerung, dass Pam in der Welt aufgewachsen war, in die Foxy eingeheiratet hatte. »Ich selbst habe sie nur einmal getroffen, als ich an einem Bericht über Mäzene in der Kunstwelt gearbeitet habe.« Pam sah wieder das Bild einer eleganten, aristokratischen Frau mit kalten Augen und makelloser Haut vor sich. Sie erinnerte sich auch, dass es da nicht die geringste Wärme gegeben hatte. »Bleib mit den Beinen fest auf dem Boden, Foxy. In ein paar Monaten hat sich alles wieder beruhigt.«

Foxy spielte mit einem Formel-1-Modellauto aus Messing, das als Briefbeschwerer diente, und seufzte. »Versuche ich auch, Pam. Aber ich wünschte, Lance und ich könnten einfach die Türen für eine Weile verschließen. Unsere Flitterwochen mussten abgebrochen werden, bevor sie überhaupt richtig begonnen hatten. Ich bin egoistisch genug, um mir eine oder zwei Wochen mit ihm allein zu wünschen, damit ich mich daran gewöhnen kann, seine Ehefrau zu sein.«

»Das ist nicht egoistisch, sondern vernünftig«, korrigierte Pam. »Vielleicht könnt ihr euch ja absetzen, wenn er mit dem Design für Kirks neuen Wagen fertig ist. Soviel ich mitbekommen habe, ist es etwas komplizierter. Wegen der neuen Sicherheitsvorkehrungen, an denen Lance arbeitet.«

»Welcher Wagen?«, fragte Foxy ruhig und spürte, wie ihr das Blut in den Adern gefror.

»Der neue Formel-1-Wagen, den Lance für Kirk entwirft. Hat er dir nichts davon erzählt?«

»Nein. Nein, hat er nicht.« Foxys Stimme klang völlig normal, doch ihre Augen blickten leer und leblos auf die schimmernde Schreibtischfläche. »Ich nehme an, der soll für die nächste Saison sein?«

»Deshalb arbeiten sie ja auch mit Hochdruck daran«, bestätigte Pam. »Kirk redet praktisch von nichts anderem mehr. Er will nach Boston fliegen, sobald er hier aus dem Krankenhaus rauskommt. Er will noch ein paar Dinge einbringen, bevor das Projekt beendet ist. Die Ärzte sagen, seine Begeisterung für das Auto sei die beste Motivation für ihn, schnell wieder auf die Beine zu kommen.« Pam erzählte munter weiter, während Foxy am anderen Ende der Leitung vor sich hin starrte, ohne etwas zu sehen. »Deshalb arbeitet er auch so intensiv mit seinem Therapeuten, weil er die Klinik direkt zum Jahresanfang verlassen will.«

»Falls er bis dahin noch nicht laufen kann, können sie ihn ja vom Rollstuhl ins Cockpit hieven«, sagte Foxy langsam. Auch wenn es sie Mühe kostete, hielt sie ihre Stimme neutral. »Ich bin sicher, Lance hätte nichts dagegen einzuwenden.«

»Würde mich nicht wundern, wenn Kirk das zu arrangieren versuchte«, erwiderte Pam halb lachend, halb seufzend. »Na ja … Hör zu, wenn es dir irgendwie möglich ist, hätte ich gern ein paar Fotos von dem neuen Wagen. Da du ja einen direkten Draht zum Projektleiter hast, solltest du doch nahe genug herankommen, oder? Vor allem ein paar Aufnahmen auf dem Testring wären toll, wenn sie schon so weit sind.«

Foxy schloss die Augen. Hinter ihren Schläfen begann der Kopfschmerz zu pochen. »Ich werde sehen, was sich machen lässt.« Werde ich nie davon loskommen? fragte sie sich und presste die Augen fester zusammen. Niemals? »Ich muss wieder zurück an die Arbeit, Pam. Gib Kirk einen Kuss von mir, ja? Und pass auf dich auf.«

»Sei glücklich, Foxy! Und richte Lance Grüße von uns beiden aus.«

»Ja, mach ich. Bis dann also.« Mit ausgewählter Vorsicht legte Foxy den Hörer zurück. Der eiskalte Film auf ihrer Haut hielt sich und breitete sich aus bis in das Innere ihres

Kopfes. Da gab es eine Leere, wo einst vermutlich ihre Gefühle gesessen hatten. Ärger stand abwartend am Rande ihres Bewusstseins, konnte sich aber nicht durchsetzen. Kirks Unfall lief wieder vor ihren Augen ab, nicht wie ein durchgehender Film, sondern wie ein schnelles Stakkato einzelner Bilder, wie eine Diaschau. Aber jedes Bild war erschreckend klar und beängstigend deutlich.

In ihrer Erinnerung lebten zahllose Rennstrecken und ebenso zahllose Unfälle. Jetzt stürzten sie auf sie ein in einer Collage von Autos und Fahrern und Boxencrews, alle wirr und rasend schnell vermischt zu einer undefinierbaren Menge. Foxy saß da, verloren in Lance' großem Stuhl, und erinnerte sich an zehn Jahre Leben auf der Rennstrecke, während draußen vor den Fenstern die Sonne unterging. Der Abend hielt Einzug und brachte kühle Temperaturen mit. Als die Tür zum Arbeitszimmer aufging, wandte Foxy ohne großes Interesse ihren Blick dorthin.

»Hier bist du also.« Lance trat in den Raum und ließ die Tür hinter sich offen stehen. »Wieso sitzt du im Dunkeln, Fox? Reicht dir die Dunkelheit da unten in deiner Festung im Keller nicht?« Er kam zu ihr, fasste leicht ihr Kinn und küsste sie. Als er keine Reaktion von ihr bekam, studierte er mit zusammengekniffenen Augen ihr Gesicht. »Was ist los?«

Foxy hob den Blick zu ihm, doch die Dämmerung beschattete ihre Augen. »Ich habe gerade mit Pam gesprochen.«

»Ist etwas mit Kirk?« Die Sorge in seiner Stimme ließ den Schild um sie herum schmelzen. Darunter lag die brodelnde Wut über das Gefühl, betrogen worden zu sein. Sie bemühte sich, ruhig und objektiv zu bleiben, bis sie verstand. »Bist du um seinen Zustand besorgt?«, fragte sie, doch ihr Ärger brannte sich durch ihre Worte.

Lance legte angesichts ihres Tons die Stirn in Falten. Er strich mit einem Finger ihr Kinn entlang und fühlte, wie angespannt sie war. »Natürlich mache ich mir Gedanken um ihn! Hat es etwa Komplikationen gegeben?«

»Komplikationen«, wiederholte sie tonlos. Ihre Nägel gruben sich schmerzhaft in ihre Handflächen. »Das kommt vermutlich auf den Standpunkt an. Pam hat mir von dem Auto erzählt.«

»Welches Auto?«

Die verständnislose Neugier in seiner Stimme ließ ihre Selbstbeherrschung reißen. Foxy schlug seine Hand von ihrem Kinn fort und stand auf. Sie stellte sich hinter den Stuhl, richtete ihn und ihre Wut als Barriere zwischen sich und Lance auf. »Wie kannst du an einem neuen Wagen arbeiten, wenn Kirk noch im Krankenhaus liegt? Konntest du nicht einmal so lange warten, bis er wieder laufen kann?«

Mit einem Mal drückte seine Miene Verständnis aus. Er machte keine Anstalten, die Distanz zwischen ihnen zu überbrücken, doch als er zu sprechen anhob, tat er es mit Geduld. »Fox, es braucht seine Zeit, einen neuen Wagen zu entwerfen und zu konstruieren. Die Arbeit daran hat schon vor Monaten begonnen.«

»Warum hast du mir nichts davon gesagt?« Sie schleuderte ihm die Worte entgegen, seine verständnisvolle Geduld verärgerte sie mehr, als dass sie sie beruhigte. »Warum hast du es vor mir geheim gehalten?«

»Erst einmal«, setzte er an und musterte sie mit gerunzelter Stirn, »ist es mein Job, Autos zu entwerfen, und das wusstest du. Ich habe schon früher Autos für Kirk gebaut, das weißt du auch. Warum sollte das hier anders sein?«

»Vor weniger als einem Monat wäre er fast ums Leben gekommen.« Foxy krallte die Finger in das weiche Leder der Stuhllehne.

»Er hat einen Unfall gehabt«, sagte Lance ruhig. »Er hat auch schon vorher Unfälle gehabt. Du und ich, wir beide wissen um die Möglichkeit, dass er in Zukunft noch einen Unfall haben kann. Das ist Berufsrisiko.«

»Berufsrisiko also«, wiederholte sie, während ihre Augen wütend aufblitzten. »Oh, das sieht dir so ähnlich! Das deckt wohl alles ab, nicht wahr? Sauber und ordentlich. Es muss großartig sein, wenn man so nüchtern und unpersönlich logisch denken kann.«

»Vorsicht, Foxy«, warnte Lance leise.

»Wieso ermunterst du ihn, wieder auf den Ring zurückzukehren?«, verlangte sie von ihm zu wissen, ohne auf die Warnung zu achten. »Vielleicht hätte er dieses Mal genug gehabt. Er hat jetzt Pam, vielleicht hätte er …«

»Moment mal!« Auch wenn Schatten den Raum mehr und mehr verdunkelten … Foxy brauchte kein Licht, um zu wissen, welchen Ärger Lance' Miene zeigte. »Kirk hat keine Aufmunterung von mir nötig. Unfall oder nicht, er wird die nächste Saison wieder fahren. Es ist unsinnig, sich etwas vorzumachen, Foxy. Weder ein Unfall noch eine Frau werden Kirk lange vom Ring und aus dem Cockpit halten können.«

»Das werden wir nun nie sicher wissen, oder?«, spie sie ihm wütend entgegen. »Du wirst dann ja schon einen Wagen für ihn bereitstellen. Eine Maßanfertigung. Wie könnte er da widerstehen?«

»Wenn ich es nicht tue, tut es jemand anders.« Lance steckte die Hände in die Hosentaschen, seine Stimme wurde gefährlich leise. »Ich hatte geglaubt, du würdest ihn verstehen … und mich.«

»Ich verstehe nur, dass du schon jetzt planst, ihn in den nächsten Wagen zu setzen, dabei kann er im Moment nicht einmal stehen.« Verzweiflung schwang in ihrer Stimme mit, ungeduldig fuhr sie sich mit den Fingern durchs Haar. »Ich verstehe, dass du deinen Einfluss hättest nutzen können, um ihn zu überzeugen, dass er sich zur Ruhe setzt, und stattdessen ...«

»Nein«, unterbrach er sie tonlos. »Ich werde mich nicht dafür verantwortlich machen lassen, welche Entscheidungen dein Bruder für sein Leben trifft.«

Foxy schluckte schwer und kämpfte gegen die Tränen an. »Nein, natürlich willst du diese Verantwortung nicht übernehmen. Noch etwas, das ich verstehe.« Die Verbitterung lief über und mengte sich in ihre Worte. In dem schwindenden Licht glitzerten ihre Augen voller Verzweiflung und Wut. »Alles, was du zu tun hast, sind ein paar Linien aufs Papier zu zeichnen, ein paar Gleichungen auszurechnen und Material zu bestellen. Du brauchst dein Leben nicht zu riskieren, nur dein Geld. Und davon hast du ja genug.« Ihr Kopf begann sich zu drehen; alle möglichen Gedanken und Vorwürfe stürzten auf sie ein. »In gewisser Hinsicht ist es wie im Casino in Monte Carlo.« Dieses Mal fuhr sie sich mit beiden Händen durchs Haar, dann verschränkte sie die Finger, wütend darüber, dass sie zitterten. »Du lehnst dich entspannt zurück und siehst zu wie ein ... wie ein richtiger Snob. Jemandem, der es immer gehabt hat, bedeutet wohl Geld nicht viel. Holst du dir so deine Befriedigung?«, wollte sie wissen, zu aufgewühlt und wütend, um sein bedrohliches Schweigen zu bemerken. »Indem du andere dafür bezahlst, damit sie das Risiko eingehen, während du selbst ihnen aus sicherer Entfernung zuschaust?«

»Das reicht jetzt!« Er bewegte sich blitzschnell, ließ ihr keine Möglichkeit, ihm auszuweichen. Innerhalb von Sekunden hatte er sie hinter dem Stuhl hervorgezogen und sich vor ihr aufgebaut. »Das muss ich mir von dir nicht anhören! Ich habe meine Zeit auf dem Ring absolviert und mich entschieden, das Fahren aufzugeben, weil es das war, was ich tun wollte.« Die zurückgehaltene Wut machte seine Stimme schneidend und den Griff seiner Finger an ihren Armen schmerzhaft. »Es war meine Wahl, mich aus dem aktiven Rennbetrieb zurückzuziehen. Und ich werde wieder fahren, falls ich mich dazu entscheiden sollte. Ich muss mein Leben vor niemandem rechtfertigen. Und ich bezahle niemanden, um Risiken für mich einzugehen.«

Die Angst, dass Lance wieder hinter das Steuer steigen könnte, dämpfte ihre Wut. Ihre Stimme bebte, als sie darum kämpfte, die Vorstellung aus ihren Gedanken fernzuhalten. »Aber du wirst nicht wieder fahren. Du kannst nicht …«

»Du sagst mir nicht, was ich zu tun oder nicht zu tun habe!« Die Worte waren knapp gesprochen und klangen endgültig.

Foxy schluckte das Grausen hinunter, und als sie sprach, sprach sie mit trostloser Ruhe. Ein weiteres Mal wurde sie nach hinten auf den Rücksitz geschoben. Bei Kirk hatte sie es bedingungslos akzeptiert, doch jetzt rollten die Wellen von Angst, Frustration und Schmerz durch sie hindurch. »Wie dumm von mir, mir einzubilden, meine Gefühle könnten wichtig genug sein, um dir etwas auszumachen.« Sie wollte an ihm vorbeigehen, doch er hielt sie zurück, indem er eine Hand auf ihre Schulter legte. Es war eine so vertraute Geste, dass Foxy ein ziehender Schmerz durch den Leib fuhr.

»Foxy, hör mir zu.« Geduld klang wieder in seinen Worten an, doch sie war nur mühsam erreicht. »Kirk ist ein erwachsener Mann, er trifft seine eigenen Entscheidungen. Der Beruf deines Bruders hat nichts mehr mit dir zu tun. Und mein Beruf hat nichts mit uns zu tun.«

»Nein.« Ruhig hob sie den Blick zu seinem Gesicht. »Das ist schlicht nicht wahr, Lance. Aber davon abgesehen wird Kirk deinen Wagen in der nächsten Saison fahren, und du wirst genau das tun, was du tun willst. Es gibt nichts, was ich daran ändern könnte. Bei Kirk habe ich nie etwas daran ändern können, und jetzt ist meine Position auch bei dir klar geworden. Ich ziehe mich nach oben zurück«, sagte sie leise. »Ich bin müde.«

Der Raum lag inzwischen in völliger Dunkelheit. Lance studierte noch eine Weile schweigend ihr Gesicht, bevor er die Hände von ihren Armen löste und sie sinken ließ. Ohne ein weiteres Wort trat Foxy einen Schritt zurück und ging um ihn herum, um dann das Zimmer zu verlassen. Mit lautlosen Schritten stieg sie die Treppe hinauf.

13. KAPITEL

Der Morgen kam überraschend für Foxy. Stundenlang hatte sie wach gelegen, allein und unglücklich. Die Unterhaltung mit Pam war immer wieder in ihrem Kopf abgelaufen, und der Streit mit Lance verfolgte sie. Jetzt wachte sie auf, ohne sich überhaupt bewusst zu sein, dass sie tatsächlich eingeschlafen war, und die Morgensonne schien auf das Bett. Lance' Seite war leer. Foxys Hand fasste automatisch nach den Kissen, in denen er geschlafen haben musste. Die Wärme war noch zu erahnen, doch sie brachte Foxy keinen Trost. Zum ersten Mal seit ihrer Hochzeitsnacht hätten sie genauso gut in getrennten Betten schlafen können. Sie waren nicht eng umschlungen aufgewacht, um den Morgen auf die gleiche Weise zu begrüßen, wie sie die Nacht willkommen geheißen hatten.

Die Schwere, die drückend auf Foxy lag, stammte nicht von Schlaftrunkenheit, sondern rührte von Mutlosigkeit her. Sich mit Lance zu streiten war sicherlich nichts Neues für Foxy, doch dieses Mal gingen die Auswirkungen tiefer. Vielleicht, so dachte sie, während sie an die Decke starrte, weil ich jetzt mehr habe, das ich verlieren kann. Wahrscheinlich ist er noch unten. Ich sollte hinuntergehen und … Nein, unterbrach sie den eigenen Gedankengang mit einem Kopfschütteln. Nein, es gab sicherlich genug mit Mrs. Trilby über dem Morgenkaffee abzuklären, auch ohne dass sie ihm über die Schulter schaute. *Ich sollte den Tag nutzen, um ein paar Dinge zu ordnen.*

Mit automatischen Bewegungen stand Foxy auf und duschte sich. Sie ließ sich Zeit beim Anziehen, auch wenn die Wahl einer Kordjeans und eines einfachen Pullovers sicherlich keine große Anstrengung bei der Auswahl von ihr forderte. Während sie in die Sachen schlüpfte, stellte sie im Kopf ihren Tagesplan auf. Bis elf würde sie die Abzüge von den Rennen entwickeln, dann würde sie den Park besuchen und mit ihrem neuen Projekt weitermachen. Zufrieden mit ihrer Agenda, ging sie nach unten. Von Lance keine Spur, und auch wenn sie sich einredete, dass es so besser sei, blieb sie doch einen Moment unschlüssig vor dem Telefon in der Halle stehen. Nein, sagte sie sich dann. *Ich werde ihn nicht anrufen. Am Telefon können wir nicht vernünftig diskutieren.* Und gibt es überhaupt irgendetwas zu diskutieren? fragte sie sich still und blickte mit gerunzelter Stirn auf das Telefon, als würde allein sein Anblick sie verärgern. Lance hatte die Positionen gestern Abend doch eindeutig klargemacht. *Ich werde es nicht akzeptieren! Ich lasse nicht zu, dass er wieder mit den Rennen anfängt!* Sie schluckte den metallenen Geschmack der Angst hinunter, der in ihrer Kehle aufsteigen wollte. Nein, das konnte er unmöglich ernst gemeint haben. Mit fest zusammengepressten Augen schüttelte Foxy den Kopf. *Denk jetzt nicht daran! Geh an deine Arbeit, und denk nicht daran!* Sie holte tief Luft und kehrte dem Telefon den Rücken zu.

Nachdem sie sich eine Tasse Kaffee in der Küche besorgt hatte, schloss sie sich in der Dunkelkammer ein. Die Abzüge hingen noch immer auf der Leine. Ohne bewusst zu überlegen, zog sie das Foto von Kirks Rennwagen ab und studierte es. Ein Komet, dachte sie, versunken in Erinnerungen. *Ja, er ist ein Komet, aber selbst Kometen brennen irgendwann aus. Im nächsten Jahr wird es weitere Fotos von ihm geben, aber die wird dann ein anderer Fotograf machen müssen. Vielleicht wird Lance das ja auch arrangieren.* Ein leiser, scharfer Laut der Frustration entfuhr ihr. *Ich kann nicht länger über all das nachdenken.* Sie nahm die getrockneten Abzüge ab, dann begann sie die Arbeit an der nächsten Filmrolle. Die Zeit verging schnell, und in der absoluten Stille zuckte sie erschrocken zusammen, als es an der Tür klopfte. Foxy ging hin, um zu öffnen. Dabei hatte Mrs. Trilby sich bisher noch nie bis zu ihrem Territorium verirrt.

»Melissa!«, rief sie freudig überrascht aus. Aus ihrem Stirnrunzeln wurde sofort ein Lächeln. »Was für eine nette Überraschung.«

»Es ist ja gar nicht dunkel.« Mit einem kleinen Schmollmund schob Melissa sich an Foxy vorbei in den Raum. »Warum heißt es dann Dunkelkammer, wenn es nicht dunkel ist? Jetzt bin ich völlig desillusioniert.«

»Du bist zur falschen Zeit gekommen. Ich kann dir versichern, vor zwei Stunden war es hier drinnen stockfinster.«

»Scheint, als müsste ich mich da auf dein Wort verlassen.« Langsam schritt Melissa die Leine ab, an der die neuen Abzüge hingen, die Foxy gerade befestigt hatte. »Sieh einer an, du bist wirklich ein Profi, oder?«

»Zumindest würde ich mich gerne dafür halten«, erwiderte Foxy trocken.

»All dieses technische Zeug hier«, lautete Melissas Kommentar, während sie durch den Raum wanderte und nachdenklich Flaschen und Behälter und Zeitmesser betrachtete. »Das hast du wohl studiert, nehme ich an.«

»Ja, habe ich. Ich habe an der USC Fotografie studiert. Nicht am Smith College«, fuhr sie mit einer hochgezogenen Augenbraue fort, »nicht am Radcliffe und auch nicht am Vassar. Ich war an einer dieser nahezu unbekannten Institutionen – an einem staatlichen College.«

»Ach du meine Güte!« Melissa biss sich auf die Lippen, dennoch ließ sich das Lächeln nicht ganz verbergen. »Unsere Damen haben dir wohl schwer zugesetzt, wie ich annehme?«

»Du nimmst richtig an«, bestätigte Foxy und zog die Nase kraus. »Nun, im Moment bin ich wohl noch die neueste Attraktion. Sie werden mich sicher bald vergessen haben.«

»Wie süß und naiv du doch bist.« Melissa tätschelte Foxys Wange. »Ich werde dir deinen schönen Traum noch eine Weile lassen. Auf jeden Fall …« Sie zupfte eine Fluse von ihrem hellblauen Angorapullover. »Am Samstagabend findet ein Tanzabend im Country Club statt. Du und Lance, ihr kommt doch, oder?«

»Ja.« Foxy machte sich nicht die Mühe, den Seufzer zu unterdrücken. »Wir werden da sein.«

»Halte durch, Darling! Die gesellschaftlichen Verpflichtungen versanden in ein paar Monaten. Lance hat sich noch nie öfter bei solchen Anlässen blicken lassen als unbedingt nötig. Und …«, sie lächelte ihr einzigartig charmantes Lächeln, »… das liefert den perfekten Vorwand, um einkaufen zu gehen.« Noch einmal blickte Melissa sich um. »Bist du hier fertig?«

»Ja, für heute schon.« Foxy sah auf ihre Armbanduhr und nickte zufrieden. »Genau nach Plan.«

»Also, dann lass uns einkaufen gehen, damit wir für Samstagabend etwas Umwerfendes zum Anziehen haben.« Melissa schob ihren Arm unter Foxys und wollte sie mit sich ziehen.

»Oh nein.« Foxy hatte gerade noch genug Zeit, die Tür der Dunkelkammer hinter sich ins Schloss zu ziehen. »Ich war letzte Woche zusammen mit dir auf einem deiner kleinen Einkaufsbummel. Du hast jedes Geschäft auf der Newbury Street überfallen. Ich habe heute mein Stärkungsmittel noch nicht genommen, und außerdem habe ich ein Kleid für Samstagabend. Ich brauche nichts.«

»Grundgütiger, muss man denn etwas brauchen, bevor man es kauft?« Melissa unterbrach ihren Marsch zur Treppe und drehte sich mit offenem Mund um. »Du hast dir nur eine einzige Bluse gekauft, als wir losgezogen sind. Wozu, glaubst du wohl, hat Lance all das wunderbare viele Geld?«

»Für eine Menge Dinge, da bin ich sicher«, antwortete Foxy ernst, aber da zuckte es eindeutig um ihre Mundwinkel. »Nur ganz bestimmt nicht, um es für Kleider auszugeben, die ich gar nicht brauche. Außerdem verwende ich mein eigenes Geld für meine persönlichen Sachen.«

Melissa verschränkte die Arme vor der Brust und musterte Foxy durchdringend. »Das meinst du genau so, wie du es sagst, nicht wahr, Herzchen?« Sie zuckte mit den Schultern. »Aber Lance hat tonnenweise Geld.«

»Das weiß ich. Und wie oft wünschte ich mir, er hätte nicht so viel.« Sie wollte die Treppe zum Parterre hinaufsteigen, doch Melissa hielt sie beim Arm fest.

»Warte noch eine Minute.« Ihr Ton hatte den resoluten Humor verloren, sie sprach jetzt leise und ernst. »Sie machen dich wirklich nieder, oder?«

»Das ist nicht wichtig«, erwiderte Foxy und wollte die Frage mit einem Schulterzucken abtun.

»Oh doch, das ist es wohl.« Melissas Griff an Foxys Arm war überraschend fest. Sie hielt Foxy auf der schmalen Stiege fest, sodass sie sie anschauen musste. »Hör mir eine Minute zu, ich werde zur Abwechslung mal völlig ernst sein. Diese ganze Sache, dass du Lance nur wegen seines Geldes geheiratet hättest, ist nur der übliche Unsinn, Foxy. Es bedeutet überhaupt nichts. Und so denkt ja auch nicht jeder, und lange nicht jeder behauptet es laut. Natürlich gibt es da ein paar Schwachköpfe, die noch immer an Status und Abstammung und Familienlinien festhalten, aber ich habe noch nie viel um Schwachköpfe gegeben.« Sie lächelte, als sie Luft holte, aber ihre Augen blickten noch immer ernst. »Du hast schon eine ganze Menge Leute auf deine Seite gezogen – Großmutter zum Beispiel, und die ist wahrlich nicht leicht zu überzeugen. Und das hast du geschafft, weil du einfach du selbst bist. Lance hat dir doch sicher gesagt, wie viele ihm zu seinem Geschmack in Sachen Ehefrau gratuliert haben.«

»Über so etwas reden wir nicht.« Foxy stieß einen frustrierten Laut aus und fuhr sich mit den Fingern durchs Haar. »Oder um es genauer auszudrücken, ich habe ihm nichts von seinen weniger freundlichen Verwandten gesagt. Es ist wohl nicht fair, ihn damit zu belasten.«

»Ist es fair, dass du stillhältst, während einige wenige dich mit Steinen bewerfen?«, konterte Melissa und zog eine Augenbraue hoch, genau wie Lance es immer tat. »Märtyrertum ist deprimierend, Foxy.«

Foxy schnitt eine Grimasse bei dem Vergleich. »Stimmt, davon halte ich auch nicht viel.« Kopfschüttelnd lächelte sie Melissa zerknirscht an. »Vermutlich bin ich überempfindlich. Da sind so viele Veränderungen in so kurzer Zeit passiert, und ich habe wohl ein paar Probleme, sie alle unter einen Hut zu bringen.«

Als sie die Treppen hinaufstiegen, hakte Melissa sich bei Foxy ein. »Und was beschäftigt dich sonst noch?«

»Ist es so offensichtlich?«

»Ich bin eben sehr feinfühlig«, sagte Melissa leichthin. »Wusstest du das nicht? Ich vermute, dass du und Lance aneinandergeraten seid.«

»Das ist harmlos ausgedrückt«, murmelte Foxy und stieß die Tür zum Parterre auf. »Aber meinetwegen nennen wir es eben so.«

»Wer hat Schuld?«

Foxy öffnete den Mund, um Lance die Schuld zuzuschieben, und schloss ihn wieder, als sie sich selbst die Schuld geben wollte. Mit einem Seufzer gab sie auf. »Keiner, würde ich sagen.«

»Das Übliche also«, lautete Melissas erfahrener Kommentar. »Die beste Kur dafür ist jetzt, rauszugehen und sich etwas Hinreißendes zu kaufen, das dein Ego wieder aufrichtet. Und dann, wenn du ihn leiden lassen willst, gibst du dich kühl und höflich, wenn er nach Hause kommt. Oder ...« Sie wedelte mit der Hand in der Luft. »... wenn du dich versöhnen willst, dann gibst du Mrs. Trilby früher frei und hast so wenig wie möglich an, wenn er zur Haustür hereinkommt.«

»Melissa.« Foxy lachte und sah ihr zu, wie sie Mantel und Handtasche von der Garderobe nahm. »Du hast eine wunderbare Art, die Dinge unkompliziert erscheinen zu lassen.«

»Das ist eine Gabe«, meinte sie bescheiden und studierte ihr Spiegelbild in dem antiken Spiegel. »Also, was ist nun? Willst du ein wenig Spaß haben und machst mit mir einen Einkaufsbummel, oder musst du dich wieder als so grässlich produktiv erweisen?«

»Ich glaube, ich bin soeben beleidigt worden«, erwiderte Foxy grinsend, beugte sich vor und küsste Melissa auf die Wange. »Du führst mich in Versuchung, aber ich bleibe stark.«

»Du willst heute Nachmittag tatsächlich arbeiten?« In dem Blick, mit dem Melissa Foxy bedachte, lagen sowohl völlige Verständnislosigkeit als auch Bewunderung. »Aber du hast doch schon bereits den gesamten Vormittag gearbeitet.«

»Es soll tatsächlich Leute geben, die den ganzen Tag arbeiten«, bemerkte Foxy grinsend. »Das kann zur Gewohnheit werden ... wie Kartoffelchips. Ich habe gerade mit einer Fotoserie über Kinder angefangen. Ich gehe jetzt in den Park.«

Melissa runzelte die Stirn, als sie in ihre kurze Pelzjacke schlüpfte. »Du schaffst es noch, dass ich mich wie ein pflichtvergessener Versager fühle.«

»Du kommst schon darüber hinweg«, tröstete Foxy und fuhr mit einem Finger über den weichen weißen Pelz.

»Natürlich.« Melissa drehte sich schwungvoll um und küsste Foxy auf beide Wangen. »Aber im Moment fühle ich mich wirklich schuldig. Dann amüsier dich gut, Foxy«, sagte sie noch und war schon zur Tür hinaus.

»Du auch«, rief Foxy ihr nach, als die Tür ins Schloss fiel. Das Lachen stand noch auf ihrem Gesicht, als sie die eigene Wildlederjacke aus dem Garderobenschrank zog. Ihre Laune hatte sich aufgehellt, und so schlang sie ihre Handtasche über die eine und die Tasche mit der Kameraausrüstung über die andere Schulter. Als sie sich umdrehte, wäre sie fast mit Mrs. Trilby zusammengestoßen. »Oh, Entschuldigung.« Schuhe mit Gummisohlen sollten verboten werden, dachte Foxy mit einem stillen Seufzer.

»Sie gehen aus, Mrs. Matthews?« Steif und gerade stand Mrs. Trilby in ihrem grauen Kleid und der weißen Schürze da.

»Ja, ich habe mir noch einige Arbeit für heute vorgenommen. Ich müsste gegen drei wieder zurück sein.«

»Sehr wohl, Ma'am.« Mrs. Trilby blieb regungslos unter dem Bogen stehen, als Foxy auf die Haustür zusteuerte.

»Mrs. Trilby, falls Lance ... falls Mr. Matthews anrufen sollte, richten Sie ihm bitte aus, dass ich ...« Foxy zögerte, und für einen Moment standen der Kummer und die Unentschlossenheit auf ihrer Miene zu lesen.

»Ja, Ma'am?«, hakte Mrs. Trilby nach, und ihr Ton war unmerklich milder geworden.

»Nichts.« Foxy schüttelte den Kopf, verärgert über sich selbst. »Nein, vergessen Sie es.« Sie reckte die Schultern und lächelte der Haushälterin zu. »Auf Wiedersehen, Mrs. Trilby.«

»Auf Wiedersehen, Mrs. Matthews.«

Foxy trat nach draußen und atmete tief die frische Herbstluft ein. Zwar war ihr MG per Fracht aus Indiana angekommen und stand nun in der Garage, aber Foxy entschied sich, zu Fuß zu laufen. Der Himmel strahlte in einem stechenden Blau, keine einzige Wolke war zu sehen. Die Bäume reckten ihre kahlen Äste stumm flehend zu dieser ungebrochenen Farbe auf. Trockenes Laub wirbelte über den Bürgersteig und fing sich an der Bordsteinkante. Manchmal wehte der Wind ein Blatt gegen Foxys Knöchel, um es dann wieder zu Boden zu wirbeln, wo es Passantenschuhen zum Opfer fiel. Die herbstliche Vollkommenheit des Tages hob Foxys Stimmung, und sie begann damit, die Konzeption für ihr neues Projekt aufzustellen.

Die Stiefmütterchen blühten noch immer trotzig und prunkvoll überall im Park. Auf den Wegen und Rasenflächen blitzten leuchtende Farben auf, dort, wo Kinder mit rosigen Wangen spielten und tobten. Der Nachmittag war kühl und frisch. Babys wurden von ihren Müttern oder den Nannys in Arbeitsuniform in Kinderwagen und Buggys spazieren gefahren. Kleinkinder versuchten sich an ihren ersten Schritten auf dem von Herbstlaub bedeckten Gras.

Foxy mischte sich unter die Spaziergänger. Manchmal nahm sie Schnappschüsse auf, dann wiederum begann sie ein Gespräch mit einer Mutter oder der Nanny, um sich ein Foto zu erschmeicheln, so wie sie es sich vorstellte. Die Erfahrung hatte sie gelehrt, dass Fotografieren viel mehr war als nur das Einstellen und Bedienen der Kamera. Man brauchte die Fähigkeit, ein Bild zu erkennen und festzuhalten. Man brauchte Geduld, Beharrlichkeit und eine Portion Glück.

Foxy lag auf dem Bauch im kühlen Gras und hielt ihre Nikon auf ein zweijähriges Mädchen gerichtet, das mit einem übermütigen Bullterrier-Welpen tobte. Die blonde, rosige Anmut des Kindes bildete den perfekten Kontrast zu der reizlosen Unansehnlichkeit des Hundes. Die beiden saßen im Sonnenlicht und waren viel zu sehr in ihr Spiel vertieft, als dass sie auf die Frau geachtet hätten, die im Kreis um sie herumrobbte und immer wieder den Kameraauslöser betätigte. Der Welpe bellte und jagte im Kreis herum, das Mädchen kicherte und fing ihn ein. Der Hund strampelte sich immer wieder frei, nur um sich dann immer wieder bereitwillig einfangen zu lassen. Irgendwann setzte Foxy sich auf die Fersen zurück und lächelte den beiden, die ihr Modell gestanden hatten, zu. Nach einem kurzen Austausch mit der Mutter der Kleinen richtete sie sich auf, um einen neuen Film einzulegen.

»Das war eine faszinierende Vorstellung.«

Foxy schaute auf und fand sich Jonathan Fitzpatrick gegenüber. »Oh, hallo!« Sie warf sich das Haar über die Schulter zurück und zupfte ein Blatt von ihrer Jacke.

»Hallo, Mrs. Matthews! Ein wunderschöner Tag, um im Gras herumzurobben.«

Sein Lächeln war so unwiderstehlich charmant, dass Foxy lachen musste. »Ja, stimmt. Nett, Sie wiederzusehen, Mr. Fitzpatrick.«

»Jonathan«, verbesserte er sofort und zog ihr ein Blatt aus dem Haar. »Und ich werde Sie Foxy nennen, so wie Melissa es tut. Es passt zu Ihnen. Darf ich fragen, was Sie hier tun, oder ist das ein Staatsgeheimnis?«

»Ich fotografiere.« Noch immer lächelnd, legte Foxy den neuen Film ein. »Das ist eine Gewohnheit von mir, deswegen bin ich auch Fotografin.«

»Ah ja, das ist mir bereits zu Ohren gekommen.« Sie beugte den Kopf über ihre Kamera, und die Sonnenstrahlen ließen überall in ihrem Haar kleine Flammen aufzüngeln. Fasziniert betrachtete Jonathan das Schauspiel. »Sie sind Profi, nicht wahr?«

»Das behaupte ich zumindest gegenüber den Verlegern.« Fertig mit dem Einspannen, ließ sie den Deckel einschnappen und richtete ihre Aufmerksamkeit wieder auf Jonathan. Die

Ähnlichkeit mit seiner Schwester war verblüffend, dennoch verspürte Foxy keineswegs dieses Unbehagen, das sie in Gwens Gesellschaft empfunden hatte. Jonathan war, so urteilte sie nach einer kurzen Musterung, das genaue Gegenteil von Lance: anständig und charmant und harmlos. Verärgert über ihre Neigung, Vergleiche anzustellen, schenkte sie ihm ihr strahlendstes Lächeln. »Im Moment arbeite ich an einer Serie über Kinder.«

Jonathan studierte sie, registrierte das unbeschwerte Lächeln, die großen graugrünen Augen, das Gesicht, das mit jedem Mal, dass man es sah, mehr faszinierte. Innerhalb von Sekunden hatte er seine Musterung abgeschlossen und kam zu dem Schluss, dass Lance wieder einmal gewonnen hatte. Das hier war alles andere als eine durchschnittliche Lady. »Darf ich Ihnen eine Weile zusehen?«, fragte er und überraschte sie beide damit. »Ich habe einen freien Nachmittag. Ich war gerade auf dem Weg zu meinem Wagen, als ich Sie sah.«

»Sicher.« Foxy bückte sich, um ihre Kameratasche aufzuheben. »Ich fürchte nur, Sie werden es langweilig finden.« Sie drehte sich um und schlug die Richtung zum See ein.

»Das bezweifle ich. Schöne Frauen langweilen mich niemals.« Jonathan fiel an ihrer Seite in ihren Schritt mit ein. Foxy warf ihm einen abschätzenden Blick zu. Er hatte das Grinsen eines ungehörigen Jungen und das Profil eines Adonis. Melissa wird mit ihm alle Hände voll zu tun haben, dachte sie.

»Was machen Sie eigentlich, Jonathan?«

»Das, was mir Spaß macht«, antwortete er und schob die Hände in die Taschen seiner Lederjacke. »In der Theorie bin ich Leitender Geschäftsführer im Familienunternehmen. Import-Export. In der Praxis schiebe ich Akten über den Schreibtisch, bezaubere Ehefrauen, wann immer es sich ergibt, und eskortiere Töchter.«

Humor blitzte in Foxys Augen auf. »Macht Ihnen Ihre Arbeit Spaß?«

»Enorm sogar.« Als er sie mit seinem fröhlichen Grinsen anschaute, stand für Foxy fest, dass Melissa und er perfekt zusammenpassten.

»Ja, meine mir auch«, sagte sie. »Und jetzt gehen Sie bitte aus dem Weg, damit ich sie auch machen kann.«

Am Seeufer ließ eine Trauerweide ihre Zweige ins Wasser hängen, das ruhig wie ein Spiegel dalag. Unter dem Baum stand eine Bank, auf der eine Frau saß und las, während ein kleines Kind in einer roten Jacke die Enten mit Zwiebackstückchen fütterte. Gleich neben der Bank stand ein Kinderwagen mit einem schlafenden Baby im Sonnenschein. Eine kleine Plastikrassel hing vergessen in den winzigen Fingerchen. Nach einem leisen Gespräch mit der Frau auf der Bank machte Foxy sich an die Arbeit. Sorgfältig darauf achtend, dass das Kind sie nicht bemerkte, fing sie die Begeisterung des kleinen Jungen ein, der seine Krümel hoch in die Luft warf und zusah, wie sie ins Wasser fielen. Die Enten balgten sich um die Gratismahlzeit. Der Junge jauchzte begeistert auf und warf die nächste Handvoll Krümel in die Luft. Manchmal biss er auch selbst in den Zwieback und sah den Enten zu, wie sie nach den Zwiebackstückchen tauchten. Und Foxy gelang es mühelos, sein begeistertes Lachen auf ihre Filmrolle zu bannen.

Sie machte sich Sonne und Schatten zunutze und fing so den Frieden und die Unschuld des pausbäckigen Kindes ein. Sie wechselte Winkel, Blenden und Filter, um die Stimmung zu intensivieren, bis sie, zufrieden mit dem Ergebnis, ihre Kamera sinken ließ.

»Sie strahlen eine enorme Konzentration bei Ihrer Arbeit aus«, stellte Jonathan fest, als er an ihre Seite trat. »Sie machen einen sehr kompetenten Eindruck.«

»Ist das ein Kompliment oder lediglich eine Beobachtung?«, fragte Foxy und drückte den Deckel auf die Linse zurück.

»Eine schmeichelhafte Beobachtung«, legte Jonathan fest. Er studierte ihr Profil, während sie ihre Ausrüstung verstaute. »Sie faszinieren mich, Foxy Matthews. Sie sind ein weiterer Grund, warum ich Lance beneide.«

»Tun Sie das denn?« Sie schaute auf, auf ihrer Miene echtes Interesse, das ihn überraschte. »Und da gibt es noch mehr Gründe?«

»Unzählige«, antwortete er prompt, dann nahm er ihre Hand. »Aber Sie stehen ganz oben auf der Liste. Stimmt es, dass Ihr Bruder Kirk Fox ist und Lance Sie aus der Welt der Formel 1 weggeholt hat?«

»Ja.« Sofort war Foxy auf der Hut. Ihr Ton kühlte sich merklich ab. »Ich bin auf der Rennstrecke aufgewachsen.«

Jonathan hob eine Augenbraue. »Da habe ich wohl einen wunden Punkt getroffen. Entschuldigen Sie.« Abwesend rieb er mit dem Daumen über die Knöchel ihrer Hand. »Würde es Sie beruhigen, wenn ich Ihnen sagte, dass es reine Neugier meinerseits ist und keineswegs Kritik? Lance' Karriere als Rennfahrer hat mich immer fasziniert, ich habe auch die Ihres Bruders verfolgt. Ich dachte mir nur, Sie hätten vielleicht ein paar interessante Geschichten zu erzählen.« Seine Stimme hatte überhaupt nichts gemein mit Gwens, wie Foxy auffiel, dafür klang sie viel zu ehrlich.

»Tut mir leid.« Mit einem Seufzer lockerte sie ihre Schultern. »Das ist heute schon das zweite Mal, dass ich überempfindlich reagiere. Es ist immer schwierig, sich plötzlich in der Rolle der ›Neuen‹ wiederzufinden.«

»Sie sind tatsächlich so etwas wie eine Überraschung.« Seine Berührung war so leicht, Foxy vergaß, dass er noch immer ihre Hand hielt. »Es gibt Menschen, die alles immer genau planen müssen, weil sie wissen wollen, was sie erwartet. Lance dagegen scheint das Einzigartige zu bevorzugen.«

»Einzigartig«, murmelte Foxy und richtete den Blick direkt und fest auf Jonathan. »Ich bin weder reich, noch kann ich einen Familienstammbaum vorweisen. Meine Teenagerzeit habe ich in Autowerkstätten zusammen mit Automechanikern verbracht. Ich habe kein Elitecollege besucht, und von Europa habe ich nur das gesehen, was sich zwischen Probeläufe und Renntag quetschen ließ.«

Jonathan sah die kleinen Pünktchen des Kummers in ihren Augen. Das Sonnenlicht fiel durch die letzten Blätter der Weide und ließ das Rot in ihren Haaren aufblitzen. »Hätten Sie gern eine Affäre mit mir?«, fragte er unverblümt.

Fassungslos wich Foxy zurück, die Augen weit aufgerissen. »Nein!«

»Sind Sie schon mit dem Schwanenboot gefahren?«, erkundigte er sich in dem gleichen nonchalanten Ton.

Zweimal öffnete sie den Mund und schloss ihn wieder, völlig verwirrt. »Nein«, brachte sie argwöhnisch hervor.

»Gut.« Er nahm wieder ihre Hand. »Dann tun wir stattdessen das.« Lächelnd drückte er ihre Finger. »Einverstanden?«

Noch immer misstrauisch, musterte sie sein Gesicht. Und bevor es ihr noch so richtig klar wurde, schlich sich ein Lächeln auf ihre Lippen. »Einverstanden«, stimmte sie zu. Melissa wird sich nie langweilen, dachte sie, als sie sich von Jonathan den Weg entlangziehen ließ.

»Vielleicht hätten Sie ja gerne einen Ballon?« Er gab seiner Stimme jetzt einen übertrieben formellen Ton.

»Ja, sehr gern, danke«, antwortete sie ebenso ernst. »Einen blauen, bitte.«

Die folgenden zwei Stunden waren die unbeschwertesten, die Foxy seit der Übernahme ihrer Rolle als Mrs. Lance

Matthews verlebt hatte. Zusammen mit Jonathan glitt sie im Schwanenboot über den See, eingepfercht zwischen Touristen und Vorschulkindern mit klebrigen Fingern. Eiscreme schleckend spazierten sie durch die Gärten, der blaue Ballon tanzte an der Kordel hinter ihnen in der Luft. Jonathan stellte keine Ansprüche, forderte nichts, und Foxy stellte fest, wie leicht es ihr fiel, sich mit ihm zu unterhalten. Seine Gesellschaft war das perfekte Tonikum gegen düstere Laune.

Als Jonathan vor dem braunen Ziegelsteinhaus anhielt, fühlte Foxy sich aufgeräumt und gelöst. »Möchtest du vielleicht mit hineinkommen?« Sie legte sich den Riemen der Kameratasche um die Schulter. »Du könntest zum Dinner bleiben.«

»Ein anderes Mal. Ich habe schon eine Dinnerverabredung mit Melissa.«

»Grüß sie von mir.« Lächelnd schob Foxy die Wagentür auf. »Danke, Jonathan.« Impulsiv lehnte sie sich zu ihm und drückte ihm einen Kuss auf die Wange. »Ich bin sicher, es hat viel mehr Spaß gemacht als eine Affäre, und unkomplizierter war es auch.«

»Nun, unkomplizierter auf jeden Fall«, stimmte er zu und versetzte ihr einen Nasenstüber. »Ich sehe dich und Lance dann am Samstag.«

»Ja, allerdings.« Foxy schnitt eine Grimasse, bevor sie aus dem Wagen stieg. »Oh, und richte Melissa doch bitte aus, dass ich ihren Plänen für Mai völlig zustimme.« Über sein verständnisloses Gesicht musste sie lachen. »Sie weiß schon, was ich damit meine«, versicherte sie ihm, winkte noch einmal und schlug dann die Autotür zu. Gegen die kalte Abendluft zog sie die Schultern ein und ging über den schmalen Pfad auf das Haus zu. Die Haustür wurde aufgezogen, als sie gerade nach dem Türknauf fassen wollte.

»Hallo, Foxy.« Lance stand in der Tür. Mit einem schnellen Blick erfasste er ihr Lächeln, ihre strahlenden Augen und den blauen Ballon. »Du scheinst einen angenehmen Nachmittag verbracht zu haben.«

Ihre heitere Stimmung ließ keinen Raum für Überreste des Ärgers über den gestrigen Streit. Später konnten sie reden und ernst sein, jetzt wollte sie nur ihre gute Laune mit ihm teilen. »Du bist früh zu Hause, Lance.« Und sie freute sich darüber und lächelte ihn an.

»Eher sollte man wohl sagen, dass du spät nach Hause kommst«, entgegnete er und schloss die Tür hinter ihr.

»Wirklich?« Ein Blick auf die Armbanduhr sagte ihr, dass es schon nach fünf Uhr war. Den Ballon sicher am Riemen verknotet, stellte sie ihre Kameratasche ab. »Bist du schon lange zurück?«

»Lange genug.« Er studierte ihre vom Herbstwind geküssten Wangen. »Einen Drink?«, fragte er und drehte sich schon um, um ins Wohnzimmer zu gehen.

»Nein danke.« Seine Distanziertheit war endlich durch ihre heitere Stimmung gedrungen. Sie folgte ihm, weil sie davon ausging, dass es besser war, den Graben zu überbrücken, als ihn noch breiter werden zu lassen. »Wir hatten doch für heute Abend nichts geplant, oder?«

»Nein.« Lance schenkte sich einen großzügigen Scotch ein, bevor er sich wieder zu ihr umdrehte. »Wolltest du heute Abend noch ausgehen?«

»Nein, ich …« Sie brach ab, wie gelähmt von der eisigen Kälte in seinen Augen. »Nein.«

Er trank einen Schluck, schaute sie über den Rand des Glases hinweg an. Die Anspannung, die sich im Laufe des Nachmittags von Foxys Schultern gehoben hatte, kehrte zurück. Aber über Kirk oder die Rennen konnte sie nicht sprechen, noch nicht. »Ich habe zufällig Jonathan Fitzpatrick getroffen, als ich im Park war«, hob sie an und knöpfte sich die Jacke auf, um ihre Hände beschäftigt zu halten. »Er hat mich nach Hause gefahren.«

»Ich habe es gesehen.« Lance stand mit dem Rücken vor dem großen Kamin. Seine Miene blieb kühl und unbeteiligt.

»Es war so schön heute«, fuhr Foxy hastig fort und suchte nach einer Möglichkeit, diese flache, höfliche Unterhaltung in eine andere Richtung zu lenken. Kritisch beobachtete sie, wie Lance sich noch einen Scotch eingoss. »Es tummeln sich wohl noch immer viele Touristen in der Stadt, aber Jonathan meinte, im Winter lässt der Strom dann nach.«

»Ich wusste gar nicht, dass Jonathan sich für die Tourismuszahlen interessiert.«

»Ich interessiere mich dafür«, stellte sie richtig und zog sich stirnrunzelnd die Jacke aus. »Die Schwanenboote waren voll besetzt.«

»Jonathan hat dich zu einer Bootsfahrt eingeladen?«, fragte Lance milde und stürzte den Scotch in einem Schluck hinunter. »Wie nett.«

»Nun, ich bin ja vorher noch nicht auf dem See gewesen, und er …«

»Scheinbar vernachlässige ich dich«, fiel er ihr ins Wort und griff erneut nach dem Scotch. Die Falte auf Foxys Stirn wurde tiefer.

»Du verhältst dich albern.« Ihr Temperament begann zu brodeln. »Und du trinkst zu viel.«

»Mein liebes Kind, ich habe nicht einmal angefangen zu trinken.« Er goss sich noch ein Glas ein. »Was nun mein angeblich albernes Verhalten angeht … es gibt Männer, die ihre Frauen ohne Umschweife ohrfeigen würden, sollten sie den Nachmittag mit anderen Männern verbringen.«

»Das ist das Verhalten eines Neandertalers«, fauchte sie. Sie warf ihre Jacke über einen Stuhl und funkelte Lance wütend an. »Das Ganze war völlig harmlos. Wir waren in einem öffentlichen Park.«

»Richtig. Und ihr seid Boot gefahren und habt Ballons gekauft.«

»Und wir haben auch noch ein Eis gegessen«, ergänzte sie beißend und steckte die Hände in die Hosentaschen.

»Erstaunlich, wie schlicht deine Vorlieben sind.« Lance starrte in die goldene Flüssigkeit, bevor er sie hinunterstürzte. »Für jemanden in deiner jetzigen Stellung.«

Sie wollte schockiert nach Luft schnappen, doch ihre Kehle war wie zugeschnürt. Foxy stand absolut regungslos, während alle Farbe aus ihren Wangen wich. In dem bleichen Gesicht wirkten ihre Augen schwarz vor Schmerz. Ausgiebig fluchend stellte Lance sein Glas ab.

»Das war unter der Gürtellinie, Fox. Es tut mir leid.« Er wollte auf sie zukommen, doch sie wich vor ihm zurück und riss abwehrend die Hände vor sich hoch.

»Nein, rühr mich nicht an.« Mehrmals holte sie tief Luft, um das Beben in ihrer Stimme unter Kontrolle zu bringen. »Ich habe mir die Anspielungen anhören müssen, ich musste wissende Blicke und schnippische Bemerkungen ertragen, aber von dir hätte ich das niemals erwartet. Da wäre es mir lieber gewesen, du hättest mich geohrfeigt, als so etwas zu mir zu sagen.« Sie schwang herum und floh die Treppe hinauf. Bevor sie die Schlafzimmertür zuschlagen konnte, packte Lance ihr Handgelenk.

»Lass mich nie einfach stehen«, warnte er sie mit tiefer, ruhiger Stimme. »Hörst du? Wende dich nie wieder einfach von mir ab.«

»Lass mich los!«, schrie sie und versuchte, ihre Hand loszureißen. Bevor sie nachdenken konnte, was sie tat, hob sie ihre freie Hand und holte zu einer schallenden Ohrfeige aus.

»Na schön«, stieß er zwischen den Zähnen aus und hielt ihre beiden Arme hinter ihrem Rücken fest. »Das hatte ich wohl verdient. Und jetzt beruhige dich wieder.«

»Nimm einfach deine Hände von mir, und lass mich in Ruhe.« Sie wehrte sich, um von ihm freizukommen, doch dadurch hielt er sie nur umso fester.

»Erst wenn wir das bereinigt haben. Es gibt da ein paar Dinge, die erklärt werden müssen.«

»Ich muss gar nichts erklären.« Sie schüttelte sich das Haar aus den Augen. »Und jetzt nimm endlich deine Hände von mir. Ich ertrage es nicht, dass du mich anfasst.«

»Treib mich nicht zu weit, Foxy!« Seine Stimme war so dunkel und so gefährlich wie seine Augen. »Meine Selbstbeherrschung hängt an einem seidenen Faden, vor allem nach gestern Abend. Jetzt beruhige dich, und dann reden wir.«

»Ich habe dir nichts zu sagen.« Eiskalte Wut überkam sie, sie hörte auf, sich zu wehren, und starrte in sein Gesicht. »Ich habe gestern gesagt, was ich zu sagen hatte, du hast es heute getan. So wie es aussieht, verstehen wir uns bestens.«

»Dann lassen wir das Reden eben ausfallen«, stieß er harsch aus, bevor er seinen Mund auf ihren presste. Mit eisernem Griff hielt er ihre Handgelenke gefangen, sodass all ihre wütenden Bemühungen, von ihm freizukommen, erfolglos blieben. In seinem Kuss lag sowohl etwas Berechnendes wie auch Brutales. Foxy erkannte die gleiche Skrupellosigkeit darin, die Lance auch bei seinen Rennen gezeigt hatte. Sie wusste, dass sie nichts gegen ihn ausrichten konnte, sosehr sie sich auch wand. Also ließ sie ihren Körper erschlaffen und zwang ihren Mund, passiv zu bleiben. »Eis wird nicht funktionieren«, knurrte er und hob sie vom Boden hoch. »Weil ich weiß, wie ich es zum Schmelzen bringen kann.«

Als er sie zum Bett trug, schwand Foxys Passivität rasend schnell. »Nein!« Verzweifelt versuchte sie, sich aus seinen Armen zu winden. »Lance, nicht! Nicht so.« Sie drückte gegen seine Brust und fühlte plötzlich, dass sie fiel. Ihr alarmierter Aufschrei verstummte, als sie auf der Matratze landete. Bevor sie Zeit hatte, sich wegzurollen, lag er auf ihr.

Sein Körper schmiegte sich an ihren. Als sie den Kopf wegdrehen wollte, fasste er ihr Kinn und hielt sie fest, um seinen Mund auf ihren zu pressen. Schnell und sicher zog er sie aus, als gäbe es keinen Protest von ihr. Entschlossenheit ohne Leidenschaft lag in seinen Berührungen. Dieses Mal suchte er nicht Partnerschaft, sondern er verlangte die Kapitulation. Und ihr verräterischer Körper reagierte auf ihn, obwohl sie noch immer um ihre Freiheit kämpfte. Pullover und Jeans wurden achtlos auf den Boden geworfen, das dünne Hemdchen stellte keine Barriere für seine Hände dar. Die Spitzen ihrer Brüste drückten sich hart gegen die Seide, als er ihre empfindsame Halsmulde mit Lippen und Zunge reizte. Und noch immer wehrte sie sich, auch als seine Hand über die Seide herab zu ihrem flachen Bauch glitt. Rau streichelten seine Finger weiter, über den Saum des Hemdchens hinaus zu ihren Schenkeln.

Verlangen schoss in ihr auf und machte ihre Glieder schwer, während sie sich drehte und wand. Sie wusste, sie musste nicht nur vor ihm fliehen, sondern auch vor sich selbst. Ihr Winden sorgte nur dafür, dass die Erregung wuchs. Mit seiner Zunge spielte er durch das Hemdchen mit der harten Knospe ihrer Brust, sog sie zwischen die Zähne, und Foxy krallte die Finger in seine Schultern. Er nutzte ihre Schwächen aus, erkundete Geheimnisse, die nur er kannte, bis sie Feuer fing und aufloderte. Jetzt bäumte sie sich auf, nicht aus Protest, sondern als Antwort. Gierig suchte ihr Mund seine Lippen, während ihre Finger an den Knöpfen seines Hemdes nestelten. Seine Haut lag heiß an ihren Handflächen, sie konnte fühlen, wie angespannt seine Muskeln waren.

Abrupt schlug seine Stimmung um. Die kühle Selbstbeherrschung wurde verdrängt von einer explosiven Gier. Er legte die Hände an den Ausschnitt des Hemdchens und riss, entfernte den Stoff mit einem einzigen Ruck. Foxy hörte ihn fluchen, sein Atem ging jetzt ebenso rasselnd wie ihrer. Seine Hände strichen unbeherrscht und grob über ihre nackte Haut, sein Mund war hart und fordernd. Beide hatten sie längst die Kontrolle verloren. Jetzt existierte nur noch das Fühlen, nur noch der dunkle Genuss von feuchtem Fleisch und gierigen Küssen. Doch selbst als Lance in sie eindrang, selbst als Foxy sich ihm ohne Zurückhaltung hingab, wusste sie, dass keiner von ihnen gewonnen hatte.

14. KAPITEL

Am Samstagmorgen setzte der Regen ein. Dann kam die Kälte und verwandelte den Regen noch vor dem Nachmittag in Schnee. Allein in dem großen alten Haus, sah Foxy zu, wie die Flocken vom Himmel fielen. Der Erdboden war noch warm genug, um den Schnee schmelzen zu lassen, sobald er darauf niedersank. Der Schnee hinterließ keine Spuren. Heute werden also keine Schneemänner gebaut, dachte sie und schlang die Arme um sich. *Ich frage mich, wohin er gegangen sein mag.*

Lance war schon weg gewesen, als sie aufgewacht war. Das Haus war leer. Foxy wusste, dass sie beide für das, was am vorherigen Abend zwischen ihnen geschehen war, einen hohen Preis würden zahlen müssen. Letztendlich hatte Lance sie nicht im Ärger genommen, und sie hatte sich auch willig hingegeben. Das Verlangen hatte sie beide überwältigt, doch das Missverständnis war deshalb nicht geklärt. Sich allein in dem kalten Bett wiederzufinden hatte eine düstere Wolke über ihr heraufbeschworen, die mit jeder Stunde, die verstrich, dunkler wurde. Den Vormittag hatte Foxy in der Dunkelkammer verbracht, doch auch die konzentrierte Arbeit hatte nicht geholfen, ihre elende Stimmung zu vertreiben.

Was passiert mit meiner Ehe? fragte sie sich, während sie auf den stetig fallenden Schnee hinausstarrte. *Sie hat kaum begonnen, und schon scheint sie im Nichts zu enden.* Wie der Schnee da draußen, sinnierte sie und stützte sich auf dem Fensterbrett ab. *Er verschwindet einfach. Ist meine Ehe etwa so fragil und flüchtig wie der erste Schnee?*

Foxy schüttelte den Kopf und fasste ihre Arme fester. Das lasse ich nicht zu. Das Klingeln des Telefons ließ sie herumwirbeln. Lance, dachte sie sofort und eilte, um den Anruf anzunehmen.

»Hallo?« Aufgeregte Erwartung schwang in ihrer Stimme mit.

»Hey, Foxy! Wie sieht's in der realen Welt aus?«

»Kirk.« Ihre Freude war viel größer als die erste kurze Enttäuschung. Foxy ließ sich auf die Couch fallen. »Es tut gut, deine Stimme zu hören.« Und noch während sie die Worte aussprach, wurde ihr klar, wie wahr sie waren. Ihre Freude wuchs und wandelte sich in ein Glücksgefühl. »Wie geht es dir?«, erkundigte sie sich. »Hast du sie schon überreden können, dass sie dich entlassen? Wo ist Pam?«

»Die Ehe hat dich wohl träge werden lassen«, kam es ernst von ihm. »Hast du denn überhaupt nichts zu erzählen?«

Lachend zog sie die Beine unter. »Beantworte einfach eine oder auch alle von den Fragen, aber fang mit der ersten an. Wie geht es dir?«

»Ziemlich gut. Es heilt. Vielleicht sind sie davon zu überzeugen, mich in zwei Wochen hier rauszulassen, wenn Pam sich bereiterklärt, mich jeden Tag zur Therapie zu karren und wieder abzuholen.« An seinem Tonfall erkannte Foxy, dass seine Verletzungen nicht das Wichtigste waren, was ihm im Kopf umherging. Berufsrisiko. Ihr fiel Lance' Bemerkung wieder ein, und sie biss sich hart auf die Lippe.

»Sie lässt sich sicher überreden«, erwiderte sie und schaffte es, ihren Ton leicht zu halten. »Ich bin froh, dass es dir besser geht.« Und ich mache mir Sorgen um dich, dachte sie still, dann lächelte sie und schüttelte den Kopf. Nein, das würde er nicht gern zu hören bekommen. »Wahrscheinlich muss dir inzwischen langweilig sein.«

»Die Langeweile habe ich schon letzte Woche überholt«,

konterte er trocken. »Inzwischen bin ich so gut bei den Kreuzworträtseln der *Times*, dass ich sie ausfülle, nur um anzugeben.«

»Tollkühn warst du ja schon immer. Soll ich dir Knete und Buntpapier schicken, damit du dich beschäftigten kannst?« Sie stieß ihre Zungenspitze in die Wange, als sie ihn schnauben hörte.

»Dazu sage ich jetzt nichts, ich bin nämlich ein gutmütiger Mensch.« Ohne auf ihr Lachen einzugehen, fuhr Kirk fort: »Also, erzähl mir von Boston. Gefällt es dir dort?«

»Es ist schön hier.« Sie schaute zum Fenster. Die Schneeflocken fielen wie ein weißer Vorhang und verschwanden. »Im Moment schneit es, vermutlich wird es bald noch viel kälter werden. Aber ich habe bereits vieles ausgekundschaftet. Ich freue mich schon darauf, herauszufinden, wie Boston im Winter aussieht.«

»Den Wetterbericht kann ich auch in den Zeitungen nachlesen«, meinte Kirk. »Wie läuft es mit Lance' Familie?«

»Nun, sie …« Foxy suchte nach Worten, zögerte, lachte schließlich. »Sie sind anders. Ich komme mir fast wie Gulliver vor, der sich in einer fremden Welt wiederfindet, in der alle Regeln anders sind. Wir gewöhnen uns langsam aneinander, und ich habe auch schon ein paar Freunde gefunden.« Lächelnd dachte sie an Melissa und Jonathan. Als sie allerdings Catherine in Gedanken vor sich sah, sackten ihre Mundwinkel ab. Sie zuckte die Achseln und zeichnete mit dem Fingernagel ein Muster auf die Sofapolster. »Ich fürchte, seine Mutter hält nicht viel von mir.«

»Du hast nicht seine Mutter geheiratet«, stellte Kirk mit unwiderlegbarer Logik fest. »Ich kann mir nicht vorstellen, dass meine Schwester sich von ein paar Bostoner Blaublütern herumschubsen lässt.« Er sagte es mit solcher Überzeugung, dass Foxy wieder lächeln musste.

»Wer, ich?«, meinte sie forsch und akzeptierte das eigentümliche Kompliment. »Die aus dem Mittleren Westen sind hart im Nehmen, das weißt du doch.«

»Genau, du bist eine echte Amazone.« Die raue Zuneigung in seinem Ton verstärkte ihr Lächeln noch. »Was macht Lance?«

»Ihm geht es gut«, antwortete sie automatisch. Und an ihrer Lippe knabbernd, fügte sie hinzu: »Er ist ziemlich beschäftigt.«

»Ich kann mir vorstellen, dass die Arbeiten an dem neuen Wagen ihn ganz schön in Anspruch nehmen.« Foxy hörte die Aufregung sich in Kirks Stimme schleichen und stellte sich darauf ein, es zu akzeptieren. »Hört sich an, als würde es eine echte Schönheit werden. Ich kann's kaum abwarten, endlich raufzukommen und sie mir anzusehen. Am Zeichenbrett ist Lance ein absolutes Genie.«

»Tatsächlich?«, fragte Foxy mit erstaunt gerunzelter Stirn.

»Es ist eine Sache, Ideen zu haben, Fox. Ich selbst habe ja auch ein paar. Aber eine ganz andere Sache ist es, sie auch technisch möglich zu machen und umzusetzen.« Da klang so etwas wie gutmütiger Neid in Kirks Stimme mit, der Foxy zwang, diesen neuen Aspekt an ihrem Ehemann zu überdenken.

»Seltsam, er scheint gar nicht der Typ für Zeichenbretter und Taschenrechner zu sein, nicht wahr?«

»Lance passt in keine Schublade«, stellte Kirk fest. »Du solltest das doch besser wissen als jeder andere.«

Nachdenklich schwieg Foxy einen Augenblick. Die Falte auf ihrer Stirn wurde tiefer, dann glättete sie sich wieder und verwandelte sich in ein Lächeln. »Ja, natürlich, du hast recht. Das weiß ich selbst, ich brauchte nur jemanden, der mich noch einmal daran erinnert. Es ist auch schön, von seinem Bruder zu hören, dass der Ehemann ein Genie ist.«

»Eigentlich war er immer mehr an der Technik interessiert als am Fahren selbst«, fügte Kirk noch abwesend hinzu. »Aber jetzt … wie geht es dir?«

»Mir?« Foxy schüttelte leicht den Kopf, um sich wieder auf Kirk zu konzentrieren. »Mir geht's so weit gut. Du kannst Pam ausrichten, dass ich die Abzüge fertig habe und sie ihr in Kürze zuschicke.«

»Bist du glücklich?«

Der gleiche Ernst lag in seiner Stimme, der auch in Pams Ton gelegen hatte, als sie ihr damals dieselbe Frage gestellt hatte. »So eine Frage stellt man doch nicht einer Frau, die gerade mal seit zwei Wochen verheiratet ist«, entgegnete sie leichthin. »Auf ›glücklich‹ sackt man höchstens erst nach einem Monat ab.«

»Foxy!«, setzte Kirk an.

»Ich liebe ihn, Kirk«, unterbrach sie ihn und sprach zum ersten Mal einige ihrer Gedanken aus. »Es ist nicht immer leicht und auch nicht immer perfekt, aber für mich ist es der einzige Platz. Ich bin glücklich, und ich bin traurig, und ich bin noch hundert andere Dinge, die ich nicht wäre, wenn ich Lance nicht hätte.«

»Gut.« Fast sah sie sein zustimmendes Nicken vor sich. »Solange du das hast, was du dir wünschst. Hör zu, eigentlich rufe ich an, weil ich dich wissen lassen wollte … Nun, ich dachte mir, du solltest es als Erste erfahren …«

Foxy wartete geschlagene zehn Sekunden. »Also was denn nun?«, hakte sie schließlich mit einem ungeduldigen Lachen nach.

»Ich habe Pam gebeten, mich zu heiraten.«

»Na, Gott sei Dank!«

»Du klingst nicht überrascht«, beklagte er sich.

Ein vergnügtes Grinsen breitete sich auf ihrem Gesicht aus. »Mich überrascht nur, dass ein so rasanter Rennfahrer wie du so langsam sein kann. Und wann heiratet ihr?«

»Vor einer Stunde.«

»Was?!«

»Jetzt hörst du dich doch überrascht an«, stellte Kirk zufrieden fest. »Pam wollte nicht warten, bis ich wieder stehen kann, also haben wir uns hier in der Klinik trauen lassen. Ich hatte versucht, dich vorher anzurufen, aber niemand ist ans Telefon gegangen.«

»Ich war unten in der Dunkelkammer.« Mit einem Seufzer winkelte sie die Knie an. »Oh Kirk, ich freu mich so für dich! Ich kann es noch gar nicht richtig fassen.«

»Ich, glaube ich, auch nicht. So jemanden wie Pam gibt es nirgendwo mehr auf der ganzen Welt.« Foxy erkannte den Ton und musste Tränen wegblinzeln.

»Ja, ich weiß genau, was du meinst. Kann ich mit ihr reden?«

»Im Moment ist sie nicht hier. Sie arrangiert alles für diese Wohnung, die wir mieten wollen, solange sie noch an meinem Bein herumstochern müssen. Wir hoffen, dass wir Anfang des Jahres nach Boston kommen können, damit ich Lance und meinen Wagen im Auge behalten kann, aber bis dahin werden wir in der Nähe der Klinik bleiben.«

»Ich verstehe.« Er wird sich nie ändern, sagte sie sich und schloss für einen Moment die Augen. *Wie dumm von mir, mir etwas anderes einzubilden. Alles, was Lance gesagt hat, stimmt. Kirk wird Rennen fahren, solange er dazu fähig ist. Nichts und niemand wird ihn davon abbringen.* Foxy erinnerte sich an all die Dinge, die sie Lance im dämmrigen Arbeitszimmer entgegengeschleudert hatte. Ihr Schuldgefühl erdrückte sie fast. Sie schluckte und wechselte das Telefon ans andere Ohr. »Ich freue mich schon darauf, dich und Pam hier zu sehen, auch wenn es nur bis zum nächsten Saisonstart ist.« Dass sie ihn verstand, machte es ihr leichter, die Tatsachen zu akzeptieren.

»Kommst du mit nach Europa?«

»Nein.« Sie schüttelte den Kopf und führte den Schnitt durch. »Nein, ich komme nicht mit.«

»Das sagte Pam auch schon. Hör zu, da kommen sie wieder, um an meinem Bein herumzudoktern. Bestell Lance, dass Pam und ich von ihm erwarten, dass er Champagner spendiert, sobald wir ankommen. Von diesem feinen französischen Zeug.«

»Mache ich«, versprach sie, unendlich erleichtert, dass er ihre Antwort bedingungslos akzeptiert hatte. »Pass auf dich auf.«

»Klar. Hey, Foxy … ich hab dich lieb.«

»Ich dich auch.« Nachdem Foxy den Hörer aufgelegt hatte, zog sie ihre Knie an und schlang die Arme darum. Lange schaute sie auf den fallenden Schnee. Die Flocken waren kleiner geworden, sie wirkten nur noch wie feiner Nebel.

Er braucht mich nicht mehr, dachte sie. Die Überlegung kam wie von allein, ohne dass Foxy überhaupt klar war, dass sie es dachte. Jetzt schien es ihr seltsam, dass sie nie wirklich verstanden hatte, wie sehr Kirk sie brauchte. Erst als die Notwendigkeit nicht mehr bestand, war es ihr klar geworden. Sie hatten einander gebraucht, selbst als sie noch ein Kind gewesen war. Die Bindung zwischen ihnen war stark, vielleicht weil sie nach der Tragödie nur noch einander gehabt hatten. Zwischen uns wird immer etwas Besonderes bestehen, grübelte sie. *Aber er hat jetzt Pam, und ich habe Lance.* Das Kinn auf die Knie gestützt, fragte Foxy sich, ob Lance sie brauchte. Er liebte sie, ja, er begehrte sie, ja, aber *brauchte* Lance Matthews mit seiner lässigen Souveränität, mit seinem enormen Reichtum und mit seiner überragenden Selbstsicherheit sie? Gab es da irgendetwas Besonderes an ihr, das sein Leben erst vervollständigte, oder war sie einfach hoffnungslos romantisch und albern, wenn sie sich so etwas wünschte? Zu ihrer Überraschung stellte sie fest, dass ihr die Antwort unglaublich wichtig war.

Mit einem Mal begannen all ihre Sinne zu prickeln. Sie hob den Kopf und sah Lance in der Tür stehen. Hastig streckte sie die Beine aus und stand vom Sofa auf. Als ihre Blicke sich trafen, schwanden alle Ansprachen, die sie sich heute Morgen in Gedanken zurechtgelegt, redigiert, geübt und wieder redigiert hatte, aus ihrem Kopf. Fahrig zog sie sich das Sweatshirt tiefer über die Jeans herunter und wünschte, sie hätte etwas Würdevolleres angezogen.

»Ich habe dich nicht reinkommen gehört«, sagte sie und verfluchte sich still für die platte Floskel.

»Du hast telefoniert.« Es war sein ruhiger, abschätzender Blick. Er stand da und betrachtete sie, ohne dass auch nur der Anflug eines Ausdrucks in seinen Augen zu erkennen gab, was er dachte. Ihr Magen begann zu flattern.

»Ja, ich … Kirk hat angerufen.« Unfähig, die Hände stillzuhalten, fuhr sie sich mit den Fingern durchs Haar und verriet damit unwillentlich ihre Nervosität.

Schweigend studierte Lance nur ihr Gesicht. Er kam auch nicht weiter in den Raum hinein, als er wieder zu sprechen anhob. »Wie geht es ihm?«

»Gut. Um genau zu sein, er hörte sich großartig an. Er und Pam haben heute Morgen geheiratet.« Während sie die Neuigkeit verkündete, begann sie, ziellos im Zimmer herumzuwandern. Sie fingerte an unschätzbar wertvollen Nippesstücken und ordnete Mrs. Trilbys sorgfältig arrangierten Herbststrauß um.

»Und das freut dich?«, fragte Lance. Er verfolgte ihre rastlosen Gesten noch eine Weile, bevor er zum Barschrank ging und den Scotch herausnahm. Er setzte ihn wieder ab, ohne sich einen Drink eingeschenkt zu haben.

»Ja. Ja, sehr sogar.« Mit einem tiefen Atemzug bereitete sie sich darauf vor, sich kopfüber in eine Entschuldigung zu stürzen, weil sie ihm vorgeworfen hatte, für Kirks Entscheidung, weiterhin Rennen zu fahren, verantwortlich zu sein. »Lance, ich ... Oh.« Als sie sich umdrehte, fand sie ihn direkt vor sich stehen. Überrascht wich sie einen Schritt zurück und sah, wie er die Augenbrauen über ihre Reaktion hochzog. Während sie noch damit fertigwerden musste, wie verwirrt und nervös sie war, schob er die Hände in die Hosentaschen.

»Entschuldigungen waren noch nie meine Stärke«, erklärte er, während sie noch nach den richtigen Worten suchte, um einen neuen Anfang zu starten. »Ich glaube jedoch, dass ich hier um eine Entschuldigung nicht herumkommen werde.« Seine Miene war undurchdringlich, gab auch ihrem suchenden Blick nichts preis. Seine Augen blickten direkt in ihre, aber sie sprachen nicht. »Ich entschuldige mich, sowohl für das, was ich gesagt habe, als auch für das, was passiert ist. Meine Entschuldigung kann es nicht wiedergutmachen, aber du hast mein Wort, dass so etwas nie wieder vorkommen wird.«

Seine steife Höflichkeit verschlimmerte ihre Anspannung nur noch. Sie wusste, nichts von dem, was sie hatte sagen wollen, konnte sie zu dem förmlichen Fremden sagen, der da vor ihr stand. Sie senkte den Blick auf den kostbaren Aubusson-Teppich und studierte das Muster. »Du vergibst mir nicht, Foxy?« Sie hob den Blick, als sie seine leise Stimme vernahm.

Sie war nicht die Einzige, die angespannt war, wie ihr erst jetzt auffiel. Sie erkannte die Zeichen einer schlaflosen Nacht in seinem Gesicht und wollte impulsiv Trost spenden. Sie legte eine Hand an seine Wange. »Bitte, Lance, lass es uns einfach vergessen. Wir beide haben in den letzten beiden Tagen Dinge gesagt, die nie hätten gesagt werden dürfen.« Ihre Augen blickten ernst, und ihr Mund wirkte gepresst, als sie mit der Hand über seine Wange fuhr. »Ich bin auch nicht gut im Entschuldigen.«

Lance steckte eine Fingerspitze durch eine ihrer Locken. »Du warst immer eine seltsame Mischung aus Tiger und Kätzchen. Ich habe wohl vergessen, wie entwaffnend süß du sein kannst.« Als er sie jetzt anblickte, schwiegen seine Augen nicht mehr. »Ich liebe dich, Foxy.«

»Lance.« Sie schlang die Arme um seinen Nacken und barg ihr Gesicht an seinem Hals. Endlich ließ die Anspannung in ihr nach. »Ich habe dich vermisst«, murmelte sie an seiner Haut. »Ich wusste nicht, wo du warst, und das Haus schien mir so leer.«

»Ich bin ins Büro gegangen«, sagte er und ließ die Hände unter ihr Sweatshirt gleiten, um die warme Haut ihres Rückens zu streicheln. »Du hättest anrufen sollen, wenn du einsam warst.«

»Fast hätte ich das auch, aber dann dachte ich …« Sie seufzte und schloss wunderbar zufrieden die Augen. »Es sollte nicht so aussehen, als würde ich dich kontrollieren wollen.«

»Närrin«, murmelte er, bog ihren Kopf zurück und küsste sie. »Du bist meine Frau, weißt du noch?«

»Du wirst mich wahrscheinlich noch öfter daran erinnern müssen«, bat sie lächelnd. »Noch fühle ich mich nicht als deine Frau, und außerdem kenne ich auch die Regeln nicht.«

»Wir stellen unsere eigenen Regeln auf.« Als er sie dieses Mal küsste, war es ein langer, ein tiefer Kuss, und prompt schmiegte Foxy sich willig an ihn. Ihre Lippen blieben an seinem Mund haften, süß und gierig, und sein leises zufriedenes Stöhnen rann wie ein warmer Schauer über ihre Haut.

»Heute Abend möchte ich Champagner trinken«, flüsterte sie ihm ins Ohr. »Ich möchte feiern und anstoßen.«

»Auf Pam und Kirk?«, fragte Lance noch, bevor er wieder ihren Mund in Besitz nahm.

»Zuerst auf uns«, antwortete Foxy und löste sich gerade weit genug von ihm, um ihn anlächeln zu können. »Und danach auf Pam und Kirk.«

»Einverstanden. Aber morgen will ich mit dir ins Kino gehen und Popcorn essen.«

»Oh ja!« Freude erhellte ihr Gesicht, ihre Augen strahlten. »Genau, entweder etwas schrecklich Trauriges oder etwas richtig Lustiges. Und danach will ich eine Pizza essen gehen. Mit viel Peperoni!«

»Eine äußerst anspruchsvolle Frau.« Lachend nahm Lance ihre Hand und hob sie an seine Lippen. Plötzlich verstärkte sich der Druck seiner Finger an ihren. Foxy spürte den jähen Stimmungsumschwung und starrte auf ihre vereinten Hände. Behutsam drehte Lance ihre Handfläche nach oben und studierte die bläulichen Linien ihrer Adern an ihrem Handgelenk. »Ich glaube, ich schulde dir noch eine weitere Entschuldigung.«

Erschüttert, dass die Steifheit wieder in sein Benehmen zurückgekehrt war, trat Foxy auf ihn zu. »Lance, nicht. Es ist nicht wichtig.«

»Im Gegenteil.« Die kühle Distanziertheit in seiner Stimme ließ sie innehalten. »Es ist sogar von großer Wichtigkeit.«

»Nicht! Ich kann dich nicht ertragen, wenn du so bist!« Frustriert begann Foxy, im Raum auf und ab zu laufen. »Ich kann nicht damit umgehen, wenn du so steif und höflich bist.« Sie wirbelte zu ihm herum, drehte sich wieder um und marschierte unruhig weiter hin und her. »Wenn du wütend bist, dann zeig es mir! Brüll rum, fluche, wirf irgendwas gegen die Wand«, forderte sie ihn mit einer ausladenden Handbewegung auf. »Aber steh nicht da wie eine Salzsäule! Salzsäulen verstehe ich nicht.«

»Foxy.« Ein zögerliches Grinsen zuckte um seine Lippen, während er ihr zusah, wie sie durch den Raum stürmte. »Wenn du nur wüsstest, wie kompliziert du die Dinge machst.«

»Ich habe ganz bestimmt nicht vor, die Dinge kompliziert zu machen.« Sie nahm ein Kissen von der Couch und schleuderte es durchs Zimmer. »Im Gegenteil, ich versuche, die Dinge schlicht und einfach zu halten. *Ich* bin schlicht und einfach, verstehst du das nicht?«

»Du bist«, widersprach er, »extrem komplex.«

»Nein, nein, nein!« Foxy stampfte mit dem Fuß auf. Sie redeten hier wieder aneinander vorbei. »Du verstehst überhaupt nichts!« Verärgert strich sie ihr Haar zurück. »Ich gehe nach oben«, verkündete sie und stapfte aus dem Zimmer.

Sie ging direkt zum Badezimmer durch und ließ die Wanne einlaufen. Ohne wirklich darauf zu achten, gab sie Schaumbad und Zusätze hinzu und zog sich dann aus. Er ist ein Idiot, entschied sie, als sie in die übergroße Wanne stieg. *Und ich auch.* Schaumberge bauten sich auf und trieben um sie herum. Die Machtlosigkeit ließ sie innerlich kochen. Sie nahm einen Schwamm und begann, sich resolut damit zu schrubben.

Wahrscheinlich kann ich aufhören, ihn zu lieben, wenn ich es mir ernsthaft vornehme. Sie starrte den Schwamm böse an und wrang ihn dann erbarmungslos aus. *Ich werde aufhören, ihn zu lieben, und daran arbeiten, ihn zu hassen. Und wenn ich ihn dann erst hasse, bin ich kein Idiot mehr.* Als die Tür aufging, hob sie ruckartig den Kopf.

»Macht es dir etwas aus, wenn ich mich eben rasiere?«, fragte Lance lässig, als er in den Raum kam. Er hatte sein Jackett abgelegt und trug nur noch Hemd und Hose. Ohne auf ihren wütend funkelnden Blick zu achten oder ihr die Gelegenheit zu einer Ablehnung zu geben, öffnete er den Spiegelschrank.

»Ich habe beschlossen, dich zu hassen«, eröffnete Foxy ihm, als er den Rasierschaum herausgenommen hatte und sich damit das Gesicht einseifte.

»So?« Im Spiegel sah sie, wie seine Augen sich bewegten, bis sie auf ihren Blick trafen. Und es machte sie noch wütender, als sie das amüsierte Blitzen darin erkannte. »Wieder mal?«

»Ich war schon einmal gut darin«, erinnerte sie ihn. »Dieses Mal werde ich noch besser sein.«

»Zweifelsfrei.« Geschickt zog er sich den Rasierer über die Wange. »Die meisten Dinge gelingen einem mit zunehmendem Alter besser.«

»Ich werde perfekt darin sein, dich zu hassen.«

»Umso besser«, konterte er und rasierte sich ungerührt weiter. »Man sollte sich immer die höchsten Ziele setzen.«

Außer sich vor Rage, warf Foxy den nassen Schwamm nach ihm. Er traf ihn mitten zwischen die Schulterblätter. Ein flammendes Triumphgefühl stieg in ihr auf, gleich darauf schlugen ihre Alarmsirenen los. Das wird er mir nicht durchgehen lassen, dachte sie grimmig. Trotzdem forderte sie ihn mit ihrem Blick heraus. Sorgfältig legte Lance den Rasierer ab und hob den Schwamm auf. Die ungute Ahnung in Foxy wuchs, als er sich umdrehte und auf die Wanne zukam. Er wird mich schon nicht ertränken, versuchte sie sich zu beruhigen. Doch noch während sie gegen ihre Zweifel ankämpfte, setzte er sich zu ihr auf den niedrigen Badewannenrand. Und angewidert erkannte sie, dass sie sich selbst in eine Ecke manövriert hatte.

Lance sagte kein Wort, ließ nur den Schwamm mit einem Plopp ins Wasser zurückfallen. Verdattert blickte Foxy auf den Schwamm hinunter. Bevor sie erkannte, was Lance vorhatte, lag seine Hand auch schon auf ihrem Kopf, und sie wurde unter Wasser gedrückt. Prustend und keuchend tauchte sie wieder aus dem duftenden Schaum auf. Tropfen liefen ihr aus dem Haar, das ihr an Schultern und Gesicht klebte, während sie sich den Schaum aus den Augen wischte.

»Oh, wie ich dich hasse!«, stieß sie aus, während sie sich das pitschnasse Haar aus dem Gesicht strich. »Ich werde es genießen, dich zu hassen! Ich werde alle möglichen neuen Wege erfinden, um dich zu hassen!«

Lance nickte ihr nur gelassen zu. »Jeder sollte ein Hobby haben.«

»Oh!« Außer sich vor Wut, spritzte Foxy so viel Wasser in sein Gesicht, wie ihr nur möglich war. Sie wappnete sich dafür, wieder unter Wasser getunkt zu werden, doch zu ihrer völligen Verblüffung drehte Lance sich mit einer geschmeidigen, unerwarteten Bewegung und ließ sich in die Wanne fallen. Schaum floss über den Rand. Foxys Schock wandelte sich in ein hysterisches Kichern. »Du bist verrückt«, schloss sie und versuchte, nicht in dem schwappenden Wasser zu versinken. »Wie soll ich dich anständig hassen können, wenn du verrückt bist?« Ihre Körper fanden mühelos zueinander. Foxys Haut war nass und glitschig vom Badeöl, und Lance' Hände glitten darüber, zogen sie näher zu sich heran. Seine nassen Sachen bildeten keine wirkliche Barriere zwischen ihnen. »Du ertränkst mich noch«, protestierte sie, als er sie drehte. Sie schluckte Schaum und kicherte erneut. »Ich wusste doch, dass du mich ertränken willst.«

»Ich will dich nicht ertränken«, stellte Lance richtig. »Ich will dich lieben.« Er fasste sie um die Taille und hob sie hoch, bis ihr Kinn über dem Wasser lag. Seine Finger strichen über ihren Bauch, eine Hand wanderte zu ihrer Brust. In seinen Berührungen lag eine seltene Zärtlichkeit. »Da du deinen Schwamm und dein Wasser mit mir geteilt hast, hielt ich das für eine Einladung, mich zu dir zu gesellen.« Er grinste, als Foxy ihm das nasse Haar aus der Stirn strich. »Ich wollte mir nicht nachsagen lassen, ich sei steif.«

»Du bist nicht steif«, sagte sie leise. Bedauern und Reue standen in ihren Augen, als sie auf seinen Blick traf. »Lance …«

»Heute Abend keine Entschuldigungen mehr.« Er presste seinen Mund auf ihre Lippen und unterband so ihre Entschuldigung. Mit den Händen trat er eine sinnliche Reise über ihren Körper an, hielt inne, verharrte, um dann mit unendlich leichten Liebkosungen zu verführen.

»Wir sollten reden«, murmelte Foxy, doch die Worte klangen nur schwach und wenig überzeugend. Ihr Seufzer dagegen sagte viel mehr.

»Morgen. Morgen sind wir wieder vernünftig, dann reden wir und klären alles.« Während er sprach, wanderte sein Mund über ihr Gesicht, seine Hände streichelten und liebkosten und lockten. »Ich will dich heute Nacht. Ich will mit meiner Frau schlafen.« Seine Lippen glitten zu ihrem Hals, knabberten dort und schmeckten, bevor er sie leicht ins Ohrläppchen biss. Foxy erschauerte und zog ihn näher an sich. »Und dann will ich sie ausführen und sie ein wenig beschwipst machen, bevor ich sie wieder nach Hause zurückbringe und sie noch einmal liebe.«

Sein Mund fand den ihren, fordernd, besitzergreifend, leidenschaftlich. Und jeder klare Gedanke verflüchtigte sich aus Foxys Kopf.

15. KAPITEL

Foxy begann ihren Arbeitstag sehr viel später als sonst. Es war schon fast elf, als sie mit dem Sortieren und Katalogisieren der Abzüge fertig wurde. Während sie die Fotos sorgfältig in einen wattierten Umschlag für die Postsendung schob, dachte sie an die letzten Monate zurück. Einen Moment lang rief sie sich alles wieder in Erinnerung. Fast konnte sie den beißenden Geruch von Benzin riechen, hörte das schrille Pfeifen der Reifen und das donnernde Röhren der Motoren. Kopfschüttelnd verschloss sie den Umschlag. *Damit habe ich abgeschlossen, das liegt alles hinter mir.*

Entschlossen begann sie an der Entwicklung der Fotos zu arbeiten, die sie von den Kindern im Park und in der Stadt aufgenommen hatte. Der Instinkt sagte ihr, dass ihr einige außergewöhnliche Fotos gelungen waren. Mehr Zeit, dachte sie, mehr Abwechslung. Ich muss wohl noch ein paar andere Spielplätze aufsuchen.

Beharrlich arbeitete sie den Vormittag durch bis hinein in den frühen Nachmittag. Ihre Gedanken wanderten immer wieder zu Lance.

Ihr war klar, dass das leidenschaftliche Liebesspiel der Nacht die eigentlichen Probleme zwischen ihnen nicht löste. Immer wieder kehrten ihre Gedanken zu der Möglichkeit zurück, Lance könnte vielleicht wieder Rennen fahren. Und immer wieder verbot sie sich, daran zu denken. Feigling! schalt sie sich, während sie hier im Dunkeln stand. *Du musst daran denken, du musst damit umgehen. Aber ich weiß nicht, ob ich damit umgehen kann.* Sie presste die Finger auf die Augen und atmete tief durch. *Ich muss mit ihm reden. Vernünftig. Hat er das nicht selbst gesagt? Heute sind wir wieder vernünftig und reden miteinander.* Ihr fiel auf, dass sie das eigentlich kaum getan hatten, seit er sie in ihrem Motelzimmer nahe Watkins Glen gebeten hatte, ihn zu heiraten. Es war höchste Zeit, beschloss sie, dass sie herausfanden, was sie sich voneinander wünschten und was sie bereit waren, dem anderen zu geben.

In der kleinen Dunkelkammer, in der nur eine rote Leuchte schwaches Licht abgab, fand Foxy eine der Antworten für sich selbst heraus. Während sie die Abzüge von einer Wanne in die nächste tauchte und die Bilder sich langsam auf dem Papier abzeichneten, begann Foxy mit erstaunlicher Klarheit zu verstehen, wonach sie gesucht hatte. Kindergesichter schauten ihr entgegen, manche lachend, andere verzerrt von einem Wutanfall, wieder andere weinend oder traurig. Da gab es Fotos von schlafenden Babys, von Kleinkindern mit runden Gesichtern, von Schulkindern mit neugierigen Augen. Foxy hängte die Abzüge mit zunehmender Ehrfurcht und Feierlichkeit auf. Sie wollte Kinder. Sie wollte eine Familie mit allem, was dazugehörte. Ein Heim, Normalität, der Zusammenhalt in der Struktur einer Familie … Das war es, was sie sich wünschte. Und vielleicht hatte sie sich immer davor gefürchtet, darum zu bitten. Ein solides Heim mit dem Mann, den sie liebte … Lance' Kinder … Familientraditionen … *Ihre* Traditionen.

Ob Lance ebenso fühlte? Foxy schob sich das Haar aus der Stirn und versuchte, sich seine Antwort auszumalen. Und musste feststellen, dass sie, so lange sie ihn auch schon kannte, so intim sie auch miteinander waren, es nicht zu sagen wusste. Wir werden darüber reden müssen, dachte sie, während sie die trocknenden Abzüge studierte. Wir werden über viele Dinge reden müssen.

Ein Blick auf ihre Armbanduhr sagte ihr, dass ihr noch einige Stunden am Nachmittag blieben. Zeit genug, um ihre Verpflichtung gegenüber Pam zu erfüllen und die Fotos von den Rennen fertigzustellen. Sie räumte ihre Ausrüstung zusammen und ging nach oben, um in Lance' Büro anzurufen. Die kompetent klingende Stimme seiner Sekretärin meldete sich am anderen Ende.

»Hallo, Linda, Mrs. Matthews hier. Ist Lance gerade beschäftigt?«

»Tut mir leid, Mrs. Matthews, er ist gar nicht im Haus. Möchten Sie eine Nachricht für ihn hinterlassen? Oder kann ich Ihnen irgendwie weiterhelfen?«

»Nein, ich … Oder doch«, entschied Foxy nach einem neuerlichen Blick auf ihre Uhr. Sie wollte das heute abschließen. »Lance arbeitet doch an dem neuen Wagen für die nächste Formel-1-Saison.«

»Ja, der Wagen, den Ihr Bruder fahren wird.«

»Richtig, genau der. Ich würde gerne ein paar Fotos davon machen, falls das möglich ist.«

»Das sollte kein Problem sein, Mrs. Matthews, wenn es Ihnen nichts ausmacht, ein Stückchen zu fahren. Mr. Matthews und die Crew sind draußen auf der Teststrecke für eine Probefahrt.«

»Perfekt!« Foxy nahm Notizblock und Bleistift, die neben dem Telefon lagen. »Könnten Sie mir den Weg beschreiben? Ich war noch nicht da draußen.«

Eine halbe Stunde später parkte Foxy ihren Wagen neben dem wohlvertrauten Oval einer Rennbahn. Der Wind ließ ihr Haar flattern und blies ihre unverschlossene Jacke auf, als sie ausstieg. Das Röhren eines Hochleistungsmotors drang an ihre Ohren. Sie hielt die Hand über die Augen und sah dem niedrigen roten Blitz nach, der über die Bahn raste. Der Geruch von heißem Gummi und Benzin hing in der

Luft. Das wird sich nie ändern, dachte sie und hängte sich ihre Kamera um den Hals. Sie erblickte Charlie, der mit einer Gruppe anderer Männer zusammenstand, und fragte sich kurz, wo Lance wohl sein mochte. Dann machte sie sich an die Arbeit.

Sie arbeitete schnell. Erst wählte sie die beste Stelle, von der sie ihre Bilder aufnehmen konnte, dann montierte sie die passende Linse und stellte die Kamera ein. Ihr Körper bewegte sich fließend und geschickt, als sie Foto um Foto schoss. Der Wagen war schnell, wie sie feststellte. Wie ein Feuerball schoss er um die Kurve und beschleunigte auf der geraden Strecke. Er passt zu Kirk, dachte sie. Es fiel ihr nicht schwer, sich Kirk in dem Cockpit vorzustellen. *Und Kirk passt zu dem Wagen.* Foxy richtete sich auf und strich sich das Haar hinter die Ohren.

»Kannst dem Ring einfach nicht fernbleiben, Kleine, was?«

Grinsend drehte Foxy sich um und strahlte einen grimmig dreinschauenden Charlie an. »Ich kann *dir* nicht fernbleiben«, korrigierte sie und nahm ihm die glühende Zigarre aus dem Mund, um ihm einen herzhaften Kuss aufzudrücken. Er scharrte mit den Füßen, als sie die Zigarre zwischen seine Lippen zurücksteckte.

»Kein Respekt«, brummte er. Dann räusperte er sich und musterte sie mit zusammengekniffenen Augen. »Alles klar mit dir?«

»Alles bestens«, versicherte sie ihm, und in alter Gewohnheit rieb sie ihm über den grauen Bart. »Und wie geht's dir?«

»Bin beschäftigt«, knurrte er mit einem tiefen Stirnrunzeln. »Mit deinem Bruder und deinem Mann zusammen bleibt mir überhaupt keine Zeit mehr übrig.«

»Das ist der Preis, den man zahlen muss, wenn man der Beste ist.«

Schnaubend akzeptierte Charlie die Wahrheit. »Kirk wird bereit sein für den Wagen, wenn der Wagen für ihn fertig ist«, prophezeite er. »Zu schade, dass wir nicht zwei davon haben«, meinte er nachdenklich und richtete die zusammengekniffenen Augen wieder auf die Strecke. »Lance weiß, wie man eine solche Maschine zu behandeln hat.«

Foxy wollte gerade eine Bemerkung machen, als der Sinn von Charlies Worten sie wie ein Schlag traf. Ihr Blick flog zur Strecke und blieb auf dem Rennwagen haften. Lance. Der metallene Geschmack von Angst stieg in ihrer Kehle auf. Sie schüttelte den Kopf, als könnte sie so die Wahrheit verneinen, die laut in ihrem Kopf dröhnte. »Lance fährt?«, hörte sie sich fragen. Ihre Stimme klang dünn und hohl, so als käme sie aus einem langen Tunnel.

»Ja, unser Testfahrer ist krank«, antwortete Charlie salopp, bevor er davonschlurfte und Foxy mit dem anhaltenden Donnern der Maschine allein zurückließ.

Während sie dem Wagen mit dem Blick folgte, sah sie, wie das Hinterteil in der Kurve leicht ausschlug, dann wieder ausgerichtet wurde, ohne dass die Geschwindigkeit sich verringert hätte. Foxys Stirn fühlte sich wie Eis an. Übelkeit zog ihren Magen zusammen, und für einen Moment schien sich das helle Sonnenlicht zu verdunkeln. Sie biss auf ihre Unterlippe, damit der Schmerz die Schwäche überkommen sollte. Hilflos stand sie da, während Bilder von Dutzenden von Unfällen auf sie einstürzten, die sich in ihre Erinnerung eingebrannt hatten. Nicht schon wieder! dachte sie verzweifelt, oh Gott, nicht schon wieder! Lance fuhr, wie er immer gefahren war, mit völliger Kontrolle und Entschlossenheit, kein Komet, sondern ein eiskalt berechnender Herrscher. In der kühlen Herbstbrise begann Foxy unkontrolliert zu zittern. Im Cockpit ist es heiß, dachte sie, während ihre Finger am Kameriemen taub wurden. Unerträglich heiß, und alles, was er sieht, ist der Asphalt vor ihm, alles, was er hört, ist das Dröhnen des Motors. Die Geschwindigkeit ist wie eine Droge, von der er nicht loskommt.

Die Angst ließ sie versteinert dastehen, auch als das Motorengeräusch verklang. Still und steif stand sie da, als Lance den Wagen zu der Gruppe Männer rollen ließ. Er kletterte aus dem Cockpit und nahm den Helm ab, zog sich den Kopfschutz ab und fuhr sich mit den Fingern durchs Haar. Foxy hatte die gleichen Bewegungsabläufe unzählige Male bei ihm gesehen, bei unzähligen Rennen auf unzähligen Strecken. Schmerz fraß sich durch die betäubende Angst. Ihr Atem wurde unregelmäßig und flach. Lance sagte lachend etwas zu Charlie, der Laut schwebte bis zu ihr. Er zog die Augenbrauen hoch, als Charlie etwas sagte, und mit den Augen folgte Lance dem ausgestreckten Arm des älteren Mannes, bis er Foxy erblickte.

Einen Moment lang sahen sie einander an, Mann und Frau. Zwei Menschen, die sich seit zehn Jahren kannten. Foxy sah, wie der Ausdruck auf seiner Miene sich änderte, aber sie nahm sich nicht die Zeit, zu entschlüsseln, was diese Veränderung bedeuten sollte. Die Tränen kamen zu schnell, um sie aufhalten zu können. Ich habe verloren, dachte sie und schlug die Hände ans Gesicht. Als Lance sich den Weg durch die Gruppe der Männer bahnte, schwang Foxy herum und rannte zu ihrem Wagen zurück. Er rief ihren Namen, doch sie riss die Wagentür auf und kletterte blindlings hinter das Steuer. Sie wurde nur noch von einem einzigen Gedanken beherrscht – Flucht. Sie drehte den Schlüssel im Anlasser, und Sekunden später raste sie über die Straße, nur weg von der Teststrecke.

Es war schon fast dunkel, als Foxy auf die Straße zu dem alten Ziegelsteinhaus einbog. Die Laternen flammten gerade auf. Lance' Wagen parkte am Straßenrand. Er war nicht in die Garage gefahren, und sie lenkte ihren MG dahinter. Foxy schaltete den Motor ab und legte die Stirn auf das Lenkrad. Die zwei Stunden, in denen sie ziellos durch die Gegend gefahren war, hatten sie ruhiger werden lassen, dennoch waren ihre Nerven angespannt. Sie brauchte diesen Augenblick, um sich zu sammeln und etwas von ihrer Kraft zurückzuerlangen. Langsam und mit bedachten Bewegungen stieg sie aus und ging über den schmalen Weg auf das Haus zu. Als sie die Hand nach dem Türgriff ausstreckte, wurde die Tür von innen aufgezogen. Lance stand auf der gegenüberliegenden Seite der Schwelle. Sie schauten einander an.

Lance betrachtete sie, als sähe er sie zum ersten Mal – durchdringend und gründlich, kein Lächeln störte seine Konzentration. Sein Blick war wachsam und forschend, Lance strahlte die vertraute Reglosigkeit aus. Foxy musste an ihr erstes Wiedersehen denken, an dem Abend von Kirks Party, als sie die Tür geöffnet hatte und ihn vor der Schwelle hatte stehen sehen. Jetzt sah er sie auf genau die gleiche Weise an. Werde ich je über ihn hinwegkommen? fragte sie sich nahezu leidenschaftslos und erwiderte seinen Blick. Nein, beantwortete sie sich ihre eigene Frage. *Niemals.*

»Fox.« Lance streckte ihr die Hand hin, um sie ins Haus zu ziehen. Sie ignorierte seine Hand und schob sich an ihm vorbei. Vorsichtig stellte sie ihre Kameratasche ab, doch sie zog ihre Jacke nicht aus, sondern ging ins Wohnzimmer durch. Wortlos trat sie an die Bar und goss einen Cognac für sich in einen Schwenker. Ihre Entscheidung hatte sie in den zwei Stunden getroffen, in denen sie umhergefahren war, doch das machte es nicht leichter, sie umzusetzen. Foxy trank einen Schluck, schloss die Augen, als der Alkohol in ihrer Kehle brannte, und trank dann noch einen Schluck. Lance war im Türrahmen stehen geblieben und beobachtete sie.

»Ich war unten in deiner Dunkelkammer, weil ich nach dir gesucht habe.« Ihre bleichen Wangen betrachtete er mit einem

Stirnrunzeln und schob die Hände in die Hosentaschen. »Ich habe die Fotos gesehen, die du zum Trocknen aufgehängt hast. Sie sind einzigartig, Foxy. Du bist einzigartig. Jedes Mal, wenn ich denke, ich kenne dich, finde ich etwas Neues über dich heraus.« Als sie sich zu ihm umdrehte und ihn anblickte, kam er in den Raum hinein. »Ich schulde dir eine Erklärung für heute Nachmittag.«

»Nein.« Sie schüttelte den Kopf und stellte das Glas ab. »Du hast mir bereits gesagt, dass dein Beruf nichts mit mir zu tun hat.« Sie richtete die Augen auf ihn und hielt seinem Blick stand. »Ich will keine Erklärung.«

Er machte einen Schritt auf sie zu. Die Schatten im Raum verlagerten sich. »Nun, Foxy, was willst du dann?«

»Die Scheidung«, sagte sie knapp. Weil Emotionen aufstiegen und ihr die Kehle zudrücken wollten, sprach sie hastig weiter. »Wir haben einen Fehler gemacht, Lance. Je eher wir ihn berichtigen, desto leichter sollte es für uns beide sein.«

»Meinst du?«, entgegnete er. Seine Augen waren jetzt auf einer Höhe mit ihren.

»Es sollte nicht allzu schwierig sein, das zu arrangieren«, wich sie der Frage aus. »Ich möchte, dass du das übernimmst, schließlich hast du Anwälte, die für dich arbeiten, ich nicht. Ich will keine Abfindung.«

»Noch einen Drink?«, fragte er und drehte sich zur Bar.

Bei seinem ungerührten Ton schaute sie argwöhnisch zu ihm hin. »Ja«, antwortete sie, weil sie so gefasst erscheinen wollte wie er. Stille senkte sich über den Raum, nur unterbrochen durch das Klingen von Glas gegen Glas. Die Karaffe in der Hand, kam Lance zu Foxy herüber und schenkte den Schwenker nach. Die letzten Sonnenstrahlen fielen durchs Fenster auf den Zimmerboden. Foxy nippte an dem Cognac und fragte sich in einem kurzfristigen Anfall von schwarzem Humor, ob sie jetzt wohl auf die Scheidung anstoßen würden.

»Nein. Auf keinen Fall«, sagte Lance und trank einen Schluck aus seinem Glas.

»Nein?«, wiederholte sie und fragte sich, ob er ihre Gedanken gelesen hatte.

»Nein, Foxy, du bekommst keine Scheidung. Kann ich dich vielleicht für etwas anderes interessieren?«

Erst riss sie die Augen verblüfft auf, dann kniff sie sie, wütend über seine Arroganz, zusammen. »Ich bekomme meine Scheidung. Dann nehme ich mir eben einen eigenen Anwalt.« Viel zu heftig stellte sie ihr Glas ab. »Du kannst mich nicht aufhalten.«

»Ich werde gegen dich angehen, Foxy«, konterte er mit absoluter Selbstsicherheit und stellte sein Glas neben ihres. »Und ich werde gewinnen.« Er streckte die Hand aus und fasste in ihr Haar. »Ich lasse dich nicht gehen! Nicht jetzt, niemals. Ich habe dir schon einmal gesagt, ich bin ein egoistischer Mann.« Er zog an ihrem Haar, sodass sie in seine Arme fiel. »Ich liebe dich, und ich habe nicht vor, ohne dich auszukommen.«

»Wie kannst du es wagen?« Wütend stieß Foxy sich von ihm ab. »Wie kannst du es wagen, nur an dich selbst zu denken, ohne auch nur einen einzigen Gedanken an meine Gefühle? Du weißt gar nicht, was Liebe ist!« Frustriert trat sie aus, weil ihr Protest und ihr Wehren zu nichts führten.

»Foxy, du tust dir noch weh.« Lance schlang die Arme um sie und hob sie vom Boden hoch. Einen Moment lang kämpfte sie noch gegen ihn an, dann gab sie auf. Sie schloss die Augen, maßlos wütend, weil sie in keiner Beziehung gegen ihn ankam.

»Lass mich los!«, stieß sie zwischen den Zähnen aus, auch wenn ihre Worte ruhig und überdeutlich klangen.

»Willst du mich endlich anhören?«

Ihr Kopf ruckte zurück, sie wollte ablehnen. Ihre Augen glitzerten hell vor Wut und Schmerz. »Ich habe ja wohl keine andere Wahl, oder?«

»Bitte.«

Das einzelne Wort nahm ihr den Wind aus den Segeln. Auch in seinen Augen war die Bitte zu lesen. Geschlagen nickte Foxy. Als Lance sie freigab, trat sie von ihm ab und stellte sich ans Fenster. Der Vollmond stieg an den Himmel, hell und strahlend und verheißungsvoll. Das silberne Licht fiel auf kahle Bäume und brach sich auf dem Herbstlaub. Foxy schien es, als hätte sie nie etwas Einsameres und Trostloseres gesehen.

»Ich wusste nicht, dass du heute zur Strecke herauskommen würdest.«

Foxy lachte hart auf, lehnte dann die Stirn an die kühle Scheibe. »Hast du gedacht, was ich nicht weiß, macht mich nicht heiß?«

»Fox.« Sein Ton brachte sie dazu, sich zu ihm umzudrehen und ihn anzusehen. »Der Punkt ist: Ich habe überhaupt nicht gedacht.« Er fuhr sich frustriert durchs Haar. »Ab und zu teste ich die Wagen, das ist eine Angewohnheit von mir. Ich habe nicht daran gedacht, was das bei dir auslösen wird, bis ich mich umdrehte und dich dort stehen sah.«

»Hätte es denn einen Unterschied gemacht?«

»Verdammt, Foxy!« Seine Stimme klang harsch und ungeduldig.

»Hältst du das etwa für eine unvernünftige Frage?«, gab sie zurück. Sie begann, im Zimmer umherzulaufen, weil sie nicht länger stillstehen konnte. »Mir scheint sie durchaus vernünftig zu sein. Es ist ebenso eine berechtigte Frage. Ich habe nämlich im letzten Monat etwas über mich selbst herausgefunden. Ich kann bei dir nicht an zweiter Stelle stehen.« Sie hielt inne, holte tief Luft. »Ich muss den ersten Rang einnehmen, Lance, ich kann nicht auf dem Rücksitz mitfahren, wie ich es immer bei Kirk gemacht habe. Weil es nicht dasselbe ist. Ich wünsche mir … ich brauche etwas Solides, etwas Beständiges. Darauf warte ich schon mein ganzes Leben. Dieses Haus …« Sie machte eine hilflose Geste, weil ihre Gedanken zu schnell für ihre Worte kamen, um mit dem Tempo mithalten zu können. »Ich wünsche mir das, wofür es steht. Es ist gleich, ob wir es ein Dutzend Mal im Jahr verlassen oder sogar noch öfter, solange es nur hier steht, damit wir hierher zurückkommen können. Ich wünsche mir Stabilität, ich wünsche mir Geborgenheit, ich will ein Heim und Kinder. Deine Kinder.« Ihre Stimme bebte vor Emotionen, aber ihre Augen blieben trocken, als sie stehen blieb und zu ihm hinschaute. »Ich will alles, alles zusammen.«

Sie wandte sich wieder ab und schluckte, holte tief Luft, in der Hoffnung, dass es sie beruhigen würde. »Als ich dich heute Nachmittag da in dem Wagen hab sitzen sehen …« Jetzt überwältigten sie die Emotionen, sie schüttelte den Kopf, bevor sie weitersprechen konnte. »Ich kann nicht beschreiben, was es mit mir anstellt. Vielleicht ist es ja doch unvernünftig, aber ich kann es auch nicht kontrollieren.« Sie presste den Handballen an ihre Stirn und versuchte, ruhig zu sprechen. »Ich kann so nicht mehr leben. Ich liebe dich, und manchmal kann ich noch immer nicht glauben, dass wir zusammen sind. Ich will nicht, dass du dich änderst, du sollst genauso bleiben, wie du bist. Ich weiß auch, dass du die Dinge, die mir wichtig sind, vielleicht gar nicht für dich willst. Aber wenn ich daran denke, dass du wieder Rennen fahren willst, dann …«

»Wieso sollte ich wieder Rennen fahren wollen?«, fragte er ruhig.

Foxy zuckte hilflos mit den Schultern. »An dem Tag, als ich von dem neuen Wagen für Kirk erfuhr, hast du gesagt, dass du eines Tages vielleicht wieder fahren wirst. Ich weiß, dass es wichtig für dich ist.«

»Du glaubst, ich würde dir das antun?« Sein Ton reichte aus, damit sie den Blick auf seine Augen richtete. »Hast du das die ganze Zeit über gedacht?« Er kam zu ihr, legte ihr die Hände auf die Schultern. »Ich habe kein Interesse, wieder Rennen zu fahren. Aber selbst wenn ich es hätte, würde ich mich irgendwie arrangieren, um ohne auszukommen. Ich bin viel mehr an meiner Frau interessiert, Fox.« Er schüttelte sie leicht, die Geste viel eher Liebkosung als Strafe. »Wie könnte ich überhaupt daran denken, Rennen zu fahren, wenn ich weiß, was es dir antut? Siehst du denn nicht, dass du in meinem Leben an erster Stelle stehst?«

Sie öffnete den Mund, wollte etwas sagen, brachte jedoch nur ein stummes Kopfschütteln zustande, bevor er fortfuhr: »Nein, wahrscheinlich erkennst du es wirklich nicht. Ich glaube nämlich nicht, dass ich es sehr deutlich gemacht habe. Es wird Zeit, dass ich es tue.« Er streichelte ihre Schultern, ließ dann seine Hände sinken. »Zum einen habe ich Kirks Unfall ausgenutzt und dich in diese Ehe gedrängt. Deswegen habe ich schon lange Gewissensbisse. Nein, lass mich ausreden!«, hielt er sie auf, als sie protestieren wollte. »Ich wollte dich, und an jenem Abend sahst du so verloren aus. Ich habe dich zur Heirat gedrängt und dich sofort nach Boston geholt, ohne dir all das zu geben, was du verdient hast. Die Wahrheit ist, ich hatte Angst, du könntest mir wieder entgleiten. Ich habe mir eingeredet, dass ich es wiedergutmachen und alles nachholen würde, wenn wir erst verheiratet sind.«

»Lance«, unterbrach sie ihn und legte ihre Hand an seine Wange. »Ich brauche keinen Schnickschnack.«

»Und das von der Frau, die eine Garage einmal mit Manderley verglichen hat?«, hielt er dagegen. Er küsste ihre Fingerspitzen, ließ dann ihre Hand los. »Vielleicht ist es mir ja ein Bedürfnis, dir all die üblichen Verzierungen und das Beiwerk zu geben, Foxy. Vielleicht ist das der Grund, weshalb ich von Eifersucht zerfressen wurde, als du den Nachmittag mit Jonathan im Park verbracht hast. *Ich* hätte mit dir zusammen sein sollen. Ich habe dich dazu gedrängt, meine Frau zu werden, und mir nie die Mühe gemacht, zu besprechen, was eigentlich wichtig ist.« Die Hände in den Hosentaschen, drehte er sich um und lief im Zimmer auf und ab. »Es ist schwer, geduldig zu sein, wenn man seit fast zehn Jahren verliebt ist.«

»Was?« Foxy starrte ihn an, dann ließ sie sich langsam auf die Armlehne des Sofas sinken. »Was sagst du da von zehn Jahren?«

Als er sich wieder zu ihr drehte, stand das schiefe Lächeln auf seinen Lippen. »Vielleicht, wenn ich mich von Anfang an erklärt hätte, hätten sich einige dieser Probleme vermeiden lassen. Ich weiß nicht, wann ich angefangen habe, dich zu lieben. Ich kann mich kaum an die Zeit erinnern, da ich es nicht getan habe. Du warst eine Heranwachsende mit wunderschönen Augen und dem Lachen einer Frau. Du hast mich fast in den Wahnsinn getrieben.«

»Warum … warum hast du es mir nicht gesagt?«

»Fox, du warst nur wenig älter als ein Kind, und ich war ein erwachsener Mann.« Er lachte trocken auf, fuhr sich mit der Hand durchs Haar. »Kirk war mein bester Freund. Hätte ich dich angerührt, hätte er mich völlig zu Recht umgebracht. Nein, in jener Nacht in Le Mans konnte ich nicht schlafen, weil ein sechzehnjähriges Mädchen mich verrückt machte. In der Garage drehte ich mich um, und du bist mir praktisch in die Arme gefallen. Ich wollte dich so sehr, dass es schmerzte. So sehr, dass ich mich in Grobheit flüchtete. Dich von mir wegzutreiben war das einzig Anständige, was ich tun konnte. Großer Gott, welche Angst du mir eingejagt hast!«

Mit einem Kopfschütteln hob er Foxys vergessenen Drink an. »Ich wusste, ich musste dir Zeit geben, um erwachsen zu werden, um dir dein eigenes Leben aufzubauen. Die sechs Jahre, in denen ich dich nicht sah, waren endlos lang. In dieser Zeit fing ich damit an, Autos zu bauen, und zog in dieses Haus hier ein.« Er drehte den Kopf und sah sie wieder an. »Ich habe mir dich immer hier vorgestellt, irgendwie schien es mir richtig zu sein. Du gehörtest hierher, zusammen mit mir, ich konnte es fühlen. Ich habe nie eine andere Frau in dieses Haus gebracht.« Er setzte das Glas ab, sein Blick wurde dunkel und intensiv. »Es hat nie eine andere als dich gegeben. Schatten nur, höchstens Abbilder. Ich habe andere Frauen begehrt, aber ich habe nie eine andere geliebt. Ich habe nie eine andere gebraucht.«

Foxy schluckte, sie war nicht sicher, ob sie ihrer Stimme trauen konnte. »Lance, du brauchst mich?«

»Jeden Tag.« Er trat vor sie hin, strich mit der Hand über ihr Haar. »In den letzten Wochen habe ich ein paar Dinge gelernt. Du kannst mich verletzen.« Mit einem Finger fuhr er ihren Hals entlang, ohne den Blick von ihr zu wenden. »An eine solche Möglichkeit hatte ich nie gedacht. Was du über mich denkst, ist mir wichtig. Und ich habe mich noch nie einen Deut darum geschert, was andere über mich denken. Du wirst mir mit jedem Tag wichtiger, in so vieler Hinsicht. Und dass ich dich brauche, schwächt sich nicht ab.« Er lächelte. »Du jagst mir noch immer eine Heidenangst ein.«

Foxy erwiderte sein Lächeln, spürte, wie wunderbar warme Zufriedenheit sie einhüllte. »Ich vermute, diese Ehe wird niemals wirklich ruhig und gelassen ablaufen.«

»Das glaube ich auch nicht.«

»Sie wird immer stürmisch und anstrengend sein.«

»Und interessant«, ergänzte Lance.

»Wahrscheinlich können zwei Menschen, die einander schon so lange lieben, ziemlich stur sein.« Foxy hob ihre

Arme. »Ich habe dich immer geliebt, weißt du, selbst in all den Jahren, in denen ich versucht habe, es nicht zu tun. Zu dir zurückzukommen war, als wäre ich nach Hause gekommen. Ich will, dass du mich küsst, bis mir die Luft wegbleibt.«

Noch während sie sprach, nahm er ihren Mund in Besitz. »Foxy«, murmelte er, als er den Kopf wieder hob, und legte seine Wange an ihre.

»Nein, nein, ich bekomme noch Luft.« Ungeduldig suchten ihre Lippen seinen Mund, bis er seine zärtliche Zurückhaltung aufgab. Wild und ungestüm und elektrisierend küssten sie sich wieder und wieder, und mit der Abenddämmerung schwand das Licht im Raum. »Oh Lance!« Einen Moment lang drückte Foxy ihn fest an sich, dann hob sie den Kopf und kämmte sein Haar mit ihren Fingern zurück. »Wie konnten wir beide nur so dumm sein und einander nicht sagen, was wir fühlen?«

»Wir sind beide noch Frischlinge in der Ehe, Fox.« Er rieb seine Nasenspitze an ihrer. »Wir müssen einfach mehr üben.«

»Ich fühle mich wie eine Ehefrau.« Sie schlang die Arme um seinen Nacken und zog ihn zu sich heran. »Ich fühle mich sogar sehr wie eine Ehefrau. Es gefällt mir.«

»Ich denke, eine Ehefrau sollte auch Flitterwochen bekommen«, murmelte Lance, während er die Privilegien eines Ehemannes genoss. »Ich hätte dir sagen sollen, dass ich eine Menge Überstunden im Büro mache, damit ich es mir leisten kann, mir zwei Wochen freizunehmen. Und genau jetzt fange ich damit an. Wo würdest du gerne hinfahren?«

»Ich kann es mir aussuchen?«, fragte sie und schwebte schon von den berauschenden Liebkosungen seiner Hände.

»Ganz gleich, wohin.«

»Dann nirgendwohin«, beschloss sie und schob die Hände unter seinen Pullover. Sein Rücken fühlte sich fest und warm an ihren Handflächen an. »Ich habe gehört, der Service hier soll exzellent sein.« Sie lächelte ihn an, als er den Kopf hob. »Und ich liebe die Aussicht.« Foxy streckte den Arm aus und griff nach dem Telefon, zog es über ihren Kopf. »Hier. Ruf Mrs. Trilby an, und sag ihr, wir wären für zwei Wochen nach … nach Fidschi geflogen. Gib ihr frei. Wir verschließen die Tür, stellen das Telefon ab und verschwinden einfach eine Weile vom Erdboden.«

»Ich habe eine sehr kluge Frau geheiratet«, lautete Lance' Kommentar. Er nahm das Telefon an und stellte es unbeachtet wieder weg. »Ich werde sie später anrufen … sehr viel später.« Mit den Lippen fuhr er sacht über Foxys Mund. »Sagtest du nicht etwas von Kindern?«

Ihre Augen, die sich schon schließen wollten, öffneten sich wieder. »Ja, sagte ich.«

»Wie viele hattest du im Sinn?«, fragte er.

»Eine genaue Zahl hatte ich mir noch nicht überlegt«, murmelte Foxy.

»Warum fangen wir nicht mit einem an und sehen, dass wir uns von da weiter vorarbeiten?«, schlug Lance vor. »Ein so wichtiges Projekt sollte man am besten gleich in Angriff nehmen, meinst du nicht auch?«

»Auf jeden Fall«, stimmte Foxy zu.

Und der Abend ging in die Nacht über, während ihre Lippen sich trafen.